Bodie Thoene

# Das Tor nach Zion

Überarbeitete Neuausgabe

FRANCKE
Verlag der Francke-Buchhandlung GmbH

Die Deutsche Bibliothek – CIP-Einheitsaufnahme

**Thoene, Bodie:**
Das Tor nach Zion / Bodie Thoene. [Dt. von Traute Reil-Kaczorowski]. –
Überarb. Neuausg. – Marburg an der Lahn : Francke, 2001
(Zion-Chroniken / Bodie Thoene ; Bd. 5)
(Francke-Lesereise)
Einheitssacht.: The key to Zion <dt.>
ISBN 3-86122-483-6


Originaltitel: The Key to Zion

Deutsch von Traute Reil-Kaczorowski
Umschlaggestaltung: Reproservice Jung, Wetzlar
Umschlagbild: Dan Thornberg
Satz: Verlag der Francke-Buchhandlung GmbH
Druck: Wiener Verlag, Himberg, Österreich

Francke-Lesereise

# Inhaltsverzeichnis

# Prolog: Jerusalem 70 n. Chr.

Von zehntausenden römischer Lagerfeuer bedeckt, blinkten die Hänge des Skopusberges wie der Sternenhimmel. Dunkler Qualm stieg langsam gen Himmel und hüllte den blutroten Mond in einen bedrohlich wirkenden Nebel.

Im Tempelhof herrschte eine unnatürliche Stille, die nur dann und wann von einem schmerzerfüllten Schrei durchbrochen wurde, wenn eine Mutter entdecken musste, dass ihr Kind im Schlaf gestorben war, oder wenn ein Sohn in der Dunkelheit nach seinem ausgemergelten Vater tastete und nur noch einen kalten Leichnam vorfand. Das Stöhnen von Menschen, die von Alpträumen gequält wurden, aus denen sie nie wieder erwachen würden, ließ die Stille noch vollkommener erscheinen.

Eli Bar-Jehuda lehnte mit dem Rücken an einer Säule in der Säulenhalle Salomos und blickte unverwandt über den Vorhof der Heiden. Um ihn herum lagen die letzten Verteidiger Jerusalems, all die, die das Glück gehabt hatten, sich in den Tempel retten zu können, als die ersten römischen Legionäre die Mauer zur Oberstadt durchbrachen. Aber dadurch hatten sie im besten Falle einen Aufschub ihres unausweichlichen Todes erreicht, dachte Eli bitter und legte die Hand auf seinen vor Hunger schmerzenden Leib.

Vielleicht wäre es einfacher gewesen, einen schnellen Tod durch das Schwert zu erleiden als diese grausam langsame Kreuzigung durch den Hunger. Aber die Römer, erinnerte sich Eli, hatten es nicht eilig gehabt, sie zu verfolgen oder gar die Tore des Tempels zu stürmen. Während sie im Angesicht der ausgemergelten Juden genüsslich die Schafe jüdischer Schäfer über ihren Feuern rösteten, hatte der Hunger die Schlacht für sie gewonnen. Und die Verteidiger, die auch hinter diesen heiligen Mauern noch nicht Hungers gestorben waren, würden leicht zu überwältigen sein, wenn die Rammböcke die letzten Tore durchbrochen hatten.

Eli presste verzweifelt den langen eisernen Schlüssel an sich, mit dem er vor beinahe zwei Wochen die sieben Tore des Tempels verschlossen hatte. Er wusste nur zu gut, dass es keinen Schlüssel gab, mit dem man die Eroberer aussperren konnte. Seit der Verriegelung der Tore war es nicht mehr möglich gewesen, das tägliche Opfer zu vollziehen, denn es gab keine Tiere mehr, die man dem Gott Israels auf dem Altar hätte darbringen können. Nun lag nur noch sein Volk Israel selbst, gebrochen und blutend, zu seinen Füßen.

„Gott, mein Gott, warum hast du uns verlassen?", flüsterte Eli mit bebender Stimme. „Morgen wird dein Allerheiligstes entweiht. Wie kannst du das nur zulassen?"

Doch nur das Stöhnen der Hungernden antwortete ihm. Er liebkoste den Schlüssel, für den er beinahe zehn Jahre lang verantwortlich gewesen war. Morgen Abend würde er sich in den Händen von Männern befinden, die keinerlei Ehrfurcht vor den Schätzen empfanden, die er verschloss.

Eli stand auf und stützte sich schwerfällig an einer Säule ab. Ihm war, als drehe sich der ganze Tempel um ihn. Er rieb sich die Augen und wankte dann, bemüht, nicht auf die Körper der Schlafenden und Toten zu treten, in Richtung der Treppe, die zum höchsten Punkt der Tempelmauer führte. Stufe für Stufe zwang er sich die kalte Steintreppe hinauf und musste zwischendurch wohl ein Dutzend Mal erschöpft anhalten, um wieder zu Atem zu kommen.

„Wer da?", fragte eine barsche Stimme, als er sich dem obersten Teil der Mauer näherte.

„Eli Bar-Jehuda, der Verwalter des Schlüssels", erwiderte er keuchend.

„Was willst du?", fragte die barsche Stimme. „Dein Schlüssel wird uns jetzt auch nicht helfen."

Eli setzte sich schwerfällig auf die Zinnen und blickte in schweigender Verzweiflung auf das Bild der Vernichtung, das sich unter ihm auftat, auf die Kreuze, die die Straße zum Eingangstor des Tempels säumten, eine endlose Zahl, die seine Augen nicht zu fassen vermochten. „Gott hat uns verlassen!", rief er schließlich mit erstickter Stimme.

„Jeden Tag, den wir hinter diesen Mauern aushalten, kreuzigen diese römischen Schweine eintausend Angehörige unseres Volkes“, brummte der zelotische Wachtposten voller Ingrimm. „Bald wird es niemanden mehr in Israel geben, den sie ermorden, den sie beherrschen können. – Und wer soll dann deine kostbaren Tempeltore schließen, Schlüsselverwalter?“, fragte er höhnisch.

Bei diesen Worten wurde Eli von Verzweiflung ergriffen, und er schrie so schmerzlich auf, als sei ihm der eigene Vater ohne ein Wort des Trostes oder des Abschieds gestorben. Sein Schrei schallte durch das Kidrontal und verhallte schließlich zwischen den Kreuzen, die die Stadt wie ein dichter Wald umgaben.

Plötzlich sprang er, den Schlüssel hoch emporhaltend, taumelnd auf und rief mit versagender Stimme: „Oh, Gott! Alles ist verloren. Alles zu Ende.“ Dann warf er unter den erstaunten Blicken des Zeloten den geliebten Schlüssel weit fort und rief: „Von nun an, Allmächtiger, mögest *du* der Wächter des Schlüssels sein, so lange, bis dein Volk für immer nach Zion zurückkehrt!“

# Teil 1

## Blut und Feuer

*„In Blut und Feuer wird Judäa untergehen.*
*In Blut und Feuer wird es wieder geboren werden ...“*

*Alte Prophezeiung*

# 1. Dämmerung nach dem Tode

Rabbi Schlomo Lebowitz erhob sich schwerfällig von dem Bett, auf dem er – vollständig angezogen und mit Schuhen, die ihn nun schmerzhaft drückten – vor nur wenigen Stunden erschöpft niedergesunken und eingeschlafen war. Er fasste sich an den Kopf und blickte verwirrt in dem dämmerigen Zimmer umher.

„Oj", murmelte er heiser, „der Alte wird wohl allmählich wirr im Kopf." Er hustete geräuschvoll und starrte unverwandt auf das Radio, das stumm auf dem Nachttisch stand. Dann knipste er mechanisch die Nachttischlampe an, doch es blieb alles in das weiche Licht der morgendlichen Dämmerung getaucht. „Oj!", entfuhr es ihm wieder. „Schlomo, der Strom ist weg ..."

Bei diesem Stichwort überkamen ihn schlagartig und mit dumpfem Entsetzen die Erinnerungen an die letzte Nacht. Er schüttelte fassungslos den Kopf. Die Knie wurden ihm weich, und er musste sich wieder aufs Bett setzen. Dann drückte er mehrfach wieder den Einschaltknopf des Radios, aber es gelang ihm nicht, dem Gerät irgendein Lebenszeichen zu entlocken.

Er schlug verzweifelt die Hände vors Gesicht, als er sich wieder an die bangen Stunden erinnerte, die er in der vergangenen Nacht, erfüllt von Schmerz und zunehmendem Entsetzen, am Radio zugebracht hatte, um das furchtbare Geschehen vor dem Hadassah-Krankenhaus zu verfolgen. Zu seinem Leidwesen war jedoch nichts darüber berichtet worden, wie viele Menschen den Angriff überlebt hatten, und auch von Rachel und Howard hatte er bisher noch nichts gehört. Schließlich waren jedoch die Lichter ausgegangen, als habe Gott selbst es nicht länger ertragen können, und das Radio war verstummt. Noch lange hatte sich der Großvater den Kopf zermartert, bis ihn schließlich gnädige Müdigkeit übermannt hatte.

Untröstlich strich er sich nun über den Bart und starrte mit leerem Blick auf seine ausgetretenen Schuhe. Dann betrachtete er nachdenklich seine Hände mit den geschwollenen Knöcheln und der welken, von Altersflecken übersäten Haut. „Diese Hände", murmelte er, „waren einmal jung und stark und voller Hoffnung. Und meine Augen haben einmal voll jugendlicher Lebensfreude in die Welt geblickt." Dann senkte er niedergeschlagen den Kopf. „Ach, ich habe zu lange gelebt! Zu lange, dass ich nun mit ansehen muss, wie unschuldige Menschen auf solch grausame Weise umkommen!" Eine verstohlene Träne tropfte auf seinen weißen Bart. „Es wäre besser, wenn du *mich* hättest sterben lassen, Gott!", flüsterte er. „Besser, wenn du einen *alten* Mann zu dir genommen hättest, nu, als die *Jungen,* die noch voller Hoffnung und Lebensfreude sind."

Während die Morgensonne allmählich das Zimmer durchflutete, bäumte er sich innerlich auf: *Hast du unsere Rachel aus dem Grab zurückgebracht, damit sie noch einmal stirbt? Das kann ich nicht glauben!* Er war so in seine Gedanken vertieft, dass er gar nicht wahrnahm, wie sich langsam die Tür öffnete und Jakov, gefolgt von seinem riesigen, dürren Hund, verschlafen ins Zimmer trat. Er hatte die ganze Nacht ahnungslos in Howard Monigers Bett geschlafen.

„Großvater?", sagte der Junge erstaunt. „Du bist aber heute früh auf!" Er rieb sich das verletzte Auge. „Was ist mit Rachel und dem Professor? Sind sie gestern noch vom Krankenhaus zurückgekommen? Rachel könnte uns wieder Plätzl zum Frühstück machen."

Der Alte schüttelte langsam den Kopf und erwiderte mit gebrochener Stimme: „Heute nicht. Nein, Jakov. Heute nicht –"

„Großvater?", rief Jakov erschrocken und stürzte auf ihn zu.

„Lass den Hund raus, Junge!", befahl der Alte barsch und wandte sich ab. „Ich habe dir neun Jahre lang dein Frühstück gemacht. Ein Morgen mehr oder weniger wird dir auch nicht schaden. Nu! Lass den Hund raus, und dann halten wir unser Morgengebet!"

Jakov rückte sich die Jarmulke zurecht und nickte, blieb jedoch stehen und zupfte unschlüssig an seinem Nachthemd. „Meine Schwester ist also noch nicht zurück?"

„Nein", erwiderte der Alte nun wieder beherrscht, aber bestimmt, „noch nicht."

„Wann kommt sie denn wieder?", bohrte Jakov mit zaghafter, ängstlicher Stimme weiter. „Und auch der Herr Professor?"

Der Großvater sah ihm fest in die Augen. Dann holte er tief Luft und sagte gefasst: „Das weiß nur Gott allein, gelobt sei sein Name, Jakov." Er streckte die Arme nach dem Jungen aus und zog ihn fest an sich. Und so, ihm schützende Nähe gebend, erzählte er ihm nun doch, was er in der vergangenen Nacht im Radio gehört hatte. Jakov hörte regungslos zu und starrte dabei mit leerem Blick nach draußen, wo ein kleiner Spatz auf dem Zweig eines jungen Baumes unbekümmert tschilpte.

Als der alte Mann geendet hatte, meinte der Junge ruhig, aber bestimmt: „Ich möchte nach Hause, Großvater. Nach Hause in unsere kleine Kellerwohnung in der Altstadt. Ich möchte, dass es wieder so wird wie früher –"

Der Alte strich ihm behutsam über den Kopf und erwiderte leise: „Wir können zwar nach Hause, zu den heiligen Stätten hinter den Mauern, Jakov, aber so wie früher wird es nie mehr. Es wird nie wieder sein, wie es früher war."

„Wir waren doch glücklich", wandte der Junge mit klagender Stimme ein und barg sein Gesicht an der Schulter des alten Rabbiners, „als wir nicht wussten, dass sie lebte! Wir hatten doch alle begraben, die ganze Familie, schon vor langer Zeit! Und nun ist Rachel zurückgekommen, aber nur, damit sie uns wieder weggenommen wird. Es wäre besser gewesen, wenn sie nicht zurückgekommen wäre und wir nie erfahren hätten, was sie ihr angetan haben! Ich wünschte, wir hätten es nie erfahren! Ich wünschte, wir hätten nie geliebt und nie gehofft!" Schaul, der bisher regungslos neben den beiden gesessen hatte, legte nun seinen großen Kopf auf den Oberschenkel des Jungen und trauerte mit seinem jungen Herrn, auch ohne zu begreifen, worum es ging.

Der Großvater schüttelte den Kopf. „Wir können zwar zurück, Jakov, aber es wird nie mehr dasselbe sein für uns." Über sein Gesicht ging ein schmerzliches Zucken. „Du bist noch viel zu jung, um über solche Dinge nachzudenken. Du bist zu jung dazu!"

„Bring mich nach Hause, Großvater!", rief der Junge nun verzweifelt schluchzend. „Nach Hause zu meinem Bett und der Torahschule und – ich möchte wieder nach Hause!"

Lange saßen sie eng umschlungen zusammen, bis der Rabbiner schließlich leise zustimmte: „Ja, Jakov. Nach Hause in die Altstadt. Wenn wir schon alle sterben sollen, Alte und Junge, dann ist es besser, in der Altstadt als in der Fremde zu sterben." Er nickte nachdrücklich. In seinem alten Herzen gab es nun keinen Zweifel mehr. „Ja. Wir werden heimgehen!"

Bei diesen Worten hob der Junge mit neuem Mut den Kopf und wischte sich mit dem Handrücken über sein tränennasses Gesicht. „Vielleicht lebt Rachel ja doch noch! Vielleicht sind sie und der Professor ja mit dem Leben davongekommen –"

„Das hoffe ich inständig!" Der Alte schloss einen Augenblick die Augen und fuhr dann mit nachdenklich zum Fenster gerichtetem Blick fort: „Den heutigen Tag werden wir noch hier bleiben. Wir wollen auf eine Nachricht von ihr warten. Wenn sie überlebt hat, wird sie uns eine Nachricht schicken. Sie würde nicht wollen, dass wir in Ungewissheit leben. Wir werden also diesen Tag noch abwarten."

„Und dann?"

„Noch heute Abend werden wir wieder durch die Tore Jerusalems gehen. Bevor sie die Tore Zions schließen, gehen wir wieder nach Hause."

„Großvater?", fragte Jakov leise. „Werden sie uns dann nicht erschießen?"

Der Alte schob nachdenklich die Unterlippe vor. „Das ist schon möglich, Jakov."

„Wenn Rachel tot ist, so wie Mama und Papa und meine Brüder, dann macht es mir nicht so viel aus zu sterben –" Er streichelte tröstend den unglücklich winselnden Schaul. „Ich möchte nicht gern allein leben."

Der Rabbiner zog ihn erneut an sich. „Aber ich glaube, sie werden es sich zweimal überlegen, bevor sie einen alten Mann und einen kleinen Jungen erschießen." Er lächelte versonnen. „Vielleicht wird uns auch ein Engel begleiten, nu?"

* * *

Auch an diesem Morgen herrschte in der Altstadt ein so geschäftiges Leben und Treiben, als ob sich seit tausend Jahren nichts geändert hätte. Es war, als gäbe es weder Krieg noch Straßensperren, weder Stacheldrähte noch Soldaten, die angespannt auf den Dächern Wache hielten.

Jehudit Akiva stand am schmalen Fenster ihres Zimmers und beobachtete, wie die ersten Strahlen des Morgens die Heilige Stadt mit einem sanften Schimmer überzogen. Gleich darauf hörte sie, wie der Muezzin im benachbarten moslemischen Viertel die Gläubigen zum Gebet rief, und zog fröstelnd ihren Schal enger um sich. Im nächsten Moment begannen die Glocken der Grabeskirche die christliche Karwoche einzuläuten und scheuchten eine Schar Tauben auf, die sich flatternd in einer spiralförmigen Bahn in die Lüfte erhoben und sich dann in alle Himmelsrichtungen zerstreuten. Jehudit blickte nachdenklich hinter den Vögeln her.

Dann zog die Jakobskirche mit ihrem roten Ziegeldach ein paar Hausdächer weiter westlich im benachbarten armenischen Viertel die Aufmerksamkeit des Mädchens auf sich. Mit einem gespannten Lächeln auf den Lippen wartete sie darauf, dass auch von dort der ihr so vertraute Aufruf zum Gebet erschallte. Es verging keine halbe Minute, da hörte sie auch schon die dumpfen, rhythmischen Klänge, die mit einem Hammer auf einer Holzplatte erzeugt wurden. Vor Jahrhunderten hatten die Moslems den Christen verboten, ihre Gottesdienste mit Glockengeläut anzukündigen. Und obwohl das Verbot schon vor langer Zeit aufgehoben worden war, hatten die Armenier diese Sitte bis zu diesem Tage beibehalten. *Traditionen halten sich lange in der Heiligen Stadt,* dachte Jehudit, *selbst wenn sie aus Verfolgung und Erniedrigung geboren werden.*

Bald stimmten Dutzende von Kirchenglocken in den Rhythmus der Hammerschläge ein und begrüßten den Morgen. Das christliche, das armenische und das moslemische Viertel begannen ihr Tagewerk in gewohnter Weise innerhalb der knapp zwei Quadratkilometer, die den Mittelpunkt des Universums bedeuteten. Das Labyrinth der alten Basare erwachte mit sehr lauten Rufen der Händler und Käufer zum Leben, und bald mischten sich der Duft von frischem Brot und das Blöken von Schafen in diese bunte Palette mit ein.

* * *

In der Ferne breitete die Morgendämmerung ihr schimmerndes Licht über die Altstadtmauern, und die Klänge der uralten heiligen Stätten wehten über die Hügel und durch die Täler nach Rehavia herüber. „Nach Hause", sagte Jakov freudig zu seinem Hund, „nach so vielen Monaten wieder nach Hause, Schaul!"

Dann stimmte der alte Mann ein Gebet an, das seit mehr als zweitausend Jahren von Juden auf Pilgerfahrten und im Exil gebetet wurde:

*Wie könnten wir des Herrn Lied singen auf fremder Erde?*
*Vergesse ich deiner,*
*Jerusalem,*
*so müsse meine Rechte verdorren!*
*Die Zunge müsse mir*
*am Gaumen*
*kleben,*
*wenn ich dein nicht gedenke,*
*wenn ich nicht Jerusalem setze*
*über meine höchste Freude.*

* * *

Jehudit öffnete das Fenster ein wenig, atmete mit geschlossenen Augen tief die würzige Luft ein und dachte daran, dass beinahe jeder Morgen ihres jungen Lebens wie dieser begonnen hatte. Es war alles beim Alten geblieben. Jedenfalls fast alles. Sie ließ ihren Blick über ihr eigenes, jetzt leeres Viertel schweifen. Dort standen die Soldaten von Dovs Haganah auf den Dächern und starrten über die Sandsackbarrikaden hinweg auf das bunte Treiben der Nachbarstraßen. Ihnen gegenüber standen bewaffnete britische Vorposten, die verhindern sollten, dass ein Aufruhr ausbrach oder ein Heckenschütze die alten Rabbiner auf dem Weg zur Synagoge beschoss.

Während im christlichen und im armenischen Viertel geschäftiges Treiben herrschte und es einen Überfluss an Lebensmitteln gab, war das von einer hohen, rosenfarbenen Mauer umgebene jüdische Viertel still und leer, und unter den fünfzehnhundert jüdischen Einwohnern ging das Gespenst des Hungers um. Seit Wochen war den Juden, die in der Altstadt geblieben waren, nun auch schon der Weg zur Klagemauer versperrt.

Hoch über der Hurva-Synagoge wehte immer noch Mosches Tallith an derselben Stelle, an der Dov ihn aufgehängt hatte. Er war für jeden Jihad-Moqhaden, der gerade eine Kugel übrig hatte, zur beliebten Zielscheibe geworden, so dass das einst so glatte, geschmeidige Gewebe nun von Kugeleinschüssen zerfetzt war. Jehudit hatte jedoch munkeln hören, dass Dov und Rabbi Vultch sich gerade deshalb ins Fäustchen lachten, denn jede Kugel, die nach dem Davidstern verschossen wurde, war eine weniger, die ein jüdisches Leben auslöschen konnte. Und so blieb der Tallith dort als Symbol des Widerstandes hängen.

In diesem Augenblick wünschte sich Jehudit jedoch nichts sehnlicher, als dass eine dieser arabischen Kugeln den Weg in ihr Herz finden möge. Sie stand im Licht des jungen Morgens und sehnte sich danach, dass der Tod sie aus ihrer Gefangenschaft befreien möge. Seitdem sie vor drei Tagen zwangsweise in ihr Vaterhaus zurückgebracht worden war, hatte ihr Vater ihr verboten, ihr Zimmer zu verlassen, und sie hatte ihn die ganze Zeit über nicht ein einziges Mal zu Gesicht bekommen. Die kärglichen Mahlzeiten waren ihr von der mürrischen Alten hereingereicht worden, die ihrem Vater als Hausangestellte und Köchin diente. Niemand hatte während ihrer Gefangenschaft auch nur ein einziges Wort mit ihr gesprochen. Nur einige wenige Gesprächsfetzen waren von der Straße zu ihr heraufgetragen worden, dafür hatte sie die zornige Stimme ihres Vaters umso öfter durch die Holzdielen des Fußbodens vernommen.

„Deir Jassin ... Kastel ... Bab el Wad ...", hatte sie aufgeschnappt, wenn ihr Vater im Zimmer unter ihr wutentbrannt mit dem britischen Hauptquartier telefoniert hatte. An diesem Morgen hatte das Telefon noch nicht stillgestanden, und sie hatte das Ohr fest an den Boden gepresst, um etwas von den Gesprächen mitzubekommen.

„Was haben die Zionisten denn nach Deir Jassin erwartet?", war die dröhnende Stimme Rabbi Akivas zu ihr heraufgeschallt. „Es war doch klar, dass sie ihre Toten rächen würden! Wie viele Juden sind umgekommen? ... Oj! So viele!" Nach einem langen Schweigen, in dem Rabbi Akiva offenbar eine weitere Hiobsbotschaft mitgeteilt wurde, hatte er ungläubig protestiert: „Sie können sie doch nicht zurückziehen! ... Nein! Nicht nach all dem, was geschehen ist! Glauben Sie denn, der Pöbel wird sich durch den Mord an fünfundsiebzig jüdischen Ärzten besänftigen lassen? Und nun sagen Sie sogar, dass die zionistischen Gangster die Bewohner eines weiteren Dorfes am Pass niedergemetzelt haben? ... Sie können sich heute nicht zurückziehen!

Sie können uns nicht dem Schutz einer Hand voll närrischer Jeschivaschüler überlassen! ... Dann werden wir überrannt. Wenn es so ist, wie Sie sagen, werden wir von den Freischärlern Haj Amins überrannt. Stewart, Sie müssen mit den Behörden sprechen! Wir Menschen in der Altstadt lieben den Frieden! Wir möchten nur –"

Akivas zornige Stimme erhob sich zu immer neuen Höhen der Verzweiflung. „Stewart! Die ganze Welt wird Ihre Regierung dafür zur Verantwortung ziehen, wenn wir abgeschlachtet werden, weil Sie sich zurückgezogen haben! ... Nur für heute? Aber warum nur für heute? Warum?"

Jehudit presste ihr Ohr noch fester an den Boden, um die Antwort auf diese Frage erschließen zu können. Aber es drang nur ein letzter zorniger Schrei ihres Vaters nach oben. Dann hörte sie, wie das Telefon krachend zu Boden fiel. Gleich darauf verließ ihr Vater mit stampfenden Schritten das Zimmer, und dann fiel in der Ferne krachend eine Tür zu.

Jehudit setzte sich seufzend auf. Schwer gegen ihr Bett gelehnt, starrte sie auf ihre Hände und dachte nach. *Die Briten ziehen sich also heute tatsächlich aus der Altstadt zurück. Nur für heute! Warum bloß?*

Sie blieb lange unschlüssig sitzen, doch plötzlich erhob sie sich hastig und eilte erneut ans Fenster. Von dort beobachtete sie mit zusammengekniffenen, gegen das grelle Sonnenlicht abgeschirmten Augen, wie in der Ferne die britischen Vorposten ihre Waffen aufnahmen und ohne großes Aufsehen ihre Stellungen verließen. Diese wurden sofort von Haganahsoldaten eingenommen, die zum ersten Mal ihre Waffen offen zur Schau trugen.

„Die Engländer haben Angst", stellte Jehudit laut fest. „Etwas kommt auf uns zu, und sie haben Angst, mit hineingezogen zu werden."

Rasch verloren sich die britischen Soldatenmützen hinter den Gebäuden. Die Männer schienen in Eile. Jehudit fasste sich nachdenklich an den Kopf und versuchte die Nachrichtenfetzen, die sie in ihrem Gefängnis aufgeschnappt hatte, in eine sinnvolle Ordnung zu bringen. Alles führte nur zu dem einen Schluss: Kastel und Bab el Wad waren den jüdischen Streitkräften in die Hände gefallen, und nun kamen die Freischärler Haj Amins hierher in die Altstadt, um das jüdische Viertel niederzumetzeln. Und die Soldaten Captain Stewarts würden nichts unternehmen, um sie daran zu hindern.

Plötzlich rasselten Schlüssel in ihrem Türschloss, und Jehudit fuhr herum. Die Zimmertür öffnete sich langsam, und dann erschien das runzelige Gesicht Goldie Levys. Sie trug ein Tablett in ihren knorrigen, arthritischen Händen, schaute Jehudit nur kurz an und senkte dann sofort wieder den Blick.

„Was ist geschehen?", fragte Jehudit und eilte ihr entgegen, um ihr das Tablett abzunehmen.

Die Alte legte einen ihrer verkrümmten Finger an die dünnen Lippen und gab ein warnendes „Sch" von sich. Nach einem ängstlichen Blick über die Schulter flüsterte sie: „Dein Vater ist sehr zornig. Die Zionisten haben die Straße nach Jerusalem geöffnet –"

„Aber das ist doch ein Grund zur Freude", unterbrach sie Jehudit.

„Sie haben außerdem einen großen Führer der Araber ermordet.

Die Moslems werden erst trauern und dann überall Feuer legen. Dabei haben die Engländer Befehl, sich heute der Altstadt fern zu halten." Sie deutete mit dem Kopf in Richtung der Jeschivaschüler, die über die Dächer hasteten. „Sie überlassen uns, Gott behüte, einer Hand voll dieser Schüler und noch weniger Leuten von der Haganah. Das ist für deinen Vater, Rabbi Akiva, ein Schlag ins Gesicht. Und darüber ist er sehr erbost." Damit machte sie auf dem Absatz kehrt und verließ schnell das Zimmer, aber nicht ohne die Tür wieder gut hinter sich abzuschließen.

Jehudit trug das Tablett mit der mageren Essensration zur Fensterbank und setzte sich. Während sie den dünnen Tee trank, verfolgte sie, wie sich die Nachricht in der Altstadt verbreitete. Die Glocken im christlichen Viertel verstummten, und aus den Souks erschallten zornige Rufe und Klagelaute. Die Schaufenster wurden eilig mit Rollläden vor dem Zorn der arabischen Massen verschlossen, der unweigerlich über das Viertel hereinbrechen würde. Immer mehr junge Haganahmänner strömten aus den kleinen Häusern des jüdischen Viertels. Sie sammelten sich hinter den Barrikaden und sahen von dort aus zu, wie der ihnen nur zu vertraute Zorn brodelte und sich ständig steigerte.

Und dann umfing die Heilige Stadt, das Zentrum des Universums, mit einem Mal eine tiefe, unheilvolle Stille, und Jehudit Akiva saß am Fenster und betete darum, dass eine der Kugeln ihr Herz finden möge, um ihrem kurzen, unglücklichen, siebzehnjährigen Leben ein Ende zu setzen.

# 2. Bedenkliche Nachrichten

Die Nachricht von der Explosion des arabischen Waffentransporters wurde vom zionistischen Hauptquartier im obersten Stockwerk des römischen Waisenhauses ausgestrahlt, von Station zu Station weitergegeben und erreichte zuletzt das Hauptquartier in Tel Aviv. Als der Code schließlich entschlüsselt war, stand die Sonne in Palästina bereits hoch am Himmel.

Vier männliche und zwei weibliche Mitglieder des Mossad diskutierten gerade den Fall bei einer Tasse Kaffee. Sie waren schon lange über das Schicksal des Schiffes im Bilde gewesen, lange bevor die Nachricht die Fernschreiber der europäischen Pressestelle des Mossad in Rom erreicht hatte. Was den Fall jedoch so unangenehm machte, war die Tatsache, dass das Schiff nicht, wie geplant, auf offener See und durch einen anonymen Bombenangriff, sondern durch einen Sabotageakt mitten im Hafen von Bari versenkt worden war. Nun musste in aller Eile über das weitere Schicksal der daran beteiligten Personen, drei Männer und einer Frau, befunden werden.

„Vier? Wirklich vier?", vergewisserte sich der dunkelhäutige Chef des Mossad erstaunt, als die Zahl genannt wurde, und sog heftig an seiner Zigarette. „Von Bernie Greene, David und Ellie Meyer wissen wir ja. Aber wer ist der Vierte?"

„Avriel hat uns mitgeteilt, dass sie ihn auf Zypern aufgelesen haben." „Auf Zypern?", rief der Geheimdienstchef ungläubig aus. „Da wimmelt es doch von Briten!"

„Und D. P.-Lagern! – Der Bursche soll aus einem dieser Lager ausgebrochen sein. Avriel sagte nur, dass er Sprengstoffexperte ist."

„Nun, wenn er etwas mit der Versenkung der *Trina* zu tun hatte, dann ist das der beste Beweis dafür."

„Ein Beweis wofür? Meinen Sie nicht, dass es auch den Briten gar nicht mal so unlieb ist, wenn ein Waffentransport mit Kurs auf den Nahen Osten versenkt wird? Dieser Bursche kann doch auch ganz einfach ein Agent sein, der sich in unsere Organisation einschleichen will."

In gedrücktes Schweigen versunken, tranken die vier ihren Kaffee und überdachten dabei die Worte ihres Chefs. Schließlich richtete eine der Frauen, sich müde die Augen reibend, das Wort an ihn: „Wir müssen eine Entscheidung treffen! Sie haben um Pässe gebeten, um Hilfe von Rom. Was sollen wir tun?"

„Wenn sie verhaftet werden", überlegte er laut, „wird man sie zweifellos mit uns in Verbindung bringen."

„Eine prekäre Situation. Überaus prekär", seufzte ein kleiner kahlköpfiger Mann mittleren Alters.

„Dann sollten wir eben etwas tun, um ihnen bei der Flucht behilflich zu sein", meinte der Geheimdienstchef und strich sich nachdenklich über seinen dünnen Lippenbart, während er noch einmal die Botschaft durchlas.

„Natürlich ohne unsere Aktion in Rom zu gefährden", fügte die zweite Frau warnend hinzu.

„Wir könnten den vierten Mann auch opfern", warf der jüngste Mann aus der Gruppe ein. „Wenn er tatsächlich ein Agent ist, wird das für die Briten ein ziemlicher Rückschlag sein."

„Und wenn er keiner ist?", gab der Leiter des Mossad zu bedenken. Wieder herrschte nachdenkliches Schweigen. „Aber auch wenn er einer ist, wird er doch nur so viel Kenntnis über den Mossad bekommen, wie wir ihm zubilligen."

„Außerdem ist Bernie Greene der Einzige aus der Gruppe, der etwas über uns weiß. Und der würde kein Sterbenswort sagen. Nicht ohne die übliche Rückfrage. Nicht einmal David Meyer wird er den Sitz des römischen Hauptquartiers verraten."

„Ja. Greene kennt die Spielregeln und hält sich daran."

„Was schlagen Sie also vor?", fragte der Geheimdienstchef und tippte ungeduldig mit seinem Bleistift gegen seine Tasse.

„Pässe für die drei. Und etwas weniger für den Mann aus Zypern", schlug der kleine Mann vor.

„Pässe", sagte die erste Frau zustimmend und nickte. „Und so viel Geld, dass sie sich nach Paris absetzen können. Bernie Greene wird dann schon wissen, was zu tun ist."

„Auf diese Weise bleiben wir auf Distanz", fügte der kleine kahlköpfige Mann hinzu. „Keinerlei Kontakt! Denn ganz Italien wird inzwischen nach der Gruppe fahnden, die den Hafen von Bari in die Luft gesprengt hat. Im Laufe des Vormittags wird man nicht mal bis auf zehn Kilometer an sie herankommen, ohne sich in Gefahr zu begeben."

„Ich bleibe dabei: Opfern ist das Sicherste", wiederholte der junge Mann beharrlich. „Im Untergrund haben wir es immer so gemacht: Lieber einen opfern, als die ganze Organisation zu gefährden –"

„Das entspricht aber nicht unserer Vorgehensweise", erwiderte der Geheimdienstchef mit stechendem Blick.

„Und was ist mit dem Priester?", bohrte der junge Mann weiter. „Er stellt zweifellos ein noch größeres Risiko dar. Er wird in Bari bleiben und ganz sicher verdächtigt werden." Er schlug entschieden mit der flachen Hand auf den Tisch. „Ich behaupte: Gegen ein Opfer ist nichts einzuwenden. Um viele zu retten, ist es hin und wieder nötig, einige wenige aufzugeben."

Die zweite Frau beugte sich mit erregtem Gesicht vor und fragte eindringlich: „Und was ist, wenn wir eines Tages unter denen sind, die eliminiert werden sollen?"

Ohne auch nur mit der Wimper zu zucken, erwiderte der junge Mann: „Wenn damit unser Traum von der Freiheit erhalten werden kann –"

„– dann heiligt der Zweck die Mittel?", führte einer der anderen Männer zweifelnd den Satz zu Ende. Die Diskussion war vom Praktischen ins Grundsätzliche abgeglitten.

„Wenn das unsere zukünftige Handlungsmaxime sein soll", erwiderte die zweite Frau angewidert, „dann heißt das, dass unsere ganze Freiheit – ein Traum bleiben wird!"

„Genug jetzt!", brach der Chef energisch die Diskussion ab. „Man wartet auf unsere Entscheidung, und wir sind noch zu keinem Entschluss gekommen!"

„Wir sollten sie zunächst beobachten – und abwarten", schlug der kleine Mann vor. „Pässe, Kleidung, etwas Geld ... ja. Aber mehr auch nicht – bis wir ganz sicher sind."

Zustimmendes Gemurmel erhob sich in der Runde. Nur der junge Mann, der zuvor so heftig eine abweichende Überzeugung vertreten hatte, blieb stumm, und seine Augen ließen erkennen, dass er weiterhin von der Richtigkeit seiner Meinung überzeugt war.

„Dann ist also“, fasste der Leiter des Mossad zusammen, während er seine Augen fest auf den jungen Mann richtete, „alles geregelt. Wir sind alle einer Meinung. Alle, außer Ihnen, Ari. Aber Sie werden den Beschluss akzeptieren, weil Sie überstimmt sind, nicht wahr?“

Der junge Mann nickte grollend. „Das muss ich wohl.“

„Gut. Dann leiten Sie das Ergebnis unseres Gesprächs nach Rom weiter. Und überlassen Sie ihnen die weitere Entscheidung, was das Reiseziel und den Transport der vier angeht.“ Nach kurzer Pause fügte er noch zu dem jungen Mann gewandt hinzu: „Ach, was ich noch sagen wollte, Ari: Denken Sie daran, dass wir alle einmal im Untergrund waren! Aber inzwischen gibt es wirksamere Mittel, ein sicheres Spiel anzugehen, als jemanden zu opfern.“

* * *

Die Straßen von Washington DC waren nass und blank vom vielen Regen, der in den letzten beiden Tagen ununterbrochen niedergegangen war. Auf Tom Kanes neuem Ford Sedan, Baujahr 1948, befanden sich jedoch erst einige Tropfen, da er bis eben im Trockenen gestanden hatte, und der Scheibenwischer fuhr nun quietschend über die Frontscheibe. Kane verzog bei dem unangenehmen Geräusch schmerzhaft das Gesicht und tastete am dunklen Armaturenbrett nach dem Schalter, um den Scheibenwischer wieder abzustellen.

Es war ein Uhr nachts, und die breiten Boulevards der Stadt waren fast menschenleer. Kanes Scheinwerferlicht spiegelte sich auf dem glänzenden schwarzen Asphalt der Washington Parkway. Zu seiner Rechten befand sich der nun still daliegende National Airport, auf dem Flügelspitze an Flügelspitze zahllose DC-4-Passagierflugzeuge standen. Die Rollbahn schien unter dem Licht der blauen Lampen, die den daneben herfließenden Fluss Potomac säumten, zu glühen, und auf der Wasseroberfläche spiegelte sich die vierzehnte Brücke.

Die vom Regen gereinigte Luft ließ alles strahlender und deutlicher hervortreten als sonst.

Obwohl Tom für seine Fahrt zum Außenministerium aus tiefem Schlaf gerissen worden war, hatte er einen klaren Kopf und fühlte sich hellwach. In den vergangenen drei Wochen hatte er schon etliche Male ähnliche Nachtfahrten unternommen und dabei die Stille der schlafenden Hauptstadt genossen. Tagsüber, insbesondere während der Hauptverkehrszeit, dauerte diese Fahrt dreimal so lang, weil die Straßen mit hupenden Taxis verstopft waren, die überarbeitete Männer zu Senatsausschüssen fuhren, die derart verliefen, dass der Blutdruck selbst der ruhigsten Teilnehmer in die Höhe getrieben wurde.

Seit kurzem nun stand Washington im Zentrum der Aufmerksamkeit aller Reporter Amerikas, da in den dort stattfindenden Untersuchungsausschüssen über antiamerikanische Umtriebe vermeintliche Kommunisten mit einem Eifer verfolgt wurden, dem oft nicht nur Schuldige, sondern auch Unschuldige zum Opfer fielen.

Der Einmarsch der Sowjetunion in die Tschechoslowakei und die Drohung der Kommunisten, Berlin von den Besatzungszonen der westlichen Alliierten abzuschneiden, hatte das antikommunistische Fieber zu einem neuen Höhepunkt getrieben, so dass sich die berechtigte Sorge vor staatsschädigenden Umtrieben zu einer regelrechten Hexenjagd entwickelt hatte.

Und all diese Ereignisse übten allmählich einen Einfluss auf die Meinung der Weltöffentlichkeit über jenen kleinen Winkel der Welt aus, der Tom Kanes Spezialgebiet war.

Tom Kane war als *Sonderberater für Nahöstliche Angelegenheiten* in diese friedliche Washingtoner Nacht hinausgerufen worden, um seine Einschätzung der jüngsten Nachrichten abzugeben. Und diese waren alles andere als friedlich.

Als er das Lincoln-Memorial umfuhr, musste er plötzlich doch gähnen. Der ehrliche Abraham schaute nachdenklich zur Seite, auf den großen marmornen Obelisken des Washington-Monuments, der wie ein anklagender Finger gen Himmel zeigte. *Hatten die Amerikaner nicht gerade im blutigsten Krieg aller Zeiten für die Freiheit gekämpft? Warum wurde die Welt dann immer noch von Hass und Revolutionen geschüttelt?* Solche Gedanken hatten sich Tom aufgedrängt, als der Konflikt in Palästina eskaliert war. Und Tom war zu dem Schluss gekommen, dass es keine Antworten gab – überhaupt keine. Es gab nur Fragen.

Er verlangsamte seine Geschwindigkeit und bog nach rechts in die dreiundzwanzigste Straße ein. Zwei Häuserblocks von ihm entfernt erhob sich der imposante Bau des Außenministeriums. Zu dieser Stunde sah das Gebäude mit seinen beleuchteten Fenstern wie ein überdimensionales Schachbrett aus. Für jede möglicherweise gefährliche Situation, die sich irgendwo auf dem Erdball entwickelte, hatte das Außenministerium einen kleinen Krisenstab eingesetzt, der in der Nacht, genauso wie am Tag, hinter einem dieser Fenster die Ereignisse überwachte.

In dieser Nacht waren nun, wie so oft in letzter Zeit, Nachrichten aus Palästina eingetroffen, die nicht nur den Fernschreiber, sondern auch den Mann, der sie entschlüsselte regelrecht aufgeschreckt hatten.

Eine aufgeregt stammelnde junge Stimme hatte Kane mit den unheilvollen Worten aus dem Schlaf gerissen: „Dies betrifft leider einen bekannten amerikanischen Staatsbürger, Sir. Ich glaube, dass eine sofortige Einschätzung der Lage nötig ist."

In letzter Zeit hatte es jedoch den Anschein, dass alles in Palästina eine sofortige Überprüfung verlangte, auch wenn es mitten in der Nacht war. Das eben war das Problem, wenn sich das Land, auf das man sich spezialisiert hatte, sozusagen auf der anderen Seite der Welt befand. Tom hatte schon oft die Zeitunterschiede zwischen Washington und Palästina verflucht und gewünscht, dass er seinen akademischen Grad an der Georgetown University in amerikanischer Geschichte erworben hätte. Die furchtbarsten Ereignisse in Palästina passierten nämlich grundsätzlich dann, wenn Tom sich gerade vorgenommen hatte, einmal eine Nacht richtig auszuschlafen. Und die letzte prekäre Entscheidung, ob man den friedlich schlafenden Außenminister George C. Marshall anrufen sollte oder nicht, konnte schließlich erst gefällt werden, wenn Kane die Informationen sachkundig geprüft hatte.

Tom zeigte einem ernsten Sicherheitsposten seinen Pass und eilte dann zur Treppe, um in den zweiten Stock hinaufzusteigen. Dort angelangt, verschwand er in der Herrentoilette, um sich zunächst mit ein paar Wasserspritzern zu erfrischen und seine Fliege, sein Erkennungszeichen, gerade zu rücken.

Im grellen Licht der Toilette sah Tom älter aus, als seine achtunddreißig Jahre hätten vermuten lassen. Seine Augen waren verquollen, und die Furchen, die seine hohe Stirn teilten, erschienen viel tiefer als gewöhnlich. Einen Augenblick betrachtete er sich prüfend, strich sich über das dichte Haar, befeuchtete dann seine Finger abermals mit kaltem Wasser und legte sie mit sanftem Druck auf die Augenlider. Doch auch diese Behandlung war nicht von Erfolg gekrönt. Seine grünen Augen waren nach wie vor dunkel gerändert, und seine Augenlider hingen tiefer als gewöhnlich.

„Du siehst gerädert aus“, murmelte Tom. „Richtig alt siehst du aus, Papi.“ Er benutzte den Scherznamen, den ihm seine Kameraden im Büro für *Strategische Kriegsführung* während des Krieges gegeben hatten. Auch damals hatte er schon älter ausgesehen, als er tatsächlich war. Doch hatte sich dies als durchaus vorteilhaft für ihn erwiesen, denn dadurch hatte er immer vertrauenserweckender gewirkt als seine Altersgenossen, obwohl er in Wahrheit, wie auch seine geschiedene Frau immer bissig feststellte, „zur Hälfte aus Bluff“ bestand.

Kane war jedoch im Laufe der Zeit zu der stillen Überzeugung gelangt, dass jeder, der Erfolg hatte, zu neunzig Prozent aus Bluff bestand. Dann blieben noch zehn Prozent übrig, die echt waren. Und es waren, gemäß Kanes Philosophie, gerade diese restlichen Prozente – eine Mischung aus Mut, geistiger Leistung, Wissen und gesundem Menschenverstand – mit denen man im Leben durchkam, selbst wenn man sich zu Tode ängstigte. Der Bluff diente nur dazu, jemanden älter und weiser erscheinen zu lassen als seine Kollegen.

Mit dieser Einstellung hatte Kane es im Außenministerium schnell zu etwas gebracht: Da er es sich nie gestattet hatte, sich von seiner Angst unterkriegen zu lassen, hatte er das Feld gegen die Furchtsamen sicher behauptet. Auch heute Nacht würde es nicht anders sein, obwohl auch in seinem Innern die Unsicherheit nagte.

Im gesamten Außenministerium gab es augenblicklich niemanden mehr, der sich ganz sicher war, was die Teilung Palästinas anbetraf. Und diejenigen, die allem Anschein nach eine feste Überzeugung hatten, vertraten sogar die Ansicht, dass die Teilung schon von ihrer Konzeption her eine äußerst schlechte Idee gewesen war. Die Vereinigten Staaten hatten schon immer eine schwankende Haltung in Bezug auf eine jüdische Heimstätte eingenommen. Und die furchtbaren Ereignisse der letzten Wochen und Monate hatten nicht nur bei den Diplomaten, sondern auch bei den Politikern des Landes einen schlechten Nachgeschmack im Mund hinterlassen. So war aus allen Bereichen der Schrei laut geworden, dass die Teilung rückgängig gemacht werden und Palästina der direkten Obhut der Vereinten Nationen unterstellt werden solle. Sogar unter den amerikanischen Juden hatte Kane Anzeichen für eine schwankende Position festgestellt. So wurden also Bluff und scheinbare Entschlossenheit aller von den Gräueln der Wirklichkeit in Palästina untergraben.

Ein blasser, vergeistigt wirkender junger Mann saß vor dem Fernschreiber im Entschlüsselungsraum. Seine Kaffeetasse stand bereits seit einer Stunde unberührt an genau derselben Stelle, an der er sie zuletzt abgestellt hatte, und der Kaffee war inzwischen kalt geworden.

„Diese drei Fernschreiben sind nacheinander reingekommen“, erklärte er und reichte Kane drei Mappen. Dann deutete er mit dem Daumen auf die Fernschreiber, die summend und ratternd meterweise Informationen auf den Boden spien. „Das Zeug war beim Telegrafendienst. Es wird in der Morgenausgabe der *Times* erscheinen.“

Tom blätterte die oberste Mappe durch, warf sie wortlos auf den Schreibtisch und schlug die zweite auf. Kaum hatte er jedoch die Hälfte der ersten Seite gelesen, schnitt er laut seufzend eine Grimasse. Dann befahl er mit eintöniger Stimme: „Hol den Minister ans Telefon. Und zwar sofort!“

## 3. Im Hadassah

Die helle Morgensonne bildete einen merkwürdigen Kontrast zu der düsteren, grüblerischen Stimmung, die sich über Jerusalem gelegt hatte.

Rachel Sachar stand schweigend am Fenster des kleinen, tristen Krankenzimmers im dritten Stock des Hadassah-Krankenhauses und starrte lange auf die Reste des Konvois. Schließlich schloss sie benommen die Augen und drückte ihre Wange gegen das kühle Glas. Unterdessen horchte Dr. Rimsky die kleine Tikvah ab. Sie wehrte sich heftig gegen das kalte Instrument, das ihr immer wieder an einer anderen Stelle auf die Brust gesetzt wurde. Der Arzt schnalzte zunächst beruhigend mit der Zunge, meinte dann jedoch in leicht tadelndem Ton zu ihr: „Du kannst aber schon wieder kräftig schreien, Tikvah! Dir geht's wohl schon wieder so gut, dass du dich über mich ärgern kannst, was?"

Das Kind ballte die Fäustchen und schrie zornig. Doch dies war Musik in Rachels Ohren, und sie vergewisserte sich, allerdings ohne den Blick von dem grausigen Bild vor dem Fenster abwenden zu können: „Es geht ihr doch gut, nicht wahr, Herr Doktor?"

„Ja. Recht gut", bestätigte der Arzt und fügte behutsam hinzu: „Vielleicht sogar besser als ihrer Mutter im Augenblick?"

Rachel war nicht in der Lage, ihm zu antworten oder ihren Blick von der dünnen, dunklen Rauchwolke abzuwenden, die den Ort markierte, an dem so viele Menschen in der vergangenen Nacht den Tod gefunden hatten. Nur ganz wenige hatten überlebt. Rachel war eine dieser wenigen, und doch konnte sie sich an diesem Morgen nicht darüber freuen. Zwar war sie dankbar wegen des Kindes, das sie unter dem Herzen trug, und wegen der kleinen Tikvah, die sie so sehr brauchte, aber Freude wollte sich auch am Morgen nach dieser traumatischen Nacht nicht bei ihr einstellen.

Im Tal unter ihr, im Süden des Krankenhauses, erhob sich die mächtige Kuppel des Felsendomes über den verwinkelten Straßen der Altstadt, in denen sich der moslemische Mob aus allen Winkeln

Jerusalems eingefunden hatte. Und das gleißende, flirrende Sonnenlicht über den zerklüfteten Mauern verlieh diesem alten Schauplatz der Geschichte ein merkwürdig verzerrtes Erscheinungsbild: Die runden Hausdächer in dem verwirrenden Netz der Altstadtstraßen schienen ihr wie unzählige Totenschädel um die heilige moslemische Moschee zu schwanken und zu tanzen.

Im Schatten jener Häuser und Läden braute sich aus Zorn und Leid der Araber erneut eine Welle der Leidenschaft zusammen, die wieder an den Grundfesten der Stadt des Friedens rütteln würde, wie schon so oft seit dem Teilungsbeschluss der UNO vor fünf Monaten. *Vielleicht,* sinnierte Rachel, während sie aus dem Fenster sah, *ist das Flirren der Luft auch nur der Gestalt gewordene Zorn der Araber, der uns die Luft vergiftet ...* Weiter kam sie nicht mit ihren Gedanken, denn wieder einmal brachen traumatische Erinnerungen über sie herein: *Rauch und Maschinengewehrkugeln, die gegen den Krankenwagen prallten; die Schreie der Sterbenden; Howard Moniger, der sie hinter sich herzog, um sie in Sicherheit zu bringen, und dann seine wächserne Gesichtsfarbe, als das Leben von ihm wich.* Sie kniff verzweifelt die Augen zusammen, als könne sie die grausigen Bilder auf diese Weise verdrängen. Doch sie wurden nur durch Erinnerungen an eine andere furchtbare Zeit abgelöst: *„Schnell, Judenpack!" Bajonette und der Hall von Nazistiefeln auf dem Pflaster von Warschau ...*

„Er hat gesagt, ich soll sie nicht hassen", brach es aus ihr hervor. Sie hatte völlig vergessen, dass sich Dr. Rimsky immer noch im Zimmer befand.

„Wer hat Ihnen das gesagt?", fragte er erstaunt. Auch er war inzwischen ans Fenster getreten. Er stand dicht hinter ihr und starrte ebenfalls fassungslos auf den Anblick, der sich ihnen am Fuß des Berges bot.

„Professor Moniger. Bevor er starb", erwiderte sie tonlos vor Erschöpfung.

„Die Araber nicht zu hassen", stieß der Arzt voll Bitterkeit hervor. „Das ist unmöglich!"

Rachel gelang es, ihre Gefühle zu bezwingen. Den Blick zwar

noch gebannt auf die rauchenden Fahrzeugskelette gerichtet, die inzwischen von britischen Soldaten vorsichtig untersucht wurden, erwiderte sie dennoch beherrscht: „Die Ärzte und Schwestern, die umgekommen sind, waren Ihre Freunde, nicht wahr?“ Sie verstand Dr. Rimskys Zorn.

Er schwieg einen Augenblick, dann atmete er tief ein und stieß mit belegter Stimme hervor: „Sie waren nicht nur *meine* Freunde, sondern Freunde der *Welt!* Die großartigsten Ärzte und gütigsten Menschen! Es ist so sinnlos! So sinnlos und purer Wahnsinn ... Und nun ist nicht einmal mehr so viel von ihnen übrig, das man begraben könnte.“

Bei diesen Worten wurde es Rachel flau, und ihr war, als hebe sich ihr der Boden entgegen. Sie suchte krampfhaft an der Fensterbank Halt, bevor ein fahler gelber Schleier ihren Blick vernebelte und sie in sich zusammensackte. „Hilf mir!“, hauchte sie noch. „Hilf mir, Gott!“

Dr. Rimsky fing sie mit starken Händen auf und geleitete sie zu einem Stuhl. In aufrichtiger Reue sagte er: „Das war gedankenlos von mir, Frau Sachar! Ich habe mich vergessen.“

Rachel hielt sich den Kopf. Alles drehte sich um sie. In ihrer Hilflosigkeit sehnte sie sich nur noch nach einem: sich an Mosche anlehnen zu können. *Wenn er nur hier wäre! Wenn er nur ...* „Mosche“, flüsterte sie, und Tränen tropften auf ihren Rock.

„Atmen Sie ein paarmal tief durch, Frau Sachar!“, riet Dr. Rimsky. „Sie haben eine schwere Zeit hinter sich. Und nun brauchen Sie Ruhe und gutes Essen. – Um des ungeborenen Kindes, wenn schon nicht um Ihrer selbst willen!“ Er war wieder ganz Arzt.

„Ich ... ich kann nichts essen“, flüsterte sie mit bebender Stimme. Er klopfte ihr beruhigend auf den Rücken und erwiderte verständnisvoll: „Natürlich nicht. Das ist ganz normal in der ersten Phase der Schwangerschaft. Aber Sie müssen es versuchen! Wenn es vormittags nicht geht, dann vielleicht in kleinen Mengen am Nachmittag.“

Sie wartete, bis sich die Welt um sie herum wieder beruhigt hatte, und Dr. Rimsky blieb so lange neben ihr stehen.

Schließlich schlug sie mit einem tiefen Seufzer die Augen auf und meinte beruhigend: „Es geht schon wieder!“ Undeutlich war sie sich bewusst, dass ihre Stimme heiser klang.

„Warten Sie noch einen Augenblick! Gönnen Sie sich noch einen kurzen Moment der Ruhe.“

„Danke“, sagte sie nickend und blickte ihn an. Erstaunt stellte sie dabei fest, dass er ihr jetzt so viel älter vorkam als vor einer Woche, da sie ihm das erste Mal begegnet war. Sein geduldiger Ton verbarg offenbar, was sein Gesicht nicht zu verheimlichen vermochte: abgrundtiefe Müdigkeit und Trauer. Seine großen braunen Augen hinter den dicken Brillengläsern waren rot gerändert und seine Gesichtshaut schlaff vor Erschöpfung. Sein gestärkter weißer Kittel war zerknittert und mit Blut bespritzt.

Als sie Tikvah vor einer Woche ins Krankenhaus gebracht hatte und er gekommen war, um die Kleine zu untersuchen, hatte sie ihn gar nicht genau angesehen. Denn sie hatte für nichts einen Blick gehabt außer für das Inferno, das in ihrem Inneren wütete. Nun erst war sie fähig, ihn mit den Augen des Mitleids zu betrachten. Der Schmerz, wie sie ihn um Howard Moniger empfand, musste bei Dr. Rimsky unvergleichlich größer sein, da die Namen derer, um die er trauerte, unaufhörlich auf den Fluren des Krankenhauses von Mund zu Mund gingen. *Wie einsam muss er sich fühlen!*

„Vielleicht sollten auch Sie sich ausruhen, Herr Doktor“, schlug sie vor und war sogleich betreten über ihre eigene Kühnheit.

Seine Mundwinkel verzogen sich zu einem schwachen Lächeln. „Das habe ich mir auch schon gesagt ... gestern. Aber Schlaf ist heute so rar wie Medizin.“ In einem Anflug von Humor fügte er mit belegter Stimme hinzu: „Leider kann man sich nicht für eine Portion Schlaf anstellen.“ Rachel ahnte, dass er in Gedanken wieder bei den Frauen und Männern war, die in der letzten Nacht ums Leben gekommen waren.

Sein Blick wanderte zu der kleinen Schachtel auf dem Nachttisch, in der sich die persönliche Habe Howard Monigers befand. Rachel folgte seinem Blick mit den Augen und beantwortete von sich aus die Frage, die er nicht zu stellen wagte: „Mein Mann hat ein Arbeitszimmer in der Hebräischen Universität, und er hatte Professor Moniger gebeten, einige Sachen von dort abzuholen. Das ist auch der Grund, warum der Professor hergekommen ist. So sagte er jedenfalls. Aber ich glaube eher, dass er auf mich aufpassen wollte. Und das hat er ja auch getan ... und es mit seinem Leben bezahlt. Er war ein guter Mann ..." Die Stimme versagte ihr, und sie blickte zu dem blauen Stück Himmel empor, das durch das Fenster schimmerte.

„Ich kann immer noch nicht begreifen, was geschehen ist", entfuhr es Dr. Rimsky. Die Fassade seiner beruflichen Distanz war mit einem Schlag wie weggewischt. „Ich hatte gehofft ... gehofft", stammelte er, „dass all die Barbarei in der Welt ein Ende haben würde. Und nun haben sogar unsere eigenen Leute gewütet wie die Nazis. Da ist es kein Wunder, dass die Araber die Passagiere des Konvois genauso niedergemetzelt haben wie die Juden die Einwohner von Deir Jassin."

Doch Rachel war das plötzlich alles völlig egal. Ihr ganzes Fühlen und Denken wurde nur noch von einem einzigen Gedanken beherrscht, dem Gedanken an Mosche, und so wagte sie es, die Frage zu stellen, die ihr so sehr unter den Nägeln brannte: „Weiß jemand ... gibt es irgendwelche Nachrichten von der Schlacht um Kastel?"

Er sah sie fragend an. „Ist Ihr Mann dort?"

„Ja."

Ein Lächeln huschte über sein Gesicht. „Dann kann ich Ihnen an diesem schwarzen Tag doch zumindest etwas Hoffnung machen, Frau Sachar: Der Davidstern flattert über Kastel!"

Sie beugte sich vor. „Wir haben die Schlacht gewonnen?"

„Sozusagen. Auf dieselbe Weise, wie die Israeliten den ägyptischen Streitwagen am Roten Meer entkommen sind: durch ein Wunder. Die Nachrichten sind sehr kärglich. Niemand weiß so recht, wie es geschehen ist. Aber eins steht jedenfalls fest: Die Truppen Haj Amins sind in Scharen abgezogen und haben sich in der Altstadt versammelt. Es sind Tausende. Auch Zivilisten sind darunter." Er öffnete das Fenster einen Spalt und trat zur Seite. „Hören Sie!"

Ein dünner, hoher Ton wurde von der Altstadt zu ihnen heraufgetragen: Zehntausend Stimmen hatten sich zu einem einzigen Schrei der Klage und der Verzweiflung vereint. „Was bedeutet das?“, fragte sie erstaunt, während er das Fenster wieder schloss.

„Das weiß bisher niemand! Aber vor ein paar Minuten hat uns die Jewish Agency mitgeteilt, dass jetzt der richtige Augenblick sei, einige der weniger kritischen Fälle aus dem Krankenhaus zu evakuieren.“ Er warf einen Blick auf Tikvah, die zufrieden ihre Händchen betrachtete. Ihr Atem ging nun ruhig und ohne das furchtbare Rasseln, das sie beinahe das Leben gekostet hatte.

„Kann ich sie schon mit nach Hause nehmen?“, fragte Rachel sofort hoffnungsvoll.

„Wenn die Straße tatsächlich offen sein sollte ...“, erwiderte der Arzt, „wenn die Araber in der Altstadt beschäftigt sind, sehe ich keinen Grund, warum sie nicht entlassen werden sollte. Und das mit meinem Segen. Auf jeden Fall dürften wir wohl bald Gewissheit darüber haben, ob die Araber die Straße durch Sheik Jarrah tatsächlich unbewacht gelassen haben oder ob es sich dabei nur um ein Gerücht handelt.“

„Fahren Sie auch mit, Dr. Rimsky?“

Sein Gesicht wurde unversehens wieder ernst, und er presste nachdenklich die Lippen aufeinander. Schließlich antwortete er: „Nein. Nein. Ich glaube nicht. Einige von uns müssen bleiben. Dies ist sicher nur die Ruhe vor dem Sturm. Nur eine ruhige Phase, bevor uns der nächste Schlag trifft, wenn Sie verstehen, was ich meine. Nein, Frau Sachar. Ich werde nicht mitfahren. Es wird in den Bergen ganz bestimmt noch zu weiteren Kämpfen kommen. Und dann werden hier Ärzte bitter nötig sein. Freiwillig reise ich jedenfalls nicht ab.“

Plötzlich schaute er erschrocken auf seine Armbanduhr, nach Art eines Mannes, der in Eile ist. „Oh, ich muss gehen. Ich muss noch meine Visite beenden.“ Er zwinkerte verlegen, als sei ihm seine Brüskheit peinlich, und fügte gleichsam entschuldigend hinzu: „Trotz alledem muss das Leben ja weitergehen, nicht wahr?“

Gleich darauf war er verschwunden, und Rachel war mit Tikvah und ihren Gedanken allein.

# 4. Blutzoll

Mosche hob die Plane des Lastwagens an und blickte, geblendet vom grellen Sonnenlicht, nach draußen. Die Straße nach Jerusalem war übersät von den Trümmern, die die arabische Flutwelle aus den umliegenden Dörfern zurückgelassen hatte. Auch eine kleine Kindersandale lag verlassen im jungen Gras am Straßenrand. Mosche sah im Geiste trippelnde braune Beinchen vor sich, die aus Deir Jassin flohen, und hörte in seiner Phantasie, wie die dort verübten Gräueltaten in ängstlichem Flüsterton von Mund zu Mund weitergegeben wurden.

In diesen Tagen waren die Leiden der Frauen und Kinder Palästinas – sowohl der Juden als auch der Araber – nicht weniger grausam als die der Millionen von Menschen, die in den Todeslagern Europas umgekommen waren.

Der verlorene Schuh eines heimatlosen, zu Tode geängstigten Kindes brachte dies für Mosche noch viel krasser zum Ausdruck als eine zahlenmäßige Aufstellung der in den Massengräbern verscharrten Opfer der Konzentrationslager. – Das war die traurige Bilanz der Auseinandersetzungen zwischen Juden und Arabern in Palästina und der sogenannten Stadt des Friedens: Massaker und Qualen, Hunger, Furcht und Zehntausende von Flüchtlingen, die einem unbekannten Ziel entgegenströmten.

Mosche schlang seine Hände um die Knie und legte seinen Kopf einen Augenblick darauf. Hundert lächelnde, freundliche Gesichter tauchten vor seinem geistigen Auge auf. Es waren nicht die Gesichter seiner jüdischen Kameraden in Kastel, sondern die Gesichter der Araber, die jahrelang zusammen mit ihm an den archäologischen Ausgrabungsstätten des Landes tätig gewesen waren. Christen, Moslems und Juden hatten Schulter an Schulter im Staub Palästinas gearbeitet, um eine gemeinsame Vergangenheit freizulegen. In glühender Hitze hatten sie aus ein und derselben Karaffe ihren Durst gelöscht und sich gemeinsam gefreut, wenn sie einen aufregenden Fund gemacht hatten. Sie waren Mosches Freunde, seine Brüder, gewesen. – Und nun waren sie seine Feinde.

Dieser Gedanke schmerzte ihn, insbesondere, wenn er sich fragte, wie viele von diesen Männern wohl in der letzten Nacht gegen ihn gekämpft hatten, wie viele von ihnen durch ihn umgekommen waren und wie viele von diesen Arabern, die so frohgemut den Spaten geschwungen hatten, nun ein Gewehr trugen und die teuflischen Sätze Haj Amin Husseinis wiederholten.

„So weit ist es in Palästina gekommen", murmelte Mosche deprimiert. „Und alles nur, weil ein einzelner Mann seinen politischen Ehrgeiz befriedigen will. Zum Ruhme Haj Amins müssen wir alle leiden."

Mosche war überzeugt, dass es auch in Deutschland unter der Knute Adolf Hitlers nicht anders gewesen sein konnte. Auch damals waren Kinder zum Ruhme des Vaterlandes zum Hass erzogen worden und hatten junge Männer, die die Welt erobern sollten, den Tod gefunden. Am Ende waren es nur die Unschuldigen gewesen, die leiden mussten. Es stimmte zwar, dass sechs Millionen Juden in den Konzentrationslagern umgekommen waren, aber die Alliierten waren keinesfalls unschuldig daran gewesen. Nicht nur, dass sie trotz ihres Wissens um die Vernichtungslager nichts gegen sie unternommen hatten, sie hatten auch zum Beispiel Dresden in einer einzigen Nacht in Schutt und Asche gelegt, als sie Hitler ihre tödliche Antwort vom Himmel warfen. Einhunderttausend Menschen – Männer, Frauen und Kinder – waren dabei in der infernalischen Hitze umgekommen.

Im übrigen Europa war es nicht anders gewesen: Die Städte waren in verkohlte Trümmerhaufen verwandelt worden, und zum Schluss hatten sogar die Kinder in den Krieg ziehen müssen. *Wir haben aber auch gar nichts dazugelernt!,* dachte Mosche bitter. *Der Krieg macht alle Menschen zu Barbaren. Und dieses kleine palästinensische Kind wird eines Tages zurückkommen, aber nicht um seinen verlorenen Schuh zu suchen. Nein! Es wird mit einem Gewehr in der Hand und vielen Erinnerungen an das zurückkommen, was unsere Leute in Deir Jassin getan haben. Es wird zurückkommen, um sein zerstörtes Vaterhaus zu suchen. – Wir haben einen Samen ausgesät, der uns eine bittere Ernte bescheren wird.*

Mosche blickte in die Gesichter der Männer, die mit ihm zusammen auf der Ladefläche des Lastwagens saßen – Gesichter, erschöpft und von Schmutz bedeckt. Einige der Männer starrten mit leerem Blick vor sich hin, andere, wie Ehud Schiff, durchlebten im Schlaf noch einmal den Alptraum von Kastel. So war das Dröhnen des Motors während der Fahrt nach Jerusalem das einzige Geräusch.

Diese wenigen Männer hatten Kastel überlebt. Wunderbarerweise hatten sie nicht einmal einen körperlichen Schaden davongetragen. Dafür war die Erinnerung an ihre toten Kameraden, die die Ladefläche noch mit ihnen zu teilen schienen, umso quälender. Es war, als seien die Männer in einem Fegefeuer gefangen, in einem zermürbenden Nichts zwischen den Schrecken der Schlacht und der Rückkehr in ein normales Leben. Alle wünschten sie im tiefsten Innern, dass es Kastel gar nicht gegeben hätte. Alle versuchten zu verdrängen, dass ihre Freunde nun nicht mehr mit ihnen zu den Lehrbüchern und den politischen Diskussionen bei den ungezählten Tassen Kaffee in Frau Betts Bäckerei zurückkehren würden. Aber die Politik Palästinas hatte die Ebene der Diskussion längst verlassen, und Auseinandersetzungen wurden inzwischen nur noch mit Blut und Menschenleben ausgetragen.

Der Lastwagen fuhr röhrend und nickend an der ersten Straßensperre des jüdischen Stadtviertels vorbei. Als Mosche noch einmal die Plane anhob, hörte er, wie ein rosiger, eifriger Haganahrekrut den Fahrer über die Ereignisse der letzten Stunden informierte:

„Weg durch Sheik Jarrah zum Hadassah-Kranken... jetzt offen sein ... eine entsetzliche Katastrophe ... Araber haben uns Deir Jassin heimgezahlt ... fünfundsiebzig Tote ..."

Der Fahrer stellte noch einige Fragen, die Mosche allerdings nicht mehr verstehen konnte. Die Männer, die die Pritsche mit ihm teilten, begannen sich nun auch zu regen und hoben ebenfalls die Plane an verschiedenen Stellen an, um die Neuigkeiten mitzubekommen.

„Sieht so aus, ... ob ihr gestern ... sehr wichtigen Araber getötet ...

Araber ... in der Altstadt versammelt ... Felsendom. Vielleicht einen Aufruhr geben. ... im Augenblick ... noch ruhig ... warten. Warten auf das Begräbnis."

Ehud, der bis dahin noch unbeteiligt dagelegen hatte, schlug plötzlich die Augen auf und wandte sich aufgeregt an Mosche: „Was hat er über das Krankenhaus gesagt? Was ist da passiert?"

Mosche, der zu erschöpft und gedankenverloren gewesen war, um den Worten Aufmerksamkeit zu schenken, zuckte zunächst nur müde die Achseln, rief aber dann, während der Fahrer nickend schaltete, dem Wächter an der Barrikade die Frage zu: „Was ist mit dem Hadassah?"

Der Wächter bildete mit den Händen einen Schalltrichter und rief durch das Röhren des Lastwagens hindurch: „Fünfundsiebzig Tote in Sheik Jarrah!"

„Juden oder Araber?", rief Mosche zurück.

„Unsere Leute. Ärzte, Schwestern. Bei einem Angriff auf den Konvoi."

Mosche wurde es bei den Worten des jungen Mannes flau im Magen. Mit den meisten, die im Krankenhaus arbeiteten, war er gut bekannt. „Wie viele?", rief er fassungslos.

„Fünfundsiebzig!"

Die Zahl verschlug ihm den Atem. Sie war zu entsetzlich, um wahr sein zu können.

„Hat er von Ärzten gesprochen?", erkundigte sich Ehud ungläubig. „Von unseren Ärzten? Unseren Schwestern? Fünfundsiebzig Tote? Wie kann das sein? Warum sollten sie Ärzte töten?"

Mosche suchte an einem stählernen Seil Halt. Schrecklicher als das Grauen der Schlacht, die sie gerade überstanden hatten, war nun der Gedanke, dass fünfundsiebzig unschuldige Menschenleben aus bloßer Rache ausgelöscht worden waren. „Für Deir Jassin werden wir noch tausendfach bezahlen", murmelte er schließlich. „Tausende von Menschen werden noch zu Grunde gehen für diese eine Gräueltat, und die Welt wird dazu nur das eine sagen: dass uns damit Gerechtigkeit widerfährt."

Die Männer saßen in benommenem Schweigen da, bis der Lastwagen seine Geschwindigkeit verringerte und schließlich am Ende einer langen Fahrzeugreihe stehen blieb. Es war der zweite Konvoi, der inzwischen Lebensmittel nach Jerusalem gebracht hatte. Die Ladeklappe des Lastwagens wurde klappernd geöffnet, und ein nervös wirkender Mann mittleren Alters zog die Plane fort. „Zionsplatz. Alles aussteigen!"

Mosche und Ehud sprangen hinunter und blickten sich in dem lebhaften Treiben um, das sich um die Stapel von Kisten gebildet hatte, die unbeschädigt über den Pass gelangt waren. Während sich einige der Männer aus seiner Gruppe bereits auf den Weg nach Hause machten, blieb Mosche noch unschlüssig stehen. Plötzlich blitzte ein entsetzlicher Gedanke in seinem übermüdeten Kopf auf, und er schlug sich entsetzt an die Stirn: *Tikvah ist ja im Hadassah! Und vielleicht ist auch Rachel dorthin gefahren – und Howard. Ich hatte Howard ja darum gebeten, die Sachen aus meinem Arbeitszimmer in der Universität zu holen!*

Er schwankte wie vom Blitz getroffen, als er an die Möglichkeit dachte, dass die beiden vielleicht zu den Toten gehören könnten. Er schluckte schwer. Dann packte er den Fahrer am Arm und redete beschwörend auf ihn ein: „Bitte! Sagen Sie mir, fährt ein Lastwagen zum Hadassah? Ich muss unbedingt dorthin!"

Der Fahrer deutete mit dem Daumen über den Platz. „Die da hinten bringen Lebensmittel dorthin. Diesmal garantiert unter Eskorte. Aber mich kriegen keine zehn Pferde durch Sheik Jarrah, mein Freund. Nicht nach all dem, was gestern Nacht passiert ist. Mir ist es egal, ob alle Araber in der Moschee sind! Und wenn ich du wäre, würde ich da auch nicht raufgehen."

Doch Mosche, über Stapel von Lebensmitteln und andere Dinge stolpernd, war schon auf dem Weg zu dem Wagen und bestürmte alle Leute, die ihm begegneten: „Gibt es eine Liste der Toten des Hadassah-Konvois?" Er musste die Frage zigfach wiederholen, denn die meisten wussten nichts darüber und zuckten nur mit den Schultern.

„Wissen Sie, wer in der vergangenen Nacht im Hadassah-Konvoi war?"

„Die Namen einiger Toten sind schon bekannt gegeben worden", bekam er schließlich zu hören. „Dr. Liebermann und seine Frau."

„Dr. Liebermann?"

„Aber die meisten sind noch nicht identifiziert. Die britischen Soldaten suchen noch in den Wracks nach Leichen."

Mosche wurde der Mund trocken. „Ich habe ein Kind im Hadassah. Es kann sein, dass meine Frau auf dem Weg dorthin war …"

Ein Packer, dessen Gesicht vom Umladen der Güter gerötet war, unterbrach seine Tätigkeit und sah Mosche interessiert an. „Sie haben ein Kind dort?"

„Ja! Einen Säugling. Ich muss unbedingt zum Krankenhaus!"

„Natürlich müssen Sie das, mein Freund", erwiderte der Mann mit mitfühlender, besorgter Stimme. „Eine furchtbare Sache, die da passiert ist. Schrecklich! So eine Nacht! So eine schlimme Zeit für uns alle."

„Gibt es vielleicht jemanden, der eine Passagierliste hat?", hakte Mosche unbeirrt nach.

„Sie ist noch nicht freigegeben. Die Engländer sollen eine haben, aber die ist unvollständig. Abgesehen davon, haben sie auch noch keine Namen von Toten oder Verwundeten freigegeben."

„Ich muss unbedingt ins Hadassah!", flehte Mosche verzweifelt.

Der Packer schob seine Mütze nach hinten und wischte sich den Schweiß von der Stirn. Dann rief er einen kleinen Mann mit dicken Brillengläsern herbei, der mit einer Liste durch die Kistenstapel ging und die vorhandenen Waren abhakte. „Harry! Dieser Mann hier ist gerade von Kastel gekommen! Er hat ein krankes Kind im Hadassah. Kann er irgendwie –"

Das Gesicht des kleinen Mannes hellte sich bei Mosches Anblick auf. „Professor Sachar, nicht wahr?"

Mosche nickte und bestürmte ihn sofort: „Es kann sein, dass meine Frau im Konvoi mitgefahren ist. Ich muss unbedingt auf den Skopusberg."

Der kleine Mann machte ein teilnahmsvolles Gesicht. „Es tut mir Leid, Herr Professor. Es tut mir so Leid für Sie, dass Sie in dieser furchtbaren Schlacht gekämpft haben und hier nun solche Nachrichten vorfinden. Wir hätten heute eigentlich allen Grund zu feiern. Aber nun –" Sein Gesicht verdüsterte sich, und er wandte sich ab, bevor er weitersprach: „Sie waren doch ein Kollege des amerikanischen Archäologen Professor Howard Moniger, nicht wahr?"

Mosche nickte erschrocken. Er spürte, wie sein Herz noch heftiger schlug und ihm das Blut in den Ohren brauste. „Ja. Das bin ich. Was wollen Sie damit sagen?"

„Er war doch Amerikaner."

„Was meinen Sie mit ‚war'?", rief Mosche erregt und packte ihn heftig an den Schultern.

„Da er Amerikaner war, ist sein Name bereits freigegeben worden. Er war kein Jude, wissen Sie. Deshalb ist die Nachricht von seinem Tod freigegeben worden." Mosche hörte die letzten Worte nur aus weiter Ferne und tastete vergeblich nach einem Platz, um sich setzen zu können.

„Howard!", flüsterte er, während er sich fassungslos den Kopf hielt. „Howard!" Er würde Rachel nicht allein gelassen haben. Er würde sie nicht allein gelassen haben!

Ungeduldig über die Verzögerung, die durch das Gedränge entstanden war, schob sich einer der Packer laut fluchend an ihm vorbei. Mosche blickte verstört auf, sprachlos vor Entsetzen über die Gedanken, die ihm durch den Kopf rasten.

Da holte ihn Ehuds dröhnende Stimme wieder in die Wirklichkeit zurück. „Oj, Mosche!", rief er und hob erleichtert seine kräftigen Arme. „Da bist du also!" Die Taschen mit Orangen und dünnen Matzen voll gestopft, bahnte er sich einen Weg durch die Arbeiter. Er streckte seine fleischigen Hände aus und zog Mosche mitfühlend an sich. „Howard Moniger ist letzte Nacht getötet worden –", wehrte Mosche müde ab.

„Du weißt es schon?", rief Ehud erstaunt aus. „Ich habe dich gesucht, um es dir zu sagen", fügte er dann grimmig hinzu.

„Rachel muss bei ihm gewesen sein."

„Ja", stimmte ihm Ehud zu. „Das war sie."

Mosche sah ihn entgeistert an. „Woher weißt du das?"

„Sie haben zwar noch keine Liste der Opfer herausgegeben, aber wenigstens die Namen der sechs Überlebenden.“ Er zog einen Zettel aus der Tasche und reichte ihn Mosche. „Da! Da, sieh selbst.“ Er deutete auf den Namen. „Rachel Sachar! Da steht es schwarz auf weiß.“

Mosche starrte fassungslos auf die Buchstaben und wagte nicht zu glauben, was er da las. „Wo –“, begann er, kaum fähig zu sprechen. „Bist du auch ganz sicher?“

„Meinst du, ich hätte die Liste selbst geschrieben? Damit du nicht so traurig bist?“ Ehud schälte seelenruhig eine Orange ab und sah Mosche dabei fest an. Dann fügte er hinzu: „Und außerdem steht dort drüben ein kleiner Bursche“, er deutete auf einen der Lastwagen, „der sagt, dass er sie im Hadassah gesehen hat. Aber vielleicht ist sie jetzt auch schon wieder zu Hause. Er weiß es nicht genau. Sie haben einige Patienten aus dem Krankenhaus evakuiert, und er glaubt, dass sie dabei war.“

Ehud hatte noch nicht geendet, da war Mosche bereits auf dem Weg zum Lastwagen. Die Liste krampfhaft umklammernd, rief er laut:

„Wer von euch hat Rachel Sachar gesehen?“

Ehud folgte ihm eilig. „Da. Der Kleine da auf der Ladeklappe.“

Auf der bezeichneten Ladeklappe stand ein schmächtiger, junger Mann mit angespanntem Gesicht und rief den Männern, die die Kisten umluden, gehetzt Anweisungen zu. Er sah nur flüchtig auf, als sie sich dem Wagen näherten. Mosche erkannte in ihm sofort einen ehemaligen Studenten der Hebräischen Universität.

„Uri Korsikov!“, rief er ihn an und fügte mit verzweifeltem Tonfall hinzu: „Sie haben meine Frau gesehen?“

Der junge Mann schob eine Kiste mit Sardinen auf die Ladefläche und nickte flüchtig, ohne aufzublicken. „Im Hadassah, Herr Professor. Man hat mir gesagt, sie sei Ihre Frau. Schwarze Haare. Sehr hübsch!“

Mosche umklammerte den Beschlag der Ladeklappe. „War sie – schien sie gesund?“

Uri sah Mosche nun direkt ins Gesicht. Erschöpfung und Schock hatten seinen Blick stumpf gemacht. Nach kurzem Überlegen erwiderte er gleichmütig: „So gesund, wie jemand nach einer solchen Katastrophe eben sein kann. Sie schien unverletzt. Man hat mir gesagt, dass sie Ihre Frau sei, und Sie sehen ja, dass ihr Name auf der Liste steht." Er fing eine kleine Schachtel auf, die ihm jemand zugeworfen hatte.

Mosche schloss kurz die Augen und schöpfte zum ersten Mal, seitdem dieses Martyrium begonnen hatte, Hoffnung. „Rachel", flüsterte er tonlos. „Sie lebt! Gott! Gott! Ich danke dir!" Dann rief er dem jungen Mann zu: „Sie fahren doch ins Hadassah?"

Uri schüttelte den Kopf. „Nein, in die Altstadt."

Da trat Ehud erregt vor. „Was sagen Sie da, Junge? Sind Sie meschugge? Kein Mensch kommt ins jüdische Viertel der Altstadt."

„Das britische Oberkommando hat die Sperren aufgehoben", versetzte Uri mürrisch. „Bis die Beerdigung vorbei ist."

„Beerdigung?"

„Wer auch immer letzte Nacht getötet worden ist, es muss eine wichtige Persönlichkeit gewesen sein. Die Araber haben sich aus allen Stellungen zurückgezogen und sind jetzt in der Altstadt." Uri machte eine Kopfbewegung zum Felsendom hin. „Sie trauern dort. Tausende! Und deshalb werden wir versuchen, Lebensmittel durchs Zion-Tor zu schaffen. Nachschub! Viele alte Rabbiner nutzen die Gelegenheit und verlassen die Altstadt. Die Menschen dort sind in Panik! Deshalb müssen wir unbedingt versuchen, zu ihnen durchzukommen."

Mosche starrte immer noch verstört auf die Liste, während Ehud versuchte, weitere Informationen aus dem jungen Mann herauszulocken. „Werden die Briten das denn zulassen? Einen Lebensmitteltransport?"

„Sie werden nicht wagen, uns daran zu hindern", erwiderte Uri voller Ingrimm. „Nicht nach dem, was in der letzten Nacht passiert ist. Nicht nach ..." Die Stimme versagte ihm. „Und deshalb ist der Weg offen", fuhr er nach einem Augenblick des Schweigens fort. „Im Augenblick jedenfalls. Man ist zu dem Entschluss gekommen, dass wir es versuchen müssen." Er hielt einen Moment inne, während ihm ein riesiger Sack Milchpulver über die Schulter gelegt wurde, und wandte sich dann an Mosche und Ehud: „Wollen Sie nicht auch mitkommen? Die britischen Soldaten werden nicht versuchen, uns festzunehmen, es sei denn, sie sehnen ihren Tod herbei." Seine Augen glühten vor Zorn, als er noch einmal entschlossen wiederholte: „Nicht nach dem, was letzte Nacht geschehen ist."

Ehud hob nachdenklich das Kinn. Er dachte an Hannah, Dov, den jungen Joseph und die beiden Kepses. Er überlegte nicht lange, schulterte kurz entschlossen ein Fass mit Bohnen und entgegnete: „Glauben Sie, ich würde mir die Gelegenheit entgehen lassen, meine kleinen Soldaten wieder zu sehen? Wann fahren wir ab?"

„Ehud –" Mosche legte seine Hand auf den muskulösen Arm des Captains. „Was ist mit Stewart?"

„Wie, was soll das heißen, was ist mit Stewart? Besser, ich erschieße diesen britischen Mamzer und sterbe mit einem Gewehr in der Hand als am Ende eines britischen Stranges." Er blickte mit zusammengekniffenen Augen auf Mosche hinunter. „Und du? Kommst du auch mit? Nu?"

Mosche faltete nachdenklich das Blatt zusammen und schüttelte dann den Kopf. „Ich muss Rachel finden."

Ehud knurrte ungehalten: „Du hast also dein Herz für unsere Sache noch immer nicht wieder gefunden?"

„Sie lebt, Ehud ...", wandte Mosche matt ein. Das Gefühl, dass auch er eigentlich einen Konvoiwagen besteigen sollte, um das Zion-Tor zu durchbrechen, wurde beinahe übermächtig.

„Eine zweite Gelegenheit wird es nicht mehr geben, Professor Sachar", sagte Uri mit beinahe anklagendem Tonfall. „Die Verteidigung ist auseinander gebrochen, seitdem Sie verhaftet worden sind! Akiva ist jetzt der einzige Führer. Und Sie kennen ja seine Einstellung. Dov und Rabbi Vultch besitzen einfach nicht die Autorität, die Sie –"

„Sie haben doch selbst meine Frau gesehen!", schnappte Mosche, nicht bereit, sich weiter beeinflussen zu lassen. „Sie ist also im Hadassah?" Er wandte sich brüsk ab.

Ohne seinen Arbeitsrhythmus zu unterbrechen, fuhr Uri fort, die kostbare Fracht zu stapeln, und versetzte dann trocken, als seien solche Dinge nicht weiter von Belang: „Das war sie, als ich sie gesehen habe. Wie ich schon gesagt habe, es wurden einige evakuiert, als ich –"

„Sie fahren doch durch Rehavia", unterbrach ihn Mosche erneut, „auf der Fahrt zum Zion-Tor?"

Der junge Mann zuckte gleichmütig die Achseln, als wolle er sagen: „Ja und, was ist dabei?"

Ehud sah Mosche mit seinen großen braunen Augen mitleidig an. Dann tippte er ihm sanft auf die Schulter und versprach dann leise:

„Ich werde dort anhalten. Und wenn ich sie antreffe, werde ich ihr sagen, dass du kommst."

„Anhalten, wo?", rief Uri ärgerlich. „Was gibt's denn in Rehavia?"

Ehud spie ärgerlich aus und fuhr ihn an: „Halt den Mund!"

„Wer sind Sie, dass Sie hierher kommen und einfach –", erregte sich der junge Mann und baute sich herausfordernd vor den beiden auf.

„Ich bin Captain Ehud Schiff!", donnerte Ehud, sprang auf die Ladefläche und reckte sich zu seiner vollen Größe auf. „Blockadenbrecher, stellvertretender Befehlshaber der Altstadt, Kämpfer von Kastel, von den Briten verhaftet und zum Tod durch den Strang verurteilt!" Er trat ganz dicht an den jungen Mann heran. „Und wer sind Sie?"

# 5. Todessehnsucht

Achmed Husseini erhob sich langsam von seinem Gebetsteppich in der düsteren Einzimmerwohnung, die er mit seinen drei älteren Brüdern teilte. Sie waren schon in die Stadt gegangen, um sich an der Straße aufzustellen, auf der Kadars Sarg vorbeigetragen werden würde. Wie alle anderen, die gegen die Juden in Palästina kämpften, hatten auch sie ihre Gewehre mitgenommen und trugen sie als Affront gegen die Briten offen zur Schau. Dem erst achtzehnjährigen Achmed hatte man die älteste Waffe der Familie überlassen: einen antiquierten, seit Jahren unbenutzten Revolver, der seinem Vater im Krieg gegen die Türken gedient hatte.

An diesem Tag nun sollte Achmed den Revolver erstmalig wieder in Gebrauch nehmen, um mit seiner Hilfe einer Tragödie und Schmach ein Ende zu bereiten und zugleich auch der Familie Husseini gegenüber seine absolute Loyalität zu bezeugen.

Mit unendlicher Sorgfalt reinigte und ölte er die Waffe, bis sich die Trommel wieder leicht drehte und das schwere Metall glänzte. Zum Schluss murmelte er noch eine Sure aus dem Koran und verbeugte sich tief in Richtung Mekka. Dabei verfluchte er die jüdischen Feinde, deren Schuld es war, dass er diese verhasste Pflicht auf sich nehmen musste.

Schließlich verbarg er die Waffe mit vor Aufregung schweißnassen Händen in einer Tasche seines weiten Gewandes und bedeckte die untere Gesichtshälfte mit seiner Keffijah. Dabei wurde ihm in aller Schärfe bewusst, was zu tun er im Begriff war, und die Tränen schossen ihm in die dunklen Augen. Die Waffe krampfhaft umklammernd und um Mut betend, stieg er dann die Treppe zu den von Menschenmassen überquellenden Straßen Sheik Jarrahs hinunter. Alle, die sich dort drängten, um den Leichnam Ram Kadars vorbeiziehen zu sehen, hatten Tränen auf den Wangen. Achmed jedoch, nun fest entschlossen, sein Vorhaben durchzuführen, bahnte sich unbeirrt einen Weg durch das Gedränge.

Die Luft im Viertel roch noch immer stark nach verbranntem

Fleisch und verkohlten Reifen, und ein Gefühl der Befriedigung durchrieselte ihn bei dem Gedanken, dass bei dem Vergeltungsakt für das Massaker an den unschuldigen Menschen in Deir Jassin eine beträchtliche Zahl von Juden den Tod gefunden hatte. Er blickte hinauf zum Skopusberg mit dem Hadassah-Krankenhaus und hoffte, dass die Juden genauso schmerzlich um ihre Toten trauerten wie er um die Toten seines Volkes.

Plötzlich erschallte ein Ruf, der den Beginn des Begräbnisses ankündigte, und die Menge wurde von solch einer Unruhe erfasst, dass Achmed hin- und hergeschoben wurde. Als er zufällig das Spiegelbild seiner schmalen Gestalt in einem Schaufenster entdeckte, war er erstaunt, wie jung er aussah, da er sich doch so alt und müde fühlte. Er drängte sich mühsam an den Rand der Menschenmenge und bog dann in eine fast menschenleere Straße, in der sich der Wohnsitz seiner Verwandten, der Familie Tafara, befand. Er blieb einen Moment stehen und betrachtete versonnen das Haus mit den heruntergelassenen Fensterläden. Wie viele glückliche Stunden hatte er dort in dem sonnigen Hof verbracht! Er sah ein junges Mädchen mit blitzenden schwarzen Augen und hellen Brokatkleidern vor sich, und ihm wurde beinahe schwindelig, als er sich erneut der Pflicht bewusst wurde, die ihm auferlegt war. Sie war ihm durch das Los zugefallen. Ihn hatte Allah dazu bestimmt, der Schmach der Husseini ein Ende zu setzen.

Er umfasste den Revolver noch fester. Man hatte ihm gesagt, dass er das Mädchen allein im Hause vorfinden würde. Sein Auftrag war ganz einfach: Er sollte sie verschwinden lassen, damit das Herz ihres Vaters nicht mehr durch den Anblick ihres Elends zerrissen werde.

Er schwankte einen Augenblick, als die zahllosen Trauernden in der nahe gelegenen Straße hinter ihm einen Seufzer ausstießen, der laut über den Hausdächern aufstieg. Es war, als empfinde die ganze Welt Trauer über seine Tat.

Doch dann atmete er noch einmal tief durch und blickte gefasst zu dem vergitterten Fenster im zweiten Stock empor, hinter dem sich, wie er wusste, Sarai befand. „Allah“, murmelte er, „gib mir

Kraft!“ Dann trat er entschlossen vom Bürgersteig auf die menschenleere Straße und ging auf den schwarzen Hauseingang zu.

Es roch stark nach Weihrauch in dem dunklen Haus, denn es war Ramadan, die Zeit, in der die Tage mit Fasten und Beten zugebracht wurden. Es herrschte eine tiefe Stille, die nur vom lauten Ticken einer Uhr unterbrochen wurde. Die dicken Teppiche und die verzierten Lampen auf den Möbeln mit den feinen Schnitzereien und Einlegearbeiten ließen deutlich den Reichtum des Hauses erkennen, aber Achmed achtete nicht darauf. Er ging zielstrebig den vertrauten Weg zur Treppe.

Als er seine Hand nach dem Türriegel ausstreckte, betete er noch einmal: „Allah, gib mir Mut!“ Den Revolver in der Tasche fest umklammernd, öffnete er behutsam die Tür. Schweiß trat ihm auf die Stirn und durchtränkte seine karierte Keffijah.

Im Zimmer war es dunkel. Nur vereinzelte Sonnenstrahlen drangen durch die Ritzen in den Fensterläden und zeichneten Lichtflecke auf den dunkelroten Teppich. Achmed verharrte blinzelnd in der Türöffnung, um sich an die Dunkelheit zu gewöhnen. Schließlich erkannte er an der einen Wand eine hohe Kommode und an der gegenüberliegenden ein schmales Bett. Die zerbrechliche Gestalt, die zusammengekauert und regungslos in einer Ecke saß, sah er jedoch nicht. Aber er hörte ihren leisen, furchtsamen Schrei, wie von einem verwundeten Tier, und ihren Atem. Schaudernd flüsterte er: „Sarai.“

Die Antwort war zunächst nur ein Wimmern und dann das Flehen einer kindlichen Stimme: „Bitte mach das Licht nicht an!“

„Sarai –“

„Sonst finden sie mich. ... Nicht ...“

Er strengte seine Augen an und entdeckte schließlich die junge Frau in der Dunkelheit. Sie trug ein schwarzes Trauerkleid, aber weder Schleier noch Tuch, so dass er ihren entblößten, geschorenen Kopf sah. Er keuchte unwillkürlich auf, als er an ihr glänzend schwarzes Haar und ihre blitzenden weißen Zähne dachte. „Allah!“, rief er aus. „Was haben sie dir angetan!“ Er machte spontan einen Schritt auf sie zu, aber sie wich ängstlich zurück.

„Lass das Licht aus!“, flehte sie. „Sonst holen sie mich!“

Er streckte seine Hand nach ihr aus, und das Herz wollte ihm vor Mitleid schier zerbrechen. „Sarai, es ist dein Vetter Achmed! Sarai! Ich bin es, Achmed el Husseini!“

„Achmed!“, flüsterte sie heiser. „Bitte, hilf mir!“ Sie streckte ihm die Arme entgegen, und er warf sich auf die Knie und zog sie heftig an seine Brust. Dann barg er sein Gesicht an ihrem Nacken und strich ihr, während sie an seiner Schulter weinte, beruhigend über den rasierten Kopf. Der Revolver drückte ihn bei der Umarmung an den Rippen, und sein Auftrag lastete ihm schwer auf der Seele.

„Ja, Sarai“, sagte er behutsam. „Ich will dir helfen.“ Er dachte wieder an die jüdischen Soldaten, die die junge Frau so barbarisch zugerichtet hatten, und erneut packte ihn rasender, wilder Zorn. Ihre Schande war die Schande der ganzen Familie. Und die Qual dieser Schande musste für immer ausgelöscht werden. „Ich will dir helfen ...“, wiederholte er noch einmal. Dann hob er die junge Frau, die sich heftig an seinen Hals klammerte, in die Höhe und trug sie zum Bett. „Sie werden mich sehen! Sie sind da draußen!“

Auf dem Weg zum Bett nahm er ihren Schleier und das Tuch von der Kommode. „Du musst deinen Schleier tragen, Sarai“, mahnte er behutsam. „Dann werden die Juden dich nicht finden. Sie werden dich nie wieder zu Gesicht bekommen.“ Er setzte sie aufs Bett und half ihr dabei, den Schleier anzulegen, so dass schließlich nur noch ihre furchtsamen Augen durch einen schmalen Schlitz hervorschauten.

Ihr Atem ging so heftig, dass sich das Tuch bebend aufblähte. Sie hatte panische Angst vor dem Tageslicht. „Sie haben Basil getötet! Sie haben alle getötet! Oh, ich wünschte so sehr, dass sie auch mich getötet hätten! Wenn ich nur ... Hilf mir, dass sie mich nie wieder finden, Achmed! Ich muss fort! Du musst mir helfen!“

Noch einmal flog ein Schatten des Zweifels über sein Gesicht, aber ihr Todeswunsch machte ihm Mut und bestärkte ihn in seinem Pflichtgefühl. „Ich werde dir helfen, Kusine! Ich bin ja gekommen, um dir zu helfen ...“

* * *

Captain Stewart war der letzte der Briten, die den zeitweiligen Rückzug aus dem Gefängnis der Altstadt antraten, der, gelinde gesagt, recht überstürzt verlief. In frischen Arbeitsanzügen und mit bunten Mützen standen die Männer der Highland Light Infantry im Schatten des Zion-Tores in Gruppen beisammen, rauchten und vertrieben sich die Zeit mit Gesprächen, bis die Lastwagen sie zur Allenby-Kaserne bringen würden.

Als sich schließlich Stille über die Stadt legte, wurde auch die Unterhaltung der Männer leiser, und sie überlegten im Flüsterton, was die Araber wohl an diesem Tag gegen das jüdische Viertel unternehmen würden. Einig waren sie sich jedoch in ihrer Erleichterung darüber, dass sie nicht da sein würden, wenn sich der Zorn der Araber aus den Souks über die Barrikaden ergoss.

Stewart blickte vom Zion-Tor aus ins armenische Viertel, wo eine Gruppe von zerlumpten Juden hinter einer aus Sandsäcken und einem umgedrehten Handkarren gebildeten Barrikade in Stellung lag. In ihrer Mitte entdeckte Stewart ihren Anführer, einen zierlichen, zerbrechlich wirkenden Mann, der nur unter dem Namen Dov bekannt war. Stewart klopfte sich nervös mit dem langen Eisenschlüssel des Zion-Tors auf den Oberschenkel.

„Was ist denn mit denen da, Sir?", fragte ihn ein junger Korporal mit rosiger Gesichtshaut.

Stewart schüttelte zornig den Kopf und verfolgte mit zusammengekniffenen Augen, wie sich eine Gewehrmündung über die Barrikade schob. „Das sind Narren", sagte er leise. „Alle, ohne Ausnahme." Dann blickte er zu den britischen Truppentransportern, die sich, in eine Staubwolke gehüllt, langsam den Berg heraufschoben.

„Die Araber werden wohl heute angreifen, meinen Sie nicht auch?", fragte der Soldat.

Mit einem Blick auf die Truppentransporter, die eingesetzt worden waren, um verängstigte Altstadtjuden zu evakuieren, knurrte Stewart:

„Die Juden können jedenfalls nicht behaupten, dass man ihnen keine goldene Brücke gebaut hätte. Noch heute Morgen habe ich persönlich mit Akiva gesprochen und ihm angeboten, alle Zivilisten, die dies wünschen, aus der Altstadt zu geleiten –"

„Ich hatte gedacht, dass er der einzige Vernünftige aus diesem ganzen Haufen ist."

„Ja, aber er besitzt die Hälfte des Bodens im jüdischen Viertel", meinte Stewart mit einem verzerrten Lächeln. „Er steht sich ganz gut mit den Arabern und schiebt alle seine Probleme auf die Zionisten. Aber um seinen Besitz hier vor dem Ansturm der Araber zu bewahren, wird er sich wohl nicht zu schade sein, ihn – zumindest am heutigen Tage – von ebendiesen Zionisten verteidigen zu lassen."

„Die sind doch nicht blöd! Merken die denn nicht, was sich da drüben zusammenbraut?"

„Sie merken es schon. Aber ihnen ist auch klar, dass sie nie mehr zurückkehren werden, wenn sie jetzt gehen", erklärte Stewart, indem er nachdrücklich mit dem Kopf nickte und den Schlüssel in die Höhe hielt. Dann fiel sein Blick auf das riesige, mit Stahlplatten besetzte Zion-Tor.

„Sollen wir das Tor schließen, Sir?", erkundigte sich der Korporal dienstbeflissen. „Es abschließen?"

Stewart spielte nachdenklich mit dem Schlüssel und überdachte dabei die Überlebenschancen der Juden, wenn die Araber sie tatsächlich, wie erwartet, angriffen. Das Zion-Tor stellte sowohl für die Zivilisten als auch für die Verteidiger die einzige Möglichkeit zum Rückzug dar. Wenn es geschlossen wäre, säßen sie in der Falle und wären mit an Sicherheit grenzender Wahrscheinlichkeit von der vollständigen Vernichtung bedroht. Er blickte wieder nachdenklich in das nahezu verlassene armenische Viertel. Außerdem säßen dann auch die noch im armenischen Viertel verbliebenen Zivilisten – hauptsächlich Priester der Jakobskirche und Priesteramtskandidaten – mit in der Falle.

„Nein, besser nicht", lautete daher seine Antwort auf die Frage des Korporals. „Wir lassen das Tor offen. Als Rückzugsmöglichkeit. Für den Fall, dass sie den Angriff überstehen."

„Werden nicht die Juden aus der Neustadt nach unserem Abzug versuchen, hier einzudringen?"

Stewart deutete mit dem Schlüssel auf die Zinnen der in der Ferne liegenden Stadtmauer, auf der alle paar Meter ein Araber stand und gebannt in die Neustadt hinüberstarrte, und erwiderte dann mit einem dünnen Lächeln: „Sollen sie es nur versuchen. Der alte Saladin hat schon genau gewusst, warum er diese Mauern hat errichten lassen. Wenn es uns möglich ist, die Zitadelle und das Jaffa-Tor von hier aus zu sehen – nun, dann können wir wohl davon ausgehen, dass auch die Araber einen guten Überblick vom King David Hotel bis zum Zionsplatz haben. Und sie werden ihre Augen bestimmt nicht so lange abwenden, dass es jemandem gelingen könnte, über die gut einsehbare Straße durch dieses Tor zu gelangen."

Er wandte sich dem jungen Soldaten direkt zu und sagte heftig: „Sie sind Narren und Gangster, diese Zionisten, aber ich kann mir nicht vorstellen, dass sie solch eine Verzweiflungstat begehen werden." Wieder deutete er mit dem rostigen Eisenschlüssel auf die arabischen Wachtposten. „Außerdem gibt es genügend Altstadtjuden, die sich liebend gerne davonmachen würden, um diesen Akiva und die Burschen von der Haganah allein in ihrem geliebten Viertel zurückzulassen." Er grinste. „Merkwürdige Kumpane, nicht wahr, Corporal?"

Man hörte die Getriebe der sechs leeren britischen Transporter heulen, die sich über die offen daliegende Straße bis zu der Stelle heraufwanden, an der die Soldaten warteten. „Wenn die Juden aber jetzt nicht mit uns abfahren, Captain Stewart", nahm der Soldat das Gespräch wieder auf, „wann wollen sie es denn tun?"

„Wenn es zu spät ist", erwiderte Stewart überzeugt. „Wenn es ihnen nichts mehr nützt."

* * *

Die Wolken hatten sich zurückgezogen und standen nun wie eine Hecke am Horizont. Eine Schar Krähen erhob sich schwerfällig von einem frisch bestellten Feld in die Lüfte, und das helle Sonnenlicht glänzte auf ihren schwarzblauen Flügeln, während sie über einer Reihe regensauberer Zypressen ihre Kreise zogen. Italien sah an diesem Morgen rein und unverändert aus, unberührt von allem außer dem Regen.

Lawrence C. Crabtree zog sich gähnend seinen zerknitterten braunen Filzhut über die Augen. Er hielt es zwar für unwahrscheinlich, dass er in diesem Bus, der laut röhrend über die schlechten italienischen Straßen holperte, ein Auge zutun würde, aber man würde ihn wahrscheinlich weniger oft belästigen, wenn es so aussah, als habe er die Rollläden heruntergezogen und mache ein Nickerchen. Was er jetzt am meisten brauchte, war Zeit zum Nachdenken! Während die übrigen Reporter die Fahrzeit einfach totschlugen, war er bereits dabei, seinen Leitartikel für die europäische Ausgabe der *New York Times* zu konzipieren.

„Heh, Tree", rief ihm jemand aus dem hinteren Teil des Busses zu, „wie wär's mit 'ner Runde Poker?"

Crabtree reagierte nicht, und ein anderer Reporter mit amerikanischem Akzent stieß einen Fluch aus und rief dann tadelnd: „Lass ihn in Ruhe! Du weißt doch, wie er ist, wenn du ihn aufweckst. Ein richtiger Griesgram!" Obwohl dieser Witz über Crabtrees Namen alt und abgegriffen war, brachen die Männer in schallendes Gelächter aus.

Diejenigen, die Crabtree kannten und ihn mochten – oder zumindest respektierten – nannten ihn nur *Tree,* Baum. Weil er jedoch nicht einmal einen Meter sechzig maß, war er im besten Fall ein sehr kurzer, knorriger Baum. Seine muskulösen Arme und sein vorstehender Unterkiefer verliehen ihm überdies das Aussehen einer Bulldogge. In Anspielung auf seine aufbrausende und mürrische Art nannten ihn seine Kollegen allerdings hinter seinem Rücken Crab, Griesgram.

Seine Mutter war die Einzige, die ihn bei seinem Vornamen Lawrence nannte. Hie und da hatten auch ein paar Dummköpfe gewagt, ihn mit seinen Initialen, L. C., anzureden, was Crabtree aber verabscheute, da ihm dies zu sehr nach *Elsie* klang. Es war zu einem der beliebtesten Scherze bei der europäischen Presseagentur geworden, einen großen, stattlichen Neuankömmling mit dem Worten zu dem kleinen Crabtree zu schicken: „Dass du ihn mir ja mit seinen Initialen anredest!" Kaum hatte der Neuling diesen Rat befolgt, sah er auch schon Sternchen, und Crabtree wandte sich gelassen wieder seinem Bier zu.

Crabtree war jedoch in den Jahren, in denen er als Kriegsberichterstatter unter General George Patton über den Zweiten Weltkrieg berichtete, etwas weicher geworden. So war das letzte Opfer dieses Scherzes nur noch mit Attributen überschüttet worden, die seine vernichtende Kritik ausdrückten. Später hatte Crabtree den Urheber des Scherzes durchgeprügelt.

Nach dem Krieg war Crabtree nach New York zurückgekehrt, um über die Hafenarbeiterstreiks und Angelegenheiten der Stadtverwaltung zu berichten. Aber die ständigen Querelen mit seiner zweiten Frau hatten ihn davon überzeugt, dass Europa ein weniger heißes Pflaster war als New York, und so hatte er abermals seine Taschen gepackt und einen Dampfer bestiegen, der ihn wieder in umgekehrter Richtung über den Atlantik brachte.

Vor zwei Tagen hatte er nun ein Telegramm aus New York erhalten, mit der Weisung, ein Flugzeug nach Palästina zu nehmen, um den Versuch zu machen, etwas aufzuklären, was selbst die Vereinten Nationen nicht aufzuklären vermochten: *Wer die Guten und wer die Bösen auf der Bühne dieses nahöstlichen Dramas waren.*

Crabtree hatte bereits das Flugticket nach Tel Aviv im Koffer, als ihn über Fernschreiber eine weitere Nachricht erreichte: Der Palästina-Konflikt habe sich – in großem Rahmen – nach Italien verlagert.

Es hieß, dass in der vergangenen Nacht ein Trampdampfer aus Jugoslawien vor den Augen der Behörden im Hafen von Bari versenkt worden war. Diesseits und jenseits des Großen Teiches hatte man hin- und herüberlegt, was wohl der Grund für dieses Ereignis gewesen sein könne, und hatte entsprechende Vermutungen in beiden Richtungen ausgetauscht. Schließlich war jedoch die Nachricht durchgesickert, dass der Frachtraum des Schiffes bis zum Rand mit Waffen für Palästina gefüllt gewesen war.

Gleichwohl blieb noch die Frage ungeklärt, ob es sich dabei um illegale Waffen und Munition für die Juden oder um eine ganz legale Lieferung an die Araber handelte. Eine verschlüsselte Nachricht der italienischen Behörden schien anzudeuten, dass die Fracht für die italienischen Kommunisten bestimmt gewesen war, die die Absicht gehabt haben sollten, den Vatikan zu besetzen. Diese Nachricht wurde allerdings von der Mehrheit der europäischen Presseagenturen bezweifelt. Warum sollten die Kommunisten versuchen, den Vatikan mit Gewalt einzunehmen, wo sie doch gute Aussichten hatten, bei der Wahl im nächsten Monat ganz Italien auf legale Weise für sich zu gewinnen?

Tree gähnte noch einmal, während hinter ihm seine Karten spielenden Kollegen Freude und Ärger lautstark kundtaten. Er war überzeugt, dass die Juden in Palästina mit allen Mitteln versuchten, ihre Stellung zu halten. Ferner hegte er, obwohl noch keine Einzelheiten bestätigt waren, keinen Zweifel daran, dass die Waffen, die jetzt am Grunde des Hafens von Bari lagen, für einen arabischen Hafen bestimmt gewesen waren und sich die Juden an diesem Morgen ins Fäustchen lachten.

Ebenso wenig hegte Tree Zweifel an seinen Fähigkeiten, der Geschichte auf den Grund gehen zu können, was immer letztlich auch dahinter stecken mochte. Er war genau der richtige Mann für eine so vertrackte Aufgabe, bei der sich nahezu alle anderen Journalisten nachts im Bett unter Schweißausbrüchen verzweifelt den Kopf darüber zerbrochen hatten, ob sie selbst das Opfer des nächsten Terroranschlages werden würden oder wie sie all das Ungeklärte zu Papier bringen sollten.

Crabtree dagegen war selten in seinem Leben ins Schwitzen geraten. Er hatte zunächst seelenruhig über den Nordafrikafeldzug gegen Rommel berichtet, dann über die Italien- und schließlich über die Ardennenoffensive. Er war Patton nach Berlin gefolgt und hatte schließlich, obwohl deutsche Heckenschützen immer noch Schüsse aus den Bombenruinen abgegeben hatten, in aller Ruhe Hitlers Bunker inspiziert. Und als Patton vor den Toren Dachaus entsetzt stehen geblieben war, nicht bereit, diesen Ort des Grauens auch nur mit einem Fuß zu betreten, war Crabtree an ihm vorbeigegangen, hatte sich alles ruhig angesehen und danach all die furchtbaren Einzelheiten mit unerschrockener Genauigkeit zu Papier gebracht. Obwohl er selbst wenig dabei empfunden hatte, war es ihm doch gelungen, alles in solch mitfühlender Weise darzustellen, dass seine Landsleute in Amerika Tränen der Trauer und des Entsetzens darüber vergossen hatten, dass das, was man bisher vage vermutet hatte, tatsächlich der Wahrheit entsprach.

Trotz seiner journalistischen Distanz war Crabtree jedoch durch die Erfahrung dieser grausamen Realität innerlich stark aufgewühlt und mit der erschütternden Gewissheit erfüllt worden, dass die Menschheit im Grunde noch nicht einmal die Stufe des wildesten Tieres im tiefsten Dschungel erreicht hatte. Zudem hatte er einen extremen Widerwillen gegen die Juden Europas entwickelt, die sich wie willenlose Schafe in die Vernichtungslager hatten treiben lassen. Warum hatten sie sich nicht gewehrt? Warum hatten sie sich von einer hasserfüllten Nation einfach zum Sündenbock abstempeln lassen? Dies war die Frage, auf die er eine Antwort zu finden hoffte – zumindest für sich selbst, wenn schon nicht für die amerikanische Bevölkerung und die *New York Times.*

Tree fand es letztlich unerheblich, wer in der Auseinandersetzung um Palästina zum Schluss die Oberhand behalten würde, denn er fühlte sich im Grunde wie ein Sportreporter, der einen guten Boxkampf im Madison Square Garden kommentiert. Er würde über jeden Schwinger mit Genauigkeit und Dramatik berichten. Er würde jeden Blutstropfen beschreiben, die gebrochenen Nasen, die geschwollenen Augen. Und dann würde er den Namen des Gewinners bekannt geben und zu erklären versuchen, wo der Verlierer etwas falsch gemacht hatte, wo es ihm an Mut oder Voraussicht gemangelt und welcher fatale Irrtum zum endgültigen Ergebnis geführt hatte. Das waren die Dinge, über die Crabtree sich befähigt fühlte, ein Urteil abzugeben, und die er nach Hause telegrafieren würde.

Das Gerangel um Palästina war wie ein Pokerspiel. Die Welt wettete, jubelte und fluchte. Die Juden versuchten ihre Stellungen zu halten – und setzten dabei ihre Existenz aufs Spiel. Die Araber dagegen spielten um keinen so hohen Einsatz. Das war der Grund, warum Crabtree, trotz seiner an sich neutralen Einstellung, letztlich zu den Juden hielt. Seine Erfahrung sagte ihm jedoch, dass Verzweiflung in der Regel kein guter Ratgeber war.

Crabtree schob sich den Hut wieder aus dem Gesicht und blickte durch die schmierige Fensterscheibe des vibrierenden Busses. Die sonnige Landschaft kroch langsam vorbei, kaum verändert, seitdem Crabtree zuletzt während des Krieges auf dieser Straße gefahren war. Er schürzte nachdenklich die Lippen. Eigentlich hatte sich seit dem Krieg überhaupt nichts verändert! Außer dass Europa etwas sicherer war als New York.

# 6. Der Kontakt

Wie alljährlich pilgerten auch in diesem Jahr mit dem Herannahen des Osterfestes Scharen von Priestern und lange Reihen von Nonnen nach Rom. Ihre Umhänge und Soutanen bauschten sich im Wind, die silbernen Kruzifixe blitzten in der Sonne, und die Straßen waren gesäumt mit Verkäufern, an deren Handwagen neue Rosenkränze hingen.

Ellie saß auf dem Rücksitz von Pater Antonells Sedan, eingequetscht zwischen David und Bernie Greene, und betrachtete dieses Schauspiel mit Staunen. Michail saß neben Pater Antonell auf dem Beifahrersitz, und alle vier trugen für ihre Reise nach Rom aus der Pfarrei geliehene geistliche Kleidung, denn der Priester hatte ihnen glaubhaft versichert, dass man hinter deren weißgestärkten Kragen bestimmt nicht nach Mitgliedern der jüdischen Haganah suchen würde. So war Ellies leuchtend kupferfarbenes Haar unter einer Nonnenhaube verschwunden, und selbst Michails sperrige, steife Gipsverbände hatten mit den weiten Falten eines mittelalterlich aussehenden Umhanges kaschiert werden können.

Ansonsten gab es herzlich wenig, was sie an diesem Morgen tun konnten, um sich aus ihrer misslichen Lage zu befreien. Auf ihren codierten Funkspruch zum Haganah-Hauptquartier in Rom hatten sie eine Antwort erhalten, die ihnen wenig Hoffnung machte. Entschlüsselt las sie sich sogar wie eine Warnung vor der schwarzen Pest:

*Nicht zum Hauptquartier kommen! Ständige Überwachung, heute Morgen sogar verdoppelt. Ihre Gegenwart möglicherweise Gefahr für gesamte Aktion. – Herrentoilette, gleich neben Haupteingang Hauptbahnhof Rom, dritte Kabine, Wasserbehälter.*

Das war alles gewesen. Ihre Rettung wartete also offenbar im Wasserbehälter einer Herrentoilette am Hauptbahnhof in Rom auf sie. Wie sie jedoch dorthin gelangen sollten, war ihnen und Pater Antonell überlassen, der inzwischen nur noch von dem einen Wunsch beseelt war, das vergleichsweise beschauliche Leben eines Pfarrers in einem der schlimmsten Elendsviertel Italiens wieder aufnehmen zu können.

So hatte er sich erboten, die vier, als Katholiken getarnt, nach Rom zu bringen, und steuerte nun seinen Wagen durch den hektischen Verkehr der italienischen Hauptstadt. Als er schließlich in den Boulevard einbog, der zum Hauptbahnhof führte, sah man schon an den gen Himmel steigenden Rauchwolken, wo die mächtigen Lokomotiven standen, die die Massen von Reisenden hergebracht hatten, die sich nun auf die Bahnsteige des riesigen Gebäudes ergossen.

Dem Ziel so nahe, wurde Pater Antonell trotz der guten Tarnung seiner Fahrgäste nervös, verschaltete sich beim Abbiegen und zuckte erschrocken zusammen, als das Getriebe laut krachte. Doch natürlich schenkte niemand dem Wagen irgendwelche Beachtung, obwohl über den amerikanischen Militärsender bestimmt schon zum hundertsten Mal an diesem Morgen die Nachricht über die Versenkung der *Trina* in die Welt hinausgeplärrt wurde:

*Sprengstoffexperten, die zum Schauplatz des Ereignisse beordert wurden, nehmen an, dass die* Trina *auf eine ganz primitive Weise versenkt wurde.*

Bernie übersetzte für Michail, der mit grimmiger Zufriedenheit nickte.

Auch Pater Antonell bekundete mit einem Kopfnicken seine Zustimmung zu der vom Nachrichtensprecher verlesenen Schlussfolgerung, fragte jedoch in einer Mischung aus Staunen und Furcht: „Wie können sie so etwas wissen?“

„Kein Problem, Pater“, grinste Bernie. „Die brauchen keine Kristallkugel für ihre Vermutungen. Michail sagt, dass jeder Sprengsatz, der sein Geld wert ist, ganz simpel aufgebaut ist. Warum kompliziert, wenn's auch einfach geht?“

Pater Antonell wehrte mit erhobener Hand weitere Erklärungen ab. „Gut, gut! Sprechen Sie nicht weiter! Ich möchte gar nicht mehr wissen. Ich weiß ohnehin schon zu viel. Viel zu viel. Ich lasse Sie jetzt einfach aussteigen, damit Sie zur Herrentoilette gehen können, und mach mich dann sofort wieder auf den Heimweg.“

Ellie hatte Verständnis für die Ängste des kleinen Priesters. Der Krieg in Palästina hatte sich so stark ausgeweitet, dass er bis in die kleine Hafengemeinde von Bari geschwappt und dort sogar eskaliert war. So war der Priester unfreiwilligerweise in die sensationellsten Ereignisse des Jahres verwickelt worden und sein Leben damit aufs Höchste gefährdet. „Machen Sie sich keine Sorgen", beschwichtigte Ellie und legte ihm beruhigend eine Hand auf die Schulter. „Wenn wir festgenommen werden sollten, werden wir auf keinen Fall Ihren Namen verraten."

„Das ist auch gar nicht nötig, junge Dame", entgegnete der Priester mit leicht resigniertem Unterton. Er reihte den Wagen in eine lange Taxischlange ein, die sich langsam zum Haupteingang des Hauptbahnhofs schob. „Ganz sicher wird sich schon irgendwer daran erinnern, dass es mein heißer Tipp war, aufgrund dessen die Besatzung der *Trina* so lange inhaftiert wurde, bis Sie Ihr Werk vollbracht hatten." Er stieß ein grimmiges Lachen aus. „Aber ich werde trotzdem Ihre Freundlichkeit auf die gleiche Weise vergelten: Auch ich werde Ihre Namen nicht erwähnen. Soweit ich weiß, habe ich drei Priester und eine Ordensschwester zum Hauptbahnhof in Rom gebracht. Wir sollten unsere Geschichte möglichst einfach halten, denke ich. Wie den Sprengsatz!"

Der Wagen kam zum Stehen, Pater Antonell zog die Handbremse an und wandte sich nach hinten. „Wir werden uns wohl nicht wieder sehen – jedenfalls nicht in diesem Leben. Aber ich werde darum beten, dass es an einem weniger brisanten Ort geschieht, falls wir uns noch einmal im Leben danach begegnen sollten!" Damit streckte er ihnen die Hand zum Abschied entgegen, ohne sich von dem ungeduldigen Hupkonzert hinter ihnen beeinträchtigen zu lassen.

„Gott segne Sie", sagte David gerührt.

„Gott sei mit Ihnen!", erwiderte der Priester herzlich. „Auf all Ihren Wegen."

Bernie wusste zunächst nicht, was er dem Priester wünschen sollte. Doch dann sagte er spontan: „L'Chaim, Pater! Und wenn Sie dran denken, können Sie ja mal ein Gebet für uns Juden sprechen, ja?"

„Ich habe bereits eine ganze Messe vorgesehen", versetzte Pater Antonell ernsthaft. „Aber nun machen Sie sich besser auf den Weg, ja? Und denken Sie daran –", fügte er zu Ellie gewandt hinzu, „dass es einer Ordensschwester nicht ansteht, mit einem Priester Händchen zu halten!"

Dann beugte er sich über Michail hinweg und stieß die Beifahrertür auf. Seine Fahrgäste folgten der stummen Aufforderung und kletterten auf den überfüllten, betriebsamen Bürgersteig, der direkt zum bogenförmigen Eingangsportal des Hauptbahnhofs führte.

Ellie sah sich nicht mehr nach dem kleinen Priester um, als er, von den Missklängen eines ungehaltenen Hupkonzerts begleitet, davonfuhr. Und sie widerstand auch dem Drang, Davids Hand zu ergreifen. Stattdessen sah sie prüfend an dem Gebäude empor. Obwohl sie das erste Mal in Rom war, erkannte sie die Fassade wieder – aus den Sendungen der Wochenschau, die sie in ihrer Kindheit gesehen hatte. Damals hatten Scharen von SS und italienischen Faschisten die Arme zum Gruß erhoben, Hitler und Mussolini beim Verlassen des Gebäudes jubelnd umringt. Wie erschreckend dieses Bild damals auf ihr kindliches Gemüt gewirkt hatte! Und obwohl es nun Ordensschwestern und Priester waren, die sich auf dem Bahnhofsvorplatz drängten, haftete dem Gebäude für Ellie auch jetzt noch der Makel jener schrecklichen Zeit an. Sie war so von diesen Gedanken eingenommen, dass sie ihre Schritte unwillkürlich verlangsamte, während ihre Kameraden bereits eilig durch die Menge der Reisenden und Gepäckträger dem Eingangsportal zustrebten. David wandte sich jedoch nach ihr um und nickte ihr auffordernd zu.

„Kommen Sie, Schwester!", sagte er und zog verschwörerisch eine Braue hoch. Merkwürdig erleichtert steckte Ellie die Hände in die riesigen Taschen ihres knöchellangen Gewandes und folgte dem Trio, gesenkten Blickes und mit ein paar Schritten Abstand, in die Bahnhofshalle, die von Zuggeräuschen, Lautsprecheransagen und dem Stimmengewirr Tausender von Reisenden widerhallte.

Über ihnen wölbte sich eine aus Stahlträgern und Glas konstruierte Decke. An jeder Ecke standen Verkäufer und boten ihre Ware feil. Vereinzelt befanden sich auch amerikanische Soldaten in dem Gedränge. Ellie verspürte beim Anblick ihrer Uniformen einen Stich im Herzen. Vielleicht hatten auch sie, wie Pater Antonell, ihr Bild im Life-Magazin gesehen!

Während der vergangenen drei furchtbaren Sturmtage hatten die Züge umgeleitet werden müssen oder nur mit großer Verspätung fahren können, und erst jetzt kam wieder Bewegung in die angestauten Menschenmassen, die aus Rom hinaus wollten. Etliche saßen jedoch mit ihrem Gepäck immer noch an genau derselben Stelle, an der sie auch schon vor drei Tagen gesessen hatten. Ihre Gesichter waren gezeichnet von Erschöpfung und Langeweile. Kleine Kinder schrien protestierend, italienische Mamas schimpften und tadelten lautstark. Die Soldaten jedoch schliefen, ohne sich an dem ganzen Trubel oder den harten Bänken zu stören.

David entdeckte als erster das Schild, das in drei Sprachen den Weg zur Herrentoilette wies, und stieß Bernie mit einem viel sagenden Blick an. Dann sah er sich nach Ellie um, die ihm mit einer leichten Handbewegung zu verstehen gab, dass sie begriffen hatte, und während die beiden Männer der besagten Tür zustrebten, machte sie sich auf den Weg zu einem Zeitschriftenstand auf der gegenüberliegenden Seite der Halle.

* * *

In dem kleinen Kabuff, das Tom Kane als Büro diente, türmten sich die Bücher und Zeitschriften fast bis zur Decke, und die Wände waren mit Karten vom Nahen Osten so zugepflastert, dass kaum noch die Plaketten zu sehen waren, die bekundeten, dass Thomas James Kane Inhaber des Rhodes-Stipendiums gewesen und während des Krieges zahllose Male für seine geheimdienstliche Tätigkeit bei „Wild Bill“ Donovans OSS ausgezeichnet worden war. Den Alliierten war seine Tätigkeit in Ägypten und Algerien im Kampf gegen die Achsenmächte von unschätzbarem Wert gewesen.

Kanes Fähigkeit, das politische Klima in den arabischen Territorien zu beobachten und zu interpretieren, hatte ihm den Ruf eingetragen, ein diplomatischer Lawrence von Arabien zu sein, der nicht nur in der Lage war, die kulturellen Barrieren zu überbrücken, sondern auch zum Kern der nahöstlichen Denkungsart vorzustoßen. Andere hatten im Krieg mit Gewehren und Artilleriegeschützen gekämpft, Kane hatte seinen Geist als Waffe eingesetzt.

Er hatte zum Beispiel immer gewusst, welche Scheichs Allianzen miteinander eingegangen waren und welche weiterhin ihre alten Blutfehden austrugen. Diese Informationen, an die richtigen Stellen bei den Alliierten weitergeleitet, hatten unzählige Male verhindern können, dass sich der eine oder andere Scheich mit den Deutschen verbündete, nur um vielleicht einem verhassten Rivalen zu schaden, der mit den Amerikanern oder Briten im Bunde war.

Das Wunder des Ersten Weltkrieges hatte darin bestanden, dass es ein Engländer namens T. E. Lawrence vermocht hatte, die arabischen Stämme so lange zu einen, bis der Sieg gegen die Türken errungen war. Inzwischen war jedoch eine neue Generation von Soldaten nachgewachsen, und das Heer des Lawrence von Arabien unterstand nun dem Kommando eines anderen Engländers, John Glubb, der seine Arabische Legion im Dienste König Abdullahs von Transjordanien gegen die Deutschen geführt hatte. Damit hatte er aber zugleich auch gegen Haj Amin Husseini gekämpft. König Abdullah und der Mufti von Jerusalem waren somit Todfeinde, und doch hatte es nun ganz den Anschein, als würden sie sich zumindest in einem Kampf zusammentun und ihre Feindschaft wenigstens zeitweilig vergessen: im Kampf gegen die Juden Palästinas. Diese Partnerschaft war aber sicherlich das schwächste Glied in der Front der Arabischen Liga.

Kane arbeitete die Mappen durch, in denen die jüngsten Ereignisse zusammengetragen waren. Sorgfältig durchforschte er jede der Seiten immer wieder nach Hinweisen auf die Geschehnisse hinter den Kulissen.

„Punkt eins“, murmelte er. „Die Juden halten ihre Stellung in Kastel gegen die arabischen Freischärler unter dem Kommando Ram Kadars.“ Er zog nachdenklich die Stirn kraus. „Kadar ... Ein Gefolgsmann Haj Amins ... also eine Aktion der Palästinenser gegen die Juden." Er machte sich eine kurze Randnotiz: *Freischärler des Muftis am Bab el Wad geschlagen. Straße nach Jerusalem offen für jüdische Konvois.* Trotz der Notwendigkeit, die Fakten unabhängig von persönlichen Gefühlen einzuschätzen, konnte Kane nicht anders, als Freude darüber zu empfinden, dass die Männer des Muftis von den Juden zurückgeschlagen worden waren. Eine Niederlage auf dem Schlachtfeld würde auch Haj Amins Rückhalt unter den Führern der Arabischen Liga schwächen.

Nachdem sich Kane noch weitere Notizen gemacht hatte, legte er die erste Mappe beiseite. In der zweiten studierte er die spärlichen Informationen, die sich auf die Explosion des Waffentransporters in einem kleinen italienischen Hafen bezogen. Es herrschte beträchtliche Verwirrung über Zweck und Ziel der Fracht. Man mutmaßte, dass diese entweder für die italienischen Kommunisten oder für Palästina bestimmt gewesen seien ... mit anderen Worten für die Streitkräfte des Muftis. Um diese Unstimmigkeit zu klären, war Kane hinzugezogen worden.

*SS Trina. Versenkt im Hafen von Bari. Möglicherweise von jüdischen Agenten,* notierte er sich weiter. *Zionisten werden kühner. Belegen Araber sogar mit eigener Waffenblockade. Schinden Zeit heraus, um eigene Streitkräfte ausrüsten zu können, bevor Briten aus Palästina abziehen.* Auch hier war Kane überzeugt, dass sich diese Schlappe sowohl auf die Kampfmoral der Araber als auch auf das Machtstreben des Muftis negativ auswirken würde.

Was er jedoch in der dritten Mappe las, versetzte seiner Freude über den Sieg der Juden in Palästina einen erheblichen Dämpfer. In erschütternden Einzelheiten schilderte der amerikanische Berichterstatter den arabischen Angriff auf den Hadassah-Konvoi und fügte eine Liste mit den Namen der Toten und deren Berufen bei: „Arzt, Schwester, Schwester, Arzt, Arzt, Arzt, Universitätsprofessor." Am Ende des ausführlichen Berichts, der zugleich auch von der Selbstgefälligkeit der Briten zeugte, stand der Name Professor Howard Monigers von der amerikanischen Schule für Orientforschung: *Howard Moniger, gestorben im Hadassah-Krankenhaus.*

Weiter hieß es: *Die angreifenden Araber riefen während des gesam-*

*ten Anschlags den Namen Deir Jassin. Von Damaskus aus bezeichnete Haj Amin die Tat als legitimen Racheakt für die Märtyrer von Deir Jassin.*

*Jerusalem in Aufruhr – Araber und Juden gleichermaßen. Es wird mit Aufständen gerechnet. Bitte auf weitere Einzelheiten warten. Bericht wird ergänzt, sobald sich etwas Neues ergibt.*

Wenn Haj Amin Husseini ein Sieg auf dem Schlachtfeld versagt blieb, würde er das Blut seiner Feinde auf eine Weise vergießen, die er schon immer bevorzugt hatte: durch Angriffe aus dem Hinterhalt und durch Terroraktionen.

Kane dachte an Professor Moniger, von dem er erst vor zwei Wochen einen ausführlichen Brief erhalten hatte. Er hatte ihn während des Krieges kennen gelernt und war beeindruckt gewesen von der nüchternen Entschlossenheit des Amerikaners, trotz der heranrückenden deutschen Truppen in Jerusalem zu bleiben. Mit Howard Moniger hatte er auch Mosche Sachar kennen gelernt und ihn später, kurz vor der Schlacht von El Alamein, für den Dienst beim OSS angeworben. Sachars unvergleichliche Beherrschung arabischer Dialekte und sein Verständnis der Sitten dieses Volkes hatten ihn zu einer unschätzbaren Informationsquelle hinter den deutschen Linien gemacht.

Kane wusste, dass Mosche Sachar nun an einer anderen Front kämpfte, obwohl der Feind eigentlich immer noch derselbe war. Kane empfand es als eine Ironie des Schicksals, dass die Zionisten durch den Kampf gegen Haj Amin Husseini in gewisser Weise zu Verbündeten des arabischen Königs Abdullah von Jordanien wurden.

Im Geiste druckte er diesen Gedanken bereits in Großbuchstaben und unterstrich ihn mit Rotstift. Vielleicht waren in dieser Sache noch gar nicht alle Tiefen ausgelotet! An dieser Stelle wurde er jedoch durch das rote Licht an seiner Sprechanlage aus seinen Überlegungen gerissen. Es meldete sich eine Stimme mit breitem südlichem Akzent:

„Minister Marshall wartet in seinem Büro, Mistuh Kane."

Kane suchte seine Unterlagen zusammen und bereitete sich innerlich darauf vor, dem übermüdeten Außenminister das gesamte Szenario der Ereignisse dieses Tages im Nahen Osten vorzuführen. Die Entscheidung – Präsident Truman anzurufen oder nicht – würde dann beim Minister selbst liegen.

* * *

Der Bug des zerstörten Frachters ragte aus dem Wasser wie das Maul einer urzeitlichen Schildkröte, die gerade die Wasseroberfläche durchstößt. Die ohnehin verblichenen Buchstaben seines Namens waren zwar bei der Explosion fast bis zur Unkenntlichkeit verbrannt, aber das, was noch übrig war, reichte noch für die Kameras der Presseleute aus, die aus aller Herren Länder herbeigeströmt waren und nun den Kai des Hafens in Bari überschwemmten. Die *Trina* war inzwischen in ganz Italien das Gesprächsthema Nummer eins. Und so tummelten sich italienische Polizisten und Regierungsangestellte in einem bunten Gemisch von Reportern, und alle suchten sie nach einem Hinweis auf die Identität der beiden Männer, die dem unglückseligen Schiff das klaffende Loch im Bug beigebracht hatten. Die Luft summte nur so von den vielen Fragen, die sich auf die düstere Fracht und das unbekannte Reiseziel des Schiffes bezogen. Das Ereignis hatte bereits Eingang in die Nachrichtendienste Europas und auch Amerikas gefunden, und so prangten die dramatischen Fotos des halb versenkten Schiffsrumpfes am Kai von Bari direkt neben den Artikeln über das Jerusalemer Massaker an fünfundsiebzig jüdischen Zivilisten.

Crabtree beobachtete interessiert, wie die Hafenpolizei die Schaulustigen zurückdrängte und den Hafen im Umkreis von drei Häuserblocks absperrte.

Die karnevalistische Atmosphäre, die nahezu jeder Katastrophe folgte, war etwas, das Tree in seiner zwanzigjährigen Tätigkeit als Reporter erwarten und meistern gelernt hatte. Die Menschen, so schien es, waren überall begierig auf Krankenwagen. Schon in seiner ersten Woche als Reporter für die *New York Times* hatte Tree die Erfahrung gemacht, dass zum Brand eines dreistöckigen Mietshauses mehr Menschen strömten als zu den so populären Revuen von Florenz Ziegfeld. In den folgenden Jahren war er weiter darin bestätigt worden, dass die meisten Menschen Katastrophen geradezu genossen, solange sie nicht selbst davon betroffen waren.

So war Lawrence C. Crabtree auch über diesen Rummel nicht weiter überrascht und steckte nur seine Brieftasche zum Schutz vor Dieben tief in seine Manteltasche. Anschließend machte er sich, an einer Wurst kauend, Stichpunkte in sein Notizbuch, wobei er den rostigen Rumpf des halb versunkenen Frachters als Schreibunterlage benutzte. Es war, ging es ihm dabei durch den Kopf, erstaunlich, ja geradezu ein Wunder, dass der Kahn den Weg von Jugoslawien nach Bari überhaupt heil überstanden hatte. Crabtree war überzeugt, dass schon ein kräftiger Tritt mit einem Nagelschuh den muschelverkrusteten Rumpf durchlöchert und die *Trina* auf den Grund des Hafenbeckens geschickt hätte.

Unterdessen schritten die Hafenpolizisten gewichtig auf und ab und spielten ihre Rolle wie schlechte Schauspieler in einem Schmierenstück. *Si! Ja! Wir hatten die Besatzung gerade wieder auf freien Fuß gesetzt, als das Schiff explodierte!*

Während die anderen Reporter unwichtige Fragen zur Politik und zum Hergang der Ereignisse stellten, begnügte sich Crabtree damit, einfach von Gruppe zu Gruppe zu schlendern, zu beobachten und die Ergebnisse, die andere erwirkten, in sich aufzunehmen:

Der verwirrte Kapitän des Schiffes beschrieb händeringend und tränenreich den Verlust seiner Existenzgrundlage. Tree war allerdings der Meinung, dass der Mann noch ungeheures Glück gehabt hatte, da die *Trina* ja nicht völlig gesunken war und die Besatzung noch lebte.

Den Bericht des Kapitäns über den kriegerischen Araber, der in Ragusa an Bord gegangen war und darauf bestanden hatte, trotz des Sturmes in See zu stechen, fand Crabtree sehr aufschlussreich. So stellte er sich, wie unbeteiligt, mit dem Rücken zum Kapitän und hörte zu, wie dieser dem Schwarm von eifrigen Reportern wieder und wieder die Geschichte zum Besten gab. Und jedes Mal wurde sie mit einer neuen Einzelheit ausgeschmückt.

„Und er hat mir gedroht, er würd' mich umbringen, wenn ich nich' in See stech'n würd'! Und dann hat er gesagt, dass wir gar nicht in 'n Libanon, sondern nach Palästina fahr'n würd'n!"

„So? Wo ist denn der Bursche?"

„Weg! Zurück nach Damaskus! Einfach weg! Und bezahlt hat er mich auch nich'!"

Ohne einen tieferen Gehalt hinter diesem Bericht zu vermuten, wandten sich die anderen Reporter gleich darauf einem neuen Gesprächspartner, dem Chef der Hafenpolizei, zu. Tree dagegen machte sich eilig Notizen zu dem Erzählten.

*Warum,* fragte er sich, *war dieser Araber so sehr darauf versessen gewesen, sofort in See zu stechen – obwohl doch Sturm vorausgesagt war? Warum wurde das Reiseziel plötzlich vom Libanon in Palästina geändert? Insbesondere, da die Briten doch jegliche Waffenschiffe vor der Küste Palästinas abfangen – sogar die arabischen?*

Das Bild rundete sich immer mehr ab: *Waren die Juden Palästinas vielleicht gar nicht die einzigen, die sich in einer verzweifelten Lage befanden? Wurden die palästinensischen Araber etwa allmählich von Panik ergriffen angesichts der vielen kleinen jüdischen Siege? Obwohl die souveränen arabischen Staaten rund um Palästina schworen, sie würden die Juden ins Meer treiben, entpuppten sich diese Äußerungen doch immer mehr als bloße Lippenbekenntnisse, so dass es in Wirklichkeit die palästinensischen Araber unter Haj Amin waren, die die Hauptlast des Angriffs zu tragen hatten. Und gemäß der telegrafischen Berichte, die an diesem Morgen eingegangen waren, hatten sie dabei einen schweren Stand. Handelte der arabische Agent also vielleicht im Auftrag Haj Amins?*

Tree schlenderte zu einer üppigen Frau hinüber, die, in typisch italienischer Manier, theatralisch und wortreich, das Ereignis aus ihrer Perspektive schilderte. Ein kleiner Junge, der einen zerlumpten, aber intelligenten Eindruck machte, übersetzte ihre Worte in ein Englisch, das zwar grammatikalisch nicht einwandfrei, aber verständlich war. Die Augen der Frau glänzten, und man sah, dass ihre Wangen unter dem aufgelegten Rouge eine hektische Röte angenommen hatten.

„... und die Signora sagen, dass arabischer Mann ist sehr böse! Sehr böse, wenn er kommen in Hotel! Er nicht sagen etwas, aber viel aufgeregt über Massaker in Palästina. Mädchen er nicht will in Zimmer. Er brechen Glas. Das ist Wahrheit!“, beteuerte der Junge im Auftrage der Frau. Dann fuhr er fort: „Wenn nehmen Engländer zu Padre Antonell und die amerikanisch Dame, ich selbst gesehen diese Mann. Er hat Zeitung in Hand, die schreiben von die Toten in Palästina.“

Zornig darüber, dass der Junge offenbar mehr erzählte, als er sollte, hob Signora Hortencia drohend die Hand und ließ einen italienischen Wortschwall auf ihn niederprasseln. Der Junge senkte betreten den Blick und schien sichtlich kleiner zu werden.

„Wer ist denn diese amerikanische Dame?“, fragte einer der Reporter neugierig.

„Wie Sie. Sie kommt von amerikanische Zeitung“, antwortete der Junge kleinlaut.

Vollkommen desinteressiert an der Information, dass es sich bei der amerikanischen Dame nur um eine weitere Reporterin handelte, stellte der Journalistenschwarm dem Jungen eine Palette von anderen Fragen. Aber keine von ihnen erschien Crabtree so interessant wie die, über deren Antwort seine Kollegen einfach hinweggegangen waren.

* * *

Der Toilettenmann im Hauptbahnhof von Rom war ein zahnloser alter Mann mit einem runzligen Gesicht, der so stramm dastand, wie sein gekrümmter Rücken es ihm erlaubte. Er trug eine verblichene grüne Portiersuniform, die allem Anschein nach schon viele Jahre in Gebrauch war. Er verneigte sich lächelnd vor den drei Priestern, die die Toilette betraten, und machte große Augen, als der hoch gewachsene blonde Priester gleich nach dem Eintreten eine Hand voll Wechselgeld in die Untertasse legte, auf der das Trinkgeld lag. Das war eine merkwürdige Verhaltensweise, da die Kunden das Trinkgeld in der Regel erst dann gaben, wenn sie ihre Hände an einem sauberen, frischen Handtuch getrocknet hatten, das ihnen der Toilettenmann zuvor gereicht hatte. Abgesehen davon, war es für einen Priester einfach ungewöhnlich, ein so üppiges Trinkgeld zu geben. Meistens hatte der Alte von einem Kirchenmann wenig mehr als einen Segen zu erwarten.

Und dann verfolgte der Alte mit verwirrtem Blinzeln, wie der große Priester nicht nur die Tür zum Bahnhof sorgfältig schloss, sondern sogar noch den Schlüssel umdrehte. Daraufhin legte der Priester einen Finger an seine Lippen und stellte den Alten in einer Art vor der Tür auf, als solle er Wache halten. Anschließend drängten sich die drei Geistlichen zusammen in eine Kabine, obwohl sie es nur mit Mühe schafften, die Tür hinter sich zu schließen.

„Comunista", murmelte der Alte gleichmütig, zog einen Stuhl herbei und ließ sich darauf fallen. Ach ja, was hatte er seit dem Krieg nicht schon alles erlebt! Da drinnen lief natürlich eine Verschwörung ab, ganz klar. Aber das berührte den alten Toilettenmann nicht weiter. Er hatte alle Verschwörungen junger Männer überlebt, und er würde auch eine weitere kleine überleben. Solange sie ihm nur ein gutes Trinkgeld zahlten, würde er seine Augen schließen und eine Weile schlafen.

Auf der Toilette stehend, reichte David unterdessen Bernie seine Jacke und entfernte dann den Deckel des Wasserbehälters, der hoch über der Toilette hing. Dabei fragte er verunsichert: „Meinst du, der Alte wird was sagen?"

„Was sagen, wem?", erwiderte Bernie verständnislos. „Wir haben ihn schließlich dafür bezahlt, dass er die Tür geschlossen hält. Das wird er auch tun und sich weiter keine Gedanken darüber machen, was hier drinnen vor sich geht. Toilettenmänner sind sehr diskret, das lass dir gesagt sein."

„Na, ein Kerl, der auf der Toilette Handtücher austeilt, schlägt alles, was ich bisher erlebt habe", flüsterte David und fasste in den Wasserbehälter. „Der macht mich nervös."

„Hast du was gefunden?", zischte Bernie ungeduldig.

David ließ seine Finger suchend über die schmierigen Wände des Behälters gleiten, um den unbekannten Schatz zu finden. „Ich muss da mal reingucken. Etwas mehr Licht!" Er warf einen prüfenden Blick in den dunklen Behälter. „Meinst du, der Alte hat vielleicht 'ne Taschenlampe?"

„Zweifelhaft", erwiderte Bernie. „Lass mich mal!"

„Bitte sehr, ganz, wie Sie wünschen", gab David zurück, ließ aber seine Finger noch ein letztes Mal über den Boden des Behälters gleiten. Angeekelt über die sich dort befindliche Schmiere, verzog er das Gesicht. Plötzlich verhakte sich jedoch ein kleines Metallstück zwischen seinen Fingern wie in einem Rechen. „Warte mal!"

„Halloo!", flüsterte Bernie wie elektrisiert. „Was haben wir denn da?"

David stieß einen leisen Pfiff aus, zog seine Hand aus dem Behälter und hielt seine Handfläche ins Licht. Ein kleiner, glänzender Schlüssel lag darin, und die drei Männer beugten sich begierig vor, um ihn eingehend betrachten zu können. „Na, das ist ganz sicher kein Wagenschlüssel. Welcher Idiot würde auch seinen Wagenschlüssel in dem Behälter da verlieren!"

Bernie drehte ihn neugierig um, und David stieß abermals einen Pfiff aus. Klar und deutlich war eine Nummer darauf zu lesen: 359. „Natürlich! Ein Schließfachschlüssel, alter Junge. Sie haben uns einen Schlüssel für ein Schließfach voller –"

„... voller was?"

„Nun ... voller nützlicher Dinge, dessen bin ich sicher."

David schob sich an ihnen vorbei und ging zum Waschbecken, um den Schlüssel sowie Hände und Unterarme zu waschen. Unterdessen schnarchte der Toilettenmann friedlich auf seinem Posten. David steckte den Schlüssel in seine Tasche, trocknete sich die Hände an einem der sauber gefalteten Handtücher und warf es nach Gebrauch in den dafür vorgesehenen Behälter. „Außerdem werden wir es bald wissen. Ihr wartet hier! Ich bin gleich wieder zurück." Er schnappte sich seine Jacke, die an Michails steifem Gipsarm gehangen hatte, rüttelte den Toilettenmann sanft wach, gab ihm ein neuerliches Trinkgeld und verschwand in der Bahnhofshalle, wo eine aufgeregte junge Ordensschwester krampfhaft Interesse für die Überschriften der *London Times* simulierte.

David zeigte ihr verstohlen seinen Fund, woraufhin sie nur entgeistert fragte: „Ist das alles?"

„Ja. Aber das ist buchstäblich nur der Schlüssel zu unserem Schatz. Halt noch ein bisschen aus! Ich bin gleich mit den Sachen zurück." Er widerstand der Versuchung, ihr einen Kuss auf die Wange zu geben, und begnügte sich stattdessen damit, ihr verstohlen zuzuwinken. Dann durchquerte er schnellen Schrittes die Eingangshalle, um die Schließfächer zu suchen.

## 7. Lichtblicke

„Gibt es schon irgendwelche Neuigkeiten über die Kämpfer von Kastel?“, erkundigte sich Rachel besorgt bei der Schwester, die Tikvah gerade mit dem Stethoskop abhorchte.

Ohne das Stethoskop aus den Ohren zu nehmen, verzog diese gereizt das Gesicht und winkte mit der freien Hand ungeduldig ab. Rachel senkte betreten den Kopf und trat zurück, beschämt über ihre Gedankenlosigkeit. Anschließend trug die Schwester kommentarlos die Untersuchungsergebnisse in Tikvahs Fieberkurve ein. Alles erschien Rachel so mysteriös und förmlich – ganz anders als bei dem freundlichen Dr. Rimsky.

„Geht es ihr gut?“, fragte Rachel schließlich schüchtern, als sich die Schwester bereits zum Gehen wandte.

„Das zu sagen, steht nur dem Doktor zu!“, erwiderte diese unfreundlich.

Diesmal ließ sich Rachel jedoch nicht einschüchtern. Die Angst verlieh ihr Mut. Sie ging auf die Schwester zu und fragte mit bebender Stimme: „Haben Sie schon etwas von Kastel gehört? Ob jemand von uns überlebt hat?“

Doch die Schwester öffnete ungerührt die Tür und murmelte ungehalten: „Die wenigen, die überlebt haben, werden wohl hierher kommen, vielleicht aber auch zu einem anderen Krankenhaus.“ In bitterem Ton fügte sie hinzu: „Uns teilt man ja nichts mit.“ Mit diesen Worten verschwand sie auf dem betriebsamen Flur.

„Oh ...“, hauchte Rachel und kam sich mit einem Mal wieder verloren und allein vor in diesem riesigen Krankenhauskomplex. „Ich verstehe“, flüsterte sie verwirrt, ohne jedoch richtig zu verstehen, warum ihr plötzlich diese Feindseligkeit entgegengebracht wurde.

Im Laufe dieses unfreundlichen Wortwechsels hatte Tikvah ein unzufriedenes Protestgeschrei begonnen, als spüre auch sie die ablehnende Einstellung der Frau, die sie gerade untersucht hatte. Sie ballte die Händchen und schrie so kräftig, dass ihr Gesicht rot anlief und winzige Tränen zwischen den Lidern hervorgepresst wurden. Sobald die Tür ins Schloss fiel, nahm Rachel die Kleine auf, wiegte sie beruhigend in den Armen, schnalzte mit der Zunge und sprach tröstend auf sie ein, obwohl sie das Verhalten der Schwester immer noch schmerzte: „Oj, Tikvah! *Jijiheh tov!* Es wird alles gut werden. *Jijiheh tov!*“ Im Inneren war sie jedoch gar nicht davon überzeugt, dass tatsächlich alles gut würde.

Als die Kleine schließlich friedlich in ihren Armen eingeschlafen war, legte sie sie wieder ins Bettchen zurück und betrachtete sie versonnen. Sie sehnte sich danach, dass auch Mosche wieder zu ihr sagen würde: „Jijiheh tov, mein Liebling ...“ Sie schloss die Augen und dachte an die letzte Nacht mit ihm. *Ich bin in seinen Armen eingeschlafen. Wie sicher – und wie geliebt habe ich mich gefühlt! Als ich aufwachte, flutete der Mondschein ins Zimmer und tauchte es in einen silbrigen Glanz. Mosche saß am Bett und sah mich an, liebkoste mich mit den Augen, und mir war, als träumte ich. Dann sagte er: „Jihijeh tov, Rachel“ und streichelte mich. Doch als ich die Augen wieder öffnete, war er verschwunden, und mir blieb nur noch die Erinnerung daran, wie seine Lippen die meinen berührten ... ein letztes Mal.*

Sie legte einen Finger auf ihre Lippen, als wolle sie die Erinnerung festhalten. Doch dann brach es aus ihr hervor: „Mosche! Ich habe Angst ... Angst, dass es nie mehr gut wird für uns zwei.“ Die Zärtlichkeit ihrer Erinnerung überwältigte sie derart, dass sie vor schmerzlicher Sehnsucht fast aufgeschrien hätte. Sie umklammerte verzweifelt das Gitter des Bettchens und kniff die Augen fest zusammen, um die Tränen der Angst und der Erschöpfung zurückzuhalten. „Herr!“, flehte sie dann mit zusammengebissenen Zähnen. „Hilf mir, damit ich nicht zerbreche! Gib mir eine Nachricht von ihm, eine Nachricht, dass es ihm gut geht –“

Doch nur Schweigen war die Antwort. Schließlich atmete sie tief durch und schüttelte den Kopf, um ihre Ängste zu vertreiben. Um sich irgendwie von den Ereignissen in Kastel abzulenken, machte sie sich daran, die Windeln, die auf dem Nachttisch gestapelt waren, noch einmal zu falten und in makelloser Linie übereinander zu legen. Dann glättete sie auch die winzigen Hemdchen erneut, faltete sie und legte sie neben den Windeln übereinander. Zwischendurch eilte sie jedoch immer wieder ans Fenster, um auf die Straße hinunterzublicken, die durch Sheik Jarrah führte. Doch weit und breit waren keine Lastwagen der Haganah zu sehen. Und auch die Briten, die die Wracks der überfallenen Konvoiwagen durchsucht hatten, waren inzwischen verschwunden. Die Straße lag vollkommen verlassen da. Nur in der Ferne strebten ein paar Araber der Zitadelle und dem Jaffa-Tor zu.

Rund um die Stadt schmiegten sich an die Hänge Judäas alte, mit Olivenbäumen und Weinreben überwachsene Terrassen, und die weißen, verstreut umherliegenden Felsbrocken wirkten wie Schafe, die sich über die grünen Schluchten und die kleinen, von bunten Blumen durchzogenen Wiesen verteilt hatten.

Mitten darin prangte Jerusalem wie ein Strauß weißer marmorner Blumen, die in voller Blüte der Umgebung entsprossen schienen. Die Mauern der Stadt leuchteten so weiß, dass Rachel fast geblendet war, als die Sonne höher stieg. *Wie wunderschön und friedlich sieht doch diese Stadt aus!,* dachte sie – dabei war es gerade diese Schönheit, die Rachel mit Leid erfüllte. Das Blau des Himmels spiegelte sich in ihren kobaltblauen Augen, dem Spiegel ihrer Trauer, und ihre makellose weiße Haut erschien in diesem Licht noch blasser, als sei sie selbst aus dem Stein gemeißelt, aus dem Jerusalem erbaut war.

„Meine Heimat", sagte sie schließlich, und ihre Gedanken wanderten zu dem Grau, das Polen für sie war. Dort hatten sich ein schieferfarbener Himmel und rauchfarbenes Gestein mit einer farblosen Landschaft zu einem einheitlichen Grau vereint. Dort waren die schwarz gekleideten chassidischen Juden von den düsteren Sturmtruppen der Nazis verfolgt worden. Ja, in Polen hatten sich Krieg und Tod harmonisch in die natürlichen Gegebenheiten eingefügt.

„Aber hier", sagte sie leise und suchte nach Worten für ihre Empfindungen, „hier ist es einfach zu schön, Herr! Diese Stadt erstrahlt in deinem Licht! Sollten dann nicht auch die Herzen der Menschen von deinem Licht rein und hell sein?"

Wieder wanderten ihre Gedanken zu Mosche, der auf den Bergen von Kastel kämpfte, und schließlich zu Howard, einem Mann des Friedens, dessen letzte Worte noch von seiner Sehnsucht nach Frieden beseelt gewesen waren: ... *niemanden hassen!*

Rachel durchlebte Howards letzte Augenblicke noch einmal, und zwar so lebhaft, dass sie seine Hand deutlich in der ihren zu spüren glaubte. Über ihr Gesicht glitt ein trauriger Schatten. *Und doch war er Zionist,* dachte sie, *ein Mann, der darum betete, dass das jüdische Volk eine Heimat finden möge. Aber hat er sich auch klargemacht, dass wir Seite an Seite mit den Menschen leben müssen, die uns den Tod wünschen? Soll ich etwa die Menschen lieben, die Howard – und vielleicht auch meinen Mann – getötet haben?*

Je mehr sie über Howards Worte nachdachte, desto mehr fragte sie sich, wo er diesen inneren Frieden gefunden hatte, der ihn dazu befähigte, noch in seinen letzten Zügen solche Gedanken zu äußern. *Bin ich nicht im Recht, wenn ich die Menschen hasse, die beinahe mein Leben zerstört haben und nun danach trachten, auch noch den letzten Rest Israels zu vernichten? Ich kann in meinem Herzen für die Araber, die solche Gedanken hegen, einfach keine Liebe empfinden. So etwas Schweres kannst nur* du *mich lehren, Herr! Und wenn mein eigenes Herz schon keinen Frieden findet, wie kann dann Jerusalem Frieden finden? – Die Araber hassen uns. Und wir hassen sie. Und so ist dieser Ort unter der Oberfläche genauso düster und grau wie damals Polen ...*

Mit einem schweren Seufzer wandte sie sich vom Fenster ab. Ihr Blick fiel dabei auf eine kleine weiße Schachtel. Howards Name war offenbar hastig mit blauer Tinte darauf geschrieben worden. Die Schwester hatte die Schachtel ärgerlich aufs Bett geworfen und dabei mürrisch gebrummt: „Dies ist ein jüdisches Krankenhaus."

Nun trug Rachel die Schachtel zum Fenster, ans Licht, und öffnete sie.

Sie enthielt einen Schlüsselbund, eine Brieftasche, eine Armbanduhr, etwas Kleingeld und eine kleine, abgegriffene Bibel – den armseligen Rest der persönlichen Habe eines Menschen.

Rachel nahm die Uhr und drehte sie in den Händen. Dann fuhr sie mit dem Finger über das Lederarmband, das Howards Handgelenk umschlossen hatte. Die Uhr zeigte elf Uhr vierunddreißig an – wahrscheinlich genau die Zeit, zu der er sie aus dem Krankenwagen gezerrt und ihr mit seinem Körper Schutz gegeben hatte, während sie beide in den Straßengraben rollten.

Auf der Rückseite des Uhrgehäuses entdeckte Rachel überrascht eine Gravur: *Howard, in Liebe, Marie, 25.12.27*. Rachel strich nachdenklich mit dem Finger darüber und versuchte, sich den Professor fünfundzwanzig Jahre jünger vorzustellen, verliebt in eine Frau. Plötzlich wünschte sie, sie hätte mehr über sein Leben gewusst. In den Monaten, in denen sie diesen gütigen, sanften Mann gekannt hatte, hatte sie immer wieder überlegt, warum er nicht geheiratet hatte, aber nicht gewagt, Mosche danach zu fragen.

Wieder überwältigte sie eine Welle der Sehnsucht. *Werde ich Mosche je wieder sehen und ihm all die Fragen stellen können, die mich jetzt bewegen? Vielleicht war der Professor ja einmal verheiratet ... vielleicht hat er auch einmal eine so tiefe Liebe empfunden wie wir jetzt. – Und doch hat er so viele Jahre lang allein gelebt* – Einen Moment schloss sie die Augen und versuchte, sich ein Leben ohne Mosche vorzustellen. Aber dieser Gedanke war zu schmerzlich. Sie legte behutsam eine Hand auf ihren Leib, auf die Stelle, unter der ihr Kind wuchs, und flüsterte: „Du bist in meinen Gedanken und in meinem Herzen."

Dann tat sie die Uhr wieder zurück in die Schachtel und nahm die Bibel in die Hand. Ein abgegriffenes Bild fiel heraus und flatterte zu Boden. Als sie es aufhob, stellte sie verblüfft fest, dass es die Fotografie eines hübschen Paares war, das ihr entgegenlächelte. Ein junger Mann, noch jünger als Mosche jetzt, hatte seinen Arm um eine hübsche junge Frau gelegt, die leuchtende Augen und hellblonde Haare hatte, die von einem Haarreif zurückgehalten wurden. Sie lehnte sich an ihn, unverkennbar in einem Gefühl glücklicher Geborgenheit. Sie sah gut aus, und Rachel nahm an, dass sie bei der Aufnahme nicht älter als fünfundzwanzig gewesen war. Der Professor, als den sie den gut aussehenden jungen Mann unzweifelhaft erkannte, war schlank und sonnengebräunt. Auf der Rückseite der Fotografie stand: Howard und ich. Abschlussfeier, 1924.

Rachel sprach zu der lächelnden Frau auf dem Bild: „Es muss ein glücklicher Tag für euch beide gewesen sein. Ich freue mich, dass ihr ihn im Glück eurer Liebe verbringen konntet. Und ich freue mich auch, dass es euch nicht möglich war, in die Zukunft zu sehen, denn sonst hättet ihr nie mehr gelächelt."

Dann überwältigte sie wieder der Schmerz über ihre eigene Liebe und nahm ihr den Atem. Sie senkte den Kopf und ließ ihren Tränen freien Lauf. „Auch ich bin glücklich gewesen", schluchzte sie und fragte sich abermals, ob sie je wieder in Mosches starken Armen liegen würde. Sie besaß nicht einmal eine Fotografie, die sie hätte bei sich tragen können. Aber sein Gesicht hatte sich tief in ihr Gedächtnis eingegraben. „Gib mir ein Wort der Hoffnung, Gott!", weinte sie. „Sonst zerbreche ich!"

Sie blätterte in der Bibel, um irgendein vertrautes, Trost spendendes Wort zu finden, aber das Buch war in einer Sprache geschrieben, die sie kaum verstand. „Englisch ...", murmelte sie enttäuscht und sank voller Trauer nieder. „Alles in Englisch!"

Doch während sie noch gedankenverloren in den Seiten blätterte, stieß sie auf ein kleines Stück Papier, auf dem sie Mosches vertraute Handschrift erkannte. Sie blinzelte fassungslos. Konnte es sein, dass Gott ihr Gebet erhört hatte und ihr von ihrem geliebten Mosche durch dieses kleine Buch eine Botschaft übermittelte?

Mit zitternden Fingern faltete sie das Blatt auseinander. Dabei fiel ihr ein weiteres, kleineres Blatt entgegen. Dieses Mal stand ihr Name darauf. Sie betrachtete das erste Blatt, auf dem die Nummer von Mosches Büro in der Hebräischen Universität und eine kurze Liste mit Büchern stand. Darunter hatte Mosche hastig geschrieben: „Kümmere dich an meiner statt um sie! Wenn ich nicht zurückkehre, sorge bitte dafür, dass sie dies bekommt! Mosche."

Rachel drückte das Papier dankbar lächelnd an ihr Herz. „Ich danke dir", brach es aus ihr hervor. „Oh, ich danke dir!"

Obwohl der Brief in Polnisch geschrieben war, errötete sie bei dem Gedanken, dass ihn irgendjemand anders gefunden und gelesen haben könnte. Aber Howard hatte ja kein Polnisch verstanden, und so hatte Mosche ihm unbedenklich eine solch intime Botschaft anvertrauen können. Sie war am Tage vor Pessach datiert, und unter das Datum hatte Mosche geschrieben: „Während du im Mondschein schläfst."

*Meine geliebte Ischti, meine Frau.*
*Hast du je ein Licht gesehen,*
*das so hell ist, dass du es noch mit geschlossenen Augen siehst?*
*Bis zu dieser Nacht*
*hätte ich nie für möglich gehalten,*
*dass Mondlicht eine solche Wirkung haben könnte ...*
*Und doch muss es stärker sein*
*als die hellste Flamme, zumindest,*
*wenn es von deiner weißen Haut zurückgestrahlt wird ...*
*Auch wenn ich meine Augen schließe,*
*sehe ich dich noch daliegen*
*und werde dich allzeit so sehen – du hast mich verzaubert.*
*Schon bald muss ich dich wieder verlassen,*
*aber der Gedanke an dich ist ein Feuer,*
*das mir die Seele wärmt.*
*Es mag Menschen geben,*
*die uns bemitleiden,*
*weil uns nur eine solch kurze Zeit des Glücks vergönnt war,*
*ich aber meine: Gott hat uns gesegnet*
*mit dem Glück von tausend Leben,*
*mit jedem Atemzug und jedem Seufzer,*
*die wir gemeinsam getan haben.*
*Denk an das, was gewesen ist, und an das, was sein wird,*
*und finde darin Glück,*
*selbst in solch kurzen Augenblicken wie diesem ...*
*Dein dich liebender Mann, Mosche.*

Rachel drückte den Brief überwältigt an ihre Wange und las ihn weinend immer wieder, sorgsam darauf bedacht, keine Tränen auf die Tinte tropfen zu lassen. „Ich danke dir", flüsterte sie schließlich. „Ja, ich *bin* glücklich. Du hast mir den *einen* Augenblick in meinem Leben geschenkt, der ..."

Einige Minuten später wischte sie sich die Tränen der Freude und des Schmerzes fort. Irgendwie fühlte sie sich reiner und leichter. Schließlich wusch sie sich das Gesicht mit kaltem Wasser.

Dabei wurde sie von einer unwirschen Stimme aufgeschreckt, die sie barsch anfuhr: „Das Wasser ist für das Kind da, nicht für Sie!"

Es war wieder die unfreundliche Krankenschwester. Rachel wandte sich mit einem sanften Lächeln an die verbitterte Frau: „Lassen Sie es nur gut sein. Jijiheh tov! Ich glaube, es wird schon alles gut werden, Schwester."

Die Schwester machte mit finsterem Gesicht auf dem Absatz kehrt und ahmte sie verächtlich nach: „Es wird schon alles gut werden."

Doch Rachel fühlte sich diesmal nicht verletzt, sondern flüsterte dem schlafenden Kind nur achselzuckend zu: „Arme Frau. Sie ist in ihrem Leben nicht glücklich gewesen, oder sie kann sich nicht mehr daran erinnern, nu?"

Dann setzte sie sich und las Mosches Mitteilung an Howard. Schließlich sagte sie zu Tikvah: „Diese Bücher sind deinem Papa wohl sehr wichtig, Tikvah. Deshalb lasse ich dich einen Moment allein, um sie zu holen ..."

# 8. Entkommen

Während der Lautsprecher versuchte, die menschliche Geräuschkulisse zu übertönen, um die Ankunft eines Personenzuges aus Wien anzukündigen, schaute David nervös auf die riesige, von Messingengeln getragene Bahnhofsuhr, die unter einem der hohen Torbögen hing. Eine Lokomotive pfiff und rollte langsam und geräuschvoll fauchend zu einer Verladerampe.

Plötzlich hatte David den Eindruck, dass ihn ein großer Mann mit schütterem Haar neugierig musterte. Verunsichert zupfte er nervös an seiner Hutkrempe, wandte sich hastig ab und ging schnellen Schrittes auf eine Gruppe von Priestern zu, die in der Mitte der Halle standen und sich aufgeregt unterhielten. Als er sich noch einmal verstohlen umsah, zog der Fremde, der ihn noch immer nicht aus den Augen ließ, gerade mit grimmiger, ja geradezu zorniger Miene eine Bruyèrepfeife aus seiner Manteltasche.

Den Blick des Mannes fast körperlich im Rücken spürend, schob sich David einfach mitten zwischen die Priester, schüttelte Hände und klopfte auf Schultern, ganz, als gehöre er zu ihnen. Die Priester jedoch reagierten verwirrt und verhalten.

Als David erneut einen Blick in die Richtung des Mannes riskierte, war dieser verschwunden. Etwas ruhiger geworden, überlegte David, warum der Fremde ihn wohl so eigentümlich gemustert hatte. War er ihm schon einmal begegnet? Hatte er ihn nach einem Foto wieder erkannt?

David klopfte einem der Priester noch einmal freundlich auf den Rücken und entfernte sich dann, durch eine lange Reihe von Holzbänken und um Gepäck und ausgestreckte Soldatenbeine herumgehend, mit eiligen Schritten, als könne er auf diese Weise der dunklen Vorahnung entkommen, die sich seiner bemächtigt hatte. Sorgsam bemüht, nach außen hin ruhig und besonnen zu wirken, ging er in eine Telefonzelle und schloss die Tür hinter sich, um einen Augenblick allein zu sein. Er musste jetzt kurz nachdenken, ruhig werden.

Um keinen Verdacht zu erregen, blätterte er in einem Telefonbuch und ließ seine Augen dabei verstohlen über das Menschengewirr schweifen, um den Mann, der ihn so merkwürdig angestarrt hatte, noch einmal in Ruhe betrachten zu können. Doch nirgends war mehr etwas von ihm zu sehen.

David wischte sich den Schweiß von der Stirn, ergriff den Hörer und tat so, als wähle er. Er wartete einen Moment, knallte dann, scheinbar zornig, den Hörer wieder auf die Gabel und verließ die Zelle. Auf der anderen Seite der Halle befanden sich zwei schwach erleuchtete Gänge mit Schließfächern. Nervös mit dem Schließfachschlüssel in seiner Tasche spielend, ging David auf einen Kiosk zu, der ganz in der Nähe der Schließfächer stand.

Er bat den ungefähr fünfzigjährigen Verkäufer um eine Zeitung. Als er mit einer amerikanischen Ein-Dollar-Note zahlte, machte der Verkäufer ein erstauntes Gesicht und wurde neugierig.

„Ich sprechen Englisch, Pater“, begann er. „Du kommen nach Rom für Ostern? Zu hören Papa?“

David erinnerte sich an seine äußere Erscheinung, fasste sich an seinen priesterlichen Kragen und bestätigte: „Genau! Um den Papst zu hören.“ Er nahm lächelnd das Wechselgeld entgegen und bemerkte dabei, dass der Mann nur einen Arm hatte. „Danke.“

„Du kommen nach Rom in schreckliche Zeit, Pater!“, sagte der Verkäufer, der offenbar das Bedürfnis hatte, sich zu unterhalten. „Du hören Nachrichten? Comunistas bringen Schiff mit Gewehre. Wollen Regierung übernehmen, si? Das genau richtig für Italien. Noch eine Krieg.“ Er deutete auf seinen leeren Ärmel.

David quittierte die bitteren Worte des Mannes nur mit einem abwesenden Kopfnicken, denn genau gegenüber entdeckte er plötzlich wieder den Fremden. Er rauchte seine Pfeife und schaute dabei mal zu David hinüber, mal in eine neue Ausgabe des Life-Magazins. David klopfte das Herz bis zum Hals. Er wurde also doch beobachtet. Und noch dazu ganz unverhohlen.

Er musterte seinen Verfolger prüfend. Er hatte ein langes, hageres Gesicht, trug einen braunen Anzug mit Fischgrätenmuster und braune Halbschuhe, die an den Absätzen etwas abgelaufen waren. Die

Mundwinkel waren leicht heruntergezogen, und er wirkte wie ein Inspektor von Scotland Yard, genauso, wie David sie aus Sherlock-Holmes-Filmen kannte. Als der Mann abermals zu ihm herüberblickte, trafen sich ihre Blicke. David rang sich ein verkniffenes Lächeln ab und tippte sich wie zum Gruß an den Hut. Sein Beobachter reagierte, als sei er beleidigt. Er stand abrupt auf, nahm seinen Hut von der leeren Bank. Dann schaute er sich hastig um, warf noch einen schnellen Blick auf seine Armbanduhr und ging dann zurück in Richtung Haupteingang.

Davids starres Lächeln erlosch, als ihn der einarmige Verkäufer fragte: „Du kennen diese Mann, Pater? Er sehen aus wie Mann, der brauchen Beichte."

David antwortete nicht, starrte noch einen Moment hinter dem Mann her, klemmte sich dann entschlossen die Zeitung unter den Arm und strebte direkt den Schließfächern zu. Wenn dieser Mann ihn beobachtet hatte, dann waren auch noch andere da, die das Gleiche taten. David spielte nervös mit dem Schlüssel in seiner Tasche und hoffte inständig, dass sich eine Pistole in dem Schließfach befand.

Mit jedem weiteren Schritt ergriff eine immer größer werdende Verzweiflung von ihm Besitz, ein Gefühl, das er nur zu gut von seinen einsamen Flügen im feindlichen Feuerhagel über Deutschland kannte. *Flieg in die Sonne!,* dachte er. *Sei raffinierter als sie! Pack den Stier bei den Hörnern, wenn sie schon auf einen Kampf aus sind, und lenk sie von Ellie ab!*

Während er den langen, kalten Gang nach der richtigen Schließfachnummer absuchte, glaubte er allerdings nicht mehr, dass er seine Verfolger durch Raffinesse abzuschütteln vermochte. Es war gut möglich, dass irgendjemand in einem dunklen Winkel stand und nur darauf wartete, dass er den Schlüssel ins Schlüsselloch steckte, und so zögerte er, als er ganz am Ende der Reihe die Nummer 359 fand. Doch es blieb ihm keine andere Wahl, und so steckte er schließlich den Schlüssel entschlossen ins Loch und drehte um. Es ging ganz leicht. Er zog die Tür auf, nahm rasch die kleine Brokatreisetasche heraus, die darin stand, und fuhr mit einer schnellen

Bewegung noch einmal über den Boden des Faches, um zu fühlen, ob noch etwas anderes darin sei. Doch er fand nichts außer der Tasche, die genauso aussah wie tausend andere in diesem Bahnhof.

Dann hörte er das Klappern einer Schließfachtür am anderen Ende der Reihe und zuckte erschrocken zusammen. Sein Atem flog. Doch er bezwang seine Aufregung und tauchte, mit der Tasche in der Hand, eilig wieder in das Gewühl ein. Mit klopfendem Herzen bahnte er sich am Rande der riesigen Halle entlang einen Weg zum Haupteingang, wo Ellie noch immer am Hauptkiosk auf ihn wartete. Nervös auf den Zehen wippend, starrte sie gebannt zu den Schließfächern in der Ferne und merkte gar nicht, dass er nun genau gegenüber von ihr stand.

David jedoch, die Reisetasche immer noch fest in der Hand, eilte weiter, auf die Herrentoilette zu, ohne sich ihr zu erkennen zu geben. Erleichtert entdeckte er ein kleines Schild über der Tür, auf dem stand, dass die Toilette außer Betrieb sei. Vielleicht würde ja doch noch alles ohne Komplikationen verlaufen! Vielleicht war der Mann in dem Fischgrätenanzug ja doch nur ganz harmlos, jemand, dem es peinlich war, dabei ertappt worden zu sein, allzu großes Interesse für seine Umwelt gezeigt zu haben. Das wollte David glauben, und für einen Augenblick schien es auch so, als sei dies durchaus möglich. Er dachte an Bernie und Michail, die auf seine Rückkehr, auf Billets, Geld und Anweisungen warteten, um im Gewirr der tausend Züge, die alle ins Ausland fuhren, untertauchen zu können.

Die Hoffnung währte jedoch nur genau so lange, wie David brauchte, um diese Gedanken zu Ende zu denken. Denn gleich darauf entdeckte er hinter einer dicken Marmorsäule abermals den hageren Mann im Fischgrätenanzug. Noch bevor er ihn sah, roch er bereits seinen Tabak, dessen Geruch ihn mit der gleichen Furcht erfüllte wie früher der beißende Gestank von Gewehrfeuer und verbranntem Treibstoff.

Diesmal suchte der Mann die Auseinandersetzung. Er vertrat David den Weg und musterte ihn mit einem flüchtigen Blick, aus dem allerdings brodelnder Zorn sprach.

David spürte, wie sich sein Körper straffte. Er bereitete sich darauf vor, dem Mann einen Faustschlag zu versetzen, und betete, dass Ellie schnell in der Menge untertauchen und sich in Sicherheit bringen würde, wenn sie merkte, was ihm widerfahren war.

„Ihr seid nicht gerade einfallsreich, wie?", stieß er mit drohendem Unterton hervor.

„Seien Sie kein Narr", erwiderte der Hagere. „Gehen Sie nicht hinein." Er deutete mit dem Kopf zur Herrentoilette.

„Wer sind Sie, dass Sie mich aufhalten könnten?", entgegnete David mit einem kühlen Lächeln, das bei dem Mann allerdings nur Verachtung hervorrief.

„Nehmen Sie Ihre Frau, und gehen Sie bitte, Captain Meyer!", riet ihm der Mann mit müder Stimme. „Die beiden sind bereits tot!"

„Was?", entfuhr es David. Er blickte bestürzt zuerst zu Ellie hinüber, dann zur Tür der Herrentoilette.

„Fliehen Sie, so lange Sie es noch können!", drängte der Mann und schob sich an David vorbei. „Gehen Sie, rate ich Ihnen!"

Gleich darauf war der Mann im Gedränge verschwunden, und David blieb völlig verdattert zurück. Über ihm dröhnte die Lautsprecheranlage: ... DIE REISENDEN FÜR DEN SCHNELLZUG NACH PARIS WERDEN GEBETEN, SICH AUF GLEIS DREI EINZUFINDEN ... BITTE EINSTEIGEN.

David fuhr sich mit der Zunge über seine trockenen Lippen und versuchte, trotz seines trockenen Mundes zu schlucken. Erst ganz allmählich begriff er, was der Mann gesagt hatte. Dennoch ging er benommen auf die zerkratzte Tür der Herrentoilette zu.

ALLE REISENDEN MIT EINER FAHRKARTE FÜR DEN SCHNELLZUG NACH PARIS WERDEN GEBETEN, SICH AUF GLEIS DREI EINZUFINDEN ...

David blieb drei Schritte vor der Tür stehen und starrte unverwandt auf das Schild, dem zu entnehmen war, dass die Toilette außer Betrieb sei. Er drückte mechanisch die Klinke herunter und spürte, wie sie unter seinem leichten Druck nachgab. Er machte einen Schritt in den Raum hinein und fuhr fast im selben Augenblick entsetzt zurück. Bernie! Michail!, wollte er schreien, doch es gelang ihm gerade noch, diesen Schrei zu unterdrücken.

LETZTER AUFRUF FÜR DEN SCHNELLZUG NACH FRANKREICH ...

* * *

Ellie starrte nervös mal auf eine der Zeitungen, mal zu der Stelle, an der David ihren Blicken entschwunden war, um die Schließfächer zu suchen. Die Wartezeit kam ihr wie eine Ewigkeit vor, und ihr Hals war wie zugeschnürt.

Trotz ihrer Ungeduld brachte sie es jedoch fertig, nicht ein einziges Mal zu der Tür der Herrentoilette hinüberzublicken. Erst, als ein entsetzter Aufschrei erklang, flog ihr Blick unwillkürlich dorthin, und sie sah, wie ein großer, athletisch gebauter Mann durch die Schwingtür wankte. Sein Gesicht war aschfahl, und er musste an einer Säule Halt suchen. In der einen Hand hielt er ein vormals weißes Handtuch, das nun mit Blut getränkt war, und griff sich, ununterbrochen nach der Polizei schreiend, mit der anderen Hand an die Brust. Für einen Augenblick legte sich über die Halle eine unnatürliche Stille, die jedoch schon im nächsten Moment von gellenden Schreien zerrissen wurde.

Urplötzlich erschien wie aus dem Nichts ein großer Trupp Polizisten, die mit laut hallenden Stiefelschritten, als marschiere eine ganze Armee auf, zu dem verwirrten Mann eilten. Der deutete nur weinend zur Toilette. Während die Menge zur Tür drängte und die Polizisten versuchten, sie zurückzuhalten, stand plötzlich der Zeitungsverkäufer neben Ellie.

Ihr war übel vor Angst, und quälende Fragen rasten ihr durch den Kopf. *Wo war David? Was war mit Michail und Bernie? Waren sie noch da drinnen? Wessen Blut war da an dem Handtuch? Was war passiert?*

Schließlich wandte sie sich verzweifelt an den Zeitungsverkäufer und fragte ihn flehend auf Englisch: „Bitte, können Sie mir sagen, was da passiert ist?“

Der Mann wischte sich den Schweiß von der Stirn und bekreuzigte sich. „Jemand töten Priester! Zwei Priester, Schwester! Auch Anglo und alte Mann tot! Mamma mia! Madre di Dio!"

Ellie wurde bei den Worten des Mannes schwindelig. Sie tastete taumelnd nach hinten, wollte sich setzen, fand jedoch keinen Sitzplatz und sank kraftlos auf den gefliesten Boden. Wie aus weiter Ferne vernahm sie das Heulen von Sirenen.

„Wer so was tun, Schwester?", jammerte der Verkäufer.

„David!", flüsterte Ellie. „Gott, schicke mir David zurück!" Ihre Worte wurden jedoch vom allgemeinen Schmerzensschrei der verwirrten Menschenmassen übertönt.

Fast im selben Augenblick spürte sie, wie sie von starken Armen emporgerissen wurde: David! „Komm!", stieß er hervor. „Wir müssen hier raus. *Sofort!*"

Ellie ließ leise weinend ihren Tränen freien Lauf. Sie brachte kein Wort heraus, und David wollte sich jetzt nicht mit Erklärungen aufhalten. Er zog sie so hastig durch die Menge, die nun zu der Szene des Grauens strömte, dass ihre Füße kaum noch den Boden berührten.

Augenblicke später standen sie am Rande eines Bahnsteigs, und David blickte sich unverwandt nach dem hektischen Durcheinander in der Bahnhofshalle um. Eine Lokomotive stampfte im gleichen Rhythmus wie ihr Herzschlag. „Sie sind tot", flüsterte er, Entsetzen in den Augen. „Tot! Beide! Und der Alte, der Toilettenmann auch. Ich war nur ein paar Minuten weg. Vielleicht eine Viertelstunde. Und als ich zurückkam ... guter Gott ... da waren sie wirklich ..."

Ellie schlug die Hände vors Gesicht. „Was sollen wir jetzt tun, David? Was sollen wir tun?"

Er ging nicht auf ihre Frage ein, er musste sich erst das Furchtbare von der Seele reden. „Michail und der Alte hatten keine Chance. Bernie muss es zuerst erwischt haben. Er hat den Ort im Kampf regelrecht auseinander genommen. Aber Michail mit seinen Armen ... seinem Gips ... Er hatte keine Chance", wiederholte er hilflos. „Ein Blick, und schon war ich wieder draußen. Hab dann gewartet, bis sie jemand gefunden hat. Dann bin ich schnell zu dir", keuchte er, Schweißperlen auf der Stirn.

„Was sollen wir nur tun?", wiederholte Ellie verzweifelt.

Noch während sie ihre ohnmächtige Frage formulierte, rollte langsam ein Zug an. Ohne zu überlegen, zog David, die Reisetasche fest unter den Arm geklemmt, Ellie hinter sich her zu einer der immer mehr an Fahrt gewinnenden Zugtüren und versuchte den Türgriff zu öffnen. Es gelang ohne Schwierigkeiten. Mit einer schnellen Bewegung hob er Ellie ins Abteil und schwang sich dann hinter ihr her. Im Augenblick war es völlig egal, wohin der Zug fuhr, solange es nur weit genug von Rom war!

# 9. Ein Friedensplan

Tom Kane saß im Oval Office des Weißen Hauses zwischen vier grimmig dreinblickenden Beamten des Außenministeriums, während ihr Chef, Außenminister George Marshall, nervös von einem Ende des Teppichs zum anderen schritt. Henry Truman dagegen, der drahtige Präsident aus Missouri, saß an seinem unordentlichen Schreibtisch, auf dem ein Plakat mit der Aufschrift *Hier liegt die Verantwortung* lag, und las schweigend die Geheimdossiers, vergeblich ein Zeichen der Hoffnung suchend. Das auf dem Plakat ausgedrückte Gefühl lag ihm jetzt wie eine schwere Last auf der Seele. Schließlich tippte er heftig auf den Stapel der Schnellhefter und wandte sich an seinen Außenminister:

„Nun, George, du hast mich deswegen um drei Uhr nachts aus dem Bett geworfen – was hat dich dazu bewogen?"

„Wir müssen von unserer Haltung zur Teilung abrücken!", warf Staatssekretär Lovett ungefragt ein.

Truman warf ihm einen tadelnden Blick zu und sagte barsch: „Nicht so voreilig, Junior! George hat mich aus dem Bett geholt. Und deshalb möchte ich auch von ihm aufgeklärt werden."

Lovett sah betreten zu Boden. Um weiteren Peinlichkeiten vorzubeugen, räusperte sich George Marshall vernehmlich und richtete sich dann in seinem bedächtigen, näselnden Trauerton an Truman: „Herr Präsident, in dieser Angelegenheit stimme ich voll und ganz mit Mr. Lovett überein. Die jüngsten Ereignisse in Palästina sind einfach zu barbarisch: Ein sinnloses Gemetzel zwischen Arabern und Juden, Juden und Arabern. – Rache ist wohl jetzt das alleinige Losungswort in Palästina."

„Ha!", stieß Truman aus. „Wie spät ist es dort drüben im Augenblick?"

„Es ist Nachmittag."

„Sie haben also inzwischen Zeit gehabt, ihre Toten zu begraben. Ist es nicht so, Mr. Marshall?"

„Ja, Herr Präsident, aber was –", stammelte dieser verwirrt.

Truman beugte sich vor und sagte mit düsterer Miene: „Bis wir hier auf dieser Seite des Ozeans von den Ereignissen erfahren, ist es immer schon mitten in der Nacht, was bedeutet, dass die Menschen auf der anderen Seite schon wieder Gelegenheit gehabt haben, sich neue Gräueltaten auszudenken." Seine Berater wussten nicht so recht, worauf er hinauswollte.

Truman murmelte mit düsterem Gesicht vor sich hin: „Gott sei mir gnädig! Diese Aufgabe bewältigen zu müssen wünsche ich nicht mal meinem ärgsten Feind!" Zu seinen Beratern gewandt, fuhr er dann fort: „An diesem Morgen werden die amerikanischen Bürger Schlagzeilen zum Frühstück aufgetischt bekommen, die ihnen für den Rest ihres Lebens Verdauungsbeschwerden verursachen können: Nicht nur, dass fünfundsiebzig berühmte Gelehrte und Ärzte in einem Massaker in der Nähe von Jerusalem umgebracht worden sind, nun haben wir auch noch einen amerikanischen Archäologen verloren, der Verbindungen zur Johns-Hopkins- und zur Georgetown-Universität hatte ... die Gräuel scheinen einfach kein Ende zu nehmen."

George Marshall hatte das Gefühl, dass Truman nun endlich so weit war, die Entscheidung zu fällen, auf die er schon seit Monaten gewartet hatte, und beeilte sich, dem Präsidenten beizupflichten: „Diese ganze Angelegenheit ist völlig außer Kontrolle geraten, Herr Präsident."

„Und noch dazu in einem Wahljahr", ergänzte Truman. „Ihrer Ansicht nach sollten wir uns also dafür stark machen, dass Palästina der Treuhandschaft der Vereinten Nationen unterstellt wird?", fuhr er fort, scheinbar konform mit der im Außenministerium vorherrschenden Meinung.

„Genau", pflichtete Marshall dem Präsidenten voller Überzeugung bei.

„Nun –", begann Truman und sah seine Berater der Reihe nach an, „ich weiß, dass es in dieser Runde unterschiedliche Meinungen zu diesem Punkt gibt. Es scheint mir daher das Beste, sie erst einmal alle anzuhören." Sein Blick blieb auf dem angespannten Gesicht Kanes haften. „Nun, Mr. Kane, heraus mit der Sprache!"

Kane brachte trotz seiner Nervosität ein Lächeln zustande. „Herr Präsident", wandte er sich dann an Truman, „es stimmt zwar, dass Rachegefühle die Ursache für die Ereignisse in Palästina sind." Er hüstelte nervös und fuhr dann etwas sicherer fort: „Wenn man jedoch die Vereinten Nationen mit der Kontrolle des Landes betraut, wird dies weiteres Blutvergießen kaum verhindern, denn die palästinensischen Araber sind nicht nur fest entschlossen, den jüdischen Staat – sofern er überhaupt ausgerufen wird – zu vernichten, sondern haben sich sogar zum Ziel gesetzt, die Juden in Palästina völlig auszurotten."

„Vielleicht haben sie erkannt", warf Marshall in herablassender Weise ein, „dass es diese zionistischen Juden Russland ermöglichen, innerhalb der nächsten zwanzig Jahre den Nahen Osten vollends einzunehmen: Wenn Palästina von Juden beherrscht wird, wer wird dann die Einwanderung kommunistischer Juden in dieses Gebiet verhindern?"

„Ein wichtiger Aspekt", lobte Truman und sah Kane durchdringend an. „Was sagen Sie dazu?"

„Dass die Vereinigten Staaten Israel als Erste anerkennen müssen, Herr Präsident. Wenn der jüdische Staat am vierzehnten Mai ausgerufen wird, müssen wir die ersten sein, die Glückwünsche übermitteln und *Hilfe* anbieten!"

„Sie schlagen also vor, dass wir einen möglichen kommunistischen Staat in Palästina unterstützen sollen?" Marschall war entsetzt über diesen Gedanken.

Truman gebot mit erhobener Hand Schweigen. „Einen Augenblick, George. Der junge Mann hat möglicherweise etwas zu sagen, über das es sich lohnt, nachzudenken."

Ermutigt holte Kane tief Luft und fuhr fort: „Es heißt, dass Golda Meir zehn Dollar in der Tasche hatte, als sie vor einigen Monaten hier ankam. Bei ihrer Rückkehr nach Palästina waren es fünfzig Millionen! Fünfzig Millionen Dollar, die sie für eine jüdische Heimstätte gesammelt hat! Alles aus privaten Spenden amerikanischer Bürger –"

„Juden", unterbrach Lovett. „Amerikanischer Juden."

Truman schlug schallend mit der Handfläche auf den Stapel der Berichte. „Amerikaner, Lovett. Amerikanischer Bürger!“

„Was ich damit sagen will, Sir“, ergriff Kane erneut das Wort, „ist, dass wir mit unserer Haltung den Wahlkampf offenbar gar nicht *gegen* die öffentliche Meinung bestreiten.“ Er wandte sich an Lovett. „Und Sie haben, mit Verlaub, Unrecht mit Ihrer Meinung über die Spender. Im ganzen Land haben die Menschen in den Kirchen Geld gespendet, um zu helfen. Darüber hinaus haben sich bereits ebenso viele nichtjüdische Amerikaner wie jüdische freiwillig zum Kriegsdienst in Palästina gemeldet.“

„Und sie alle werden dadurch ihre Pässe verlieren“, ergänzte Marshall mit zorniger Stimme. „Sie werden ihre amerikanische Staatsbürgerschaft verlieren!“

Truman zuckte unangenehm berührt zusammen und stellte nach kurzem Schweigen fest: „Dann müssen sie wirklich glauben, für etwas zu kämpfen, das die Sache wert ist.“

„Sie glauben, genau wie ich auch, dass es in gewisser Weise immer noch Hitler ist, den wir bekämpfen“, erklärte Kane, „und dass die Juden sonst keinen Ort auf der Welt haben, an dem sie leben können. Wie viele Jahre können sie noch in den Flüchtlingslagern drüben in Europa oder Zypern dahinvegetieren? Sie haben alles verloren. Dies ist ihre letzte Hoffnung.“

„Wir alle haben die Sendungen der Wochenschau gesehen“, erregte sich ein junger Beamter. „Es war eben Krieg, und die Juden sind mitten hineingeraten. So ist das nun mal. Aber wollen wir nun die *arabischen* Länder für das, was geschehen ist, zahlen lassen?“

Trumans Augen gingen während des ganzen Schlagabtausches ständig zwischen den Sprechern hin und her, als verfolge er ein Tennisspiel.

Kane straffte sich. „Die Juden sind bereits seit der Jahrhundertwende in Palästina. Sie haben das gesamte Siedlungsland käuflich erworben und nicht gestohlen. Wenn die Briten im letzten Krieg den Regeln des Anstands gefolgt wären ... wenn sie den europäischen Juden erlaubt hätten, nach Palästina zu emigrieren, dann hätten nicht sechs Millionen Menschen den Tod finden müssen!“

Mit nur mühsam unterdrücktem Zorn fuhr er fort: „Und *das* ist der einzige Punkt, der hier und jetzt zur Debatte steht! Wenn auch wir ihnen jetzt eine Heimstätte verweigern, wie es die Briten mit dem Weißbuch von 1939 getan haben, tun wir dann nicht genau das, was wir alle angeprangert haben? Es geht hier für die Juden Europas ums nackte Überleben. Nach drei Jahren des Wartens hinter Stacheldrahtzäunen sind sie immer noch ohne Heimstätte. Es gibt Kinder, die nicht wissen, was es bedeutet, frei umherzulaufen. Außerdem gibt es keinen einzigen Überlebenden, der nicht Verwandte hätte, um die er trauert. Und diese wenigen Überlebenden sind der Rest ... sind nur ein Bruchteil all der Juden, die es vor Hitler noch gab. Wollen Sie dies etwa abstreiten?"

„Und was ist mit den Arabern, die in Palästina beheimatet sind, mit ihren Nationalansprüchen?"

„Ach, hören Sie doch auf! Es hat nie eine arabische Nation in Palästina gegeben!" Kane vermochte seinen Zorn nun nicht länger zu unterdrücken. „Die Briten haben seit 1917 in Palästina geherrscht. Davor waren dort die ottomanischen Türken jahrhundertelang an der Macht und haben Araber, Juden und Christen gleichermaßen unter ihrer Herrschaft leiden lassen. Bereits dreißig Jahre, bevor Hitler sein Vernichtungslager in Auschwitz einrichtete, haben die Türken eineinhalb Millionen Armenier in Kleinasien deportiert und umgebracht. Und auch damals hat die ganze Welt geschwiegen." Kane legte eine gezielte Sprechpause ein, um seine Worte wirken zu lassen. „Unzweifelhaft sind dies die Gründe, warum die Amerikaner, die augenblicklich in Jerusalem leben, der jüdischen Sache so viel Sympathie entgegenbringen."

Lovett seufzte ungeduldig. „Diese Ausführungen haben aber keine Bedeutung für den Fall, den wir im Augenblick diskutieren."

Kane lächelte dünn. „Im Gegenteil. Die Geschichte des Nahen Ostens ist voller Beispiele für Völkermord. Und wenn die Juden keine Heimat zugebilligt bekommen, wird Haj Amin Husseini auf diesem Gebiet einen neuen Rekord aufstellen."

„Haj Amin Husseini hat selbst gegen die Türken gekämpft, auf der Seite der Engländer", warf Lovett ein, „weil sein Traum schon immer ein unabhängiger arabischer Staat auf palästinensischem Boden war."

„Aber einer ohne Juden", fügte Kane hinzu. „Und mit ihm als absolutem Herrscher an der Spitze. Man hat ihm einen arabischen Staat angeboten, bei dem das arabische Hochkomitee als provisorische Regierung fungieren soll. Dies lehnt er jedoch entschieden ab –" einfach und allein, weil bei dieser Lösung neben dem arabisch-palästinensischen noch ein jüdischer Staat vorgesehen wäre." Kane sah der Reihe nach die versteinerten Gesichter der Männer an, die seiner Argumentation mit gereiztem Desinteresse zuhörten. Sie kannten natürlich alle Fakten und hatten sich bereits ihre feste Meinung gebildet. „Meine Herren", sagte Kane und breitete beschwichtigend die Arme aus. „Es sind die palästinensischen Araber, die nein sagen, Haj Amin Husseinis arabische Verbündete, um genau zu sein. Aber es sieht für meine Begriffe sehr danach aus, als ob die Juden den arabischen Freischärlern entschiedenen Widerstand entgegensetzten."

Truman pochte auf die Mappe. „Wenn schon der ‚Widerstand' der Juden fünfundsiebzig unschuldige Zivilisten das Leben gekostet hat, dann möchte ich sehen, was erst passieren wird, wenn die Juden den Kampf verlieren."

„Gemäß meiner Beurteilung der Lage" – Kane wählte seine Worte mit Bedacht – „stellt die Öffnung des Passes Bab el Wad durch die jüdische Haganah einen wesentlichen Faktor in diesem Konflikt dar. Die Juden haben damit die Belagerung Jerusalems durchbrochen. Der Preis ist zwar hoch gewesen, aber mit diesem Ereignis könnte eine Wende in Haj Amins Geschick eingeleitet worden sein."

„Wollen Sie damit sagen, dass die Juden Chancen haben, sich gegen die arabische Allianz durchzusetzen?", fragte Truman und sah Kane durchdringend an.

„Nein", erwiderte Kane knapp.

„Nun", begann Marshall und straffte sich. Er nahm die Herausforderung an. „Was soll dann das Ganze?"

„Es soll einfach heißen, meine Herren", sagte Kane und legte abermals eine bedeutungsvolle Pause ein, „dass ich glaube, dass diese Tatsache den Teilungsplan retten und einen groß angelegten Krieg in Palästina verhindern kann."

Truman betätigte seine Sprechanlage. „Schicken Sie uns eine große Kanne schwarzen Kaffee, Harmon. Wir brauchen ihn." Dann sah er Kane mit zusammengekniffenen Augen scharf an. „Wenn Sie der Meinung sind, dass Sie einen Krieg verhindern können, junger Mann, bin ich bereit, Ihnen weiter zuzuhören."

Wieder protestierte Lovett: „Nur Gott kann einen Krieg verhindern, Herr Präsident, es sei denn, wir widerrufen die Teilung."

„Ich habe schon immer gesagt, dass Gott Diplomat ist", bemerkte Truman und gebot Lovett mit erhobener Hand zu schweigen. „Wie sieht also Ihr Plan aus, Mr. Kane?"

Kane räusperte sich und rückte nervös seine Fliege zurecht. „Es gibt einen Mann in der Arabischen Liga, der unter Umständen zu Verhandlungen bereit ist. Außerdem besitzt sein Volk die bestausgebildete und -ausgerüstete Armee unter den arabischen Nationen."

„Sie sprechen von König Abdullah von Jordanien?", warf Marshall ein. „Er ist genauso begierig darauf, die Juden ins Meer zu treiben wie die Führer der übrigen arabischen Staaten."

Kane schüttelte den Kopf. „Das glaube ich nicht. Er ist ein vernünftiger Mann."

„Vernünftig! Er ist ein Beduinenhäuptling, der durch Lawrence von Arabien an die Macht gekommen ist! Und er ist immer noch Krieger und kein Friedensstifter!", widersprach Lovett bissig.

„Zugegeben", lenkte Kane ein, „sind seine Worte genauso hitzig wie die der anderen arabischen Führer, aber bei König Abdullah gibt es einen deutlichen Unterschied."

„Woher wollen Sie das wissen?", fragte Lovett herausfordernd, während sich Truman zurücklehnte, um seine Berater bei ihrer Diskussion besser beobachten zu können.

„Ich kenne ihn", erwiderte Kane schlicht und hielt dem Blick Trumans furchtlos stand. „Und ich kenne auch den britischen General, der seine Streitkräfte befehligt: John Glubb. *Glubb, der Pascha,* wie er bei den Truppen der Arabischen Legion genannt wird, ist kein Mann, der freudig in den Krieg zieht, jedenfalls nicht, wenn durch friedliche Verhandlungen ein Kompromiss erreicht werden kann."

„Und was soll das für ein Kompromiss sein?", fragte Marshall.

„König Abdullah und Haj Amin sind Todfeinde. Natürlich wissen wir alle, dass Haj Amin versucht hat, die Deutschen und die Araber im letzten Krieg zu verbünden. König Abdullah und *Glubb, der Pascha,* haben jedoch ihre Arabische Legion den Alliierten als Verbündete unterstellt. Die Arabische Legion hat furchtlos gegen die Deutschen gekämpft, und König Abdullah ist immer schon der Ansicht gewesen, dass er von den Briten dafür hätte besser belohnt werden müssen."

„Belohnt? Wie das?", fragte Truman und blickte den Diener, der das Tablett mit dem Kaffee hereinbrachte, finster an. Die Männer warteten schweigend ab, bis der Kaffee ausgeschenkt war. Die Pause gab Kane die Möglichkeit, seine Antwort immer wieder neu durchzuspielen.

Als der Diener den Raum verlassen hatte, trank er zunächst einen Schluck Kaffee, bevor er die Frage beantwortete: „König Abdullah hatte – und hat immer noch – die Hoffnung, Palästina seinem Königreich Transjordanien einverleiben zu können. Und ich glaube, dass in diesem Punkt Raum für Verhandlungen wäre."

„Und was ist mit den anderen Nationen der Arabischen Liga?", fragte einer der Berater ruhig.

„Die mächtigste Kraft im Nahen Osten ist im Augenblick die Arabische Legion König Abdullahs. Hier liegt eine Chance, meine Herren –" Kane blickte jedem einzelnen ins Gesicht und stellte befriedigt fest, dass seine Argumente allmählich begannen, Eindruck zu machen. „Es gibt die, wenn auch kleine, Chance, dass sich der Rest der Arabischen Liga zurückzieht, wenn man König Abdullah erlaubt, sich den arabischen Sektor Palästinas einzuverleiben. Transjordanien würde dann die arabische Hälfte Palästinas kontrollieren, und die Juden hätten ihre eigene Heimstätte. Sie müssen doch zugeben, dass diese Idee etwas für sich hat."

Wieder herrschte nachdenkliches Schweigen im Raum. Schließlich räusperte sich Außenminister Marshall und ergriff das Wort:

„Wirklich eine bewegende Rede, Mr. Kane. Aber ich meine immer noch, dass wir es mit einem Brutofen des Kommunismus zu tun haben, einem russischen Übergriff auf Palästina."

„Das amerikanische Volk ist da, glaube ich, anderer Meinung als Sie, Sir", entgegnete Kane trocken. „Und ich auch. Die Russen freuen sich höchstens über unseren gegenwärtigen Zwist mit den Briten über die Palästina-Frage. Aber wenn wir die Ersten sind, die die neue jüdische Nation anerkennen, haben die Russen keine Chance."

„So, Sie sind also auch noch Russlandexperte?", meinte Lovett anzüglich.

„Nein", widersprach Kane, ohne sein Selbstbewusstsein abzulegen. „Nur soweit es den Nahen Osten angeht. Außerdem habe ich genügend Erfahrungen beim OSS gesammelt, um zu wissen, was von arabischen Allianzen zu halten ist, und um zu wissen, dass dies eine Chance ist." Er unterstrich seine letzten Worte, indem er bedeutungsvoll einen Finger in die Höhe hielt, so, als stehe er als Lehrer vor einer Grundschulklasse. „Haj Amin möchte ganz Palästina, König Abdullah möchte so viel von Palästina, wie er bekommen kann, und die Juden wollen eine Heimat. Warum sollen wir da nicht einen Teil Palästinas König Abdullah versprechen und es ihm und Haj Amin überlassen, sich darum zu streiten?"

„Und wie wollen Sie die Juden und König Abdullah an den Verhandlungstisch bekommen?", fragte Marshall Kane betont ruhig.

„Die Jüdische Brigade und die Arabische Legion haben im Krieg gemeinsam gekämpft. Ich glaube, dass König Abdullah gewissen Mitgliedern der Jewish Agency freundlicher gesonnen ist als Haj Amin Husseini und den palästinensischen Jihad-Moqhaden."

„Ich habe den Eindruck, Sie würden gern selbst ein solches Treffen arrangieren –", sagte Truman. Er starrte dabei mit durchdringendem Blick auf einen kleinen Schrank und fügte dann leise hinzu: „... mit Gott und Diplomatie."

„Herr Präsident", protestierte Marshall, „wenn diese Nachricht durchsickert und die Presse davon Wind bekommt –"

„Wovon? Dass wir versuchen, ein Massaker zu verhindern? Dass wir versuchen, einen kleinen Beitrag dazu zu leisten, dass in Palästina Frieden einkehren kann? Außerdem habe ich den Eindruck, dass das amerikanische Volk genauso denkt wie Kane. Fünfzig Millionen Dollar, die für diese Sache gespendet worden sind, scheinen mir ein gewichtiger Beweis." Truman blätterte einen der Berichte durch. „Und dann sind da noch die materiellen Güter, die nach Palästina verschifft worden sind. Siebzigtausend Leuchtraketen aus Ohio. Fünfzigtausend Helme aus Illinois. Landwirtschaftliche Geräte aus Missouri. Das jüdische Volk wird nicht nur in der Lage sein, das Land im Dunkeln zu bebauen, sondern gleichzeitig auch noch seinen Kopf vor Kälte zu schützen, wenn es nach dem amerikanischen Wähler geht, meine Herren."

Er grinste breit. „Es ist immerhin einen Versuch wert." Dann drehte er sich auf seinem Stuhl herum und blickte Kane direkt in die Augen.

„Ich werde um zehn Uhr eine Pressekonferenz abhalten, um mich gegen jegliche Gewalt in Palästina auszusprechen. Ich werde der Presse – und dem amerikanischen Wähler – sagen, dass wir immer noch eine friedliche Teilung anstreben und dass bereits ein Regierungsvertreter auf dem Weg ist, um in dieser Sache Hilfestellung zu leisten." Er nickte zufrieden über die Erklärung, die er gerade abgegeben hatte. „Ja, das klingt alles gut. Auch die Idee gefällt mir gut. – Mr. Kane? Wie lange brauchen Sie, um Ihre Sachen zu packen?"

* * *

Jehudit sah erstaunt auf, als sie einen Schlüssel in ihrem Türschloss schaben hörte. Da ihr erst vor einer halben Stunde das Frühstück gebracht worden war, hatte sie die Haushälterin nicht vor dem Nachmittag zurückerwartet. Die schwere Holztür öffnete sich langsam, und Jehudit hielt erschrocken die Luft an: Im Dunkel des Türrahmens tauchte das grimmige, düstere Gesicht ihres Vaters auf. Sein schwarzer Mantel hob sich kaum von dem dunklen Hintergrund ab. Seine dichten Brauen waren zusammengezogen, die Stirn gekraust, und er blieb mit gesenktem Blick in der Tür stehen.

„Vater ...", stammelte Jehudit.

Ohne auf ihr Erstaunen einzugehen oder sie auch nur eines Blickes zu würdigen, stieß er hervor: „Captain Stewart hat angerufen. Die Engländer ziehen sich zurück." Seine Stimme verriet, dass er vor Zorn kochte.

Wie gern hätte Jehudit ihm erklärt, warum sie die Altstadt verlassen und warum sie ihm zum ersten Mal in ihrem Leben ungehorsam gewesen war. „Vater, sie haben das Kind gerettet!", sprudelte sie hervor. „Sie haben eine neue Medizin im Hadassah-Krankenhaus, und das Kind ist –"

Er hob seine fleischige Hand – eine vertraute Geste, die sie umgehend verstummen ließ. Sie senkte den Kopf. Er würde sie doch nicht anhören, aber sie würde nie bereuen, was sie getan hatte, um Tikvah das Leben zu retten. Nein, ihr Vater war nicht gekommen, um sich mit ihr auszusöhnen, so viel war ihr nun klar. Er war gekommen, weil er etwas von ihr wollte.

„Im Hadassah-Krankenhaus?", wiederholte er mit harter Stimme. Seine Worte waren scharf wie Rasierklingen. „Na, das Kind wird höchstwahrscheinlich ohnehin bald sterben. Die Jihad-Moqhaden haben einen Konvoi jüdischer Zivilisten angegriffen und alle getötet ... der amerikanische Professor war auch darunter. Die Briten rechnen nun damit, dass unser Viertel bald ebenfalls angegriffen wird. Und sie können ... oder wollen ... nicht versuchen, den Mob unter Kontrolle zu bringen, den deine zionistischen Freunde angestachelt haben!"

Jehudit nahm Akivas weitere Worte gar nicht wahr, sie musste erst die Nachricht vom Tode des Professors verarbeiten. „Warum? Warum haben sie das nur getan?"

Doch Akiva ging nicht darauf ein. „Die Briten bieten uns sicheres Geleit an, falls wir das Viertel vollständig evakuieren. Ich hatte darauf gezählt, dass sie Recht und Besitz hier im Viertel verteidigen würden. Aber das haben sie wohl nicht vor. Zumindest nicht am heutigen Tag ... Wenn unsere Leute gehen, wie dies wohl die meisten wünschen, dann verliere ich alles!" Zum ersten Mal seit langer Zeit schwang in seiner Stimme ein Unterton des Bedauerns mit.

Jehudit nickte. Als größter Grundbesitzer im Viertel würde ihr Vater in der Tat alles verlieren, wenn alle Einwohner das Viertel verließen. „Ja, Vater."

„Also. Die Briten wollen uns nicht verteidigen. Deshalb bin ich gezwungen ..." Er zögerte, als habe er Mühe, die Worte herauszubringen. „Du ... du ... gehst jetzt zu deinem Abschaum von Zionisten und sagst ihnen, dass ich nicht mehr gegen sie arbeiten werde, wenn sie die Leute dazu ermutigen, zu bleiben und ... zu kämpfen." Seine Augenlider flatterten, und er schüttelte den Kopf, als könne er selber nicht glauben, was er gerade gesagt hatte. „Zu diesem Dov. Und Rabbi Vultch. Und auch den anderen. Du kennst sie ja. Sie haben dieses Unglück heraufbeschworen, und nun drohe ich darin unterzugehen. Wir hätten mit den Arabern verhandeln können ... wir hätten ..." Er verstummte verbittert.

Dann blickte er zum ersten Mal das zerbrechliche junge Mädchen an. Auf seinem Gesicht zeigten sich Ekel und Zorn. Seine Brauen hoben sich unmerklich, als wolle er fragen, ob sie ihn verstanden habe. „Nun geh! Ich werde kein weiteres Wort mehr an dich richten." Dann machte er auf dem Absatz kehrt und war verschwunden. Nur seine Schritte verhallten ganz allmählich auf der langen Treppe.

* * *

Jehudit zog ihren Schal enger um sich, als sie die vertraute Treppe zur Gemeinschaftsküche *Tipat Chalev* hinunterstieg. *Tipat Chalev* bedeutet zwar *Milchtropfen,* aber Jehudit wusste, dass die Kinder im Viertel von Glück reden konnten, wenn sie in den letzten Wochen nur einen Tropfen Milch am Tag bekamen.

Jehudit öffnete die Tür und trat hastig ein, als habe sie Angst, die Tür könne ihr ins Gesicht schlagen und sie so von ihrem Auftrag abhalten. In der Küche herrschte großer Lärm, da die Kinder für ihre Mittagsrationen dünnen Borschtsch anstanden, die in blechernen Suppentassen zusammen mit kleinen, harten Brotrinden ausgeteilt wurden. Die kleineren Kinder erhielten ihre Ration zuerst.

Zunächst bemerkte niemand das junge Mädchen, und sie sah sich unschlüssig um, bis sie Hannah und die alte, verhutzelte, runzelige Schoschanna entdeckte, die beide mit dem Austeilen der Essensrationen an die wie immer streitenden Kepses beschäftigt waren.

„Er hat mehr als ich!", rief gerade einer der beiden.

„Das ist nicht wahr! Sein Brot ist größer als meins!", schrie der andere.

Schoschanna machte kurzen Prozess, ergriff resolut je einen der beiden an einer Schläfenlocke und zog kräftig daran. Während die beiden vor Schmerz aufschrien, vertauschte Hannah rasch die Portionen der beiden und schrie über den Lärm hinweg: „So! Nun hast du *seine* Portion und du *seine* Portion! Und wenn ich noch ein einziges Wort von euch höre, wird Schoschanna euch an den Schläfenlocken an der Decke aufhängen, nu?"

Die anderen Kinder grölten zustimmend. Wenn es etwas gab, das sie noch mehr liebten als einen handfesten Streit zwischen den beiden Brüdern, dann waren es die Augenblicke, in denen sie zusehen konnten, wie die Brüder von den beiden alten Damen zurechtgewiesen wurden. Plötzlich schlug der lange, schlaksige Rotschopf Joseph mit seinem Löffel gegen seine leere Tasse, und bald stimmten alle übrigen Kinder eine Symphonie entzückten Gelächters an. Die beiden Kepses dagegen zogen einen beleidigten Schmollmund und trollten sich davon, um einen leeren Tisch zu suchen, an dem sie ihren Streit ohne Einmischung anderer austragen konnten. Auch Jehudit musste bei dieser Szene laut auflachen. Sofort wurde es still im Raum.

Nur ihr Name wurde flüsternd von Kind zu Kind weitergegeben, und alle wandten sich um und starrten sie an.

„Es ist Jehudit!", rief Schoschanna schließlich aus und gab ihre Schöpfkelle an Joseph weiter, der ihre Aufgabe übernahm. Mit ausgebreiteten Armen schlurfte die alte Frau auf Jehudit zu. „Komm! Komm, Kind! Was für Neuigkeiten hast du uns zu berichten?"

Solch einen freundlichen Empfang hatte Jehudit von diesen Menschen, die sie noch vor einer Woche mit solchem Misstrauen betrachtet hatten, nicht erwartet. „Rachel Lubetkin und dem Kind geht es gut“, sagte sie stockend, ein zaghaftes Lächeln des Stolzes auf den Lippen.

„Ja!“, bestätigte Schoschanna freudig und ergriff sie am Arm. „Das haben wir bereits gehört. Alles. Auch dass Stewart dich in der Nacht hierher zurückgebracht hat, ... dass du die ganze Zeit in deinem Zimmer eingesperrt warst ... Oj! Was haben wir durchgemacht!“ Dann fügte sie leise hinzu: „Komm ruhig! Du musst uns alles erzählen! Erzähle uns, was du gesehen hast! Es braut sich doch bei den Moslems etwas zusammen ... Komm schon, du musst Dov erzählen, wie du aus dem Haus deines Vaters fliehen konntest!“ Mit diesen Worten führte sie sie auch schon zur Kellertür.

Kurz darauf saß Jehudit Dov und Rabbi Vultch an einem kleinen Holztisch gegenüber, und Dov betrachtete mitfühlend ihre verletzte Wange.

„Joseph hat zufälligerweise mit angesehen, wie dich die britischen Soldaten in der Pessachnacht zurückbrachten. Er hat erzählt, dass dir die Hände hinter dem Rücken zusammengebunden waren ...“ Dov nahm eine Hand Jehudits in die seine und schob ihren Ärmel hoch, so dass ein roter Striemen sichtbar wurde, der von einem fest gebundenen Riemen herrührte.

„Es ist gar nicht so schlimm“, wehrte Jehudit verlegen ab und errötete, weil es ihr unangenehm war, im Zentrum der Aufmerksamkeit zu stehen. „Mir blieb nichts anderes übrig, als mit ihnen zu gehen, wisst ihr, sonst hätten sie noch das Haus durchsucht und Ehud gefunden.“

„Ehud!“, riefen Dov und Rabbi Vultch wie aus einem Munde entgeistert aus.

Jehudit nickte eifrig. „Ja. Ehud und Mosche. Obwohl Mosche nicht zur Pessachfeier erschienen ist. Ich habe ihn überhaupt nicht gesehen, aber Ehud sagte, es gehe ihm gut. Sie hätten den Bab el Wad geöffnet und seien dann nach Jerusalem gekommen.“

Ihre Zuhörer starrten sie verstört an. „Das Letzte, was wir von ihnen gehört haben, ist, dass sie gehängt worden seien“, brachte Dov schließlich heraus.

„Nein, das sind sie nicht. Sie sind geflohen. Und dann ist Captain Stewart zu Professor Moniger gekommen. Er wusste aber nicht, dass Ehud da war. Er suchte nur nach mir, und so bin ich eben mit ihm gegangen."

Dov strich behutsam über die Wunde auf ihrer Wange. „Und seitdem bist du eine Gefangene gewesen."

„J-ja", stammelte Jehudit unsicher, weil sie nicht wusste, wie sie Dovs liebevolle Fürsorge einordnen sollte. „Und er hat mich nur hierher kommen lassen, weil er etwas von euch will", sagte sie dann mit plötzlichem Ernst. „Sonst würde ich auch jetzt noch mein Leben in einem verschlossenen Zimmer fristen." Dann berichtete sie von den zornigen Worten ihres Vaters zu Captain Stewart. Dov und Rabbi Vultch hörten schweigend zu, bis sie schließlich auch erzählt hatte, aus welchem Grund sie hier war.

Dann ergriff Dov das Wort. „Die Briten rechnen wohl nicht damit, dass wir dem Angriff unserer Nachbarn standhalten können, nicht wahr? Sie meinen wohl, dass wir unsere Sachen packen und wie alte Weiber davonlaufen."

Bei diesen Worten plusterte sich Schoschanna zornig auf und protestierte: „Was meinst du mit alten Weibern? Oj!"

„Ich meinte natürlich türkische Frauen, Schoschanna", entgegnete Dov ernsthaft und schaute Schoschanna dabei spitzbübisch über den Rand seiner Brille an, die an mehreren Stellen nur noch von Draht zusammengehalten wurde.

Die alte Frau straffte sich und versuchte sich ein würdiges Aussehen zu verleihen. „Türkische Frauen, sagst du? ... Ja, die haben Beine gemacht, als der britische General nach Jerusalem einmarschiert ist! Oj! Was war das für eine Panik! Die sind mit Tischtüchern voller Hausrat auf dem Rücken aus Palästina geflohen. Und ihre Männer hinterher! Was war das für ein Tag! Ach, wenn ich das noch einmal erleben könnte!"

Dov wartete geduldig, bis Schoschanna geendet hatte. Dann machte er eine Handbewegung, als könne er damit die Araber genauso verjagen, wie es die Briten mit den Türken 1917 getan hatten. „Geduld, Schoschanna. Nur Geduld, nu? Wir Altstadtjuden werden unsere Schabbattische bedeckt und das Geschirr in den Schränken halten."

„Selbst dann, wenn wir keine Lebensmittel mehr haben, die wir darauf tun könnten!", unterstrich die Alte trocken Dovs Worte.

Daraufhin strich sich Dov nachdenklich über den Bart und blickte mit düsterer Miene auf den Tisch. „Wir haben immer noch Getreide aus den Vorräten des armenischen Bäckers. Es ist zwar nur noch ein bescheidener Rest, aber es ist doch immerhin besser als nichts." Er sah hoffnungsvoll zu Rabbi Vultch. „Und vielleicht hat man uns ja auf der anderen Seite dieser Mauern noch nicht vergessen. Wenn Ehud und Mosche noch leben, werden sie sich auf jeden Fall an unsere Not erinnern."

„Wir müssen die Menschen hier unbedingt davon überzeugen, ob es nun stimmt oder nicht, Dov", stellte der Rabbiner ruhig fest. „Denn wenn sie jetzt gehen, ist die Altstadt verloren. Selbst Rabbi Akiva hat das begriffen. Selbst er ist jetzt willens, die Haganah zu unterstützen."

„Zumindest für den heutigen Tag", schränkte Dov ein und klatschte in die Hände. „Dann sind wir also plötzlich Bundesgenossen. Zwar aus unterschiedlichen Beweggründen, aber dennoch Bundesgenossen." Er zog geistesabwesend an seinen Fingern. „Morgen, wenn die Briten zurückkommen –"

„Falls es überhaupt ein Morgen gibt", schränkte Vultch trocken ein. „Wahr, sehr wahr. Wenn es morgen noch ein jüdisches Viertel gibt ... Also, falls wir morgen immer noch hier sind und die Briten zurückkommen ... dann spielt es hoffentlich keine Rolle mehr, ob Akiva noch unser Bundesgenosse ist oder nicht ... Wenn wir die Araber nur einen Tag zurückhalten könnten ... und wenn unsere Brüder mit einer Wagenladung voller Nachschub das Zion-Tor passieren könnten, dann hätten wir unsere Gegenwart hier gerechtfertigt. Und dann würde es auch keine Rolle spielen, ob sie gebilligt wird oder nicht. Stimmt's? – Natürlich stimmt's!"

„Du meinst also, die Briten kommen zurück?", fragte Schoschanna.

„Bestimmt", antwortete Dov. „Nachdem das Unheil vo-rüber ist und wir bewiesen haben, dass wir fähig sind zu überleben ..."

Die Alte fasste sich, wie von plötzlichem Schwindel ergriffen, an die Stirn. „Oj! Was für ein Gedanke! Aber was ist, wenn die Briten Recht haben und wir den Arabern nicht standhalten können?"

„Dann brauchen wir uns über nichts mehr Sorgen zu machen, nu?", stellte Dov mit einem schwachen Lächeln fest. Er wandte sich an Jehudit: „Und was ist mit dir? Was meinst du?"

„Mein Vater hat gesagt, er wird nicht mehr mit mir sprechen, wenn ich nach Hause komme. Das ist das Einzige, was ich glaube."

„Und wird er dich auch wieder schlagen? Ohne Grund, meine ich. Und dich anschließend wieder in dein Zimmer sperren?", fragte Dov mit zorniger Stimme weiter.

Jehudit zuckte ergeben die Achseln und stammelte: „Ich ... ich weiß es nicht. Ich habe immerhin seine Botschaft überbracht. Und vielleicht soll ich noch mehr für ihn tun ... es ist wohl besser, ich gehe zurück."

Dov sah das dünne, zerbrechliche Mädchen, das ihm gegenübersaß, eingehend an. Ihr Gesicht, das früher einmal so niedergeschlagen ausgesehen hatte, strahlte jetzt Stolz und Sicherheit aus. Doch er wiegte trotzdem bedenklich den Kopf. „Du solltest nicht zurückgehen, Jehudit", meinte er schließlich mit fester Stimme. „Wenn er uns eine Botschaft übermitteln will, dann soll er es gefälligst selbst tun. Nur wir stehen zwischen den Arabern und seinem Besitz. Wir sind schließlich das Einzige, das zwischen ihm und dem Ruin steht. Geh du bitte mit Schoschanna, ja? Bleib doch in Rachels Wohnung. Sie ist ja jetzt unbewohnt."

Eine leichte Röte überzog ihre Wangen vor freudiger Erregung, und ihre braunen Augen glänzten bei dem Gedanken, frei zu sein. „Ich ... ich würde gerne ... helfen."

„Gut! Du möchtest also ein Mitglied der Haganah werden. Nu?"

Sie nickte eifrig. „Ich will alles tun, ... was nötig ist."

Dov warf einen Bestätigung heischenden Blick zu Rabbi Vultch hinüber, der nachdenklich zugehört hatte. „Was halten Sie davon, Rebbe Vultch?"

„Sie ist bereits mit dem britischen Strang in Berührung gekommen", stellte der Rabbiner fest. „Und sie hat das Leben eines jüdischen Kindes gerettet. Sie ist also schon längst Mitglied der Haganah gewesen. Sie wusste es nur noch nicht. Stimmt's?"

„Natürlich stimmt's", pflichtete Schoschanna freudig bei und legte schützend ihren Arm um die junge Frau. „Heute sind wir alle Soldaten!"

# 10. Trauer

Frisch gewaschen und mit einer sauberen Uniform bekleidet, lag die Leiche Ram Kadars in einem schlichten Kiefernsarg aufgebahrt im Esszimmer eines Hauses in Sheik Jarrah. Die Flagge der palästinensischen Araber bedeckte den Sargdeckel, spärlich beleuchtet von flackernden Kerzen. Die Luft war erfüllt vom schweren Duft zahlloser Blumenbouquets, die auf den Bergen um Jerusalem für den großen Kommandeur der palästinensischen Jihad-Moqhaden als letzter Gruß gepflückt worden waren. Die hellblauen Lupinen und die roten und gelben Mohnblumen welkten nun dahin wie die Hoffnung der von Ram Kadar angeführten Kämpfer auf ein arabisch-palästinensisches Heimatland. Diese Hoffnung war geschwunden, wie die vormals frische Gesichtsfarbe Ram Kadars wächserner Fahlheit gewichen war.

An den Seiten des Sarges stand eine Ehrenwache der Jihad-Moqhaden, zwar in strammer Haltung – die Gewehre in Formation seitlich aufgestellt und den Blick starr geradeaus gerichtet – aber ihrer Trauer tränenreich hingegeben. Vor der Tür warteten viele Männer, die sich erregt darüber unterhielten, wer wohl Ram Kadars Stellung einnehmen würde.

Diese Frage bewegte nicht nur die Menschen im Trauerhaus, sondern auch die Massen in den Souks des arabischen Jerusalem: *Wer kommt ihm gleich? Wer wird uns jetzt zum Sieg führen? Was sollen wir nur als Nächstes tun?*

Kein Einziger von all den Menschen, die sich drinnen und draußen drängten, wusste eine Antwort. Was sollte man auch tun? Die Juden hatten nicht nur von Kastel Besitz ergriffen, sondern es ging sogar das Gerücht um, dass schon wieder ein neuer jüdischer Konvoi von Tel Aviv aus den freien Pass nach Jerusalem hinauffuhr. Trotz dieser brisanten Lage sahen es die arabischen Kämpfer jedoch als ihre vorrangige Pflicht an, in der Stadt zusammen mit all ihren Kameraden den Verlust eines so vertrauenswürdigen und verehrten

Menschen zu beweinen, eine Blume an seinem Sarg niederzulegen und ihn mit gebührendem Salut zu verabschieden.

Plötzlich schepperte an jeder Straßenecke, in jedem Kaffeehaus und in allen Gassen der Altstadt die schrille Stimme Haj Amin Husseinis, der selbst aus seinem Exil in Damaskus unablässig darauf hinarbeitete, den Schmerz der Massen zu Leidenschaft und Rage aufzupeitschen.

„Araber Palästinas! Heute haben wir einen lieben Verwandten verloren! Und einen großen Führer! Wir trauern gemeinsam um den Märtyrer des Jihad, Ram Kadar!"

Ein Murmeln ging durch die Menge, die sich langsam auf allen Plätzen versammelte, um den Führer des Arabischen Hochkomitees von Palästina zu hören. Weinen und Klagen verstummte, und alles lauschte gespannt.

„Ja! Palästina hat an diesem Tag einen teuren Bruder verloren! Einen Märtyrer für unser Volk. Getötet durch die Hände unserer Feinde! Durch die Hände derer, die auch unsere Verwandten in Deir Jassin niedergemetzelt haben! Durch die Hände derer, die unsere Frauen geschändet und unsere Kinder abgeschlachtet haben!"

Zorniges, zustimmendes Murmeln begleitete Haj Amins weitere Worte. Die Stimme drang auch in den Raum, in dem Kadar aufgebahrt war, und einer der Wächter brach vor Schmerz zusammen. „Ya Allah!", rief er. „Alles ist verloren! Alles! Ya Allah! O Gott! Wohin sollen wir uns nun wenden?" Kadars Gesicht blieb kalt und unbewegt. Auf seinen Augenlidern lagen Goldmünzen, und um das sanfte, starre Lächeln spielten Schatten.

Denkt an all die Verbrechen, die die ungläubigen Juden an den Söhnen und Töchtern des Propheten verübt haben! Denkt daran und stählt euch für die Rache! Habt kein Erbarmen! Kennt keine Gnade! Wir müssen diese Schmach für immer vom Antlitz der Erde tilgen! Die Juden müssen für immer zum Schweigen gebracht werden! Werft sie ins Meer!

Ein donnernder Schrei der Zustimmung zerriss die Menge und übertönte fast die nachfolgenden Versprechungen.

Bald ist der endgültige Sieg unser, und dann werden wir glorreich nach Palästina und Jerusalem zurückkehren! Alle Völker des Islam werden sich in diesem Kampf mit uns vereinen! Und wir werden in Freiheit leben! Es lebe der Jihad!

Die Massen stießen die Fäuste in die Luft und schrien fanatisch: *„Jihad! Jihad! Jihad!"*

Unter Weinkrämpfen zerrissen die Menschen ihre Kleider und verfluchten die Zionisten, die den Arabern das Land geraubt und unschuldige Frauen und Kinder ermordet hatten, während die tapferen Kämpfer des Jihad ihr Leben in der Schlacht einsetzten.

*„Denkt an Deir Jassin!"*, rief Haj Amin mit gesteigerter Eindringlichkeit. „Denkt an den Märtyrer Ram Kadar! Kämpft um Allahs und des Propheten willen! Um Palästinas willen!"

* * *

Im Flur des Hadassah-Krankenhauses scharten sich Ärzte und Schwestern mit ernster Miene um ein Radio, das irgendjemand mitgebracht hatte und aus dem nun die vertraute Stimme Haj Amins schallte. Ein schmächtiger Arzt mit gebeugten Schultern übersetzte die aufpeitschenden Worte des arabischen Führers für diejenigen, die kein Arabisch verstanden.

In einiger Entfernung stand Rachel in der Tür zu Tikvahs Zimmer. Obwohl sie von ihrem Platz aus die leisen Worte des Übersetzers nicht verstehen konnte, entnahm sie doch den von Zorn, Schmerz und Angst verzerrten Gesichtern der Zuhörenden und dem Tonfall des Muftis, dass Hass gepredigt wurde. Sie brauchte keine Übersetzung, um zu wissen, welchen Inhalt seine Rede hatte.

Ausgelöst durch diese Szene, blitzte plötzlich eine alptraumhafte Erinnerung in ihr auf, und wie schon so oft, ballte sich wieder die Angst in ihrem Magen zusammen ... *Mama und Papa hatten uns früh zu Bett geschickt, aber ich saß heimlich auf der Treppe und horchte. Mama hielt den Kleinen fest an sich gedrückt. Papa ging unruhig vor dem Radio auf und ab. Dann die Jubelrufe von zwanzigtausend Menschen im Berliner Sportpalast! „Heil Hitler! Heil! Heil! Heil!" Es war, als täte sich der Schlund der Hölle auf. Mama drückte den Kleinen ängstlich an sich, und Papa sah sie sorgenvoll an. Und obwohl im Zimmer nur Zwielicht herrschte, sah ich doch, dass er blass wurde.*

*Und dann diese hasserfüllte Stimme!* „Er sprach über uns, nicht wahr?", flüsterte Rachel, überwältigt von ihrer Erinnerung. „*Was ist schon dabei? Was geht das die anderen an, wenn wir unser eigenes Haus vom Dreck befreien?" Klatschen und Jubelrufe. „Niemand hat sich darum zu kümmern, wenn wir Deutschen die Unterdrücker unserer Rasse durch die Straßen führen, um anderen ein abschreckendes Beispiel zu geben." Noch lauterer Jubel der Massen. „Die jüdische Frage ist jedoch noch nicht, wie vielleicht manche annehmen, bereits damit gelöst, dass die nationalsozialistische Partei die Macht übernommen hat ... Im Gegenteil, die schwerste Aufgabe steht uns noch bevor!" Und dann wieder der Ruf: „Heil! Heil! Heil!" Papa legte den Arm um Mama. Dann entdeckte er mich. Leise schickte er mich zu Bett ...*

Während Haj Amin fortfuhr, abgedroschene Drohungen über den Äther zu schicken, griff sich Rachel, von zermürbenden Erinnerungen gequält, an den Kopf. *Ich war so jung damals, Papa. Ich glaube, ich war noch nicht einmal zehn Jahre. Es war 1935. Warum sind wir bloß damals nicht gegangen, bevor es zu spät war, Papa? Warum haben wir Polen nicht verlassen, als wir Hitlers Drohungen und den Jubel der Massen hörten?*

„Hört euch das an!", kommentierte einer der Ärzte schroff.

*„... so haben die Zionisten also den Krieg herausgefordert! Sie haben gemordet und vergewaltigt! Aber sie werden für ihre Verbrechen büßen! Sie waren einmal unsere Nachbarn, sagt ihr? Sie haben uns überschwemmt, wie Ratten einen Marktplatz! Deshalb stöbert ihre Nester auf! Vernichtet ihre Brut! Merzt die Alten aus! Wir, die wir dafür kämpfen, Palästina zu befreien, werden das Werk zu Ende führen, das andere begonnen haben! Sie haben unsere Frauen und Kinder ermordet! Unsere Alten gequält! – Um eurer Familien willen, gedenkt des Märtyrers des Jihad! Denkt an Ram Kadar, den wir heute in Ehren zu Grabe tragen ..."*

Die Menschen, die sich um das Radio versammelt hatten, blickten sich mit demselben bleichen Entsetzen an, das Rachel vor so vielen Jahren auf dem Gesicht ihres Vaters gesehen hatte. „Damals sind wir nicht gegangen", flüsterte sie, „weil es keinen Ort auf der Welt für uns gab, an den wir hätten fliehen können, kein Land, das uns aufgenommen hätte. Ich weiß es noch gut. Ich weiß es noch zu gut."

Rachel drückte Mosches Brief fest an ihr Herz, und in diesem Moment wusste sie, wie ihrem Vater damals zumute gewesen war, als er in die weit geöffneten blauen Augen seines Kindes geblickt hatte. Ein kalter Schauer überlief sie. Am liebsten hätte sie Tikvah genommen und sich irgendwo mit ihr versteckt.

*„Lasst keine Gnade walten!"*, fuhr Haj Amin in seiner Rede fort. „Zum Ruhme Allahs! Für die Befreiung Palästinas! Macht der Bedrohung durch die Juden für alle Zeiten ein Ende ..."

Rachel sah sich gehetzt nach dem schlafenden Kind um. *Wo können wir uns nur verstecken, Papa? Es ist dreizehn Jahre her, dass du mich auf der Treppe sitzen sahst, und noch immer höre ich diese furchtbare Stimme! Wo soll ich nur hin?* Auch ihr Vater hatte damals keine Antwort auf diese Frage gewusst und war mit seiner Frau und zweien seiner Kinder grausam ums Leben gekommen.

Rachel lächelte schmerzlich, als sie daran dachte, dass Jakov zu der Zeit, als Hitler die Macht ergriffen hatte, noch nicht einmal geboren war. Ihr Vater hatte sich damals verzweifelt darum bemüht, einen Zufluchtsort zu finden. Aber Monat für Monat waren die Aussichten düsterer geworden. In Palästina hatten, dank der Macht Haj Amins, nur ganz wenige Flüchtlinge Aufnahme gefunden. Und so war ihrem Vater nichts anderes übrig geblieben, als bei allen anderen Ländern um Asyl zu bitten, die außerhalb von Hitlers Machtbereich zu stehen schienen. Als dann die Nationen des Völkerbundes im Juli 1938 die Konferenz von Evian einberiefen, um über das Schicksal von Millionen europäischer Juden zu befinden, waren Papas Hoffnungen plötzlich wieder gestiegen. Aber ein Diplomat nach dem anderen hatte seine Bereitschaft, Flüchtlinge aufzunehmen, widerrufen.

Australien, das über riesige, unbesiedelte Gebiete verfügte, erklärte: „Da es bei uns im Augenblick kein echtes Rassenproblem gibt, möchten wir uns nicht freiwillig eins ins Land holen." Neuseeland wollte seine Einwanderungsbeschränkungen nicht aufheben. Kanada brauchte nur Arbeiter für landwirtschaftliche Tätigkeiten, für die die Juden nicht geeignet schienen. Kolumbien, Uruguay und Venezuela bliesen in dasselbe Horn. Das britische Empire ließ verlautbaren, dass es in all seinen Kolonien keine Gebiete gebe, die sich für eine großräumige Besiedlung durch Juden eigneten. Frankreich hatte bereits zweihunderttausend Juden und drei Millionen Flüchtlinge anderer Nationalität aufgenommen und dadurch die Grenzen seiner Aufnahmefähigkeit erreicht. Nicaragua, Costa Rica und Panama gaben die gemeinsame Erklärung ab, dass sie keine „Händler oder Intellektuellen" aufnehmen könnten. Das große Argentinien, das aber nicht einmal ein Zehntel der Bevölkerung der Vereinigten Staaten aufwies, verkündete, dass es für eine Immigration in großem Rahmen nicht in Frage komme. Die Niederlande und Dänemark hingegen folgten ihrer traditionellen Politik der Humanität. Holland hatte bereits fünfundzwanzigtausend Flüchtlinge aufgenommen und bot sich auch weiterhin an, zeitweilige Aufenthaltsgenehmigungen zu erteilen. Und die Vereinigten Staaten? Trotz ihrer riesigen unbesiedelten Gebiete und ihrer unbegrenzten Möglichkeiten waren sie nur bereit, eine feste Quote von siebenundzwanzigtausenddreihundertundsiebzig Immigranten aus Deutschland und Österreich aufzunehmen.

Rachel erinnerte sich noch deutlich an das ungläubige Gesicht ihres Vaters, als er aus einem Brief von den Ergebnissen der Konferenz erfuhr. „Sie haben die Tore zugeschlagen", hatte er voller Bitterkeit gesagt. „Sie einfach zugeschlagen." Dann war der Brief seinen erschlafften Händen entglitten und zu Boden gefallen. Rachel hatte ihn aufgehoben und mit eigenen Augen das Unfassbare gelesen. Anschließend hatte sie ihre Mutter gefragt: „Kann es denn nicht sein, dass wir zu diesen Glücklichen gehören?"

„Sicher", hatte Mama genickt und Rachel über die Wange gestrichen. Aber ihr Blick war von Sorge verschleiert geblieben. Erst Jahre später hatte Rachel begriffen, dass die Menschen, die damals zur Immigration ausgewählt wurden, Leute mit Geld waren oder Verwandte in den Vereinigten Staaten hatten. Doch die Nationen, die ihre Tore am weitesten geöffnet hatten, wurden nach und nach von der Kriegsmaschinerie der Nazis überrollt, und Hunderttausende von Juden hatten feststellen müssen, dass sie sich in falscher Sicherheit gewiegt hatten. Der Alptraum, dem sie sich mühsam entflohen geglaubt hatten, holte sie unerbittlich ein. Er verfolgte sie bis in die Massengräber, die bald auf dem Boden Frankreichs, Dänemarks, Norwegens und Hollands entstanden.

*Ach, Papa,* dachte Rachel verzagt. *Nun bin ich erwachsen. Gott hat mich mit einem Kind gesegnet, und ich trage ein weiteres unter meinem Herzen. Aber immer noch hetzen uns die Hunde. Immer noch sehe ich, wie sie uns bellend umkreisen und nach unseren Fersen schnappen. Es gibt keinen sicheren Ort, Papa! Es gibt immer noch keinen Ort der Zuflucht für uns. Du brauchst dich nicht zu grämen, Papa – du hast damals nicht versagt. Es war die Welt, die versagt hat. Und du siehst, sie hat sich nicht geändert. Und obwohl du den Menschen mit deinem Tod ihr schändliches Verhalten deutlich vor Augen geführt hast, haben sie schon wieder alles vergessen. Wo soll ich nur meine Kinder verstecken, Papa? Wo können wir uns bloß verbergen?*

Dann drang die Hasstirade Haj Amins, die unterdessen mit unverminderter Heftigkeit weitergegangen war, wieder in ihr Bewusstsein, und sie ließ sie geduckt über sich ergehen.

„Die Araber aus den Souks werden heute Amok laufen", prophezeite eine der Schwestern düster.

„Das erinnert mich alles an Hitlers Reden im Jahre 1938", bemerkte ein anderer.

Schließlich riss sich Rachel von dieser niederdrückenden Szene los und ging mit gesenktem Kopf an den gebannt lauschenden Menschen vorbei, um Mosches Auftrag zu erledigen. Jedoch war ihre dumpfe Angst merkwürdigerweise überdeckt von einem unerklärlichen Gefühl der Erleichterung darüber, dass auch andere durch diese Radioübertragung an die Vorkriegsjahre in Deutschland erinnert wurden.

Als sie die Treppe hinuntergegangen war und ins helle Sonnenlicht trat, fiel die dumpfe Spannung vollends von ihr ab, und sie atmete befreit auf. Mosches Arbeitszimmer in dem riesigen Universitätsgebäude lag nur wenige Meter entfernt. Dennoch warf sie einen angstvollen Blick auf die Stadt, wo, wie sie sich unschwer vorstellen konnte, Scharen von Arabern in den Kaffeehäusern und den offenen Basaren der Altstadt die aufpeitschenden Worte Haj Amins in sich aufsogen. Die ungewohnte Stille, die augenblicklich über der Stadt lag, kam Rachel allerdings noch beklemmender vor als die Stimme des Muftis. So wandte sie sich hastig von der ummauerten Enklave ab, in der der Hass geschürt wurde und zu einem unausweichlichen Ende führen musste, und beschleunigte ihre Schritte.

Wo immer sie auch hinblickte, überall waren Männer und auch Frauen dabei, die Befestigungen, mit denen der Skopusberg gesichert war, zu verstärken. Sie schaufelten Sand sogar in die Kissenbezüge aus dem Krankenhaus. Keiner der Arbeitenden sah auf, als Rachel vorbeiging, denn alle waren fest davon überzeugt, dass ihnen nicht mehr viel Zeit blieb, bis der von der Altstadt her anrollende Sturm über diesen jüdischen Vorposten im Zentrum des arabischen Jerusalem hinwegbrausen würde.

Rachel blickte noch ein letztes Mal zurück auf die Straße durch Sheik Jarrah. Immer noch rauchten die Skelette des jüdischen Konvois. Schaudernd presste sie Mosches Brief an sich. Dann beschleunigte sie ihre Schritte immer mehr, bis sie schließlich in einen Laufschritt fiel, als hoffe sie, Mosche in seinem Zimmer vorzufinden.

* * *

Haj Amin Hussein tupfte sich den Schweiß von der Stirn, während er die letzten Passagen seiner Rede an die Gläubigen in Palästina verlas. Die Luft in dem winzigen Raum des Funkhauses war stickig, und er schien zu klein für die Gewalt der Worte, die der Mufti gebraucht hatte.

Haj Amin war es gewohnt, dass er mit seinen Reden einen Sturm der Begeisterung auslöste, doch als er an diesem Tag seine Beschwörungen hinausrief, antwortete ihm nur Stille. Es war eine tödliche Stille, der er nichts entnehmen konnte, weder die Reaktionen, die er bei seinen Gefolgsleuten in Jerusalem ausgelöst hatte, noch, ob sie seine Rede überhaupt vernommen hatten.

Ein Araber in einem westlichen Geschäftsanzug auf der anderen Seite der dicken Glasscheibe deutete mit zehn Fingern an, dass nur noch zehn Sekunden Sendezeit verblieben. Die Manuskriptseiten in Haj Amins Händen bebten, als er seine Rede pathetisch beendete:

„Allah Akbar! Um unserer Häuser und unserer Nation willen müssen wir uns erheben und gemeinsam kämpfen! Jihad!"

Im gleichen Augenblick blinkte das rote Licht auf, und Haj Amin hatte nur noch das Echo seiner eigenen Stimme in den Ohren, keinen bestätigenden, donnernden Jubelschrei und kein Gewehrfeuer.

Der Tontechniker nahm seine Kopfhörer ab und legte sie neben das Mischpult. Knackend erklang nun aus dem Lautsprecher Militärmusik, und Haj Amin legte sein Manuskript in einen Handkoffer. Der Mann im westlichen Anzug öffnete die Tür und meinte mit einem anerkennenden Lächeln, bei dem er eine Reihe goldüberkronter Zähne entblößte: „Eine sehr bewegende Rede, Haj Amin!"

Der Mufti warf nur einen kurzen, missbilligenden Blick auf den kleinen Beamten der syrischen Regierung und schritt dann erhobenen Hauptes an dem immer noch lächelnden Mann vorüber zu seinen Leibwächtern, die vor den engen Aufnahmeräumen des Funkhauses auf ihn warteten. Haj Amin selbst hatte seine Worte als flach empfunden, nur als Widerhall seiner Mutlosigkeit und seiner niedergeschlagenen Stimmung. Im Augenblick waren seine Enttäuschung und sein Zorn allerdings weniger gegen die Zionisten Palästinas gerichtet als vielmehr gegen die Länder der Arabischen Liga. Diese hatten zwar die Zeitungen mit Drohreden gegen die Teilung und mit Versprechungen für Haj Amins Streitkräfte gefüllt, doch all diese schönen Worte hatten sich letztlich als bloße Lippenbekenntnisse entpuppt.

Haj Amin zupfte nervös an seiner kugelsicheren Weste, die er unter seinen Seidengewändern trug. Seine Männer umringten ihn sofort schützend. Niemals zuvor hatte Haj Amin ein solch starkes

Verlangen nach Schutz gefühlt wie an diesem Tag und zu dieser Stunde – in Damaskus, dem Zentrum aller politischen Intrigen, in dem es gärte wie in einem faulen Sumpf unter einer scheinbar glatten Oberfläche. Haj Amin war sich genau darüber im Klaren, dass die Führer der arabischen Länder in ihm nur eine lästige Bürde sahen und dass sie nur auf den Rückzug der Briten warteten, um Palästina endlich unter sich aufteilen zu können. Die Hoffnungen der palästinensischen Araber waren ihnen dabei völlig egal. Und auch Haj Amins Hoffnungen auf ein unabhängiges, arabisches Palästina waren nun mit dem Tode Ram Kadars endgültig im kalten Licht der Realität verblasst.

Im Freien angekommen, schritt Haj Amin, immer noch mit dem syrischen Beamten im Gefolge, blinzelnd durch das gleißende Sonnenlicht auf den schwarzen gepanzerten Mercedes zu, der für ihn bereitstand. Zwei seiner Leute, Chauffeur und Leibwächter, waren ihm dabei behilflich, in den Fond zu steigen. Auf den feinen Lederbezügen lag, sauber gefaltet, die Morgenzeitung. Auf ihrer Titelseite hatte bereits die Niederlage von Kastel in einer Schlagzeile Eingang gefunden. Darunter befand sich eine Fotografie der verkohlten Leichen der Bewohner Deir Jassins. Der dazugehörende Artikel berichtete, wie die Juden die von ihnen niedergemetzelten Leichen mit Benzin überschüttet und vor dem Dorf verbrannt hatten.

Während der Wagen über holprige Straßen zum Hotel zurückfuhr, überflog Haj Amin die Berichte der Überlebenden, ohne dass seine kalten blauen Augen irgendwelche Gefühle verraten hätten. Erst als er den Artikel über das Massaker am Hadassah-Krankenhaus las, trat ein Lächeln auf seine Lippen. Die Berichte waren zwar noch unvollständig, aber es wurde doch angedeutet, dass Mitglieder der jüdischen Terroristenbande, die sich an dem Massaker in Deir Jassin beteiligt hatten, bei dem Angriff auf den Konvoi umgekommen waren. Dies erschien ihm als gerechte und befriedigende Vergeltung. Allerdings war nichts über die Versenkung der Trina im Hafen von Bari zu lesen. Haj Amin hatte jedoch schon vor Sonnenaufgang von dem Desaster erfahren.

Er griff in seine Tasche und zog das zerknitterte Telegramm heraus, das Jassar Tafara ihm erst vor wenigen Stunden zugeschickt hatte. Er glättete das Papier und las den Text noch einmal sorgfältig durch:

> TRINA IM HAFEN VON BARI VERSENKT STOP
> ALLE WAFFEN DURCH ZIONISTEN VERLOREN STOP
> RÜCKKEHR NACH DAMASKUS STOP
> TAFARA

Gleich nach Erhalt dieser Nachricht in den frühen Morgenstunden hatte Haj Amin seine Leute um sich versammelt und den ganzen Morgen gemeinsam mit ihnen überlegt, welche Vergeltungsaktionen die arabischen Nationen, für die die Waffen ja bestimmt gewesen waren, wohl unternehmen würden. Vorher aber hatte Haj Amin seinen geladenen Revolver zwischen die Falten seines Gewandes gesteckt und den Kaffee von einem Vorkoster probieren lassen. Aber es war kein Attentäter zu seiner Suite vorgedrungen. Nur die Nachricht von Ram Kadars Tod war ihm überbracht worden und hatte damit Haj Amins letzte Hoffnung, eine führende Rolle in Palästina spielen zu können, zunichte gemacht. Nun überlegte er nur noch, wo er sich in ein sicheres Exil absetzen konnte.

Während die karge Landschaft um Damaskus an ihm vorüberzog und er seine persönliche Habe überschlug, dachte er: *Ich will irgendwo leben, wo es grün und üppig ist.*

# 11. Aus der Asche

Ehud fuhr im ersten Fahrzeug des aus sechs Lastwagen bestehenden Konvois mit. Genau wie die anderen einundzwanzig Haganahleute, die die Fracht begleiteten, trug auch er sein Gewehr offen zur Schau. Die Waffen waren amerikanischer, britischer, tschechischer und russischer Herkunft. Sicherheitshalber waren jedoch auch noch ein paar deutsche darunter. Zusätzlich zu den Säcken mit Bohnen und Reis befanden sich auch noch Kisten mit Munition bei der Fracht. Den angespannten Gesichtern der Männer war anzusehen, wie sehr ihnen bewusst war, dass der Konvoi einer erbarmungslosen Inspektion entgegensah, die nach den Vorkommnissen der letzten Nacht nicht ohne eine bewaffnete Auseinandersetzung vonstatten gehen würde ...

Als der Konvoi in Rehavia angekommen war, leitete Ehud die Fahrzeuge zum Haus Howard Monigers. Dort schlug er mit der flachen Hand seines aus dem Fenster hängenden Armes von außen auf die Lastwagentür und schrie dem Fahrer zu: „Anhalten! Das Haus da ist es!“

„Aber nur eine Minute!“, knurrte der Fahrer, während der Konvoi rumpelnd und mit quietschenden Bremsen zum Stehen kam.

Sogleich sprang Ehud aus dem Führerhaus, rannte die Eingangsstufen hinauf, trommelte mit seinen gewaltigen Fäusten gegen die Tür und rief: „Rabbi Lebowitz! Jakov! Aufmachen! Oj! Aufmachen, sag ich! Ehud Schiff ist hier! Tür auf!“

Fast im gleichen Augenblick hörte er Schauls zorniges Bellen, und es klang ihm so heimatlich in den Ohren, dass er für einen Augenblick das Verlangen verspürte, ganz dort zu bleiben.

Es dauerte nicht lange, da klapperte schon der Türriegel, und gleich darauf riss Jakov mit einem Freudenschrei die Tür auf und flog dem Kapitän in die Arme.

„Ehud! Ehud! Du bist es wirklich?“, rief er unter Tränen. „Rachel und der Professor sind weggefahren, und ihr Konvoi ist –“

„Ich weiß“, unterbrach ihn Ehud nervös, trug ihn ins Haus und schloss die Tür hinter sich. „Aber deiner Schwester geht es gut“, beruhigte er ihn. „Es geht ihr gut.“

Da erschien das besorgte Gesicht des Großvaters oben auf dem Treppenabsatz. Er hob seine knorrige Hand zu einem stummen Gruß, als bereite ihm das Sprechen zu große Mühe.

„Großvater!“, rief Jakov aufgeregt. „Es ist Ehud! Er sagt, Rachel lebt!“

Der Alte hob dankbar die Augen zum Himmel. „Gott ist gnädig“, war das Einzige, was er hervorbrachte. Dann stieg er schwerfällig die Treppe hinunter.

„Es heißt, sie sei im Hadassah“, berichtete Ehud atemlos. „Mosche will sie suchen. Er hat mich schon mal vorgeschickt, für den Fall, dass sie doch schon hier ist. Aber ich sehe, sie ist nicht hier. Dann ist sie wohl noch da –“, sprudelte er, allem Anschein nach zusammenhanglos, hervor, so dass die beiden Mühe hatten, ihm zu folgen.

„Mosche lebt?“, stammelte der alte Mann fassungslos. Er umklammerte krampfhaft das Treppengeländer und wiederholte tonlos: „Gott ist gnädig!“

„Ich kann nicht lange bleiben“, fuhr Ehud hastig fort, durch das Brummen der Lastwagenmotoren zur Eile angetrieben. Er setzte Jakov ab und fuhr ihm rasch einmal liebkosend durchs Haar. „Ich hab nur ganz kurz Zeit, um Ihnen das Wichtigste zu erzählen –“

„Bitte!“, unterbrach ihn der Großvater flehentlich mit zitternder Stimme. Sein Gesicht war vor Erschöpfung und Sorge von tiefen Furchen durchzogen. „Wir haben keine Nachrichten gehört außer vom Mord an den Ärzten. Wir dachten schon, Rachel und der Professor wären –“

„Der gute Professor ist auch leider tot“, bestätigte Ehud leise.

Der alte Rabbiner nickte in stummer Ergebenheit, Jakov jedoch schlug entsetzt die Hände vors Gesicht und schrie laut auf. Schaul winselte unglücklich und stupste seinen jungen Herrn an.

Der Großvater musterte Ehud einen Augenblick nachdenklich und meinte dann mit einem Kopfnicken zu den röhrenden Lastwagen hin:

„Und Sie, Sie haben's immer noch nicht geschafft?"

Ehud schob entschlossen die Unterlippe vor und erwiderte beinahe trotzig: „Ich geh zurück. Zurück in die Altstadt!"

Dem alten Rabbiner verschlug es vor Erstaunen den Atem. „Wie ist das möglich? Wir haben zwar schon gehört, dass unsere Leute von den Engländern die Erlaubnis bekommen haben, die heiligen Stätten zu verlassen. Aber wie ist es möglich, dass Sie dorthin zurückgehen dürfen?"

„Weil ... wegen letzter Nacht ... die Engländer haben sich zurückgezogen. Und jetzt sieht es so aus, als ob der Weg frei sei. Zumindest im Augenblick. Die Araber trauern offenbar alle um einen ihrer Führer. Im Augenblick jedenfalls steht kein Araber am Zion-Tor. Nicht ein Einziger!"

Der Alte beugte sich begierig vor und fragte mit hoffnungsfreudiger Stimme: „Und wer kann es passieren?"

Ehud runzelte die Stirn und kaute nachdenklich an seiner Unterlippe. „Nein, Rabbi", beantwortete er dann die unausgesprochene Frage des Rabbiners. „Nur Soldaten. Nur die Haganah, fürchte ich. Das Risiko ist sonst zu groß."

„Risiko!", begehrte der Alte verächtlich auf. Draußen erklang ungeduldiges Hupen. „Die Altstadt ist meine Heimat! Glauben Sie, Gott interessiert sich nur für die Gewehre, die zur Verteidigung Zions verwendet werden? Wollen Sie es Akiva und Konsorten überlassen, für die Heilige Stadt zu beten?" Er stieß Jakov auffordernd an. „Geh hinauf, Junge! Pack deine Sachen! Schnell!"

„Aber was ist mit Rachel, Großvater?"

„Hast du nicht gehört? Sie lebt! Und außerdem hat sie einen Mann, der für sie sorgen kann."

Ehud wich verunsichert zurück und stammelte: „Rebbe Lebowitz, wir haben keine Zeit mehr. Wir können Sie und den Jungen doch nicht –"

Der Alte kniff entschlossen die Augen zusammen und schnitt ihm energisch das Wort ab: „Dann gehen wir eben zu Fuß nach Hause!" Und zu Jakov gewandt, der schon die Treppe hinauflief, rief er noch:

„Oben liegt eine Nachricht für deine Schwester! Bring Sie bitte mit! Sie liegt auf dem Nachttisch.“ Dann wandte er sich wieder Ehud zu:

„Sie müssen wissen, dass ich ohnehin beschlossen hatte, heute Abend mit Jakov nach Hause zu gehen.“ Er blickten ernst in Ehuds verstörtes Gesicht. „Auch wenn Sie nicht hierher gekommen wären, gesegnet sei der Ewige, hätte ich den Jungen heute Abend nach Hause gebracht, nu? Denn es ist besser, auf dem Weg in die Heilige Stadt zu sterben, als fern von ihr zu leben. Fast fünfundsiebzig Jahre lang sind diese Mauern meine Heimat gewesen –“

„Rebbe Lebowitz“, unterbrach ihn Ehud hilflos, „Sie können nicht mitkommen. Ich kann Sie nicht mitnehmen.“ Wieder ertönte draußen eine Hupe. „Sehen Sie. Ich muss gehen.“

In diesem Augenblick kam Jakov die Treppe hinuntergestürzt, einen weißen Zettel in der Hand. „Ich habe die Nachricht gefunden. Hier ist sie!“

„Wir werden durch das Zion-Tor gehen. Sollen uns doch die Briten oder die Araber – möge ihr Gehirn verdampfen – erschießen! Dann sterben wir jedenfalls innerhalb der Mauern. Ich habe entschieden, dass wir gehen müssen.“ Der Großvater nahm Jakov hastig den Zettel aus der Hand und fügte rasch eine Zeile hinzu, während er noch einmal bekräftigte: „Es ist der Wille des Ewigen, dass Sie gerade jetzt gekommen sind ...“

„Es war Mosche, der mich darum gebeten hat“, versuchte Ehud richtig zu stellen. Er hatte bereits die Hand am Türgriff. „Es tut mir Leid, Rebbe Lebowitz. Oj! Es tut mir wirklich Leid. Aber Sie können nicht mitkommen. Es ist zu gefährlich.“ Er schlug verlegen die Augen nieder und fügte begütigend hinzu: „Sie können doch genauso gut auch außerhalb der Mauern beten.“ Dann öffnete er schnell die Tür, und schon war er draußen, die Hand zu einem zaghaften Abschiedsgruß erhoben. „Schalom –“ Damit wandte er sich endgültig um und rannte zu seinem Lastwagen, der bereits langsam anrollte.

„Kapitän Schiff!“, rief der Alte hinter Ehud her. Er trat auf die Veranda und winkte heftig mit den Armen, um den Konvoi anzuhalten. „So warten Sie doch!“

Aber Ehud riskierte keinen einzigen Blick zurück – auch nicht, als die Lastwagen bereits durch die verlassene Straße davonbrausten. Ihm war, als würden sich ihm die enttäuschten Blicke der beiden buchstäblich in den Rücken bohren. Aber es war einfach unvernünftig von dem Alten, mitgenommen werden zu wollen, geradezu lächerlich! Ehud biss die Zähne zusammen, um Mitleid und schlechtes Gewissen niederzukämpfen. Dann richtete er seinen Blick fest auf die vor ihm liegenden schimmernden Mauern der Altstadt. Es war, so sagte er sich immer wieder, schließlich nicht seine Aufgabe, einen alten Mann und einen Jungen durch feindliches Gebiet in eine belagerte Stadt zu geleiten. Außerdem bot diese kurze Zeitspanne, in der die Araber abgelenkt waren, möglicherweise die einzige Gelegenheit, mit einem jüdischen Konvoi das Zion-Tor zu passieren. Nein, es war keine Zeit zu verlieren! Es war ihm schon hoch anzurechnen, dass er die Fahrt überhaupt unterbrochen hatte, um die Nachricht von Rachels Überleben zu überbringen. Das war eigentlich schon mehr gewesen, als man verlangen konnte.

Dennoch rieb er sich, trotz dieser vernünftigen Argumentation von Zweifeln und Gewissensbissen geplagt, nachdenklich seinen Stoppelbart. Doch schließlich räusperte er sich vernehmlich und wandte sich entschlossen anderen Dingen zu, Wichtigerem als den Hoffnungen und Gebeten eines alten Rabbiners. Der Fahrer sah ihn von der Seite an und meinte: „Und was sollte das Ganze nun?“

„Der alte Rabbiner ist vor einigen Monaten aus der Altstadt in die Neustadt gekommen“, erklärte Ehud mürrisch. „Und jetzt wollte er, dass wir auf ihn warten, um ihn wieder mit in die Altstadt zu nehmen. Oj! So ein Unsinn!“ Er breitete demonstrativ die Hände aus und meinte, laut polternd seine Gewissensbisse übertönend: „Als ob wir nichts Besseres zu tun hätten, als uns um einen alten Mann zu kümmern!“

„Einige dieser Alten sind eben noch nie hinter diesen Mauern hervorgekommen“, erwiderte der Fahrer kopfschüttelnd. Sie fuhren nun den Berg hinauf, und er schaltete in einen niedrigeren Gang. „Einige von ihnen behaupten sogar, dort sei das Zentrum des Universums.“ Er lachte leise in sich hinein.

Erst nach einer langen Pause fing er ein neues Thema an. „Ich frage mich“, meinte er nachdenklich, als habe er unterdessen im Geiste alle Kriege gezählt, die je geführt worden waren, um die Mauern Jerusalems zu brechen, „wie viele Menschen um des Glaubens willen hier gestorben sind.“

Ehud ging jedoch nicht auf die Worte des Fahrers ein, sondern suchte mit düsterer Miene die Stadtmauern nach den Gefahr kündenden Gestalten britischer oder arabischer Wachen ab. „Da sind ja überhaupt keine Wächter“, rief er schließlich erstaunt aus. „Wo sind die nur alle hin? Wo sind die?“

Nichts regte sich. Nur aus der Richtung, wo die Kuppeln von Al-Aqsa-Moschee und Felsendom die Altstadt überragten, stieg langsam ein dumpfer Klageschrei auf. Er stieg im Wind auf wie das Heulen eines todbringenden Wirbelsturmes und war bald so laut, dass er das Dröhnen der Lastwagen übertönte.

* * *

Als dumpfe Hammerschläge deutlich machten, dass der Sarg Ram Kadars versiegelt wurde, kehrte zunächst ein unnatürliches Schweigen im Trauerhaus in Sheik Jarrah ein. Dann zerrissen schrille Schmerzensschreie die Stille, drangen durch Fenster und Haustüren nach draußen und überschwemmten schließlich die Gassen wie eine mächtige Flutwelle. Gleich darauf wurde der Sarg auf den Schultern einiger Jihad-Moqhaden in die gleißende Helligkeit hinausgetragen.

Die im Freien wartenden Männer feuerten ihre Gewehre ab, und eine Unzahl von Schüssen zerriss den nachmittäglichen Himmel über der Stadt. Es war, als reiche ihnen die Kraft ihrer Stimmen nicht, um ihren Schmerz über den Verlust ihres Anführers auszudrücken.

„Tötet die Juden! Denkt an die Märtyrer von Deir Jassin! Rache für die Märtyrer des Jihad!“, erschallten ihre hysterischen Rufe, von wildem Gewehrfeuer unterstrichen.

Die Umstehenden, Männer wie Frauen, waren nur von dem einen Verlangen beseelt, den mit der Nationalflagge bedeckten Sarg wenigstens einmal, und sei es noch so kurz, berühren zu können. Sie entrissen ihn der Ehrenwache, und er schwankte über ihre Köpfe hinweg wie ein kleines Schiff auf stürmischer See.

„Allah Akbar! Denkt an die gefallenen Märtyrer! Rache für Ram Kadar!"

So schaukelten die sterblichen Überreste Ram Kadars, von einer ohrenbetäubenden Geräuschkulisse begleitet, auf einer menschlichen Woge an den Häusern der amerikanischen Kolonie vorbei, durch die St. George Road und den Musrara auf das Damaskus-Tor und das alte moslemische Viertel zu, eine mächtige Bugwelle von Menschen hinter sich herziehend, die bereits das Glück gehabt hatten, den Sarg über sich hinweggleiten zu lassen. Auch von den Menschen in der Altstadt wurde er mit laut widerhallenden Gewehrsalven begrüßt.

Dabei wurden mehrere Teilnehmer des Trauerzuges von Querschlägern getroffen und stürzten zu Boden. Einige versuchten panikartig, den achtlosen Füßen der Menge zu entgehen, während andere reglos dort liegen blieben, wo sie hingefallen waren, und langsam verbluteten – unbeachtet von der trauernden Masse, die außer an ihren Schmerz um Ram Kadar an nichts denken und nichts empfinden konnte.

Bei diesem Begräbnis gab es keine Würdenträger, die den Leichnam ihres Führers durch das Tor trugen, und keinen Trauergesang. Es gab nur den Pöbel, den Sarg und das Hallen der Gewehrschüsse, die in endloser Kette abgefeuert wurden, bis die Luft selbst zu explodieren schien.

Nichts konnte die Moslems an diesem Tag im Inneren ihrer Häuser halten. Diejenigen, die dem Sarg nicht folgten, hingen in den Fenstern oder warfen Blumensträuße von den Dächern. Sogar auf den Minaretten drängten sich die Trauernden, um den Sarg durch die schmalen Gassen und durch die Souks ziehen zu sehen, in denen Ram Kadar so sehr verehrt worden war. Noch niemals zuvor hatte Jerusalem solch eine Entladung von Schmerz – und solch eine Verschwendung von Munition – erlebt.

Wie von einem unsichtbaren Steuermann geleitet, wand sich der Sarg durch die Gassen, über die Via Dolorosa, durch die Christus der Überlieferung nach sein Kreuz getragen hatte, am arabischen Hauptquartier vorbei, in dessen Hof einst die römischen Soldaten ihre Glücksspiele gespielt hatten, unter Torbögen her und an alten moslemischen Grabmalen und Grenzsteinen vorbei – immer weiter auf den Felsendom zu. Als der Sarg schließlich das Doppeltor Bab el-silsileh passierte und dorthin getragen wurde, wo einst der Große Tempel gestanden hatte, verdunkelte sich der Himmel durch den Pulver-Qualm der Gewehrsalven, der wie Weihrauch vom Tempelplatz aufstieg.

* * *

In der Nissan-Bek-Synagoge drängten sich die Altstadtjuden und blickten verängstigt auf die Wandgemälde, die ihnen durch die Darstellung der Tempelzerstörung vor zweitausend Jahren in bedrohlicher Weise vor Augen hielten, dass ein ähnliches Ereignis dem heutigen jüdischen Viertel durchaus noch einmal bevorstehen konnte. Von der überfüllten Galerie war ein Stampfen zu hören wie von einem Schiff bei schwerer See. Und hoch über der Menge stand auf einem schmalen Gerüst, das von der Kuppel herabgelassen worden war, ein Haganahsoldat und hielt Wache.

An der Bimah stand Rabbi Vultch und versuchte der unruhigen Menge mit erhobenen Händen Schweigen zu gebieten, damit Dov, dem die Verteidigung unterstand, zu ihnen sprechen konnte. Dov trat vor. Von schmächtiger, zerbrechlicher Gestalt, erweckte er den Eindruck, als habe er zu viele Jahre in einer Jeschivaschule verbracht, um eine so schwierige Aufgabe wie die Organisation der Verteidigung der Altstadt bewältigen zu können. Die Schmächtigkeit seines Körpers wurde zusätzlich noch durch seine schlecht sitzende, an den Knien abgewetzte Hose und den völlig abgetragenen, knielangen schwarzen Mantel der Chassidim hervorgehoben, in dem er buchstäblich versank. Seine dunklen Augen blickten düster durch eine Nickelbrille, die so schlecht saß, dass sie ihm ständig auf die

Spitze seiner großen Nase rutschte. In einer automatischen Bewegung schob er sie deshalb alle paar Sekunden wieder hoch, ob es nun tatsächlich nötig war oder nicht. Diese Angewohnheit erweckte den Eindruck, als fasse er sich in tiefer Nachdenklichkeit ständig an die Stirn. Als Rabbi Vultch nun um allgemeines Schweigen bat, nahm Dov die Brille jedoch ab und putzte sie sorgfältig mit dem Saum seines Mantels.

„Brüder und Schwestern!", rief Vultch. „Bitte hören Sie zu ... bitte hören Sie, nu? Dov hat gute Nachrichten für uns!"

„Dov!", rief jemand verächtlich aus dem hinteren Teil des Raumes. „Sein Name bedeutet doch *Bär,* aber seht ihn euch nur an!"

Dov setzte sich blinzelnd die Brille wieder auf und lächelte milde in die Richtung, aus der die höhnische Bemerkung gekommen war. „Es ist nicht die Größe eines Bären im Kampf, die wesentlich ist, sondern die Größe des Kampfes im Bären, nu?" Seine schlagfertige Erwiderung wurde mit stürmischem Beifall belohnt. Dann öffnete er seinen Mantel und präsentierte einen Patronengurt sowie eine Pistole, die in seinem Gürtel steckte.

Rabbi Vultch hob erneut die Hände, um für Ruhe zu sorgen, und rief: „Dov hat in Warschau gegen die Wehrmacht gekämpft! Wir sollten ihm Gehör schenken!"

Dov schob seine Brille hoch und ließ seine Hand so lange an der Nasenwurzel verharren, bis Stille in der Versammlung eingekehrt war. Dann räusperte er sich und ließ seinen Blick über das Meer der schwarzen Mäntel gleiten. „Ja", begann er schließlich, „ich habe im Ghetto gekämpft, sogar mit viel weniger als diesem hier." Er tippte auf seine Pistole. „Wir haben es geschafft, die deutschen Panzer auf Distanz zu halten, und wir waren damals in der Tat nur sehr kleine Bären."

„Das Warschauer Ghetto ist ja auch zerstört worden!", rief jemand dazwischen. „Und genauso wird es jetzt unserem Viertel ergehen!"

Eine andere Stimme rief: „Habt ihr nicht gesehen? Die Briten haben unser Viertel verlassen, von meinem Fenster aus kann ich bereits den arabischen Mob in den Souks sehen!"

„Sie werden uns überrennen!"

Dov runzelte die Stirn und schüttelte den Kopf. „Nein, Brüder! Die Araber sind in den Haram und in die Altstadt gekommen, um ein Begräbnis zu feiern ... um ihren Kommandeur Ram Kadar zu begraben, der in der letzten Nacht am Bab el Wad gefallen ist! Diese Information habe ich von einem Engländer."

Die Nachricht löste Unruhe und Erstaunen aus. „Und was ist, Gott behüte, wenn die Araber sich entschließen sollten, zuerst das Begräbnis ihres Führers dort drüben zu feiern und anschließend noch ein paar auf dieser Seite der Barrikaden?", gab ein älterer Rabbiner besorgt zu bedenken.

„Uri", tadelte ihn einer der anderen Alten, „wir sind doch schon zu alt, um uns noch über Beerdigungen den Kopf zu zerbrechen, oder?"

„Aber ich nicht!", rief ein junger, schwarzbärtiger Rabbiner dazwischen und sprang erregt auf. „Ich kann die Torah auch in der Neustadt studieren, zumindest so lange, bis die Angelegenheit hier geregelt ist!" Dov wusste, dass der Mann Mitglied der antizionistischen Gruppe war, die mit Rabbi Akiva sympathisierte. Ein Dutzend anderer Männer bekundete laut ihre Zustimmung zu den Äußerungen des jungen Rabbiners.

Dov zog seine Pistole aus dem Gürtel und legte sie, für alle sichtbar, auf die Bimah. „Und ich sage euch, wir haben die Deutschen in Warschau sogar mit Steinen und selbst gebastelten Bomben in Schach gehalten! Dann sollten wir doch hier in der Lage sein, diesen arabischen Abschaum daran zu hindern, unser Viertel zu betreten!"

„Unser Blut allein wird sie nicht aufhalten können! Außerdem – wie viele von uns sind denn überhaupt noch hier?", rief der junge Rabbiner erneut dazwischen.

Da erhob sich, alt und gebrechlich, den weißen Bart in langen Strähnen über dem Mantel, der älteste der Rabbiner und stellte seinen jungen Kollegen zur Rede. „Sie", begann er mit so leiser Stimme, dass alle sofort verstummten, „Sie sind eben nicht hier geboren, junger Levy. Aber ich ... ich habe einundneunzig Jahre in diesen Mauern gelebt und das Viertel nur ein einziges Mal in meinem Leben durch das Zion-Tor verlassen ... nur ein einziges Mal ... als kleiner Stöpsel von nur zehn Jahren." Dann deutete er mit zittriger Hand auf die Rauchwolken des Wandgemäldes. „Steht nicht geschrieben: *In Blut und Feuer wird Judäa fallen*" – aller Augen folgten seinem Blick zum Bild des brennenden Tempels –, *„und in Blut und Feuer wird es wieder geboren werden?"*

Der Alte nickte in die Stille hinein. „Ja. Ihr alle kennt diesen Spruch. Und wessen Blut kann es denn sein, das Zion wieder zu neuem Leben verhelfen wird?" Er schlug sich an die Brust. „Das Blut von Juden! Euer Blut und auch mein Blut! Ja, selbst das Blut von mir altem Mann, wenn der Ewige mir ein solches Privileg gewährt!"

Nun ergriff Dov wieder das Wort und wandte sich beschwörend an die Versammlung: „Versteht ihr denn nicht? Der Pass Bab el Wad zwischen Tel Aviv und Jerusalem ist geöffnet! In diesem Augenblick strömen Lebensmittel in mehreren Konvois in die Neustadt! Die Soldaten Haj Amins haben sich zurückgezogen –"

„Ha!", unterbrach ihn ein anderer junger Rabbiner. „Und nun stehen sie direkt vor unseren Toren! Und die Briten hatten im Gegensatz zu uns so viel Vernunft, sich zurückzuziehen!"

„Genau das ist jetzt unsere Chance!", fuhr Dov unbeirrt fort und hielt anfeuernd seine Pistole in die Höhe. „Der Pass ist schließlich mit jüdischem Blut geöffnet worden und nicht mit britischem! Und auch die Altstadt wird mit jüdischem Blut gehalten werden – nicht mit britischem! Unsere Nation wird in Blut und Feuer wieder geboren werden – in unserem eigenen Blut, ja, vielleicht sogar" – er blickte zur Kuppel hinauf – „in den Flammen dessen, was wir am meisten lieben. Aber wir werden *bleiben!* Wir werden aus der Asche wieder geboren werden, Brüder, so wie es geschrieben steht."

Rabbi Vultch fügte hinzu: „Auch stehen jetzt unsere eigenen Wachtposten auf den Mauern der Altstadt! Ihr werdet es erleben, unsere Brüder auf der anderen Seite der Tore werden die heiligen Stätten nicht vergessen. Aber wir müssen aushalten – und Vertrauen haben!"

Da erhob sich abermals der alte Rabbiner und bahnte sich einen Weg durch die Menge zur Bimah hin. „Nur einmal habe ich in meinem Leben die Altstadt verlassen. Ein zweites Mal werde ich es nicht tun“, sagte er fest entschlossen mit zahnlosem Lächeln und erkundigte sich bei Dov: „Wo soll ich Wache stehen?“ An die Versammlung gewandt, fügte er hinzu: „Wer von euch bleibt, um gemeinsam mit mir zu dienen?“

Die ältesten Männer waren die ersten, die sich erhoben. Ladenbesitzer und Gelehrte gleichermaßen kamen mit schleppenden Schritten nach vorn. Die Gebrechlicheren stützten sich schwer auf ihre Stöcke, diejenigen, die besser zu Fuß waren, halfen ihren Kameraden. Nachdem sich eine stattliche Reihe gebeugter Soldaten zusammengefunden hatte, traten auch die Jüngeren, durch den Mut der Älteren beschämt, zögernd vor. Nur wenige blieben in den harten Bänken der Synagoge zurück.

Während die Männer noch eine Zeit lang in stolzem Schweigen verharrten, schallte plötzlich von draußen das Krachen arabischer Gewehrschüsse herein, gleich darauf abgelöst von den schrillen Schreien und Klagelauten, die den Sarg begleiteten, der nun schaukelnd auf dem Platz vor dem Felsendom anlangte.

Dov hob den Kopf und lächelte. Er wusste, dass jede Kugel, die bei dieser Ehrung des gefallenen arabischen Führers verschossen wurde, eine weniger bedeutete im Kampf um das jüdische Viertel.

# 12. Im Schatten Deir Jassins

Das Hauptquartier des Britischen Oberkommandos lag im Südosten Jerusalems, hoch oben auf dem *Berg des Bösen Rates.* Dieser Ort lag zwar so nahe bei der Altstadt, dass die Soldaten, die im Büro des Britischen Hochkommissars arbeiteten, die Rauchwolken eines Aufstandes gut sehen konnten, aber wiederum auch so weit davon entfernt, dass die Schreie der Menschen vom Wind verweht wurden und nicht an ihre Ohren drangen. Diese Situation war symptomatisch für die Politik, die in den letzten Wochen in Palästina betrieben worden war: sehr weit entfernt vom Aspekt des menschlichen Leidens.

Colonel Robert Halloway beobachtete vom Fenster seines Büros aus, wie eine dünne, dunkle Rauchsäule hinter dem Felsendom zum Himmel aufstieg. „Die Araber hecken schon wieder was Neues aus", murmelte er vor sich hin, während er, die Hände in den Taschen, geraume Zeit zusah, wie der Rauch immer dicker wurde und sich allmählich über den Himmel verteilte. In der Ferne begann es zu knallen. Es klang ungefähr so, als ob Popcorn geröstet würde. Gewehrschüsse. Er schüttelte empört den Kopf über diese lächerliche Angewohnheit der Araber, sinnlos Munition zu verschwenden.

Mit einem Seufzer ließ er sich an seinem ordentlich aufgeräumten Schreibtisch nieder, schlug eine Aktenmappe auf und vertiefte sich darin. Nach einer Weile blickte er jedoch auf und sagte in die Sprechanlage: „Captain Stewart, bitte, Miss Hobbs."

„Sehr wohl, Sir."

Einen Augenblick später wurde die Tür schwungvoll geöffnet, und Stewart, die Mütze unter dem Arm, kam mit langen Schritten herein. Er salutierte zackig und ließ sich dann, nachdem Halloway seinen Gruß salopp erwidert hatte, auf dessen Aufforderung hin in einem schweren, mit rotem Leder bezogenen Ohrensessel nieder. Während Halloway sich noch einmal die Einzelheiten des Berichts vergegenwärtigte, blickte Stewart abwartend aus dem Fenster. Lange Zeit wurde kein Wort zwischen ihnen gewechselt.

Schließlich klappte Halloway die Mappe jedoch zu und legte sie beiseite. „Nun, Stewart", wandte er sich an den Captain, lehnte sich zurück und strich sich über seinen zurückweichenden Haaransatz. „Sie waren doch in der vergangenen Nacht der Dienst habende Offizier. Wie erklären Sie sich bitte den Verlauf der Ereignisse?"

Stewart, der die ganze Zeit über seelenruhig seine Mütze auf den Knien gedreht hatte, hob erstaunt die Augenbrauen, als verstehe er nicht recht. „Wie bitte, Sir?"

„Nun tun Sie nicht so unschuldig, Mann!", fuhr ihn Halloway an. „Die Jewish Agency ist außer sich wegen des Vorfalls! Und das mit gutem Grund! Fünfundsiebzig Zivilisten direkt vor unserer Nase massakriert! Die Juden beteuern, sie hätten unser Hauptquartier ein Dutzend Mal um Hilfe gebeten, um ein gepanzertes Fahrzeug!"

„Sie haben doch auch Hilfe erhalten!", erwiderte Stewart kühl und unerschütterlich. „Sobald es möglich war."

„Und wie viele Juden sind mit dem Leben davongekommen? Ganze sechs! Und obendrein hat sogar ein amerikanischer Universitätsprofessor den Tod gefunden!"

„Corporal Chandler hat seine Pflicht getan", erwiderte Stewart unbewegt. Dann tippte er energisch auf das glänzende Band seiner Mütze und fügte selbstbewusst hinzu: „Wie Sie vielleicht zur Kenntnis genommen haben werden, Sir, ist immerhin auch von einem britischen Todesopfer die Rede. Chandler hat seinen Schützen verloren." Halloway schlug schallend mit der flachen Hand auf den Schreibtisch und brüllte den Captain an: „Und nach wie viel Stunden, Stewart, ist der Wagen am Ort des Überfalls angekommen?" Er fluchte leise und fügte tadelnd hinzu: „Sie waren immerhin der Dienst habende Offizier."

„Ich habe nur einem Befehl gehorcht. Dem Befehl, dafür Sorge zu tragen, dass so viele britische Soldaten wie möglich diesen Ort lebend verlassen."

Halloway brachte es fertig, einen weiteren Fluch, der ihm schon auf der Zunge lag, herunterzuschlucken, und stieß drohend hervor: „Warum hat man sich nicht früher mit uns in Verbindung gesetzt?“ Stewart deutete ein Lächeln an und blickte wieder unbeteiligt aus dem Fenster. „Ich nahm an, dass dies geschehen sei.“

Halloway betrachtete nachdenklich den Mann, der da vor ihm saß. Stewart hatte immer als vorbildlicher Soldat gegolten. Die Auszeichnungen auf seiner Brust zeugten von Tapferkeit und Fähigkeit. Er besaß die Achtung seiner Untergebenen und hatte sich, während andere lautstark nach einer Fahrkarte für die Heimreise schrien, freiwillig für die unliebsame Pflicht in der Altstadt gemeldet. Allerdings gab es einen Zug in Stewarts Persönlichkeit, den Halloway zwar schon bei der Ankunft des jungen Mannes in Palästina bemerkt, jedoch nicht in seiner ganzen Tragweite durchschaut hatte: Er war Rassist, Antisemit in des Wortes tiefster Bedeutung. Dies war durchaus verständlich, da sein Bruder vor zwei Jahren durch die Hände jüdischer Terroristen umgekommen war. Dennoch hatte Halloway Stewart für diesen Posten empfohlen. Nun musste er sich allerdings eingestehen, einen Fehler begangen zu haben. „Na gut, Stewart“, nahm er schließlich das Gespräch wieder auf, „Sie hassen die Juden. Aber ein Konvoi voller Ärzte, um Himmels willen ...“

Stewarts Mundwinkel zuckten spöttisch. „Ich habe den Finger nicht am Abzug gehabt. Diese hässlichen Dinge tragen Araber und Juden schon untereinander aus. Ich habe nur der neuesten Order aus London gehorcht. Und die lautet nun mal, dass wir uns nach Möglichkeit nicht einmischen sollen.“

„Ja. Richtig. Aber der Mord an Zivilisten –“

„Und was ist mit den Bewohnern von Deir Jassin?“, konterte Stewart, nun mit triumphierend hochgezogenen Mundwinkeln. Er hatte die Auseinandersetzung zu seinen Gunsten entschieden. „Die Herrschaft in Palästina wird nach dem Motto Auge um Auge und Zahn um Zahn ausgeübt, Colonel Halloway“, erklärte er selbstbewusst. „Und ich für meinen Teil möchte noch Aussichten haben, zum Trafalgar Square zurückzukehren.“

„Möglicherweise ist das eine Frage der Beurteilung“, gestand Halloway zu. „Ich hätte es allerdings anders gesehen und mich für eine frühere Einmischung entschieden.“

„Dann stünden jetzt zweifellos noch mehr britische Namen auf den Totenlisten. Ich habe getan, was ich als meine Pflicht angesehen habe. Das Leben von Briten zu schützen war dabei oberstes Gebot. Um jeden Preis. Lautete nicht so der Befehl?"

„Ja. So lautete der Befehl. Und dabei bleibt es auch. Das ist ja auch der Grund, warum wir von den übrigen Nationen der Welt so scharf verurteilt worden sind."

„Bald wird die Welt die Aufgabe übernehmen, Wächter über diesen Staat zu sein. Dann soll sie kritisieren."

Über Stewart hinwegblickend, lehnte sich Halloway zurück, atmete nachdenklich tief durch und bestätigte dann kopfschüttelnd: „Ganz recht. Sie werden es schon früh genug selbst herausfinden, wie das ist. Heute tragen die Juden ihre Waffen genauso offen zur Schau wie die Araber. Es sind bereits zwei weitere jüdische Konvois aus Tel Aviv angekommen, während dieses Schauspiel –", er deutete mit dem Daumen in Richtung der Begräbniszeremonie, „da unten stattfindet. Wenn wir abziehen, Stewart, ist unsere einzige Hoffnung die Arabische Legion von Transjordanien. Sie ist diszipliniert, wird von einem Engländer befehligt und ist mit unseren Waffen ausgerüstet. Der Rest der Araber ist nur Pöbel, Bauern unter der Führung von Gangstern, die von Haj Amin beherrscht werden."

Er ließ für einen Moment die Schranken der Autorität fallen und blickte Stewart freimütig an. „Wenn Sie mich fragen, können die Vereinten Nationen hier gerne alles haben, und zwar mit Kusshand. Ich bin mehr für einen beschaulichen Ausbildungsposten zu Hause."

Stewart lächelte zwar, jedoch ohne Sympathie für Halloways laxe Einstellung. Er selbst empfand Zorn über die Beschlüsse der Vereinten Nationen, über eine Welt, die aus sicherer Entfernung, fernab von den brisanten Ereignissen, die Politik Großbritanniens kritisierte. Dieselbe Haltung, die den Verlust von Indien an Ghandi und Konsorten verschuldet hatte, ermöglichte nun vielleicht Russland eine Invasion im Nahen Osten. „Na ja, ich bin nur Soldat", erwiderte er daher ausweichend auf die Worte seines Vorgesetzten. „Was verstehe ich schon von Außenpolitik? Ich tue jedenfalls, so lange bis wir abziehen, mein Bestes, um den Frieden zu bewahren, und nehme alle, die ich mit Waffen antreffe, fest –"

„Apropos festnehmen", unterbrach ihn Halloway und beugte sich mit plötzlichem Schwung vor, „Sie waren es doch, der Mosche Sachar und Ehud Schiff verhaftet hat, nicht wahr?"

Stewart nickte kurz und erwiderte: „Ja. Sie leiteten die Haganah in der Altstadt. Natürlich sind sie jetzt untergetaucht –"

„Tja, man hat sie gesichtet. Mehrere Male –"

„Gut. Dann werden wir sie eben wieder dorthin bringen, wo sie hingehören, nämlich hinter Gitter." Der Gedanke hatte für Stewart etwas Befriedigendes.

Halloway schob zunächst nachdenklich die Unterlippe vor und lachte dann plötzlich laut auf: „Nicht, wenn es nach dem Generalstab geht."

„Wovon sprechen Sie, Sir?", fragte Stewart heiser.

Halloway nickte. „Ja, Sie haben richtig gehört. Es handelt sich offenbar um neue Erkenntnisse: Die Burschen sind tatsächlich unschuldig, rein wie frisch gefallener Schnee. Es ist ein Segen, dass man sie nicht gehängt hat –" Er konnte sich nun ein bissiges Lächeln nicht länger verkneifen.

„Das kann doch nicht sein!", fuhr Stewart auf und entriss Halloway den Zettel, den dieser in der Hand hielt. „GEFANGENE JÜDISCHE TERRORISTEN NACH ANSCHLAG AUF DEIR JASSIN VERHÖRT. PROFESSOR MOSCHE SACHAR UND EHUD SCHIFF UNSCHULDIG AN ANSCHLAG AUF JAFFA-TOR … ANKLAGE IST FALLEN ZU LASSEN …"

Die Mitteilung ging zwar noch weiter, aber Stewarts Augen konnten sich nicht von den Worten ANKLAGE IST FALLEN ZU LASSEN lösen. Er spürte, wie ihm die Zornesröte in die Wangen stieg. „Na ja, alles schön und gut", stammelte er, „aber Sachar hat immerhin die gesamte Verteidigung der Altstadt organisiert! Was ist denn damit?"

Halloway zuckte gleichmütig die Achseln. „Was soll schon damit sein? Es gibt doch offensichtlich in ganz Palästina keinen einzigen Menschen mehr, der sich nicht im Besitz einer Waffe befindet. Und so, wie die Dinge nach den Ereignissen in der vergangenen Nacht stehen, ist das vielleicht gar nicht mal so verkehrt. Wir müssen uns auf jeden Fall aus der Angelegenheit heraushalten."

Stewart reckte sich herausfordernd und erwiderte: „Wenn Mosche Sachar mir über den Weg läuft, garantiere ich dafür, dass er wieder hinter Gittern landet."

„Tut mir Leid, dass ich Sie enttäuschen muss, aber der Bursche hat internationales Ansehen erlangt, und Sie werden nichts dergleichen garantieren. Es sei denn, er lässt sich eine Gesetzesübertretung zuschulden kommen –"

„Das hat er bereits getan."

„Er ist, wie gesagt, von dem Vorwurf, am Anschlag auf das Jaffa-Tor beteiligt gewesen zu sein, entlastet worden. Heute Nachmittag wird es in den Zeitungen stehen."

„Aber die anderen Beschuldigungen ...!"

„Selbstverteidigung. Der Hohe Kommissar hat ihm die Begnadigung angeboten. Wenn er belästigt wird, obwohl er die Gesetze beachtet, können Sie den Dienst quittieren. Natürlich, wenn Sie ihn auf frischer Tat dabei ertappen, wie er ein Gesetz bricht –"

„Das ist doch ein Hohn!", stieß Stewart hervor und gab dem Colonel den Zettel zurück.

„Seine Unschuld hat sichtlich Zweifel an unserem hiesigen Rechtssystem aufkommen lassen. Natürlich versucht nun die Jewish Agency, der Sache so viel Publizität wie nur irgend möglich zu verschaffen." Halloway betrachtete Stewarts zerstreutes Gesicht und sagte scharf:

„Was immer Sie auch im Sinn haben, Stewart, nehmen Sie davon Abstand! Sie stehen mit dem Fiasko von letzter Nacht ohnehin schon am Rande des Abgrundes. Wir können Ihr Verhalten jedoch gerade noch als falsche Beurteilung der Lage kaschieren. Aber wenn Sie vorhaben, diesem Mann irgendwie an den Kragen zu gehen, dann sind Sie erledigt. Die Araber haben ohnehin eine Kugel für ihn reserviert. Denken Sie bitte daran, dass das nicht Ihre Sorge ist."

„Wollen Sie damit sagen, der Erlass, dass Juden keine Waffen tragen dürfen, sei nicht mehr auf die Juden der Altstadt anzuwenden?“, vergewisserte Stewart sich ungläubig. Er schluckte schwer und fügte stockend hinzu: „... und auch nicht auf die Juden im übrigen Jerusalem?“

„Wir wollen uns über eines im Klaren sein, Stewart: Unsere Hauptsorge gilt dem Wohl der britischen Untertanen. Das schließt auch unsere Streitkräfte hier ein. Wenn deren Leben bei der Ausübung ihrer Pflicht bedroht ist, dann tun Sie, was Sie tun müssen. Ansonsten beschränken Sie sich darauf, Waffen, die Sie entdecken, zu konfiszieren, aber halten Sie sich im Übrigen von den Juden fern. Halten Sie sich aus dem Brennpunkt des Geschehens! Die Araber werden sich ohnehin bald der Lage bemächtigen, und wir wollen doch nicht gerne den Schurken in diesem Drama abgeben, oder?“

„Dem Tenor einiger amerikanischer Zeitungen nach zu urteilen, sind wir dies bereits“, warf Stewart mürrisch ein, während er immer noch Mühe hatte, die Tatsache zu verarbeiten, dass Mosche Sachar und sein Freund und Komplize nun ungehindert auf den Straßen einhergehen konnten.

„Die Vereinten Nationen werden wohl eine Erbschaft antreten, die ihre Kräfte so ziemlich übersteigen wird. Dann werden sie endlich einsehen, dass sie zu hart geurteilt haben. In der Zwischenzeit wollen wir ihnen jedoch keinen Anlass zur Kritik geben, nicht wahr?“

Er deutete auf Stewart. „Es ist kein Geheimnis, wie Sie empfinden, alter Knabe, und es macht Ihnen ja auch niemand einen Vorwurf daraus – in Anbetracht dessen, was Sie durchgemacht haben. Aber es ist nun mal von Bedeutung, dass wir bei allem, was wir tun, den Anschein der Fairness wahren. Gerechtigkeit heißt die Devise, nicht wahr? Wir werden Araber und Juden sich gegenseitig die Augen auskratzen lassen, und dann werden wir die Einzigen sein, die noch sehen können.“

* * *

Achmed nahm Sarai fest an der Hand und führte sie aus dem Haus. Draußen musste die junge Frau, die lange kein Tageslicht mehr gesehen hatte, ihre Augen blinzelnd gegen das grelle Sonnenlicht abschirmen. Ein warmes, sanftes Lüftchen wehte und bauschte ihr schwarzes Gewand. Die Schritte der beiden und das Rascheln ihrer Gewänder waren die einzigen Geräusche in den inzwischen verlassenen Straßen. Nur aus weiter Ferne war noch das Lärmen der Menge zu hören, die dem Sarg Ram Kadars folgte.

Achmed fühlte sich plötzlich allein. Ihm war, als sei die ganze Welt tot, als seien alle Häuser ausgestorben und nur noch der Abfall auf den Pflastersteinen von ihren Bewohnern zurückgeblieben. „Sie sind alle zum Haram gegangen", murmelte er. „Alle wollen sehen, wie Ram Kadar im Felsendom zur letzten Ruhe gebettet wird."

Sarai blieb stumm. Sie hatte seine Worte offenbar nicht vernommen und flüsterte nur: „Ya Allah. O Gott."

Nur leere Fenster blickten auf die beiden mitten auf der Straße laufenden Menschen herab und weckten in Achmed ein beklommenes Gefühl. Er zog seinen Revolver aus der Tasche und sagte mit fester Stimme: „Alle trauern jetzt um Ram Kadar." Seine Augen glitten nervös über die Fassaden der Häuser, die stumm über ihnen aufragten. „Wir haben es geschafft, dass sogar die Juden über das weinen, was sie getan haben." Immer noch gab Sarai keine Antwort, und so fuhr er fort: „Ich werde es dir zeigen, kleine Kusine. Ich bringe dich jetzt dorthin, damit du es selbst sehen kannst. Deine Schande ist bereits gerächt, und der Anblick soll alle Menschen, die an deinem Tod schuldig sind, daran erinnern, dass auch sie zu Staub werden."

Lautes Klagegeschrei wehte von der Moschee herüber. „Du sollst sehen, wie wir ihnen ihre Morde und Misshandlungen heimzahlen. Du bist gerächt, Sarai!" Nur eine Markise flatterte knatternd im Wind, als plötzlich Gewehrsalven aus einer Unzahl arabischer Gewehre die Luft über der Altstadt zerrissen.

Achmed zog Sarai, die ihm nur widerstrebend folgte, energisch hinter sich her. Er führte sie an zwei Wohnblöcken vorbei zu einer Erhebung, von der aus man die Straße nach Sheik Jarrah überblicken konnte, die von den rauchenden Überresten jüdischer Fahrzeuge übersät war. Sarai wandte sich entsetzt ab, doch Achmed drängte:

„Du musst es dir ansehen!“ Er zog sie an sich und sprach eindringlich auf sie ein: „Du bist gerächt, Sarai!“ Dabei deutete er auf einen unförmigen, rauchenden Haufen, der einmal ein Bus gewesen war.

Sie hob widerstrebend den Kopf und betrachtete mit flackerndem Blick die grausige Szene. „Sind das wirklich die Knochen der Männer, die mich vergewaltigt und verspottet haben?“, fragte sie kaum hörbar.

„Das sind die Überreste von Juden, und bald werden alle, die jetzt noch leben, denselben Weg gehen. Keiner, der dir etwas angetan hat, soll mit dem Leben davonkommen, liebste Kusine“, sagte er mit bebender Stimme. Sein Blick war von Wahnsinn gezeichnet. „Um deines Lebens willen werde ich tausend Juden das Leben nehmen!“ Er hielt den Revolver in die Höhe und schoss, seinen unerschütterlichen Beschluss bekräftigend, in die Luft, und der Pistolenknall vereinigte sich mit dem in der Ferne grollenden Zorn der Massen.

„Und wenn alle tot sind“, fragte Sarai und blickte in Achmeds euphorisches Gesicht, „wird dann mein Mann zu mir zurückkommen? Und mein Dorf? Mein Leben?“

Achmed ließ seinen ausgestreckten Arm sinken. Der Ausdruck des Triumphes schwand aus seinem Blick. „Ich tue es doch für dich“, sagte er mit vor Schmerz bebender Stimme.

„Aber zuerst musst du mir helfen!“ Sie weinte wieder. Dann sank sie auf die Knie und flehte ihn mit erhobenen Händen an: „Du musst meiner Schande ein Ende bereiten! Du musst mir die Ruhe geben, die sie mir verweigert haben, obwohl ich sie inständig darum angefleht habe ...“

Er nickte flüchtig und befahl ihr: „Dann richte deinen Blick auf das Schicksal der Bösen, deren Ende schrecklicher war als deines.“ Er spannte den Revolver und hielt den Lauf an ihre rechte Schläfe.

Sie schloss die Augen und flüsterte: „Es gibt keinen Gott außer Allah ...“

Die Waffe bebte heftig in Achmeds Händen. „Ya Allah, Kusine! Mögest du im Paradies weiterleben –“, rief er. Die Tränen liefen ihm in Strömen über die Wangen. Wieder schallten aus dem moslemischen Viertel der Altstadt Gewehrschüsse herüber.

„Allah Akbar. Allah Akbar ...", weinte sie leise, während sie, die Arme um seine Knie geschlungen, auf die Kugel wartete, die ihrem Elend ein Ende bereiten sollte.

* * *

Da sich alle Moslems innerhalb der Altstadtmauern befanden, konnten die Lastwagen der Haganah, die das Hadassah-Krankenhaus mit Nachschub versorgen sollten, ungehindert durch das verlassene Viertel Sheik Jarrah fahren.

Als die Wagen die Anhöhe erklommen, die zum Ort des kleinen Holocaust am Fuße des Skopusberges führte, schlug den Männern brenzliger Gestank entgegen und raubte ihnen fast den Atem. Dann sah Mosche, der im Führerhaus des ersten Wagens fuhr, auch schon die verkohlten Überreste des Hadassah-Konvois und schrie entsetzt auf. Kalter Schweiß brach ihm am ganzen Körper aus. *Hier hat Howard den Tod gefunden,* dachte er schuldbewusst, *weil er Rachel nie allein gelassen hätte.* Über Howard wanderten seine Gedanken zu den anderen Opfern des arabischen Angriffs. In seiner Phantasie loderte ein Flammenmeer, das all die Menschen verschlang und ihnen einen qualvollen Tod bereitete! Doch Rachel war die Einzige, die er deutlich vor sich sah und deren Stimme er sich vorstellen konnte.

Der Fahrer hatte bei diesem Anblick des Grauens zunächst entsetzt den Fuß vom Gaspedal genommen, trat es dann jedoch in Anbetracht der Gefahr sofort wieder bis zum Anschlag durch. Da deutete der Beifahrer auf eine kleine Erhebung neben der Straße und rief: „Seht mal! Oj wei, was ist das?"

Aus seinen Grübeleien gerissen, folgte Mosche dem ausgestreckten Arm seines Kameraden mit den Augen. Auf einem Hügel hinter dem verkohlten Gebiet hielt eine ganz in Schwarz gekleidete Araberin die Knie eines jungen Arabers fest umschlungen, der eine Pistole auf ihren Kopf gerichtet hatte. Der junge Mann bemerkte den Konvoi und blickte verwirrt auf. Dann duckte er sich und schoss wild auf die jüdischen Lastwagen.

„Er will die Frau töten!“, rief der Fahrer entsetzt und verriss vor Schreck das Lenkrad, als eine Kugel an der Panzerung des Lastwagens abprallte.

„Oder uns!“, rief der Begleiter. „Holt ihn euch!“

Der Fahrer trat in die Bremsen. Im selben Augenblick sprang Mosche vom Lastwagen und suchte hinter einer der massiven Panzerplatten Schutz, denn schon prallte eine weitere Kugel am Fahrzeug ab. Er hatte keine Waffe. Ihm blieb also nichts anderes übrig, als geduckt abzuwarten und es dem halben Dutzend Haganahleuten, die sich ebenfalls auf die Straße rollten, zu überlassen, den Araber mit ihren Gewehren unter Beschuss zu nehmen.

Während die verschleierte Frau ängstlich schreiend ihr Gesicht bedeckte, gab der Araber noch drei weitere Schüsse ab, bevor er von einer jüdischen Kugel getroffen wurde. Einen Augenblick lang schien er in der Luft zu hängen, dann entglitt die leere Pistole seinen Händen, und er brach über ihr zusammen. Während er sich in Todeszuckungen wand, stießen die Haganahleute laute Jubelrufe aus. Die Frau riss sich schreiend den Schleier vom Gesicht und warf sich auf die Leiche des Arabers. Ihre Schreie gingen jedoch im Lärm der Massen der Altstadt unter. Die Juden rannten auf sie zu und streckten ihr, die sie gerade dem sicheren Tod entrissen hatten, hilfreich die Hände entgegen.

# 13. Hinweise

Während der Zug aus dem Bahnhof rollte, zog David Ellie hinter sich her durch einen Gang, der zu beiden Seiten von Abteilen erster Klasse gesäumt wurde. Auf der Suche nach einem freien Abteil riss David ungestüm eine Tür nach der anderen auf und blickte jedes Mal in die verwirrten, überraschten Gesichter von Reisenden. Erst nach längerem Suchen entdeckte er schließlich ein Abteil, dessen Tür offen stand und das leer war.

Er zog Ellie rasch herein, schleuderte die Tasche auf die Sitzbank und schloss dann erleichtert die Tür hinter sich ab.

Ellie zitterte immer noch. Die Angst, der Mörder, der Michail und Bernie auf dem Gewissen hatte, könne nun auch hinter ihnen her sein, steckte ihr tief in den Knochen. „Was sollen wir nur tun?“, fragte Ellie verzweifelt, als sie wieder zu Atem gekommen war.

David schwieg, denn er wusste keine Antwort. Stattdessen begann er den Inhalt der Reisetasche zu inspizieren. „Bete, dass eine Waffe bei den Sachen ist“, stieß er gepresst hervor. Unter den Männeroberhemden und -hosen, die zuoberst lagen, zog er einen braunen Briefumschlag hervor. Dabei fiel ihm vor Aufregung die Tasche zu Boden. Er warf Ellie den Umschlag zu. „Sieh mal nach, was da drin ist!“, wies er sie hastig an, hob die Tasche auf und fuhr fort, in ihr zu wühlen.

Ellies Hände bebten so sehr, dass sie kaum in der Lage war, den Umschlag zu öffnen. Und als sie zwischendurch zu David hinübersah, verschlug es ihr den Atem: Er zog gerade einen achtunddreißiger Revolver aus der Tasche und hielt ihn triumphierend in die Höhe. „Hier ist unsere Lebensversicherung“, stellte er erleichtert fest. Neben der Erleichterung schwangen jedoch auch Zorn und Verzweiflung in seiner Stimme mit, Zorn und Verzweiflung darüber, dass er nichts für Ellie entdeckt hatte.

„Und was hast du gefunden?“, fragte er sie schließlich niedergeschlagen.

Ellie öffnete hastig den Umschlag und stieß einen befreiten Schrei aus, als ein amerikanischer Pass zu Boden fiel, in dem ihr Foto prangte. „Das bin ja ich!", rief sie erstaunt aus. „*Mein* Bild! *Mein* Pass!" Während ihr noch drei weitere Pässe in den Schoß fielen, hob David das kostbare Dokument auf, sah es sich genau an und sagte: „Das bist zwar du, aber nicht dein Name. Die Burschen sind gut. Wirklich gut." Die Seiten der Pässe wiesen authentisch aussehende Stempel von einem Dutzend verschiedener Länder auf.

Unterdessen sah sich Ellie die übrigen Pässe an und sagte leise: „Hier ist auch einer für dich. Und für Bernie. Ein britischer Pass. Und noch ein besonderes Visum für jemanden namens Helgam Gregof. Kein Foto."

„Das wäre für Michail gewesen", sagte David, während er in seinem eigenen Pass blätterte. „Ich bin immer noch Amerikaner, wie ich sehe. Hoffe, dass auch das Außenministerium darüber informiert ist. Als Beruf haben sie bei mir *Luftfahrtspezialist* angegeben."

„Und ich bin Pressesprecherin für Service Airways."

„Gute Deckung. Sieht so aus, als reisten wir zusammen, obwohl sie uns verschiedene Namen gegeben haben."

„Zelda Sue Conner! Da hat jemand einen schlechten Witz gemacht."

„Er ist gerade schlecht genug, um glaubwürdig zu sein. Ich bin James Clemens Madison."

David ergriff Bernies und Michails Papiere, öffnete das Fenster und warf sie hinaus. Dann zog er das Sonnenrollo vor die Scheibe und setzte sich neben Ellie, um sich wieder dem restlichen Inhalt der Tasche zu widmen. Eine abgenutzte Brieftasche enthielt einen dicken Stoß Banknoten – französische, italienische und britische. Auch ein Foto war dabei, von Menschen, die er nie zuvor gesehen hatte: ein schlankes Mädchen im Badeanzug und ein älteres Ehepaar, das einen scheckigen Terrier am Halsband hielt.

„Das übliche Strandgut einer Brieftasche", konstatierte er fahrig. „Keine Anweisungen für uns. Überhaupt nichts!" Mit einem Ausdruck von Panik auf dem Gesicht begann er jedes einzelne Stückchen Papier in der Brieftasche zu untersuchen. „Nun gut", meinte er schließlich, als die Untersuchung ergebnislos geblieben war. „Wir haben also Pässe und ungefähr sechshundert amerikanische Dollar, aber ansonsten sitzen wir total auf dem Trockenen. Alles, was wir hier haben, ist Ramsch aus 'ner Brieftasche – von irgendjemandem. Wäschereiquittungen und so 'n Zeug. Keine Handlungsanweisungen. Keine Zahlen. Ich weiß ja nicht mal, wie ich mit den Typen in Rom in Verbindung treten soll, nun da Bernie tot ist." Er schwieg fassungslos, während Ellie eine Rasiertasche leerte und die darin befindlichen Utensilien vor ihm ausbreitete. Die Sachen umfassten nur das Allernötigste, was ein Mann brauchte. „Rasiermesser. Zahnbürste und Zahnpulver. – Haarbürste. Seife. – Füllfederhalter. – Pfeife und Streichhölzer", kommentierte sie stockend. Die lange Anspannung und das körperliche Zittern hatten sie völlig erschöpft.

„Was erwarten sie nur von uns? Was denken sie denn, dass wir tun sollen?", rief David zornig aus, weil er sich von den Leuten, für die sie ihr Leben aufs Spiel gesetzt hatten, im Stich gelassen fühlte. „Wir können nicht in die Staaten zurück. Und auch Palästina ist für uns unmöglich geworden. Sobald wir auch nur einen Fuß auf den römischen Flughafen setzen, werden wir verhaftet. Die Burschen im Hangar sind die Einzigen, die ich kenne –"

„Einen Augenblick mal, David", fiel ihm Ellie ungeduldig ins Wort. „Das würden sie uns doch nicht antun! Da muss doch noch etwas sein! Etwas, das wir übersehen haben. Wenn Bernie hier wäre, wüsste er es bestimmt."

David fuhr sich ernüchtert mit der Hand durchs Haar. „Tja, irgendjemand hätte uns Zivilisten vorher einweihen sollen. – Woran denkst du denn?"

„Da war doch dieser Typ. In der Presseagentur in Jerusalem. Er war Brite, aber er hat während des Krieges in Frankreich im Untergrund gearbeitet. Eines Nachts hatte er getrunken, Gin und Tonic und –"

„Ja und, was ist mit ihm?"

„Nun, er fing plötzlich an zu reden ... du weißt schon, aus der Schule zu plaudern. Er hat erzählt, wie sie Sachen vor den Nazis versteckt haben – Geheimbotschaften und solche Dinge. Ich habe ihm gesagt, er solle doch eines Tages einen Roman darüber schreiben –“

„Komm zur Sache, Els! Zur Sache! Wo haben sie also ihre Botschaften versteckt?“ David vermochte seine Ungeduld nicht länger im Zaum zu halten.

„Überall. In Rasiermessern und Seifenstücken. In Zahnpulverflaschen und Füllern und –“

David ergriff die Pfeife und klopfte damit nachdenklich in seine Handfläche. „Und Pfeifen? Ja, richtig, die Pfeife! Hat der Mann im Bahnhof nicht Pfeife geraucht? Ich hab den Tabak schon gerochen, bevor ich den Mann überhaupt gesehn hab. Er war es auch, der mir geraten hat, mich aus dem Staub zu machen, und zwar schleunigst.“ Schon war er dabei, den Pfeifenkopf abzuschrauben, und seine Augen hatten wieder einen lebhaften Ausdruck angenommen.

Ellie nickte, nun ganz sicher, dass sie irgendeinen kleinen Zettel mit einer Nachricht in der Pfeife finden würden. Plötzlich klopfte es jedoch heftig an der Tür des Abteils, und eine zornige Stimme rief, zunächst auf Italienisch, dann auf Französisch und schließlich in gebrochenem Englisch: „Hier Schaffner. Machen Tür auf!“ Während Ellie die Sachen hastig wieder in die Reisetasche warf, wiederholte der Schaffner seine Aufforderung ungeduldig. „Komme schon!“, rief David mit verschlafener Stimme und öffnete die Tür so langsam wie möglich.

Er blickte in das runde Gesicht eines kleinen Schaffners, der verdattert auf Davids priesterlichen Kragen starrte und unter Verbeugungen stammelte: „Scusi, Padre. Biglietto, prego.“

David machte nun die Tür weit auf, und der Schaffner konnte jetzt auch Ellie sehen, in ihrer Schwesterntracht, mit der Tasche auf dem Schoß. „Meine Assistentin, hm, das heißt, die Schwester und ich waren gerade auf der Suche nach unseren Fahrkarten, wissen Sie ... Es scheint so, als hätten wir sie verlegt ...“

Der Schaffner starrte die hübsche junge Schwester an, die mit ernstem Gesicht dasaß und ein Kopfnicken in seine Richtung andeutete.

Schließlich riss er sich jedoch von ihrem Anblick los und wandte sich wieder David zu: „Pater und Schwester –" Er tippte respektvoll an seine Mütze. „Dies nicht deine compartimento. Nein. Sein leer."

„Nein, das Abteil ist nicht leer", verbesserte David. „Wir sind ja drin!"

„Aber biglietti müssen haben."

David schürzte die Lippen und wiederholte etwas langsamer: „Es scheint, wir haben unsere verloren ...."

„Dann nicht können in diese compartimento."

David räusperte sich. „Wir möchten zwei Karten kaufen."

„Si, aber –"

David zog die Brieftasche heraus und blätterte in den Banknoten. „Zwei Karten, bitte."

„Si, Padre", lenkte der Schaffner ein, und sein Blick hellte sich beim Anblick der Geldscheine auf.

„Wohin fährt denn der Zug?"

Einen Moment war der kleine Schaffner verwirrt. „Wohin gehen, nicht wissen?"

„Ich weiß schon, wohin *ich* fahre. Ich möchte nur wissen, wohin der *Zug* fährt."

Der Schaffner zählte die Stationen auf und unterstrich jede einzelne Nennung mit einem Fingerschnipsen: „Firenze, Bologna, Piacenza, Milano, Torino, Susa –"

„Ja, aber wo ist die Endstation? Ich meine, die letzte Station."

„Paris, Padre."

„Genau dorthin wollen wir fahren."

Es folgten noch minutenlange Verhandlungen, aber schließlich hatte David den Schaffner so weit, dass er ihm das Geld für die Karten aushändigen konnte. Er versprach ihm ein gutes Trinkgeld, wenn er seinen Auftrag erledigte. Während der Schaffner davoneilte, um die Karten auszustellen, schloss David abermals die Tür ab.

Ellie fing sofort wieder an, den Inhalt der Reisetasche auszuleeren. Sie nahm noch einmal die Pfeife auseinander und hielt das Mundstück prüfend gegen das Licht. Mit einem enttäuschten Seufzer reichte sie anschließend die Teile an David weiter. „Nichts", sagte sie niedergeschlagen. „Nur eine Pfeife."

Auch David begutachtete den Pfeifenkopf eingehend und legte die Teile danach neben Ellie auf den Sitz. Dann inspizierten sie schweigend die übrigen Sachen, jedoch abermals ohne Ergebnis.

„Was jetzt?", fragte David schließlich und strich sich hilflos über die Wange.

„Du hättest eine Rasur nötig", meinte Ellie statt einer Antwort, nahm das Rasiermesser und hielt es ebenfalls ins Licht.

„Wir wissen ja nicht mal, wonach wir suchen sollen!", murmelte David deprimiert.

Doch Ellie ließ sich nicht entmutigen und war schon konzentriert dabei, das Rasiermesser in seine Einzelteile zu zerlegen. Sie schraubte sorgfältig den Kopf auf und nahm die Rasierklinge heraus. Aber auch dort war keine Botschaft zu entdecken. „Harrel hat mir aber doch erzählt, dass sie das Zeug immer in Rasierapparaten verstecken –"

„Wer ist nun wieder Harrel?", fragte David gereizt.

„Der Typ, von dem ich dir erzählt habe! Der aus dem Untergrund." Sie begann zielstrebig den Kopf des Rasiermessers abzuschrauben und legte die Teile in ihren Schoß. David bezwang seine Resignation und half Ellie wieder, indem er sie einzeln einer genauen Überprüfung unterzog.

Einige Minuten später war der Rasierapparat in einen Haufen nutzloser Metallteile zerlegt, und Ellie begann gerade, sich mit derselben Entschlossenheit über den Füllfederhalter herzumachen, als der Schaffner, diesmal dezent, erneut an die Tür klopfte.

„Mi scusi – die Fahrkarten", rief er.

David öffnete die Tür nur einen Spaltbreit, nahm die Karten entgegen und schob dem Schaffner eine Banknote zu. Nach einer raschen Prüfung der Karten fragte er: „Was ist, wenn wir das Reiseziel wechseln?"

„Dann Karte wieder einlösen, Padre. No Problemo, no? Kann ich tun noch mehr?", fügte er hilfsbereit hinzu, während er erstaunt das Trinkgeld musterte. Es war ungewöhnlich, dass ein Priester ein Trinkgeld gab, und dann noch ein so großzügiges.

David steckte die Fahrkarten sorgfältig ein und setzte nach einem kurzen Blick zu Ellie, die gerade den Füllfederhalter auseinandergenommen hatte, trocken hinzu: „Ich könnte noch ein Rasiermesser gebrauchen."

„Natürlich, Padre."

„Und einen Füllfederhalter."

„Si."

Ellie war inzwischen dabei, den Deckel der Zahnpulverflasche abzuschrauben. „Und Zahnpulver, wenn Sie haben", ergänzte David.

„Si. Eine einfache Bitte!"

David nickte dem Schaffner zum Abschied freundlich zu und schloss wieder die Tür. Nachdem er sie erneut verriegelt hatte, sah er Ellie gebannt dabei zu, wie sie das weiße Zahnpulver auf ihr schwarzes Gewand schüttete. „Zahnpulver in einer Zahnpulverflasche, nicht wahr?", kommentierte er deprimiert. „Und ich wette, dass wir auch Seife im Seifenbehälter und Streichhölzer in der Streichholzschachtel finden werden und dass es sich um eine ganz normale Haarbürste handelt."

Doch Ellie ließ sich bei ihrer beharrlichen Suche nach einer geheimen Botschaft nicht beirren und fuhr schweigend fort, den Inhalt der Rasiertasche systematisch zu zerstören. David verschränkte die Arme vor der Brust und sah nur noch skeptisch zu, wie Ellie die Seife mit dem Absatz ihres Schuhs zertrat. Als allerdings auch diesem Akt kein Erfolg beschieden war, schaufelte Ellie deprimiert alles wieder in den Seifenbehälter zurück und kreuzte nun ebenfalls zornig und enttäuscht ihre Arme.

„Tja, das war's dann wohl", brachte sie schließlich hervor. „Sie haben uns ausbezahlt und überlassen es nun uns selbst, für unsere Sicherheit zu sorgen."

„Lass uns den Tatsachen ins Auge blicken, Els. Wir sind einfach zu viel an Bord. Sie wollen nichts mehr mit uns zu tun haben, bis die Flak auf uns wegen der *Trina* aufgehört hat. Wir sind wirklich auf uns selbst gestellt."

„Aber warum –"

„Wenn einer unserer Leute in unsere Nähe kommt, riskiert auch er, geschnappt zu werden. Meiner Meinung nach hoffen sie, dass wir es schaffen, uns aus dem Staub zu machen. Schließlich haben wir diese gefälschten Ausweispapiere ... aber *sie* werden sich nicht in einem Umkreis von tausend Meilen an uns heranwagen."

„Aber David ...", protestierte Ellie, die immer noch nicht glauben konnte, dass sie ganz und gar auf sich allein gestellt sein sollten.

„Es spielt im Grunde keine Rolle, wohin wir gehen. Sie sind fertig mit uns." Zornig fügte er hinzu: „Mit sechshundert Dollar werden wir uns allerdings nicht lange halten können."

„Sieht so aus, als ob wir nun doch endlich zu unserem Urlaub kämen, um den wir den Alten gebeten hatten", versuchte Ellie ihn mit gespielter Fröhlichkeit aufzumuntern.

„Ich hätte ja auch nichts dagegen, wenn wir nicht Bernie und Michail in einer Blutlache in Rom zurückgelassen hätten", erwiderte David. Er stützte niedergeschlagen den Kopf in die Hände. „Wenn ich wenigstens wüsste, wer das getan hat – oder warum ... und ob sie nun auch hinter uns her sind." Er starrte lange nachdenklich auf den Boden. Schließlich fragte er: „Schwebt dir, abgesehen von Paris, noch irgendeine andere Stadt vor, die du kennen lernen möchtest? Wie ich schon sagte, es spielt im Grunde keine Rolle, wohin wir gehen."

Ellie schüttelte schweren Herzens den Kopf. „Paris ist schon gut", flüsterte sie kaum hörbar. „Paris im Frühling ... und ich habe nicht mal eine Kamera dabei."

David überprüfte noch einmal den Inhalt seiner Brieftasche und beschloss, von nun ab keine Trinkgelder mehr zu geben. „Paris ist voller kleiner Hotels", überlegte er dann, zum ersten Mal mit einem Anflug von Optimismus in der Stimme. „Wir werden uns schon mit ein paar Francs pro Tag durchschlagen können, wenn wir unsere Ansprüche nicht zu hoch schrauben. Paris ist immerhin eine große Stadt. Groß genug, dass wir eine Weile untertauchen können. Das wollen sie wohl."

Ellie schloss einen Moment die Augen und dachte sehnsüchtig an Santa Monica, an zu Hause. In diesem Augenblick konnte sie sich nichts Schöneres vorstellen, als die Gesichter ihrer Eltern zu sehen.

„Vielleicht können wir uns mit Onkel Howard in Verbindung setzen", sagte sie zuversichtlich. „Er könnte ihnen ja sagen, wo wir sind –"

„Nichts da", unterbrach David sie streng. „Jeder Brief und jedes Telegramm nach Palästina werden einer Kontrolle unterzogen. Howard Moniger wird wahrscheinlich von allen belagert, angefangen beim britischen Nachrichtendienst bis hin zur amerikanischen Botschaft. Wir wollen erst einmal eine Woche verstreichen lassen. Oder auch zwei. Oder bis uns das Geld ausgeht ... wenn das die Regeln sind, nach denen wir spielen sollen ..."

„Ich habe Angst, David", sagte Ellie plötzlich wieder und schmiegte sich Schutz suchend an ihn. „Zum ersten Mal kann ich nicht nach Hause. – Und auf einmal gibt es nichts, was ich mir sehnlicher wünsche." Er drückte sie fest an sich und hoffte, dass sie nicht merkte, wie angstvoll auch ihm das Herz klopfte. „Denk an den Sperling", versuchte er sie schließlich zu beruhigen. „Denk –" Doch weiter kam er nicht, denn seine Worte kamen ihm hohl vor.

* * *

Crabtree stützte sich schwer auf den abgenutzten Tresen in der Eingangshalle des Hafenhotels von Ban. Seine Füße schmerzten, und er war erschöpft. Aber die vergangenen Stunden, in denen er mit der heimischen Bevölkerung am Hafen gewesen war, hatten ihm eine Fülle von Informationen eingebracht. Er klopfte sich gewohnheitsmäßig auf die Manteltasche, um zu überprüfen, ob er seinen kostbaren Notizblock noch hatte. Im Augenblick war ihm dieser wertvoller als seine Brieftasche.

Der Rest der europäischen Reporter strich immer noch um die *Trina* herum und zog den Leuten Informationen aus der Nase, die sich Tree als heimlicher Zuhörer längst aus Gesprächsfetzen zusammengereimt hatte. Und während sich seine Kollegen zu ihren gutbürgerlichen Unterkünften im Herzen Bans aufmachten, hatte Tree diesen Ort zu seinem Hauptquartier auserkoren. Er blickte sich in dem verkommenen Interieur um. Es roch nach Schimmel und altem Knoblauch. Die Farbe hing nur noch in Fetzen an der hohen, von Wasserflecken übersäten Decke, und aus den abgewetzten Sofas und Stühlen quoll das Polstermaterial hervor.

Ein käfigartiger Metallaufzug stieg quietschend und ächzend neben der Treppe in die Höhe. Er bewegte sich noch langsamer als die Rothaarige mit dem breiten Becken, die gerade bedächtig die Stufen hinaufging. Tree sah ihr mit Kennermiene nach, bis sie in der ersten Etage angelangt war und seinen Blicken entschwand, gerade in dem Moment, in dem der Aufzug klappernd zum Stillstand kam. Tree wollte gerade noch einmal kräftig die Schelle betätigen, die auf dem Tresen stand, als er überrascht in das lächelnde Gesicht von Signora Hortencia sah, die ihn mit gespielt unschuldsvoller Neugierde musterte.

„Ich sehe, Sie sind ein Mann, der schöne Mädchen zu schätzen weiß", sprach sie ihn auf Italienisch an.

Tree erwiderte in nahezu fehlerlosem Italienisch mit nur leicht amerikanischem Akzent: „In Italien scheinen sie von den Bäumen zu fallen wie gute Früchte!"

Sie warf den Kopf lachend zurück, wobei ihr Doppelkinn ihren Heiterkeitsausbruch hüpfend begleitete. „Sie sind offenbar lange genug in Italien gewesen, um sich auszukennen", erwiderte sie schließlich und tupfte sich die Stirn mit einem Taschentuch. „Trotzdem habe ich gemerkt, dass Sie Amerikaner sind! O ja! Den Akzent kenne ich!"

„Das stimmt. Si. Ich bin zwar Amerikaner, aber ich habe Italien zu meiner Wahlheimat gemacht. Und nun hätte ich gern ein Zimmer. Vielleicht eins mit Blick auf den Hafen?"

„Und hätten Sie auch gern Gesellschaft?", fragte die Signora und machte eine Kopfbewegung in die Richtung, in der die Rothaarige entschwunden war.

Tree gab vor, versucht zu sein, ja zu sagen. Und einen Moment lang erwog er den Gedanken sogar ernstlich. Doch dann schüttelte er ablehnend den Kopf. „No. Grazie, Signora. Nein, ich bin leider geschäftlich hier."

„Lässt sich denn ein bisschen Vergnügen nicht mit Ihren Geschäften vereinbaren?"

„Nein, Signora! Meine Frau liegt in diesem Augenblick in Rom im Sterben, wissen Sie. Und aus Achtung vor ihr ..."

Signora Hortencia bekreuzigte sich und sah ihn mitleidig an. „Das tut mir wirklich Leid, Signor. Natürlich, ja. Wegen Ihrer armen Frau ..."

„Aber vielleicht wäre es ganz gut, wenn ich etwas Unterhaltung hätte. Ja. Ich bin sehr einsam. Vielleicht haben Sie ein Mädchen, das gut geeignet ist, sich zu unterhalten –"

„O ja! Si! Natürlich habe ich solch ein Mädchen! Eigentlich sogar mehrere!"

„Es wäre vielleicht auch ganz hilfreich, wenn sie etwas Englisch spräche."

„Natürlich! Natürlich!" Sie schob ihm das Meldebuch über den Tresen. „Ein Blick auf den Hafen und ein Mädchen, das Englisch spricht! Ja! Eine leicht zu erfüllende Bitte."

Tree schob nachdenklich seine Unterlippe vor und nahm einen Stift zur Hand. „Meine Geschäfte sind nämlich streng vertraulich, müssen Sie wissen."

Signora Hortencias fleischige Lippen formten ein erstauntes Oh, und sie nickte heftig. „Sie brauchen natürlich nicht mit Ihrem richtigen Namen zu unterschreiben, Signor."

„Gut." Er tat erleichtert und beugte sich über das Buch, befriedigt über die Neugier der Frau.

„Geht es um die *Trina?* Das Schiff?"

Tree legte einen Finger an die Lippen und sah sich verstohlen um. „Eine hässliche Angelegenheit. All die Reporter, die jetzt in Ban herumschwirren. Ich möchte nicht, dass die Reporter auch nur im Entferntesten davon Wind bekommen. Es ist eine sehr große Belohnung ausgesetzt worden, müssen Sie wissen, und ..."

Die mit Tusche nachgezogenen Augenbrauen der Signora formten einen erstaunten Bogen. „Eine Belohnung?"

„Sch!" Tree war zufrieden, dass der Köder vor den Augen des Anglers angeknabbert wurde. „Ich hoffe, dass hier keine Zeitungsleute absteigen werden. Sie dürfen nämlich nichts von meiner Untersuchung erfahren."

Wieder bekreuzigte sich Signora Hortencia. „Bei allen Heiligen, hier ist niemand –, und wenn sie kommen, werde ich ihnen sagen, dass keine Zimmer frei sind." Sie kniff lauernd die Augen zusammen. „Eine Belohnung, sagen Sie? Wie hoch? Und wofür ist sie ausgesetzt?", flüsterte sie mit belegter Stimme, die verriet, dass sie bereits eifrig kalkulierte.

„Ich habe schon zu viel gesagt", wehrte Tree ab und unterschrieb. „Mehr darf ich wirklich nicht sagen. Ein sehr komplizierter Fall von international verflochtener Intrige. Die Vereinten Nationen sind äußerst bestrebt, der Sache auf den Grund zu gehen."

Die Signora erbleichte bei der Erwähnung der Vereinten Nationen. Sie schlug sich entsetzt an die Brust und wich mit schreckensweit geöffneten Augen zurück. „Natürlich! Si! Kein Wunder, dass Sie nichts sagen dürfen! Ich werde kein Sterbenswort über Ihre Anwesenheit sagen!"

„Das wäre wohl das Beste ... Nur ein bisschen Abwechslung wäre ganz hilfreich ... eine junge Frau, die sich unterhalten kann, wie ich schon sagte. Um meine Gedanken etwas von den Problemen dieser Zeit abzulenken."

Signora Hortencia stand zunächst wie angewurzelt vor Ehrfurcht darüber, dass ihr Etablissement von einem Mitglied der Vereinten Nationen beehrt wurde. Dann bekreuzigte sie sich erneut und wandte sich zum Schlüsselbrett, um den Schlüssel für das Zimmer mit der besten Aussicht auf das Wrack auszusuchen. Dabei ging sie im Geiste schnell ihre Mädchen durch und entschied sich für die Rothaarige mit dem breiten Becken, die kurz zuvor nach oben gegangen war. Die Wahrheit war allerdings, dass keins ihrer Mädchen mehr als nur ein paar Brocken Englisch beherrschte, aber dieser amerikanische Detektiv sprach ja gut Italienisch. Und vielleicht würde es Sophia ja auch gelingen, sein Interesse zu erregen, so dass es ihm nichts ausmachte, dass das einzige englische Wort, das sie tatsächlich sprach, *yes* war. Dies war ein Wort, dass Sophia übrigens in einer Vielzahl von Sprachen kannte.

Signora Hortencia händigte Tree lächelnd den Schlüssel aus. Dann betätigte sie die Klingel, um einen Kofferträger herbeizurufen. Sofort erschien ein zerlumpter Junge mit wirrem Haarschopf aus dem hinter dem Tresen gelegenen Büro.

„Si, Mama", meldete er sich verschlafen.

„Hilf diesem wichtigen Herrn mit seiner Tasche!" Sie schnipste mit ihren dicken Fingern und deutete auf Crabtrees ramponierten Koffer. „Zimmer achtzehn."

„Si, Mama", sagte der Junge wieder und sah Tree neugierig an. „Ist er Ausländer?"

„Amerikaner. Aber das geht dich nichts an." Sie hob drohend die Hand, und er wagte nicht, noch weitere Fragen zu stellen.

Er ergriff stattdessen mit unbeteiligter Miene den Koffer und schleppte ihn mühsam zum Lift.

Tree war dem Jungen schon einmal am Hafen begegnet. Er hatte recht gut Englisch gesprochen und mitten in einem Knäuel von Reportern gestanden, die jeden Hafenarbeiter und jede Hilfskraft im Bannkreis einer Meile um den Ort der Explosion interviewt hatten.

Bevor sie am Lift ankamen, räusperte sich Tree und sagte zur Signora gewandt: „Ich hätte gerne noch etwas zu essen, Signora. In meinem Zimmer. Und eine Flasche Wein. Schicken Sie bitte den Jungen in einer Stunde."

„Möchten Sie bei Ihrer Mahlzeit Gesellschaft haben?"

„Nein. Ich möchte allein essen." Er sah auf seine Armbanduhr. Es war halb zwölf. „Schicken Sie bitte das Mädchen anschließend."

„Wie Sie wünschen." Sie machte eine leichte Verbeugung und klapperte bewundernd mit den Augendeckeln. „So ein wichtiger Beamter! Sie haben sicher noch zu arbeiten, nicht wahr?"

Wieder legte er einen Finger an die Lippen, um Vertraulichkeit vorzutäuschen. „Nicht ein Wort", flüsterte er, sicher, dass die Frau die Neuigkeiten nun wie ein Lauffeuer verbreiten würde. Bald würden die Informanten Schlange stehen, so dass er sich daranmachen konnte, Teile des Mosaiks zusammenzusetzen. Die meisten würden zwar nichts Wesentliches zu berichten haben, aber vielleicht kam ja auch jemand mit einer noch unbekannten Information. Was er bisher gesammelt hatte, reichte jedenfalls zumindest für die Spätausgabe der *New York Times.*

Ob seine Geschichte hauptsächlich aus Tatsachen oder aus Erdachtem bestand, erschien Tree unwesentlich. Er lächelte, weil er im tiefsten Innern fest davon überzeugt war, dass er nachmittags um halb drei genug Material beisammen haben würde, um ein Anhalten der Druckereimaschinen veranlassen zu können. Es bestand kein Zweifel daran, dass die Zeitungsstände leer gekauft würden.

# 14. Warten

Dov kauerte zusammen mit einem Dutzend weiterer Männer hinter der Sandsackbarrikade, die am weitesten von der Grenze zwischen dem armenischen und dem jüdischen Viertel entfernt lag. Die Männer hielten den Finger am Abzug, bereit zu schießen, sobald der Angriff der Araber begann.

Die wenigen Verteidiger des jüdischen Viertels hatten endlich ihre lang versteckt gehaltenen, rostigen Waffen hervorholen können und waren gleichmäßig über die Dächer und die verwinkelten Gassen der Altstadt verteilt worden. Da Munition jedoch äußerst kostbar war, hatte Dov seinen Kämpfern eingeschärft, nur dann zu schießen, wenn sie ihres Ziels absolut sicher seien.

Die meisten Männer unter Dovs Kommando hatten allerdings keine Erfahrung im Schießen mit scharfer Munition, da sie bisher nur mit ungeladenen Gewehren auf Umrisse gezielt hatten, die auf die Kellerwände der Altstadtsynagogen gezeichnet worden waren. Als Dov nun die Reihen seiner Leute musterte und ihre ängstlichen, aber dennoch entschlossenen Gesichter sah, blitzte in seinem Innern unvermittelt wieder das Bild seiner in Warschau gefallenen Kameraden auf, die den anrückenden Panzern der Nazis nichts anderes hatten entgegenschleudern können als selbst gebastelte Brandbomben und Felsbrocken. Die Deutschen hatten ihr Vorgehen militärisch-nüchtern *Einkesselung* genannt, für die Juden jedoch war es ein *Kesl,* ein Hexenkessel, gewesen. Rauch und Feuer, Angst und Schrecken waren damals zu einer kochenden, wirbelnden Hölle verschmolzen, die Bilder aus Dantes Inferno beschworen. Und nun, da Dov abermals dem Tod ins Angesicht blickte, lebten das Tosen des Feuers, das Krachen der zusammenbrechenden Wände und die Schreie der Sterbenden in brutaler Wirklichkeit wieder in ihm auf. Auch damals war es Frühling gewesen, und außerhalb des Ghettos war die Welt in frischem, jungen Grün zu neuem Leben erwacht. Aber dort, wo sie gekämpft hatten, war das Leben in einem rasenden Inferno vernichtet worden.

*Ist heute nicht sogar der Jahrestag des Aufstandes?* fiel ihm plötzlich ein, während er seine Augen immer noch über die kleine Schar seiner tapferen Kämpfer schweifen ließ. *Ja. Anfang April. Pessach. Das Verlesen der Haggada bei Gewehrfeuer und Detonationen von Granaten. Wie haben wir geweint, als der Rabbiner las: „Schütte aus deinen Zorn über die Heidenvölker, die dich nicht anerkennen, und über die Nationen, die nicht deinen Namen anrufen. Denn sie haben Jakob verschlungen und seine Heimstatt verwüstet." Als lebende Fackeln sind wir an diesem Tag von den brennenden Häusern in den Hexenkessel gestürzt ...*

Einen Monat später waren das jüdische Viertel von Warschau völlig zerstört gewesen und die Menschen grausam umgekommen. Nur fünfundsiebzig von den Hunderttausenden war die Flucht durch die Jauche der Abwasserkanäle gelungen. Dov war einer dieser wenigen gewesen. Aber seine Leidensgefährten, die damals umgekommen waren, würde er sein Leben lang nicht vergessen können. Die Erinnerung an diese grausame Zeit würde ihn sein Leben lang heimsuchen.

„Werden sie über diese Gasse angreifen?", fragte einer seiner Männer nervös – ein Chassid, der den Eindruck machte, als habe er sein bisheriges Leben hauptsächlich hinter Büchern verbracht. Diese Frage holte Dov wieder in die Gegenwart zurück. „Wenn sie das tun", erwiderte er ruhig, „dann sind sie noch größere Dummköpfe als wir, die wir hier bleiben!"

Die Männer lachten pflichtschuldigst, doch der Angstschweiß stand ihnen auf der Stirn.

* * *

Der Lärm, der das Begräbnis Ram Kadars begleitete, war so ohrenbetäubend, dass er sogar das Motorengeräusch der sechs jüdischen Lastwagen übertönte, die sich die frei einsehbare Straße zum Zion-Tor hinaufquälten.

Von Ehud und der übrigen Konvoibegleitung unbemerkt, war es Großvater und Jakov zusammen mit Schaul gelungen, auf den letzten Wagen des bereits anfahrenden Konvois zu klettern. Ein auf der Ladefläche stehender junger Mann, der den alten Rabbiner und Jakov noch aus seiner Schulzeit in der Altstadt kannte, hatte ihnen dies ermöglicht, indem er ihnen hilfreich die Hand entgegenstreckte. Nun pressten sie sich fest auf den Boden, da die Plane sie zwar vor Blicken, nicht aber vor Kugeln zu schützen vermochte. Schaul, der sich der Gefahr ebenfalls bewusst zu sein schien, schmiegte sich eng an seinen kleinen Herrn.

„Rebbe Lebowitz!", rief der junge Mann durch den Motorenlärm hindurch. „Passen Sie auf, dass Sie bei dem Geholpere nicht Ihren Hut verlieren!"

„Ein guter Jude", schrie ihm der Großvater zu, „behält seine Kopfbedeckung immer auf, nu?"

„Ha! Apropos guter Jude, Rebbe Lebowitz! Ein guter Jude, das sind Sie wahrhaftig. Darum bin ich auch immer gerne bei Ihnen zur Schule gegangen!", rief der junge Mann fröhlich zurück, obwohl sein bartloses, blasses Gesicht von Strapazen gezeichnet war. Dabei spähte er unablässig unter der Plane durch, um die Altstadtmauer nach arabischen Heckenschützen abzusuchen, die den Zionsberg seit Monaten terrorisiert hatten.

Der Großvater, dessen bartlose Gesichtspartien mindestens ebenso blass waren wie das vollkommen bartlose Gesicht des jungen Mannes, formte mit seinen Händen einen Schalltrichter und versuchte das Knallen der arabischen Gewehre zu übertönen: „Nanu! Sie kennen ja meinen Namen! Ich kann mich aber nicht erinnern, je einen Jeschivaschüler gehabt zu haben, der so aussah wie Sie!"

„Ich bin –" In diesem Augenblick entstand unter dem Wagen eine derart heftige Erschütterung, dass der Großvater den Namen nicht verstand.

„Wie bitte ...?"

„Nachum! Nachum Kowalski!"

Dann bog der Lastwagen so scharf um eine Kurve, dass ein Mehlfass umfiel und aufbrach und eine Ladung Munition ausspie. Jakov wollte eilfertig aufspringen, um das Fass wieder aufzurichten, aber der junge Soldat zog ihn rasch wieder zu Boden.

„Nachum!“, wiederholte der alte Mann nachdenklich, als sei nichts Wichtiges vorgefallen, und fügte dann mit besorgter Miene hinzu: „Sie haben sich rasiert! Sagen Sie ... haben Sie auch vergessen, wie man betet, seit Sie die Schule verlassen haben?“

„Was glauben Sie, warum ich Ihnen auf den Wagen geholfen habe, Rabbi?“ Bei der unruhigen Fahrt fiel eine weitere Kiste um und verfehlte nur um Haaresbreite Nachums Kopf.

„Möchten Sie, dass ich das Kaddisch für Sie spreche?“, fragte der Großvater, der seinen Sinn für Humor trotz der gefährlichen Situation noch nicht verloren hatte.

„In ungefähr sechzig Jahren, hoffe ich, Rebbe Lebowitz! Aber bitte tun Sie mir den Gefallen, und halten Sie Ihren Kopf unten. Denn ich möchte das Kaddisch nicht für *Sie* sprechen müssen!“

Erneut hob der junge Mann die Plane ein wenig an und lugte vorsichtig nach draußen. Sie passierten gerade das Davidsgrab. Auch dort war nicht ein einziger Araber zu sehen. Rauch und Lärm schienen sich nur um den Felsendom zu konzentrieren. Nachum musterte immer wieder prüfend die Zinnen der Stadtmauern, die noch kurz zuvor von bewaffneten Jihad-Moqhaden gewimmelt hatten, und rief erstaunt:

„Sie sind weg –“ Wieder hinderte der Lärm den Großvater daran zu verstehen, was ihm der junge Mann zugerufen hatte. Er versuchte seine Hörleistung zu verbessern, indem er die Hand ans Ohr legte, und rief: „Was?“

„Die Wächter! Sie sind ...“

„Weg!“, rief Jakov gleichzeitig mit dem jungen Mann, da er ihm die Worte von den Lippen abgelesen hatte. Dann kroch er neben ihn und blickte fassungslos durch die Rauchwolken zu den verlassenen Zinnen der Stadtmauer. „WEG! WEG! GROSSVATER, SIE SIND WEG!“ Er deutete mit einer ausholenden Armbewegung in die Runde. Nun kroch auch der Großvater vorsichtig zu den beiden hin und spähte unter der Plane durch.

Er musste die Augen vor der gleißenden Helligkeit zusammenkneifen und vermochte auch wegen der dicken Staubwolken zunächst nichts zu erkennen. Nach und nach konnte er jedoch die fünf vor ihnen fahrenden Lastwagen und die Haganahsoldaten auf ihnen ausmachen, die mit ihren Gewehren wie die Begleiter eines Planwagentrecks aussahen. Schließlich erkannte er schemenhaft die grünen Zypressen neben den Türmen der Dormitio-Abtei. Der Lärm, der aus dem moslemischen Viertel heraufschallte, war so ohrenbetäubend, dass es dem Großvater schien, als brächte er den Boden unter ihnen zum Schwanken. Ungefähr hundert Meter neben der Straße befand sich das arabische Dorf Silwan. Auch dort zeigte sich kein einziger Araber, weder auf den Straßen noch auf den Hausdächern. Und in der Ferne war bereits das Zion-Tor zu erkennen. Der Großvater, dessen Augen schlechter waren als die seiner Reisegefährten, hatte Mühe, es auszumachen, und rief dem jungen Mann zu: „Die britischen Wächter! Können Sie die Briten sehen?"

Nachum verneinte kopfschüttelnd. Er hatte es aufgegeben, dem Großvater etwas zurufen zu wollen.

„Keine britischen Wächter am Tor!", rief Jakov zuversichtlich. „Sieh doch! Sieh doch, Großvater!"

Unter dem Torbogen war nur ein schwarzer Schatten zu erkennen. „Ist das Tor verschlossen?", rief der Alte aufgeregt. Er kniff die Augen zusammen, um genauer sehen zu können, konnte aber trotzdem nicht entscheiden, ob die schwarze Eisentür des Tores geschlossen oder aus irgendeinem wunderbaren Grunde offen war.

Nachum machte ein besorgtes Gesicht und spielte nervös am Abzug seines Gewehrs. Es ging alles zu leicht ... allzu leicht. Das Zion-Tor stand weit offen und war unbewacht! Wie kam das? Und was erwartete sie im armenischen Viertel auf der anderen Seite?

„Ducken Sie sich, Rebbe Lebowitz! Bleib unten, Junge!", rief er beklommen. „Was auch passiert! Bleib unten! Wir sind erst in Sicherheit, wenn wir am Ziel sind! Bleiben Sie unten, Rebbe Lebowitz!"

Der Großvater machte nun ebenfalls ein bedenkliches Gesicht. Er war plötzlich mit derselben düsteren Vorahnung erfüllt wie sein glatt rasierter ehemaliger Schüler. Er legte schützend seinen Arm um Jakov und bedeutete Schaul, sich gleichfalls schützend über den Jungen zu legen. Als sich der Lastwagen schließlich der gähnenden

Öffnung des Tores näherte, sprach auch aus den gelben Augen des Hundes Angst. *Besser, innerhalb der Mauern zu sterben als außerhalb, nicht wahr, Gott?*, versuchte sich der Großvater zu beruhigen. *Ja. Oj. So haben wir uns ja heute Morgen entschieden ... aber, Gott, lass bitte nicht zu, dass wir im armenischen Viertel getötet werden, nu? Denn dort wissen sie nicht, wie man das Kaddisch spricht.*

Der Großvater wusste, dass die riesigen Lastwagen kaum durch das Tor passen würden, hinter dem sich die Straße als schmaler, einhundert Meter langer Korridor entlang der Stadtmauer zum jüdischen Viertel wand. Bevor der Rabbiner die Altstadt verlassen hatte, waren immerhin einige wenige Barrikaden in dieser Gasse errichtet worden, und so hoffte er nun inständig, dass genügend jüdische Wachtposten in der Nähe waren, die ihre Einfahrt in die Altstadt beobachteten und ihnen anschließend beim Abladen der kostbaren Fracht behilflich sein würden.

„Sie halten!", rief Nachum plötzlich erschrocken. „Warum halten wir?"

Wieder hob der Großvater den Kopf, um unter der Plane durchzuschauen. Er sah, dass das erste Fahrzeug genau vor dem Tor zum Stillstand kam. Dann sprang Ehud, mit einem leichten Maschinengewehr bewaffnet, aus dem Führerhaus, lief zur Stadtmauer und drückte sich eng dagegen. Gleich darauf schob er sich, gefolgt von zwei weiteren Männern, behutsam zu den riesigen Eisentoren hin. Zusammen schlüpften sie durch den Torbogen und waren im Nu den Blicken der Konvoibesatzung entschwunden.

Der Großvater kannte den Weg in- und auswendig. Links vom Tor lag das armenische Viertel. Rechts war die Heimat.

*Du hältst deine Hand schützend über uns, Gott, nicht wahr? Hast du die Araber in ihrem Schmerz und ihren Tränen mit Blindheit geschlagen? Solch ein Wunder bereitet dir ja keine Schwierigkeiten, nu?*

Dann schallte vom Felsendom abermals das Krachen einer Gewehrsalve herüber. Der Alte duckte sich erschrocken. Doch schon im nächsten Moment blickte er wieder sehnsuchtsvoll zu der Öffnung, durch die Ehud und seine Begleiter wenige Augenblicke zuvor verschwunden waren.

„Sie drehen um!“, rief Nachum plötzlich entgeistert. Tatsächlich begann der erste Wagen ein schwerfälliges Wendemanöver. „Da muss etwas passiert sein! Wir drehen!“ Schon fing auch ihr Fahrzeug an, mühsam auf der schmalen, ungepflasterten Straße zu wenden.

Der Großvater war entsetzt und voll düsterer Vorahnungen über das Schicksal der drei Männer, die im Dunkel der Altstadt verschwunden waren.

* * *

„Ich bin die Frau von Professor Mosche Sachar“, erklärte Rachel dem ernsten jungen Mann, der als Wache vor der verschlossenen Tür der archäologischen Abteilung der Hebräischen Universität stand. Der grinste breit und zeigte Rachel dabei eine große Zahnlücke, die durch den Verlust seiner beiden Schneidezähne entstanden war. „Professor Sachars *Ischti? Tov!* Na gut! Kommen Sie mit! Ich hab zwei Semester bei ihm studiert!“ Er zeigte die Zahl mit den Fingern an, und Rachel stellte dabei fest, dass sein Zeigefinger ab dem ersten Gelenk amputiert war. „Ach ja, das vergesse ich immer“, entschuldigte er sich grinsend, als er ihren entgeisterten Blick bemerkte, und tippte dabei auf den Stumpf. „Wegen dem hier könnte man meinen, dass es sich nur um eineinhalb Semester handelt, nu?“

Rachel nickte verlegen lächelnd. „Er ... mein ... Mann möchte, dass ich ein paar wichtige Bücher aus seinem Zimmer hole.“

„Selbstverständlich.“ Der junge Mann hatte bereits einen großen Schlüsselring aus der Tasche gezogen und steckte prüfend nacheinander mehrere Schlüssel in das Schloss der riesigen Bronzetür. „Ein guter Lehrer, Ihr Mann! Sagen Sie ihm, dass Edward Scharon das Archäologiegebäude bewacht hat. Vielleicht gibt er mir dann später, wenn wir wieder studieren können, eine bessere Note.“ Wieder hob er die Hand mit dem amputierten Finger. „Und sagen Sie ihm, dass ich mir dies hier bei einem Kampf am Damaskus-Tor zugezogen habe, ja?“

Rachel nickte und sah nervös zum Krankenhaus hinüber. Die ganze Angelegenheit dauerte ihr schon zu lange. „Edward Scharon“, wiederholte sie, „ja, ich werde ihm sagen, dass ich Sie getroffen habe."

„Warum hat er Sie denn hergeschickt? Wissen Sie nicht, wie gefährlich das ist?" Er grinste wieder, und Rachel nahm an, dass er seine Zähne bei demselben Kampf eingebüßt hatte.

„Er ist in Kastel", erwiderte sie tonlos.

Edward stieß krachend die massive Tür auf und meinte gedankenlos: „Dann wollen wir hoffen, dass er noch Augen zum Lesen und noch alle Finger zum Graben hat, wenn er zurückkommt." Rachel ging wortlos an ihm vorbei und betrat einen riesigen, leeren Flur. Sie bemühte sich, die unbedachte Bemerkung des jungen Mannes nicht zu schwer zu nehmen. Aber es stand nun für sie fest, dass sie den Raum doch lieber alleine suchen würde, als diese Art der Unterhaltung noch länger ertragen zu müssen. So überprüfte sie entschlossen noch einmal die auf dem Blatt angegebene Nummer des Raumes. *Raum 223A. Also wohl zweite Etage.* Sie blickte nachdenklich eine breite Treppe hinauf.

„Nicht da her", rief der Wächter hinter ihr her. „Sie sind schneller da, wenn Sie die Treppe am Ende des Flures nehmen."

Sie folgte dem Rat des jungen Mannes, ohne ihn weiter zu beachten, und ging über den von ihren Schritten laut widerhallenden Flur, dessen einst glänzender Mosaikfußboden von einer dünnen Staubschicht bedeckt war. Am Ende des Flures befand sich ein hohes Fenster, durch das Licht hereinströmte und die Treppe erhellte. Fast hätte sie gelächelt, als sie darüber nachdachte, wie die Flure früher von Studenten gewimmelt haben mussten, die ihren Seminarräumen zustrebten ...

Mosches Räume. Mit Stolz stellte sie sich vor, wie er hier jeden Morgen von den Studenten gegrüßt worden war: *Guten Morgen, Professor Sachar!*

Als sie in der zweiten Etage angekommen war, blieb sie noch einen Moment mit der Hand am Geländer stehen und ließ ihren Blick über den leeren Flur schweifen. Die Türen standen größtenteils offen, als sei normaler Universitätsbetrieb. Noch einmal blickte sie prüfend auf das Blatt und auf die Zahlen über den Türen. *Da ist Mosches Zimmer. Die dritte Tür rechts.* Tausende von Malen war er diese Treppe heraufgegangen, mit der Hand am Geländer, genau wie sie jetzt. Sie dachte an seine auf dem Blatt notierten Worte und wurde von neuer Hoffnung erfüllt. Einen Moment lang war es ihr, als sähe sie sein Leben vor sich, so wie es gewesen war und wie ihr Leben mit ihm einmal sein würde. *Eines Tages komme ich wieder hierher zurück, um dich abzuholen. Oder ich setze mich während einer Vorlesung in die hinterste Reihe und höre dir zu. Und dann werden sich die Studenten flüsternd darüber unterhalten, dass ich deine Frau bin. Sie lächelte bei dem Gedanken. Wenn das alles vorbei ist, wirst du hier wieder Vorlesungen halten und am Abend zu uns nach Hause kommen, und es wird nichts Schöneres in meinem Leben geben, als dich heimkehren zu sehen.*

Plötzlich zerriss eine Gewehrsalve die Stille des Flures und ließ diesen Traum so schnell wie er gekommen war wieder zerplatzen. An seine Stelle trat eine neue Welle der Angst und der Zweifel. Auf einmal wurde ihr erst richtig bewusst, dass sie sich ganz allein in dem Gebäude befand – keine Studenten in den Vorlesungsräumen und kein Mosche auf dem Katheder waren. Sie erschauerte und war mit einem Schlag wieder zurück in der Wirklichkeit. Noch einmal vergewisserte sie sich der Nummer auf dem Blatt und entdeckte dann auf der grünen Milchglasscheibe ein Schild, auf dem Mosches Name und Funktion standen:

*Professor Sachar*
*Dekan des Fachbereichs Archäologie*

Bevor sie den Türgriff drehte, schluckte sie ihre Enttäuschung hinunter und rief sich zur Vernunft: *Er ist nicht da,* sagte sie sich gefasst. *Ich werde nur ein leeres Zimmer vorfinden. Es kann nicht so sein, wie du es dir vorstellst. Geh hinein! Such die Bücher und geh wieder! Eines Tages wird er hier sein, und dann kannst du dich daran erinnern, welche Sehnsucht dein Herz damals empfunden hat ...*

Verärgert darüber, dass ihre Träume sie derart bei der Erfüllung ihrer Aufgabe behinderten, öffnete sie entschlossen die Tür. Sie befand sich in einem Seminarraum. Bücher und Ordner lagen noch offen auf den Tischen, stumme Zeugen der Eile, in der die Studenten die Universität vor einigen Monaten verlassen hatten. An der Tafel stand sogar noch eine Bemerkung in Mosches vertrauter Handschrift: *„Angriff der Assyrer – König Hiskia leitet Gihonquelle durch 533 Meter langen unterirdischen Kanal zum Südostende der Stadt. Jerusalem hält der Belagerung stand!!!"*

Staunend spürte sie die Begeisterung, mit der Mosche die Worte an die Tafel geschrieben hatte. Die Worte *hält der Belagerung stand* waren dreimal unterstrichen. „Hast du dies für deine Studenten geschrieben, Mosche, oder für mich?", flüsterte sie überwältigt.

Ihr Blick glitt zärtlich über den Tafelanschrieb und über die Stelle, an der er gestanden haben musste. Sie empfand seine Nähe so stark, als sei er bei ihr. *Denk an das, was sein wird …*

Links hinter dem Katheder lag die Tür zu seinem Arbeitszimmer. Sie stand leicht offen und gab den Blick frei auf ein kleines Zimmer, das mit Büchern voll gestopft war. Während sie durch die Stuhlreihen zu seinem Arbeitszimmer ging, wurde Rachel das Gefühl nicht los, dass Mosche dort auf sie wartete. Doch plötzlich blieb sie erschrocken stehen. Obwohl sich das Wehklagen der arabischen Massen in der Altstadt gesteigert hatte und der von draußen hereinschallende Lärm eindeutig lauter geworden war, hörte sie im Arbeitszimmer deutlich Papier rascheln!

Ihr wurde vor Angst der Mund trocken. Dennoch zwang sie sich, langsam weiter auf das Zimmer zuzugehen. „Mosche?", entfuhr es ihr unwillkürlich. Dann rief sie: „Ist da jemand?"

Ein hoher Klagelaut wurde vom Wind über die jüdischen Barrikaden getragen und jagte ihr kalte Schauer über den Rücken. Ihr war, als lauerten tausend Dämonen vor dem Fenster und warteten nur darauf, sich auf sie zu stürzen. „Mosche?", rief sie erneut, als sie abermals deutlich das Rascheln von Papier aus dem Arbeitszimmer hörte.

Einen Augenblick erwog sie, wegzurennen, die Treppe hinunterzulaufen und bei dem Wächter vor dem Gebäude Schutz zu suchen. Der Magen krampfte sich ihr angstvoll zusammen, aber dennoch zog sie die irrationale Hoffnung, dass sie Mosche am Schreibtisch sitzend vorfinden würde, zu der halb offenen Tür hin.

Dicht vor der Tür blieb sie zögernd stehen. Deutlich sah sie nun eine Wand voller Bücherregale und, unter dem einen Spaltbreit geöffneten Fenster, einen Büroschrank, auf dem sich Papiere und offene Ordner türmten. Erleichtert erkannte sie, dass der leichte, hereinwehende Wind die Blätter eines offenen Ordners bewegte und auf diese Weise das raschelnde Geräusch verursachte, das sie so erschreckt hatte. Sie fasste sich aufatmend an die Stirn und kam sich wegen ihrer unbegründeten Angst lächerlich vor. Entschlossen ging sie weiter. Doch da hörte sie noch ein anderes Geräusch. Es war ganz bestimmt nicht das Produkt ihrer Phantasie, das waren – unmissverständlich – Schritte auf dem Flur!

Einer Eingebung folgend, blickte Rachel auf die Uhr am anderen Ende des Raumes. Die hatte jedoch längst aufgehört zu ticken. Sie knipste hektisch den Lichtschalter an und aus. Doch offensichtlich war kein Strom da. *Es ist doch alles verlassen! – Ich bin doch die Einzige im ganzen Gebäude!,* versuchte sie sich zu beruhigen. Dennoch kamen die Schritte unüberhörbar näher. Unfähig, sich zu bewegen, blieb Rachel stehen und starrte wie hypnotisiert zu der Tür, die auf den Flur führte. Ein Schatten wurde hinter dem grünen Milchglas erkennbar, der Schatten eines großen Mannes. Er öffnete die Tür, und Rachel schrie auf vor Überraschung. Es war Mosche! Mit schmutzigem, unrasiertem Gesicht, die schwarzen Haare tief in der Stirn, die Kleider bedeckt mit dem Dreck von Kastel, starrte er sie zunächst entgeistert, dann mit einem Ausdruck freudiger Erleichterung an, der sein Gesicht aufleuchten ließ. Doch schon im nächsten Moment schüttelte er fassungslos den Kopf, und dann schossen ihm die Tränen in die Augen.

„Rachel!“, rief er. „Ich habe dich überall verzweifelt gesucht.“

Sie flog ihm in die Arme, konnte aber immer noch nicht mit Gewissheit sagen, ob dies alles nicht doch nur ein Traum war. Aber dann spürte sie, wie sich seine starken Arme um sie schlossen, spürte seinen harten, muskulösen Körper. „Bist du es wirklich, Mosche?“, flüsterte sie. „Wahr und wahrhaftig?“

# 15. Spießrutenlauf

Haj Amin saß schweigend vor der Gruppe der fünfzehn Männer, die sich in der reich verzierten Suite des *Orientalischen Palast-Hotels* in Damaskus versammelt hatten und eine hitzige Debatte über die Strategie der endgültigen Eroberung Palästinas führten. Das Durcheinander ihrer zornigen Stimmen hallte von der hohen, gewölbten Decke wider.

Bis auf die Vertreter des ägyptischen Königs Faruk, die nach britischer Manier Zweireiher und Krawatten trugen, waren alle in den traditionellen Keffijahs und den langen weißen Shoubs der Beduinenhäuptlinge erschienen.

„Ich traue diesem englischen Pascha nicht!", rief ein junger irakischer General.

Bei diesen Worten straffte sich ein alter, wettergegerbter Araber und funkelte den jungen Mann zornig an: „Er mag zwar Engländer sein, aber er befehligt immerhin die Arabische Legion Abdullahs! An Fähigkeiten steht er Lawrence, der uns zum Sieg gegen die Türken geführt hat, in nichts nach! Deshalb wäre es gut, wenn ihm das Oberkommando im Kampf gegen die Juden zugesprochen würde!"

„Jawohl", stimmte ihm einer der anderen Männer zu. „John Glubb, der Pascha, ist ein guter Kämpfer!"

„Wir haben es aber nicht mit Türken zu tun", meinte der junge Iraki spöttisch, „sondern nur mit Juden! Meine Armee allein würde schon ausreichen, sie zu besiegen! Sollen wir uns etwa sagen lassen, dass es eines Engländers bedurfte, um uns im Kampf gegen die Juden anzuführen? Sind wir nicht genauso gute Kämpfer?"

Die Männer nickten zustimmend. Jeder sah sich im Geiste schon selbst seine Armee siegreich gegen die Juden führen. Es war nicht einer in der Runde, der diesen Ruhm mit jemand anderem teilen wollte –, am wenigsten mit diesem britischen General, der die Arabische Legion von Transjordanien befehligte.

„Meine Armee wird Galiläa einnehmen."

„Für uns wird der Negev ein leichtes Spiel sein. Die jüdischen Siedlungen dort sind schlecht befestigt und liegen isoliert."

„Mir gehört Jerusalem!"

„Und mir die Golanhöhen!"

„Wir werden durch Gaza vorstoßen."

Wie Geier auf den Tod eines sterbenden Tieres warten, so warteten diese Männer nur darauf, Palästina untereinander aufteilen zu können. Bei der Aussicht, sich solch eine leichte Beute einverleiben zu können, lief ihnen regelrecht das Wasser im Munde zusammen. Wenn die Briten erst einmal abgezogen waren, würde es nur noch eine Sache von Tagen sein, bis ihnen der Jischuv zugefallen war.

Haj Amin schwieg zu alldem und fühlte nur heimlich nach dem Revolver in seiner Tasche. Die kugelsichere Weste scheuerte an seiner blassen Haut, aber er wagte nicht, sie in dieser Gesellschaft abzulegen. Er wusste genau, dass er diese Männer und ihre Nationen schon immer dabei gestört hatte, die Maßnahmen in Palästina zu ergreifen, die ihren ureigensten Wünschen entsprachen. Und nun zeigten ihm ihre Worte und Taten nur zu deutlich, dass er die Hoffnung auf ein unabhängiges Arabisches Palästina endgültig begraben musste. Obwohl sein Gesicht nach außen hin ruhig blieb, kochte er innerlich vor Wut, während er mit anhören musste, wie sie nun endlich freimütig ihre wahren Absichten offenbarten. Die arabischen Freischärler Palästinas wurden mit keiner Silbe erwähnt, ebenso wenig Ram Kadar. Haj Amins Niederlage in Palästina war offensichtlich für sie ein Anlass zu feiern. Sie lieferte ihnen den Vorwand, auf den sie schon lange gewartet hatten.

„Glubb-Pascha könnte Jerusalem in drei Tagen einnehmen!", nahm der alte Araber herausfordernd seinen Gesprächsfaden wieder auf.

„Man erzählt sich aber, dass der König von Transjordanien, dem er dient, gar nicht die Absicht hat, gegen die Juden Palästinas vorzugehen!", widersprach der Iraki.

Einen Augenblick lang sah es so aus, als ob es zwischen den beiden zu Tätlichkeiten kommen würde. Sie standen einander mit geballten Fäusten gegenüber und konnten von den anderen nur mit Mühe überredet werden, sich wieder friedlich hinzusetzen. Das taten sie schließlich auch, jedoch nicht ohne sich vorher noch gegenseitig mit kräftigen Flüchen zu bedenken.

Plötzlich räusperte sich Haj Amin, und die Männer sahen ihn erschrocken an. Sie befürchteten, dass er nun doch noch das Wort ergreifen würde, obwohl sie schon geglaubt hatten, ihn mundtot gemacht zu haben. Er legte ohne jegliche Hast die Fingerspitzen aneinander und zog die Stirn in nachdenkliche Falten. „General Hamed hat Recht“, sagte er schließlich in einer Art, als habe man ihm zum Schiedsrichter in dieser Angelegenheit bestimmt. „Der König von Transjordanien hat gar nicht die Absicht, gegen die Juden zu kämpfen. König Abdullah sucht selbst noch zum jetzigen Zeitpunkt eine Möglichkeit, Palästina zwischen sich und der Jewish Agency aufzuteilen, wobei Jerusalem dann unter internationaler Kontrolle bleiben soll!“

Der alte Araber sprang erneut von seinem Sitz auf und schrie bebend vor Zorn: „Das ist nicht wahr!“

Haj Amin bedachte die heftige Reaktion des Alten mit einem herablassenden Lächeln und wartete geduldig, bis dieser wieder ruhiger geworden war. Dann fuhr er gelassen fort: „Es ist wahr! Und es spricht noch mehr gegen Glubb-Pascha. Die Arabische Legion König Abdullahs von Transjordanien würde sich zusätzlich auch noch gerne Jerusalem einverleiben. Das aber würde bedeuten, dass für Sie überhaupt nichts mehr übrig bliebe ...“ Er dachte kurz nach und sagte ihnen dann auf den Kopf zu: „Genauso, wie Sie vorhaben, mir nichts übrig zu lassen.“

„Warum sollten wir Ihnen denn etwas übrig lassen?“, begehrte ein großer, dunkelhäutiger Syrer auf. „Das Einzige, was Sie geleistet haben, war doch, besetzten Boden und auch Menschen zu verlieren und –“

„Weil ich Palästinenser bin“, beantwortete Haj Amin selbstbewusst die an sich nur rhetorische Frage des Syrers. „Weil mir die Leute folgen werden.“

„Ram Kadar sind sie in den Tod gefolgt! Dem Sarg Kadars sind sie gefolgt und haben deswegen die Festung Kastel schnöde verlassen! Und nun sagen Sie mir bitte, wie viele jüdische Konvois inzwischen aufgrund dessen über den Pass nach Jerusalem gefahren sind. – Wie viele?“

„Wenn Sie uns mit den Waffen versorgt hätten, die Sie uns versprochen hatten –“, entgegnete Haj Amin äußerlich völlig ruhig, obwohl er innerlich vor Zorn bebte.

Da erhob sich bedächtig Azzam Pascha und schüttelte spöttisch den Kopf über Haj Amins Worte. „Ihre so genannte Armee von Jihad-Moqhaden ist nichts weiter als eine Ansammlung von ungebildeten Bauern, nur ein Mob, den Sie fanatisiert haben. Aber ein fanatisierter Mob bleibt nichtsdestotrotz immer noch ein Mob. Etwas anderes können Sie aus ihm nicht machen.“

Haj Amin betrachtete den nach englischer Weise gekleideten Azzam Pascha mit hasserfülltem Blick. Er war in England ausgebildet worden und hatte die britische Leiter des Erfolgs erklommen. Zusätzlich noch umgeben von einem Duft nach Limonen und Körperpuder, hatte er kaum mehr etwas Arabisches an sich, und Haj Amin hasste ihn, wie er alle Kolonialisten hasste.

„Uns standen nur die Waffen zur Verfügung, die wir bereits vor dreißig Jahren gegen die Türken benutzt haben. Auch damals waren wir ein Mob, und doch haben wir es fertig gebracht, die Herrschaft der Türken zu beenden. Damals waren diese Waffen allerdings noch voll einsatzfähig. Nun sind sie so gut wie wertlos. Wenn dieses Komitee uns die versprochenen Waffen bewilligt hätte, befände sich der Bab el Wad jetzt nicht in jüdischer Hand. – Und Ram Kadar lebte vielleicht noch.“

„Sie sind am Ende“, entgegnete Azzam Pascha mit Bedacht. „Der Tod Ram Kadars ist der Tod Ihrer Hoffnungen und Narreteien in Palästina.“

„Wer sind Sie, dass Sie es wagen, von meinem Land zu reden, als wäre es Ihr eigenes?“, hielt ihm Haj Amin zornig entgegen und sah jeden Einzelnen im Raum mit brennenden Augen an. „Sie sind kein Palästinenser! Ihnen obliegt es nicht, darüber zu befinden –“

„Palästina hockt aber vor unserer Schwelle!“, unterbrach Azzam zornig. „Hungrig und zerlumpt kommen die Palästinenser zu Hunderten und Tausenden zu uns! Sollen wir etwa ganz Palästina ernähren, kleiden und aufnehmen und es zulassen, dass die Juden die Idioten besiegen, die Ihrem Oberbefehl unterstehen? *Hungert Jerusalem aus,* das ist Ihre Devise! *Besiegt die Juden durch den Hunger!* Und doch sind Sie nicht einmal in der Lage, den Bab el Wad gegen sie zu halten. Wie viele Konvois sind denn nun durchgekommen, während Ihre Leute um Ram Kadar trauerten?" Und mit erhobener Stimme fügte er noch hinzu: „Ich sage Ihnen, der ehrgeizige Haj Amin und das Haus Husseini sind in Palästina für immer am Ende!"

„Die Palästinenser sind nur mir gegenüber loyal!", versetzte Haj Amin mit einem Zorn, der dem Azzams gleichkam.

„Natürlich", erwiderte dieser spöttisch. „Vielleicht ist das auch der Grund, warum Ihre Bauern jetzt Damaskus belagern. Vielleicht kommen sie ja nur her, um sich Ihrer Gegenwart zu erfreuen."

Es entstand ein beredtes Schweigen, mit dem die Vertreter der Nationen der Arabischen Liga ihre Verachtung und ihren Zorn über Haj Amins Pläne kundtaten. Und Haj Amin erwiderte ihre Blicke mit ebensolchem Zorn und Misstrauen. „Sie haben meine Niederlage von Anfang an geplant", stellte er drohend fest. „Von Anfang an haben Sie meinen rechtmäßigen Pfad zum Sieg in Palästina behindert. Sie haben nichts als leere Versprechungen gemacht –"

„Und deshalb hat wohl auch einer Ihrer Agenten ein Waffenschiff der Arabischen Liga gekapert!", fiel ihm Azzam ins Wort. „... es gezwungen, bei Sturm auszulaufen, so dass es in die Hände des Feindes geraten konnte! Und nun liegt seine Fracht ... *unsere* Fracht ... auf dem Grund eines italienischen Hafens!"

„Es war der Wille Allahs", murmelte ein alter Scheich. „Nur die Hand Allahs konnte ein solches Unglück bewirken."

Haj Amin warf dem Alten einen scharfen Blick zu. „Jawohl. Der persönliche Wille Allahs. Aber es entspricht nicht seinem Willen, dass Palästina von den ungläubigen Juden in zwei Teile geteilt wird! Oder dass es von den arabischen Nationen zerstückelt wird! Nein! Es ist der Wille Allahs, dass Palästina in den Händen derer bleibt, die seinen Boden seit zweitausend Jahren bestellt haben! Es ist –"

„Sie sind am Ende, Haj Amin!", spottete Azzam. „Das ist der Wille Allahs!"

„Wenn Sie das glauben, dann sind *Sie* die Narren in diesem Stück", erwiderte Haj Amin mit einem kühlen Lächeln. „Allah hat wenig zu tun mit dieser Art von Heiligem Krieg. *Mein* Ehrgeiz macht sich dürftig aus neben dem *Ihren.*" Er blickte sie nacheinander scharf an. „Ja, mein Volk –"

„Ihr Volk?", schnitt ihm Azzam verächtlich das Wort ab.

Doch Haj Amin ließ sich nicht beirren: „Es mag wohl sein, dass mein Volk in Ihre Länder flieht. Möglicherweise bestärken Sie es aber auch darin, damit Sie später bei der Eroberung Palästinas leichteres Spiel haben. Ist das nicht Ihr Plan? Die Araber Palästinas zu entwurzeln und dann die Macht zu übernehmen, sobald die Engländer abgezogen sind?"

Seine Worte wurden mit eisigem Schweigen aufgenommen, und so fuhr er fort: „Ja, so ist es. Aber es ist nicht nötig, dass Sie mir das bestätigen. Ich weiß es ganz genau! Über eines sollten Sie in Ihren einsamen Nächten jedoch noch einmal nachdenken: Wir sind die Palästinenser, nicht Sie. Und falls Sie in unserem Land einmal die Herrschaft antreten sollten, wird das für uns kaum eine Rolle spielen. Denn ich bin und bleibe Palästinenser. Und mein Volk wird nicht vergessen –"

*„Ihr* Volk!", schnaubte Azzam abermals. „Die Menschen folgen Ihnen, weil Sie jeden, der Sie in Frage gestellt hat, haben ermorden lassen. Und wer ist jetzt noch übrig? Die unwissenden Bauern, die nur durch blinden Gehorsam zur Führerschaft aufgestiegen sind."

Haj Amin dachte einen Augenblick nach und gestand dann zu: „Das mag wohl sein. Aber dennoch sind sie dem Hause Husseini treu ergeben. Und sie sind Palästina. Auch wenn sie vor Ihrer Schwelle liegen, wie Sie sich auszudrücken belieben. Aber der Grund, warum sie hungrig und zerlumpt auf Ihren Feldern kampieren", fügte er heftig hinzu, „ist der, dass Sie es zugelassen haben, dass sie aus ihrer Heimat vertrieben wurden. Aber auch als Vertriebene werden sie immer Palästinenser bleiben."

„Aber es wird unsere starke Hand sein, die sie in ihrem eigenen Land zurück zum Frieden bringen wird", sagte Azzam mit beschwörend zum Licht erhobenen Händen.

„Und wer soll sie regieren?", fragte Haj Amin, der sich wieder unter Kontrolle hatte, nun in ruhigem Tonfall, und fügte mit unverkennbar spöttischem Unterton hinzu: „Etwa Ägypten? Oder vielleicht Syrien? Irak? Transjordanien? Vielleicht Sie alle?" Er blickte in die Runde. „Jeder von Ihnen soll wohl sein eigenes kleines Königreich erhalten, nicht wahr?"

Er hatte die Männer mit diesen Worten eigentlich beschämen wollen, doch stattdessen erregte er nur von neuem ihren Zorn.

„Sie sind am Ende!", wiederholte Azzam mit bebender Stimme. „Sie sind in Palästina am Ende!"

Haj Amin steckte die Hände in die Taschen seines Brokatgewandes und fühlte wieder nach dem Revolver. Dann blickte er den Vertretern der Arabischen Liga ruhig ins Gesicht. „Falls Sie glauben, dass Sie auch nur den kleinsten Teil Palästinas ohne mein Einverständnis beherrschen können, haben Sie sich getäuscht."

Er schnipste mit den Fingern, und ein Wächter hielt ihm die Tür auf. Gleich darauf scharten sich seine Leibwächter um ihn, und er schwebte die Treppe hinunter zu seinem Zimmer.

* * *

„Sie kommen!", rief der junge Chassid aufgeregt, der neben Dov kauerte. Instinktiv feuerte er ein kostbares Magazin voll Kugeln in Richtung der drei Schatten, die im Zickzack von einer Türöffnung zur nächsten liefen. Seine Panikreaktion verleitete noch acht weitere Haganahsoldaten dazu, seinem Beispiel zu folgen, und so heulten eine Menge Querschläger gefährlich durch den engen Korridor zwischen den Hauswänden und lösten einen Hagel von Steinsplittern aus.

Dov stieß den jungen Chassid sofort zornig in die Seite und brüllte die Männer an: „Nicht schießen!" Seine Stimme war trotz der immer noch andauernden arabischen Salutschüsse deutlich zu hören. „Ihr Idioten! Idioten!", schimpfte er. „Wartet doch, bis Sie uns angreifen! Wartet, bis ihr sie nicht verfehlen könnt!" Er fluchte leise vor sich hin, ohne auf die jungen Männer Rücksicht zu nehmen, die beschämt zu Boden blickten, und fügte dann wieder an die unglücklichen Schützen gerichtet hinzu: „Ich sage euch schon noch, wenn ihr schießen sollt!"

Die drei Eindringlinge hatten sich unterdessen unter die Torbögen gerettet und pressten sich eng gegen die Hausfassaden.

„Und wenn wir draufgegangen sind? Wer sagt es uns dann?", begehrte eine weiter entfernte Stimme auf.

Dov hatte keine Gelegenheit mehr, etwas zu erwidern, denn in diesem Augenblick schob sich ein muskulöser Arm aus einem der Torbögen und hielt ein leichtes Maschinengewehr in die Höhe.

„Ich kann ihn erschießen!", rief einer der jungen Männer gepresst. „Ich kann ihm den Arm abschießen!"

„Warte!", mahnte Dov. „Aber Dov –"

„Ich sagte, warte!"

„Er steht genau in meiner Schusslinie!"

„Wenn du schießt, erschieß ich dich! *Warte!*"

Dov beobachtete, wie der muskulöse Arm die Waffe langsam senkte und sie sanft auf die Pflastersteine legte.

„Er ergibt sich!", rief der junge Chassid neben Dov freudig, wenngleich ungläubig. „Wir haben ihnen Angst eingejagt! Seht ihr! Sie ergeben sich!"

Dov brachte den Jungen mit einem erneuten Rippenstoß zum Schweigen. Dann stand er auf und rief: „Tretet vor!"

Keine Antwort, nur das betäubende Echo arabischer Gewehrschüsse. Im nächsten Augenblick sahen seine Leute entgeistert, wie Dov über die Barrikade kletterte.

„Tretet vor!", wiederholte er. Noch immer war keine Bewegung zu sehen. Dennoch ging Dov langsam auf die Torbögen zu. Er stimmte ein polnisches Lied an, das bereits in Warschau gesungen worden war. Seine Worte wurden von arabischen Gewehrsalven untermalt.

„Hitler wird nicht fertig mit der britischen Flotte und dem russischen Kugelhagel, mit den amerikanischen Dollars und den jüdischen Schmugglern ..."

Da fiel eine tiefe, dröhnende Stimme aus dem Schutz einer Türöffnung ein. Gleich darauf trat die massige Gestalt Ehuds aus dem Schatten, stürzte auf Dov zu und umarmte ihn stürmisch. Er grinste über die unerfahrenen Soldaten und deutete auf einen Kugeleinschlag, der sich ganz in der Nähe seines Kopfes befand. Dann bedeutete er den Männern, mit dem Spießrutenlauf zum Zion-Tor zu beginnen, wo sechs Lastwagen mit kostbarster Fracht auf sie warteten.

# 16. Der Jäger

Wenn er nicht befürchtet hätte, dass seine Story darunter leiden könnte, hätte Crabtree die jüdischen Terroristen, die die *Trina* in die Luft gesprengt hatten, als „plump und amateurhaft" bezeichnet. Aber solch eine Einschätzung war nicht sehr publikumswirksam. Und so lobte er ihre tödliche Entschlossenheit und ihre Raffinesse, obwohl sie eine Spur hinterlassen hatten, die so breit war wie die General Shermans bei seinem Marsch durch Georgia. Zwar hatte er zunächst Bedenken, das Wort *Raffinesse* zu gebrauchen, aber es hatte eben einen besonderen Klang und verlieh so der Geschichte einen Anflug von Rätselhaftigkeit und Intrige.

Die Damen aus Signora Hortencias Hotel hatten ihm fröhlich von ihrem Ausflug auf das dem Untergang geweihten Schiff erzählt und ihm eine detaillierte Beschreibung der jungen Frau geliefert, die wegen eines Zeitungsartikels mit ihnen an Bord des Schiffes gegangen war. Tree war sich sicher – oder zumindest fast sicher –, dass diese „Reporterin" irgendwie mit der Explosion in Zusammenhang stand.

Er blätterte in seinem Notizbuch, das offen auf dem ächzenden, alten Bett lag. Nachdem er mit den Damen gesprochen hatte, war er zum Krankenhaus gegangen und hatte die Ordensschwestern befragt. Die Geschichte von dem jungen Mann, der bei einem Flugzeugabsturz an der Küste verletzt worden war, hatte Tree alles gesagt, was er wissen wollte.

*Hübsche junge Rothaarige – Reporterin – in Gesellschaft dreier Männer, einer davon bei einem Flugzeugabsturz verletzt, bei den „Barmherzigen Schwestern" medizinisch versorgt und gepflegt,* stand in seinem Notizbuch zu lesen. *Die junge Frau und einer der beiden unverletzten Männer beim Dorfpfarrer untergekommen, der dritte Mann im Hafenhotel von Bari abgestiegen.* Man hatte ihm erzählt, dass der Mann in demselben Zimmer übernachtet hatte, in dem er jetzt war, ... in einem Zimmer, von dem aus man einen Blick auf die *Trina* hatte. Das schien doch ein merkwürdiger Zufall zu sein.

Crabtree überprüfte grinsend die in einem schmalen Ordner abgehefteten Informationen über die in Palästina lebenden Amerikaner. Er war bestimmt der Einzige, der eine Vermutung über die Identität der Flüchtlinge hatte, zumindest über zwei von ihnen. Dabei waren sie für seine Begriffe derart plump vorgegangen, dass sie auch gleich ihren Namen hätten auf den Schiffsrumpf schreiben können.

Einen Augenblick lang hatte er mit dem Gedanken gespielt, seine Schlussfolgerungen sofort zu veröffentlichen, aber nach reiflicher Überlegung hatte er sich schließlich entschieden, seinen Artikel über mehrere Tage hinweg als Fortsetzungsserie erscheinen zu lassen und jeweils nur Teilinformationen zu offenbaren. Morgen würde er versuchen, den Priester zu interviewen, wenn er des Mannes habhaft werden konnte. Als Nächstes würde er dann Fotos von dem Flugzeugwrack machen. Wie bei einem Groschenroman sollten seine Artikel jeweils Einzelheiten zum Thema haben, die zu guter Letzt zu einer aufregenden Schlussfolgerung führen würden.

Was die italienischen Behörden anbetraf, so verhielten auch sie sich plump und amateurhaft. Tree hatte es sich in den Kopf gesetzt, sie dazu zu zwingen, sich eine Ausgabe der Zeitung zu kaufen und dort nachzulesen, was er wusste. Mündlich würde er ihnen jedenfalls nichts erzählen.

Er warf einen Blick auf seine Armbanduhr und fragte sich, wie weit die vier Flüchtigen wohl bislang gekommen waren. Es war gleich zwei Uhr nachmittags. Sie mussten inzwischen in irgendeinem zwielichtigen Hotel in Rom abgestiegen oder sogar schon in der Nähe der Landesgrenze sein. Aber es gab in ganz Europa kein Reiseziel, das außerhalb des Einzugsbereiches der europäischen Ausgabe der *New York Times* lag. In ein paar Tagen würden sie morgens ihre Gesichter auf der Titelseite der Zeitung wieder finden – natürlich nur, wenn das römische Büro der Zeitung ihre Fotografien archiviert hatte. In der Zwischenzeit würde Tree die Geschichte für sich behalten.

* * *

Vom monotonen Rattern der Zugräder eingelullt, lag David mit dem Kopf in Ellies Schoß und schlief fest. Selbst im Schlaf hielt er noch die kostbare Tasche fest unter den Arm geklemmt, und die Pistole lag in greifbarer Nähe.

Ellie hatte die Finger in seinem Haar vergraben und saß mucksmäuschenstill. Draußen flogen italienische Dörfer und Städte wie Bilder aus einem Reiseführer vorbei. Pastellfarbene Häuser waren mit bunten Wäscheteilen geschmückt, die wie Flaggen im Wind wehten. Zerlumpte Kinder unterbrachen ihr Spiel, um dem vorüberfliegenden Zug zuzuwinken. Überall lagen noch ausgeplünderte Trümmerhaufen, die an den vergangenen Krieg erinnerten.

Die in den Himmel ragenden Kirchtürme zeigten an, wo sich die Marktplätze befanden, die zunächst in *Hitlerplatz* oder *Piazza Mussolini,* später dann von den Briten in *Churchill Square* und von den Amerikanern in *Roosevelt Place* umgetauft worden waren. Immer hatten die Italiener gehorsam die Fahne des jeweiligen Eroberers geschwenkt. Aber sobald der letzte Jeep außer Sichtweite gewesen war, hatten sie seelenruhig ihre alte Lebensweise wieder aufgenommen.

Drei Zugstunden von Rom entfernt machten die Schienen einen weiten Bogen nach Osten und folgten dem tiefblauen Flussbett des Arno in Richtung der gotischen Türme von Florenz. Nachdem der Zug den Fluss auf einer neu erbauten Brücke überquert hatte, sah Ellie schließlich in der Ferne die Stadt im Licht des späten Nachmittags schimmern.

Als der Zug in das Weichbild der Stadt eintauchte, pfiff die Lokomotive schrill, und David wurde unruhig, wachte jedoch nicht auf. Während Ellie sein Profil betrachtete, füllte sich ihr Herz mit Zärtlichkeit, und sie strich ihm liebevoll über das Haar. „Eines Tages“, flüsterte sie, „werden wir hierher zurückkommen. In besseren Zeiten.“

Sie musste über das Paradoxon lächeln, dass sie durch ihre verzweifelte Flucht all den Orten, die zu besichtigen sie sich so sehnlich gewünscht hatte, so nahe kam und doch zugleich so fern war. Sie wusste, dass Michelangelo in Florenz die gigantische Skulptur des David geschaffen hatte. Vier lange Jahre hatte der Künstler mit diesem riesigen Block aus Carrara-Marmor gerungen, bis die jugendlich-kraftvolle Gestalt daraus hervorgetreten war. Nackt und mit dem Vertrauen in Gott als einzigem Schutz stand der König der Israeliten – nur mit Steinen bewaffnet – genauso da, wie er einst vor dem Philister Goliath gestanden haben musste.

Wieder pfiff der Zug, und Ellie konnte allmählich die Konturen der Stadt genauer erkennen. *Du siehst uns hier gefangen, Herr,* betete sie im Stillen, *genau wie Michelangelo David im Marmor gefangen sah, bis er ihn Schicht um Schicht aus dem Stein befreit hatte. Mir bleibt nichts anderes übrig als zu glauben, dass du dasselbe mit uns vorhast! Dennoch habe ich Angst ... Angst, Goliath gegenüberzustehen, Angst, dass ich vor Schreck die Steine fallen lasse oder das Ziel verfehle, Angst, dass Goliath vielleicht viel zu groß für uns ist.*

Sie versuchte, nicht an Michail und Bernie zu denken, sich nicht wieder zu fragen, ob sich die mörderische Hand, die die beiden umgebracht hatte, vielleicht auch schon in ihrer Nähe befand. Ein Schauder überlief sie bei dem Gedanken an das gewaltsame Ende der beiden.

Während sie hinausschaute, nahm sie plötzlich das Spiegelbild ihres Gesichtes in der Scheibe des Zugfensters wahr. Die Strapazen und Sorgen der letzten Zeit hatten deutliche Spuren hinterlassen. Die ganze Welt erschien ihr augenblicklich feindlich gesonnen. Jedem Fremden musste man misstrauen, jeden dunklen Winkel fürchten. Wieder und wieder lief vor ihrem geistigen Auge die kurze Viertelstunde ab, die sie auf David gewartet hatte, während er auf der Suche nach den Schließfächern gewesen war und ihre beiden Kameraden einen grausamen Tod gefunden hatten. Jede Einzelheit sah sie wie in Zeitlupe deutlich vor sich. Nein, sie hatte niemanden beim Betreten der Herrentoilette beobachtet – und auch nicht beim Verlassen! Ihre ganze Aufmerksamkeit hatte nur Davids sicherer Rückkehr gegolten. Nachdem der Zug den Arno noch einmal überquert hatte, sah Ellie die Kuppel des Florentiner Domes und den mittelalterlichen Turm des Palazzo Vecchio über einem Meer von roten Ziegeldächern aufragen. Eine bunte Reihe von Läden und

Hotels spiegelte sich im Wasser des Flusses – ein malerischer Anblick wie auf einer Ansichtskarte, aber Ellie konnte im Augenblick keinen Gefallen daran finden. Als der Zug schließlich seine Geschwindigkeit verringerte und in den Bahnhof einlief, rüttelte sie David sanft wach und zog das Rollo herunter. Sie wollte niemanden hereinschauen lassen oder gar Gefahr laufen, erkannt zu werden.

„Wo sind wir denn?", fragte David schlaftrunken. Er rieb sich die Augen und setzte sich auf.

„In Florenz", erwiderte sie. Gleich darauf hielt der Zug an, und sie spürte, wie eine neue Welle der Angst von ihr Besitz ergriff. Auf dem Gang vor ihrem Abteil rief ein Schaffner schließlich die Station aus.

„Müssen wir umsteigen oder was ist?", murmelte David. Er klopfte prüfend auf seine Hosentasche und nahm dann, immer noch schlaftrunken, hastig die Fahrkarten heraus.

„Nein! Wir halten nur eine Viertelstunde. Die nächste große Station ist Bologna."

Ohne einen Blick darauf zu werfen, steckte er die Fahrkarten wieder in die Tasche und stand auf. „Möchtest du dir kurz die Beine vertreten? Vielleicht eine Postkarte aus Florenz abschicken?"

Ellie ergriff entsetzt seine Hand und flehte ihn an: „Bitte, David! Bitte steig hier nicht aus! Verlass den Zug nicht ... Ich ... habe Angst."

Seine Miene verfinsterte sich, und er blickte ihr ernst in die Augen.

Schließlich gestand er: „Tja, mir geht's genauso. – Ich hab gerade von ihnen geträumt ... Ich hab immer wieder diesen Kerl mit der Pfeife gesehen und gehört, wie er mir sagte, ich solle dich hier rausbringen. Ich weiß nicht, Els –" Er setzte sich schwerfällig neben sie. „Ich weiß nicht, wer er ist oder für welche Organisation er arbeitet, aber es war unverkennbar, dass er uns kannte ... Das gibt mir ein Gefühl, als ob die Wände Ohren hätten, verstehst du?"

Sie nickte. Der Hals war ihr plötzlich wie zugeschnürt. „Meinst du, er hat sie getötet?", flüsterte sie schließlich tonlos.

„Gibt es überhaupt noch irgendetwas in unserer Situation, das einen Sinn ergibt?"

Er griff in die Reisetasche und zog den Revolver hervor. „Bis wir etwas vom Mossad hören, ist dies hier wohl die vernünftigste Art der Auseinandersetzung, wenn es hart auf hart kommt." Er tippte an den Auslöser und presste entschlossen die Lippen zusammen. „Weißt du eigentlich, wie man so was benutzt?"

Ellie wich erschrocken zurück und schüttelte entsetzt den Kopf: „Ich ... ich möchte das nicht anfassen."

„Du musst aber wissen, wie man damit umgeht, Ellie. – Falls mir etwas zustößt –"

„... dann möchte ich auch sterben –"

„Hör auf damit!", brauste er auf. Er packte sie am Arm und fuhr sie heftig an: „Hundert Kumpel hab ich im Krieg verloren, und trotzdem wollte ich selber nie sterben. Hör auf, so zu reden, Ellie! Das ist eine zu große Belastung für mich. Du musst mir schwören, dass du weiterleben willst! Was auch passiert. Du musst weiterleben!"

„Das kann ich dir nicht schwören", erwiderte sie stockend. „Ohne dich, David ..." Die Stimme versagte ihr.

David verzog gequält das Gesicht. Dann nahm er sie in die Arme und küsste sie lange und innig, und sie überließ sich ihm. Sie genoss es, seine Lippen auf den ihren zu spüren und seinen Atem an ihrer Wange, und so ließ sie sich wohlig von der Wärme seiner Berührung durchrieseln. Da er aber trotz seiner zärtlichen Liebkosungen immer noch den Revolver in der Hand hielt, flüsterte sie lächelnd zwischen seinen Küssen: „Tu bitte ... die Pistole weg, David. Ich habe Angst, dass etwas passiert."

Ohne von seinen Liebkosungen abzulassen, beugte er sich herab und legte die Pistole in die offene Reisetasche.

Dann versanken sie ganz in ihrer Liebe, und David hielt sie so sanft, als könne sie unter seiner Berührung zerbrechen. Als sie später zufrieden lächelnd in seinen Armen lag, glaubte sie Tränen in seinen Augen zu sehen, aber er wandte sich schnell ab und fiel sofort in einen tiefen Schlaf. Ellie dagegen legte wieder das lange weiße Untergewand ihrer Nonnentracht an und zog den Sonnenschutz hoch.

Der Zug hatte inzwischen die Ausläufer der Apenninen auf demselben Weg erklommen, den auch schon Hunderte von Armeen in vergangenen Zeiten gegangen waren, um in die Schlacht zu ziehen. Überall waren noch die Narben der jüngsten Auseinandersetzungen zu sehen. Die Wände der Scheunen und Bauernhäuser wiesen pockennarbige Einschläge von Gewehrschüssen auf, und die von schweren Geschützen zerstörten Mauern ragten als verfallende Ruinen aus der Landschaft. Dennoch überwog beim Gesamteindruck das Bild der Harmonie: schneebedeckte, glitzernde Bergspitzen über saftig-frischen Frühlingsfeldern; winzige, wie aus den Hängen herausgemeißelte Bergdörfer und malerische Bergbahnstationen, in die der Zug pfeifend einfuhr. Und tief unter ihnen das blaue Band des Reno, der sich aus den Bergen in die Weite der Poebene ergoss. Während David friedlich neben ihr schlief, genoss es Ellie, diese malerische Szenerie an sich vorbeifliegen zu lassen. Fast drei Stunden lang saß sie träumend da, das offene Haar in dicken rotbraunen Locken auf den Schultern, die nackten Füße unter das lange weiße Gewand gezogen. Schließlich tauchte die sich langsam dem Horizont zuneigende rötliche Sonne die Welt in einen kupfernen Glanz, der sich in den Fenstern der Häuser spiegelte und die Seen in glänzende Tabletts verzauberte. Dies alles war so faszinierend, dass Ellie zeitweilig sogar die beängstigende Unsicherheit ihrer Zukunft vergaß und ihr die vergangenen, grausigen Erlebnisse in unwirkliche Fernen entrückt schienen. Zu jeder anderen Zeit, dessen war Ellie gewiss, wäre sie nicht müde geworden, all diese herrlichen Eindrücke im Film festzuhalten, aber nun musste sie sich damit zufrieden geben, jede Szene nur geistig Fotografieren zu können.

„Wunderschön", vernahm sie plötzlich Davids leise Stimme.

Als sie sich zu ihm wandte, merkte sie, dass er nicht das Panorama, sondern sie meinte. Seine Augen, in denen sich ihr Bild spiegelte, hatten einen weichen Glanz angenommen. Seine Kleidung war noch völlig in Unordnung, und die Haare standen ihm wirr vom Kopf.

„Wie lange bist du schon wach?“, fragte sie, sich ihm nun ganz zuwendend.

„Lang genug.“ Er ergriff ihre Hand. „Lang genug, um deinen Anblick ganz in mich aufgenommen zu haben – und um zu wissen, dass ich mein Leben lang nicht vergessen werde, wie du in diesem Augenblick aussiehst.“

Einen Moment war sie versucht, sich über ihn lustig zu machen, weil er sich so gar nicht verhielt, wie es sich für einen Priester in Gegenwart einer Ordensschwester ziemte, doch der innige Klang seiner Stimme erstickte ihren Spott. Sie blickte ihn fragend an und strich ihm mit den Fingerspitzen über die Wange. Schweigend ließ sie es zu, dass er sich ihr näherte.

„Dein Haar ...“, sagte er stockend. „Wie du strahlst, wenn du so da sitzt ... ich glaube, ich habe noch nie etwas so Schönes gesehen!“

„David!“, wehrte sie verlegen ab.

„Sch.“ Er legte ihr sanft einen Finger auf den Mund. „Lass mich das bitte jetzt sagen, ja? Lass mich all das sagen, was ich bisher nur gedacht habe, aber dir nicht sagen konnte.“

Sie war ergriffen von der Intensität seiner Worte. „Was, David? Was ist es?“

Er wusste nicht, wie er beginnen sollte, und blickte zunächst hilflos teils auf sie, teils auf die Landschaft und begann schließlich heiser: „Ich habe geträumt, von allem, was in den letzten Wochen passiert ist. Von Michael Cohen, Michail und Bernie. Dem Schiff. Von Palästina ... von allem einfach. Und die ganze Zeit über habe ich dich in der Ferne gesehen. Du warst ... angezogen wie jetzt, und dein Haar hing dir lose auf die Schultern. Von dir ging ... irgendwie ein Strahlen aus.“ Er zuckte hilflos die Achseln. „Und ich dachte, du wärst ... zu weit weg, um mich hören zu können. Trotzdem habe ich die ganze Zeit über versucht, dir zu sagen –“ Er verstummte und schloss für einen Moment die Augen.

„Was zu sagen?“

„Dass ich dich liebe.“

„Aber das weiß ich doch, David!“

Er nahm ihr Gesicht zwischen seine Hände und hielt ihren Blick mit seinen Augen fest. „Nein“, sagte er, „das weißt du eben nicht! Jedenfalls nicht, wie sehr ich dich liebe. Und ich werde ein ganzes langes Leben brauchen, um dir zu sagen ... dir zu zeigen ... wie sehr. In meinem Traum habe ich es immer wieder versucht, aber du hörtest mich nicht, und ich dachte schon, ich würde dich nie erreichen ... ich würde sterben, ohne dass du es wüsstest.“ Dann überschlugen sich seine Worte: „Und als ich aufwachte, fand ich dich hier. Genauso, wie ich es geträumt habe! Strahlend. Und ... und ...“ Er zog sie an sich, und sie kuschelte sich an ihn, das laute Klopfen seines Herzens im Ohr.

„Ich bin doch hier, David. Und ich weiß es, Liebster.“

„Wenn mir etwas zustoßen sollte, möchte ich einfach sicher sein, dass du es weißt. Das Leben ist ein so zartes Pflänzchen ... und so vergänglich. Es ist zu schnell vorbei, und ich möchte nicht eine Minute davon verschwenden. Und seitdem das alles angefangen hat, haben wir noch keine Zeit gehabt, richtig miteinander zu sprechen.“

„Schon gut“, sagte sie beruhigend und streichelte ihm zärtlich das Gesicht. „Ich weiß. Ich weiß, wie du empfindest.“ Sie küsste ihn aufs Kinn und kuschelte sich dann wieder an ihn, einfach seine Wärme und seine Nähe genießend.

„Ich möchte mich um dich kümmern. Dich beschützen! Aber ich bin wohl nicht sehr erfolgreich dabei.“

„Ich habe dir auch kaum Gelegenheit dazu gegeben.“

„Und jetzt weiß ich nicht mal, ob es für uns überhaupt noch einen Ort auf der Welt gibt, an dem wir sicher sind.“

Sie schmiegte sich noch enger an ihn. „Es gibt keinen, David. Keinen Ort, an den wir gehen können. Und wir können nichts tun, als uns an den Sperling zu erinnern – und an die Jünger, die zusammen mit Jesus im Boot dem Sturm ausgesetzt waren! Jesus ist der einzig sichere Hafen! Alles andere ist Wind und Wellen und Felsenküste. Aber wir sind mit ihm zusammen. Du und ich. Und Palästina. Er ist unsere Hoffnung, nicht wahr?“

David nickte und drückte seine Lippen auf ihr Haar. „Ich möchte nur, dass du in Sicherheit bist. Und ich möchte niemals mehr weiter von dir entfernt sein als jetzt ...“

Er hielt sie in den Armen, bis die Sonne hinterm Horizont verschwunden war und die Düsterkeit der Dämmerung sie umfing. Und er hielt sie auch noch, als die Dunkelheit eingesetzt hatte und sie in seinen Armen eingeschlafen war.

## 17. Die Gejagten

„Und was sollen wir mit diesem arabischen Mädchen, das Sie da mitgebracht haben?", fuhr die Krankenschwester Mosche und Rachel an. „Wir haben so schon kaum genug Betten für unsere eigenen Leute! Und das nach all dem, was die uns in der letzten Nacht angetan haben –"

„Wir hatten den Eindruck, dass sie verletzt sei", fiel ihr Mosche nicht minder ungehalten ins Wort. „Darum haben wir sie hergebracht. Das ist hier doch ein *Krankenhaus,* oder?"

„Wir haben keine Medikamente für *die* da übrig", stieß die Schwester bebend vor Zorn zwischen den Zähnen hervor. „Außerdem spricht sie ja mit keinem. Sie gehört in eine psychiatrische Abteilung –"

Rachel sah, dass Mosches Augen Funken sprühten, während er sie ruhig an der Hand hielt und gleichzeitig die Schwester heftig anfuhr:

„Was wollen Sie damit sagen?"

„Ich will damit sagen", erwiderte sie mit eisiger Miene, „dass ich keine von *denen* da auf meiner Station haben will. Reicht es nicht, dass neunzehn meiner Kolleginnen letzte Nacht von denen da ermordet worden sind?" Die Schwester verlor vollends die Fassung, und Tränen des Zorns schossen ihr in die Augen. Rachel erkannte nun, dass sie völlig erschöpft und einfach am Ende war. Ihr Kittel, den sie offenbar lange Zeit nicht hatte wechseln können, war zerknittert und hing wie ein Sack um ihre stämmige Gestalt. Ihre Augen waren vom Weinen rot und verschwollen und vor Übermüdung dunkel gerändert. „Ich will keine dreckige, verrückte Araberin auf meiner Station!", wiederholte sie noch einmal mit Nachdruck.

Mosche ließ die Erregung der Schwester einen Moment abklingen, bevor er ruhig erwiderte: „Ich möchte gerne mit dem Dienst habenden Arzt sprechen."

Sie wandte sich abrupt ab und ging pikiert davon. „Na gut", meinte sie schon im Gehen. „Aber er wird Ihnen genau dasselbe sagen. Sie hätten die Kreatur gar nicht erst hierher bringen sollen."

Mosche sah bedrückt zu Boden. Rachel streichelte zärtlich seine Hand und schaute dabei zu der Schwester hinüber, die sich inzwischen zornig gestikulierend mit einem schmächtigen Arzt unterhielt, der ein Stethoskop um den Hals trug. Als er zu ihnen herübersah, trafen sich ihre Blicke, und er winkte sie und Mosche herbei. Die Schwester warf triumphierend den Kopf zurück und ging davon.

„Er möchte mit uns sprechen", sagte Rachel zu Mosche und zupfte ihn auffordernd am Ärmel.

Er wappnete sich innerlich und antwortete mit fester Stimme: „Gut."

* * *

Auch der Arzt wirkte erschöpft. Seine ergrauten Haare standen an einer Seite wirr in die Höhe, als habe er nur im Stehen, mit dem Kopf an eine Wand gelehnt, ein kurzes Nickerchen gemacht, und seine Brille war ihm auf die Nasenspitze gerutscht. Seine schmalen, zu einem Strich zusammengepressten Lippen bewegten sich kaum, als er, ohne seinen strengen Blick von dem linierten Blatt auf seiner Schreibunterlage zu heben, mit knappen Worten erklärte: „Wir haben weder Platz noch Medikamente für einen solchen Fall –"

„Aber dies ist doch ein Krankenhaus!", protestierte Mosche.

„Das soll auch nicht heißen, dass wir grausam sind", erwiderte der Arzt schroff, während er nervös die Blätter auf seiner Schreibunterlage durch die Finger gleiten ließ, „aber all diese Menschen hier sind eben Angehörige *unseres* Volkes. Das Mädchen hingegen fällt nicht in unseren Verantwortungsbereich. Wir können uns nicht mit –"

„Wo sollten wir sie denn sonst hinbringen?", unterbrach ihn Mosche mit nicht zu überhörender Empörung in der Stimme.

„Kommen Sie mit, Professor Sachar", erwiderte der Arzt schließlich und führte Mosche und Rachel zum Ende des Flures.

Rachel sah nun erst, wie klein und zerbrechlich er war. Sein weißer Kittel reichte ihm fast bis an die Waden, und seine Schultern waren gebeugt, als sei das Gewicht seines Kopfes eine zu schwere Last für sie.

Er öffnete die Tür zu einem kleinen Zimmer und ließ die beiden eintreten. Drinnen herrschte Halbdunkel: Durch die geschlossenen Fensterläden drangen nur einige spärliche Strahlen der nachmittäglichen Sonne, und es brannte nur ein kleines Lämpchen. Hinter einem Wandschirm sah das Fußende eines Krankenbettes hervor, auf dem kleine, zierliche Füße zu erkennen waren. Sie wurden jedoch erschrocken zurückgezogen, als der Arzt zu sprechen begann. „Sie kann nicht älter als sechzehn, siebzehn Jahre alt sein", sagte er und fügte in mitleidigen Ton hinzu: „Ich habe sie selbst untersucht und festgestellt, dass sie sexuell schwer missbraucht worden ist."

Rachel versteinerte bei diesen Worten und starrte gebannt auf die Stelle, an der sie gerade noch die Füße des jungen Mädchens gesehen hatte.

Mosche nickte verständnisvoll. „Das erklärt auch, warum der junge Mann sie töten wollte. Es gibt in dieser Kultur immer noch viele Menschen, die sich an die alten Traditionen halten. Wenn eine Frau vergewaltigt worden ist –" Er brach erschüttert ab.

„Es wäre jedenfalls für diese arme Kreatur besser gewesen", schnitt ihm der Arzt das Wort ab.

Mosche starrte ihn fassungslos an. „Wir schreiben das Jahr 1948, Herr Doktor!"

„Wir können ihr doch nicht helfen", erwiderte er bedrückt und räusperte sich etwas verlegen. „Sie hat solch starke Angstzustände, dass man bereits an das katatonische Syndrom denken muss. Sie hat nur noch den einen einzigen Wunsch, im Dunkeln zu sein. Auf ihrem ..." Er hielt stockend inne. Rachel ging unterdessen langsam auf die Trennwand zu, unwiderstehlich von der unbekannten Frau angezogen, deren Schicksal dem ihren so ähnlich war. Der Arzt setzte zögernd noch einmal an: „... Auf ihrem Unterarm ... Wer auch immer ihr das Furchtbare angetan hat, sie haben ihr auch noch ein Hakenkreuz auf den Unterarm tätowiert!" Leiser fügte er hinzu: „Das können nur die Männer gewesen sein, die in Deir Jassin gewütet haben."

Als Rachel hinter den abgeschirmten Bereich trat, sah sie, dass das mit einem Krankenhaushemd bekleidete junge Mädchen zusammengekauert wie ein Kind im Mutterleib im Bett lag und mit leerem Blick vor sich hinstarrte. Sie ließ sich weder von Rachel noch vom Geflüster der beiden Männer hinter dem Wandschirm beeinträchtigen. Eine Welle des Mitgefühls durchströmte Rachel bei diesem Anblick. Als sie ganz dicht an das Bett herantrat, entdeckte sie, dass die Haut des Mädchens so weiß schimmerte wie ihr Hemd und dass sich auf ihrem Kopf, dort, wo ihr Haar mit einem Bajonett abgeschnitten worden war, eine frisch genähte Wunde befand. Auf ihrer rechten Wange war ein großer Bluterguss zurückgeblieben.

„Deir Jassin", wiederholte Mosche voller Zorn und Empörung die Worte des Arztes. Bei der Erwähnung dieses Namens zuckten die Augenlider des bisher so apathischen Mädchens. „Diese Tiere!", stieß Mosche hervor. „Sie haben die jungen Frauen dort auf dieselbe bestialische Weise gebrandmarkt, wie es unseren eigenen Frauen widerfahren ist ..."

Rachel legte behutsam die Hand auf den Kopf des jungen Mädchens. „Sie kann auf jeden Fall nicht unter Juden bleiben!", nahm der Arzt das vorige Thema wieder auf. „Nun sehen Sie, warum."

„Aber ihre eigenen Leute werden sie töten", wandte Mosche hilflos ein.

„Sie spricht mit niemandem."

Wie zur Bestätigung der Worte des Arztes, zeigte das Mädchen bei Rachels Berührung keinerlei Reaktion. Es schien weder Angst noch Zorn in ihr zurückgeblieben zu sein. Eine große, tödliche Leere lag in ihren schwarzen Augen. *Wie in meinen eigenen Augen früher,* dachte Rachel, und ließ ihre Hand weiter tröstend auf dem verwundeten Kopf des Mädchens ruhen. *Wie oft habe ich das nur gesehen! O Gott, zu oft! Viel zu oft! Die ganz jungen Mädchen waren die Ersten, die den Verstand verloren, und wenn sie den Offizieren keine Freuden mehr bereiten konnten, ... wenn sie nur noch eine lästige Erinnerung an begangene Grausamkeiten waren, ... wurden sie getötet.*

Zorn und Verzweiflung würgten sie, als sie dachte: *Und dies haben Menschen getan, die selbst solches Leid erfahren haben, Menschen, die genauso gut wissen wie ich, was es bedeutet zu leiden. Sind sie denn zu Tieren geworden?* Sie spürte die Wunden des Mädchens, als seien es ihre eigenen, und sank auf dem Bett nieder. Mosches letzte Worte jagten ihr wild durch den Kopf. Wieder einmal brachen die Erinnerungen an ihre eigene grausame Vergangenheit über sie herein und drängten die Wirklichkeit zurück. Sie hatte das Gefühl, hinausschreien zu müssen, dass ein Jude doch unmöglich einem Menschen so etwas antun könne. Am liebsten hätte sie die Hände vors Gesicht geschlagen und laut geschrien: *Das haben sie mir angetan! Mir! Mir haben sie das angetan! Und die ganze Zeit haben sie gerufen: NIE WIEDER!*

„Vielleicht könnten Sie sie wieder dorthin zurückbringen, wo Sie sie gefunden haben“, schlug der Arzt vor.

„Das wäre ihr sicherer Tod.“

„So ist das nun einmal bei diesen Menschen.“

Rachel ergriff die kleine, zerbrechliche, verkrampfte Hand. Sie öffnete die schlanken Finger und drückte ihre Handfläche gegen die des Mädchens. *Unsere Hände sind fast gleich groß,* dachte sie. Dann schob sie den rechten Ärmel des Mädchens hoch und legte die hässliche Wunde in Form eines Hakenkreuzes frei.

„Wenn dies das Werk von Juden ist“, entgegnete Mosche mit neuer Entschlossenheit, „dann unterliegt sie doch gerade unserer Verantwortung –“

„Was sollen wir denn tun? Sie hat vor Angst den Verstand verloren.“ Rachel legte den schlaffen Arm des Mädchens sanft zurück und knöpfte ihren eigenen Ärmel auf, ohne ihren Blick von dem des Mädchens zu wenden. Die Haut auf ihrem eigenen Arm, wo das glühend heiße Messer die Worte *Nur für Offiziere* ausgelöscht hatte, war immer noch rot. „Sieh!“, sagte sie in einer Sprache, die das Mädchen nicht verstand, „sieh doch ...“

Rachel hielt dem blicklosen Opfer ihren Arm hin. Das Herz wollte ihr vor Schmerz schier brechen. „Ich war vierzehn Jahre alt, als sie mich genommen haben“, flüsterte sie. Sie ergriff die Hand des

Mädchens und legte sie auf ihre Narbe. „Bitte!“, flehte sie hilflos. „Bitte! Sieh! ...“

„Vielleicht können wir einen neutraleren Ort für sie finden –“

„Es gibt keinen neutralen Ort in Jerusalem! – Vielleicht, wenn die Briten sie uns abnähmen und sich mit ihren Verwandten in Verbindung setzten, könnte sie –“

„Wir sind Schwestern, du und ich“, redete Rachel mit gebrochener Stimme weiter auf das Mädchen ein und betete im Stillen darum, dass dieses verschreckte kleine Vögelchen irgendwie spürte, dass sie es gut mit ihr meinte. Aber das Mädchen lag lange Zeit weiterhin vollkommen regungslos. Dann plötzlich merkte Rachel, wie die schlanken Finger der jungen Frau beinahe unmerklich über ihre Haut glitten und ihre Augenlider zuckten, als tauche sie aus den Tiefen des Unterbewusstseins auf. Während ihre Finger nun sanft, aber doch merklich über Rachels Arm glitten, öffnete und schloss sie mit verzerrtem Gesicht mehrmals den Mund.

Rachel nickte ihr aufmunternd zu und stieß keuchend aus: „Schwester, Schwester, Schwester! ...“

Die bisher so leeren schwarzen Augen füllten sich mit Leben, und plötzlich ergriff das Mädchen heftig Rachels Arm und starrte auf die hässliche Narbe. Dann legte sie ihre Wange darauf und stieß kleine Schmerzenslaute aus, die schließlich eine Flut von Tränen auslösten. „Ya Allah!“, weinte sie.

Nun musste auch Rachel weinen. Sie schlang ihre Arme um das Mädchen, zog sie fest an sich, strich ihr über den Kopf und wiegte sie sanft in den Armen. „Ja. Ich weiß. Ich *weiß* ...“

„Ya Allah“, weinte das Mädchen und klammerte sich fest an Rachel. „Basil. *Basil!* Mama. Papa ...“

„Ja. Auch ich habe sie verloren. Ich weiß, kleine Schwester. Ich war auch dort ...“

Die Tränen der beiden jungen Frauen ließen die Männer, die auf der anderen Seite des Wandschirms in der Dunkelheit warteten, verstummen.

* * *

Ellie hatte keine Vorstellung, wie viel Zeit verstrichen war, als es plötzlich klopfte und der Schaffner verkündete, dass der Zug in Turin einlaufe. Es war schwarze Nacht. David knipste das Licht an und öffnete die Tür einen Spalt.

„Mi scusi, Signor, Torino", sagte der Schaffner. Ellie sah sofort, dass es ein anderer, viel jüngerer war. Als er Ellie bemerkte, wiederholte er noch einmal, aber deutlicher, wenn auch zu David gewandt: „Mi scusi, Signor! Torino!"

„Sie meinen Turin?", vergewisserte sich David.

„Si, *Torino!*"

„Ihr Kollege wollte mir eigentlich ein paar Sachen besorgen. Einen Rasierapparat –"

„Mi scusi", unterbrach ihn der Schaffner und hob entschuldigend die Hände, „non capisco."

„Sie verstehen kein Englisch?", vergewisserte sich David.

„Non capisco", wiederholte der Schaffner, lächelte dabei Ellie an und zwinkerte ihr vertraulich zu.

„Zumindest einer, der nicht weiß, dass ich eigentlich eine Nonne bin", flüsterte Ellie. „Das wäre sonst was für die Regenbogenpresse, dessen bin ich sicher."

Der Schaffner lächelte noch immer breit und wiederholte abermals: „Torino."

„Danke. Grazie", erwiderte David und wollte schon die Tür schließen, aber der Schaffner hatte schnell den Fuß dazwischengeschoben und hielt David nun auffordernd die Hand hin: „Passaporti! Si?"

„Hol die Pässe!", forderte David Ellie auf. Sie hörte jedoch nicht, da sie gerade eine Ecke des Rollos angehoben und voller Entsetzen festgestellt hatte, dass der Bahnsteig von italienischen Polizisten wimmelte, die bei allen Reisenden Fahrkarten und Pässe kontrollierten. Ellie bekam vor Schreck einen trockenen Mund.

„Ellie –?" David wollte sie noch einmal auffordern, sprach dann jedoch nicht weiter, als er merkte, dass sie ihn nicht beachtete.

Doch schon wandte sie sich um – ein verzerrtes Lächeln auf den Lippen – und sagte: „Da draußen scheint was los zu sein. Ich glaube, sie suchen jemanden."

David wiederholte ruhig, um bei dem Schaffner keinen Verdacht zu erregen: „Holst du bitte die Pässe heraus?"

Mit zitternden Händen leistete sie nun seiner Aufforderung Folge und wühlte in der Reisetasche. Als sie ihm schließlich die Pässe zusammen mit den Fahrkarten reichte, musste sie sich sehr zusammennehmen, um das Zittern zu unterdrücken.

Immer noch lächelnd, kontrollierte der Schaffner die Dokumente und lochte die Fahrkarten. „Roma", sagte er dabei und fügte dann hinzu: „Paris. Si." Er gab David die Karten zurück und winkte kurz mit den Pässen. „Bene." Mit einer leichten Verbeugung holte er anschließend einen ganzen Stapel von Pässen aus der Tiefe seiner Tasche und schrieb mit Bleistift die Nummer ihres Abteils in die Ecke ihrer Pässe. Dann steckte er sie alle zusammen wieder weg, sagte dabei zu David gewandt „Grazie, Signor" und ging zur nächsten Tür.

Während nun David Ellies Beispiel folgte und ebenfalls vorsichtig nach draußen spähte, machte ihn Ellie vorwurfsvoll auf seinen Fehler aufmerksam: „Du hast eben meinen richtigen Namen benutzt!" Gleich darauf fügte sie jedoch besorgt hinzu: „Meinst du, das war ein echter Schaffner? Was ist wohl mit dem anderen passiert?"

„Sieh dir die da draußen an!", sagte David beunruhigt. Er hatte Ellies Fragen vor Aufregung überhört. „Befragen jeden. Wen suchen die bloß? Das ist doch keine Routinekontrolle."

Er ließ das Rollo wieder herunter, sank schwer neben Ellie auf den Sitz und gestand zerknirscht: „Ja, ich hab beinah alles vermasselt! Von jetzt an bin ich Jim! Und du bist Sue. Das ist doch eigentlich gar nicht schwer."

„Sie suchen uns, nicht wahr, David?", fragte Ellie dumpf.

„Ich glaube nicht, dass sie wissen, wen ... oder was ... sie suchen. Aber wahrscheinlich hat das alles was mit der *Trina* zu tun. Vielleicht sogar mit dem Mord an Bernie und Michail. Sie suchen auf jeden Fall nach Terroristen. Nach Mördern. Und nicht nach biederen amerikanischen Bürgern."

„Sie suchen zumindest nicht nach einem Priester und einer Ordensschwester", meinte Ellie etwas erleichtert und strich ihr Unterkleid glatt.

David schwieg zunächst nachdenklich und meinte dann: „Da könntest du dich täuschen. Möglicherweise hat uns – dich – jemand gesehen, als du in der Nähe der Herrentoilette gewartet hast."

Ellie erbleichte. „Aber Italien wimmelt doch von Priestern und Nonnen!"

„Hast du mit irgendjemandem gesprochen?"

„Mit dem Verkäufer vom Zeitungskiosk. Aber ich glaube nicht, dass er gemerkt hat, dass ich auf jemanden wartete. Ich habe doch den Bahnhof nicht mit dir zusammen betreten. Erinnerst du dich?"

„Hat er *mich* denn gesehen?"

„Ich weiß nicht. Ich habe ihn nicht beachtet. Ich habe doch in die andere Richtung gesehen ... nach dir."

„Dann bleibt da noch der Kerl mit der Pfeife. Ich kann mir vorstellen, dass er es war, der die beiden umgebracht hat. Es scheint mir jedenfalls möglich zu sein, dass er es war, der die Behörden auf unsere Spur gesetzt hat." David blickte auf die lange schwarze Schwesterntracht, die über einem der Sitze lag. „Kein Mensch im Zug hat dich darin gesehen ... Oder mich mit diesem Kragen da, außer dem ersten Schaffner. Aber der ist offenbar irgendwo zwischen hier und Rom ausgestiegen."

„Wenn sie einen Priester und eine Nonne suchen, kommen doch eine Million Leute in Frage."

„Wir müssen das Zeug hier loswerden", sagte David plötzlich entschlossen und warf Ellie das Gewand zu.

„Und was soll ich stattdessen anziehen?"

„Du hast dein Gepäck verloren, verstanden? In der Tasche sind ein paar Hemden und Hosen." David spähte noch einmal verstohlen nach draußen und sah dabei, wie ein beleibter Mann in einem dunklen Anzug direkt vor ihrem Wagen zwei Polizisten seine offene Brieftasche hinhielt, um sich auszuweisen. Die beiden nahmen dies kopfnickend zur Kenntnis und ließen ihn passieren. Während der Mann einstieg, hatte David Zeit, ihm zu betrachten. Er trug eine Brille mit dicken, runden Gläsern, die seinem Gesicht einen fischartigen Ausdruck verliehen. Seine hängenden Wangen, die ihm bis auf den Kragen reichten, waren von einer hektischen Röte überzogen. „Zieh dich an!", flüsterte David Ellie plötzlich drängend zu. „ZIEH DICH AN!"

Sein dringlicher Tonfall trieb sie zur Eile an. Sie wühlte hastig in der Tasche und zog eine braune Hose mit Nadelstreifenmuster sowie ein weißes Hemd hervor. Innerhalb von Augenblicken hatte sie das Unterkleid gegen die Männerkleidung vertauscht. Diese war allerdings so groß, dass sie beinahe darin versank. Rasch krempelte sie die Ärmel auf und band das Hemd in der Taille zusammen. Dann verbarg sie die Schwesterntracht im Gepäcknetz zwischen den Kissen und Decken. Augenblicke später fuhr der Zug nickend an, und fast zur selben Zeit klopfte es kräftig an der Tür ihres Abteils.

David holte tief Luft und öffnete. Vor der Tür stand wieder der Schaffner und gab ihm die Pässe zurück, vermied es diesmal allerdings, David in die Augen zu sehen. „Grazie!", sagte David. „Bene? Okay?"

„Bene", erwiderte der Schaffner mit unbewegter Miene.

David legte die Hand auf den Magen, um anzudeuten, dass er Hunger habe. „Pasta asciutta? Spaghetti?"

Der Schaffner deutete den Gang entlang und erwiderte, merkwürdigerweise wieder mit völlig unbeteiligter Miene und ohne ihm in die Augen zu sehen: „Si, Signor. Il ristorante."

Erst als ihm David, entgegen seinen neuen Vorsätzen, doch ein Trinkgeld – in amerikanischen Dollars – zusteckte, hellte sich der Blick des Schaffners auf, und er ging fröhlich pfeifend von dannen.

David schloss die Tür mit einem Seufzer der Erleichterung.

Dann steckte er den Revolver in den Hosenbund und zog ein marieneblaues Jacket über sein Hemd, dessen Kragen er offen ließ. „Es ist an der Zeit, sich sehen zu lassen, Liebling", sagte er aufmunternd zu Ellie, während der Zug ratternd beschleunigte. „Wir werden uns vor aller Augen verstecken!"

„So kann ich mich doch nicht sehen lassen!", protestierte Ellie, die gerade dabei war, ihr Haar zu flechten und um den Kopf zu legen.

„Dir ist das Gepäck gestohlen worden. Das wird dir Gesprächsstoff geben, wenn wir von der Polizei angehalten werden."

„David!", rief Ellie entsetzt und wich zurück. „Ich will hier nicht raus!"

„Sieh mal", erklärte er und strich sich nachdenklich über die Wange. „Ich kenne da ein paar Typen ... Flieger ... die über Frankreich abgeschossen worden sind, als die Deutschen das Land besetzt hatten. Ohne die Sprache, abgesehen von ein paar Brocken, zu können und inmitten von Deutschen, haben sie es geschafft, sich davonzustehlen. Sie haben Kleider organisiert, Lebensmittel, Geld. Und dann sind sie mitten durch die Soldaten der Wehrmacht gegangen, als ob sie einen Sonntagsspaziergang machen wollten. Nicht ein einziges Mal haben sie sich versteckt. Sie haben gar kein Geheimnis aus ihrer Existenz gemacht, verstehst du?"

Ellie stand schwankend vor der Abteiltür und vollführte, gleichsam als sichtbaren Ausdruck ihres inneren Zwiespaltes, die schwankenden Bewegungen des Zugs mit. „Und was ist, wenn mich jemand erkennt? Vor einigen Wochen war mein Gesicht in allen Zeitungen zu sehen."

„Tja. Ellie Warne ist doch in Palästina umgekommen. Nun bist du die Pressesprecherin der größten europäischen Fluggesellschaft. Das steht so in deinem Pass, Zelda Sue Conner." Er hob lächelnd die Augenbrauen. „Sie wissen doch gar nicht, wonach sie suchen. Aber ich kann dir versichern, dass sie hinter jede verschlossene Tür gucken werden und nicht in den Speisesaal, wo man allen Blicken ausgesetzt ist. Einverstanden?" Ohne ihre Antwort abzuwarten, griff er zur Türklinke.

Ellie warf noch einen raschen Blick in den Spiegel und ordnete schnell noch einmal ihr Haar. „Einverstanden. Sue Conner also. Auf einen kleinen Spaziergang." Sie zuckte betont gleichmütig die Achseln. „Und mein Gepäck ist mir eben in Rom gestohlen worden."

David zog die Tür auf und ließ Ellie den Vortritt. Sie straffte sich und trat beherzt auf den Gang hinaus, wo sich bereits ein halbes Dutzend anderer Fahrgäste auf den Weg zum Speisewagen machte.

* * *

Im Speisewagen wimmelte es von Reisenden, meistenteils Paaren, die diese Reise über die Alpen hauptsächlich unternahmen, um eine Mahlzeit in romantischer Umgebung zu genießen. Auf den frisch gestärkten Tischdecken blinkte Silberbesteck, der Mond schimmerte auf schneebedeckten Bergspitzen, und in den tiefen Tälern trieben Nebelschwaden.

Die Kunde von Ellies Missgeschick hatte sich wie ein Lauffeuer im Speisewagen verbreitet, und so erntete sie viele mitfühlende oder amüsierte Blicke, als sie gemeinsam mit David durch den schmalen Gang ihrem Tisch zustrebte. Fast jeder konnte sich lebhaft vorstellen, was es bedeutete, seines Gepäcks beraubt zu sein. Der Oberkellner schüttelte mitfühlend den Kopf und versuchte Ellie aufzumuntern, indem er ihr von den vielen schönen Geschäften erzählte, die in Paris auf sie warteten. Und nachdem er ihnen mit einer schwungvollen Bewegung ihre Plätze zugewiesen hatte, legte er dem Tischkellner ihr Wohlergehen ganz besonders ans Herz.

David zwinkerte Ellie lächelnd über die Speisekarte hinweg zu. Dabei glitt sein Blick beiläufig zu dem Herrn, der allein am gegenüberliegenden Tisch saß und die europäische Ausgabe der *New York Times* aufgeschlagen hatte.

„Es ist wirklich, wie du gesagt hast“, sagte Ellie gerade erleichtert zu David.

Aber David hörte sie nicht mehr, und das Lächeln gefror ihm, als er die Überschriften auf dem Titelblatt las: *AMERIKANISCHER ARCHÄOLOGE BEI ANGRIFF AUS DEM HINTERHALT GETÖTET! H. Moniger zusammen mit 75 Juden getötet. Truman verspricht Überprüfung!*

David erbleichte und zog damit die Aufmerksamkeit des einsamen Reisenden auf sich. Rasch vertiefte er sich wieder in die Speisekarte.

„Jim?“, fragte Ellie, sorgfältig darauf bedacht, seinen richtigen Namen nicht zu benutzen. Auch sie hatte die Veränderung bemerkt. „Ist alles in Ordnung?“

„Entschuldigen Sie", wandte sich da der Herr mit unverkennbar britischem Akzent an die beiden, „Sie sind doch Amerikaner, nicht wahr?"

Ellie nickte rasch, ohne ihn dabei anzusehen. Unter dem Tisch stieß sie unterdessen David ans Knie und wiederholte noch einmal flüsternd: „Ist alles in Ordnung?"

David konnte ihr nicht ins Gesicht blicken, schüttelte nur den Kopf und erwiderte heiser: „Nein."

Dann erhob er sich ohne eine weitere Erklärung, nahm sie beim Arm und führte sie fort, sorgsam darauf bedacht, zwischen ihr und den Schlagzeilen zu stehen, die den Tod ihres Onkels verkündeten. Er konnte nur noch an eins denken: Sie mussten so schnell wie möglich in ihr Abteil, wo er ihr – unbehelligt von neugierigen Blikken – die traurige Mitteilung machen konnte.

* * *

Wie ein Messerstich bohrte sich Ellie die Nachricht ins Herz, die sie starr, aber aufrecht im Schutz des dunklen Abteils in sich aufnahm. „Ich wollte nicht, dass du die Schlagzeilen im Speisewagen liest. Man weiß ja nicht, ob uns jemand in diesem Zug sucht", sagte David hilflos und wollte tröstend den Arm um sie legen. Aber sie wich zurück. „Bitte nicht!", flüsterte sie. „Nicht! Ich möchte nicht weinen! Aber wenn du mich berührst, dann ..." Die Stimme versagte ihr. Tränenlos, aber mit leerem Blick starrte sie aus dem Fenster. Er schwieg beklommen.

Hinter dem Fenster mischten sich Wolken und Mondlicht mit den zackigen Bergspitzen zu einer unirdisch anmutenden Szenerie. Sicher hätte Ellie die Schönheit dieses Anblicks zu anderer Zeit mit ehrfürchtigem Staunen erfüllt. In dieser Nacht aber erschienen ihr die Berge kalt und eine Fortsetzung des Alptraumes, aus dem es offenbar kein Erwachen gab.

David sah hilflos vor sich hin. Ihm fiel in diesem schrecklichen Augenblick einfach nichts Tröstendes ein. „Kann ich dir irgendetwas holen?", war das Einzige, was er schließlich hervorbrachte.

„Ich möchte weglaufen", sagte sie kläglich, „aber es gibt ja keinen Ort auf der ganzen Welt, der wirklich weit genug weg ist, nicht wahr?"

„Nein." Er hätte sie gerne berührt, sie in den Arm genommen, wie ein Kind gehalten.

„Und jetzt kann ich nicht einmal nach Hause", klagte sie. „Weder nach Santa Monica noch nach Jerusalem." Eine Zeit lang war nur noch das Rattern des Zuges im Abteil zu hören, das Schweigen wurde dadurch umso bedrückender. Plötzlich rief Ellie verzweifelt: „Was soll nur aus uns werden? *Was?*"

„Ich glaube, wir müssen einfach weitermachen", erwiderte David schwach. „Bis wir nicht mehr können." Sein Gesicht war starr vor Schmerz – um ihret- und Howards willen.

Sie rang verzweifelt die Hände, und David machte wieder einen hilflosen Versuch, sie tröstend zu streicheln, doch sie entzog sich ihm abermals und wehrte zornig ab: „Bitte *nicht!*" Er fuhr erschrocken zurück, als habe sie ihn geschlagen. „Ich will nicht ... Ich will nicht weinen! Nicht mehr!"

David atmete langsam aus und blickte sie dabei verzweifelt an. „Vielleicht sollten wir ..." – er schluckte schwer – „... uns an die amerikanische Botschaft in Paris wenden ... ihnen sagen, wer wir sind. Dort wären wir zumindest sicher."

„Es gibt keinen Ort, an den wir fliehen können", erwiderte sie in dumpfer Resignation. „Wo immer wir auch hingehen, dieser Krieg wird nicht zu Ende sein, wenn wir zurückkommen. – Und Rachel, Mosche, Jakov, der Großvater, Onkel Howard – alle wussten das", murmelte sie vor sich hin. Sie lehnte die Stirn an die Fensterscheibe. „Es gibt keine Möglichkeit, dem zu entfliehen." Dann wurde sie von einem Weinkrampf geschüttelt, und die Scheibe beschlug von ihrem Atem.

David setzte sich dicht neben sie. Vorsichtig legte er ihr die Hand auf die Schulter, und plötzlich war das Eis gebrochen: Sie barg ihr Gesicht an seiner Brust. „Es tut mir so Leid", flüsterte er, erleichtert, dass sie seine Nähe nun nicht mehr ablehnte – auch wenn er ihr letztlich keinen Trost spenden konnte. Er strich ihr über Haar und Rücken. „Ich weiß auch nicht, was wir jetzt tun können", sagte er hilflos. „Ich weiß es nicht ..."

„Er war ein so guter Mensch", flüsterte Ellie unter Tränen. „Er hat so fest daran geglaubt, dass dies die einzige Möglichkeit ... dass Israel das Richtige ist."

Lange Zeit hielt David sie einfach im Arm und sprach beruhigend mit ihr, wie mit einem Kind. „Es ist ja alles gut", flüsterte er und küsste sie aufs Haar.

„Ich habe solche Angst", weinte sie. „Wo sollen wir nur hin?"

Der Schmerz, den er um ihretwillen empfand, schnürte ihm den Hals zu. „Tapfer zu sein", versuchte er stockend zu trösten, „heißt nicht unbedingt, dass man nie Angst hat. Vielleicht verhält es sich mit der Tapferkeit so ähnlich wie mit dem Wissen um Gut und Böse, das man auch dann noch hat, wenn man müde ist oder Angst hat. So stelle ich es mir auch mit der Angst und der Tapferkeit vor: Tapferkeit bedeutet, dass man weitermacht ... selbst wenn man glaubt, keinen Schritt mehr weiterzukönnen."

Sie klammerte sich noch fester an ihn, als er weitersprach: „Du hast Recht! Wir können nicht weit genug weglaufen, um all dem zu entfliehen. Aber dann können wir genauso gut auch versuchen, weiterzugehen ... und dem mutig entgegenzusehen, was uns erwarten mag."

„Es ist nur, weil ich dich nicht auch noch verlieren möchte", schluchzte sie. „Das ist alles ... alles, worum es mir im Augenblick geht. Überall sterben Menschen ... Menschen, die ich liebe ... und ich habe dabei immer das Gefühl, dass auch du darunter sein könntest, ... dass du vielleicht der Nächste bist ..."

David nickte mit starrer Miene. Tausendmal hatte er selbst gefürchtet, Ellie zu verlieren. „Ja. Auch ich mache mir Sorgen um dich! Aber dann stelle ich mir immer vor, dass der Herr seine Hand über uns hält; dass er alles weiß, von Anfang bis Ende. Er weiß sogar, wie viel Angst wir haben."

„... wie viel Angst ich habe", ergänzte sie und sah mit leuchtenden Augen zu ihm empor.

„Dann müssen wir also jetzt weitermachen, einen Fuß vor den

anderen setzen, noch einen Einsatz über feindlichem Gebiet fliegen." Er strich ihr zärtlich über die Wange. „*Das* ist es, was Tapferkeit bedeutet. Und wenn wir so handeln, Els, werden wir gewinnen – was immer auch passiert –, weil die anderen genauso viel Angst haben wie wir."

„Meine Mutter!", rief Ellie plötzlich mit besorgter Miene. „Sie wird sich Sorgen machen! Sie muss inzwischen von Onkel Howards Tod erfahren haben. David, sie wird sich auch meinetwegen Sorgen machen!"

„Wir werden ihr ein Telegramm schicken", beruhigte er. „Von Paris aus. Das zumindest können wir tun. Dabei können sie uns nicht auf die Spur kommen."

Dieser Vorschlag hatte tatsächlich eine beruhigende Wirkung auf sie, denn sie entspannte sich in seinen Armen und schlief schließlich ein.

* * *

In der Eingangshalle des Washingtoner Flughafens las Tom Kane den Brief Howard Monigers ein letztes Mal durch, bevor er ihn in den Briefumschlag steckte, der für die *Washington Post* bestimmt war.

AUFRUF FÜR DIE PASSAGIERE DES PANAMERICAN-FLUGES 135 ..., schreckte ihn eine Stimme aus dem Lautsprecher auf, als er gerade dabei war, noch schnell die Adresse auf den Umschlag zu schreiben. Moniger hatte bereits ein Dutzend vergeblicher Briefe an Senatoren und Kongressabgeordnete in seinem Bekanntenkreis geschrieben, aber in dieser Angelegenheit würde das amerikanische Volk selbst wohl das letzte Wort haben. Die letzten Worte eines Mannes, der auf so sinnlose Weise umgekommen war, würden sicherlich in der Öffentlichkeit einige Aufmerksamkeit erregen.

Tom hatte Howards Brief eine kurze Erläuterung für den Herausgeber der Post hinzugefügt, aber keinen eigenen Bericht über die Tat beigefügt. Bis der Brief ankam, würde man ohnehin alle Einzelheiten über Howards Tod kennen. Aber seine Worte würden wie eine Bitte aus dem Grabe, wie eine Prophezeiung zukünftiger Ereignisse sein.

LETZTER AUFRUF ... FLUG 135 ...

Einen Augenblick lang zögerte Kane vor dem Briefkasten und starrte auf den Umschlag, als enthalte er den Sinn des Lebens. *Das tut er wahrscheinlich auch,* dachte er schließlich und steckte den Brief mit bebenden Händen durch den Schlitz. Dann eilte er davon, um sein Flugzeug noch zu erreichen.

* * *

Sarai Tafara stand neben Rachel und starrte in die schwarze Stadt hinunter. Das Leuchtband der Rücklichter wurde immer dünner und verschwand schließlich auf der Straße nach Jerusalem.

„Meine Leute sind weg", sagte sie schließlich stockend in gebrochenem Englisch.

„Wo sind sie denn hin?", fragte Rachel.

„Weg. Ich habe heute gehört. Alle sind weg, außer die Soldaten. Die Soldaten kommen und kommen und kommen", erwiderte Sarai mit dem leeren Gesichtsausdruck einer Schlafwandlerin. „Die Leuten, werden kommen zurück, wenn Jerusalem gefallen. Aber jetzt sie gehen weg von die Schlacht, die kommt."

„Deine Familie ist ohne dich gegangen?", fragte Rachel behutsam und legte Sarai eine Hand auf den Arm.

„Ich bin tot für sie jetzt", erwiderte sie mit dumpfer Stimme, die wie aus weiter Ferne kam. „Sie an mich denken und weinen. Aber sie mich nicht suchen. – Ich bin tot für sie", wiederholte sie noch einmal.

Rachel schwieg lange Zeit. Seit dem frühen Morgen hatte der massenhafte Exodus arabischer Zivilisten ein Schauspiel der Panik geboten, das sie ständig daran erinnerte, wie Tausende von Juden im kalten Winter aus Polen geflohen waren. *Alte und Kranke waren auf Karren und Wagen geladen worden. Kinder saßen auf Bergen von Haushaltsgegenständen ... Was für Angst haben wir damals ausgestanden! Aber wir wussten, dass es für uns keine Rückkehr nach Hause mehr geben würde.*

„Wo gehen sie denn hin? Weißt du das?“, fragte sie Sarai. „Vielleicht können wir sie benachrichtigen, dass du –“

Sarai schüttelte langsam den Kopf. „Nein. Es ist gut so. Ich bin gestorben in Deir Jassin. Achmed hat gesollt nur beenden.“

Die Straßen von Sheik Jarrah lagen nun vollkommen verlassen da. „Sie fliehen von Deir Jassin. Sie haben Angst, dass auch passiert ihnen, was passiert ist mir. So nur bleiben Soldaten da. Und werden noch mehr kommen. So viele! Viele Soldaten kommen. Sie geschworen Rache. So viele Soldaten kommen werden und kämpfen ...“ Sie verstummte.

„Dann kommst du eben mit mir“, sagte Rachel spontan und liebevoll. „Du kannst ja sonst nirgendwohin, nicht wahr?“

„Nein“, sagte Sarai schlicht. „Soldaten sein in Haus von meine Eltern. Kein Platz dort für mich. Ich habe kein Recht, dorthin zurückgehen. Ich bin tot für sie ...“, wiederholte sie ihre vorigen Worte mit schmerzlicher Miene, als dringe die Endgültigkeit dieser Worte ihr erst jetzt vollständig ins Bewusstsein und durchbohre nun ihre Seele.

Da klopfte Mosche sanft an die Tür zu Tikvahs Krankenzimmer und öffnete sie einen Spaltbreit. „Wir müssen uns beeilen, Rachel“, sagte er. „Die Straße ist jetzt offen. Zumindest *im Augenblick.* Die Araber haben Sheik Jarrah verlassen. Pack die Sachen der Kleinen. Wir müssen gehen ...“

## 18. Bis wir in Sicherheit sind

Vom fahrenden Zug aus betrachtete David das tief in die Alpen eingeschnittene Flussbett des Arc. Sie waren endlich in Frankreich, und das Bewusstsein, dass sie der italienischen Rechtsprechung entkommen waren, erfüllte ihn mit unglaublicher Erleichterung. Ellie schlief nun schon seit einigen Stunden – eng an ihn geschmiegt. Obwohl er die ganze Zeit über wach geblieben war, hatte er nicht gewagt, sich zu bewegen, aus Angst, ihren Schlaf zu stören, den sie nach all der Aufregung so dringend benötigte.

Es war bereits nach Mitternacht, als er es schließlich doch wagte, seinen Arm behutsam unter ihr wegzuziehen und sie vorsichtig auf das obere der beiden schmalen Etagenbetten zu heben. Dann versuchte er, seine steifen Glieder zu strecken, doch die niedrige Decke des Abteils machte dies unmöglich. Also ging er auf den trübe beleuchteten Gang hinaus, nachdem er sich noch einmal vergewissert hatte, dass Ellie tatsächlich ruhig schlief. Dort dehnte und streckte er sich genüsslich und füllte seine Lungen mit frischer Luft.

Plötzlich spürte er einen Luftzug, und er nahm an, dass eine Abteiltür geöffnet worden war. Doch statt dem Schaffner gegenüberzustehen, wie er unbewusst erwartet hatte, blickte er in die düstere Miene eines korpulenten Mannes. David nickte ihm zu, doch der Mann ließ den Gruß unerwidert und baute sich mit gekreuzten Armen am Ende des Ganges auf, als wolle er den Durchgang blockieren.

Im nächsten Moment öffnete sich eine weitere Tür am anderen Ende des Ganges, und heraus trat der Engländer, der ihnen im Speisewagen gegenübergesessen hatte. Trotz der trüben Beleuchtung erkannte David sofort, dass er eine *New York Times* unter dem Arm trug.

Der Mann kam schwankend auf David zu. Auch er machte auf ihn einen grimmigen Eindruck. Allem Anschein nach galt sein Blick jedoch dem beleibten Mann, der immer noch hinter David am anderen Ende des Ganges stand.

David fühlte sich unwillkürlich in die Enge getrieben und verschwand blitzschnell wieder in seinem Abteil, schloss die Tür und schob sofort den Riegel vor. Mit angehaltenem Atem horchte er dann an der Tür angestrengt auf das, was sich draußen auf dem Gang abspielte. Die Zeit dehnte sich ihm ins Unendliche, während er, durch die Tür gedämpft, hörte, wie sich die beiden Männer auf Französisch unterhielten. Er verstand jedoch kein Wort. Später vernahm er noch, wie jemand im Vorbeigehen an die Abteiltür stieß, bevor Ruhe eintrat.

Erst als sich draußen lange nichts mehr geregt hatte, ließ seine Anspannung nach, und er fuhr sich erleichtert übers Gesicht. Nun erst merkte er, dass ihm vor Angst der Schweiß ausgebrochen war. Tausend Fragen jagten ihm durch den Kopf. Doch alle führten zu den gleichen Überlegungen: Vielleicht hatte der Engländer im Speisewagen die Zeitung absichtlich offen hingelegt, um zu sehen, wie die amerikanischen Fahrgäste reagierten. Wenn dies der Fall war, dann konnte er ein Komplize dieses beleibten Mannes sein, der allem Anschein nach als Beobachter fungierte!

David nahm all seinen Mut zusammen und trat noch einmal auf den Gang hinaus. Zu seinem Entsetzen stellte er fest, dass der beleibte Mann immer noch an derselben Stelle stand. Er hatte sich jedoch rasch wieder in der Gewalt und versuchte, einen möglichst zwanglosen, natürlichen Eindruck zu erwecken, indem er sich wieder gähnend streckte und seinem Mitreisenden abermals freundlich zunickte. Doch auch diesmal verzog dieser keine Miene. David hielt es für das Beste, einen Gang zur Toilette zu unternehmen. Er fand sie jedoch besetzt, und so ging er, immer noch unter den beobachtenden Blicken des Mannes, betont unbekümmert wieder zu seiner Abteiltür zurück.

Dort klopfte er gähnend und in offensichtlicher Ungeduld mit dem Fuß auf den Boden. Noch einmal zu dem Mann hinüberzusehen wagte er allerdings nicht, denn er war inzwischen fest davon überzeugt, dass dessen Interesse an ihm nicht rein zufälliger Natur war. Es war wirklich unverkennbar, dass er ihn genau beobachtete, noch dazu voller Feindseligkeit. Aber warum hatte er Ellie und ihn nicht verhaftet, bevor der Zug die Grenze nach Frankreich passiert hatte?

Schließlich ging die Toilettentür auf, und heraus trat der Engländer. „Sieh da!“, rief er fröhlich. „Der junge Mann aus Amerika! Hoffe, es geht Ihnen inzwischen etwas besser!“

David begriff mit einem Schlag, wie der Engländer sein merkwürdiges Verhalten interpretiert hatte, und wusste die Situation intuitiv zu nutzen. „Eigentlich nicht“, erwiderte er daher mit matter Stimme und legte zum Zeichen seines schlechten körperlichen Befindens eine Hand auf den Magen.

„Tja, leider ist die Toilette in einem fürchterlichen Zustand!“, redete der Engländer weiter und deutete angewidert mit dem Daumen in die entsprechende Richtung. „Ich möchte meinen, dass man derlei in einem britischen Zug nicht vorfinden würde!“ Er sah mit einem, wie David meinte, wissenden Blick zwischen ihm und dem Italiener hin und her und trat dann, den Anflug eines Lächelns auf den Lippen, zur Seite, um David durchzulassen.

Als David an ihm vorbeiging, drückte ihm dieser wie beiläufig seine Zeitung in die Hand: „Die habe ich heute Abend in Turin gekauft und bereits durchgelesen. Wenn Sie Interesse haben –“

„Tja, danke“, war das Einzige, was David vor Überraschung ziemlich brüsk hervorbrachte. Er ergriff die Zeitung und verschwand damit wortlos in der Toilette. Er schloss die Tür hinter sich ab. Die Aufregung hatte ihn derart mitgenommen, dass er sich auf das kleine Waschbecken stützen musste. In seiner zittrigen Hand hielt er immer noch krampfhaft die Zeitung. Im Spiegel sah er, dass sein Gesicht aschfahl war. Zweifellos hatte seine Gesichtsfarbe mit dazu beigetragen, dass der Engländer glaubte, er fühle sich nicht wohl. Und in diesem Augenblick stimmte das auch tatsächlich.

In dem winzigen Raum zog es durch ein offenes Loch im Boden, durch das die Exkremente nach draußen fielen. Trotz der hereinströmenden Luft roch es penetrant nach Urin und Erbrochenem. David wusch sich zunächst unter dem Hahn eines großen, verchromten Wasserkanisters das Gesicht, bevor er wagte, einen Blick auf die Titelseite der Zeitung zu werfen. Das Massaker an den fünfundsiebzig jüdischen Zivilisten nahm die obere Hälfte der Seite und eine Großaufnahme der *Trina* mit dem dazugehörenden Artikel die untere Hälfte ein.

Er hielt das Blatt dicht unter die schwache Birne und las hastig: *... das Werk jüdischer Terroristen. Augenzeugenberichten zufolge flohen kurz vor der Explosion, die den gesamten Hafen von Bari erschütterte, zwei Männer von dem Schiff, auf dem sich in der Nacht vor der Explosion eine amerikanische Journalistin aufgehalten haben soll. Möglicherweise steht sie mit dem Anschlag in Verbindung ...*

David schlug heftig auf die Zeitung. „Ich hasse diese Journalisten! Wie finden sie nur immer alles heraus!", stieß er zornig hervor.

Staunend über die erwähnten Einzelheiten, las er weiter und vergaß dabei alles um sich her, bis es heftig an der Tür klopfte.

Er öffnete wortlos und schob sich an einem müde aussehenden Mann in Bademantel und Hausschuhen vorbei. Am Ende des Ganges stand immer noch der korpulente Mann.

In diesem Augenblick betrat der Schaffner den Gang durch die Verbindungstür zum nächsten Wagen, schob sich an dem Mann vorbei und rief die nächste Station aus: „St. Michel!" Er klopfte an zwei Abteiltüren und rief noch einmal: „St. Michel! St. Michel!"

Um Fassung ringend, verschwand David in seinem Abteil. Dort knipste er die Leseleuchte am unteren Bett an und las den Artikel noch einmal in Ruhe durch. Er war abgefasst von einem gewissen Lawrence C. Crabtree, dem europäischen Korrespondenten der *New York Times*.

Als er zu Ende gelesen hatte, weckte er aufgeregt seine Frau: „Ellie! Ellie, Liebling, wach auf!"

Sie drehte sich stöhnend um. „Was ...?"

„Was weißt du über einen Reporter der *New York Times* namens Lawrence Crabtree?"

Es dauerte eine Weile, bis sie unter Gähnen antworten konnte: „Crabtree? Warum?"

„Kennst du ihn? Ja oder nein?"

„Jeder kennt Crabtree! – Oder hat zumindest von ihm gehört. Seine Gemeinheit ist schon sprichwörtlich."

„Und was ist mit dir? Kennt er dich?“ David versuchte, die Angst in seiner Stimme zu unterdrücken.

„Weiß nicht. Ich wünschte, es wäre so.“ In plötzlich erwachtem Argwohn beugte sie sich über den Bettrand und sah zu David hinunter. „Warum fragst du?“

„Weil er am Hafen von Bari gewesen ist. Darum. Er muss ein unglaublich cleverer Bursche sein!“

Er hielt ihr den Artikel hin. Sie las ihn stöhnend durch und meinte dann: „Zu allem Übel ist er auch noch als Erstes zu Signora Hortencia getigert. Er geht an Orte, von denen man in keinem Journalistikseminar hört. Dieser Bursche ist –“

„... dabei, uns hinter Gitter zu bringen“, schnitt ihr David das Wort ab. „Steh auf, Els! Zieh dich an! Ich glaube, wir werden bereits verfolgt.“

* * *

Während sich der Zug durch eine enge Schlucht langsam dem kleinen Dorf St. Michel näherte, öffnete Ellie das Fenster und warf ihre Nonnenkleidung und Davids Priesterkragen hinaus. Es war nicht ratsam, Beweisstücke für Pater Antonells Hilfe zu behalten. Denn Crabtrees Artikel zufolge würde der Priester einer peinlichen Befragung entgegensehen.

„Gibt es denn keine andere Möglichkeit, den Zug heimlich zu verlassen, David?“, fragte Ellie verzweifelt. „Vielleicht durch das Fenster?“

David schüttelte den Kopf und steckte entschlossen den Revolver in seinen Hosenbund. „Nein. Das wäre zu offensichtlich. Das wäre genau das, was er erwartet, genau das, weswegen er auf der Lauer liegt. Vor ein paar Minuten hat er versucht, sich an mich heranzumachen. Aber als dann der Engländer aus der Toilette kam, hat er sich nicht getraut, weiterzumachen. Wahrscheinlich ist der einzige Grund, warum er uns noch in Frieden lässt, der, dass er hofft, auch noch die anderen beiden Mitglieder des Quartetts ausfindig zu machen, die in dem Artikel erwähnt werden. Aber wenn er wittert, dass wir uns aus dem Staub machen wollen, wird er uns auf der Stelle verhaften."

Ellie fasste sich an die Stirn. Ihr wurde schwindelig bei dem Gedanken an ein italienisches Gefängnis. In einer alptraumhaften Vision sah sie sich durch die nächtliche Dunkelheit rennen, bellende Hunde dicht an den Fersen. „Das bedeutet, dass sie noch nichts von Michail und Bernie wissen – ich meine, wer sie sind."

Da es keinen Sinn hatte, kostbare Zeit mit nutzlosen Überlegungen zu vergeuden, reichte David ihr wortlos die Brieftasche und die Pässe. Dann suchte er in der Rasiertasche nach dem Rasiermesser und dem Kopf der kaputten Pfeife und bestimmte energisch: „Tu einfach, was ich dir gesagt habe! Dann kann gar nichts schief gehen! Und denk daran: fünf Minuten, während die Fahrgäste aussteigen. Dann musst du anklopfen."

Sie nickte tapfer. Doch als David die Tür öffnete und ihr den Vortritt ließ, klopfte ihr das Herz vor Aufregung bis zum Halse. Sie riskierte nur einen verstohlenen Blick auf den gewaltigen Mann, der immer noch am Ende des Ganges stand und sie ganz unverhohlen musterte. Worauf wartete er nur, wenn er doch Bescheid wusste? Hoffte er tatsächlich, sie zusammen mit ihren vermeintlichen Komplizen verhaften zu können?

Ellie streckte David, der wieder vorgab, unpässlich zu sein, hilfreich die Arme entgegen. Er stützte sich schwer auf sie und ließ sich von ihr unter den beobachtenden Blicken des beleibten Mannes zur Toilette führen.

„St. Michel!", rief der Schaffner noch einmal. David betrat den kleinen Raum und schloss die Tür hinter sich ab.

Während der Zug zischend seine Fahrt verlangsamte und schließlich anhielt, blickte Ellie abwartend auf ihre Schuhe. Zwei Ehepaare kamen aus ihren Abteilen. Sie machten gar nicht erst den Versuch, sich mit ihrem Gepäck an dem unbeweglichen Riesen vorbeizuschieben, sondern wählten gleich die Tür auf Ellies Seite des Ganges.

Nachdem sie ausgestiegen waren, schüttelte Ellie mit unbekümmerter Miene ihr Haar und zählte stumm bis fünfundsechzig, bevor sie an die Tür klopfte und mit lauter Stimme rief: „Wie geht's dir, Liebling? Brauchst du Hilfe?"

Mit zusammengekniffenen Augen und vorgebeugtem Oberkörper verfolgte der Hüne, wie sich daraufhin die Toilettentür öffnete und sich auch Ellie noch in das kleine Kabuff zwängte.

Als sie eintrat, hockte David auf dem Boden, den Kopf des Rasiermessers als provisorischen Schraubenschlüssel um eine Schraube geklemmt, die letzte, die den hölzernen Toilettentopf noch über dem offenen Abflussloch hielt. Die anderen drei Schrauben lagen bereits neben ihm auf dem Boden. „Ich hab's gleich geschafft", flüsterte er keuchend, während er sich weiter nach Kräften mühte, die fest sitzende Schraube zu lösen.

„David, beeil dich!", drängte Ellie. Ihr Herz klopfte wild. Während sie wie hypnotisiert auf die Schienen starrte, die durch das Loch zu sehen waren, hörte sie voller Entsetzen, wie bereits die Abfahrt des Zuges angekündigt wurde. „Er hat mich so seltsam angesehen, David! Er wartet! Du hattest Recht. Wenn die anderen Leute nicht ausgestiegen wären –"

„Sch!", wehrte er ab und bearbeitete die Schraube noch heftiger, indem er wieder und wieder mit der Hand gegen den Griff des Rasiermessers schlug. Glücklicherweise gelang es ihm tatsächlich, auch diese Schraube Stück für Stück zu lockern.

Die Reisenden für den Schnellzug nach Frankreich werden gebeten, sich auf Bahnsteig zwei einzufinden ...

Mit der Kraft, die aus Angst geboren wird, schaffte es David schließlich, die Schraube herauszudrehen. Er seufzte erleichtert und richtete sich auf. Dann hob er den Toilettentopf ab und stellte ihn auf das Waschbecken. Ellie drückte sich unterdessen gegen die Wand, um ihm Platz zum Hantieren zu lassen.

„Komm!", drängte er heiser. „Komm!"

Sie starrte, gelähmt vor Angst, auf die schmutzige Öffnung, die gerade groß genug schien, dass sie hindurchschlüpfen konnte. Die Pfeife des Schaffners schrillte. „Mach schon!", befahl David barsch, nun ebenfalls von panischer Angst ergriffen.

„Wir werden überfahren!"

Als sie immer noch keine Anstalten machte, seiner Aufforderung Folge zu leisten, packte er sie und bugsierte sie unsanft durch die Öffnung. „Leg dich flach zwischen die Schienen!“ Der schrille Pfiff des Schaffners ertönte zum dritten Mal. Gleich darauf zwängte sich David selbst, mit den Füßen voran, ächzend durch das Loch. Seine breiten Schultern brachten das Unterfangen fast zum Scheitern.

Endlich glitt er auf den öligen Schotter unter dem Zug. Auf dem Rücken liegend, tastete er nach Ellie und stellte beruhigt fest, dass sie sich fest auf die groben Bahnschwellen presste. Im nächsten Augenblick fuhr der Zug zischend, stampfend und röhrend an.

* * *

Der Zug hatte St. Michel schon mehr als zwanzig Kilometer hinter sich gelassen, als der beleibte Mann allmählich unruhig wurde und auf die Toilette zuging. Er zögerte einen Moment unschlüssig vor der Tür, bevor er seine mächtige Faust hob und vorsichtig anklopfte.

„Scusi“, bat er leise. Er sah sich verstohlen um und fügte hinzu: „Signore, ist alles in Ordnung?“

Keine Antwort. Er klopfte noch einmal. „Ich fragte, ist alles in Ordnung?“ Abermals kam keine Antwort. Er räusperte sich und rief dann lauter: „Machen Sie auf! Los!“ Wieder nur Schweigen. Als dann der Zug durch einen Tunnel fuhr, stemmte sich der Mann mit seiner mächtigen Schulter gegen die Tür. Sie sprang krachend auf und pendelte im Rhythmus der Bewegungen des Zuges in ihren Angeln.

Beim Anblick der abmontierten Toilette und des gähnenden Loches im Fußboden stöhnte der Mann verzweifelt auf und schüttelte fassungslos den Kopf. Der Wind, der durch das Loch hereinpfiff, zerrte an seinen Haaren, und die Funken, die hell von den Zugrädern aufstoben, beleuchteten sein Gesicht, auf dem sich eine Mischung aus Empörung und Bewunderung abzeichnete.

Eine geschlagene Minute stand er wie angewurzelt in der Tür. Dann bückte er sich resigniert und hob das Rasiermesser auf, in dem immer noch die letzte Schraube steckte. Anschließend schob er sich in den winzigen Raum und drückte die Tür als Sichtschutz wieder in den Türrahmen. Da er nicht wusste, was er sonst tun sollte, stellte er die Toilette wieder über die Öffnung und schraubte sie mit der Geduld einer Kinderfrau an, die die Unordnung ihrer nachlässigen Schutzbefohlenen beseitigt.

* * *

Die Fenster von Howards Haus in Rehavia waren dunkel. Noch bevor Mosche die Nachricht des Rabbis unter der Tür hervorgezogen hatte, wusste Rachel, dass der Großvater und Jakov nicht mehr da waren.

Sie hielt Tikvah fest im Arm, während Mosche die Tür aufschloss und nach dem Lichtschalter tastete. Sarai stand mit gesenktem Kopf hinter ihnen.

„Kein Strom", sagte Mosche abgespannt. „Aber ich weiß, wo Kerzen sind." Er tastete sich durch den Flur in die Küche. Während die beiden Frauen im Dunkeln warteten, ergriff Rachel Sarais Hand. Sie war eiskalt.

„Du bist hier in Sicherheit", versuchte sie zu beschwichtigen. Und da sie um die beruhigende Wirkung wusste, die Tikvah auf andere ausübte, fügte sie noch hinzu: „Kannst du sie mir bitte mal abnehmen?"

Sie legte Sarai das schlafende Kind in die ausgestreckten Arme und spürte mit Befriedigung, dass die Anspannung der jungen Frau tatsächlich nachließ.

Kurz darauf erschien Mosche wieder, mit einer brennenden Kerze in der einen und der Nachricht des alten Rabbiners in der anderen Hand. Er reichte Rachel den Zettel und hielt die Kerze so, dass sie lesen konnte.

*Meine liebste Rachel!*
*Immer noch keine Nachricht darüber, ob du in Sicherheit bist! Wie sehr bete ich dafür, dass du lebst und es dir wohl ergeht! Wenn du*

*diese Nachricht vorfindest, dann wisse, dass Jakov und ich getan haben, was wir tun mussten. Ich habe mich entschlossen, diese alten Knochen nicht eher ruhen noch rasten zu lassen, bis ich wieder in der Heiligen Stadt bin.*

„Sie sind zurück in die Altstadt gegangen", rief Rachel erschrocken aus.

*Ich konnte nicht anders! Dort ist meine Heimat, der Ort, an dem mein Herz und meine Hoffnung hängen. Solltest auch du in den Flammen des Hadassah-Konvois umgekommen sein, werden wir uns vielleicht noch heute im Paradies treffen. Dann ist dieser Brief hinfällig. Solltest du aber leben, dann bete für uns, aber suche uns nicht! Denn es hängt von Gott allein ab, ob wir uns noch in diesem Leben wieder sehen. Schalom.*
*Dein Großvater.*

Am Ende des Briefes war noch ein Postskriptum hinzugefügt, dem deutlich die Aufregung des alten Mannes anzusehen war: *Lob sei dem Ewigen! Du lebst! Ehud Schiff bringt uns jetzt nach Hause! Mach dir unseretwegen keine Sorgen! Psalm 139, 9-10.*

Drei Stunden später, während Mosche fest schlief und Tikvahs regelmäßiger Atem ihr Herz mit tiefem Frieden erfüllte, stand Rachel vorsichtig auf und zündete die heruntergebrannte Kerze wieder an. Sie nahm behutsam den Deckel von der weißen Schachtel, die sie aus dem Krankenhaus mitgebracht hatte, und holte Howards kleine Bibel heraus. Im flackernden Kerzenlicht las sie den Abschnitt, den der Großvater ihr angegeben hatte: *Nähme ich die Flügel der Morgenröte und bliebe über dem äußersten Meer, so würde mich doch deine Hand daselbst führen und deine Rechte mich halten.* Während sie über die Bedeutung der Worte nachdachte, sah sie David und Ellie, Großvater und Jakov und das brennende Warschau vor ihrem geistigen Auge. *Selbst dort* – in dem großen Hexenkessel menschlichen Leides – *selbst dort.* Die ängstliche Prophezeiung des arabischen Mädchens fiel ihr ein: *„Wenn Jerusalem fällt, werden sie bes-*

*timmt zurückkommen. Soldaten werden kommen und kommen und kommen ...*"

Rachel betrachtete das Gesicht ihres schlafenden Mannes und versuchte, mit Gottvertrauen an die Zukunft zu denken. „Was immer auch kommen mag", flüsterte sie. „Was immer auch kommen mag, deine Hand wird uns halten, Herr ..."

Sie blies die Kerze aus und schlüpfte wieder unter die Decke. Im Schlaf rückte Mosche eng an sie heran, schlang den Arm um sie und zog sie an sich. Sie barg ihr Gesicht an seiner Brust und strich zärtlich über seinen Rücken. *Wie könnte ich nur ohne ihn leben?* Als habe er ihre Gedanken gespürt, küsste er sie und sagte mit zufriedener, verschlafener Stimme: „Mir war, als träumte ich."

„Nein, du träumst nicht, Liebster", flüsterte sie und erwiderte zärtlich seinen Kuss. Dann blieb kein Raum mehr für Gedanken an die Zukunft, nur noch die Freude am Augenblick und die Gewissheit, dass eine Hand, die stärker war als sie beide, sie sicher bis zu diesem Augenblick geleitet hatte.

* * *

Es ging bereits auf Mitternacht zu, und der erwartete Angriff auf das jüdische Viertel der Altstadt war ausgeblieben. Wie durch ein Wunder hatten die Horden der Jihad-Moqhaden über der Ehrenbezeugung für ihren gefallenen Führer völlig vergessen, die jüdischen Konvois aufzuhalten. Tausende von Kugeln waren verschwendet worden, ohne dass ein einziger Jude getötet worden war. Im Gegenteil hatten sogar fünfzehn Araber bei dem Aufruhr, der im Anschluss an das Begräbnis ausbrach, durch eigene Volksgenossen den Tod gefunden.

Die einundzwanzig Haganahsoldaten, mit denen Ehud in die Altstadt gekommen war, hatten längst ihre Positionen im jüdischen Viertel bezogen. Ehud, der gleich nach seiner Ankunft Wache gehalten hatte, war bereits von der Mitternachtswache abgelöst worden und saß nun zusammen mit Rabbi Lebowitz in dessen winziger Kellerwohnung. Schaul hatte seinen Kopf auf das Knie des hünenhaften Mannes gelegt und blickte ihn aus seinen bernsteinfarbenen Augen hingebungsvoll an.

„Ich hatte ja zuerst eine ganz schöne Wut auf Sie, Rabbi Lebowitz", polterte Ehud.

Der Großvater legte beschwichtigend einen Finger an die Lippen, deutete auf das Eisenbett, in dem Jakov friedlich schlief, und erwiderte mit einem feinsinnigen Lächeln: „So? Auch jetzt noch?"

„Nein", gestand Ehud etwas gedämpfter. „Weil wir ja alle noch am Leben sind!"

„Und wenn wir getötet worden wären?"

„Dann wäre ich auch jetzt noch wütend auf Sie."

„Nein. Denn dann wären auch Sie jetzt tot. Stimmt's? Natürlich stimmt's."

Ehud schwieg einen Augenblick lang verdutzt, bevor er grollend nickte. „Aber dann wäre zumindest *Mosche* jetzt böse!"

„Was machte das schon aus, wenn wir alle tot wären? Wie kann Ihnen Mosches Zorn etwas ausmachen, wenn Sie tot sind?"

Ehud runzelte die Stirn und rieb sich die Augen. „Ich hätte es selbst im Tode nicht gerne, dass Mosche zornig ist", beharrte er.

„Ein Trost ist doch, dass Sie es ja gar nicht wüssten, nu?", erwiderte der Großvater und strich sich über den Bart.

„Genug davon", beendete Ehud nun wieder mit seiner normalen Stimmlage das Thema. „Mit einem Rabbiner kann man nicht streiten! Und ich bin nur ein einfacher Seemann und kein Jeschivaschüler. Ich wollte nur sagen, dass Sie nicht hätten mit uns kommen sollen! Wie leicht hätte Ihnen etwas zustoßen können!"

„Aber es ist uns doch nichts zugestoßen", erwiderte der Rabbiner, lehnte sich zurück und blickte sich zufrieden in seinem kleinen Heim um. „Und nun sind wir hier, nicht wahr?", fügte er wie selbstverständlich hinzu. „Zwei Soldaten mehr für das jüdische Viertel. Der Junge kennt diese Straßen und Gassen besser als jede Ratte. Er wird Ihnen gute Dienste leisten."

Ehud schob die Unterlippe vor und funkelte den Alten zornig an: „Und was wollen Sie zu unserer Verteidigung tun, Rabbi?"

„Ich werde beten. Um Wunder beten, genau so, wie ich heute

dafür gebetet habe, dass die sechs Lastwagen unseres kleinen Konvois durchkommen. Wie ich auch dafür gebetet habe, dass mir das Glück beschieden sei, auf dem Boden Zions sterben zu dürfen anstatt vor ihren Toren."

Bei diesen Worten fiel Ehud wieder ein, was Dov ihm heute während ihrer gemeinsamen Nachtwache erzählt hatte, und es lastete ihm schwer auf der Seele. Er fuhr sich verzweifelt mit der Hand durch sein dichtes Haar. „Dov rechnet damit, dass auch unser jüdisches Viertel hier zu einem *Kesl* wird, nu? Zu einem Hexenkessel ... wie damals in Warschau, Rebbe Lebowitz! Wir sind eingekesselt! Es kann sein, dass heute die letzte Möglichkeit zur Flucht war ..."

„Sie sind doch selbst in den Hexenkessel gesprungen. Erwarten Sie da von mir etwas anderes? Insbesondere, wenn der Hexenkessel meine Heimat ist?"

Ehud merkte zwar, dass es aussichtslos war, die Gefühle dieses starrsinnigen Alten zu ändern, aber er versuchte einen letzten Appell an sein Gewissen. Er deutete mit dem Kopf zu Jakov hinüber und fragte streng: „Und was ist mit dem Jungen?"

„Es sind doch auch noch andere Kinder hier. Stimmt's? Natürlich stimmt's. Wollen Sie etwa auch von ihnen verlangen, dass sie das Viertel verlassen?"

Ehud überlegte ernsthaft. Er dachte an die Jungen, die ihn liebten und ihm folgten wie Seemöwen einem Fischkutter. Er schüttelte den Kopf. „Nein! Wir werden bleiben, denke ich. Wir alle." Es klang, als habe er sich dem Schicksal ergeben, das mit Sicherheit über einige von ihnen – wenn nicht gar über alle, über all die Unschuldigen – hereinbrechen würde. „Ja, um Zions willen werden wir bleiben. Jakov würde es nicht anders wollen. Er kennt das Sprichwort so gut wie ich: *In Blut und Feuer wird Judäa fallen. In Blut und Feuer wird es wieder geboren werden ...*"

Der alte Mann sah Ehud lange an. „Heute hat mir Nachum im Lastwagen gesagt, dass wir erst in Sicherheit sind, wenn wir am Ziel sind. Ein weiser Spruch, glaube ich." Er lächelte. „Vielleicht sollten wir ihn in den Midrasch aufnehmen, was? Und dann, Ehud, könnten wir auch noch Folgendes aufnehmen ..." Er strich sich nachdenklich über den Bart und fügte mit wohl gesetzten Worten hinzu: „Zweitausend Jahre lang haben wir gebetet: ‚Nächstes Jahr in Jerusalem', nicht wahr? Immer haben wir Juden in eine nebulöse Zukunft geblickt ... nach Jerusalem. Nun hat die Zukunft lange genug auf sich warten lassen. Wenn *wir* sie jetzt nicht mit beiden Händen greifen, werden es bald, brutal und blutig, andere Hände tun." Der alte Rabbiner hielt seine Hände nachdenklich dem Kerzenlicht entgegen und bewegte langsam seine knorrigen, verkrümmten Finger mit der ledernen Haut. „Einmal waren diese Hände so jung" – er sah zu dem schlafenden Kind hinüber – „wie seine. Einmal waren sie stark vor Hoffnung, Ehud. Aber wenn ich, nun da ich alt bin, diese Stadt aufgeben würde und damit die Hoffnung auf ihre Zukunft, was würde dann noch für ihn übrig bleiben? Wann könnten unsere Kinder dann jemals sagen: ‚Dieses Jahr in Jerusalem?'"

# Teil 2

## Der Hexenkessel

*„Wohl betet der Weise im Sturm zu Gott, aber nicht um Bewahrung vor der Gefahr, sondern um Befreiung von der Angst."*

*Ralph Waldo Emerson*

# 19. Jüdische Wohltätigkeit

„Sie haben einfach zu schnell aufgegeben", erklärte Gerhardt ärgerlich und verlagerte sein verwundetes Bein, das auf einem Schemel ruhte. Haj Amin dachte lange nach, bevor er zu einem Schluss kam. „Nicht die Juden sind es, die uns eine Niederlage bereitet haben. Es sind unsere eigenen arabischen Brüder! Es wäre ein Leichtes, Palästina zu erobern, wenn sie uns mit Waffen versorgen würden."

„Die bilden sich ein, sie brauchten uns nicht", ergänzte Gerhardt mit harter Miene, „und kämen auch später besser ohne uns aus."

Haj Amin blickte durch das Bogenfenster seiner Hotelsuite in die Straßen von Damaskus. Unten trieb gerade ein Beduine seine mit schweren Säcken beladenen Kamele vorbei. „Wir haben bisher nicht viel erreicht", sagte er bitter. „Immer noch leben wir Araber in vielen verschiedenen Stämmen, die alle von Scheichen und Häuptlingen angeführt werden, die jederzeit bereit sind, sich gegenseitig die Kehle durchzuschneiden."

Er wandte sich wieder Gerhardt zu. „Aber sie brauchen uns doch! Sie brauchen uns Palästinenser. Denn wir liefern ihnen den Vorwand für ihren Kampf gegen die Juden. Darüber werden sie eine Zeit lang ihre Rivalitäten vergessen. Aber wenn die Juden erst einmal beseitigt sind, werden sie ihre Messer wieder rücksichtslos gegen ihre Nachbarn auf der anderen Seite der Grenze richten. So, wie sie auch mir gegenüber keine Hemmungen hatten."

Gerhardt hörte Haj Amin mit grimmiger Miene zu und pflichtete ihm bei: „Jawohl. Sie brauchen die palästinensischen Araber! Aber sie wollen uns schwach und nicht stark. Doch wir sind noch immer stark! Und mit etwas Geld könnte ich –"

„Geld!", fiel ihm Haj Amin zornig ins Wort und lachte bitter auf. „Sie haben uns nur einen Bruchteil von dem gegeben, was sie uns zugesagt haben! Unter dem Vorwand, sie hätten Angst, uns mit modernen Waffen auszurüsten, weil uns die Juden schlagen und dann unsere Waffen an sich nehmen könnten. – Nein, von denen haben wir nichts mehr zu erwarten."

„Aber Sie sind doch ein wohlhabender Mann, Haj Amin!“

„Ich habe gerade genug, um meine Tage in Bequemlichkeit beschließen zu können.“

„Allerdings nur im Exil! Wo Sie doch Herrscher über Palästina sein könnten.“

„Die meinen, der Tod Ram Kadars sei das Ende meiner Hoffnungen.“

„Was hat der Tod Ram Kadars schon zu bedeuten! Wir haben höchstens einen Märtyrer mehr ...“ Mit zusammengekniffenen Augen fügte er hinzu: „... Beinahe hätten Sie ja auch mich noch zum Märtyrer des Jihad gemacht.“

Haj Amin schwieg zunächst und hob nur leicht die Brauen. „Vielleicht werden wir bald alle zu Märtyrern, und dann ist niemand mehr da, der ein Gewehr tragen kann.“

Gerhardt straffte sich. „Sie hätten sehen sollen, wie mir die Männer gefolgt sind! Als sie den Krankenhaus-Konvoi angegriffen haben –“

„Eine idiotische Aktion! Dadurch erscheinen wir jetzt in den Augen der Welt als Barbaren.“

„Wir sind nun einmal Barbaren, Haj Amin! Warum sollten wir das noch länger kaschieren? Juden und Araber – wir sind doch alle gleich.“ Ein Lächeln spielte um seine Lippen, als er dann fortfuhr: „Das hat doch alles gar nichts zu sagen. Kadar ist zwar tot, aber die Hauptsache ist doch, dass die Emotionen unserer Leute aufgepeitscht sind.“

„Ihre Frauen und Kinder aber fliehen außer Landes, und unsere Dörfer sind verlassen.“

„Wir haben noch einen Monat Zeit, Haj Amin! Lassen Sie doch die Zivilisten laufen! Dann sind sie wenigstens nicht im Weg.“

„Die jüdischen Zivilisten fliehen jedenfalls nicht.“

„Dann lassen Sie sie bleiben und sterben!“

Haj Amin presste die Fingerspitzen gegeneinander und holte tief Luft. Vielleicht lag ja doch ein Funken Hoffnung in den Worten dieses Verrückten, der da vor ihm saß. Vielleicht gab es ja doch noch eine Chance, einen Sieg zu erringen, bevor die Engländer abzogen und die benachbarten arabischen Nationen in Palästina einfielen. „Was hast du für einen Plan?", fragte er ruhig.

„Mit fünfzehntausend Pfund könnte ich gleich hier in Damaskus alles Nötige besorgen. Die Souks strotzen nur so von Waffen. Zusammen mit dem, was wir bereits haben –"

„Was wir haben, ist alt und –"

„Wir sind trotzdem tausendmal besser ausgerüstet als die Zionisten", fiel ihm Gerhardt ins Wort. Sein Gesicht war vor Aufregung gerötet. „Unsere Freiwilligen bringen sogar eigene Waffen und eigene Munition mit. Und wir haben noch einen ganzen Monat Zeit, um die Juden auszuhungern und zu terrorisieren. Und wenn wir Jerusalem beim Abzug der Briten fest unter Kontrolle haben, wer kann es dann noch wagen, es uns streitig zu machen? Und Jerusalem ist Palästina! Die heiligen Stätten in der Altstadt sind schon kurz vor dem Zusammenbruch! Wir müssen nur angreifen! Angreifen! Angreifen!"

„Werden dir denn unsere Leute folgen?"

„Das haben sie doch bereits bewiesen! Und Ägypten, Syrien und Transjordanien werden es bis zum Abzug der Briten nicht wagen, mit ihren Armeen hier einzufallen. Aber bis dahin werden die Zionisten und die Jewish Agency so weit sein, dass sie uns auf den Knien um Frieden anflehen. Die Altstadtbewohner sind einer Panik nahe. Ausländer mögen den Überfall auf den Krankenhaus-Konvoi vielleicht für barbarisch halten, aber Sie und ich, wir wissen, welch ein Glück er für uns war."

Haj Amin nickte zögernd. „Vielleicht ... Ja ... Sicher, das muss die Juden in ihrem tiefsten Innern erschüttert haben. Genauso, wie Deir Jassin unsere Leute erschüttert hat."

„Mit Vergeltungs- und Racheaktionen werden wir die Kämpfer Palästinas vereinen. Und mit fünfzehntausend Pfund kann ich nicht nur die gesamten jüdischen Stadtteile Jerusalems dem Erdboden gleichmachen, sondern auch noch Tel Aviv. Gleich hier in den Souks von Damaskus kann ich Söldner für unseren Kampf anheuern. Und wenn die Briten dann abziehen, werden unsere Brudernationen eine starke und souveräne palästinensische Nation vorfinden!"

Haj Amin lächelte säuerlich. „Ich sehe, Gerhardt, dass wir einander brauchen."

„Die Männer, die Ram Kadar unterstützt haben, werden auch mich unterstützen. Sie haben es ja bereits am Bab el Wad bewiesen."

* * *

Am nächsten Morgen stand Sarai in demselben schwarzen Kleid, das sie tags zuvor getragen hatte, am Küchenfenster und blickte nach Osten.

„Jetzt mein Volk betet", brach sie schließlich das Schweigen. „Der Muezzin hat zu Gebet gerufen, und überall sie beten."

Rachel fragte nicht, warum Sarai nicht auch betete. Denn sie verstand den Zorn und die Bitterkeit der jungen Frau. Sie goss sich den dünnen Kaffee ein, der mit dem gleichen Kaffeesatz aufgegossen war, der schon seit drei Tagen benutzt wurde, und wechselte das Thema: „Sarai, du hast gar keine Kleider zum Wechseln –"

Das Mädchen sah sie halb belustigt, halb verächtlich an und erwiderte: „Ich nicht brauchte Kleidung, wo ich sollte hingehen."

Rachel rührte nachdenklich in ihrem Kaffee. „Ich habe oben noch einige Sachen. Ich würde dir gerne ein paar davon abgeben –"

Sarai straffte sich stolz. „Ich bin aus dem Haus Husseini, eine Tochter des Propheten und Muslimin von die ersten Kalifen, die haben erobert Jerusalem. Ich will nicht tragen Kleider von Frauen aus Westen. Ich will nicht. Auch nicht in diese lebendige Tod ich möchte nicht tragen solche Kleider!"

Unterdessen war Mosche in der Tür erschienen und hörte Sarais letzte, harte Worte stumm mit an. Er räusperte sich befangen und nahm unter Geklapper die Kaffeekanne vom Herd.

„Das verstehe ich", sagte Rachel nach einigem Nachdenken, ohne im Mindesten verärgert zu sein. „Diese neue Art, sich zu kleiden, ist auch mir sehr fremd. Die Welt ändert sich so schnell."

„Aber wir nicht ändern", erwiderte Sarai energisch und mit drohendem Unterton. „Wir bleiben, wie der Prophet hat gesagt."

Obwohl Mosche noch immer schwieg, spürte Rachel, wie er bei Sarais Worten erstarrte. *Das Haus Husseini!*

„Mosche", Rachel wandte sich an ihren Mann, als sei nichts Ungewöhnliches geschehen, „könnten wir nicht jemanden ausfindig machen, der die passende Kleidung für Sarai hat?"

„Das dürfte nicht so leicht sein", erwiderte Mosche entgegen seiner sonstigen Art ziemlich frostig. Er war überzeugt, dass die Fremde jegliches Geschenk zurückweisen würde. „Die Grenzen zwischen den arabischen und den jüdischen Vierteln sind doch geschlossen."

„Ich war eine Husseini", warf Sarai stolz ein. „Die Husseini nicht nehmen Geschenke von Juden!" Mit diesen Worten verließ sie die Küche und hinterließ eine niedergedrückte, hilflose Stimmung bei den beiden.

Mosche starrte zornig auf die Tür, trank nachdenklich einen Schluck von dem heißen Kaffee und sagte dann niedergeschlagen: „Wir hätten sie nicht hierher bringen sollen." Er rieb sich mit dem Handrücken über den Mund. „Es war ein Fehler. Sie hasst uns."

„Ich habe aber Mitleid mit ihr", gab Rachel zu bedenken. „Sie ist nun ganz allein – und hat Angst. Wir müssen ihr Zeit lassen."

„Sie lässt es aber offenbar gar nicht zu, dass wir ihr helfen! Du hast ja gehört, wie sie auf unsere Freundlichkeit reagiert hat. Mir hat die Art, wie sie mit dir gesprochen hat, nicht gefallen."

Rachel legte beschwichtigend eine Hand auf seinen Arm und meinte mit einem amüsierten Augenzwinkern: „Ich habe schon Schlimmeres hinnehmen müssen, Mosche –, noch dazu von meinem eigenen Volk. Ich glaube, ich werde es überleben."

„Nun, in meiner Gegenwart würde es niemand wagen, so mit dir zu sprechen." Sein Ton ließ keinen Zweifel an seinem Zorn, und er sah Rachel durchdringend an.

„Das musst du schon mir überlassen, Mosche. Du bist ein Mann und kannst nicht verstehen, wie sie empfindet."

„Wahrscheinlich nicht", schnaubte er. „Aber sie ist eine Husseini! Und gerade ein *Mann* kann ermessen, was das bedeutet!"

„Mosche!", mahnte Rachel. „Genug jetzt! Du hast nicht gehört, was mir das arme Mädchen vorhin erzählt hat."

„Ich habe Husseini gehört. Das reicht mir." Er kreuzte die Arme und lehnte sich ärgerlich gegen die Wand.

„Sie sagte, sie *war* eine Husseini", korrigierte Rachel, „– bevor sie missbraucht wurde. Nun ist sie heimatlos und ohne Familie."

„Aber immer noch stolz genug, um deine Freundlichkeit zurückzuweisen."

„Mosche, was ist denn los mit dir? So habe ich dich noch nie erlebt! Als du das arme Ding zum Hadassah brachtest –"

„... wusste ich nicht, was ich jetzt weiß. Ich wusste ja nicht, dass sie in dieses Haus kommen würde. Und ich wusste auch nicht, wer sie war – eine Husseini! Sie ist unsere Feindin, Rachel!"

„Sie ist ein junges Mädchen, das missbraucht worden ist und nirgendwo mehr hin kann!", erwiderte Rachel mit zornig funkelnden Augen. „Hör auf, sie weiter herabzuwürdigen, Mosche! Sie hat einfach Angst. Das ist der Grund, warum sie so reagiert!"

„Und woher sollen wir wissen, dass sie nicht in einer Weise reagiert, für die die Familie Husseini berüchtigt ist? Ihre Familie glaubt vielleicht, dass sie tot ist, tatsächlich aber ist sie noch sehr lebendig und beseelt vom Hass auf uns."

„Aber hat uns der Messias nicht gelehrt, dass wir gerade den Menschen, die uns hassen, Gutes tun und ihnen gegenüber so barmherzig sein sollen wie unser Vater im Himmel?"

Mosche sah Rachel erstaunt an. Diesen Kampfgeist hatte er noch nie bei ihr erlebt. Er schwieg überrascht, zwar innerlich zugestehend, dass sie eigentlich Recht hatte, aber nicht willens, es ihr gegenüber zuzugeben. Schließlich versuchte er, ihr seine Gründe sachlich darzulegen:

„Rachel, das Mädchen ist Araberin! Wir kämpfen gegen ihr Volk, um unser Heimatland zu befreien! Angehörige ihres Volkes haben Howard getötet, Rachel –" Er brach ab, selbst überrascht von der Härte seiner Worte.

„Mosche, du brauchst mir nicht zu sagen, wer sie ist. Es ist noch gar nicht so lange her, da dachte ich, dass ich den Arabern nie vergeben könnte, was sie uns – Howard und den anderen im Hadassah-Konvoi – angetan haben. Aber Howard hat uns in seinen letzten

Worten darum gebeten, niemanden zu hassen. Wie kann ich ihn – oder gar Gott – lieben, wenn ich mich von diesem Mädchen abwende, das so verzweifelt unsere Hilfe braucht?"

„Aber sie lehnt deine Hilfe doch ab!"

„Es steht nirgendwo geschrieben, dass sie die Liebe, die ihr entgegengebracht wird, auch erwidern muss, sondern nur, dass ich selbst lieben soll."

Mosche war betroffen von der Ernsthaftigkeit und der Kraft ihres Ansinnens. „Ich glaube, du hast sehr intensiv darüber nachgedacht, Rachel."

„Ich kann den Wandel, der sich in meinem Herzen vollzogen hat, selbst nicht erklären, Mosche." Sie sah ihm versonnen in die Augen. „Vielleicht waren es Howards letzte Worte, die einen so tiefen Eindruck auf mich gemacht haben. Vielleicht aber sehe ich dieses verängstigte arabische Mädchen auch nur in einem anderen Licht, als ich unsere Feinde bisher gesehen habe. Eines jedoch weiß ich ganz bestimmt: Wenn ich dieses Mädchen um ihrer Herkunft willen hasse, dann bin ich keinen Deut besser als die Menschen, die *mich* gequält haben." Sie schob ihren Ärmel hoch und wies auf die Narbe auf ihrem Unterarm. „Dies ist das Zeichen ihres Hasses, Mosche", sagte sie leise. „Aber es ist auch das Zeichen meines Mitleids. Wie der Messias bin auch ich von den Menschen stigmatisiert worden, die grundlos hassen. Und so, wie er liebt, muss auch ich versuchen zu lieben."

Mosche hatte bereits eine heftige Erwiderung auf den Lippen, aber dann blieb er doch stumm, als er die Intensität ihrer Liebe auf ihrem Gesicht sah. Sie, die von den Feinden ihres Volkes so sehr verwundet worden war, war fähig, Böses mit Gutem zu vergelten, ihre Bitterkeit aufzugeben und dem Feind, der sie verachtete, die Hand der Versöhnung zu reichen. Tränen der Rührung stiegen ihm in die Augen, und es gelang ihm nur mühsam, den Kloß in seinem Hals hinunterzuschlucken. „Verzeih mir, Rachel", sagte er mit belegter Stimme. „Auch ich fühle mich an diese Liebe gebunden, aber der Hass gegen unsere Feinde hat mich blind gemacht."

„Es gibt noch einen gefährlicheren Feind als die Araber", sagte

Rachel leise, „einen, der uns in unserem Hass gefangen wissen möchte, einen, der sich an der Bitterkeit freut, die uns trennt."

„Ja", pflichtete ihr Mosche genauso leise bei. „Und dieser Feind wohnt in unserem Innern."

„Vielleicht", ergänzte Rachel, „bekämpfen wir ihn am besten, indem wir lieben. Und vielleicht können wir am besten für den Frieden Jerusalems beten, indem wir ein gequältes Kind unseres Feindes lieben –"

Mosche lächelte: „Meine teure, liebende Frau, ich kann dir zwar nicht versprechen, dass es mir leicht fallen wird, aber ich will es versuchen, um deinet-, um Howards und um Jesu willen –" Er nahm Rachel in den Arm, zog sie an sich und küsste sie innig.

„Und jetzt kannst du mir bei einer Entscheidung helfen", forderte sie ihn auf, als er sie schließlich wieder aus seiner Umarmung entließ. „Sie besitzt nichts weiter als dieses schreckliche schwarze Kleid. Die Araberinnen tragen sonst so wunderhübsche Kleider – fließende, bestickte Gewänder. Ich habe sie aus der Ferne gesehen. Ich muss irgendwie Kleider für sie beschaffen, in denen sie sich wohl fühlt."

„Wenn deine Feindin nackt ist, dann kleide sie!", bemerkte Mosche und lächelte über Rachels Entschlossenheit.

„Ja, ich glaube, das ist vielleicht der beste Anfang."

„Hast du schon einmal an Miriams alte Sachen gedacht?", fragte er nach kurzem Nachdenken und deutete zu der Tür, die zu dem Zimmer führte, in dem Howards Haushälterin gewohnt hatte. „Bestimmt hat niemand ihre Sachen angerührt, seitdem sie bei dem Bombenanschlag ums Leben gekommen ist."

„Aber sie war doch eine alte Frau –", meinte Rachel ablehnend.
„Nun, sie war ... wohl eine ganz normale Frau", erwiderte Mosche, „und" – er lächelte verschmitzt – „wenn sie zum Beispiel Abendgesellschaften für Howard ausrichtete – Howard hatte oft Besuch aus den Vereinigten Staaten, es waren immer wunderbare Abende – und ich dann kam und bei ihr in der Küche hereinschaute, stand sie meist schwitzend am Herd und trieb das Personal zur Eile an. Aber bereits ein paar Minuten später erschien sie strahlend in einem ih-

rer wirklich zauberhaften Kaftane. Ich bin ganz sicher, dass sie sie selbst geschneidert und bestickt hat. Wunderschön! Die weiblichen Gäste waren jedenfalls immer beeindruckt."

„Meinst du wirklich, dass wir das tun können?", fragte Rachel zweifelnd. Sie empfand beinahe Schuldgefühle bei dem Gedanken.

„Wer ist denn da, der uns das übel nehmen könnte? Außerdem war die alte Miriam eine überzeugte Christin", fügte er lachend hinzu. „Ich erinnere mich noch, wie sie Ellie ausschimpfte wegen der Sachen, die sie aus Amerika mitgebracht hatte und einfach unbenutzt im Schrank hängen ließ. Miriam hätte nichts lieber getan, als sie für wohltätige Zwecke zu verwenden. Aber ich glaube, selbst sie vermochte sich nicht vorzustellen, dass so ein wunderschöner Kaftan das Herz einer Husseini gewinnen kann."

„Ich wünschte, ich hätte sie gekannt", sagte Rachel mit einem Seufzer des Bedauerns. „Was du von ihr erzählst, klingt wundervoll."

„Oder fürchterlich. Das hängt ganz davon ab, mit welcher ihrer Seiten man es gerade zu tun bekam. Aber ich glaube, sie mochte mich. Vielleicht weil ich immer ein bisschen Angst vor ihr hatte. Sie führte das Regiment im Hause wie eine jüdische Mutter. Howard mochte das, und Ellie empfand genauso viel Zuneigung zu ihr wie Miriam zu Ellie. Mein Gott, was waren das für schöne Zeiten!", schloss er mit Trauer in seinen braunen Augen. „Ich vermisse sie."

Rachel hatte inzwischen die Tür zu Miriams Zimmer geöffnet und bewunderte dessen spartanische Schlichtheit. Das Olivenholzkreuz hing immer noch über dem Bett. Die Kommode hatte zwar etwas Staub angesetzt, aber Haarbürste, Kamm und der kleine Spiegel sowie die zerlesene Bibel lagen wie ehedem in Reih und Glied darauf.

Langsam zog Rachel die oberste Schublade auf. Nachthemden und Unterwäsche lagen säuberlich gefaltet darin. In der zweiten Schublade strömte die graue Alltagskleidung einen fröhlichen Fliederduft aus. Und in der dritten kündete ein ordentlicher Stapel von fröhlich-bunten Kaftanen in jahrhundertealten arabesken Mustern von Miriams fröhlichem, lebensfrohem Geist.

Als Rachel über das oberste Gewand strich, das in einem sanften, hellblauen Pastellton schimmerte, empfand sie eine innige Verbundenheit mit der unbekannten, alten Frau. „Wie wunderschön!", flüsterte sie ehrfürchtig. „Ein Werk der Liebe, Miriam!" Mit geschlossenen Augen betete sie inständig darum, dass diese Kleider auch im Herzen der gequälten jungen Frau, die nun das Haus mit ihnen teilte, zu einem Werk der göttlichen Liebe würden.

„Nun?", rief Mosche aus der Küche. „Was hältst du davon?"

„Sie hat einen ganzen Garten gestickt!", rief Rachel bewundernd zurück. „In ihrer Seele müssen Farben, Blumen und Glück geblüht haben."

* * *

Miriam hätte Sarai ihre Kleider sicher gerne zum Geschenk gemacht, aber ein Geschenk, das abgelehnt wurde, war sinnlos.

„Ich will keine Almosen", sagte Sarai energisch zu Rachel, die mit Kleidern bepackt mitten in Sarais Zimmer stand, und wandte ihr brüsk den Rücken zu.

„Es sind keine Almosen", widersprach Rachel. „Du brauchst etwas zum Anziehen ..."

„Ich werde tragen, in was ich bin gekommen. Ich wasche abends. Es trocknet schnell in Hitze. Ich will nicht Almosen von Juden!" Rachel blickte Sarai nachdenklich von hinten an. „Aber du hast sie ja noch gar nicht angesehen", sprach sie behutsam weiter. „Die Handarbeit – sie ist von einer Araberin, einer alten Araberin mit Namen Miriam."

„Eine Christin!", stieß Sarai mit unvermindertem Abscheu hervor. „Miriam ist christlicher Name."

Rachel konnte vor Enttäuschung lange nichts sagen. „Sie wollte die Kleider mit dir teilen, Sarai ... sie –"

„Hast du erzählt von mir?", unterbrach Sarai sie spöttisch. „Nein." Rachel überlegte, ob sie Sarai von Miriams Tod bei dem Bombenanschlag auf das Hotel Semiramis erzählen sollte. „Nein. Ich habe ihr nicht von dir erzählt. Aber sie ... hat alles verloren, als das

Semiramis zerstört worden ist. Sie kennt den Schmerz, den du leidest –, und auch ich kenne ihn."

Sarai wandte sich nicht einmal um, als Rachel die Kleider sorgsam über einen Stuhl legte und wortlos aus dem Zimmer ging.

## 20. Crabtree und der Priester

In Bari war es zwar warm und freundlich, im Innern der Kathedrale aber trotzdem feucht und kühl. Crabtree schlug fröstelnd seinen Mantelkragen hoch und verschränkte die Arme vor der Brust, wie er es auch tat, wenn er auf der offenen Zuschauertribüne im heimischen Fußballstadion saß.

Die Palmsonntagsmesse wurde zelebriert. Die hohen, dünnen Sopranstimmen des Knabenchores aus dem Waisenhaus erhoben sich in einer überirdisch anmutenden Melodie und sangen von Dingen längst vergangener oder vielleicht auch zukünftiger Zeiten. *Lateinisch,* dachte Crabtree angewidert und blickte gelangweilt zum Deckengewölbe empor, dessen Dunkel selbst von den zahlreichen Votivkerzen kaum erhellt wurde. *Warum singen sie das Zeug nicht zumindest in Italienisch?*

In der riesigen Kathedrale drängten sich die Menschen, unter ihnen auch etliche Damen aus dem Hafenhotel. An diesem Tag trugen sie allerdings eine etwas weniger aufreizende Garderobe – keine engen Röcke und hochhackigen Schuhe, sondern verschlissene Wollmäntel über schlichten Baumwollkleidern. Da sie außerdem weder Rouge noch Lippenstift aufgelegt hatten, wirkten sie wie ganz normale italienische Frauen. Ja, mit ihren fromm niedergeschlagenen Augen oder dem wehmütigen Blick zur heiligen Jungfrau machten sie auf Crabtree sogar den Eindruck angehender Novizinnen.

Signora Hortencia spielte offenbar auch in diesem Rahmen die beherrschende Rolle. Sie trug ein mit Rüschen besetztes Tuch auf dem Kopf, und Tree bemerkte amüsiert, dass auch die anderen Damen Tücher von gleicher Machart trugen, die nur etwas schlichter gehalten waren.

Der kleine Priester schritt in einem Tross von kleinen Messdienern zum Altar. Tree erkannte in einem von ihnen den Jungen wieder, der Signora Hortencia mit *Mama* angesprochen hatte. Dieser hatte ihm tags zuvor erzählt, dass die Signora keine Messe ausließ und nicht nur die Kirche, sondern auch das Waisenhaus kräftig unterstützte, seitdem sich Pater Antonell der heimatlosen Kinder des Hafenviertels angenommen hatte.

Tree interessierte sich gewöhnlich kaum für Dinge, die mit Religion zu tun hatten, aber diese Information erschien ihm doch bedeutsam, wies sie doch alle Merkmale auf, die für eine große Story erforderlich waren. Überhaupt besaß dieser Handlungsstrang seiner Story die Komplexität eines Romans. *Arabisches Waffenschiff in italienischem Hafen in die Luft gesprengt! Jüdische Terroristen von italienischer Bordellmutter und katholischem Priester unterstützt!* Tree sah die Schlagzeilen schon förmlich auf dem rissigen Putz der Kathedralenwände.

Was allem jedoch die Krone aufsetzte, war seine Vermutung, dass diese jüdischen Terroristen in Wirklichkeit Amerikaner waren! Und zwar nicht einfach irgendwelche Amerikaner, sondern ein gefeierter Kriegspilot und eine Fotojournalistin, die noch dazu mit dem amerikanischen Archäologen verwandt war, der vor wenigen Tagen in Jerusalem einen gewaltsamen Tod erlitten hatte! Nun brauchte Tree nur noch diese letzten beiden zentralen Gestalten seiner Story ausfindig zu machen, und er war reif für den Pulitzerpreis ..., oder zumindest für eine Schachtel Havanna vom Herausgeber der *New York Times*.

Tree lehnte sich mit einem zufriedenen Seufzer in der harten Kirchenbank zurück. In der Hand hielt er eine abgegriffene Ausgabe des Life-Magazins, die ihm von der römischen Redaktion der *New York Times* tags zuvor durch einen Sonderkurier zugestellt worden war. Während die Gemeinde „Ave Maria, gratia plena ..." betete, vertrieb sich Tree die Zeit damit, in der Zeitschrift zu blättern. Damit erregte er jedoch das Missfallen seiner Banknachbarin, einer alten Frau, die sein Tun zornig aus dem Augenwinkel verfolgte und das Beben ihrer Hände, in denen sie ihren Rosenkranz hielt, nur mühsam unterdrücken konnte. Statt jedoch wegen seines ungebührlichen Verhaltens peinlich berührt zu sein, grinste Tree die Frau nur unverfroren an und öffnete die Zeitschrift noch weiter, um ihr das Ausmaß der Zerstörung vor Augen zu führen, die eine Bombe in den Straßen Jerusalems angerichtet hatte. Die alte Frau bekreuzigte sich entsetzt und schloss die Augen, um sich nicht noch weiter vom Gottesdienst ablenken zu lassen. Tree hätte am liebsten schallend gelacht, begnügte sich jedoch damit, die Bilder der jungen Fotografin genauestens zu betrachten und die Bildunterschriften aus dem Gedächtnis zu wiederholen.

Die Messe war an diesem Tag besonders lang. Die Chorknaben zappelten gelangweilt, und Tree ertappte sich mehrmals dabei, dass er kurz davor war, einzunicken. Nur das ständige Knien und wieder Aufstehen der Gemeinde und sein Interesse an Signora Hortencia, deren Bewegungen er genauestens verfolgte, hielten ihn wach. Schließlich war jedoch auch diese Messe zu Ende, und die Menge strömte in Richtung Ausgang.

„Signor Crabtree!", hörte er da plötzlich Signora Hortencias entzückten Ausruf. „Sie sind zur Messe gekommen! Ecce homo! Sieh diesen Menschen! Si?" Die Mädchen kicherten und winkten ihm im Vorbeigehen zu.

„Leider rein geschäftlich, ... hm ... Signora Hortencia."

Die üppige Frau zuckte mit einer temperamentvollen, typisch italienischen Geste die Achseln und meinte verständnisvoll: „Ich sage immer, es kann nicht schaden. No?"

„Nun, ich bin etwas überrascht, dass man mich hier erträgt."

„Solange es nicht auf *mich* zurückfällt, Signor ..." Sie verdrehte die Augen und ließ den Satz unbeendet, um dann in viel sagender Weise hinzuzufügen: „Pater Antonell ... Er spricht gut Englisch! Er könnte Ihnen sagen, was Sie wissen wollen." Und schon war sie in der Menge verschwunden.

Crabtree blieb in der Kirchenbank sitzen, bis auch der letzte alte Mann, nicht ohne einen verwirrten Blick in seine Richtung zu werfen, hinausgehinkt war. Offenbar wurde diese Kathedrale nur von Einheimischen besucht. Rom und der Vatikan waren schließlich nur wenige Fahrstunden entfernt, und dort wurde die Feiertagsmesse natürlich im Petersdom vom Papst gelesen.

Crabtree wartete, bis es still um ihn geworden war. Dann öffnete er abermals die Zeitschrift und betrachtete noch einmal die Fotos von David Meyer und Ellie Warne. *Sie sind hier gewesen!* dachte er wieder und witterte ihre Gegenwart gleichsam wie ein Bluthund die Spur des waidwunden Wildes. Dann kam der kleine Priester, inzwischen nur noch mit einem einfachen schwarzen Talar bekleidet, aus der Sakristei und ging zielstrebig zum Altar. Dort kniete er lange und hingebungsvoll vor dem Kruzifix, ohne zu bemerken, dass Crabtree ihn mit unverhohlener Faszination beobachtete. Schließlich jedoch hüstelte Crabtree, quasi um auf sich aufmerksam zu machen. Der Priester ließ sich jedoch nicht in seinem Gebet unterbrechen. Also hüstelte Crabtree noch einmal und rief ihn dann bei seinem Namen an: „Padre Antonell?"

Es dauerte trotzdem noch geraume Zeit, bis der Pater reagierte. Schließlich jedoch hob er den Kopf, bekreuzigte sich, richtete sich langsam auf und sah sich um. Auch Crabtree erhob sich und ging auf den Priester zu. „Padre Antonell?", fragte er noch einmal.

„Ja?", antwortete der Priester auf Englisch, da er sofort den Landsmann herausgehört hatte.

„Fand die Messe sehr beeindruckend, Padre", fuhr Crabtree nun ebenfalls auf Englisch fort und streckte ihm die Hand entgegen.

„Sie sind ja gar kein Katholik", wehrte der Priester argwöhnisch ab.

„Woher wollen Sie das wissen?"

„Das habe ich so im Gefühl", erwiderte der Priester lächelnd. *„Experto credite* ... Ich sehe es jedem Menschen an, ob er Katholik ist oder nicht. Diese Kirche hier ist nicht in den Reiseführern verzeichnet.

– Also. Was kann ich für Sie tun, Mister –?"

„Crabtree", ergänzte Tree mit breitem Grinsen und so freundlich wie irgend möglich. „Ich bin ein Freund von Ellie Warne." Er hörte nicht auf, dem Priester lächelnd die Hand zu schütteln, und hoffte dabei, dem Gesicht des kleinen Mannes irgendeine Reaktion entnehmen zu können. Dies war jedoch nicht der Fall. Nicht einmal der Funken einer Reaktion blitzte in den Augen des Paters auf. „Scusi?", fragte dieser, vor Überraschung wieder ins Italienische zurückfallend.

„Ach, kommen Sie!" Tree war nicht bereit, die vorgetäuschte

Unwissenheit des Priesters hinzunehmen. „Ellie Warne. Sie war hier. Bei Ihnen".

Pater Antonell zuckte verständnislos die Achseln. „Nein. Tut mir Leid. Ich kenne keine –"

Doch Crabtree ließ nicht locker. „Sehen Sie", er blätterte in der Zeitschrift und hielt ihm dann Ellies Konterfei unter die Nase, „ich weiß bereits –"

„Ich kann nicht sagen, dass mir die junge Dame bekannt vorkommt", beharrte der Priester, nachdem er einen Blick auf das Foto geworfen hatte. Auch wenn sein Gesichtsausdruck nach wie vor völlig unverändert blieb, zeichneten sich nun unverkennbar kleine Schweißperlen auf seiner Stirn ab.

„Ich habe dieses Bild bereits den Damen aus Signora Hortencias Hotel gezeigt. Ellie Warne. Eine amerikanische Journalistin – stimmt's, Pater?" Crabtree zog seinen Presseausweis hervor. „Ich bin ein Freund von ihr. David Meyer kann ich aus dem Spiel lassen, aber mit Ellie hab ich zusammengearbeitet und –"

Der Priester machte eine ablehnende Geste und herrschte Crabtree zornig an: „Es ist mir völlig egal, wer Sie sind ..."

„Das ist wirklich nicht sehr entgegenkommend von Ihnen, Padre! Sie wissen sicher, dass Sie wegen dieser Lüge eigentlich zur Beichte gehen müssten."

Pater Antonell kniff die Augen zusammen, und es war, als lege sich ein Schatten über sein Gesicht. „Sie sind kein Mitglied meiner Gemeinde, und ich bin beschäftigt."

„Ich bin bereits darüber informiert, dass sie hier war", beharrte Crabtree und breitete unwillig die Hände aus. „Sehen Sie, Padre, ich habe mir die Identität der beiden von den Mädchen in Signora Hortencias Hotel bestätigen lassen. Die Mädchen waren es auch, die für Ellie den Gang auf das Schiff arrangiert haben. Glauben Sie, dass ich so vor Ihnen stünde, wenn ich Sie – oder Ellie – in Schwierigkeiten bringen wollte? Wenn ich ein Schurke wäre, hätte ich mit diesen Informationen längst beim Polizeirevier vorgesprochen."

Pater Antonell maß diesen aufdringlichen, ungehobelten Kerl mit einem kühlen Blick, während er fieberhaft überlegte, wie er auf dessen Worte am besten reagieren sollte. „Was genau suchen Sie, Mr. Crabtree?", fragte er schließlich. „Ich kann Ihnen nichts weiter sagen, außer dass eine amerikanische Reporterin mit der Bitte zu mir gekommen ist, ihr bei einem kleinen, sagen wir, Arrangement, behilflich zu sein –, für das sie unserem Waisenhaus eine großzügige Spende gemacht hat."

Crabtree lächelte – es war ein selbstsicheres, überlegenes Lächeln – und erwiderte: „Sie ist ein gutes Kind. Ich habe eng genug mit ihr zusammengearbeitet, um zu wissen, was sie für einen Charakter hat."

„Mr. Crabtree –", setzte der Priester von neuem kühl an. „Sie müssen mich für einen Narren halten. Sophie hat mir schon vor drei Tagen erzählt, dass Sie hier sind. Sie sind ein Vertreter der Vereinten Nationen! Denn die Reporter sind bereits alle abgereist, nur Sie sind hier geblieben. Warum?"

„Sie wollen wissen, warum?", fragte Tree und wühlte in seiner Tasche nach dem zerknitterten Telegramm, das ihm auf seine Bitte hin von der römischen Redaktion seiner Zeitung zugeschickt worden war. Er reichte dem Priester das zusammengefaltete Blatt. Dieser faltete es umständlich auseinander und hielt es ins Licht der Votivkerzen. Es trug ein drei Tage altes Datum.

TREE – VERMITTLUNG DRINGENDEN ANRUF VON ELLIE W. ANGENOMMEN STOP NACH IHNEN GEFRAGT STOP SPRACH VON SCHWIERIGKEITEN STOP DANN LEITUNG TOT

Der Priester blickte mit unverhohlener Besorgnis auf. Seine Augenlider flatterten nervös. Dann las er hastig weiter, während Crabtree stirnrunzelnd und seufzend neben ihm wartete.

MÖGLICHERWEISE ORTSGESPRÄCH AUS ROM STOP KONNTE NICHT GEORTET WERDEN STOP VIELLEICHT WISSEN SIE MEHR STOP JOHN

„Sehen Sie", erklärte Crabtree, gewiss, dass das Telegramm das Eis gebrochen hatte. „Wenn Sie wissen, wo sie sich aufhält ... Sie ist ein herzensgutes Mädchen, Padre, und ich würde etwas Hilfe zu schätzen wissen."

Pater Antonell konnte seinen Blick nicht von dem Telegramm lösen und las es immer wieder voller Entsetzen durch. Schließlich blickte er Crabtree forschend ins Gesicht, als könne er dort eine Antwort auf seine Zweifel und Ängste finden. „Kommen Sie mit!", gab er sich schließlich einen Ruck und führte ihn zur Seitentür hinaus. Sie gingen schweigend durch den verwilderten Garten ins Pfarrhaus, an seiner alten Haushälterin vorbei und dann ins sonnendurchflutete Esszimmer mit dem schönen Blick über den Hafen. Auf dem blank polierten Holztisch lag aufgeschlagen eine Zeitung. Ohne sich hinzusetzen, schob Pater Antonell sie dem Reporter hin und tippte auf einen zweispaltigen Artikel.

*„Zwei Priester und ein Toilettenmann sind gestern Abend in der Toilette des römischen Hauptbahnhofs ermordet aufgefunden worden"*, las Crabtree laut vor. *„Die beiden Priester konnten noch nicht identifiziert werden ... Der Größere der beiden weist eine Schusswunde im Kopf auf, fast so, als sei er hingerichtet worden. Beide Arme steckten in Gipsverbänden ..."* Crabtree blickte fragend in Pater Antonells besorgtes Gesicht und las dann weiter: *„Die Polizei vermutet, dass die Morde Vergeltungsmaßnahmen für Kriegsverbrechen unter Benito Mussolini ..."*

Pater Antonell schüttelte verzweifelt den Kopf. „Als ich das gelesen habe ..."

„Hat Ellie etwas damit zu tun?", fiel ihm Crabtree begierig ins Wort, seine bisherige Vorsicht außer Acht lassend. Er spürte nun deutlich, dass er das Vertrauen des Priesters gewonnen hatte.

„Ich habe nun Angst, dass sie in sehr großen Schwierigkeiten steckt –", sagte Pater Antonell stockend.

„Wieso soll sie etwas damit zu tun haben?", bohrte Crabtree hartnäckig weiter. „Seit Kriegsende ist es doch immer wieder vorgekommen, dass Faschisten und Nazis von Partisanen exekutiert worden sind."

„Sie sind aber keine Faschisten“, protestierte Pater Antonell. Er schluckte schwer und sank langsam auf einen Stuhl. Dann vergrub er das Gesicht in den Händen. „Ich weiß eigentlich gar nicht genau, was sie sind. Ich habe ihnen nur ein paar Kleider gegeben. Der Große hatte sich bei einem Flugzeugabsturz beide Arme gebrochen. David Meyer –“

„Langsam, langsam, Padre“, unterbrach ihn Crabtree, dessen Gesicht sich vor Aufregung gerötet hatte.

„Michail – ich weiß wirklich nicht, wie er weiter heißt – hat im Krankenhaus bei den Barmherzigen Schwestern gelegen und ist dort behandelt und gepflegt worden. David und Ellie sind bei mir untergekommen. Sie war die Reporterin, von der ich vorhin sprach. Aber das haben Sie offensichtlich schon selbst in Erfahrung gebracht.“

„Ja. Schon vor ein paar Tagen.“

„Ich habe ihnen einfach ein paar Kleider gegeben und sie am Hauptbahnhof in Rom abgesetzt, nachdem sie das Schiff zur Explosion gebracht hatten. Mehr weiß ich nicht.“

„Und was ist mit den beiden Toten?“

„Einer von ihnen muss Michail sein – die Gipsverbände, wissen Sie.

Der andere – ist möglicherweise David Meyer. Was Ellie Meyer – Warne, wie Sie sie nennen – anbetrifft, so bange ich, seitdem ich das Bild in der Zeitung gesehen habe, um ihre Sicherheit.“

„Sind die beiden Zionisten?“, fragte Crabtree nun unverblümt und versuchte dabei, wenigstens nicht allzu neugierig zu klingen. „Ich meine, mit den Zionisten im Bunde?“

Pater Antonell blickte Crabtree, um dessen Mundwinkel ein Lächeln spielte, finster an. „Sie waren doch mit Ellie in Palästina. Dann sollten Sie doch eigentlich besser darüber Bescheid wissen als ich.“ Er hatte zwar seine Fassade kühler Beherrschtheit wieder aufgebaut, aber er ahnte, dass er bereits viel mehr gesagt hatte, als Crabtree je zu hoffen gewagt hatte.

„Wir alle sympathisieren mit den Juden, Padre. Aber das ist es nicht, was ich meinte. Ich meinte: Waren diese beiden Burschen –

dieser Michail – ... hat er für eine zionistische Untergrundorganisation gearbeitet?" *Zu begierig. Zu sehr Reporter.*

„*Sifecisti nega,* Mr. Crabtree. Sie wissen doch jetzt genauso viel wie ich, nicht wahr?"

Pater Antonell erhob sich und bedauerte zutiefst, dass er diesen Mann überhaupt ins Haus gelassen und ihm sogar sein Geheimnis anvertraut hatte. „Ich verstehe nur nicht, wie Sie Ellie Meyer helfen können, wenn sie sich in solchen Schwierigkeiten befindet, wie sie das Telegramm nahe legt. – Ich werde Sie nun hinausgeleiten."

Crabtree mimte zwar Verärgerung und Verletztheit, als er dem Priester zur Tür folgte, aber in Wirklichkeit war er hoch zufrieden, nun im Besitz aller Informationen zu sein, die er brauchte. Er konnte Bari nun in der Gewissheit verlassen, dass er nach Abschluss dieser Serie zumindest seine Schachtel Havanna gewonnen hatte.

# 21. Der Hexenkessel brodelt

Aus dem Radio plärrten die Nachrichten, und Mosche, Rachel und Sarai hörten, am Küchentisch sitzend, zu: *Zum ersten Mal sind heute Soldaten der Haganah in bunt gemischten Uniformen in aller Öffentlichkeit durch die Straßen Jerusalems marschiert. Damit hat sich die jüdische Armee offen britischen Anweisungen widersetzt ...*

„Was soll werden aus mir?“, fragte Sarai, deren schwarzes Trauerkleid nur äußerer Ausdruck ihrer düsteren Gemütsverfassung war.

Mosche blickte die junge Araberin verständnislos an. „Du bleibst natürlich hier.“ Rachel entging nicht der gereizte Unterton in seiner Stimme. Auch wenn er nun willens war, sie darin zu unterstützen, Sarai zu helfen, wurde er immer noch von zwiespältigen Gefühlen gequält.

„Natürlich musst du hier bleiben, Sarai“, bekräftigte Rachel und wollte ihre Hand über den Tisch hinweg auf Sarais Arm legen. Doch Sarai entzog sich ihr.

„Ich ... ich bin nicht eine von euch. Ich bin nicht ... eine von Zionisten, die marschieren durch Jerusalem ... von denen, die machen euch froh. Sie haben mein Leben genommen ...“

*Kurz nach Einbruch der Dunkelheit begannen die Streitkräfte der Haganah ihre erste Offensive in der Neustadt von Jerusalem. In einem Vergeltungsakt für das Massaker am Hadassah-Krankenhaus haben Einheiten des Palmach das arabische Viertel Sheik Jarrah angegriffen. Es finden jedoch nur vereinzelte Kämpfe statt. Die Briten haben sich bisher neutral verhalten ...*

Mosche hätte am liebsten laut gejubelt über die Nachrichten. Doch er bezwang seinen Überschwang, um Sarais Gefühle zu schonen. Den Blick starr auf den Salzstreuer gerichtet und die Hände gefaltet, sagte er zu ihr: „Du hast hier nichts zu befürchten.“

„Sheik Jarrah war die Heimat von meine Familie“, begehrte Sarai auf. „Jetzt Juden angreifen mein Heim.“

„Erst letzte Woche sind fünfundsiebzig jüdische Ärzte und Gelehrte in Sheik Jarrah umgekommen, einschließlich des Mannes, dem dieses Haus hier gehörte", entgegnete Mosche, nach außen hin zwar beherrscht, innerlich jedoch voller Zorn über die Vorwürfe der Araberin.

„Und das" – sie nahm das Kopftuch ab und entblößte ihren geschorenen Kopf – „war eine *Vergeltung* dafür!" Sie biss die Zähne aufeinander, und Tränen des Zorns glänzten in ihren Augen. „Deir Jassin!" Mosche wandte sich erschüttert ab.

*Unterdessen haben die Elitetruppen von Jordaniens Arabischer Legion begonnen, in den muslimischen Vierteln der Altstadt Stellung zu beziehen. Ihr Kommandeur, der in Großbritannien ausgebildete Abdullah Tell, hat gelobt, die heiligen Stätten zu schützen und die Juden von dort zu vertreiben. Anschließend soll die Legion in den westlichen Teil der Stadt, in Richtung der jüdischen Bastionen vorstoßen.*

„Sarai", konnte sich Mosche nicht enthalten zu sagen, immer noch mit dem für ihn untypischen, scharfen Unterton in der Stimme, „du hoffst vielleicht, dass die Arabische Legion bis hierhin vorstößt, aber wenn sie erst einmal hier ist, wirst du vielleicht noch unglücklicher sein als jetzt –"

„Mosche –", bat Rachel mit flehendem Blick. Mosche verstummte achselzuckend.

Sarai presste das Kopftuch mit verwirrtem, schmerzverzerrtem Gesicht an sich. „Was soll werden aus mir?", flüsterte sie wieder, wohl zum hundertsten Mal, seitdem Mosche und Rachel sie hergebracht hatten. Dann erhob sie sich niedergeschlagen und ging stumm aus der Küche.

„Sarai ...", rief Rachel noch hilflos hinter ihr her, bevor sie tadelnd zu Mosche sagte: „Du solltest dich mehr beherrschen! Sie ist sehr verletzlich."

„Ich tue mein Bestes, Rachel! Was soll ich denn sonst noch tun?" „Mitleid zeigen!", erwiderte Rachel, nun selbst gereizt. Auch bei ihr machte sich inzwischen die nervliche Anspannung bemerkbar.

„Sie hat dir doch auch erzählt, dass ihr Mann die Jewish Agency in die Luft gesprengt hat!", konterte Mosche zornig.

„Ihr *Mann!* Sie hat ihn ja nicht einmal gekannt!", antwortete Rachel genauso heftig.

Mosche trommelte nervös mit den Fingern auf den Tisch und meinte schließlich kleinlaut: „Es ist schwer –, sehr schwer, jemanden zu lieben, wenn diese Liebe nicht erwidert wird oder wenn die Erwiderung nur aus Feindseligkeiten besteht."

„Auch für sie", gab Rachel leise zu bedenken, „ist es schwer, den Hass zu überwinden. Sie kennt ja die Liebe des Messiah nicht, so wie wir."

Mosche nickte zustimmend und erhob sich, um den Tisch abzuräumen. Mehr war zu diesem Thema zunächst nicht zu sagen.

*Vertreter des Sicherheitsrates der Vereinten Nationen haben zu einem Waffenstillstand aufgerufen. Das Arabische Hochkomitee unter dem Vorsitz von Haj Amin Husseini hat diese Forderung allerdings zurückgewiesen. Außerdem sind um den Pass zwischen Tel Aviv und Jerusalem heute erneut heftige Kämpfe ausgebrochen.*

Rachel ging hinter Sarai her, gefolgt von der leiser werdenden Stimme des Nachrichtensprechers. Obwohl Flur und Treppe unbeleuchtet waren, zündete sie keine Kerze an, da sie wusste, dass die junge Frau lieber im Dunkeln saß. Sie klopfte erst an die Tür, als sie bereits eingetreten war. „Darf ich hereinkommen?"

„Du bist herein", erwiderte Sarai bebend.

„Darf ich mich neben dich setzen? Nur für einen Moment?"

Das Mädchen schwieg zunächst, dann fragte sie unter Tränen: „Warum sie ließen mich nicht sterben? Ich gehöre zu niemandem. Ich bin gar nichts. Dein Mann traut mir nicht, weil ich bin Araberin, weil ich habe ein Herz für mein Volk wie ihr für euer. Warum ... warum sie ließen mich nicht sterben?" Sie vergrub ihr Gesicht weinend in den Händen, und Rachel kam sich in ihrer Hilflosigkeit verloren neben ihr vor.

So vergingen einige Minuten, bis Rachel ihr schließlich ein Taschentuch reichte und voll tief empfundenen Mitgefühls flüsterte: „Es tut mir so Leid, so furchtbar Leid!"

„Das nicht geben zurück meine Familie und meine Keuschheit", stieß das Mädchen bitter und unter Schluchzen hervor.

Rachel nickte, und ihr selbst erfahrenes Wissen um das, was Sarai empfand, schnitt ihr tief ins Herz. „Ja, das ist wahr, Sarai. Was einmal geschehen ist, kann nicht wieder ungeschehen gemacht werden. Das weiß ich nur zu gut.“ Das Mädchen blickte sie erstaunt an. Rachel konnte es nur vage daran erkennen, dass sich das spärliche Licht in ihren Augen spiegelte.

„Ja. Die Wunde auf dein Arm. Ich habe gesehen.“ Rachel spürte, dass sie gern mehr darüber erfahren hätte, und begann zu erzählen: „Als sie mir zugefügt wurde, war ich sogar noch jünger als du.“

„Aber es waren nicht Muslime, die haben das getan.“

„Nein, keine Muslime – es waren einfach Menschen! Niemand im Besonderen ... so viel habe ich inzwischen gelernt. Das Böse kennt keine Nationalität. Es ist einfach da und schändet die Verletzlichen und die Unschuldigen.“

„Juden haben das getan zu mir!“, stieß Sarai unwillig hervor.

„Juden!“

Während Rachel fieberhaft überlegte, was sie noch sagen könnte, spürte sie, wie ihre alte Bitterkeit wieder von ihr Besitz zu ergreifen drohte. Sie flehte Gott an, dass sie nicht übermächtig würde. „Ich war vierzehn, als Männer die Tür zu meinem Elternhaus aufbrachen“, fuhr sie schließlich fort. „Sie haben meinen Vater mit ihren Gewehrläufen geschlagen.“

„Deir Jassin.“

„Ein Soldat hat meinem Bruder den Arm gebrochen, als er sich zu wehren versuchte.“

„Deir Jassin.“

„Sie haben meine Mutter in Gegenwart meiner ganzen Familie – meiner Brüder, meines Vaters und mir – vergewaltigt. Bis dahin wusste ich noch nichts von Männern. Ich war noch ein Kind, und ich ...“ Die Stimme versagte ihr, und sie konnte erst weitersprechen, als Sarai schüchtern nach ihrer Hand griff. „Dann mussten wir uns vor den Zugwaggons aufstellen. Nach Geschlechtern getrennt. Meine Brüder und mein Vater wurden weggeführt. Mama und ich blieben zusammen – wenigstens für die nächsten drei Tage während der Fahrt nach Auschwitz. Aber als wir dort ankamen, wurde ich dazu bestimmt, am Leben zu bleiben, meine Mutter dazu zu sterben. Ich ... sie haben mich überrumpelt –. Sie boten mir Wasser an, ich drehte mich danach um ... und dann war sie plötzlich fort, einfach fort."

Wieder versagte ihr die Stimme. Sarai beugte sich in spontanem Mitleid vor und ergriff tröstend Rachels Hände. „Dann wurde ich gebrandmarkt, bestimmt zum Gebrauch durch Offiziere –"

„Und du bist geblieben am Leben."

„Aber ich wollte sterben. Jeden Tag habe ich darum gebetet, sterben zu dürfen."

„Aber du bist geblieben am Leben. Eine Gefangene unter deinen Feinden ... Wie ich."

„Wir sind nicht deine Feinde, und du bist keine Gefangene, Sarai. Niemand wird dir hier etwas tun. Du bist frei, zu gehen oder zu bleiben, wann immer du willst."

„Warum du hast mir dies erzählt?"

„Weil ... ich Jüdin bin – aber nicht deine Feindin. Die Menschen, die dein Herz und deine Freunde getötet haben, sind die gleichen Menschen, die dies auch mir für lange Zeit angetan haben. Ich glaube, dass man sie nicht Juden oder Araber oder Deutsche nennen darf. Sie sind das Böse, das Böse, das Menschen als Freund oder Feind abstempelt und dadurch die eigene Bösartigkeit rechtfertigt. Du darfst sie nicht Juden nennen!"

Sarai beugte sich eindringlich vor. „Und was nun bin ich? Nichts ist für mich übrig."

Rachel straffte sich und antwortete bestimmt: „Du wirst aber geliebt, Sarai."

„Meine Familie hat mich verleugnet."

„Aber Gott, der Barmherzige sieht dich, und ihm ist viel an dir gelegen."

Sarai lachte kurz und bitter auf. „Allah! Wo ist er gewesen, als meine Feinde haben das getan zu mir? Er kann nicht lieben mich. Ich bin geschändet. Nur noch geeignet zu leben als Hure."

„Wenn du in deinem Zorn nicht zulässt, dass Gott dich liebt, Sarai, willst du es dann wenigstens *mir* gestatten? Willst du es deiner Feindin gestatten, dich zu lieben, Sarai? Später können wir dann wieder von Gott sprechen."

Sarai putzte sich die Nase und hob trotzig das Kinn. „Wenn du kannst das tun, ich will dich nicht hindern ... meine Feindin."

Rachel lächelte beglückt, denn sie hatte das Gefühl, dass ein Anfang gemacht war. „Gut. Dann kannst du mich also deine Feindin nennen, aber ich werde dich deshalb trotzdem lieben. Und Tikvah, die ja auch Jüdin ist, ist ebenfalls deine Feindin, wenn du es denn so willst. Aber auch sie wird dich lieb gewinnen, und du wirst sehen, dass du nicht allein bist. Einverstanden?"

„Wie du sagst", erwiderte Sarai zögernd und wandte sich ab. „Und jetzt ich bin müde. Sehr müde!"

Als Rachel das Zimmer verließ, schallten immer noch die Nachrichten durch das Haus, Nachrichten von der Explosion im Hafen von Bari und von den Spekulationen über die jüdischen Operationen in Europa. Als sie die Küche wieder betrat, fand sie dort immer noch Mosche vor, der die Ellbogen auf die Knie gestützt hatte und mit einem Löffel spielte. Er sah schuldbewusst auf. „Nun?"

„Sie leidet ... so sehr", erwiderte Rachel stockend. „Ich kann ihr keinen Vorwurf daraus machen, dass sie uns hasst."

„Aber sie bleibt?"

„Sie kann ja sonst nirgendwohin."

„Ich habe kein gutes Gefühl in dieser Sache, Rachel", erwiderte er kopfschüttelnd. „Gott steh mir bei, aber ich habe das Gefühl, dass uns von ihr Gefahr droht."

„Weil sie Araberin ist?"

„Nein, weil sie dem Hause Husseini angehört, und sie ist –"

„Was?"

„... all dem feindlich gesonnen, was uns am Herzen liegt. Feindlich!"

Rachel strich Mosche liebevoll durchs Haar. Sie spürte seine Qualen, den Widerspruch zwischen dem Krieg, den sie kämpften, und Gottes Geboten. „Du bist Soldat, Liebster", flüsterte sie, „aber ein Soldat, dessen Leben Jeschuah gehört. Nein, es wird nicht einfach sein. Aber wenn sie ist, was du sagst, nämlich unsere Feindin, dann werden wir eben versuchen, unsere Feindin so zu lieben, wie der Messiah sie liebt."

* * *

Tom Kane wurde von den zwanzig Haganahleuten, die sich seinetwegen im Tipat Chalev versammelt hatten, begeistert begrüßt. Nur wenige hatten ihre Waffen mitgebracht, die meisten hatten sie an einem sicheren Ort verwahrt, bis sie sie tatsächlich benötigten. Dov und Ehud führten gemeinsam den Vorsitz über die Männer, die an den langen, niedrigen Tischen des gemeinschaftlichen Essraumes saßen.

Kane räusperte sich und begann mit lauter Stimme: „Ich bin, wie Sie natürlich wissen, als Vertreter der Vereinigten Staaten hier. Wenn wir auch neutral sind und deshalb nicht in der Lage, die hiesige Politik aktiv zu gestalten, machen wir uns doch große Sorgen um die heiligen Stätten des jüdischen Erbes –"

„Zur Sache, Mann!", rief jemand mit Brooklyner Tonfall von hinten dazwischen. „Wer macht sich denn keine Sorgen?"

„Die Araber! Die machen sich keine!", griff ein anderer die Bemerkung seines Kameraden auf.

Schallendes Gelächter erfüllte den Raum, und Kane, weit davon entfernt, sich beleidigt zu fühlen, beschloss, seine rhetorischen Wendungen beiseite zu lassen. Er sprach offensichtlich zu Amerikanern, und so konnte er auch in schlichtem, offenem Amerikanisch mit ihnen reden.

„Ihr seid also aus den Staaten?", fragte er. Alle außer Ehud und Dov bejahten.

„Wir dachten, es ist besser, Sie zu Amerikanern sprechen zu lassen, da unsere Leute aus einem Dutzend verschiedener Nationen kommen und das Übersetzen sonst die ganze Nacht dauern würde, nu?", erklärte Dov.

„Heh", rief ein anderer dazwischen, „richten Sie Truman aus, dass ich ihn im November wählen werde, wenn ich dann noch lebe und er uns hier aus der Patsche hilft." Erneutes Gelächter erfüllte den Raum.

„Nee! Du kannst ja gar nicht mehr wählen, Meschuggener! Du bist ja als Bürger der Staaten ausgemustert."

„Na, wer weiß? Sie werden uns doch wohl nicht verpetzen, was, Kane?“

Nun lachte auch Kane. „Nicht, wenn ihr meinen Boss wählt. Natürlich unter der Voraussetzung, dass ihr dann noch unter den Lebenden weilt!“ Nervöses Gelächter. „Das ist überhaupt der Grund“, fuhr Kane ernster fort, „warum ich mit euch sprechen will. Die Altstadt scheint angeblich der Brennpunkt des ganzen Geschehens zu sein –“

„Sie meinen, wenn man von Tel Aviv, Haifa, Galiläa und Safed absieht?“

„Und vergessen Sie nicht den Negev!“

Dov bat mit erhobenen Händen um Ruhe. „Bitte! Wenn ich gewusst hätte, dass meine Amerikaner so viel reden, hätte ich doch lieber die Polen mitgebracht.“

„Aber dann hätte niemand verstanden, wovon Mr. Kane spricht!“, taten die Männer den Einwand lachend ab.

„Das ist in der Politik öfter so, meine Herren“, erwiderte Kane gutmütig.

„In zwanzig Jahren werden uns die Historiker diesen Krieg vielleicht verständlich machen, nu?“, meinte Dov leise.

„Wir hoffen immer noch, einen Krieg vermeiden zu können“, führte Kane mit ernster Miene wieder zum Thema zurück. Schlagartig war es still im Raum, und er sah unversehens in aufmerksame, besorgte Gesichter. Wenngleich die meisten von ihnen die Kleidung der Orthodoxen trugen, unter denen sie nun lebten, waren sie offenbar in der New Yorker Gegend aufgewachsen und in die Heilige Stadt gekommen, um zu kämpfen und nicht um zu beten. Doch auch sie wünschten nichts sehnlicher, als dass der Kampf vermieden werden könnte.

„Wie wollen Sie das machen?“

„Das ist ja, als wenn man versuchen wollte, einen Elefanten in eine Telefonzelle zu stopfen!“ Diesmal lachte niemand.

Ob er wollte oder nicht, Kane musste einfach zur Kenntnis nehmen, dass diesen Männern im Zentrum der Belagerung und im Innern des Hexenkessels Frieden wie ein nicht zu verwirklichender

Traum erschien und sie seinen Vorschlägen dementsprechend mit Skepsis begegnen würden. „Es wird seine Zeit dauern", räumte er ein. „Mehr Zeit, als euch hier vielleicht zur Verfügung stehen wird."

Eine beklemmende Stille erfüllte den Raum. Die Männer blickten starr auf ihre Hände und dachten über Kanes Worte nach. „Wir wissen, was jenseits unserer Barrikaden vor sich geht", wandte Ehud schließlich ein. „Das wissen wir sogar besser als Sie!"

„Wir –", begann Kane vorsichtig, „das heißt, die Vereinten Nationen, hoffen sehr darauf, dass es zu einer Waffenstillstandsvereinbarung kommt, wenn Jerusalem zur internationalen Stadt erklärt wird."

„Niemals werden wir die Heilige Stadt aufgeben!", rief ein Mann aus den hinteren Reihen.

„Nicht *aufgeben* ist gemeint", erläuterte Kane, „sondern *gemeinsame Nutzung*."

„Wir nutzen sie bereits gemeinsam mit der Hälfte der jordanischen Armee", warf ein anderer ein. „Oder haben Sie das etwa noch nicht bemerkt?"

„Das ist ja gerade das Problem, das gelöst werden muss, und zwar auf friedliche Art und Weise. Unser Außenministerium ist intensiv darum bemüht, in der Heiligen Stadt Erleichterungen für Sie zu schaffen. Aber Sie müssen natürlich auch wollen, wenn die Gelegenheit dazu an die Tür klopft."

„Solange die Gelegenheit nicht in der Gestalt Haj Amins daherkommt!"

Kane breitete die Arme in einer unschuldsvollen Geste aus. „Es ist wahrscheinlicher, dass sie in Form der weißen Flagge der Kapitulation kommt."

„Omaine!", dröhnte Ehud.

„Predigen Sie weiter!", rief laut ein bärtiger junger Mann aus den vorderen Reihen.

Kane lächelte breit. „Das ist genau das, was wir wissen wollten – ob Sie, die Sie die Altstadt verteidigen, willens sind –"

„Haben Sie jemals einen Juden getroffen, der nicht zu feilschen verstand?"

„Solange wir nur laut reden und unsere Hände benutzen können." Wieder erhob sich Gelächter.

„Das ist jedenfalls besser als Sterben! Können wir Mammeloschen reden?"

„Sie wollen Jiddisch sprechen?", fragte Kane und überraschte die Männer damit, dass er das jiddische Wort für *Muttersprache* kannte.

„Nun, wenn wir hier schon so viel reden, könnten wir uns dann nicht wenigstens auf regelmäßige Essenskarten für die Altstadt einigen? Momentan ist es ja ein ewiges Hin und Her: Die Araber öffnen das Tor ... sie schließen das Tor ... sie lassen mal einen Konvoi herein und dann wieder nicht."

„Ich sehe allmählich aus wie ein Loksch," meinte ein großer Mann grinsend zu Kane. „Wissen Sie denn auch, was ein Loksch ist?"

Kane schüttelte den Kopf. „So weit sind meine Jiddischkenntnisse nun auch wieder nicht gediehen."

„Eine Nudel!", erklärte der Mann. „So spindeldürr auszusehen, davor hat jeder Mann hier im jüdischen Viertel Angst. Nur nicht die Araber, möge ihr Gehirn verdampfen!"

„Es leben immerhin Kinder hier! Sagen Sie auch das Präsident Truman und den Vereinten Nationen. Den Arabern haben wir es schon gesagt, aber die scheint das nicht weiter zu beeindrucken."

Kane nickte. „Ja. Die Kinder. Die Araber haben angeboten, sie zu evakuieren –"

Dov unterbrach ihn: „Die Kinder werden nicht gehen. Sie haben einen Schwur getan ..."

Kane sah ihn verständnislos an. „Aber es sind doch Kinder!"

„Es sind Juden. Und wir alle sind Soldaten. Auch das müssen Sie Ihrem Präsidenten sagen", forderte Dov leise. „Außerdem wissen sie alle, was mit den Juden geschieht. Das hat ihnen doch die Welt vor nicht allzu langer Zeit gezeigt. – Sie werden nicht gehen!"

„Ich muss wissen", fuhr Kane fort, „wie die allgemeine Meinung hier im Herzen des jüdischen Jerusalem ist. Wie denken zum Beispiel die Religiösen darüber?"

* * *

Als die Versammlung beendet war, forderte Dov Kane auf: „Kommen Sie, ich werde Ihnen zeigen, wie die Religiösen denken." Er führte Kane in den Keller des *Tipat Chalev.* Dort saßen bei schummerigem Kerzenlicht Männer und Frauen, junge wie alte, mit einem bunten Durcheinander von Dingen vor sich auf den Tischen: Schießpulver, Zigarettenbüchsen, Kerosinkanister, leere Flaschen und Zündschnüre.

Jehudit, die auch an einem der Tische saß, blickte Dov mit einem scheuen Lächeln an. Er winkte ihr zu und lächelte flüchtig zurück. „Rebbe Lebowitz", rief er dann den alten Rabbiner an, der mit Jakov zusammen Molotowcocktails bastelte. Kane blieb verwirrt auf der Treppe stehen und betrachtete die Szene voller Verwunderung. Dov winkte den Alten herbei. Der Großvater erhob sich steif und kam auf sie zu.

„Zwölf habe ich heute Abend schon fertig gestellt, junger Dov", berichtete er voller Stolz.

„Das ist gut, Rebbe Lebowitz!" Dov klopfte dem Alten freundschaftlich auf die Schulter. „Ich möchte Sie gerne einem Amerikaner, Mr. Kane, vorstellen, der im Auftrage Präsident Trumans hier ist."

Die beiden Männer schüttelten sich die Hände. „Sie sind bestimmt nicht gekommen, um uns bei der Herstellung von Bomben zu helfen, Mr. Kane. Weshalb sind Sie also hier?", fragte der alte Rabbiner Kane unverblümt.

„Um verstehen zu lernen – und um vielleicht in der einen oder anderen Weise zu helfen."

„Dann berichten Sie bitte Ihrem Herrn Präsidenten von dem, was wir hier tun, und sagen Sie ihm, dass wir in der Falle sitzen, hungernd und von der Welt abgeschnitten." Der Rabbiner blickte lächelnd in Kanes mitleidiges Gesicht. „Und sagen Sie ihm auch, dass es ein alter Rabbiner war, der Sie gebeten hat, diese Botschaft den Menschen in Washington zu übermitteln."

„Das tue ich ganz bestimmt", versicherte Kane.

„Und dann sagen Sie ihm noch, dass wir hier aus der Altstadt den Amerikanern ausrichten lassen: Denkt an die Alamo!" Der alte Mann registrierte mit spöttischem Blick das Entsetzen, das sich bei diesen Worten auf Kanes Gesicht abzeichnete, während er verdattert fragte: „Ist das alles?"

„Mehr kenne ich von der amerikanischen Geschichte nicht", erwiderte der Großvater. „Aber das ist doch genug, oder?"

* * *

Das Geschrei der Esel und das Brüllen der Kamele drang durch das offene Fenster von Haj Amins Hotelsuite. Einer der großen schwarzen sudanesischen Leibwächter stand neben dem ausladenden Mahagonischreibtisch und füllte eine zierliche Kaffeetasse bis zum Rand. Anschließend legte er ehrerbietig die Hand an die Stirn und entfernte sich rücklings.

Der Palästinenserführer nahm weder von der dampfenden Tasse noch von dem Hünen Notiz. Seine ganze Aufmerksamkeit galt den über dem gesamten Schreibtisch verteilten Zeitungen und Zeitschriften, die über den Anschlag auf die *Trina* berichteten.

Es war von einer Bergungsaktion die Rede. Wenngleich die Munition fast vollständig auf die Verlustliste gesetzt werden musste, bestand doch augenscheinlich noch die Hoffnung, wenigstens die Gewehre unversehrt aus dem Wrack bergen zu können. Von all den vielen Journalisten besaß jedoch offenbar nur ein einziger die vollständigen Informationen. Ihnen zufolge waren zwei der jüdischen Terroristen eliminiert worden. Die Nachricht hatte Haj Amin zunächst mit Befriedigung erfüllt, aber nun empfand er doch ein gewisses Unbehagen darüber, dass unter dem Namen des amerikanischen Reporters Crabtree täglich Operationen des Mossad enthüllt wurden. Dieser Mann schien Zugang zu Informationen zu haben, die weder die italienischen Beamten noch seine eigenen in Europa tätigen Agenten hatten herausfinden können.

Von dem hohen, farbenprächtigen Minarett im Zentrum von Damaskus ertönte der Aufruf zum Gebet, und kurz darauf breiteten die Männer ihre Gebetsteppiche aus und knieten in Richtung Mekka nieder. Dann stiegen wie aus einem Munde ihre Gebete gen Himmel:

*Lob sei Allah, dem Weltenherrn,*
*dem Erbarmer, dem Barmherzigen,*
*dem König am Tag des Gerichts!*
*Dir dienen wir und zu dir rufen um Hilfe wir.*
*Leite uns den rechten Pfad,*
*den Pfad derer, denen du gnädig bist,*
*nicht derer, denen du zürnst, und nicht der Irrenden.*

Haj Amin gehörte an diesem Tag nicht zu denen, die andächtig niederknieten und ihr Gesicht nach Osten richteten, wohl aber hörte er das Murmeln seines Leibwächters, der in demütiger Haltung die Gebete der Menge auf der Straße mitsprach. Noch während Haj Amin den Worten der Gläubigen nachhing, brach, gleichsam als Antwort auf all seine Probleme, eine Flut von Gedanken über ihn herein, die ihn veranlasste, die Augen zu schließen und einen Seufzer der Erleichterung auszustoßen.

Es stimmte zwar, dass die Juden im Hafen von Bari einen Narren aus ihm gemacht hatten, wenn man davon absah, dass zwei von ihnen bereits mit ihrem Leben dafür gebüßt hatten und die Führer der arabischen Staaten ihn wegen dieser Niederlage verhöhnten. Aber gesetzt den Fall, diese Niederlage könnte er in einen Sieg verwandeln, würde man ihm dann nicht zugestehen müssen, dass ihm gelungen war, was andere bisher nicht vermocht hatten?

„Führe uns den rechten Pfad", murmelte er, „den Pfad derer, denen du gnädig bist ..." Er richtete sich und seine Gedanken nach Rom, wo jemand geduldig seiner Befehle harrte.

Welchen Ruhm würde der ernten, der die Räder der zionistischen Maschinerie endgültig anzuhalten vermochte!

„... nicht derer, denen du zürnst, und nicht der Irrenden." Haj Amin blickte noch einmal auf den Namen Crabtree und murmelte: „Führe uns! Führe uns!"

* * *

Crabtree trat zur Seite, als die riesige, mit Stahlplatten besetzte Tür des Kühlraumes zurückgerollt wurde. Der Kühlraum des römischen Leichenschauhauses war eigentlich kaum mehr als eine überdimensionale Kühltruhe von ungefähr drei mal drei Metern mit unverkleideten Kühlschlangen, die summend an den Wänden und der Decke hingen. „Hier lagern wir die nicht identifizierten Leichen, Signor", erklärte gerade der Amtsarzt und knipste die einzelne, nackte Glühbirne an, die in der Mitte des Raumes von der Decke hing. „Seit dem Krieg hat es viele davon gegeben –" Er fuhr mit der Hand über einen der Metalltische, auf denen ein halbes Dutzend mit weißen Laken bedeckter Leichen lag. „Wir behalten sie zehn Tage hier, danach werden sie der katholischen Kirche zur Bestattung übergeben. Mehr können wir nicht tun. Es sind zu viele."

Crabtree lächelte. „Ich glaube nicht, dass Sie die hier katholisch begraben lassen wollen, Herr Doktor."

„Nicht?"

„Nein. Jedenfalls nicht, wenn sie das sind, wofür ich sie halte." Er drehte sich einmal im Kreis und ließ seinen Blick dabei durch den in sterilem Weiß gehaltenen Raum schweifen.

Der Arzt schien über Crabtrees Gegenwart irgendwie erleichtert. Es war in dieser Zeit eine Seltenheit, dass jemand zum Leichenschauhaus kam, um seine Freunde zu suchen. Vergeltungsmaßnahmen gegen die Faschisten Benito Mussolinis waren so häufig, dass Tausende von ermordeten Italienern durch dieses Leichenschauhaus geschleust worden waren.

„Selbst die Faschisten verdienen ein anständiges Begräbnis, meinen Sie nicht? Die Sakramente –"

Crabtree schwieg. Die beiden Männer, um deretwillen er hergekommen war, waren weder Faschisten noch Katholiken, dessen war er sicher. „Und Sie sagen, dass es keine Anhaltspunkte für eine Identifizierung gibt?"

Der Arzt ging die Reihe der Leichen ganz bis zum Ende durch. Er nahm eine Tabelle zur Hand, die am Fußende eines der Tische hing.

„Hier bitte, Signor. Lesen Sie selbst – Größe ... Gewicht ... Augenfarbe. Ungefähres Alter. Darüber hinaus gibt es kaum Anhaltspunkte. Wir nahmen zunächst an, dass es sich bei ihnen um Priester handelte, aber aus Kreisen der Kirche –"

Crabtree hob ohne Scheu das Laken des ersten Mannes an. Als Kriegsberichterstatter war er dem Tod schon Tausende von Malen begegnet, und es war dementsprechend schon lange her, dass ihm beim Anblick einer Leiche mulmig geworden war. Zudem war sein Interesse an diesen beiden Menschen rein sachlicher Natur. *Zwei Kugeleinschüsse in der Brust, die aussehen wie zwei kleine schwarze Punkte. Dunkelbraune Haare, an der Stirn gelichtet. Der Mann hatte eine Rasur nötig. Vielleicht dreißig Jahre alt.* Der Arzt war augenscheinlich fasziniert von der unkomplizierten Art, in der Tree den Toten betrachtete. „Haben Sie auch Fotografien?", wandte sich Tree wieder dem Arzt zu.

„Si. Wir heben derlei Dinge immer lange auf, für den Fall, dass doch noch ein Angehöriger nach dem Toten sucht. Nur die Leichen können wir nicht lange hier behalten." Dann fragte er: „Kennen Sie diesen Mann, Signor?"

Tree ließ das Laken wieder über das graue Gesicht fallen und antwortete mit einer Gegenfrage: „Und der Mann mit den gebrochenen Armen?"

„Dort, Signor." Der Arzt deutete auf eine Leiche, deren Konturen von denen der anderen abwichen. Man hatte den Eindruck, als würden die Arme durch eine unsichtbare Vorrichtung in der Schwebe gehalten.

Auch bei dieser Leiche hob Crabtree das Tuch an und betrachtete den unter dem Laken liegenden Mann eingehend mit zusammengekniffenen Augen. *Große Nase. Hohe Wangenknochen. Helle Haut. Groß. Abgemagert.* Die Arme steckten noch in Gipsverbänden.

„Warum haben Sie die Verbände nicht abgenommen?", fragte Crabtree verwundert.

„Wozu?" Nun war es an dem Arzt, verwundert zu sein.

„Nun, weil seine Knochen ohnehin nicht wieder zusammenwachsen werden, deshalb", konnte sich Tree nicht verkneifen zu sagen.

Der Arzt lachte schallend. „Ich merke, Sie kennen diese Männer nicht persönlich. Diesen Witz werde ich mir merken. Sehr witzig, Signor Crabtree!"

Crabtree jedoch blieb ernst. „Sie haben Recht, ich kenne sie nicht persönlich ..." Er blickte in das Gesicht des jungen Mannes. „Aber ich habe so ein Gefühl –" Er zupfte nachdenklich an seinem Ohrläppchen und ließ das Tuch wieder fallen. „Würde es Ihnen viel ausmachen, den Gips zu entfernen?"

Der Arzt zuckte unschlüssig mit den Achseln. „Es macht natürlich Umstände, Signor ... vielleicht –"

„Wie viel?", Crabtree wusste nur zu gut, dass es seit Kriegsende nur die ständigen Bestechungen und Kungeleien hinter den Kulissen waren, die in Italien die Dinge in Gang hielten. Überall blühte der Schwarzmarkt, ob man nun ein Paket amerikanischer Zigaretten kaufen oder den Unterarm einer Leiche inspizieren wollte.

„Die Zeiten in Rom sind schlecht, Signor ..."

Crabtree zählte dem Arzt grinsend fünf Ein-Dollar-Noten in die Hand. „Amerikanisches Bargeld, Doc."

„Ein Paar Schuhe kosten sechzig Dollar ..."

„Nun, ich dachte, Sie bekommen Ihre Schuhe von diesen Typen hier."

„Ich habe noch zu tun!", entgegnete der Arzt mit kalter, schneidender Stimme und war im Begriff, sich abzuwenden.

„Zehn amerikanische Dollar! Wie wär's damit?"

Nach einigem Zögern meinte der Arzt betont gleichgültig: „Sagen wir, fünfzehn."

„Zwölf. Ich könnte die Dinger auch selbst mit 'nem Hammer aufschlagen."

Einen Moment lang herrschte absolute Stille, nur unterbrochen vom Summen der Kühlanlage. „Haben Sie vielleicht amerikanische Zigaretten?"

Tree klopfte sich auf seine Brusttasche und zog eine halbe Packung Lucky Strikes hervor. „Zwölf Dollar und dies ... und dann darf ich einen Blick auf den Arm hier werfen."

Zehn Minuten später zerbröckelte der Gips und fiel zu beiden

Seiten des Tisches zu Boden. Der Arm des Toten blieb jedoch in seiner unnatürlichen Stellung. Crabtree untersuchte eingehend die blaue Tätowierung auf der Innenseite des linken Unterarmes. Dann nahm er seinen Notizblock aus der Tasche und schrieb die Nummer ab. „Sehen Sie, Herr Doktor, Sie sollten nichts unversucht lassen."

Der Arzt inhalierte bereits den Rauch der Zigarette. „Also. Wenn die beiden keine Männer der Kirche waren, wer sind sie dann? Und wer hat sie umgebracht?"

„Zu Ihrer ersten Frage: Ich an Ihrer Stelle würde für die Beerdigung einen Rabbiner herbeirufen ... das heißt, wenn es in Italien noch welche gibt. Und was Ihre zweite Frage anbetrifft, so kann ich Ihnen nur sagen: Ich weiß es nicht ... ich weiß es ... noch nicht." Er schloss sein kleines Notizbuch und lächelte zufrieden. *B-B100786. Dieser Bursche war in Bergen-Belsen und hat überlebt! Nur um in einer Toilette in Rom zu enden.* Das war, als wenn man eine Sintflut überlebte, um dann in einer Badewanne zu ertrinken.

„Kann ich Ihnen sonst noch behilflich sein?", fragte der Arzt. Er war mit seiner Belohnung offensichtlich recht zufrieden.

„Mit einer Tasse Kaffee zunächst einmal. Und dann mit einem Telefon."

* * *

Das vertraute Geklapper von einem Dutzend Schreibmaschinen und Fernschreibern begrüßte Crabtree, als er das völlig chaotische Büro der europäischen Agentur der *New York Times* betrat.

Die Schreibtische waren überladen mit Stapeln von Zeitungen und Ausschnitten aus mehr als zwanzig verschiedenen europäischen Zeitungen, deren Artikel zunächst übersetzt und dann ausgewertet wurden, bevor man sie in die Vereinigten Staaten weiterleitete.

Die meisten der zwölf männlichen Angestellten berichteten schon seit Jahren über den Konflikt in Europa und waren daher bereits alte Hasen in diesem Metier. Nur einer, ein junger Mann mit frischer Gesichtsfarbe, der für die während des Krieges erschienene

Frontzeitung *Stars and Stripes* gearbeitet hatte, war noch ein Neuling auf diesem Gebiet. Alle jedoch waren auf die eine oder andere Weise Außenseiter, die die Unabhängigkeit und Eigenständigkeit der europäischen Agentur dem vergleichsweise geregelten und hierarchischen Aufbau der in Amerika selbst ansässigen Redaktionsbüros vorzogen. Außerdem war Europa augenblicklich nun einmal der Brennpunkt der Ereignisse, die sich täglich überstürzten und die die Welt veränderten. Es war schon sprichwörtlich, dass es für diese Reporter niemals einen langweiligen Augenblick gab.

Als Crabtree den Raum betrat, hob sich kaum ein Kopf, obwohl er vier Tage lang weg gewesen war. Nur der junge Mann rief ihm zu: „Heh, Tree! Dachte schon, du wärst nach Palästina abgedampft."

„Noch nicht, Stripes. Ich hab noch was vor."

Jones, ein missmutiger, übergewichtiger Mann, der ebenfalls im Bus nach Bari gewesen, aber, im Gegensatz zu seinen Kollegen, vollkommen gelangweilt nach Rom zurückgekehrt war, hob die Hand zu einem saloppen Gruß. „Wo bist du denn gewesen, Tree? Bist du in diesem Bumslokal 'ner flotten Biene in die Arme gelaufen?"

„Klar", entgegnete Tree, sorgsam darauf bedacht, nichts von seinen Geheimnissen preiszugeben. „Hab mir 'ne heiße Frau angelacht!"

Jones hob überrascht die Brauen und schüttelte den Kopf, als bedaure er Trees Geschmack. Dann allerdings mutmaßte er: „Du musst woanders gewesen sein."

Tree ließ sich in seinen Schreibtischstuhl fallen, lehnte sich weit zurück und legte seine Füße auf den Tisch. Dann schob er seinen Filzhut in den Nacken und genoss einfach den vertrauten Geruch von Druckerschwärze, Tinte und Zigarrenrauch. Nach einiger Zeit rief er: „Stripes?" Obwohl er den Jungen bei ihrem ersten Zusammentreffen derb verprügelt hatte, mochte er ihn. Schließlich war es Jones gewesen, der dem Jungen damals erzählt hatte, wie sehr Tree es liebte, *L. C.* genannt zu werden. Deshalb hatte Crabtree dem Jungen den Scherznamen *Stripes* gegeben, nachdem er ihm die ungeliebte Anrede angemessen vergolten hatte.

„Ja, Tree?", fragte der Junge dienstbeflissen und lerneifrig und wartete schon mit zwei, wenn auch warmen, Flaschen Coca-Cola auf, die er vor Tree hinstellte.

„Kannst mir 'n Gefallen tun, Junge." Tree nahm einen Schluck aus einer der Flaschen und holte seinen Notizblock aus der Tasche. Dann riss er die Seite mit der Häftlingsnummer heraus und reichte sie dem Jungen. „Ich möchte, dass du dem nachspürst."

Stripes blickte ratlos auf die Nummer. Mit seinem lockigen Haar und den Sommersprossen erinnerte er Tree an Jimmy Olsen, den jungen Reporter in dem Comic-Film *Superman*. Tree lächelte, als er sich bewusst wurde, dass er sich tatsächlich nicht mehr an Stripes' wirklichen Namen erinnern konnte.

„Was ist denn das?", fragte der Junge erstaunt. „Eine Autonummer?"

„Nein. Eine Tätowierung." Und mit geheimnisvoll gesenkter Stimme, die andeuten sollte, dass Stripes über alles weitere Stillschweigen zu bewahren habe, fügte er hinzu: „Vom Arm eines Toten, mein Junge."

„Ja? Und wer ist der Tote?"

„Ein Jude." Tree sah sich verstohlen um.

„Ja, aber wo soll ich denn herausfinden –"

„Ich nehme an, dass er aus Palästina kam. Vielleicht auch aus den Flüchtlingslagern auf Zypern. Eins ist jedoch sicher: Er hat bei der Sprengung des arabischen Schiffes mitgewirkt! Michail irgendwie ... Kann sein, dass das sein wirklicher Name ist, kann sein, auch nicht." Stripes starrte immer noch unverwandt auf die Nummer. „Und was haben Sie damit vor?"

„Finde du nur seinen Namen heraus", antwortete Tree mit einem Lächeln, das zu sagen schien: *Das geht dich gar nichts an!*

„Wenn der Mann ein Flüchtling war und er auf Zypern oder in einem anderen Flüchtlingslager registriert war, kannst du mit seiner Nummer seinen Namen bei den Briten ausfindig machen. Es ist mir zwanzig Dollar wert, wenn du der Sache auf die Spur kommst."

Stripes war sofort Feuer und Flamme, als er die Summe hörte, erwiderte jedoch bescheiden: „Nein. Ich mach das auch so, einfach aus Spaß ..."

Ja, Tree mochte den Jungen. Er trank noch einen Schluck Cola und zitierte dann: *„Freude ist der Zweck, die Pflicht und das Ziel aller vernunftbegabten Wesen.* Das hat kein Geringerer als Voltaire gesagt, mein Junge. Weißt du, wer das war?"

„Na klar." Stripes war leicht pikiert. „Das weiß doch jeder."

„Er war Reporter, mein Junge. Reporter! Genau wie wir. Und du lernst den Job allmählich mehr lieben als das Geld, nicht wahr? So wie ich. Mach deine Arbeit sozusagen einfach aus Spaß an der Jagd."

„Tja, Tree, so kann man's wohl sagen", bestätigte der junge Mann, machte jedoch ein etwas verwirrtes Gesicht.

Crabtree lachte laut auf und leerte dann die Colaflasche. „Na gut. Du beschaffst mir den Namen des Typen, und ich beschaff dir 'n Abendessen. Was hältst du davon? Du kannst mich dann nachher ruhig Supper-Man nennen."

„Klar, Tree." Der Junge blickte wieder auf die Nummer und fügte dann achselzuckend hinzu: „Dann sagst du mir vielleicht auch, was du damit vorhast, ja?"

Tree wiegte zweifelnd den Kopf. „Nein. Aber ich werde dir eine Zeitung kaufen, und dann kannst du selbst alles nachlesen!" Er entließ ihn mit einem lässigen Wink und kramte anschließend so lange im Chaos seiner Schreibtischschublade, bis er triumphierend den Zugfahrplan des römischen Hauptbahnhofs in der Hand hielt.

# 22. Geliebte Feindin

Die Sonne brannte gnadenlos auf die jüdischen Zivilisten nieder, die jeden Tag verzweifelt auf die Ankunft des Tankwagens mit dem Wasser warteten, und so schleppte sich die Zeit mühsam dahin.

Während sich Mosche im zerstörten Gebäude der Jewish Agency, wie schon vor seinem Einsatz in Kastel, mit den Plänen zur Verteidigung der Stadt beschäftigte, war Rachel bei der Lebensmittelausgabe tätig. Ihre Aufgabe war es, die mageren Essensvorräte zu rationieren, die aus Tel Aviv in Konvois über den Pass gebracht und zunächst in den Lagerhäusern der jüdischen Viertel der Neustadt gestapelt wurden.

Unterdessen passte Sarai Tafara in Howard Monigers riesigem Haus hinter verschlossenen Fensterläden auf das Kind auf.

Wenn Mosche und Rachel zurückkehrten, um sich für ein paar Stunden zu erholen, war sie sehr wortkarg. Aber wenn sie mit dem Kind allein war, sang sie ihm die leisen, sanften Lieder ihrer Kindheit vor und weinte vor Sehnsucht nach ihrer Mutter und ihren Schwestern. Doch sie wusste, dass ein Wiedersehen mit ihnen für alle Zeit unmöglich war. So durchlebte sie in Höllenqualen das Gefühl, eine Ausgestoßene zu sein: Für immer verbannt von ihren Blutsverwandten, aber genauso unfähig, mit den Menschen in Einklang zu leben, die ihr Obdach gewährten. Wie sollte sie auch? Ihr eigener Mann hatte das Gebäude, in dem Mosche täglich arbeitete, in die Luft gesprengt. Der Pöbel ihres Volkes hatte den Vater des Kindes ermordet, das ihrer Obhut anvertraut war. Und sie selbst war in Deir Jassin Opfer der Vergeltungsmaßnahmen für diese Gräuel geworden!

Sie half dem Kind bei seinen ersten schwankenden Sitzversuchen und erntete dafür ein strahlendes, zahnloses Lächeln und vergnügtes Jauchzen. Sie musste unwillkürlich lächeln, doch ihr Herz war von Trauer erfüllt. Schmerzlich flüsterte sie: „Du hast keine Angst vor der Welt, in der du lebst. Und doch sind wir Feindinnen, du und ich. Meine Brüder waren dabei, als dein Vater umgebracht wurde. Aber du weißt noch nicht, was es bedeutet zu hassen. – Noch nicht. Jetzt kannst du es noch nicht wissen, aber das Leben wird es dich schon lehren, mein Kleines." Sie presste das Kind in einer heftigen Gefühlsaufwallung an sich. „Ich wünschte, ich könnte sein wie du. Ach, wie sehr wünschte ich, ich könnte sein wie du!" Sie schloss die Augen und legte ihre Wange innig an die samtweiche Wange des Kindes. „Wir sind Feindinnen, du und ich", flüsterte sie noch einmal. „Und doch kann ich dich nicht hassen, obwohl ich es versucht habe. Auch Rachel kann ich nicht hassen oder gar fürchten. Denn sie wird mir nichts tun. Dazu wäre sie nicht fähig."

Sie wickelte das Kind und fütterte es mit einer Milchration, die so wässerig war, dass sie sich fragte, wie es davon überhaupt wachsen und gedeihen sollte. Anschließend legte sie es schlafen, wie Rachel es ihr gezeigt hatte, und zog sich in ihr kleines Zimmer zurück. Dort öffnete sie die Fensterläden und betrachtete die frisch erblühten Blumen in dem kleinen Hof. Dahinter sah sie die hohen Zinnen der Altstadtmauer, in deren Schatten sich nun die Soldaten der Arabischen Legion von Jordanien offen in den Souks zeigten.

Während Sarais Volk verzweifelt aus Palästina floh, hatten die Kolonnen der Legion den Jordan überquert, um sich den zerlumpten Streitkräften ihres Vetters Haj Amin anzuschließen. Sofort hatten arabische Heckenschützen Position auf der Stadtmauer bezogen und ihre Kugeln gnadenlos auf den Feind niederprasseln lassen. Auf diese Weise war es ihnen bereits nach einem Tag gelungen, die jüdischen Lebensmittelkonvois von ihrem Bestimmungsort fernzuhalten, so dass die Milch im jüdischen Viertel immer wässeriger wurde. In den muslimischen Vierteln dagegen waren nach wie vor alle Lebensmittel im Überfluss vorhanden.

Bei diesen Gedanken wurde ihr erneut die bedrückend schlechte Ernährungslage ihres Zöglings bewusst, und eine Zeit lang grübelte sie sorgenvoll darüber nach. Schließlich überlegte sie jedoch konkret, was sie selbst dazu beitragen konnte, um der Kleinen zu helfen. „Ich könnte durch das Jaffa-Tor gehen", sagte sie sich. „Bin ich nicht eine Tochter des Propheten? Ich weiß doch genau, wo meine Mutter frische Ziegenmilch für die kleine Alambra gekauft hat, als der Milchfluss meiner Schwester versiegte. Das könnte ich für Rachel tun –, wenn ich nur an den jüdischen Barrikaden vorbeikäme."

Eine Weile erwog sie diesen Gedanken ernstlich, beflügelt auch von der Hoffnung, bei ihrem Gang durch die Stadt vielleicht einen ihrer Familienangehörigen wieder zu sehen, obwohl sie natürlich wusste, dass dies unmöglich war, da sie alle die Stadt verlassen hatten. Doch dann durchfuhr sie eine neue Welle der Angst, als ihr klar wurde, wie gefährlich es für eine Muslimin war, sich allein in einer Stadt zu bewegen, die überwiegend von Soldaten bevölkert wurde.

Mit einem Schlag war die Szene ihrer Peinigung in ihrer ganzen Brutalität wieder da: raue Stimmen, harte, klauenartige Hände, rohes Gelächter und ihre eigenen Schreie. Der Mund wurde ihr trocken, und ihr Herz schlug wild. Doch schon im nächsten Augenblick wurden diese grauenhaften Bilder verdrängt durch Rachels sanfte, flehende Stimme und die Erinnerung an die Narbe auf ihrem Unterarm. „Meine Feindin", entfuhr es Sarai, als sie daran dachte, wie Rachel ihrer beider Hände aneinander gedrückt und von ihrem traurigen Leben erzählt hatte.

Sarais Fenster lag in Richtung Osten, und in der Ferne sah sie die dürren Hänge der Berge von Moab im nachmittäglichen Dunst liegen. *Über diese Berge werden die jordanischen Soldaten nach Jerusalem kommen. Sie werden die Stadt erobern, wie es meine Vorfahren einst getan haben, und es wird Jubel herrschen in Jordanien, hinter den Bergen von Moab.*

Sie überlegte, wie es wohl in Jerusalem aussehen würde, wenn die Arabische Legion ihren Sieg feierte. Es würde zu Racheakten kommen und ein furchtbares Gericht über die Juden der Stadt hereinbrechen! Daran bestand kein Zweifel. Was sich in Deir Jassin abgespielt hatte, würde sich hier noch einmal wiederholen, nur mit dem Unterschied, dass es dieses Mal die jüdischen Frauen sein würden, die vergeblich für sich und ihre Kinder um Gnade flehten. Doch der Gedanke an eine solche Vergeltung hatte für Sarai nichts Befriedigendes mehr.

Sie strich über ihr schwarzes Trauerkleid und betrachtete versonnen die farbenprächtigen Gewänder, die immer noch unberührt auf dem Stuhl neben der Tür lagen. Ihre Gedanken kreisten darum, wie schroff sie Rachels Freundlichkeit zurückgewiesen und wie Rachel in den darauf folgenden Tagen jedes ihrer unfreundlichen Worte mit Freundlichkeit vergolten hatte. Plötzlich war es nicht mehr nur ihr eigenes Leid, das ihr wichtig war, sondern auch das dieser gütigen und schönen jungen Jüdin, die es vermocht hatte, Böses mit Gutem zu vergelten. Aber sie war zornig über diesen Umschwung ihrer Gefühle. Sie schlug die Hände vors Gesicht und schrie weinend: „Ich will sie hassen! Sie *alle* hassen! Es ist so viel leichter zu hassen ... Sie sollen mir nichts bedeuten!"

Als sie, nach langer Zeit, wie es ihr schien, wieder aufsah, fiel ihr Blick als erstes auf die leuchtend bunten Gewänder. – Nein, nicht Stolz war es gewesen, der sie hatte die Kleider zurückweisen lassen, sondern der Wunsch, Rachel zu verletzen, Liebe zu verweigern, die so freimütig gegeben wurde! „Meine Feindin", seufzte Sarai ergeben und ergriff ein tiefblaues Gewand, dessen Rockteil und Ärmel mit einer Fülle ineinander verschlungener Blumen bestickt waren. „Meine teure, geliebte Feindin!"

* * *

Bobby Milkin kaute an seiner Zigarre und betrachtete mit finsterer Miene die Runde der zehn Haganahoffiziere, die sich in dem kleinen, spärlich eingerichteten Jerusalemer Büro der Jewish Agency versammelt hatte. In einer Stunde würde er David Ben-Gurion wieder mit dem Flugzeug nach Tel Aviv bringen, wo ein Treffen mit Tom Kane, dem Gesandten des amerikanischen Außenministeriums, stattfinden sollte.

Mosche Sachar, der dem Alten gegenübersaß und mit unbewegtem Gesicht auf das gelbe Blatt Papier vor ihm starrte, vergewisserte sich noch einmal: „Ist es ganz sicher, dass dafür nur David Meyer geeignet ist?"

Ben-Gurion bestätigte die Frage mit einem stummen Nicken und fragte dann zurück: „Gibt es überhaupt schon Nachricht von ihm? Du bist doch in den letzten Tagen in Howard Monigers Haus gewesen. Wir hatten gehofft, dass –"

„Nein", unterbrach Mosche kopfschüttelnd. „Wir sind nicht einmal sicher, dass Ellie überhaupt schon vom Tod ihres Onkels weiß. Nein ... Nein, wir haben noch nichts von ihnen gehört." Er schwieg einen Augenblick und fragte dann in die Runde hinein: „Wie kommt es, dass wir keine Informationen darüber haben, wo sie sich jetzt aufhalten?"

Die Männer rutschten unbehaglich auf ihren Stühlen hin und her, und der Alte herrschte sie mit zornig gerötetem Gesicht an: „Das ist genau die Frage, die auch ich stellen möchte!"

Chaim Scharett schob seine Brille hoch, die ihm bis auf die Spitze seiner langen Nase gerutscht war, und räusperte sich verlegen. „Zuletzt sind sie vor fünf Tagen gesichtet worden. Während Bernie Greene und ... hm ... der andere ... ermordet wurden, befanden sich zwei unserer Agenten im Hauptbahnhof in Rom."

Bei diesem Stichwort hielt einer der anderen Offiziere zwei Exemplare der europäischen Ausgabe der *New York Times* in die Höhe und fügte ärgerlich hinzu: „Der zweite Mann war Michail Gregowski ... habt ihr denn die heutige Zeitung noch nicht gelesen? Und habt ihr auch noch nicht gemerkt, dass dieser Journalist – dieser Lawrence Crabtree – offenbar bessere Informationen hat als wir?"

Er begann laut vorzulesen: *„Obwohl die beiden Ermordeten Priestergewänder trugen, legen Insider-Informationen nahe, dass es sich bei ihnen um jüdische Saboteure handelt, die mit der Bombardierung des arabischen Waffenschiffes, der Trina, in Zusammenhang standen. Einer der Toten ist eindeutig als Michail Gregowski identifiziert worden, der als Sprengstoffexperte mit bulgarischen Partisanen zusammengearbeitet hat. Michail Gregowski wurde nach einem fehlgeschlagenen Versuch, illegal nach Palästina einzuwandern, in ein Flüchtlingslager auf Zypern abgeschoben. Dort war er, britischen Mutmaßungen zufolge, der führende Kopf bei einem Sprengstoffanschlag auf einen Wachtturm* ..." Er überflog stumm einige Abschnitte und fuhr dann fort: „Und nun hört euch das hier an! *Gemäß Insider-Quellen* ..."

„Wieder diese Insider-Quellen!", rief einer der Männer dazwischen. *„... gelang es Michail Gregowski"*, fuhr der Offizier unbeirrt fort, *„mit Hilfe eines Piloten, der mit der jüdischen Haganah in Verbindung steht, aus Zypern zu fliehen ..."*

Er blickte stumm in die Runde und alle senkten betroffen die Köpfe.

„Es ist ganz offensichtlich, dass wir irgendwo eine undichte Stelle haben", ergriff Scharett schließlich als Erster wieder das Wort und breitete hilflos die Arme aus.

„Eine undichte *Stelle* ist eine lächerliche Untertreibung!", schnaubte einer der übrigen Männer. „Ein ganzer *Damm* ist da gebrochen! Dieser Crabtree weiß mehr als wir! Mehr als Rom! Habt ihr auch den Artikel gelesen, den er vor zwei Tagen geschrieben hat? Die ganze Welt ist über unsere geheimsten Operationen um die *Trina* bestens informiert, bevor wir selbst alle Einzelheiten kennen!"

„Aber wer hat nun Greene und Gregowski getötet?", unterbrach ein junger Mann, der mehr den Eindruck eines Gelehrten als den eines Soldaten machte.

„Das fragt ihr mich?", brauste Scharett auf. „Wenn ihr es vor mir in der Zeitung lest, könnt ihr mir ja Bescheid sagen!" Die Zornesröte war ihm in die Wangen gestiegen. „Fragt doch diesen Crabtree! Der weiß doch alles! Vielleicht kann er euch ja auch sagen, wo sich David und Ellie Meyer aufhalten! Denn wir haben offenbar jegliche Spur von ihnen verloren. – Ist es nicht so?"

„Bernie und dieser Michail sind von arabischen Agenten umgebracht worden", beantwortete ein anderer Mann aus der Gruppe die Frage des jungen Soldaten.

„Mit denen ist nicht zu spaßen", murmelte Bobby Milkin.

„Das spielt in diesem Fall keine Rolle mehr", warf Scharett ein. „David hat die Mappe gefunden. Unser Mann hat ihn selbst dabei beobachtet. Und nach dem Mord an Bernie und Michail hat er David sogar trotz des persönlichen Risikos angesprochen und ihm dringend geraten, sich abzusetzen. Wir haben die übliche Informationsmethode angewandt, und die beiden verfügen über so viel Geld, dass sie nach Paris und dann weiter nach Salzburg zum

Treffpunkt fahren können. Tatsächlich haben sie auch gleich den Zug bestiegen. Unser Mann hat es mit eigenen Augen gesehen. Anschließend haben wir nach Turin telegrafiert, und dort ist dann ein weiterer unserer Agenten zugestiegen."

Mit nachdenklichem Gesicht fügte er hinzu: „Er hätte gerne Kontakt zu ihnen aufgenommen, aber sie wurden offensichtlich beschattet. Es ergab sich einfach keine Gelegenheit. David muss die Situation wohl genauso eingeschätzt haben, denn irgendwo zwischen Turin und St. Michel haben sie den Zug heimlich verlassen."

„... oder sind ermordet und aus dem Zug geworfen worden."

„Haben wir eine Möglichkeit, das nachzuprüfen?", fragte Mosche. Er schluckte schwer. „Wenn sie tot sind –"

„In dem Telegramm, das wir aus Rom erhalten haben, heißt es: *David und Ellie bei St. Michel durch Toilette entkommen.*" Scharett zuckte hilflos die Achseln. Die anderen starrten ihn entgeistert an.

„Durch die Toilette?"

„Wer hat das dekodiert? Sind sie vielleicht tot? Heißt das, dass sie tot sind?"

„Nein, das natürlich nicht. Das glaube ich aufgrund dieser Nachricht jedenfalls nicht", erwiderte Scharett gedehnt, so dass Mosche gereizt und verwirrt zugleich war. „Die Information legt aber nahe, dass außer unserem Mann möglicherweise noch ein weiterer Agent im Zug war. Wie ich schon sagte, ist das ja auch der Grund gewesen, warum es zu keinem Kontakt gekommen ist. Der Agent der Gegenpartei hat sie zur selben Zeit aus den Augen verloren wie unser eigener Mann." Lächelnd fügte er noch hinzu: „Um genau zu sein: Sie sind im selben Zug nach Rom zurückgefahren ... wobei natürlich jeder der beiden vorgab, den anderen nicht zu bemerken." Er verdrehte die Augen. „Oj. Was für ein Krieg!"

Einen Augenblick lang schwiegen alle. Dann bemerkte einer der Männer lakonisch: „Wenn David Meyer tot ist, werden wir die ME 109er nicht vom Boden kriegen."

„Wir haben sämtliche Leichenschauhäuser in Turin aufgesucht, ebenso die Polizeireviere in einigen umliegenden Dörfern. Aber nirgendwo sind sie aufgetaucht."

Bobby, der bislang ruhig zugehört hatte, nahm seine Zigarre aus dem Mund und stieß verächtlich hervor: „Aufgetaucht! Was soll denn der Quatsch! Ihr denkt doch wohl nich' etwa, dass 'n paar Steife so mir nichts dir nichts irgendwo auftauchen und sagen: Hallo, hier sind wir, Jungs? Wenn sie jemand abgemurkst und irgendwo in 'n Alpen über Bord geworfen hat, dann sind sie weg für alle Ewigkeit!"

„Leider wahr", pflichtete Scharett bei und nickte düster.

Da schlug Ben-Gurion entschieden mit der Faust auf den Tisch. „Das ist es nicht! In einigen Wochen werden wir, so Gott will, Tel Aviv Tag und Nacht mit Frachtflugzeugen anfliegen. Aber ohne Deckung durch Kampfflugzeuge wird das nicht lange möglich sein. Die Ägypter verfügen immerhin über in Großbritannien hergestellte Spitfire-Maschinen –"

„Gebt mir nur eine davon, dann dreh ich euch 'n Ding", murmelte Bobby.

„Avriel konnte uns nichts Besseres liefern als deutsche ME 109."

„Tja", meinte Bobby nachdenklich. „Das Beste und doch nich' das Beste. Diese Schätzchen sind temperamentvoll wie 'ne Frau. Wenn unsere Jungs nich' bald mal hinter 'n Steuerknüppel kommen – von 'ner 109, mein ich, dann werden uns die Spitfires vom Himmel holen wie Tontauben!" Er räusperte sich und fuhr fort: „Der Blechmann is' der Einzige, der überhaupt schon mal in so 'nem Ding geflogen is'. Jawohl! Er hat sie immerhin selbst zusammengeflickt, als er in Italien stationiert war. Er und die Vogelscheuche ham 'ne 109 von der Luftwaffe zusammengeflickt, nachdem der Blechmann 'n Deutschen bis zu unserm Flugplatz gejagt und ihm dabei das Schätzchen so durchlöchert hatte, dass ihm nichts anderes übrig blieb, als auf unserm Flugplatz runterzugehen! Danach war der Blechmann 'ne Legende, das kann ich euch flüstern! Und dann ham die beiden, die Vogelscheuche und er, die Kiste wieder zusammengeflickt und damit aus Jux Runden gedreht." Er sog kräftig an seiner Zigarre und seufzte resigniert. „Aber die Herrn Offiziere ham sie ihnen wieder weggenommen. Meinten, es säh' nich' gut aus, wenn 'n amerikanischer Pilot den Feind in sei'm eig'nen

Flugzeug jagt. Und das, obwohl der Blechmann doch 'n Bild drauf gemalt hatte, auf dem Mickey Maus Hitler 'n Tritt in' Hintern gab. Wir fanden das alle Klasse ... einsame Klasse ..."

Ben-Gurion sah Bobby mit müden, geröteten Augen an und fragte, ohne auf dessen weitschweifige Schilderungen einzugehen: „Für wann sind die Piloten bestellt?"

Bobby kaute wieder an seiner Zigarre und antwortete gedehnt: „Tja, die meisten sin' schon aufm Weg hierher. Aber das bringt nichts, Chef. Jedenfalls nich' ohne den Blechmann als Fluglehrer. Sonst endet's nur mit 'm Haufen toter Pilot'n. Lassen Sie sich's gesagt sein: Die 109 is nich' so leicht zu schaukeln. Der Blechmann und die Vogelscheuche ham die Burschen zwar neulich in den Staaten persönlich ausgesucht – die werden also schon ganz passabel sein –, aber die Vogelscheuche is' nun tot und vielleicht auch der Blechmann. Dann bleib nur noch ich übrig. Und ich bin nun mal kein Fluglehrer, Chef."

Die Augen des Alten blitzten ungeduldig. „Wir haben die Flugzeuge gekauft – sozusagen nagelneue Jagdflugzeuge. Dann nehme ich doch stark an, dass irgendwer weiß, wie man so etwas fliegt! David Meyer muss in diesem Falle als entbehrlich betrachtet werden."

„Er is' zumindest derjenige, der sie gekauft hat, Chef." Milkin zuckte hilflos die Achseln. „Und er hat auch die Burschen angeheuert. Aber wenn Sie die Situation genau betrachten, dann müssen Sie doch zugeben, dass sie nich' gerade rosig aussieht – mit amerikanischen Piloten, die in Deutschland hergestellte Särge fliegen sollen ... außer, wenn Sie 'n ehemaligen Luftwaffenpiloten anheuern, der mit den Dingern umgehen kann ..."

Der Alte herrschte Scharett an: „Sie haben ihn schließlich verloren! Dann suchen Sie ihn gefälligst auch!"

„Aber, Chef", protestierte Scharett. „Er muss nun mal *uns* suchen. Wir haben ihm unsere Adresse gegeben, haben ihm alles gegeben, was er braucht!"

Mosche hörte Scharetts Worte nachdenklich an und warf dann zögernd ein: „Meyer war doch Pilot. Er kennt doch den Mossad

Code gar nicht. Als wir das Material zusammengestellt haben, dachten wir natürlich an Bernie Greene."

„Und Greene ist tot. Darüber besteht kein Zweifel."

Alle nickten. „Ja. Tot."

Mosche wiegte bedenklich den Kopf, nagte an seiner Unterlippe und sprach dann aus, was er fast nicht auszusprechen wagte: „Wusste Meyer überhaupt, wonach er suchen sollte?"

„Tja, der Koffer ist natürlich im Hinblick auf Greene gepackt worden", räumte Scharett zögernd ein. „Greene hätte natürlich genau gewusst, wonach er suchen musste. Aber Meyer hat tatsächlich keinerlei Informationen darüber, wie er an uns herankommen kann, selbst wenn er noch leben sollte."

Ben-Gurion spreizte ungeduldig die Hände und wartete auf konkrete Vorschläge. Aber es kamen keine. Dann sah er Mosche vorwurfsvoll an. „Da haben Sie's. Deutsche Flugzeuge, die niemand zu fliegen wagt! Und der Mann, der sie gekauft hat, der Mann, der uns dazu überredet hat, dass wir sie kaufen sollten, unauffindbar – vielleicht tot."

„Ich glaube nicht, dass er tot ist", warf Mosche zuversichtlich ein. „Dafür ist er zu clever."

Jemand hielt eine Zeitung mit den neuesten von Crabtrees Enthüllungen in die Höhe. „Nun, wenn er tot ist, sind wir zweifellos die letzten, die es erfahren werden. Und wenn er lebt, wird dieser Crabtree ihm garantiert die Behörden auf den Hals hetzen –, und dann könnte er genauso gut tot sein. Im Gefängnis wird er uns nichts mehr nützen."

„Wenn er lebt, Scharett, dann werden *Sie* ihn finden!", wiederholte der Alte noch einmal mit Nachdruck. Und zu Mosche gewandt meinte er nachdenklich: „Was soll Cleverness damit zu tun haben, dass jemand am Leben bleibt? Einige der cleversten Männer, die ich kenne, sind umgekommen. Sie waren meiner Meinung nach viel cleverer als wir alle zusammen. Und sie sind draufgegangen, noch bevor die Dinge derartig kompliziert geworden sind!"

* * *

Die Herrentoilette im römischen Hauptbahnhof war sauber und hell. Ein junger Toilettenmann in einer adretten, neuen Uniform stand neben einem Ständer mit frischen Handtüchern in der Nähe des Waschbeckens. Die blutverschmierten Fliesen waren wieder sauber geschrubbt, so dass keine Spur der Gewalttat zurückgeblieben war, die vor einigen Tagen dort stattgefunden hatte. Die Reisenden kamen und gingen, ohne im Entferntesten zu ahnen, dass innerhalb dieser Wände vor kurzem drei Männer ermordet worden waren.

Crabtree blickte sich um. *Vier Kabinen. Die Türen frisch gestrichen. Bodenfliesen mit abgesprungenen Ecken. Drei Waschbecken. Handtuchständer.* Crabtree war schon Dutzende von Malen in dieser Toilette gewesen, aber dies war das erste Mal, dass sie sauber war. *Alles riecht penetrant nach Desinfektionsmitteln. Den Tod weggewischt wie einen Krankheitskeim.* Seine Augen begannen zu tränen.

Er drehte sich langsam um. Im Geiste sah er die Polizeifotos vor sich. Der Handtuchständer umgeworfen. Der kleinere der beiden Juden musste verzweifelt um sein Leben gekämpft haben. Zwei Kugeln in der Brust. Der Große mit den gebrochenen Armen war offenbar ohne Widerstand gestorben. Bei dem Alten deutete der Durchschuss einer Hand darauf hin, dass er sie schützend vor sich gehalten hatte.

Crabtree wusch sich die Hände und nahm vom Toilettenmann ein Handtuch entgegen. „Sie sind neu hier, nicht wahr?"

„Si", erwiderte der junge Mann lächelnd und machte eine leichte Verbeugung.

„Macht es Ihnen nichts aus, dass hier drei Männer ermordet worden sind?"

„Es gibt jetzt so viele Mörder in Rom, Signor", entgegnete der junge Mann achselzuckend. „Diese Männer waren bestimmt ehemalige Nazis, Partisanen oder Kommunisten. Sie haben im Krieg Menschen unglücklich gemacht. Aber ich? Ich kümmere mich nur um meine eigenen Angelegenheiten. Ich mache niemanden unglücklich."

Crabtree warf eine Münze in die Untertasse, auf der das Trinkgeld des jungen Mannes lag. „Das ist eigentlich nur möglich, wenn man blind ist –", er sah den jungen Mann durchdringend an, „... oder taub oder ... tot."

Damit schob er sich an dem Toilettenmann vorbei und ging hinaus in die von Menschen wimmelnde Bahnhofshalle. Er blieb einige Zeit vor der Toilettentür stehen und sah dem hektischen Treiben der Frauen und Männer zu, die zu den Zügen eilten. Alle Menschen in der riesigen Halle schienen von einer Seite zur anderen zu laufen – mit einer einzigen Ausnahme: Crabtree direkt gegenüber war ein Zeitungsverkäufer damit beschäftigt, in seinem Verkaufsstand einen Stapel Zeitschriften zu ordnen. „Weder blind noch taub", murmelte Crabtree und ging auf den Mann zu.

Der Verkäufer schien nicht im Geringsten überrascht über Crabtrees plumpe Frage, ob er irgendetwas über den Fall wisse. „Ach ja", erwiderte er. „Das liest man doch alles in der Zeitung, nicht wahr? Nun, ich war hier. Allerdings. Sie haben die beiden Priester und den alten Angelo umgebracht. Er hatte wohl zu viel gesehen."

„Und was haben *Sie* gesehen?", fragte Crabtree und nahm eine der Zeitungen in die Hand, in der sein eigener Artikel abgedruckt war.

„Ich? Ich habe nichts gesehen, außer dass ein Mann geschrien hat und dort zur Tür herausgestürzt kam. Ein Engländer, der jetzt schon wieder in England ist. Dann kam die Polizei, und alles schrie und rannte durcheinander. Nach einiger Zeit brachten sie dann die Leichen heraus. Zwei Priester und den alten Angelo."

„Haben Sie sonst noch etwas beobachtet? Vielleicht jemand anderen, der sich hier herumgetrieben hat?"

„Nein, Signor. Es war an diesem Tag sehr voll im Bahnhof. Ich habe niemanden gesehen ... auch nichts Merkwürdiges, Sie verstehen."

Crabtree hielt ihm die Fotografie hin, die er aus dem Life-Magazin herausgeschnitten hatte, und fragte: „Haben Sie diese Frau hier irgendwo gesehen?"

Der Mann warf einen raschen Blick auf das Bild und war schon im Begriff, die Frage zu verneinen, da weiteten sich seine Augen vor

Erstaunen. „Aber ja!“, rief er erregt und riss Crabtree die Fotografie aus der ausgestreckten Hand. „Si! Das ist doch die Schwester! Die Nonne! Sie stand genau da, wo Sie jetzt stehen!“

* * *

Drei Stunden später verließ Crabtree, bewaffnet mit einer Fülle von Notizen, den Bahnhof und ging in sein Büro. Er hatte mit Stripes’ Hilfe den Schaffner ausfindig gemacht, der für den jungen amerikanischen Priester und die rothaarige Nonne die Fahrkarten besorgt hatte. „Sie sahen auch überhaupt nicht wie Kirchenleute aus“, hatte ihm der Schaffner ernst berichtet. „Aber was kann man schon von Amerikanern erwarten?“

Den Rest des Nachmittags verbrachte Crabtree damit, einen Artikel zu schreiben, der den beiden Flüchtlingen sicher einen gehörigen Schrecken einjagen würde. Obwohl Tree sorgfältig darauf bedacht war, ihre Namen nicht preiszugeben, würden die Einzelheiten seines zweispaltigen Artikels, noch dazu auf der Titelseite, für Eingeweihte keinen Zweifel an ihrer Identität lassen.

# 23. El-Kiama

Die Welt schwebte unwirklich im sanften Dämmer zwischen Tag und Nacht. Die Vögel sangen ihre letzten Lieder, und im Gras der felsigen Berghänge von Jerusalem begannen die Grillen mit ihrem nächtlichen Konzert.

Mosche und Rachel gingen schweigend durch die abendliche Kühle nach Hause. Nur wenn sie an den Barrikaden vorbeikamen, wechselten sie ein paar freundliche Worte mit den Wächtern. Erst als sie durch Rehavia gingen, nahm Mosche Rachels Hand und berichtete ihr mit belegter Stimme von den Vermutungen über Davids und Ellies Schicksal.

„Ich kann es nicht glauben!", rief Rachel entsetzt aus, nachdem sie mit angehaltenem Atem zugehört hatte. „Natürlich habe ich mir seit Howards Tod ständig Sorgen um David und Ellie gemacht, aber –"

Mosche nickte und pflichtete ihr bei: „Ich glaube auch nicht, dass sie tot sind. Nein, sie sind bestimmt nicht tot!" Dann wechselte er schnell das Thema, um ihre Gedanken auf erfreulichere Dinge zu lenken:

„Unsere Leute haben übrigens Sheik Jarrah vollständig besetzt. Und es war nicht mal ein harter Kampf. Die Araber sind in hellen Scharen geflüchtet."

„Ich wünschte ...", begann sie, verstummte jedoch sogleich wieder, als ihr einfiel, dass es in Sheik Jarrah gewesen war, wo der Überfall auf den Krankenhaus-Konvoi stattgefunden hatte.

Mosche drückte ihr verständnisvoll die Hand und meinte beschwichtigend: „Vielleicht ist es ja bald so, dass wir wie selbstverständlich von den Stadtteilen Jerusalems sprechen können ... und wir uns in ganz Jerusalem gleichermaßen sicher fühlen."

„Ein schöner Traum", wehrte sie ab und blickte an der in das glühende Rot der untergehenden Sonne getauchten Stadtmauer empor. Auf ihren Zinnen stand ein Wächter, von dem gleichen Farbton überzogen. Bald würde das Schießen von neuem beginnen.

„Vielleicht gelingt es uns ja, Rehavia zu halten“, räumte sie ein. „Aber was wird aus der Altstadt?“, fragte sie verzweifelt. „Was wird aus meinem Großvater und meinem Bruder, Mosche? Als ich heute morgen mit den Frauen in der Warteschlange stand, hörte ich sie erzählen, dass die Arabische Legion große Truppenverbände über den Jordan verlegt hat und die Irakis vorhaben, sich ihr anzuschließen. Die Legion hält bereits den gesamten Osten von der Altstadt bis zum Jordan und wird bald Ernst machen.“

„Ich habe inzwischen einige Gespräche geführt, Rachel – vertrauliche Gespräche. Eigentlich – darf ich dir ja nichts davon erzählen ...“

Sie sah ihn zunächst fragend an und wehrte dann ab: „Wenn du es mir nicht erzählen darfst –“

„Der Amerikaner, Tom Kane ...“, begann Mosche trotz seines Vorbehaltes zögernd, da es ihn drängte, Rachel etwas Ermutigendes zu erzählen, „... Ich habe mit ihm eine Zeit lang beim OSS zusammengearbeitet. Nun ist er beim amerikanischen Außenministerium und im Auftrag Präsident Trumans hierher gekommen ... Ich habe bereits ein Gespräch mit ihm geführt. Er ist der Ansicht, dass Juden und Jordanier diese Angelegenheit vielleicht untereinander regeln könnten. Wir dürfen also noch Hoffnung haben.“

Rachel blickte in den dämmerigen Himmel – ein paar Sterne schimmerten bereits schwach über ihnen – und sagte bitter: „Hoffnung! Die ganze Welt dreht sich um dieses eine Wort. Wenn es keine Lebensmittel gibt, hoffen wir. Wenn es keine Liebe gibt, hoffen wir.“ Ein Schatten glitt über ihr Gesicht. „Und wenn die Hoffnung zunichte ist, sterben wir –“ Sie verstummte plötzlich. Ihr wurde mit einem Mal die Bedeutung von Mosches Worten bewusst. „Mosche, soll das heißen, dass vielleicht Frieden in Jerusalem einkehren kann? So lange haben wir dafür gebetet. – Wir müssen weiterbeten!“, rief sie. „Wir müssen Gott um ein Wunder anflehen!“

„Es besteht nur eine kleine Chance“, dämpfte er ihren Überschwang. „Das würde aber bedeuten, dass Jerusalem nicht zu Israel gehören, sondern zur internationalen Stadt erklärt wird ... Wir von der Jewish Agency haben diesem Vorschlag zugestimmt, da wir auf diese Weise vielleicht einen Krieg verhindern ... nein, den Krieg, in dem wir uns momentan befinden, beenden können. Augenblicklich haben wir zwar die westliche Hälfte Jerusalems fest im Griff, aber wenn wir nicht zu einem Kompromiss gelangen, wird Abdullahs Legion die Altstadt und die heiligen Stätten einnehmen. Im Augenblick sieht es aber so aus, als sei dieser Kompromiss in greifbare Nähe gerückt!"

„Großvater!", murmelte Rachel besorgt und blickte trotz dieser hoffnungsvollen Nachricht niedergeschlagen zu Boden. „Jakov! Dov, Ehud und Jehudit! – Was soll aus ihnen allen werden, wenn dieser Versuch fehlschlägt?"

„Wir können nur hoffen, dass sie lange genug aushalten –"

„Wie lange?"

„So weit haben wir noch nicht denken können! Wir wagen nicht, über unsere Hoffnung hinauszudenken, Rachel. Tom Kane ist inzwischen abgereist, um mit König Abdullah zu verhandeln. Wir hoffen darauf, dass wir anschließend hier in Jerusalem mit seinen Vertretern zusammentreffen können. Ich wage nicht, im Haus darüber zu sprechen, jedenfalls nicht, wenn das Mädchen da ist." Er sah Rachel viel sagend an.

Rachel entzog ihm verärgert ihre Hand. „Mosche! Du solltest dich schämen! So etwas auch nur zu denken! Nach allem, was sie durchgemacht hat."

„Genau deshalb! Zweifellos hasst sie uns alle. Das ist doch ganz natürlich, nach allem, was sie durchgemacht hat."

Rachel ging schweigend einige Schritte neben ihm her. Dann gestand sie ihm leise zu: „Ja, Mosche. Es ist ... ganz natürlich." Aus ihren Worten sprach jedoch unverkennbarer Schmerz. „Ich wollte damit nur sagen –" Sie blickte ihn an und fuhr dann heftig fort: „Früher habe ich die Menschen, die mich misshandelt haben, auch gehasst, aber inzwischen habe ich gelernt, dass nicht alle Deutschen schlecht sind ... nicht alle. Auch nicht alle Polen. Denn irgendjemand hat schließlich meinen Bruder gerettet, irgendjemand hat sich um ihn gekümmert, Mosche. Und nun will auch ich mich um jemanden, um dieses arme Kind kümmern. Und vielleicht wird sie dann erkennen, dass nicht alle Juden wie Emile Dumas sind und diese anderen Tiere von der Irgun!“

„Du hast natürlich Recht“, lenkte Mosche ein. „Was ich eigentlich nur sagen wollte, ist, dass ich von diesen geheimen Angelegenheiten überhaupt nicht sprechen dürfte.“

„Da wir ein Fleisch sind“, erwiderte Rachel, nun wieder in ruhigerem Tonfall, „werde auch ich diese Dinge mit keinem Sterbenswort erwähnen.“ Sie hakte sich bei ihm unter. „Ich werde nur hoffen und beten. Alles andere überlassen wir Gott, nu?“

* * *

Als Mosche und Rachel an Howards Haus ankamen, war Sarai nicht da, und an ihrer Stelle passte Frau König, eine grauhaarige, großmütterliche Frau, Howards langjährige Nachbarin, auf das Kind auf.

„Hat sie gesagt, wohin sie gehen wollte?“, fragte Mosche, während er die Lampe im vorderen Salon anzündete.

Frau König wirkte besorgt und abgespannt, als sie antwortete:

„Nein. – Nein. Sie kam einfach an meine Tür und sagte, Sie hätten ihr gesagt, sie solle sich an mich wenden, wenn sie Hilfe brauche. Dann hat sie mich gebeten, auf das Kind aufzupassen, bis Sie nach Hause kämen, Professor Sachar. Ich konnte doch nur annehmen, dass sie eine von Miriams Verwandten sei ...“

Mosche schwieg, und Rachel blickte stumm aus dem Fenster, um ihre Beunruhigung vor Frau König zu verbergen. Dann legte Mosche Rachel tröstend eine Hand auf die Schulter und sagte leise zu Frau König: „Vielen Dank, Frau König.“

„Ach ja“, seufzte die wehmütig. „Wie traurig das Haus doch ohne Miriam und den Professor wirkt. Ich kann immer noch nicht glauben ...“

„Gleich ist Sperrstunde“, unterbrach Mosche sie. Er konnte es nicht ertragen, an das fröhliche Gelächter und die guten Zeiten erinnert zu werden. „Ich werde Sie nach Hause bringen.“

Unterdessen stieg Rachel rasch die Treppe hinauf, um nach Tikvah zu sehen. Die Kleine lag in ihrem Bettchen und spielte fröhlich mit einem Schlüsselbund. Als sie Rachel erblickte, jauchzte sie vor Freude. Rachel nahm sie auf, und während sie sie an sich drückte, flüsterte sie ratlos: „Wo ist sie nur hingegangen, Tikvah?“

Als kurz darauf Mosche zurückkehrte, beantwortete er ihr die Frage: „Wir sind nun mal Juden, und sie ist Mohammedanerin. Sie empfindet einen zu großen Hass gegen uns, als dass sie in diesem Haus bleiben könnte, Rachel.“

„Aber wo kann sie denn hin?“, fragte Rachel voll Trauer und Mitleid. „Wo gibt es einen Schlupfwinkel für sie?“

Mosche schüttelte resigniert den Kopf und nahm Rachel die Kleine ab, als bedürfe auch er ihrer tröstlichen Nähe. „Das müssen wir wohl auf sich beruhen lassen, Rachel. Das ist nicht länger unser Problem.“

„Das klingt ja gerade so, als seist du erleichtert, dass sie fort ist!“, begehrte Rachel auf. „Du bist doch erleichtert, nicht wahr?“

„Ich bin froh, dass sie das Haus verlassen hat, ja. Ich hatte zwar gehofft, dass wir ihr helfen könnten, aber offenbar war dies hier doch nicht der rechte Ort für sie.“

„Wo ist denn der rechte Ort für Frauen wie *sie* ... oder *mich?*“

„Du bist keine Frau wie sie!“, entgegnete er nicht minder heftig. „Du bist –“

„Nein, Mosche!“ Rachel hob abwehrend die Hände. „Wo ist der Unterschied zwischen diesem Mädchen und mir? – Es gibt keinen, außer, dass *mein* Schmerz schon Jahre dauert und ihrer erst eine Nacht. Aber nun wird auch sie für den Rest ihres Lebens mit diesen furchtbaren Bildern und diesen Ängsten leben müssen. Nur hat sie sich zumindest gegen diese Bestien, die ihr das angetan haben, gewehrt. Ich dagegen“, sagte sie in provokativer Selbstbezichtigung, „habe mich *freiwillig* hingegeben!“

„Auf meine Veranlassung hin haben wir sie ins Krankenhaus gefahren. Und wir haben gemeinsam beschlossen, sie hierher zu bringen, nicht wahr? Was hätten wir sonst noch tun können?“, entgegnete Mosche so laut, dass Tikvah zu weinen begann. Rachel nahm sie ihm wieder ab.

„Ihre Seele ist verwundet, Mosche! Und sie ist ganz allein auf der Welt. Ich weiß, wie das ist. Ich *weiß* es!“

„Rachel, Liebste, du kannst doch nicht alle retten! Du wirst den Verstand verlieren, wenn du es versuchst. Ich habe es mit eigenen Augen gesehen, Rachel! Außerdem gibt es keine Gerechtigkeit in Palästina. *Es gibt einfach keine Gerechtigkeit!*“

Rachel sah ihn nur flehend und tief betroffen an.

„Rachel, Sarai hat gespürt, in welcher Situation wir uns hier in Palästina befinden. Ob wir wollen oder nicht: Es gibt eben nur ein ‚Entweder-Oder‘, wir oder sie. Entweder wir überleben, oder es ist für immer und ewig vorbei mit uns. Das hat nichts mit Gerechtigkeit zu tun. Es ist einfach das Gesetz des Überlebens.“

Während Rachel beruhigend auf das weinende Kind einsprach, blickte sie Mosche prüfend an. Dann fragte sie ihn leise: „Was geschieht aber dabei mit uns? Warum muss das so sein?“

„Ich war doch in Kastel, nicht wahr?“, begann Mosche. „Als wir am Morgen nach der Schlacht die Toten zählten, erkannte ich einige Araber wieder. Gute Menschen, die für mich und Howard in den Ausgrabungsstätten gearbeitet hatten. Männer, die ich für meine Freunde gehalten hatte. Aber sie haben auf uns geschossen – und wir auf sie. Ich weiß, das *ist* ein Irrsinn! Aber wenn wir überleben wollen, bleibt uns nichts anderes übrig.“

Das schreiende Kind wiegend, stand Rachel in der Mitte des Zimmers und sah ihren Mann wieder nachdenklich an. Als Tikvah unvermittelt für einen Augenblick verstummte, begehrte Rachel auf: „Aber das muss doch nicht so sein! Ich habe die Worte unseres Messiahs gelesen. Er hat gesagt, dass wir unsere Feinde lieben sollen! Dass wir sie lieben und für sie beten sollen, Mosche! *Darin* liegt die einzige Hoffnung.“

„Und du hast wahrlich dein Bestes getan, um Sarai zu lieben. Aber sie war nicht fähig, deine Liebe anzunehmen“, erwiderte Mosche. „Am Bab el Wad habe auch ich viel über die Worte des Messiahs nachgedacht. Aber es gibt dabei so vieles, das ich nicht verstehe. Wie kann man jemanden, der sein Gewehr auf einen richtet, lieben? Das ist eine Forderung, die einem Menschen zu viel abverlangt! Ich kann mir unsere Feinde nicht als Menschen wie du und ich vorstellen und ihnen dann im nächsten Augenblick eine Kugel durch den Kopf jagen. Und ich kann auch für das Mädchen nicht die gleichen Gefühle empfinden wie für dich!“ Mit verzerrtem Gesicht schloss er: „Es ist unmöglich, um sie alle zu weinen, wenn man nicht den Verstand verlieren will!“

„Aber wir können doch zumindest jeweils an einen von ihnen denken!“, beharrte Rachel. „An *einen Menschen!* An *ein Leben!*“

„Das tue ich doch!“, erwiderte Mosche betroffen. „Ich ... ich denke doch an dich.“

„Dann denk auch bitte an das, was noch gar nicht so lange her ist: an die Wunder, die Gottes Liebe in meinem Herzen bewirkt hat!“ Gepresst fuhr sie fort: „Es gibt in der Welt immer noch einen einsamen Menschen, der der Hoffnung bedarf. – Du hast natürlich Recht, dass wir nicht alle erreichen können. Aber die Menschen, die Gott zu uns führt ... wenn wir es nicht wenigstens bei ihnen versuchen, Mosche, dann bleibt uns nichts ... nicht ein Funken Hoffnung!“

Er holte tief Luft und sagte dann mit Bedauern in der Stimme: „Sie ist fort. Was können wir tun, nun, da sie fort ist?“

„Wir können beten“, flüsterte Rachel mit inständig geschlossenen Augen. „Beten, dass Gott sie beschützt, dass Jeschuah sie findet, wo immer sie auch sein mag!“

* * *

Den Wächtern an den Straßensperren auszuweichen war gar nicht so schwierig gewesen, wie Sarai es sich vorgestellt hatte. Sie war einfach über die rückwärtige Gartenmauer von Howard Monigers Haus geklettert und hatte dann die anderen Höfe und Zäune überquert, bis sie schließlich die King George Road und den Mamillah-Friedhof erreichte. Dort hatte sie sich dem Strom der Trauernden angeschlossen, die die frischen Gräber ihrer Glaubensgenossen besuchen wollten. Von der Mamillah Road am anderen Ende des Friedhofs würde es nur noch ein kurzer Weg zum Jaffa-Tor sein, das immer noch rußgeschwärzt vom Sprengstoffanschlag jüdischer Terroristen war.

Überall standen Soldaten der Arabischen Legion. Auch wenn Sarai überzeugt war, dass sie hinter ihrem dicken Schleier unerkannt blieb, wandte sie sich dennoch erschrocken ab, als sie einen Ruf von den Zinnen der Davidszitadelle hörte. Denn es bestand immerhin die Möglichkeit, dass man sie für eine Prostituierte hielt, da sie ohne Begleitung war. Doch es blieb ihr nun nichts anderes übrig, als darauf zu vertrauen, dass die Soldaten sie in ihren schwarzen Kleidern doch eher für eine Witwe hielten als für eine Straßendirne.

Zur Linken des Fußgängerdurchgangs zum Friedhof verkündete eine arabische Inschrift: *Im Namen Allahs des Barmherzigen, des Großen Sultans, des Königs der Türken, der Araber und der Perser, ließ Suleiman, Sohn des Selim Khan – Allah lasse sein Reich ewig währen – diese heilige Mauer erbauen.* Unter der Inschrift stand ein halbes Dutzend Wachsoldaten, deren rot-weiße Keffijahs sie als Legionäre auswiesen.

Plötzlich vertrat ihr einer von ihnen, ein großer, dunkelhäutiger Soldat, den Weg und fragte barsch: „Was tust du hier allein, Frau?"

„Ich bin Witwe. Mein Mann liegt auf dem Mamillah-Friedhof. Ich bin am Grab gewesen."

„Allah ist gnädig zu den Witwen", leierte der Mann gedankenlos herunter und bohrte dann seinen Finger in das mit Papier umwickelte Bündel unter Sarais Arm. „Und was bringst du da mit in die Neustadt?"

„Handarbeiten zum Verkauf. Allah ist nur gnädig zu den Witwen, wenn sie hart arbeiten. Ich will meine Ware den christlichen Händlern anbieten."

Er lächelte. „Na, dann gibt es also doch noch ein paar tapfere Seelen in den Souks. Allah schütze dich!" Mit diesen Worten gab er ihr den Weg durch das Tor frei.

„Möge er auch dir gnädig sein", erwiderte sie erleichtert und ging weiter.

„Aber denk daran, Frau, dass wir den Friedhof nach Sonnenuntergang schließen!", rief er ihr noch hinterher.

Sie blickte in das dunkle Gewölbe des Tores, das von ihrem Volk *Bab el-Halli* genannt wurde, das Tor des Freundes. Hier begann die Straße nach Hebron, und in Hebron lag die Beerdigungsstätte Abrahams, des Freundes Gottes. Was für ein merkwürdiger Gedanke, dass dieser Mann der Stammvater sowohl ihres eigenen als auch des jüdischen Volkes war!

Der Name des Tores war ihr schon immer merkwürdig widersinnig erschienen, aber heute mehr denn je. Das Tor hatte ja im Grunde mit Freundschaft nichts zu tun. Es war aus rein kriegerischen Erwägungen errichtet worden. Von dem sich darüber erhebenden Turm konnte man siedendes Öl und Pech auf den Feind gießen. *Wie viele Menschen haben an diesem Tor wohl den Tod gefunden?*, dachte sie. *Und wie viel mehr werden hier bald noch umkommen?* Die schweren Eisentore dienten jetzt bereits wieder dem gleichen Zweck wie in vergangenen Tagen und wurden bei Sonnenuntergang abgeschlossen. Zu Zeiten Suleimans hatten Reisende, die zu spät kamen, außerhalb der Mauern schlafen und Frühaufsteher mit einem Seil über die Mauer gehievt werden müssen. Am Freitag, dem heiligen Tag der Moslems, waren die Tore bereits mittags geschlossen worden. Nun lebten diese alten Bräuche wieder auf, und dies aus allzu nahe liegenden Gründen. Sarai blickte besorgt zur Sonne, die schon dicht über dem Horizont stand. Sie musste sich beeilen, wenn sie nicht ausgesperrt werden wollte.

Als sie am Wachhäuschen vorüberging, blickte sie eine Treppe hinauf, die bis zur Mauerkrone führte. Dort standen, mit nur wenigen Metern Abstand voneinander, eine Vielzahl von Soldaten und beobachteten die Straßen der Neustadt. Die leicht einsehbaren Ziele des jüdischen Viertels hatten sie so gut unter Kontrolle, dass die jüdischen Zivilisten diese Stellen meiden mussten, wenn sie unversehrt nach Hause gelangen wollten.

Sarai ging schnell weiter zum befestigten Omarplatz, dessen Läden in Soldatenunterstände umgewandelt worden waren. Überrascht von den Veränderungen, die sich dort innerhalb weniger Wochen vollzogen hatten, verhielt sie kurz ihre Schritte. Das Einzige, was sie wieder erkannte, waren die beiden Zypressen, die einen Feigenbaum und die darunter befindlichen Gräber zweier Liebender überragten, die dort vor langer Zeit bestattet worden waren. Früher hatte sie sich im Schatten dieser Bäume romantischen Träumen hingegeben ... Nun aber war alles tot für sie, so tot wie die beiden Liebenden.

Sie schüttelte diese Gedanken heftig ab und eilte weiter die Latin Patriarch Road hinunter, den Blicken der zahllosen Soldaten ausweichend. Nur wenige Zivilisten, die meisten Mönche, bewegten sich im Gewühl der vielen bewaffneten Männer. Und sie war die einzige Frau. Auf der anderen Straßenseite stand das dreistöckige *New Imperial Hotel,* eine zwielichtige Unterkunft, von der allem Anschein nach inzwischen die Legion Besitz ergriffen hatte. Von den eisernen Balkongeländern flatterte Wäsche, und unter den Arkaden entdeckte Sarai einige Frauen, die kokett zwischen den Männern promenierten. Ein kalter Schauer lief ihr bei dem Gedanken über den Rücken, auch ihr könnte es bestimmt sein, wie diese Frauen leben zu müssen. Sie drückte ihr Bündel fest an sich und setzte schnell mit verlegen zu Boden gerichteten Augen ihren Weg fort. Aus einem geöffneten Fenster hallte das schrille Lachen einer Frau hinter ihr her.

Sie beschleunigte ihre Schritte und kam auf die Street of David. Dort stellte sie erleichtert fest, dass sich weder der Anblick noch die Geräusche der Märkte verändert hatten. Es war das erste Mal, dass sie allein zum Markt ging, und ihr Herz klopfte wild, als sie sich durch das Gewühl der heftig feilschenden Händler und Käufer bewegte. Beklommen stellte sie fest, dass auch hier die Frauen fehlten, wenn sie von einigen unverschleierten Christinnen absah, die Arm in Arm vorbeieilten und ihre Einkäufe noch vor Sonnenuntergang zu erledigen suchten.

Als Sarai endlich eine breite Treppenflucht hinabging, die in eine von einem Bogen überwölbte Straße mündete, zitterten ihr vor Aufregung und Erleichterung die Knie. Sie wusste, dass der Bogen ihr den Weg zu ihrem Ziel weisen würde. Genau an dieser Stelle, inmitten des Gewirrs von arabischen Läden und Restaurants, bog die Christian Quarter Road ab, die sie nur ein einziges Mal, als kleines Mädchen, betreten hatte. Damals hatte sie sich fest an die Hand der alten Frau geklammert, deren Obhut ihre Eltern sie anvertraut hatten. Als Sarai ihrer Mutter anschließend ahnungslos und aufgeregt von diesem Ausflug berichtet hatte, war die Alte sofort entlassen worden.

Sarai lehnte sich erschöpft an das erste Haus der Straße und blickte sich suchend um. Die Schatten waren schon lang geworden, und einige Läden hatten offenbar bereits geschlossen. Sie kniff die Augen zusammen und nahm all ihren Mut zusammen. Sie wollte doch einen so weiten und gefährlichen Weg nicht vergebens gegangen sein!

Entschlossen setzte sie ihren Weg fort. Von den unzweideutigen Blicken der Ladenbesitzer verfolgt, ging sie an einem Dutzend Ständen vorbei, vor denen auf niedrigen Tischen Schuhe angeboten wurden, die die Soldaten der Arabischen Legion einer kritischen Musterung unterzogen. Es folgten Stände mit Keramikarbeiten und danach solche mit Uhren.

Doch es waren die bestickten Kleider, die Sarais Aufmerksamkeit auf sich zogen. Die meisten waren billige Gewänder aus dünner Baumwolle, die wie Fahnen von den Ständern hingen. Sarai blieb stehen, um die Preise zu studieren, und stellte erstaunt fest, wie viel man im christlichen Viertel selbst für ein schlecht besticktes Kleid verlangte. *Aber es ist ja auch kurz vor Ostern,* überlegte sie. *Solche Kleider werden von vielen christlichen Arabern und Pilgern gekauft – und von jordanischen Soldaten für ihre Frauen und Liebsten ...*

Dieser Gedanke verlieh ihr neuen Mut, und sie schob sich, ihr Bündel fest an sich gepresst, energisch durch die Menschenmassen, die teils ohne besonderes Anliegen an den Ständen vorbeischlenderten, teils auf der Suche nach einem preisgünstigen Angebot waren. *Aber dies hier soll kein preisgünstiges Angebot werden,* dachte Sarai, während sie an der Kirche des heiligen Johannes des Täufers vorbeieilte, von der aus sie bereits die mächtige Kuppel der Grabeskirche sehen konnte. Sie erinnerte sich noch deutlich, wie sie sich, scheu die Hand der alten Frau umklammernd, das erste Mal dem riesigen Eingang dieser Kirche genähert hatte. Die Alte hatte ihr damals erklärt, dass an dieser Stelle, die aramäisch *Golgatha,* Schädel, heißt, nach christlicher Überlieferung Jesus gekreuzigt und begraben worden sei. Sarai schauderte noch immer bei dem Gedanken, welch einen grausamen Tod er erlitten hatte.

Merkwürdigerweise durften nun sechs verschiedene christliche Konfessionen gleichzeitig Gottesdienste um das Grab Jesu herum abhalten. Nachts wurden allerdings die Türen verschlossen und die Schlüssel, wie schon zu Saladins Zeiten, von einer muslimischen Familie aufbewahrt.

Das arabische Wort für Auferstehung war *el-Kiama,* aber seit ihrer Kindheit hatte Sarai ihre Volksgenossen diese Kirche nur *el-Kamama,* Dunghaufen, nennen hören. Gewöhnlich befiel Sarai schon bei der Erwähnung dieses Ortes Übelkeit. Doch als sie sich nun dem Eingang näherte, war sie nur von Hoffnung erfüllt.

Langsam drückte sie die massive Tür auf. Ein betäubender Weihrauchduft schlug ihr entgegen. An der höhlenartig gewölbten Decke hing eine Vielzahl von Lampen wie Sterne am Himmel. Gebannt blieb Sarai in der Tür stehen, bis ein bärtiger Priester auf sie aufmerksam wurde und in seinem schwarzen wallenden Gewand gleichsam auf sie zuschwebte. Mit zur Seite geneigtem Kopf fragte er freundlich: „Was wünschen Sie, meine Tochter?"

Sarai benetzte ihre trockenen Lippen und flüsterte heiser, ohne ihren Schleier anzuheben: „Ich habe etwas zu verkaufen ..."

„Wir kaufen und verkaufen hier nichts, meine Tochter", erwiderte der Priester automatisch in freundlichem Ton. „Da müssen Sie zu –" Plötzlich wurde ihm die Merkwürdigkeit ihrer Frage bewusst. Er brach überrascht ab und erkundigte sich erstaunt: „Was haben Sie denn zu verkaufen?"

„Ein besticktes Kleid."

„Ah. Ein Kleid. In der St. Helena Road und in der Christian Quarter Road gibt es viele entsprechende Verkaufsstände."

„Aber dies ist ein besonderes Kleid", stammelte Sarai, den Tränen nahe. „Als kleines Mädchen war ich schon einmal mit einer alten Frau hier, die so ein Kleid verkauft hat ... hier verkauft hat ... es war ein besonderes Kleid, und –"

Er schüttelte bedauernd den Kopf. „Das kann nicht hier gewesen sein ... und außerdem“ – er blickte sie mit seinen dunkelbraunen Augen besorgt an – „was machen Sie überhaupt allein hier draußen? Ein arabisches Mädchen und allein?“

„Ich muss –“ Die Stimme versagte ihr vor Aufregung. „Bitte sehen Sie sich das Kleid doch einmal an!“

„Ich ... nun ... es ist ungewöhnlich ...“

„Aber ich weiß noch genau, dass es hier war.“ Sie blickte zu der riesigen Grotte hinüber, in der die Kreuzigungsszene dargestellt war. „Ich erinnere mich ganz genau.“

„Dann lassen Sie mich einmal sehen!“, lenkte der Priester gutmütig ein. Er nahm ihr das Bündel ab und packte es bedächtig aus. Als Licht auf den Stoff fiel, erstrahlten Tausende von zierlichen Stichen auf tiefblauem Grund und vereinigten sich zu einem groß ornamentigen Blumenmuster. Rote und tiefblaue Farbtöne verbanden sich mit einem Dutzend anderer Farbschattierungen zu einem Meer wirbelnder Arabesken. Der Priester hielt überrascht den Atem an und rief in ehrlicher Bewunderung: „Wunderschön! Wirklich eine außerordentlich schöne, künstlerische Arbeit! So etwas findet man heutzutage nicht mehr in der Altstadt! Aber leider kaufen und verkaufen wir hier keine Kleidungsstücke.“

„Aber sehen Sie doch!“, beschwor ihn Sarai. „Lesen Sie nur!“

„Was?“

„Sehen Sie! Sehen Sie sich doch die Stiche an, und lesen Sie die Worte!“

Der Priester hielt das Kleid stirnrunzelnd ins Licht und erkannte schließlich in dem Blumengarten winzige, in der geschwungenen arabischen Schrift gestickte Worte. Verklärt vor Entzücken, hielt er wieder den Atem an. „Das ist –“, stammelte er. „Das beschreibt ja die Kreuzigung unseres Herrn!“, rief er dann aus. „Und hier!“ Er deutete auf eine rote Rose, die von grünen Blättern und einem feinen Dornengesträuch umrankt war. „Mein liebes Kind! Wo haben Sie bloß ein solches Kunstwerk gefunden?“

„Ich habe es geschenkt bekommen“, erwiderte Sarai mit fester Stimme, plötzlich ängstlich, eines Diebstahls bezichtigt zu werden.

„Außerdem habe ich mit eigenen Augen gesehen, wie hier in der Kirche ein solches Kleid verkauft wurde. Als ich klein war! Aber lesen Sie doch weiter!“

Der Priester betrachtete angestrengt die Stiche. Ergriffen stellte er fest, dass die Heilsgeschichte fast das gesamte Kleid bedeckte. *„Und die Soldaten flochten aus Dornen eine Krone ...“* – die Worte verschlangen sich zu einer Dornenranke – *„legten sie ihm aufs Haupt, warfen ihm einen Purpurmantel um ...“*, ging es in einem dunklen Purpurton weiter, „... *und sagten: Heil dir, König der Juden! und gaben ihm Schläge ins Gesicht ...*“ Er blickte überwältigt auf.

„Sehen Sie!“, frohlockte Sarai, nun wieder sicherer geworden.

„Was wollen Sie dafür haben?“, gab er erregt zurück.

„Ich brauche Geld, um Unterkunft und Verpflegung bezahlen zu können. Außerdem muss ich noch heute Abend Lebensmittel in die Neustadt bringen.“

Er sah die junge, verschleierte Araberin prüfend an. „Sie möchten es also tatsächlich verkaufen?“

„Ich habe es geschenkt bekommen. Ich kann damit machen, was ich will. Außerdem habe ich noch mehr davon.“

„Noch mehr?“

„Ja, aber dies hier ist das Schönste.“

„Ja ... ja.“ Der Priester wusste nicht recht, was er tun sollte.

„Die anderen sind schlichter. Auch habe ich nicht gelesen, was darauf steht. Ich habe selbst dieses hier nur so weit gelesen, bis ich feststellte, dass es von *el-Kiama,* der Auferstehung, handelt.“

Er nickte nur geistesabwesend. „Aber wieso sind Sie allein?“, fragte er wieder.

„Ich bin keine Prostituierte!“, brauste sie mit zornig funkelnden Augen auf. „Aber ich will auch nicht auf die Mildtätigkeit anderer angewiesen sein. Deshalb verkaufe ich das Kleid! Ich kann es ohnehin nicht tragen.“ Sie war zornig, weil sie glaubte, sich gegen unausgesprochene Vorwürfe verteidigen zu müssen. „Ich bin keine Christin!“

Er nickte nur und erwiderte dann freundlich: „Dies ist für uns alle eine schwere Zeit, junge Frau. Ich werde das Kleid dem Patriarchen zeigen. Es war gut, dass Sie es hergebracht haben. Es wäre nicht recht, so etwas auf offener Straße zu verkaufen. Dennoch, es ist sehr ungewöhnlich, und ich muss auf jeden Fall mit dem Patriarchen darüber sprechen. Danach werden wir entscheiden, was zu tun ist. Vielleicht finden wir einen wohlhabenden Mäzen, der der Kirche für solch ein Kunstwerk eine Spende gibt. Ich kann aber keine Versprechungen machen. – Es ist höchst ungewöhnlich! Morgen –"

Sarai nahm das Kleid ungestüm wieder an sich. „Morgen bin ich nicht mehr hier! Ich brauche das Geld und die Lebensmittel noch heute Abend und dann –" Lautes Glockengeläut ließ sie verstummen. „Warum läuten die Glocken?", fragte sie erschrocken.

„Es ist Sonnenuntergang, mein Kind. Bald werden die Kirchentüren geschlossen. Sie können nicht hier bleiben! Dies ist das Zeichen, dass wir alle gehen müssen, außer denen, die –"

„Gleich werden auch die Stadttore geschlossen! Ich muss mich beeilen." Sie hielt mühsam die Tränen der Enttäuschung zurück. Ja, sie war zu spät gekommen. All ihre Hoffnungen, nahrhafte Kost und Milch für Tikvah kaufen zu können, waren zunichte. Sie hatte den ganzen Weg vergeblich gemacht.

„Sie schaffen es nicht mehr bis zum Jaffa-Tor", wandte der Priester zunächst ein. Doch dann nahm er sie kurz entschlossen am Arm. „Kommen Sie! Es gibt noch eine Möglichkeit. Aber Sie müssen sich beeilen und sich versteckt halten, bis das Tor geschlossen ist. Und morgen früh kommen Sie dann wieder hierher." Er führte sie eilig auf den Hof hinaus und deutete zur Kirche des heiligen Johannes des Täufers. Dann flüsterte er ihr noch hastig zu, wohin sie gehen müsse, um während der Nacht Sicherheit und Schutz in der Altstadt finden zu können. „Aber verraten Sie niemandem, dass ich es war, der Ihnen diesen Rat gegeben hat, Kind!", mahnte er zum Schluss. Er ließ etwas Geld in ihre Hand gleiten. „Wenn Sie sofort gehen, können Sie zumindest für sich selbst noch etwas zum Abendbrot kaufen ..."

* * *

Während die Glocken der Altstadtkirchen ihr trauriges Geläut ertönen ließen, stieg Captain Stewart, einen riesigen Eisenschlüssel in der Hand, aus seinem gepanzerten Wagen, und ging auf den großen Bogen des Zion-Tores zu. Die schweren Tore wurden krachend zugeschlagen, und Stewart drehte, wie allabendlich, den Schlüssel ohne großes Zeremoniell um. Die letzten Soldaten der Highland Light Infantry hatten bereits das jüdische Viertel betreten, um die Nacht dort zuzubringen. Damit war für ihn und die kleine Gruppe seiner Leute das Tagewerk beendet, denn die Juden würden nun das Gewehrfeuer der Heckenschützen, die oben auf der Stadtmauer standen, nicht mehr herausfordern. Zudem würden die britischen Wächter im Innern der Altstadt schon dafür sorgen, dass niemand durch das Tor entkam.

Es verging kein Abend, ohne dass das Gewehrfeuer der Palästinenser zu hören war. Doch die Soldaten der Arabischen Legion, die während der letzten Wochen in Scharen in die Stadt geströmt waren, ließen sich dadurch weder bei ihren Glücksspielen noch in ihren Gesprächen stören. Währenddessen skandierten die Jerusalemer Araber immer wieder Passagen aus Haj Amins Reden und randalierten in den Souks.

Stewart musste unwillkürlich über das Bild lächeln, das das Ritual des Abschließens jedes Mal vor seinem geistigen Auge heraufbeschwor: die muffigen Lagerhäuser Liverpools, in denen man aus alten Kisten Arenen – und manchmal sogar Tore, Bänke und Ränge – für die Zuschauer gebaut hatte, die sich dort in fieberhafter Erregung einfanden, um die Kämpfe der Pitbulls zu verfolgen, auf die sie Wetten abgeschlossen hatten. Wenn sich dann die Tore auf den einander gegenüberliegenden Seiten der Arena öffneten, rasten die Hunde zähnefletschend und knurrend aufeinander zu und verbissen sich derart ineinander, dass das Blut – im grellen Licht der Scheinwerfer fast violett – gegen die verbretterten Seitenverkleidungen spritzte. Die Erregung der Zuschauer, die die Hunde mit Rufen und Flüchen anzufeuern versuchten, steigerte sich bis zur Raserei, so dass zum Schluss sogar die Kampfgeräusche der Hunde übertönt wurden. Die Arena war zum blutigen Hexenkessel geworden.

Hin und wieder ergab es sich, dass ein großer gegen einen kleineren, nicht so kräftigen Hund kämpfen musste. Dann war der Kampf schnell beendet. Dennoch gab es auch bei solch einer Konstellation immer Dummköpfe unter den Zuschauern, die auf die Todeskandidaten setzten. Und gewöhnlich waren sie es dann auch, die am lautesten schimpften, wenn solch ein Hund schäumend und zuckend im Todeskampf lag.

Als Stewart nun mit dem Schlüssel in der Hand vor dem Zion-Tor stand, musste er, dieses Bild vor Augen, einfach lachen über diese Narren, die auf ein Wunder für die Juden hofften. Die Altstadt war ein einziger brodelnder Hexenkessel, und die Juden hatten schlicht und einfach die falsche Gewichtsklasse. Sie waren ihrem Feind in jeder Hinsicht unterlegen.

Stewart blickte zu einer Gruppe befreundeter arabischer Wächter empor, die auf der Mauer patrouillierten, und winkte ihnen zu. Es war jetzt nur noch eine Frage der Zeit, bis sie diesen Schlüssel in Händen hielten. Stewart glaubte nun mal nicht an Wunder, und er gehörte auch nicht zu den Menschen, die auf die Schwächeren setzen.

* * *

Als Sarai wie betäubt über den Kirchplatz rannte, hallte ihr noch lange das Krachen der schweren Kirchentüren in den Ohren, und in ihrem Herzen schrie es: Zu spät! Zu spät!

Trotzdem machte sie bei einem Straßenverkäufer kurz Halt und erstand einen kleinen, runden Laib Brot, bevor sie zur Kirche des heiligen Johannes des Täufers weitereilte. Auf dem Torbogen des Eisentores stand in griechischen Lettern *Taphos,* Grab. Sarai kannte dieses Wort so gut wie jeder andere Bewohner Jerusalems. Es bekundete zum einen, dass das Gebäude Eigentum der griechisch-orthodoxen Kirche war, und erinnerte zum anderen daran, dass sich die Grabstätte Christi in der Nähe befand. Sarai blickte schaudernd durch das Gitter des Tores in das Dunkel eines wuchtigen, niedrigen Gewölbes hinein, das eine große Zisterne überdeckte. Gleich um die Ecke befand sich die von außen zugängliche Krypta, in der sie sich so lange verbergen sollte, bis die Tore des Vorhofes abgeschlossen waren.

Die Straßen waren nun beinahe menschenleer, und so konnte Sarai deutlich die hastigen Schritte des Nachtwächters hören, der kam, um abzuschließen. Sie lehnte sich erschrocken ins Dunkel zurück, drückte sich an die grobe Mauer und schlich sich dann um die Ecke zu den Stufen, die zu der Krypta hinabführten, die tief unterhalb der Straße lag.

Doch je näher sie kam, desto undurchdringlicher und Furcht erregender wurde das Dunkel um sie her. Sie presste ängstlich ihr Bündel an sich und brachte es nicht über sich, hinunterzugehen. So setzte sie sich schließlich regungslos auf die oberste Stufe und horchte auf die Geräusche der Altstadt, die aus der Ferne zu ihr herüberdrangen. Wie feine Glöckchen klingelten die Schlüssel des Wächters, der das Tor abschloss und sie damit für die ganze Nacht einsperrte.

Einen Augenblick lang vermeinte sie die Gegenwart der Toten in der Krypta zu spüren, und eine panische Angst befiel sie. Es hätte nicht viel gefehlt, und sie wäre schreiend zum Tor gelaufen, um wieder hinausgelassen zu werden. Doch dann ließ ein Geräusch sie aufhorchen: Aus der Richtung des jüdischen Viertels drang plötzlich, wie seit Monaten in jeder Nacht, das tödliche Geratter von Gewehrfeuer herüber, und sie kam zu der Erkenntnis, dass sie in dieser Nacht in der Gesellschaft Toter sicherer aufgehoben war als unter den Lebenden.

Sie lehnte den Kopf gegen die kalten Steine und wiegte das kostbare Kleidungsstück in den Armen. Warum war ihr der Stoff in dieser Nacht solch ein Trost? Und warum, so fragte sie sich, hatte sie den Priester belogen und ihm erzählt, dass sie diese wunderbaren Worte von Leben und Tod und Auferstehung, die jene Frau Miriam in diesem gestickten Garten gesät hatte, gar nicht gelesen hatte? Dort, zwischen Dornen und Blumen, hatte Sarai die Geschichte ja kennen gelernt ...

*Es war aber an dem Ort, wo man ihn gekreuzigt hatte, ein Garten und in dem Garten eine neue Gruft, in die noch nie jemand gelegt worden war. Dahin legten sie nun Jesus ...*

Die Glocken der Kirche begannen langsam die Stunden der Dunkelheit einzuläuten. Sarai blickte sehnsüchtig zum fernen Himmel empor, der mit einem Meer von Sternen übersät schien. Wie sehr sehnte sie sich nach einer Kerze, bei deren Licht sie auch noch das Ende der Geschichte lesen konnte!

Dann aber dachte sie beschämt: *‚El-Kamama' – Dunghaufen, nennt mein Volk den Ort der Auferstehung. Und ich soll von solchen Dingen lesen?*

Wieder hallte dumpf Gewehrfeuer durch die Straßen, und Sarai erbebte schaudernd. Sie dachte an die vielen unschuldigen Angehörigen ihres Volkes, die wie Schafe getötet worden waren. Doch plötzlich dachte sie, zum ersten Mal in ihrem Leben, auch an die unschuldigen Menschen unter ihren Feinden. Voller Zorn schleuderte sie ihr Bündel weit von sich. Es fiel die Treppe hinunter bis vor die Krypta. „Wo bist du, Gott, dass du solch schreckliche Dinge zulässt? Warum gebietest du dieser Krankheit in unseren Herzen nicht Einhalt?"

Da vernahm sie auf der Straße über sich laute Rufe und hastige Schritte. *Und vielleicht werden heute Nacht noch mehr Menschen sterben,* dachte sie bitter. *Der Ort der Auferstehung, der Ort, an dem die Unschuld gekreuzigt worden ist, liegt so nah. – Und wir schießen noch immer aufeinander.*

„Tötet die Juden!", erschalte der vielstimmige Schrei aus allen Gassen der Souks, mit dem sich die Menschen für die nächtlichen Krawalle gegenseitig aufpeitschten. „Tötet die Juden!" Der Schrei wehte aus weiter Ferne herüber und hatte etwas Gespenstisches an sich.

Sarai schloss die Augen. Tränen quollen ihr zwischen den Lidern hervor und rollten ihr über die Wangen. Dann jagte sie die dunklen Stufen hinunter und tastete nach ihrem kostbaren Bündel. Als sie es endlich gefunden hatte, drückte sie es wieder fest an sich und weinte leise um den einen, der immer noch an diesem Ort zu sein schien. Hatte er in jener Nacht vom Kreuz aus gesehen, was sich heute in Jerusalem ereignete?

*Und indem er sein Kreuz selber trug, kam er hinaus auf den Platz, welcher „Schädel" genannt wird, was auf Hebräisch Golgatha heißt. Und dort kreuzigten sie ihn ...*

Der Wind verzerrte die Stimmen der Randalierer, und plötzlich verwandelten sie sich zu den Stimmen aus dunkler Vergangenheit: *Kreuzige ihn! Kreuzige ihn! Pilatus erwiderte ihnen: Nehmet ihr ihn und kreuziget ihn! Denn ich finde keine Schuld an ihm.*

„Ya Allah!", weinte Sarai auf. „*Warum* muss Er dann sterben? Warum ermorden sie immer die Unschuldigen?"

„Tötet die Juden! Tod den Juden!", hallte es ihr dann wieder in den Ohren. Die Welle des Hasses schwoll immer weiter an, und die Menge geriet zunehmend in Raserei.

„Aber Rachel ist auch Jüdin! Und Tikvah!", rief Sarai verzweifelt. Doch ihre Stimme ging unter im Hall marschierender Schritte. „Und was bin ich? – Was bin ich? Was bin ich?" Sie wand sich weinend. „Siehst du mich, Gott?"

Als eine Rauchwolke für einen Augenblick den Himmel verschleierte, fuhr sie mit der Hand durch die Luft, als wolle sie den Blick zu den Sternen freimachen. „Ya Allah! Du, der du auch von ihnen gemordet worden bist! Ich rufe zu dir, weil auch du nicht schuldig warst! Siehst du mich? Siehst du mich von dort, von Golgatha, wo du in deinem Blut stirbst? Ich bin hier in der Dunkelheit, auf den Stufen des Grabes, in das sie dich gelegt haben! Ya Allah! Jesus! Ich habe dich im Garten gesehen ..." Sie presste verzweifelt ihre Wange gegen das Bündel. „Du warst unschuldig ... unschuldig! Und wir haben dich gehasst ..."

„Zum *Ruhme Allahs!*"

„Tod den Juden!"

„Für Allah, den Barmherzigen!"

„Für die Märtyrer des Jihad!"

„Tod den ..."

„Deir Jassin!"

„Tod!"

Während die Rufe langsam in der Ferne verhallten, wischte sich Sarai die Tränen fort. Dann flüsterte sie zu der Stimme, die sie nicht mehr verließ: „Die Blumen haben mir gesagt, dass du el-Kiama bist …“

# 24. Kitzbühel

Ungeachtet der Drohungen des arabischen Pöbels, stand Rabbi Lebowitz, genau wie in früheren Zeiten, am Herd und rührte mit stoischer Ruhe in dem Topf mit dünnem Borschtsch, der über der offenen Flamme kochte. Er war fest entschlossen, sich nicht von der Suppe für die Abendmahlzeit ablenken zu lassen. Auch Schaul und Jakov ließen sich nicht von der bedrohlichen Geräuschkulisse beunruhigen. Der Hund lag auf dem Boden und leckte sich bereits begierig die Lefzen. Jakov saß am Tisch und las in der Thora.

Endlich sagte der Großvater: „Das Essen ist fertig. Den Tisch abräumen, wenn ich bitten darf!"

„Großvater?", wandte sich Jakov an den alten Rabbiner, während dieser die dünne Suppe auftischte.

„Ja, Jakov?"

„Was ist eigentlich mit Jehudit Akiva los?"

Jakov musste sich gedulden, bis der Großvater sich die Hände gewaschen, das Tischgebet gesprochen und die magere Brotration gebrochen hatte.

„Was meinst du damit?", fragte Rabbi Lebowitz dann und schlürfte vorsichtig die heiße Suppe. Zufrieden stellte er fest, dass sie, trotz der mageren Zutaten in Form von zwei Rote-Bete-Knollen, einer armseligen Schwarzwurzel und etwas Knoblauch, lecker schmeckte.

„Sie ist irgendwie so merkwürdig, seitdem sie wieder in der Altstadt ist", erklärte Jakov. Er war derart in Gedanken mit Jehudit beschäftigt, dass er den gefüllten Löffel zu hastig in den Mund steckte und sich die Zunge verbrannte. Er zuckte vor Schmerz zusammen und kühlte rasch mit einem Schluck kaltem Wasser.

Der Alte brach unterdessen gemächlich ein Stück von seiner Brotkruste ab und stippte es in die Suppe. „Merkwürdig?", wiederholte er erstaunt. „Ich habe eher den Eindruck, dass sie viel heiterer wirkt, nu? Sie singt im Tipat Chalev und lächelt sogar die beiden Kepses an."

„Das meine ich ja gerade!", rief Jakov. „Dienstags bringt sie sogar Leahs Platten mit ins Gemeinschaftszentrum und spielt Symphonien ... so, wie früher Leah."

„So? Und das findest du merkwürdig, Jakov?"

„Sehr." Er aß die Suppe nun vorsichtiger, geräuschvoll schlürfend, um sich nicht noch einmal zu verbrennen. Dann erklärte er entrüstet: „Ihr Vater hat gesagt, sie ist für ihn gestorben. Er hat sie sogar enterbt, seine eigene Tochter enterbt! Oj Gewalt, Großvater! Wie kann sie da so fröhlich sein?"

„Hmmm", machte dieser nachdenklich. „Nun, Jakov. Es ist immerhin Frühling, weißt du."

„Das stimmt! Aber meiner Meinung nach ein schrecklicher Frühling! In jeder Ecke lauert die Arabische Legion! Rabbi Akiva hasst uns wie die Pest und plant mit diesem britischen Captain ein Komplott, um uns unsere Vorräte wegzunehmen und sie zu verwalten, wie es ihm passt –"

„Tja! Aber vergiss nicht, dass wir es zumindest warm haben, mein Junge! Weißt du nicht mehr, wie es im letzten Winter war? Als wir kein Kerosin hatten?"

„Zum Kochen haben wir auch jetzt noch kein Kerosin!", erwiderte Jakov patzig und schnitt eine Grimasse. „Nur Kameldung! Bah! Was für ein schrecklicher Frühling!"

„So schrecklich nun auch wieder nicht. Es kommen immerhin manchmal Konvois durch!"

„Aber nie genug!" Der Junge blickte verächtlich auf seine papierdünne Scheibe Brot. „Ich kann durch diesen schrecklichen Frühling ... hindurchsehen."

„Er ist gar nicht so schrecklich, wenn man jung ist", hielt Rabbi Lebowitz entgegen und lächelte im Gedenken an längst vergangene Zeiten.

„Ich bin doch jung! Und ich möchte auch noch ein paar Jahre leben!", begehrte Jakov auf. Doch plötzlich wurde ihm bewusst, wie weit sie vom Thema abgekommen waren, und er hielt nachdenklich inne. „Ich wollte eigentlich nur sagen, dass ich Jehudit lieber mochte, als ich sie noch nicht mochte. Als sie noch hinterhältig und griesgrämig war und wir uns über sie lustig machen konnten. Jetzt mögen sie sogar die Kepses!" Er schlug sich kopfschüttelnd gegen die Stirn. „Aber ich mag sie so nicht ... sie ist ... sie ist ..."

Der alte Rabbiner blickte zunächst auf seinen Teller und suchte nach Worten, bevor er Jakov bedeutungsvoll über seine Nasenspitze hinweg ansah und flüsterte: „Sie ist verliebt, Jakov."

Jakov entgegnete vorwurfsvoll: „Da hast du's, Großvater! Jehudit Akiva und verliebt! Oj Gewalt! Die Welt spielt wirklich verrückt!"

* * *

Das winzige Dorf St. Michel schmiegte sich wie ein helles, pastellfarbenes Juwel an den Berghang. Die Bahnstation bestand nur aus einem kleinen Fachwerkbau, der einen breiten Dachüberstand hatte, damit das Bahngleis im Winter vor Schnee geschützt war, und der in seinem Innern nur einen einzigen Raum einschloss.

Crabtree entstieg bedächtig dem Schnellzug und atmete tief die würzige Bergluft ein. Dann schob er seinen Filzhut in den Nacken und betrachtete eingehend die Häuser des Dorfes, das gleich hinter der Bahnstation lag. Auf der gegenüberliegenden Seite des Bahnsteiges stand ein heruntergekommener Gaul vor einem kleinen Planwagen. Tree nahm mit leichtem Schauder an, dass dies wohl das Dorftaxi sei, da auf der gepflasterten Dorfstraße weit und breit keine Autos zu sehen waren.

Nachdem der Zug abgefahren war, kam ein hagerer Mann mit einem dichten weißen Vollbart und einer grünen Lodenmütze um die Ecke und grüßte den Fremden höflich. Crabtree zog lächelnd seine Brieftasche aus der Hosentasche und holte zwei Fotografien heraus, die er sorgfältig in eine Ein-Dollar-Note einwickelte.

„Ach, ein Amerikaner!", rief der Alte erfreut aus und fügte mit einem begehrlichen Blick auf das Geld hinzu: „Ich spreche ganz gut Englisch. Soll ich Sie irgendwohin fahren?"

„Vielleicht." Als Tree das Interesse des Mannes bemerkte, steckte er Fotos und Geldschein sogleich wieder in die Tasche und entgegnete gleichgültig: „Ich weiß noch nicht so recht. Was ich eigentlich am meisten brauche, sind Informationen." Er studierte angestrengt das Informationsschild, auf dem die Einwohnerzahl des Ortes angegeben war. *Viertausend Einwohner. – Also nicht so groß, als dass irgendjemand übersehen werden könnte.* „Gehören das Pferd da und der Wagen Ihnen?", wandte er sich dann wieder an den Mann, der, eines Auftrages gewiss, bereits seinen ramponierten Koffer ergriffen hatte.

„Ja", nickte der Alte und deutete mit dem Kopf auf das Pferd. „Es gibt nicht mehr viele Pferde im Dorf. Die meisten sind von den Deutschen konfisziert worden und von den Italienern. Und dann, nach dem Krieg waren wir schließlich alle hungrig. Aber ich hatte meine Stute in den Bergen versteckt. Sie ist für mich wie mein eigenes Kind", erklärte er mit einem zahnlosen Lächeln.

„Dann sind Sie also im Besitz einer Taxikonzession", meinte Tree mit einem geistesabwesenden Blick auf das räudige Tier, das, an ein Geländer gebunden, friedlich vor sich hindöste. „Ich wette, Sie kennen alle Fremden, die hierher nach St. Michel kommen. Wahrscheinlich holen Sie sie alle ab."

„Aber sicher! Sicher! Es gibt hier nämlich nur ein Hotel, müssen Sie wissen. Und das gehört meiner Tochter und ihrem Mann! Aber es kommen nicht viele Fremde nach St. Michel. Nein, wirklich nicht ..."

Der Alte blickte blinzelnd in die Sonne, die schon so warm war, dass sie den Schnee auf den Bergspitzen zum Schmelzen brachte.

„Das habe ich mir fast gedacht!" Tree hielt dem Mann die Fotos dicht vor die Augen. „Letzte Woche sind ein Mann und eine Frau mit dem französischen Schnellzug hier angekommen und ausgestiegen. Nachts."

Der Alte schob nachdenklich seine Unterlippe vor. „Nein", erwiderte er dann überzeugt. „Nein, aus dem Zug sind sie nicht gestiegen."

„Wissen Sie das genau?" Crabtree war verärgert über diese Antwort, da sie nicht in seine Überlegungen passte.

Der Alte rieb sich mit der Mütze über den Kopf und nickte. „Ganz genau."

„Sie haben sie noch nie gesehen?"

„Das habe ich nicht gesagt, Sir. Ich habe nur gesagt, dass sie nicht aus dem Zug gestiegen sind."

„Gesehen haben Sie sie doch?", hakte Crabtree ungeduldig nach.

„Ich kann mich nicht genau erinnern", erwiderte der Alte und blickte bedeutungsvoll auf die Brusttasche, in der die Dollarnote verschwunden war.

„Vielleicht kann Ihnen dies hier helfen ...", sagte Crabtree und wedelte auffordernd mit dem Schein.

„Ja!" Die alten Finger griffen gierig danach. „Ein junges Paar. Merkwürdig angezogen. Sie kamen zum Hotel meiner Tochter etliche Stunden, nachdem der letzte Zug abgefahren war. Ihr Wagen hatte eine Panne. Am Pass. Anna, meine Tochter, hat mir erzählt, dass besonders die Frau müde und schmutzig war und nur einen Wunsch hatte: ein heißes Bad zu nehmen. Die beiden haben Anna extra dafür bezahlt, dass sie sofort Badewasser heiß machte und –"

„Sind sie immer noch im Hotel?"

Der Alte schüttelte den Kopf und deutete auf das immer noch dösende Pferd. „Nein. Am nächsten Morgen habe ich sie mit Arabella zum Bahnhof gebracht. Sie waren auch Amerikaner. – Aber sie haben kein so gutes Trinkgeld gegeben. Der Mann machte einen ziemlich nachdenklichen Eindruck, und die junge Frau wirkte irgendwie niedergeschlagen. Ja, eigentlich richtig traurig! Sie hat wenig gesprochen. Ich nahm an, dass es wegen des Wagens sei. Oder weil sie sich gestritten hatten."

Crabtree nahm seinen Koffer wieder an sich. „Dann sind Sie also bereits wieder abgefahren? Mit dem Zug?"

Der Alte zuckte die Achseln und mimte Unkenntnis. „Das kann ich nicht sagen ..."

Doch Crabtree verhielt sich nicht so, wie es sich der Alte ausgerechnet hatte. Er holte keinen weiteren Schein hervor, sondern tippte sich nur an die Hutkrempe und ging an dem Alten vorbei in den kleinen Bahnhofsraum.

Am Schalter saß ein einziger Beamter. Auch er war alt. Unter seiner Schirmmütze zeigten sich weiße Haarsträhnen, seine Fliege hing schief, und die ehemals weißen Manschetten wiesen Tintenflecke auf. Sein Gesichtsausdruck war der eines Mannes, der zu lange allein hinter den Stäben eines Fahrkartenschalters verbracht hat.

„Guten Morgen“, grüßte Tree, ohne seinen Hut zu lüften. Der Mann sah gelangweilt auf. „Sprechen Sie Englisch?“

„Natürlich. Man kann doch nicht bei der Bahn arbeiten, ohne ein paar Sprachen zu können“, erwiderte der Beamte mit britischem Akzent und fügte fragend hinzu: „Sind Sie an der falschen Station ausgestiegen?“

„Nein“, antwortete Crabtree kurz und kam gleich zur Sache. Er legte die Fotos auf den Schalter. „Ich suche jemanden. Diese beiden hier.“

Der Schalterbeamte schmunzelte, und Crabtree wusste sofort, dass der Beamte die beiden schon einmal gesehen hatte und sich an das Zusammentreffen erinnerte.

„Was wollen Sie denn von den beiden?“

Crabtree sah dem Mann an der Nasenspitze an, wie ihm hundert verschiedene Theorien durch den Kopf jagten. *Ist das vielleicht der eifersüchtige Ehemann? Nein. Zu alt. Vielleicht der Vater. Die beiden hatten ja irgendwie so ausgesehen, als ob da was nicht stimmte – irgendwie traurig und zugleich ängstlich.* Crabtree wog sorgfältig seine weiteren Worte ab. Es durfte auf keinen Fall so aussehen, als verfolge er die beiden aus persönlichen Gründen, da der Beamte dann vielleicht die Antwort verweigerte. Den wahren Grund konnte er genauso wenig angeben, denn die Versenkung der *Trina* und der Mord an den Priestern waren immer noch in aller Munde, und er wollte nicht leichtfertig verraten, dass das Paar darin verwickelt war.

„Wir glauben ...“, erwiderte Crabtree daher bedeutungsvoll mit gesenkter Stimme, „ ... dass der Mann das Mädchen entführt und gezwungen hat, mit ihm zu gehen.“

Der Beamte riss erstaunt die Augen auf. „So? Ist das Mädchen eine Geisel?“

„Urteilen Sie selbst. Wie kam sie Ihnen vor?“

„Sehr niedergeschlagen. Höchst unglücklich! Ja! Ich erinnere mich genau! Sie war sehr ernst und hat sich nur flüsternd mit dem Mann unterhalten." Bereitwillig zog der Beamte eine Schublade auf und wühlte in einem Haufen von Papieren.

„Hier!", sagte er schließlich und hielt zwei verknickte Fahrkarten in die Höhe. „Diese Fahrkarten hier haben sie eingetauscht. Sehen Sie!"

Crabtree betrachtete nachdenklich die krakelige Handschrift am oberen Rand der Karten, während ihm gleichzeitig bewusst wurde, dass der alte Kutscher immer noch in der Türöffnung hinter ihm stand.

„Erzählen Sie weiter!", forderte Crabtree den Beamten auf und blickte ihn durchdringend an.

„Sie hatten eine Autopanne!", warf der Kutscher von hinten ein.

„Nein! Nein!", widersprach der Beamte entschieden. „Sie sind mit dem Zug gekommen, und der junge Mann wollte ihr Reiseziel ändern und diese Fahrkarten hier eintauschen –"

„Was denn für Fahrkarten? Sie sind doch gar nicht mit dem Zug gekommen!", widersprach seinerseits nun der Kutscher

„Halt den Mund, Maurice! Unterhalt dich lieber mit deinem Pferd! Du hast doch überhaupt keine Ahnung!"

Crabtree schlug mit der flachen Hand auf den Schaltertisch. „Genug jetzt! Wohin sind sie also gefahren? Woher sie kamen, ist mir egal."

„Siehst du, Maurice?", konnte der Beamte sich nicht enthalten zu sagen. Der alte Kutscher trollte sich fluchend von dannen.

„Der alte Narr!", schnappte der Beamte. „Der hat doch keine Ahnung! Sie sind mit dem Schnellzug gekommen. Hier sind ihre Karten, sehen Sie ..."

Crabtree nahm Block und Bleistift zur Hand und notierte sich rasch die Namen. „Und wohin ..."

Der Beamte fuhr weitschweifig fort: „Der junge Mann hatte offenbar keine genauen Vorstellungen. Nur eins wusste er genau: Er wollte nicht nach Paris. Er sagte, er hätte es sich anders überlegt. Er wollte in irgendeinen kleinen Ort ... egal, wo ... vielleicht in den

Alpen. Ich habe ihm geraten, mit dem Erstattungsbetrag für die alten Karten neue zum selben Preis zu kaufen. Ich hielt es für verständlich, denn die junge Frau schien mir ziemlich angegriffen, und Paris ist ja jetzt nach dem Krieg ein so schmutziger, deprimierender Ort."

„Also –"

„Also habe ich die Gebühren anhand der Karte überprüft und festgestellt, dass sie für denselben Betrag nach Tirol fahren konnten, in einen wunderhübschen Ort in den österreichischen Alpen. Die Schienen und Tunnel auf dieser Strecke sind zwar im Krieg stark beschädigt worden, aber die Dörfer sind immer noch wunderschön und die Gleise inzwischen größtenteils repariert."

Er kratzte sich nachdenklich am Kinn. „Sehen Sie, mit dem Fahrgeld konnten sie bis hinter Innsbruck ... in einen hübschen Ort in Tirol ... fahren. Ich bin selbst schon oft dort gewesen. Ein paar Kilometer weiter, in den Bergen, liegt ein kleines Nest namens *Kitzbühel.* Ich habe ihnen geraten, dort Ski zu laufen – natürlich nur, wenn sie überhaupt Ski fahren könnten. Dort liegt jetzt noch Schnee, und der Ort selbst ist auch sehr nett. Ich hatte einfach das Gefühl, dass sie sich gestritten hatten, und – nun ja, die Berge um Kitzbühel sind besonders schön, gerade richtig für ein junges Paar ..."

Crabtree hatte inzwischen seine eigene Fahrkarte nach Paris hervorgeholt und schob sie dem erstaunten Beamten hinüber. „Kitzbühel also", sagte er lakonisch. „Ein kleiner Ort, sagen Sie?"

„Ziemlich. Nur ein paar tausend Einwohner."

„Hotels?"

„Ja, natürlich. Das hat mich der junge Mann auch gefragt. Ich habe ihm auch eins empfohlen. Es ist sehr alt und heißt *Zum goldenen Greifen.*"

Crabtree lächelte zufrieden. „Wie lange dauert die Fahrt dorthin?"

„Zwei Tage. Es sind nämlich etliche Umwege dabei. Die Schienen sind im Krieg arg zerbombt worden", wiederholte der Beamte. „Zunächst eine lange, aber wunderschöne Fahrt durch die Schweiz ... wo die Schienen noch in Ordnung sind. Erst in Österreich geht es dann nur noch sehr langsam voran. Aber mit dem Zug ist es immer noch besser als mit dem Wagen."

„Zum goldenen Greifen", schrieb sich Crabtree unterdessen neben die beiden Namen. *Zelda Sue Conner. James Clemens Madison. Sie haben also falsche Pässe,* dachte er, rundum mit sich selbst zufrieden. Seine Artikel würden den beiden einen gehörigen Schrecken einjagen. Während der Beamte eine neue Fahrkarte ausfüllte, überlegte Crabtree bereits den Wortlaut seines nächsten Artikels. Auch wenn die beiden seine Serie in der Zeitung verfolgten, mussten sie, während er die Schlinge immer enger zog und schließlich zum tödlichen Schlag ausholte, den Eindruck gewinnen, dass sie in Sicherheit seien ... völlig sicher im österreichischen Kitzbühel.

* * *

Ellie wachte vom Geruch des frisch gebackenen Brotes auf, noch bevor die Glocke im Turm über ihrem Zimmer sie um sechs Uhr morgens zum Frühstück rief. Seit einer knappen Woche lief für Ellie und David jeden Morgen das gleiche Weckritual ab. Dies war der einzige Moment des Tages, an dem Ellie bedauerte, dass der *Goldene Greif* belegt gewesen war und man sie an das Ehepaar Wattenberger verwiesen hatte, das drei Zimmer ihres Bauernhauses an Feriengäste vermietete.

Ellie wusste inzwischen, dass Frau Wattenberger, wie immer, schon seit vier Uhr früh tätig war. Sie hatte Feuer gemacht, die Hühner gefüttert, den Stall ausgemistet und die beiden Kühe gemolken. Mit Hilfe einer Zentrifuge hatte sie die Milch entrahmt und anschließend die Zentrifuge gereinigt. Ihre nächsten Aufgaben bestanden darin, das Frühstück zuzubereiten, abzuwaschen und die Betten zu machen. Das Letztere konnte sie jedoch nicht, wenn die amerikanischen Feriengäste noch in den Federn lagen.

Als die Glocke ertönte, drückte David verzweifelt seinen Kopf so tief in die Kissen, dass nur noch sein zerzauster Haarschopf zu sehen war. Ellie dagegen schlug die Augen auf und blickte in das sanfte Zwielicht des Zimmers. Langsam nahmen die uralten

Fachwerkwände Konturen an. Nur die Zwischenräume der schweren Balken waren von Zeit zu Zeit aufgefrischt worden, aber die Balken waren im Laufe der Jahrhunderte stark nachgedunkelt.

Am Fußende des wuchtigen Bettes, in dem sie schliefen, und das beinahe so alt war wie das Haus selbst, war das Datum 1735 eingeschnitzt. Seine massiven Pfosten waren mit reichem Schnitzwerk aus Weinranken und Trauben verziert, und die dazwischen liegenden Flächen waren mit winzigen geschnitzten Blumen bedeckt. Es war das Hochzeitsbett von Wilhelm und Olga Wattenberger gewesen und war nun besonderen, jung vermählten Gästen vorbehalten. Frau Wattenberger hatte Ellie leutselig über alles genauestens unterrichtet, während sie die beiden über die schmale Stiege zu dem gemütlichen Schlafzimmer hinaufführte, und schließlich verschmitzt hinzugefügt:

„Wilhelm und Olga hatten zwölf Kinder, meine Liebe!"

Ellie kuschelte sich schmunzelnd an David. Zum ersten Mal seit Monaten war sie von einem Gefühl der Sicherheit und des inneren Friedens erfüllt. Schon aus der Ferne hatte sie sich in dieses schöne, alte Haus verliebt – in den Glockenturm, der die Bauern vom Feld rief, das Kruzifix am Hofeingang und in die Inschrift über der Tür: *Wir danken für das Gute, das Jesus Christus an uns getan hat.* Aber letztlich war es doch das alte Haus selbst, das Ellie zutiefst ansprach. Mit seinem Alter und seiner Solidität verlieh es ihr ein Gefühl unglaublicher Sicherheit und Zuversicht, als sage es ihr, dass David und sie sich keine Sorgen mehr um ihre Zukunft zu machen brauchten und dass ihnen, wie dem Haus, ein langes Leben beschieden sein würde.

Ellie schob das Federbett ein wenig zurück und betrachtete Davids Gesicht. Er schlief mit offenem Mund und wirrem Haarschopf, aber so friedlich und entspannt wie ein Kind. Die Sorgenfalten, die noch vor kurzem seine Stirn gefurcht hatten, waren spurlos verschwunden. Wie nervös war er gewesen, als sie am Empfangsschalter des *Goldenen Greifen* eine Gruppe von US-Soldaten gesehen hatten. Österreich war schließlich von drei alliierten Mächten besetzt. Großbritannien, die Vereinigten Staaten und die Sowjetunion hatten das Land in vier Besatzungszonen geteilt. Es hätte Ellie und David also nicht überraschen dürfen, dass amerikanische GIs nun ihren Urlaub hier an den wenigen Orten Europas verbrachten, die von den Verwüstungen des Krieges nahezu unberührt geblieben waren. Während David und Ellie diese Gegend nur aufgesucht hatten, um sich vor den Augen der Welt zu verstecken, waren die Soldaten gekommen, um die Almhütten und die Berge zu erleben, die von dunklen Tannen umrahmt und von glitzerndem, ewigem Eis gekrönt wurden.

In einem Pferdeschlitten hatten Ellie und David ihren Einzug in dieses Refugium gehalten, das ungefähr drei Kilometer oberhalb des Dorfes Kitzbühel lag und nicht mit anderen Verkehrsmitteln erreicht werden konnte. Obwohl es bereits April war, lag immer noch dicker Schnee. Außerdem hatte ein Schneesturm zwei Tage nach ihrer Ankunft dafür gesorgt, dass sie das Haus nicht hatten verlassen können. Es gab außer ihnen beiden keine weiteren Gäste im Hause, und David und Ellie waren von ihren Wirtsleuten so herzlich aufgenommen worden, dass sie sich schon nach kurzer Zeit als zur Familie gehörig fühlten.

Ellie rückte noch näher an David heran, legte ihren Arm über seine Brust und küsste ihn auf die Schulter. „David, Liebster", flüsterte sie dann mit verschlafener Stimme. „Frau Wattenberger hat schon das Brot gebacken. Es ist schon sechs Uhr vorbei!" Sie strich ihm mit den Fingern über die Wangen, die sich bereits wie Schmirgelpapier anfühlten, da er sich während ihres Aufenthaltes einen Bart wachsen lassen wollte. Den Bauersleuten hatte er erklärt, dass ihn der Bart vor den rauen, ungewohnten Alpenwinden schützen sollte. In Wirklichkeit jedoch war der wahre Grund der, dass er sein Aussehen verändern wollte, um sich vor den neugierigen Blicken der US-Soldaten zu schützen, die eventuell ebenfalls in diesem gastfreundlichen Haus Aufnahme finden würden.

Ellie küsste ihn vorsichtig auf die Lippen und achtete darauf, sich nicht an seinen Stoppeln zu kratzen. „Es ist Zeit aufzustehen!"

Er erwiderte ihren Kuss stürmisch. „Na, na, Blechmann!", wehrte sie lachend ab.

„Zeit aufzustehen? Na gut." Er küsste sie noch einmal, ließ aber seinen Worten keine entsprechende Taten folgen. „Ich bin ja schon auf."

Sie wehrte ihn kichernd ab. „Frau Wattenberger wird jeden Augenblick klopfen."

„Denk lieber an den guten alten Wilhelm und die gute Olga: zwölf Kinder!" Er wollte sie fassen, doch sie war mit einem Satz aus dem Bett und stand bibbernd auf den kalten Holzdielen.

„Zwölf!", wiederholte sie schaudernd.

Er stützte sich auf einen Ellbogen, betrachtete sie wohlgefällig und meinte grinsend: „Natürlich nicht alle auf einmal!" Er hob vielsagend die Brauen. „Immer hübsch eins nach dem anderen."

„Zwölf!", wiederholte sie noch einmal schaudernd und langte nach dem schweren Morgenrock, den sie zusammen mit Röcken und Pullovern im Dorf gekauft hatten. „Ich wette, dass Olga jung gestorben ist."

„Jung, aber glücklich", meinte David augenzwinkernd, ergriff ihr Handgelenk und zog sie so blitzschnell zu sich herab, dass sie keine Zeit fand, Widerstand zu leisten, und in seine Arme taumelte.

„David!", protestierte sie verlegen, denn sie hatte gehört, wie das Geklapper in der unter ihnen gelegenen Küche plötzlich verstummt war. „David! Sie werden uns hören!", flüsterte sie unbehaglich. Doch er lachte nur unbeeindruckt: „Na und?" Er küsste sie auf den Hals und drückte sie fest an sich. *„Sie* haben uns doch schließlich dieses Zimmer gegeben, – und das magische Bett des alten Wilhelm."

Sie überließ sich strahlend der Wärme seiner Umarmung. Er breitete das Federbett über sie und zog sie an sich. Dann blickte er ihr tief in die Augen und flüsterte, während er ihr mit den Fingerspitzen zärtlich über die Wange strich: „Du bist doch glücklich, Els, nicht wahr?"

Sie schloss die Augen, als wolle sie das Glück für immer in sich bewahren, und schnurrte wohlig: „Hmmm."

„Du hast noch nie so schön ausgesehen, weißt du das, Els? Mir tut richtig das Herz weh, so schön bist du. Deine Augen ... sie sind so grün wie die Wiesen unten im Tal."

Sie schlug die Augen auf und erblickte ihr eigenes Spiegelbild in seinen leuchtenden Augen: eine strahlende, glückliche Frau. „Du bist ja schrecklich poetisch, Blechmann", flüsterte sie.

„Nein. Ich meine nur ... Ich habe einfach in den letzten Tagen Gelegenheit gehabt, dich richtig anzusehen, ohne dass ich mir über andere Dinge Sorgen machen musste. Wenn dies der Vorgeschmack auf unser gemeinsames Leben ist ..." Er konnte nicht weitersprechen. Es war einfach zu viel, was ihm auf der Seele brannte. „Du bist einfach wunderschön ..." Er sah sie innig an. „Ich wünschte, ich wäre Dichter, Els! Dann könnte ich vielleicht sagen, was ich empfinde."

„Du machst es schon ganz gut." Sie schlang ihre Arme um seinen Hals und zog ihn zu sich heran. Ihre Lippen öffneten sich zu einem verschmitzten Lächeln. „Wie wär's mit einem kleinen Aperitif?", flüsterte sie und strich verführerisch mit ihren Lippen über die seinen.

David nickte wortlos. Er drückte sie fest an sich und hoffte, dass Frau Wattenberger die Frühstücksglocke für eine Weile in Ruhe lassen würde.

* * *

Die Küche des Bauernhauses war ein großer Raum, der von einem mächtigen, durch jahrhundertelangen Gebrauch rußgeschwärzten Bruchsteinkamin beherrscht wurde. Auf der einen Seite führte eine Tür zum Stall, wo zwei gutmütig dreinschauende Kühe und eine stattliche Haflingerstute für zusätzliche Wärme sorgten. Diese Tiere waren alles, was dem alten Ehepaar von einem großen Milchkuhbestand und ihren oft prämierten Haflingerzuchtstuten geblieben war.

„Sie sind alle von den Nazis konfisziert worden", hatte Frau Wattenberger schlicht erklärt. „Im Krieg. Aber diese hier hatte der Vater versteckt und hatte dabei Gottes Segen. Gott hat nicht zugelassen, dass sie uns weggenommen wurden."

Wie die meisten ihrer Nachbarn waren auch die Wattenbergers

während des Krieges fast ihrer gesamten Habe beraubt worden und hatten nicht nur Kühe und Pferde, sondern auch ihre Söhne verloren.

Nun lebten die alten Leute allein in dem großen Haus, aber es war ein großer Trost für sie, dass ihre einzige Tochter eine glückliche Ehe mit einem amerikanischen Soldaten führte und nun ihr erstes Kind erwartete. In der Wohnstube blickten die Fotografien von allen fünf Kindern lächelnd auf den Betrachter herab. Frau Wattenberger wurde nicht müde, Ellie beim Brotbacken oder bei sonstigen Arbeiten so lebendig von ihren *Buben* zu erzählen, als seien sie draußen auf dem Feld und würden bald hereinkommen, um mit Heißhunger ihre Brotzeit zu verzehren. Ellie war inzwischen dankbar dafür, dass sie und David während ihrer Schulzeit Deutsch gelernt hatten und sie das Ehepaar trotz ihres Akzentes zunehmend besser verstanden.

Einmal hatte die stattliche, rotwangige Bauersfrau beim Kneten des Brotteiges zu Ellie gesagt: „I werd Ihnen jetzt zeigen, wie a Roggenbrot gebacken wird. Dies hier wird nämlich a Roggenbrot. Des mögen die Buben am liebsten." Dann hatte sie Ellie darin unterwiesen, wie man die Zutaten – Roggenmehl, Salz, Kümmel, Wasser, Hefe und einen Schuss Bier – zu einem Teig vermischte, zu einer Kugel formte und nach einer Teigruhe, während der der Umfang der Kugel enorm anwuchs, in den Backofen schob. „Otto und Franz mögen Roggenbrot besonders gern", hatte sie dabei noch einmal wiederholt.

Ellie hatte inzwischen erfahren, dass Otto und Franz in Russland gefallen waren, aber sie lachten immer noch fröhlich von den Wänden, während sich im Haus der Duft von frischem Brot verbreitete und es mit glücklichen Erinnerungen erfüllte. In dieser einen Woche hatte Ellie nicht nur Brotbacken gelernt, sondern es war ihr auch zur Selbstverständlichkeit geworden, auf die Rückkehr der *Buben* – Otto, Franz, Friedrich und Helmut – zu warten.

Herr Wattenberger hatte in der Zwischenzeit David unter seine Fittiche genommen und ihn nicht nur in der Kunst des Melkens unterwiesen, sondern auch damit vertraut gemacht, nach welchen

Gesichtspunkten man eine gute Kuh auf dem Markt aussuchen musste. Obwohl David aufgrund seiner deutschen Vorfahren weniger Mühe mit der deutschen Sprache hatte als Ellie, hatte er Probleme, Herrn Wattenberger zu verstehen, dessen Sprechweise noch dialektgefärbter war als die seiner Frau. Nichtsdestotrotz kamen die beiden Männer gut miteinander aus.

Im Keller des Hauses hatte Herr Wattenberger eine Werkstatt eingerichtet, in der er Schränke zimmerte und Pflüge reparierte. In einer Ecke stand eine Werkbank, auf der eine Reihe von Schnitzmessern mit Klingen in den unterschiedlichsten Formen lag. Während der langen Wintermonate schnitzte er dort beispielsweise die feinen Gesichtszüge einer Madonna mit Kind oder auch kleine hölzerne Engel, die über einer Krippe schwebten.

So wie seine Frau Ellie das Brotbacken beigebracht hatte, wurde Herr Wattenberger nicht müde, David zu zeigen, wie er das weiche Holz mit seinen Schnitzmessern bearbeitete. „Otto hab i schon des Schnitzen beigebracht, als er erst so groß woa wie die Bank do", erzählte er David. „Oan braver Buab woar der, und so freundlich. Ocht Joahr' is' er jetz' fort von uns. Dieser Hitler woar a sehr schlechter Mensch. Wir hier in Österreich ham des gleich g'spürt, aber des Böse kann nimmer aufg'halten werd'n. 's kommt gar bis hier heroben. Auch, wenn's nit willkommen is'."

David entging nicht, mit welch düsterer Miene der gute Mann anschließend seine Pfeife anzündete und sich nachdenklich über den Bart strich.

Während dieser einen Woche hatte David nicht nur einen Einblick in die Kunst des Schnitzens bekommen. Er hatte auch gesehen, dass die Männer, gegen die er im Krieg gekämpft hatte, nicht alle Monster nach dem Zuschnitt der Nazi-Elite gewesen waren, sondern zum Teil einfache Bauern, denen man die Sichel abgenommen und dafür ein Gewehr in die Hand gedrückt hatte. Sie waren als Kanonenfutter den Träumen eines Wahnsinnigen geopfert worden!

Diese Erkenntnis hatte sich David und Ellie langsam erschlossen, während sie die Lebensgeschichte der beiden alten Leute Stück für

Stück kennen lernten. Zwei Söhne der Wattenbergers hatten sogar einer Vielzahl von Juden zur Flucht in die Freiheit verholfen. Zuerst waren nur Professoren und Intellektuelle vor der Verfolgung durch das nationalsozialistische Regime geflohen, dann waren einfache jüdische Männer und Frauen und später nur noch jüdische Kinder gekommen. Zuletzt waren die Menschen gekommen, die verzweifelt Hitlers Säuberungsaktionen zu entgehen suchten, darunter auch ein Mann, der an einem Attentat auf Hitler beteiligt gewesen war.

Auf einer dieser gefährlichen Touren hatte Friedrich, der dritte Sohn der Wattenbergers, sein Leben verloren. Und eines Tages war auch der Jüngste, Helmut, nicht von einer Fahrt zum Markt wieder gekommen, nachdem die Alliierten die Geleise zwischen Kitzbühel und Innsbruck bombardiert hatten. Viele Jahre hatten sich die Eltern an die Hoffnung geklammert, dass er vielleicht in die Schweiz geflohen sei, schließlich hatten sie diese Hoffnung jedoch endgültig begraben müssen.

An diesem Morgen schlichen Ellie und David erst nach neun Uhr auf Zehenspitzen die schmale Stiege hinunter und gingen dann zunächst einmal in die Wohnstube, die von einem bis unter die Decke reichenden Kachelofen ausgefüllt wurde, der den Raum mit einer molligen Wärme erfüllte. Wie im ganzen übrigen Haus lag auch in der Wohnstube ein köstlicher Duft nach frischem Brot, und Davids Magen machte sich deshalb sehr laut knurrend bemerkbar.

„Ja, ja, der Mensch lebt nun mal nicht von Liebe allein“, neckte ihn Ellie, als sie vor ihm her in die Küche ging.

Frau Wattenberger stand am Spülbecken und hantierte mit beiden Händen im Seifenwasser. „Guten Morgen, Kinder“, begrüßte sie die beiden und lächelte verschmitzt.

„Entschuldigen Sie, Frau Wattenberger“, begann Ellie etwas verlegen, „dass wir haben geschlafen so lange –.“

„Der Vater und ich, wir haben uns überhaupt schon g'fragt, warum Sie die ganze Woch' so früh aufg'standen sind“, meinte Frau Wattenberger und machte wieder ein schelmisches Gesicht.

„Aber die Glocke", stammelte David. „Wir wollten nicht verpassen das Frühstück."

Frau Wattenberger schob lächelnd das Kinn vor und nickte. „Die Glocke läuten wir nur aus Tradition, weil wir sie schon immer g'läutet haben", erklärte sie. „Die Feriengäste haben damit eigentlich nichts zu tun, außer, wenn s' zeitig in der Früh aufstehen möchten ... Sie haben die ganz' Woch' das Familienfrühstück eing'nommen. Aber heut' Morgen haben s' sich endlich amal ein wenig Erholung gegönnt. Gehen S' nur. Setzen S' sich in den Herrgottswinkel, ich bring Ihnen gleich das Frühstück." Sie trocknete ihre Hände an der Schürze, erfreut, dass das junge amerikanische Paar, das vor einer Woche noch so abgespannt ausgesehen hatte, endlich einmal Großvater Wilhelms Bett genossen hatte.

David kam nicht gleich darüber hinweg, dass sie beide eine ganze Woche lang unnötigerweise viel zu früh aufgestanden waren. Ellie jedoch bereute nichts. Irgendwie hatte der geregelte Ablauf des Familienlebens ihr dabei geholfen, ihre Trauer über Onkel Howards Tod und auch ihre Angstgefühle über ihre unsichere Zukunft etwas besser zu bewältigen.

Eine Woche lang hatte Frau Wattenberger Ellie wie ihre eigene Tochter in die Hausarbeit mit einbezogen, bis diese Tätigkeiten auch Ellie zur zweiten Natur geworden waren. Aber nun durften sie und David sich erholen. Frau Wattenberger deckte den großen Holztisch im Herrgottswinkel, an dem die Familie ihre Mahlzeiten einnahm. Während sie einen Teller mit Eiern, Käse und Aufschnitt sowie einen Korb mit frischem Roggenbrot auftrug, neigten David und Ellie andächtig in der Erwartung die Köpfe, dass Frau Wattenberger, wie vor jeder Mahlzeit, auch an diesem Tag das Tischgebet sprechen werde. Doch es blieb alles still. Und als David mit einem Auge zu ihr hinschielte, sah er, dass sie lächelnd auf sie hinabblickte.

„Nun sind S' selbst an der Reih'. Die ganze Woch' haben S' die Wattenbergers beten hören. Nun müssen S' selbst zum Frühstück beten." Sie zwinkerte ihnen aufmunternd zu und verschwand in der Küche.

Ellie warf David einen schelmischen Blick zu und ahmte belustigt Frau Wattenbergers Sprechweise nach: „Nun müssen S' selbst zum Frühstück beten."

David ergriff ihre Hand. Wie oft hatte er seinen Vater den Segen über eine Mahlzeit sprechen hören, ohne dass ihn dies irgendwie innerlich berührt hätte. Nun jedoch hielt er die Hand seiner Frau, und sein Herz war voll tief empfundener Dankbarkeit. So neigte er willig den Kopf und überlegte, wie er ausdrücken könnte, was er empfand. Zunächst kamen ihm alle Worte, die ihm durch den Kopf gingen, zu dürftig für ein Gebet vor. Doch schließlich sagte er einfach: „Danke für alles. Danke, dass du uns beschützt und uns hierher gebracht hast. Segne diese Mahlzeit und dieses Haus! Amen."

„Omaine!", bekräftigte Ellie mit dem Akzent einer waschechten Jerusalemerin.

David hielt noch immer ihre Hand und meinte fast entschuldigend:

„Ich war nie ein sehr beredter Beter. Macht dir das was aus?"
„Hast du das, was du gebetet hast, ernst gemeint?"

„Natürlich."

„Als du für alles gedankt hast, hast du da für unser gemeinsames Leben gedankt? Für mich und dich? Für diesen Morgen?" Sie legte ihm die Hand an die Wange.

Er nickte. „Ja."

„Nun, also?"

„Nun, ich konnte einfach nicht all das in Worte fassen, worüber ich glücklich bin", erklärte er verlegen. „Aber weißt du –"

„Hmmm ... Es ist nicht alles Gold, was glänzt, nicht wahr, David? Ich werde dir etwas sagen ... Ich glaube, dass du im Gegenteil einfach zu viel sagen willst, um die rechten Worte zu finden. Wenn Gott heute Morgen die Stimmen unserer Herzen gehört hat, dann hat er sicher so etwas wie eine Symphonie von Mozart oder den Sound der Big Band von Glenn Miller vernommen oder ...", sie deutete hinaus auf den majestätischen Berg, der ausschnittsweise durch das kleine, quadratische Fenster zu sehen war, „... ein Jodelkonzert von tausend Bergsteigern, die auf diese Weise ihre Begeisterung über Gottes herrliche Natur zum Ausdruck bringen.

Du solltest dir nicht zu viele Gedanken über Worte machen, denn Gott versteht die Sprache deines Herzens."

„Tja", machte er hilflos. „Aber mit ‚Juchuh' kann man eben nicht sehr genau aussagen, was man empfindet."

„Nein, das stimmt allerdings."

Dann genossen sie schweigend das Frühstück. Frau Wattenberger ließ sie allein und kam nur einmal herein, um ihnen Kaffee nachzuschenken. Als sie fertig waren, deckte Ellie ab und brachte das Geschirr in die Küche.

„Das war ja wieder köstlich!", lobte sie ihre Wirtin, und David wiederholte der Einfachheit halber nur Ellies Kommentar.

„Des freut mich!", erwiderte Frau Wattenberger. „Aber heut müssen S' nach Innsbruck. Sie sind jetzt a ganze Woch'n dahier g'wesen. Nun müssen S' neue Lebensmittelkarten hol'n. Haben S' das vergess'n?"

„Ach ja", rief David überrascht und legte unangenehm berührt einen Arm um Ellie. „Eine ganze Woche schon ... nur eine Woche. Ich glaube, wir haben verloren das Gefühl für die Zeit, Frau Wattenberger."

Die alte Frau nickte. „Des is' das Wunderbare hier heroben", stellte sie fest. „Aber es is' nun amai so, dass Sie heut nach Innsbruck 'nunter müss'n. Es war ja Ihr eigner Außenminister Marshall, der diese Idee hatte –"

„Ja, der Marshallplan ...", meinte David gedehnt, gar nicht davon erbaut, dass sie diese Idylle verlassen mussten, und sei es auch nur für einen Tag.

„Ja. Sie müssen Ihren Pass am Fremdenverkehrsbüro in Innsbruck vorzeigen, damit S' Lebensmittelkarten kriegen. Die müss'n wir jede Woch' für uns're Lebensmittel vorweis'n, Geld reicht nicht, um uns're Lebensmittel zu kaufen, wissen S'", meinte die Frau nüchtern, fügte aber dann aufmunternd hinzu: „Aber ich denk, 's wird Ihn'n g'fallen in Innsbruck. Der Vater wird Sie nunter ins Dorf bringen, damit S' noch den Mittagszug krieg'n. Und um acht auf d' Nacht sind S' wieder z'ruck, und der Vater holt S' vom Bahnhof ab. Auf dem Weg werden S' alte Burgen sehen und das schöne Solbad Hall.

Und Innsbruck is' auch a schöne Stadt. Nicht so ausg'bombt wie Münch'n oder Dresd'n. Ich denk, die Pilot'n wußt'n schon, wie wir zu Hitler stand'n."

Auch Ellie machte ein trauriges Gesicht, weil auch sie ihren Zufluchtsort nur ungern verließ, obwohl sie die Notwendigkeit der Reise einsah. Die Lebensmittelkarten, die das Fremdenverkehrsbüro an ausländische Staatsangehörige ausgab, waren für diese die einzige legale Möglichkeit, in dem vom Krieg zerstörten Land an die knappen Lebensmittel heranzukommen.

„Könnten wir nicht geben unsere Pässe Ihrem Mann?"

Frau Wattenberger schüttelte energisch den Kopf. „Die müssen S' selbst vorzeigen. Ich versteh schon, dass Ihnen das zu lang dauert, aber ich werd Ihn'n was zum Ess'n mitgeben, und die Reise wird Ihnen g'fallen. Der Vater muss die Lebensmittelkarten hab'n, sonst gibt's morg'n den ganz'n Tag nur Milch, Eier und Brot." Sie verdrehte in gespieltem Entsetzen die Augen.

„Natürlich", pflichtete ihr David bei und versuchte seiner Stimme Festigkeit zu geben, um nicht zu zeigen, dass ihm die Sache nicht geheuer war. Ohne Begeisterung fügte er hinzu: „Es wird schön sein, diese Sehenswürdigkeiten zu sehen."

Frau Wattenberger musterte die beiden mit einem wohlgefälligen Blick und meinte anerkennend: „Und ausseh'n tun S', wie wenn S' zu uns g'hör'n täten." Sie zupfte David an seiner Bundhose. „Die amerikanischen Feriengäste werden S' bestimmt nach dem Weg fragen!", fügte sie scherzhaft hinzu. „Wenn S' den Mund halt'n und kein Wort reden, werden alle denken, dass Sie Österreicher sind."

David nahm sich vor, diese Worte zu beherzigen.

* * *

*Warum ist es eigentlich so schwer, Abschied zu nehmen?*, fragte sich Ellie, als sie in den Pferdeschlitten stieg. *Es ist doch nur für einen Tag, einen Tag in Innsbruck, und abends sind wir doch schon wieder zurück.* Es gelang ihr aber nicht, sich auf diese Weise Mut zu machen. All die alten Ängste, von denen sie geglaubt hatte, dass sie ihr nichts mehr anhaben könnten, waren plötzlich wieder da und überrollten sie wie eine Lawine, die tosend von den Berghängen stürzt.

*Was machen wir nur, wenn uns jemand erkennt? Was ist, wenn man uns sogar bis hierher verfolgt hat?* Sie blickte sich noch einmal nach dem Bauernhaus um und konnte das Gefühl nicht loswerden, dass David und sie dabei waren, sich in einen Strudel zu stürzen, der sie für immer von diesem friedlichen Ort davontragen würde.

Frau Wattenberger blieb abwartend in der Tür stehen. Ihre Wangen waren rosig, und ihre Augen strahlten innere Ruhe und Festigkeit aus, einen Frieden, wie Ellie ihn bisher nur in Gegenwart Onkel Howards und der alten Miriam empfunden hatte. Wie lange her und wie weit weg das jetzt alles erschien! Ellie lächelte tapfer und winkte Frau Wattenberger zum Abschied zu. *Werde ich sie je wieder sehen?* Einem plötzlichen Impuls folgend, warf sie ihr eine Kusshand zu. Doch viel lieber hätte sie sie schnell noch einmal umarmt! *Heute Abend sind wir ja wieder zurück, und dann wird alles wieder so schön sein wie vorher. Es ist ja nur eine kurze Reise nach Innsbruck!*

Herr Wattenberger ordnete Edelweißens Zaumzeug, tippte eins der Glöckchen an und blickte Ellie mit seinen klaren blauen Augen an. „Sie werd'n der Mutter heut fehl'n. Ihr Kinder werdet's heut' a schöna Tag hab'n, aber des Haus wird einsam sein ..."

Dann kramte er einen Zettel aus der Hosentasche, auf dem er sorgfältig aufgeschrieben hatte, welche Sehenswürdigkeiten sie auf dem Weg nach Innsbruck beachten sollten. Ein zweiter Zettel enthielt eine Wegbeschreibung zum Fremdenverkehrsbüro in Innsbruck und den Namen eines kleines Cafés, in dem es echten Bohnenkaffee und heiße Schokolade geben sollte.

David setzte sich neben Ellie. Herr Wattenberger ließ die Peitsche hoch über dem kräftigen kleinen Pferd knallen, und los ging's. Das Klingeln der Glöckchen und das sanfte Gleiten der Kufen auf dem Schnee brachten Ellie zum Träumen.

*Es muss Weihnachten sein,* dachte sie, während sie versonnen zum Himmel über den zackigen Bergspitzen blickte, wo Sonne und

Wolken miteinander Fangen spielten. *Nichts von all dem Schrecklichen ist wirklich geschehen. Nur dies hier alles ist Wirklichkeit. Und wenn wir hier bleiben, wird es für uns nie etwas anderes geben.* Sie kuschelte sich tiefer in Davids Armbeuge. Der frische Wind blies ihr ins Gesicht, und die Sonne spiegelte sich in ihrem rotbraunen Haar. *Märchenhaft! Märchenhaft! Märchenhaft! Märchenhaft!* schienen die Glöckchen zu klingeln. *Kommt heut zurück!,* tappten Edelweißens Hufe den Takt dazu.

Ellie schloss die Augen, um die Verzauberung ganz in sich aufzunehmen. Doch schon im nächsten Augenblick schlug sie sie wieder auf. Sie wollte sich auch nicht eine einzige Nuance des Farbspiels entgehen lassen. Aber dann war die Schlittenfahrt allzu bald vorüber. Der kleine Ort Kitzbühel kam in Sicht, beherrscht von einer Kirche mit grünem Kupferdach. Als sie am *Goldenen Greifen* vorbeikamen, vernahmen sie röhrendes Gelächter und amerikanische Wortfetzen.

Dann sahen sie die Rauchwolken des Zuges, die sich schwarz vor der Kulisse des weißen Neuschnees abhoben. Ellie wurde von Niedergeschlagenheit erfasst. Sie hatte die ganze Zeit im Stillen gehofft, dass sie den Zug verpassen würden.

„Mer san g'rad' recht kimma“, sagte Herr Wattenberger. Er ließ die Zügel sinken, Edelweiß blieb wie von selbst vor dem Geländer stehen und sah sich nach ihnen um, als wolle sie sagen: *Natürlich sind wir rechtzeitig da!* Während David die Stufen hinaufsprang, um die Fahrkarten zu kaufen, blieb Ellie bei dem Pferd stehen und streichelte ihm die samtweiche Nase. Am liebsten hätte sie sich jedoch so lange unter der Schlittendecke verkrochen, bis der Schlitten wieder am Bauernhof ankam. In diesem Moment gingen zwei amerikanische Soldaten vorbei. Sie beugte sich erschrocken vor und verbarg ihr Gesicht am Kopf des Pferdes. Herr Wattenberger sah sie besorgt an und fragte: „Wovor haben S' denn Angst? Sie fahr'n doch nur nach Innsbruck, Kind.“

„Ich ... ich bin einfach zu gerne hier“, erwiderte sie leise und kam sich ziemlich dumm vor. „Ich ... ich glaube, ich bin noch nie gewesen an einem Ort, der so schön ist, und ich ... ich ...“

„Edelweiß und i san auf d' Nacht wieder hier herunten, wenn S' z'ruckkommen ..."

„Ich hab die Karten", rief David vom Bahnsteig her. Ellie sah ihm an, dass auch ihm nicht wohl in seiner Haut war.

Ellie nickte und wandte sich zum Gehen. Doch plötzlich drehte sie sich um und schloss Herrn Wattenberger noch einmal stürmisch in die Arme. „Thank you!", flüsterte sie. „Danke, Herr Wattenberger."

„Bitt' sehr, junge Frau!", erwiderte er verdutzt und küsste sie aufs Haar.

Er roch nach Tabak und Holz und dem Rauch des Kamins. Während Ellie ihn umschlungen hielt, dachte sie an all die Menschen, die zu umarmen sie versäumt hatte: *Howard. Miriam. Rachel. Mosche* ...

Noch nie hatte sie so furchtbare Angst gehabt, sie könne die Menschen, die sie mochte, vielleicht nie wieder sehen. Wie sehr hasste sie jetzt Abschiede, selbst solche, die nur für kurze Zeit waren! „Heute Abend", stammelte sie, „wenn der Zug kommt ..."

„Ja", bestätigte Herr Wattenberger ernst. „Edelweiß und i werd'n pünktlich sein."

# 25. Karfreitag

Rachel drehte sich auf die Seite und schlug die Augen auf. Der Morgen kündigte sich mit fahlem Dämmerlicht an. Mosche lag neben ihr und schlief noch fest. Voller Sorge um das arabische Mädchen waren sie beide die halbe Nacht aufgeblieben und hatten erst spät Schlaf gefunden.

Plötzlich vernahm Rachel ein ungewöhnliches Geräusch. Sie fuhr erschrocken auf und horchte angstvoll. Ihr war, als habe sie unten im Hof das Meckern einer Ziege gehört.

„Was ist los?", fragte Mosche schlaftrunken, durch ihre abrupte Bewegung aufgeschreckt.

„Sch!", wehrte Rachel schnell ab und legte einen Finger an die Lippen.

Aus der Altstadt schallte das volltönende Glockengeläut der Grabeskirche herüber. „Es sind doch nur die Glocken", meinte Mosche. Er schloss wieder die Augen und drehte sich auf die Seite.

„Nein", beharrte Rachel. „Es ist etwas anderes."

„Es ist doch Karfreitag", sagte Mosche gähnend. „Heute werden wir den ganzen Tag lang Glockengeläut hören." Er zog sie zu sich heran. „Geht es dir gut?", fragte er, aber Rachel wusste, dass er, genau wie sie, eigentlich an Sarai dachte.

„Ich habe lange wach gelegen und über sie nachgedacht ..."

„Ich auch", gab er leise zu. „Aber ich finde es immer noch verständlich, dass sie gegangen ist ..."

Wieder war das eigenartige Geräusch zu hören, aber diesmal war es Mosche, der sich aufsetzte. „Was war das?", fragte er, nun doch beunruhigt.

„Hörst du es jetzt auch?" Rachel fühlte sich in ihren Ängsten bestätigt und lief zum Fenster. Sie hob den Sonnenschutz ein wenig an und spähte angstvoll nach draußen. Doch zu ihrem großen Erstaunen sah sie nichts Erschreckendes, sondern eine Ziege, die unten im Hof an einen kleinen Feigenbaum gebunden war. Neben ihr hockte Sarai Tafara und war dabei, sie zu melken. „Mosche!“, rief Rachel fassungslos. „Mosche! Komm und sieht dir das an!“

Mosche war mit einem Satz am Fenster und starrte ungläubig auf die schwarz gekleidete Gestalt und die gefleckte Ziege.

„Eine Ziege!“, rief er aus. „Ich dachte, so etwas würde ich hier bis zum Erscheinen des Messiah nicht mehr zu Gesicht bekommen!“

Rachel riss das Fenster auf und rief jubelnd: „Du bist nach Hause gekommen!“

„Guten Morgen!“, rief Sarai wie selbstverständlich zurück und blickte lächelnd nach oben. Sie hatte ihren Schleier abgenommen und auf die Steine gelegt. Ihr Gesicht strahlte vor Freude. „Ich habe Spielgefährtin für Tikvah gebracht!“

„Eine Ziege!“, rief nun auch Rachel. „Und du weißt sogar, wie man sie melkt!“

„Ich bin Araberin“, erklärte Sarai, als handele es sich um die natürlichste Sache der Welt. „Ich stamme ab von Beduinen. Melken ist Teil unseres Erbes.“ Die bläuliche Flüssigkeit schoss mit einem blechernen Geräusch in die Schüssel, die sie der Ziege unter das Euter gestellt hatte.

Mosche und Rachel sahen sich erstaunt an. Das Mädchen war wie verwandelt. „Wo bist du nur gewesen?“ Rachel musste schreien, um sich durch die Glocken der Nachbarkirchen, die inzwischen in das Geläut der Grabeskirche eingefallen waren, verständlich zu machen.

Es dauerte eine Weile, bis Sarai ihre Tätigkeit unterbrach und antwortete. „Ich habe gekauft eine Ziege. Hier auf diese Seite von Barrikaden es gibt nur Büchsenmilch für Tikvah, und es ist nicht Art von Araber, Freundlichkeit nicht zurückgeben, selbst nicht bei Feinde.“

Es schwang kein Unterton von Bitterkeit mehr in ihrer Stimme mit, und auch das Wort *Feinde* barg keinerlei Schärfe in sich. Der dunkle Hass, der sie bisher beherrscht hatte, schien verschwunden.

Doch statt Freude über diese Wandlung zu empfinden, befiel Mosche bei Sarais Worten eine tiefe Niedergeschlagenheit. Er dachte wieder an seine alten arabischen Freunde, die nun seine Feinde waren.

„Ja, wie schön war es früher“, sagte er wehmütig. Er dachte an die Männer mit der sonnengebräunten, ledernen Haut, die ihn freundlich lächelnd angeblickt hatten. „Wir waren einmal Freunde und lebten friedlich miteinander. Aber das gehört wohl endgültig der Vergangenheit an. Heute scheint es, als sei kein Frieden mehr möglich –“

*„Hier* ist der Sitz des Friedens“, widersprach Rachel leise und legte eine Hand auf ihr Herz, „und nirgends sonst.“ Sie deutete mit dem Kopf zu Sarai hinunter. „Sie liebt ihre Feinde, Mosche! Das ist Frieden. Frieden herrscht hier und jetzt, Mosche!“

Unvermittelt meldete Tikvah ihren Hunger an. „Nun, wenn Feindesliebe frische Milch für Tikvah bedeutet, dann bedeutet das nicht nur Frieden ... sondern auch einen ruhigen Morgen“, fasste Mosche, dessen Stimmung sich durch Rachels Worte wieder gehoben hatte, die veränderte Situation humorvoll zusammen. Er deutete auf Sarai und die Ziege und versetzte Rachel einen scherzhaften Klaps. „Ich wickele inzwischen die Kleine, und du gehst hinunter und lässt dich in der hohen Kunst des Melkens unterweisen.“

* * *

General John Glubb, der Kommandeur der Arabischen Legion, und König Abdullah saßen sich am Tisch gegenüber. Abdullah war ein kleiner Mann, höflich und unaufdringlich. *Er ist,* dachte Glubb, *aus ganz anderem Holz geschnitzt als sein Vater, der 1917 die Türken mit Unterstützung von T. E. Lawrence geschlagen hat.* So fest, wie Glubb als General seine Armee im Griff hatte, so beherrschte Abdullah als absoluter Monarch Transjordanien im Osten Palästinas.

„Jerusalem hat keinerlei strategische Bedeutung für uns, Eure Hoheit“, erklärte Glubb geduldig.

„Glubb Pascha“, erwiderte der König nach einer nachdenklichen Pause, „Jerusalem kommt dennoch die allergrößte Bedeutung zu, wenn wir Palästina unserer Nation einverleiben wollen.“ Mit einer wegwerfenden Handbewegung fügte er hinzu: „Das ganze übrige

Palästina ist nichts als bedeutungsloses Gebiet. Auch Haj Amin Husseini hat die Bedeutung der Heiligen Stadt in ihrer ganzen Tragweite erkannt. Darum hat er so hart um die Kontrolle über die Stadt gekämpft."

„Aber zuvor müssen wir unbedingt das übrige Palästina erobern", blieb Glubb bei seiner Meinung. „Und es wäre besser, wenn Jerusalem weiterhin der Kontrolle der Vereinten Nationen unterstellt bliebe, wie es der neue Teilungsplan auch vorsieht. Die Juden bitten inständig darum –"

„Zuerst haben sie darauf gedrungen, dass Jerusalem Teil eines jüdischen Staates sein sollte, und nun bitten sie die Vereinten Nationen darum, die Stadt internationaler Kontrolle zu unterstellen, Glubb Pascha. Was meinen Sie wohl", stellte er die rhetorische Frage, „warum die Juden ihre Meinung geändert haben?" Der König ließ Glubb Pascha etwas Zeit zum Nachdenken und beantwortete dann seine Frage: „Weil sie erkannt haben, dass die Stadt fallen wird, sobald die Engländer abgezogen sind! Aber wenn sie nicht von unserer Arabischen Legion genommen wird, fällt sie den fanatischen Freischärlertruppen Haj Amins zu. Und Haj Amin ist nun mal unser Todfeind, Glubb Pascha. Haben Sie das vergessen?"

„Natürlich habe ich es nicht vergessen. Aber warum sinnlos Soldaten und Material für Jerusalem verschwenden, wenn wir das gesamte übrige jüdische Territorium im Handstreich nehmen können? Überlassen Sie Jerusalem Haj Amin! Soll er doch sein kleines Königreich haben."

König Abdullah lächelte. „Einige behaupten aber, Jerusalem sei das Zentrum des Universums, Glubb Pascha. Wenn wir Haj Amin die Schlacht um die Stadt kämpfen lassen, dann überlassen wir ihm auch, was einmal das Zentrum unseres Reiches sein soll." Er presste nachdrücklich seine Fingerspitzen zusammen. „Nein! Jerusalem bekommt er nicht!"

„Und falls die Vereinten Nationen Jerusalem doch zur neutralen Stadt unter internationaler Verwaltung erklären wollen?"

Der König stieß ein kurzes Lachen aus. „Daran glaube ich nicht! Die Vereinten Nationen reden und reden ... weil die Juden es so wollen. Aber die Juden wissen ganz genau, dass Jerusalem ihr Schwachpunkt ist und dass wir sie besiegen werden. Ich sage Ihnen, Glubb Pascha, wenn die anderen arabischen Nationen die Juden in Galiläa, auf den Golanhöhen und in Gaza angreifen, dann müssen wir uns darauf konzentrieren, Jerusalem einzunehmen. Wer Jerusalem beherrscht, der wird später einmal ganz Palästina beherrschen."

„Ich möchte aber noch einmal betonen, dass ich mit diesem Plan nicht einverstanden bin", erklärte General Glubb leise, aber bestimmt. „Wir sollten unsere Streitkräfte woanders konzentrieren. Ganz Palästina –"

König Abdullah machte eine abwehrende Handbewegung. „Ach, John Glubb, Sie sind General. Sie sind Brite, Glubb Pascha, und auch die meisten Ihrer Offiziere sind Briten. Ich aber bin Staatsmann und kein Krieger wie mein Vater. Und ich sage Ihnen: Wir könnten mit diplomatischen Mitteln einen Sieg davontragen, wenn Sie nur endlich meinem Plan Gehör schenkten! Jerusalem! Jerusalem! Jerusalem! Das ist der Schlüssel zum Sieg!" Er hatte sich zunehmend ereifert. „Glauben Sie wirklich, die Welt sorgt sich um die Golanhöhen, um Gaza, Haifa oder Tel Aviv? Der größte Teil der Welt hat von all diesen Orten noch nicht einmal etwas gehört ... wohl aber von Jerusalem!"

Er hielt nachdenklich inne und blickte dann durch das hohe Bogenfenster in die staubigen Straßen von Amman. „Heute werde ich mit diesem Amerikaner Thomas Kane zusammentreffen, der im Auftrage Präsident Trumans hier ist. Sie werden dem Gespräch als Zuhörer beiwohnen, Glubb Pascha, und danach werden Sie meine Denkweise begreifen ... Aber vorher müssen Sie noch die Denkweise dieser Amerikaner verstehen lernen. Und dann werden auch Sie das Problem Jerusalem verstehen!"

* * *

Die Uniform der Arabischen Legion König Abdullahs mit ihren rot-weiß karierten Keffijahs war die begehrteste Uniform des Nahen Ostens. Die Arabische Legion war die arabische Elitetruppe. Angeführt von britischen Offizieren und ursprünglich von Lawrence von Arabien aufgebaut, war sie von den Briten gut ausgestattet worden:

Panzer, Lastwagen und Granatwerfer waren in reichem Maße vorhanden. Dieser Streitmacht wurde die Schlüsselstellung beim Sieg der Araber in Palästina beigemessen.

Tom Kane saß auf einer harten Marmorbank vor dem Audienzsaal König Abdullahs und vertrieb sich die Wartezeit, indem er seinen Hut in den Händen kreisen ließ. Zwischendurch blickte er immer wieder den langen marmornen Flur hinunter und beobachtete die zahlreichen arabischen Soldaten, die sich zwanglos unterhielten. König Abdullah hielt Audienz. Er hatte es sich zum Prinzip gemacht, jedem seiner Untertanen, wie unbedeutend er auch sein mochte, eine persönliche Begegnung mit ihm zu ermöglichen. Kane bewunderte Abdullahs Art zu regieren schon seit Jahren. Bereits bei seinem ersten Zusammentreffen mit dem kleinen König hatte er erkannt, dass dieser ein besonderer Staatsmann war, der bei allen Verhandlungen Diplomatie und Vernunft walten ließ. Und so hoffte er nun, dass es der besänftigenden Art des Königs gelingen möchte, das Kriegsgeschrei in Palästina zum Schweigen zu bringen.

Plötzlich schwangen die massiven Kupfertore auf, und Kane sah, wie Abdullah einen der Bittsteller – offenbar ein einfacher Bauer – aus dem Audienzsaal geleitete. Der Mann hörte nicht auf, sich voll überschwänglicher Dankbarkeit zu verbeugen, und kniete schließlich sogar nieder, um Abdullah den Saum seines Gewandes zu küssen. *Er ist immer noch der große Beduinenscheich, der patriarchalisch über seinen Stamm herrscht,* dachte Kane, als der Bauer schließlich weggeführt wurde.

Abdullah erblickte Kane. „Ah!", rief er aus und eilte überschwänglich auf ihn zu. „Tom Kane!" Er streckte ihm bereits von Ferne herzlich die Hand entgegen. „Wie schön, Sie wieder zu sehen!", rief er dabei mit unverkennbar englischem Akzent.

Kane verneigte sich ehrerbietig. „Salaam, Majestät. Es ist mir eine Ehre."

Abdullah hatte kaum befohlen, Kaffee und Speisen aufzutragen, als auch schon üppig beladene Tabletts hereingetragen und auf dem Teppich in der Mitte des Raumes abgestellt wurden. Die beiden Männer ließen sich auf Kissenbergen nieder, und Abdullah entließ alle Diener bis auf zwei Wächter, die in ehrfürchtiger Haltung hinter ihrem König stehen blieben. Eine große, reich verzierte Trennwand, die den Sieg Suleimans über Jerusalem darstellte, ragte in den Raum hinein, und Kane vermutete, dass dahinter weitere Wächter standen.

„Wie ist Ihr Befinden, Mr. Kane?", erkundigte sich Abdullah leutselig, während er genüsslich ein gefülltes Weinblatt verzehrte.

Kane ließ sich jedoch nicht auf die orientalischen Höflichkeitsfloskeln ein, sondern fiel gleich mit der Tür ins Haus: „Meine Regierung geht davon aus, dass Sie allein den Schlüssel zum Frieden im Nahen Osten in der Hand halten."

„Ihre hohe Meinung von mir ehrt mich. Ehrt mich wirklich sehr. Aber ich bin nur der Herrscher über ein armes, kleines Volk."

„Aber Ihre Armee ist doch überaus gut ausgerüstet, und die übrigen Mitglieder der Arabischen Liga sehen in ihr das Rückgrat der Armee, die in Palästina intervenieren wird."

„Das mag vielleicht so sein. Unsere Armee ist immerhin nicht erst seit dem Teilungsbeschluss gut gerüstet. Wir haben unsere Streitkräfte schließlich nicht wegen der Juden gut aufgebaut, sondern zunächst wegen der Türken und dann wegen der Deutschen. Außerdem ist nicht König Abdullah die Ursache dafür, dass der Kampf gegen die Juden stattfinden soll, sondern eine Narretei der Vereinten Nationen, die uns in diese missliche Lage gebracht hat."

„Narretei?", wiederholte Kane verständnislos. „Die Briten haben doch nicht nur Ihrem Vater dieses Königreich als Gegenleistung für seinen Kampf gegen die Türken versprochen. Sie haben zur selben Zeit den Juden aus dem gleichen Grund ein Heimatland zugesichert. Doch nur das Versprechen, das Ihrem Vater gegeben wurde, ist bereits vor langer Zeit eingelöst worden. Das wissen Sie. Und außerdem sind Sie den Zionisten gegenüber bisher niemals feindlich gesinnt gewesen, König Abdullah."

„Nein, das nicht. Sie sind einfach bewunderungswürdig! Möglicherweise können sie uns sogar eine ganze Menge beibringen, was die Nutzbarmachung der Wüste anbetrifft. Aber die Grenzen des Teilungsplanes sind einfach unannehmbar. – Ganz und gar unannehmbar!"

„Immerhin sind Sie der Einzige, der den Juden eine Existenzberechtigung zugesteht."

„Und gerade diese Haltung macht mich in der Liga verdächtig. Viele meiner Brüder bezweifeln bereits meine Loyalität zur arabischen Sache."

„Aber dennoch sind Sie das Rückgrat all ihrer Pläne zur Eroberung Palästinas."

Der Herrscher sah Kane amüsiert an. „Ein Paradoxon, nicht wahr?" Kane nickte. „Es ist außerdem wohl bekannt, dass Sie und Haj Amin Husseini Todfeinde sind."

„Er hat auf der Seite der Nazis gekämpft, ich dagegen auf der der Alliierten. Und auch sonst haben wir beide nicht das Geringste gemeinsam. Aber auch rein gar nichts."

„Und doch ist er der Funke, der die Emotionen der Palästinenser entzündet hat. Er ist die Flamme, die Jerusalem verbrennt –"

„Worte, sagt man, sind mächtiger als das Schwert", bestätigte Abdullah. „Insbesondere, wenn sie Männer ins Schwert stürzen oder sie vom Schwert abbringen." Er ließ diesen Gedanken einen Moment im Raum stehen, bevor er das Thema wechselte. „Sie haben eine weite Reise hinter sich gebracht, um mit mir zu sprechen. Was haben Sie mir für Vorschläge zu unterbreiten?"

Kane stocherte geistesabwesend in seinem Essen, während er sorgsam seine Worte wählte. „Haj Amin wünscht für die arabischen Palästinenser einen unabhängigen Staat, in dem es keine Juden gibt und in dem Jerusalem die Hauptstadt ist."

„Das ist bekannt ..."

„Unsere Regierung glaubt jedoch, dass es einen Weg gibt, die konträren Wünsche von Arabern und Juden ohne kriegerische Auseinandersetzung zu befriedigen."

König Abdullah betrachtete lächelnd den schwarzen Kaffee in seiner Tasse. Was Kane bisher vorgebracht hatte, war nichts Neues. „Und wie soll das möglich sein?", fragte er gelangweilt, im Glauben, die Antwort bereits zu kennen. „Wie soll das geschehen, wenn die Arabische Liga nach einem Krieg gegen die Juden schreit?"

„Sie werden nicht ohne Sie kämpfen!"

„Das stimmt! Denn ohne meine Unterstützung werden sie wohl nicht siegen. Und es will schließlich keiner sinnlos sterben. Das Heer der Freischärler Haj Amins hat sich als eine Masse von Bauerntölpeln erwiesen. – Nein. Ohne meine Arabische Legion, da haben Sie völlig Recht, werden die anderen nicht kämpfen, höchstens gegeneinander."

„Ganz recht", versuchte Kane seinen Faden wieder aufzunehmen. „Wenn es ein Mittel gibt, weitere Feindseligkeiten zu unterbinden –"

„Zur Sache!"

„Nehmen wir einmal an, das Land, das dazu bestimmt ist, arabisches Land in Palästina zu werden, würde einfach Transjordanien angegliedert werden, kampflos."

Abdullah mimte Überraschung, obwohl er nicht im Mindesten überrascht war. „Eine politische Lösung also ...?" Er dachte augenscheinlich nach. „Und was geschieht mit Jerusalem?"

„Die Juden fordern, dass die Stadt unter internationale Aufsicht gestellt wird ..."

„Unter die Aufsicht der Vereinten Nationen, nehme ich an? Das wäre keine große Konzession an uns Araber. Wir könnten schließlich die Stadt mit Leichtigkeit einnehmen, ebenso wie das übrige Palästina."

„Aber um welchen Preis? Die Juden – ob Männer, Frauen oder Kinder – sind allesamt bereit zu sterben, Hoheit. Davon bin ich felsenfest überzeugt. Ich habe ihre Entschlossenheit mit eigenen Augen gesehen."

„Ja. Ich schätze die Situation genauso ein. Sie sind unglaublich starrköpfig, diese Juden. So starrköpfig, wie die Mauern um Jerusalem dick sind", seufzte er. Er blickte nachdenklich auf die blökenden Kamele, die gerade aus den Souks kamen. „Wenn ich Ihren

Vorschlag in Erwägung zöge, Mr. Kane, würden mich dann aber nicht meine Brüder – die Arabische Liga – als Verräter betrachten? Andererseits habe ich bereits eine ansehnliche Zahl von Soldaten in Jerusalem stationiert. Wir brauchen also nur noch leichten Druck auszuüben, und schon wird uns die gesamte Stadt zufallen. Was sollte mich also bewegen, Jerusalem den Vereinten Nationen zu überlassen? Und so, wie die *Stadt* bereits so gut wie in meinen Händen ist, so wird auch der Rest Palästinas bald mein sein. Das Staatsgebiet von Transjordanien wird dann aus jüdischem und arabischem Land bestehen. Warum sollte ich also einen Vorschlag in Erwägung ziehen, der mich in den Augen meiner Brüder schwächt? Ich habe doch bereits alle Trümpfe in der Hand."

„Es gibt nur einen einzigen Grund, König Abdullah, der mir dazu einfällt: Sie sind der Einzige, der weiteres Blutvergießen verhindern, der Einzige, der Haj Amin Einhalt gebieten und dem Krieg ein Ende bereiten kann."

Abdullah winkte frischen Kaffee herbei und überdachte unterdessen Tom Kanes Worte unvoreingenommen. „Vielleicht denke ich darüber nach, Mr. Kane. Ich nehme an, die Juden wären wohl verhandlungsbereit. Die Juden sind ja eigentlich immer zu Gesprächen bereit. Wir Beduinen dagegen sind Krieger. Zuerst kommt der Kampf, und erst wenn die Toten begraben sind, kommen die Gespräche." Bei diesen Worten lag kein Stolz in seiner Stimme. „Vielleicht denke ich über Ihren Vorschlag nach, obwohl ein derartiger Schritt für mich persönlich sehr gefährlich werden könnte. – Sie verstehen, was ich meine."

Kane nickte. Er empfand plötzlich Mitleid mit diesem orientalischen Herrscher. Ganz sicher würde eine diplomatische Lösung der Krise nach so vielen Schwüren, die Juden zu vernichten, den anderen arabischen Nationen wie Verrat erscheinen. „Wenn Sie sich einfach weigerten zu kämpfen ... würden die anderen bestimmt den Mut verlieren."

„Nicht alle, Mr. Kane. Vergessen Sie bitte nicht die, die den Mut nicht verlieren würden. Aber ich werde dennoch über Ihre Worte nachdenken." Er hob den Kopf, als horche er angestrengt. „Mein

Großvater war ein sehr weiser Mann", sagte er dann leise. „Er hat mir einmal eine Geschichte erzählt, die von zwei Jungen unseres Stammes handelt. Einer sagt zum anderen: ‚*Mein Vater ist der bedeutendste Mann unseres Stammes, weil außer ihm sonst niemand weiß, wie man gebrochene Knochen wieder richtet.*' Der andere aber trumpft auf: ‚*Mein Vater ist ein noch bedeutenderer Mann, weil er weiß, wie man verhindert, dass Knochen brechen.*'"

Kane nickte. Er wusste nun, dass König Abdullah entschlossen war, auf die eine oder andere Weise in Palästina zu herrschen. Aber es blieb immer noch die Frage offen, ob er vorhatte, gebrochene Knochen zu richten oder aber verhindern wollte, dass sie überhaupt brachen. „Wir haben nur noch wenig Zeit, um diese Frage zu lösen, Hoheit. Wären Sie bereit, einen Vertreter zu Friedensverhandlungen zu schicken?"

„Der Streitpunkt ist Jerusalem, Mr. Kane. Meine Arabische Legion hat bereits ihr Hauptquartier in der Altstadt. Sicher sind Sie darüber informiert. Wir werden Gespräche nur aus einer Position der Stärke heraus führen. Wir werden aber mit den Juden geheime Gespräche führen – unter gewissen Bedingungen ..."

„Das ist selbstverständlich. Wen werden Sie zu Ihrem Vertreter ernennen?"

Der Monarch stützte das Kinn in die Hand und erwiderte nach einigem Nachdenken: „Unser Kommandeur der Altstadtgarnison hält sich momentan in Jerusalem auf und ist ein gebildeter, vernünftiger Mann. Sein Name ist Fawsi Tell. Er ist Oberst und unter Glubb Pascha ausgebildet worden. Ihn werde ich schicken." Abdullah hielt inne und sah Kane mit durchdringendem Blick an. „Das darf jedoch unter keinen Umständen bekannt werden! Weder Haj Amin noch das Arabische Hochkomitee dürfen von dieser Konferenz erfahren! Dies darf nur eine Angelegenheit zwischen der Jewish Agency und den Männern sein, die sie als vertrauenswürdige Vertreter betrachten. Auch ein Vertreter der britischen Regierung sollte dabei sein und, natürlich, Sie selbst ..."

Dann beugte er sich mit finsterer Miene vor und fügte mit gesenkter Stimme hinzu: „Wenn allerdings dennoch etwas zu meinen

Brüdern in der Liga durchsickert, muss ich natürlich leugnen, davon Kenntnis gehabt zu haben."

Kane nickte. „Gewiss." Ihm wurde wieder einmal klar, dass er es mit einer Kultur zu tun hatte, in der der Mord an einem Herrscher nichts Außergewöhnliches war. Es waren schon andere Herrscher aus geringfügigeren Gründen als der Lösung der Palästina-Frage gestürzt worden.

Kane räusperte sich und sprach noch einen weiteren Punkt an: „Ihre Männer haben wieder einmal den Zugang zur Altstadt gesperrt, so dass keine Konvois mehr durchkommen. Die Juden haben darum gebeten –"

Abdullah winkte lächelnd ab. „Es kann nicht schaden, Lebensmittel hineinzulassen. Sagen wir, einmal pro Woche?"

„Einmal pro Woche ... Gut!"

„Natürlich nur, solange wir die Probleme diskutieren. – Vielleicht kommt ja einmal eine Zeit, in der es nichts mehr zu diskutieren gibt." Mit leicht zur Seite geneigtem Kopf und zuversichtlichem Unterton fügte er hinzu: „Ich habe menschliche Regungen in mir, Mr. Kane! Und meine Soldaten sind nicht der Pöbel Haj Amins! Unter meiner Herrschaft würden die Juden wenig zu fürchten haben."

Kane verschwieg, dass die Juden sich niemals mit einer arabischen Herrschaft abfinden würden. Er nickte nur und hoffte, dass diese Frage ein und für alle Mal beigelegt werden könnte.

## 26. Nach Hause

Ellie klammerte sich Schutz suchend an Davids Arm. Inmitten der Touristenströme, die sich auf der belebten Maria-Theresien-Straße drängten, und vor der mächtigen Kulisse der Nordkette, die sich – so greifbar nahe, als befände sie sich gleich hinter der Straße – mit ihren schneebedeckten Spitzen bis auf dreitausend Meter in den Himmel erhob, fühlte sie sich erdrückt und verletzlich. Wohin sie auch sah, überall waren fröhliche Menschen, die sich, paarweise oder in Gruppen, in einem bunten Sprachengemisch unterhielten. Nach einer ganzen Woche in stiller Abgeschiedenheit kam Ellie diese Geräuschkulisse misstönend und aufdringlich vor, und sie sehnte sich wieder nach dem Geflüster des Windes und dem Gezwitscher der Vögel zurück.

„Alles in Ordnung?", fragte David besorgt, als er ihre Anspannung spürte.

Sie schüttelte stumm den Kopf und blickte sich nach der Annasäule um, die sich mitten auf der Maria-Theresien-Straße erhob. Eine rote, völlig überladene Straßenbahn holperte gerade kreischend in großem Bogen um die Säule herum und entschwand dann hinter der nächsten Kurve.

„Ich möchte nach Hause", flüsterte Ellie verzagt. Ihr war zumute wie einem kleinen Kind am ersten Schultag. „Zurück nach Kitzbühel."

David warf ihr einen beunruhigten Blick zu. Auch ihm war nicht wohl, zumal gerade eine lärmende Gruppe von Amerikanern vorüberging. Er zog seine Mütze vorsorglich tief ins Gesicht. „Ich weiß, was du meinst." Er sah sich mit einem verzerrten Lächeln um. Dabei fiel sein Blick auf ein Schaufenster, in dem Kameras ausgestellt waren. Plötzlich kam ihm eine Idee. „Geh du allein weiter!", raunte er Ellie zu und schob sie drängend weiter. „Vielleicht ist es besser, wenn wir nicht zusammen gesehen werden." Auf ihre Leidenschaft anspielend, fügte er beruhigend hinzu: „Warum siehst du dir nicht die Kameras ein bisschen an?"

Sie drückte sich kurz an ihn und meinte schelmisch: „Du weißt aber doch, was passiert, wenn ich eine gute Kamera finde!" Schließlich fügte sie sich, löste sich von ihm und bahnte sich dann durch den Strom der Fußgänger einen Weg zum Fotoladen.

Im Schaufenster lag ein reichhaltiges Sortiment von Fotoapparaten, von ganz einfachen Taschenkameras bis hin zu aufwendigen Profigeräten. Doch nahezu jedes Gerät, stellte Ellie enttäuscht fest, war in Amerika hergestellt worden. *Natürlich,* ging es ihr durch den Kopf, *die ganze Wirtschaft ist ja durch den Krieg zerstört worden.*

Mit Bedauern dachte sie an ihre kostbare Leica, die ihre Eltern ihr zum Examen geschenkt hatten und die in der Nacht der Teilung brutal zerstört worden war. Von neuem packte sie der Zorn über diesen Verlust. Zwar hatte David ihr zu Weihnachten eine neue Leica geschenkt, aber auch sie war ja bereits Ellies abenteuerlichem Leben und unbändigem Drang zur Dokumentation zum Opfer gefallen.

Umso begehrlichere Blicke warf sie nun auf die ausgestellten Objekte. *Es wäre einfach wunderbar, wenn ich unseren Aufenthalt hier im Bild festhalten könnte: Herrn Wattenberger an der Werkbank, Frau Wattenberger beim Brotbacken und vielleicht unser antikes Ehebett. All das könnten wir dann später einmal unseren Enkelkindern zeigen,* dachte sie schmunzelnd.

Während sie so ihre Gedanken schweifen ließ, wurde ihre Aufmerksamkeit, ob sie wollte oder nicht, magisch von den Preisschildern angezogen. Sie trat näher an das Schaufenster heran und schirmte ihre Augen ab, um nicht von Spiegelungen in der Scheibe geblendet zu werden. Dennoch konnte sie alles, was hinter ihr lag, deutlich erkennen: die Menschen, die Arm in Arm an ihr vorbeigingen, die Läden auf der anderen Straßenseite und sogar die zackigen Grate der Berge, die gleich hinter den Zwiebeltürmen der Kirchen ins Firmament aufragten. Und dann sah sie auch sich selbst – das Haar unter einem Kopftuch verborgen, ihr sommersprossiges Gesicht und ihre Augen, die nun wieder voller Lebenslust blitzten. Ihre Angst war wie weggeblasen. Sie war eine ganz normale Touristin und machte in Innsbruck einen kleinen Schaufensterbummel.

Doch ihre Freude sollte nicht lange ungetrübt bleiben. Denn plötzlich bewegte sich ein Schatten in ihren Spiegel. In eine Welt, die aus fröhlichen Paaren und lärmenden Jugendgruppen bestand, trat ein einzelner Mann und verharrte regungslos im Halbschatten eines Ladeneingangs auf der gegenüberliegenden Straßenseite. Sein Gesicht konnte sie nicht erkennen. Wie hypnotisiert starrte Ellie, mit fliegendem Atem und zusammengekrampftem Magen, auf das Spiegelbild.

*Ob er wohl mein Gesicht sehen kann?,* dachte sie verzweifelt. Sie hielt eine Hand an die Wange, um zu verhindern, dass er ihr Gesicht genau betrachten konnte, und tat, als überlege sie angestrengt. Sie versuchte, ihn nicht zu beachten, doch ihr Blick wurde unweigerlich wieder von der Gestalt angezogen, die unablässig in diesen merkwürdigen Spiegel starrte. Im ersten Entsetzen wäre sie am liebsten zu David ins Fremdenverkehrsbüro gerannt, um ihr Gesicht an seiner Brust zu vergraben und sich hinter ihm zu verstecken wie ein Kind hinter den starken Beinen seines Vaters. Es gelang ihr jedoch, diesen Impuls niederzukämpfen und sich zur Vernunft zu rufen: *Nein. Der Mann würde dir folgen! Und wenn er hinter David her ist* ... Sie wagte nicht, den Gedanken zu Ende zu denken. Sie schloss für einen Moment die Augen, in der sinnlosen Hoffnung, ihr Beobachter sei vielleicht fort, wenn sie sie wieder öffnete. Doch er stand unverändert in dem Torbogen des kleinen Blumenladens, die Arme in selbstsicherer Entschlossenheit vor der Brust gekreuzt, und blickte offenbar gebannt auf ihren Hinterkopf.

Das Blut pulsierte laut in ihren Ohren. Sie nagte verzweifelt an ihrer Unterlippe und warf einen verstohlenen Blick zum Fremdenverkehrsbüro hinüber. Von David war weit und breit nichts zu sehen. Aber er würde sicher gleich kommen. *Was machen wir nur, wenn der Kerl ein Gewehr hat?* Unfähig, klar zu denken, ging sie mechanisch auf die Tür des Fotogeschäftes zu und öffnete sie. Eine Kuhglocke ertönte laut und blechern über ihr. Erschrocken hastete sie in den Laden und hatte dabei das Gefühl, blass und atemlos zu sein.

Im Laden roch es nach Entwicklerflüssigkeit, und ein alter Mann, mit der Reparatur einer Kamera beschäftigt, saß über einen Arbeitstisch gebeugt. Beim Klang der Glocke blickte er auf, und Ellie stellte erstaunt fest, dass er sie sehr an den alten Gepetto, den Vater *Pinocchios,* erinnerte. Seine Nickelbrille saß ihm vorne auf der Nasenspitze, und eine graue Haarsträhne war ihm in die Stirn gefallen. Er lächelte freundlich und ging zum Ladentisch hinüber. Als er Ellie aus der Nähe sah, meinte er besorgt: „Sie sind aber blass, mein Fräulein. Fehlt Ihnen was?"

Ellie wagte nicht, nach draußen zu sehen, und blickte sich nervös im Laden um. Die Regale waren angefüllt mit Waren und Vergrößerungen von Bergmotiven. „Ein bisschen kurzatmig, glaube ich", erwiderte sie, zwar auf Deutsch, doch mit nicht zu überhörendem amerikanischen Tonfall. Sie ging in den hinteren Teil des Ladens und wagte erst von dort aus, einen Blick nach draußen zu werfen.

„Sie sind Amerikanerin?"

„Ja. Ich warte auf mein Mann. Er ist im Fremdenverkehrsbüro beschäftigt und holt Lebensmittelkarten, wissen Sie", sprudelte sie hervor. „Ich bin Fotografin." *Du redest zu viel! Halt den Mund, du Idiotin!* „Ich meine ... ich mache gerne Bilder ... ich meine, ich würde gerne lernen, wie zu machen Bilder von diese Stadt." Sie blickte nervös nach draußen – der schattige, etwas zurück liegende Eingang des Blumenladens war nun leer – und fragte den amüsiert dreinblickenden Inhaber des Fotoladens nun unverblümt: „Haben Sie ein Teleobjektiv?" Warum sollte sie so tun, als sei sie Amateurin? „Oder ein Weitwinkelobjektiv?"

Der Alte hob erstaunt die Brauen. Das war in der Tat eine ungewöhnliche Frage für eine Amateurin, die nur an Schnappschüssen interessiert war. „Ja ...", antwortete er daher etwas zögernd.

„Könnte ich sie bitte borgen eine Minute?", fragte sie hastig.

Er kramte in einem Holzschrank und holte eine Kamera hervor. Als Ellie den Namen las, verschwammen ihr die Buchstaben vor den Augen: *Leica!* Ehrfürchtig nahm sie die Kamera entgegen und blickte dann, als wolle sie das Objektiv prüfen, durch den Sucher zur Eingangstür des Blumenladens. Der Beobachter war und blieb verschwunden. Ellie konnte durch das Teleobjektiv deutlich das

Schild mit den Öffnungszeiten des Ladens erkennen. Gerade kam eine stattliche Frau in einem grünen Lodenkostüm aus dem Laden, aber der Mann war nirgendwo zu sehen.

„Das ist wirklich eine ausgezeichnete Kamera“, bemerkte der Fotoverkäufer, während sie fortfuhr, die Straße abzusuchen.

„Ja“, erwiderte Ellie einsilbig. *Du hast dir das wohl alles nur eingebildet,* dachte sie etwas verlegen.

„Aber diese Kamera ist nicht für jeden geeignet, Fräulein“, meinte der Verkäufer mit einem leisen Lächeln. „Eine amerikanische Kodak ist gerade das Richtige für den Urlaub.“

Ellie ließ die Kamera sinken. Ihren Rücken dem kleinen Gepetto zugewandt, suchte sie, nun ohne Hilfe des Objektivs, immer noch die Straße ab und fragte geistesabwesend: „Warum Sie legen diese Kamera nicht ins Schaufenster?“

Der Mann zuckte die Achseln. „Das ist eine deutsche Kamera. Und Amerikaner mögen immer noch keine deutschen Waren.“

„Wie viel kostet die?“, fragte sie, doch ihre Stimme verriet, dass sie eigentlich mit ganz anderen Dingen beschäftigt war. Doch trotz ihrer Angst brachte sie es einfach nicht über sich, aus dem Laden zu gehen, ohne den Preis dieser kostbaren Vorkriegskamera erfragt zu haben.

„Eine schöne Kamera, Fräulein.“

„Aber niemand will sie haben! Dann sollte sie sein billiger als ein Kodak.“

Eine Viertelstunde später, während der Verkäufer noch dabei war, Ellies neue Errungenschaft einzupacken, erschien David plötzlich im Laden, das Gesicht kalkweiß und die Augen schreckensweit aufgerissen. Er wischte sich dicke Schweißperlen von der Stirn. „Komm!“, war das Einzige, was er hervorbrachte.

Ellie begriff sofort, dass irgendetwas Schreckliches passiert sein musste. Sie klemmte sich rasch das Paket unter den Arm und folgte ihm. Vielleicht war ihre Beobachtung doch keine Einbildung gewesen! Sie brachte es nicht fertig zu warten, bis sie aus dem Laden waren, und fragte schon im Hinausgehen, unter dem lautstarken Geläut der Kuhglocken: „Was ist passiert?“

David schluckte schwer und holte eine zusammengerollte Zeitung aus seiner Manteltasche. „Es steht in der Zeitung. Namen. Daten. Orte ... Es steht alles in der Zeitung!"

Ellie riss entsetzt die Augen auf. „Über uns?"

Er nahm sie am Arm und zog sie rasch mit sich fort. *„Alles* über uns. Alles außer unseren *Namen!"*

„Jemand hat mich beobachtet", begann sie zögernd. *„Glaube* ich jedenfalls. Er stand gegenüber, im Eingang eines Blumenladens."

David beschleunigte seine Schritte. „Wir müssen sofort zurück! Nach Kitzbühel", stieß er hervor. Seine Finger krallten sich ihr in den Arm.

* * *

Unter dumpfen, trauervollen Trommelklängen wand sich die Karfreitagsprozession durch die Herzog-Friedrich-Straße und die schmalen Straßen der Innsbrucker Altstadt. Ellie war bei diesen Klängen zumute, als ginge sie zu ihrer eigenen Beerdigung.

Männer und Frauen in Trachtenkleidung folgten einem riesigen Holzkreuz, das hoch über ihren Köpfen schwankte. Hinter dem Kruzifix trugen mehrere Männer ein hölzernes Bildnis von Maximilian I., der in Krone und Krönungsgewändern kniend ins Gebet vertieft war.

David versuchte sich einen Weg durch die Menge zu bahnen, indem er immer wieder „Bitte!" rief, ein Wort, das ihm unverfänglich erschien. Sie kamen am „Goldenen Dachl", dem berühmten Erker vorbei, von dem aus, wie sie von Frau Wattenberger wussten, Maximilian I., der von seinem Volk als „der letzte Ritter" verehrt wurde, noch im sechzehnten Jahrhundert mit seinem Hof den Ritterspielen beigewohnt hatte.

Als Ellie nun zu dem Erker aufblickte, sah sie amerikanische und britische Offiziere, die sich im Ruhme der Eroberer sonnten, die Prozession mit herablassendem Lächeln verfolgten und sie augenscheinlich mit spöttischen Bemerkungen kommentierten. Nur einer war unter ihnen, der seine Mütze abnahm, als der gekreuzigte

Christus vorbeigetragen wurde. Für die anderen war die Prozession nur ein hübscher, altmodischer Tiroler Brauch. Ellie sagte sich, dass den Männern wohl nicht bewusst war, dass sogar Kaiser Maximilian, der einmal an derselben Stelle gestanden hatte wie sie, sein Haupt demütig vor einem größeren Herrn geneigt hatte.

Auch David blickte nun zum Erker hinauf. Doch im selben Augenblick zuckte er wie vom Schlag getroffen zusammen. Hastig zog er seine Mütze tief in die Stirn und drängte wieder: „Komm! Schnell! Der eine da auf dem Balkon! Der Oberst neben dem britischen Offizier. Das ist John Greely – von der Neunten, in Nordafrika."

„Kennt er dich denn?", fragte Ellie erschrocken und sah unwillkürlich noch einmal zum Erker hinauf.

„Das kann man wohl sagen." David schob sich durch eine Gruppe von Nonnen. „Er war der Kommandeur meiner Staffel."

Ellie spürte, wie sie erbleichte. Es gab wirklich keinen sicheren Ort mehr auf der Welt für sie. Auf jeden Fall nicht hier. Ganz Europa war ja besetztes Gebiet. Und David war nun einmal eine bekannte Persönlichkeit. Wenn er nicht seine Bundhose, seinen Bart und den Tiroler Hut trüge, hätte ihn zweifellos schon längst jemand erkannt.

Er führte sie in eine Nebenstraße mit dreistöckigen Häusern, die mit ihren Erkern und üppigen Stuckfassaden einem Märchenbuch entstiegen schienen. Auch hier war das unheimliche Trommeln noch zu hören, und Ellie dachte voller Entsetzen wieder an den amerikanischen Oberst. Sie blickte sich gehetzt um. Doch alles, was sie sah, war eine Mauer aus Zuschauern am anderen Ende der Gasse.

„Wir werden uns auf unserem Bauernhof verkriechen", meinte David, der sich inzwischen wieder etwas gefasst hatte, beruhigend. „Dort sind wir sicher, Els." Doch seine Stimme verriet, dass er selbst seine Worte in Zweifel zog. „Dort bleiben wir eben, so lange es geht. Das heißt, bis wir zurückkönnen."

„Zurück? Ja, wohin denn?", fragte sie erstaunt. Sie wagte kaum zu atmen. Hinter jedem Fensterladen vermutete sie einen Verfolger.

„Nach Palästina natürlich. Wenn die Engländer raus sind. Sonst können wir ja nirgendwohin." Er sah ihr in die Augen. „Wenn die

Engländer weg sind, haben wir dort nichts mehr zu befürchten. Dann können wir endlich nach Hause."

„Nach Hause", wiederholte sie verzagt. „Nach Santa Monica, David? In die Staaten?"

Er schüttelte grimmig den Kopf. „Nein. Das wahrscheinlich noch lange nicht. Ich meine Israel, Schatz. Das ist jetzt alles, was uns noch bleibt."

* * *

Der Zug nach Kitzbühel war fast leer. Die meisten Touristen würden Innsbruck erst nach der Karfreitagsprozession mit dem Spätzug verlassen. Herr Wattenberger würde dies auch von Ellie und David annehmen und sie daher noch nicht am Bahnhof erwarten. Aber David nahm an, dass es nicht schwierig sein würde, einen Schlitten für den Weg zum Bauernhof zu mieten.

Sie starrten beide schweigend auf die hohen Berge, deren weiße Spitzen in der nachmittäglichen Sonne glitzerten.

Ellie dachte nicht einmal daran, die kostbare deutsche Kamera auszupacken. Sie hatte das Paket auf den leeren Sitz neben sich gelegt, damit niemand auf den Gedanken kam, sich neben sie zu setzen.

David hatte aus demselben Grunde seinen Hut und den unberührten Picknickkorb neben sich gestellt. Nun saßen sie einander gegenüber, Knie an Knie, und wagten nicht, sich anzusehen, aus Furcht, ein unbedachtes Wort zu sagen. Sie würden sich erst wieder in ihrem kleinen Zimmer über Frau Wattenbergers Küche unterhalten können.

Ellie sehnte sich nach der Wärme und der Sicherheit der Fachwerkwände. Doch das Haus schien so weit fort ... unerreichbar weit.

Die Ruinen einst mächtiger Burgen glitten vorbei. Hinter ihren massiven Mauern hatten Fürsten und Ritter ihre Kreuzzüge ins Heilige Land geplant. Tausende von Menschen waren von dort aus losgezogen, um die Heilige Stadt Jerusalem von den muslimischen Eroberern zu befreien.

Mordend und plündernd waren sie, in einer Art christlichem Jihad, über den Kontinent gezogen und hatten im Namen Christi Unmengen von Blut vergossen. Und als die Mauern Jerusalems schließlich ihrem Ansturm nachgegeben hatten, waren in Palästina die gleichen mächtigen Burgen errichtet worden. Darüber hinaus hatten die Kreuzritter zahlreiche Reliquien im Heiligen Land entdeckt und zum Tausch oder Verkauf nach Europa gebracht. Es waren so viele Teile des wahren Kreuzes verkauft worden, dass man damit einen ganzen Berg bewalden könnte.

Aber über all dem war der Eine, der am Kreuz gestorben war, in Vergessenheit geraten. Ebenso wenig wie die Menschen auf dem Balkon unter dem „Goldenen Dachl" hatten sich die Eroberer demütig vor einem größeren Herrn verneigt. In ihrer Blutrünstigkeit und Gier nach heiligen Relikten hatten sie vergessen, dass der König, für den sie zu kämpfen vorgaben, aus freiem Willen sein Leben hingegeben hatte, um die Sünden zu sühnen, die sie begingen. Und als einer von Jesu Jüngern das Schwert gezogen hatte, um ihn zu verteidigen, hatte Jesus nur gesagt: „Die, die vom Schwert leben, werden durch das Schwert umkommen ..."

Bei diesem Gedanken liefen Ellie kalte Schauer über den Rücken, und sie blickte erschrocken zu David. Der hatte die Burgruinen ebenso versonnen angestarrt wie sie und sah nun verwirrt auf.

„Worüber denkst du nach?", fragte er leise.

„Über die Burgen ... und die Männer, die sie erbaut haben."

„Diese Burgen sind von derselben Art von Männern erbaut worden, die auch Kastel am Bab el Wad haben errichten lassen."

David betrachtete einen Steinhügel, der einmal ein mächtiger Turm gewesen war. „Sieht wirklich aus wie Kastel. Sie haben wohl denselben Architekten gehabt." Bei dem Stichwort „Kastel" war er mit einem Schlag wieder in der Realität. Er dachte an Mosche, und ein Schatten glitt über sein Gesicht. „Die ganze Zeit über hab ich nicht mehr an unsere Leute dort gedacht. Bis heute. Weder an Kreuzfahrerburgen noch an heilige Kriege, nur an dich." Er versank abermals in Schweigen. Unterdessen erklomm der Zug stampfend eine lange Anhöhe und ließ das Tal allmählich hinter sich.

„Es war aber wunderschön", sagte Ellie wehmütig, „wunderschön, einmal all das, was wir zurückgelassen haben, zu vergessen."

„Das klingt ja so, als ob das nun alles vorbei sei."

Sie blickte auf die zusammengefaltete Zeitung. „Die Kreuzfahrer hatten uns gegenüber einen Vorteil: Die Buchdruckerkunst war noch nicht erfunden."

„Tja." David massierte sich die Schläfen. „Dieser Crabtree macht einem schon ganz schön Kopfschmerzen. Würdest du ihn eigentlich erkennen, wenn er dir über den Weg liefe?"

„Nein. Ich hab nicht die leiseste Ahnung, wie er aussieht. Der Kerl vor dem Blumenladen –" Sie überlegte. „Ich dachte schon, vielleicht ... aber das ist ja unmöglich. Unmöglich!"

„Wir müssen uns eben auf dem Bauernhof verkriechen, Els."

„Aber wie lange können wir das durchhalten?"

„In ein paar Wochen ziehen die Briten aus Palästina ab. Dann haben wir das Land für uns und damit einen Ort, zu dem wir heimkehren können. Aber bis dahin bleiben wir in Kitzbühel – bei den Wattenbergers." Er zwinkerte ihr verschmitzt zu. „Dort lernst du immerhin kochen. Und vor deinem ersten Alleinflug entlasse ich dich nicht aus der Grundausbildung." Bei diesem Stichwort wurde er erneut nachdenklich.

„Was ist? Was ist los, David?"

„Apropos Grundausbildung ..." Er fuhr sich zähneknirschend mit den Fingern durchs Haar. „Wir haben doch diese ME 109 gekauft. – Auch an die hab ich nicht mehr gedacht! Die Vogelscheuche und ich haben doch ein paar Piloten angeheuert, als wir in den Staaten waren. Wegen der C 47 mach ich mir keine Sorgen. Martin Feinsteinel und seine Leute in Panama haben das alles im Griff. Alles, was sie tun müssen, ist, nach Prag fliegen, die Fracht einsammeln und dann weiter nach Palästina –"

„Das können sie doch auch ohne dich, David. Dafür brauchen sie dich nicht."

Er sah ihr durchdringend in die Augen. „Nein. Aber sie brauchen mich zur Ausbildung der Jagdflieger für die ME 109 –"

„Warum?"

„Immerhin war ich es, der den Vorschlag gemacht hat, die Kisten zu kaufen. Ich hab die Mannschaft ausgesucht ... Sie ist wahrscheinlich schon unterwegs nach Europa."

„Wohin denn in Europa, David? Wir sind doch weitab vom Schuss. Und noch dazu ohne Hoffnung auf eine Kontaktmöglichkeit. Außerdem finden sie sicher jemand anderen, der sie einweist."

„Nur, wenn sie einen ehemaligen Luftwaffenpiloten anheuern, Schatz. Ich bin nun mal einer von den ganz wenigen Amerikanern, die sich mit diesen Vögeln auskennen – und Martin wird bitter Deckung nötig haben, wenn er die Fracht nach Palästina fliegt. Die Araber haben nämlich britische Piloten angeheuert – von der Royal Air Force. Und sie haben jede Spitfire aufgekauft, die aufzutreiben war!"

„Wo sollten sich die Piloten denn treffen?", fragte Ellie resigniert. David sah hilflos aus dem Fenster. „Das genau ist der kritische Punkt ... Ich weiß es nicht! Als ich damals in Palästina gelandet bin – du weißt schon, mit dem Flugzeug voller Munition und Angela Montgomery und der Vogelscheuche an Bord – da hab ich doch gleich schon wieder den Auftrag bekommen, die *Trina* in die Luft zu jagen. Kein Mensch konnte doch ahnen, dass das alles so total schief gehen und ich keine Möglichkeit haben würde, zurückzukehren. Deshalb haben wir es auch nie besprochen." Er zuckte hilflos die Achseln. „Ich weiß es nicht. Ich weiß rein gar nichts." Die Zeitung entglitt ihm und fiel zu Boden. Er achtete nicht darauf und fuhr düster fort: „Dieser Crabtree scheint mehr zu wissen als wir. Ich wette, er könnte uns auch sagen, wie wir das Hauptquartier des Mossad erreichen können."

„Wenn er es wüsste, stünde es auch in der Zeitung", unkte Ellie. „Und wenn er wüsste, wo wir sind –"

„Niemand weiß, wo wir sind. Nicht einmal die Leute, die es wissen sollten." Er beugte sich vor, um die Zeitung aufzuheben. „Über die Piloten nachzudenken ist wahrscheinlich sinnlos ... völlig sinnlos. Wenn sie mich brauchen – wenn Avriel mich braucht –, wird er mich finden müssen ... bevor es jemand anders tut."

# 27. Der Waffenstillstand

„Wozu soll dieses Treffen überhaupt gut sein, Hoheit?", fragte John Glubb verständnislos. „Wozu haben Sie sich überhaupt der Strapaze unterzogen, ein Gespräch mit diesem Amerikaner –"

König Abdullah lächelte, als verstünde er Glubbs Einwände nicht. „Wozu die Aufregung? Mein lieber Glubb Pascha!" Er spreizte ungeduldig die Hände und fügte erklärend hinzu: „Wir haben doch keine andere Wahl, als mit den Amerikanern zu verhandeln ... Wir haben keine andere Wahl, als mit jedem zu verhandeln, der eine vernünftige Lösung dieser Angelegenheit vorzuweisen scheint!" Er schien in Hochstimmung.

„Dann sind Sie doch für die Internationalisierung Jerusalems?"

„Niemals!" Abdullah winkte Kaffee herbei. „Jerusalem wird zu meinem Reich Jordanien gehören ... Das steht fest." Und mit gen Himmel gewandtem Blick fügte er hinzu: „Inch Allah."

„Dann ist ein solches Treffen doch reine Zeitverschwendung!" Glubb schlug sich mit seiner Mütze ungeduldig aufs Knie.

„Sie sind eben nur Soldat, Pascha. Ich aber bin Staatsmann", wiederholte Abdullah gönnerhaft lächelnd. „Haj Amin dagegen ist ein Schlächter und die einzig wirkliche Bedrohung für mich. Die Amerikaner erkennen ihn allerdings nicht als Machtfaktor an, wohl aber die Juden, die ihn jedoch nicht ausschalten *können.* Und die Briten *werden* ihn nicht ausschalten. Ich aber werde meinen persönlichen Nutzen aus dieser Situation ziehen."

„Wie kann er denn irgendjemandem von Nutzen sein?"

„Das werden Sie schon sehen, Glubb Pascha, sehr bald sogar. Bei unserer kleinen Konferenz morgen früh wird – von jeder Partei, die an der Jerusalem-Frage interessiert ist – ein Repräsentant zugegen sein: Dieser Amerikaner, ein Vertreter des jüdischen Viertels der Altstadt, ein Vertreter der Jewish Agency, – natürlich ein Engländer, dann noch ein Mitglied unserer Streitkräfte sowie je ein Vertreter der Syrer und der Irakis. Und natürlich meine Wenigkeit. Nur der Vertreter *einer* großen Partei wird fehlen ...

„Haj Amin."

„Lassen Sie es uns so formulieren: Er wird zumindest nicht als *Diplomat* zugegen sein!"

„Ich verstehe noch immer nicht, Majestät!"

„Hofft die Welt ihrer Ansicht nach darauf, dass wir eine dauerhafte Lösung für Palästina finden?"

„Ja."

„Dann hofft sie doch auch, dass wir Jerusalem endlich zum Zentrum des Universums erheben! Als internationalisierte Stadt!"

„Das ist doch auch der Sinn des Treffens oder nicht?"

Der Monarch beugte sich vor und blickte Glubb durchdringend an. „Sie haben mich noch immer nicht verstanden, Glubb Pascha! Jerusalem und ganz Palästina sind eine reife Frucht, die nur darauf wartet, gepflückt zu werden. Und es steht außer Zweifel, dass sie zu Jordanien gehören wird! Dieser palästinensische Verrückte muss einfach so schnell wie möglich erledigt werden ... Dann wird es uns rasch gelingen, Jerusalem allein durch *Gespräche* zu annektieren. Wir müssen nur die Stimme der Vernunft sein! Soll doch Haj Amin ruhig als der Schlächter des Nahen Ostens dastehen. Die westlichen Nationen aber verhandeln nicht mit Schlächtern."

John Glubb überdachte Abdullahs Politik still für sich und fasste sie dann in seinen eigenen Worten zusammen: „Wenn ich Sie richtig verstehe, wollen Sie sich also Palästina kampflos einverleiben?"

„Genau!" Der König lehnte sich entspannt zurück, zufrieden, dass er sich endlich verständlich gemacht hatte. „Einer muss schließlich der schwarze Peter sein, wie die Westler sagen. Und diese Rolle steht Haj Amin nun einmal ausgezeichnet zu Gesicht. Ich werde nur dafür sorgen, dass dies auch allen deutlich wird. Und danach wird die westliche Welt nur noch hoffnungsvoll auf mich blicken –"

„Und was ist mit den Verhandlungen in der Altstadt?"

„Die Christen sind so freundlich gewesen, ihr Viertel für Friedensverhandlungen zur Verfügung zu stellen. Haj Amin wird dort nicht vertreten sein, weil er sich weigert zu verhandeln. Doch alle anderen werden da sein, und ..."

„Ja?"

„An diesem Tag werden die Augen der Welt auf das christliche Viertel gerichtet sein ... Es ist doch der heilige Tag der Christen, nicht wahr?"

John Glubb kannte die Karsamstagstraditionen in Jerusalem sehr wohl. „Natürlich. Ich dachte, Sie hätten diesen Termin gewählt, weil die Altstadt an diesem Tag problemlos zugänglich ist. Es ist ja sogar für diesen Tag ein Waffenstillstand angekündigt."

„Aber Haj Amin hat diesem Waffenstillstand bisher nicht zugestimmt, Glubb Pascha. Und er wird ihm auch nicht zustimmen!"

„Aber er wird doch auch nichts von dem Treffen erfahren."

Wieder lächelte König Abdullah. „Oh, er muss *unbedingt* davon erfahren!"

„Aber dann wird es zu Gewalttätigkeiten kommen."

„Natürlich. Selbstverständlich wird es zu Gewalttätigkeiten kommen. Aber dann wird die Welt davon überzeugt sein, dass es ein Unding ist, Jerusalem zur internationalen Stadt erklären zu wollen."

„Aber –" John Glubb wollte einen weiteren Einwand beginnen. Doch dann hielt er inne und dachte noch einmal über die Worte des Königs nach. Abdullah hatte Recht. Er war nur Soldat. Er hatte kein Händchen für politische Intrigen. „Und was dann?"

„Dann werden Sie sehen, Glubb Pascha, dass die Heilige Stadt in meine Hände übergehen wird. Vielleicht gelingt es mir ja sogar, mit den Juden allein zu verhandeln. Vielleicht aber lässt sich ein Kampf nicht vermeiden. Wie dem auch sei. Eins ist jedenfalls sicher: Haj Amin und seine palästinensischen Fanatiker werden nicht nur bei unseren Brüdern aus der Arabischen Liga in Misskredit geraten, sondern auch in der ganzen Welt. Mein Hass auf Haj Amin macht mich sogar zum Bruder der Juden!"

Zufrieden mit sich und der Welt, klatschte er in die Hände. „Es gibt kein anderes Volk, das die Ländereien Palästinas so gut verwalten könnte. Ich werde gütig und wohlwollend zu den Juden sein. Sie werden es erleben, Glubb Pascha. Und die Juden werden um Frieden flehen. Sie werden zu mir kommen und mich um Schutz anflehen ..., den ich ihnen mit Freuden gewähren werde."

Ein Funken des Verständnisses blitzte in Glubbs Augen auf. „Nun, das ist tatsächlich auch eine Art, Krieg zu führen. Sie können ihn gewinnen, wenn es Ihnen gelingt, als der einzig Vernünftige zu erscheinen. Ich nehme an, dass dann –"

Der kleine König nickte eifrig. „Na also. Nun verstehen Sie mich ja." „Und was haben Sie morgen mit Haj Amins Freischärlern vor?" „Ich glaube, wir sollten die Nachricht von dem Treffen einfach diskret und gezielt ausstreuen. Ich bin sicher, dass Haj Amin über Leute verfügt, die sie aufnehmen und weiterleiten." Er zupfte nachdenklich an seinem Spitzbart und fügte hinzu: „Schicken Sie jedoch keinen hochrangigen Beamten zu dem Treffen. Wie ich den Mufti kenne, wird er versuchen, uns mitten ins Herz zu treffen, und ich möchte nicht, dass eine wichtige Persönlichkeit zu Schaden kommt."

* * *

Es sollte eine festliche Abendmahlzeit mit Lammeintopf und frischen Früchten werden, die Rachel mit Hilfe von Sarais aus der Altstadt mitgebrachten Lebensmitteln zubereitete. Als sie die junge Frau gefragt hatte, mit welchem Geld sie denn die Ziege und die Lebensmittel bezahlt habe, hatte Sarai nur achselzuckend erklärt, sie habe etwas sehr Wertvolles verkauft. Worum es sich dabei handelte, hatte sie jedoch nicht verraten. Sie hatte nur einen Haufen Goldmünzen mit den Worten auf den Tisch gelegt: „Dies ist für meine Unterkunft. Und vielleicht ihr erlaubt mir, andere Dinge zu kaufen, wenn ich gehe zurück in die Altstadt."

Mosche hatte sich spontan gefragt, ob sich das Mädchen vielleicht den Soldaten der Arabischen Legion verkauft habe, sich dann aber mit der Überlegung beruhigt, dass Prostituierte nicht so viel Geld verdienten, wie Sarai mitgebracht hatte. Daraufhin war er zur Jewish Agency gegangen und hatte die beiden Frauen allein zurückgelassen.

Rachel hatte sofort mit der Zubereitung des Eintopfs begonnen und probierte nun genüsslich das Gemisch aus Lammstücken, süßen Zwiebeln und Knoblauch. Dies versprach die beste Mahlzeit zu werden, die sie genossen hatte, seit sie in Palästina war. Nein, korrigierte sie sich lächelnd, tatsächlich war dies die beste Mahlzeit seit vielen Jahren.

Plötzlich vernahm sie hinter sich ein raschelndes Geräusch, und als sie sich umdrehte, stand Sarai auf der Türschwelle. Rachel war überwältigt. Das Mädchen trug ein knöchellanges, lavendelfarbenes Kleid, dessen Kragen, Ärmel und Rockteil von leuchtenden, filigranen Stickereien geziert wurden. Das Kleid schien wie geschaffen für einen jungen, lebensfrohen – und sehr schönen Menschen. Rachel konnte kaum glauben, dass eine alte Frau so ein Kleid getragen haben sollte.

Sarai hatte sich dazu ein purpurfarbenes Seidentuch um Kopf und Hals geschlungen, das das vollkommene Oval ihres Gesichtes einrahmte. Ihre olivenfarbene Haut schimmerte wie poliertes Holz, und ihre Augen, die von einem sehr dunklen Braun, ja nahezu schwarz waren, stellten einen reizvollen Kontrast zu dem makellosen Weiß ihrer Zähne dar, die hinter den vollen Lippen blitzten.

„Du bist ... wunderschön", stammelte Rachel in ehrlicher Bewunderung.

Sarai reagierte verwirrt und verlegen. „Meinst du? Wirklich?"

„O ja! Ganz bestimmt!"

Sarai deutete zweifelnd auf ihren Kopf und stammelte: „Aber meine Haare ..."

„Ach, das merkt man gar nicht! Überhaupt nicht", beruhigte Rachel. „Ich habe dir doch gesagt, dass die verheirateten orthodoxen Jüdinnen ihr Haar manchmal ganz kurz schneiden. Du würdest also gut zu ihnen passen, nur dass du viel hübscher bist!"

„Das schwarze Kleid", erklärte Sarai zögernd und leise. „Ich habe gerissen, als ich kletterte über Zaun. Und dann war da die Ziege ... Ich kann flicken das Kleid morgen, ich konnte es nicht tragen am Tisch, weil es riecht nach Ziege." Sie lächelte verlegen, und Rachel war erneut von der herben Schönheit der jungen Frau beeindruckt.

„Aber das ist doch gut so! Ich freue mich über den Ziegengeruch, weil du deswegen dieses Kleid angezogen hast! Miriam wäre wirklich stolz, wenn sie dich so sehen könnte. Du bist ... wie ein Blumengarten."

„Ich ... würde gerne kennen lernen diese Miriam", gestand Sarai zögernd und strich nachdenklich über das weiche Gewebe des Kleides. „Ihre Arbeit ist ... Ich glaube, sie hat sie gemacht aus etwas sehr Schönem in ihrer Seele. Nur die Alten können so sticken. Und ... ich habe noch nie gesehen solch eine Schönheit bei christlicher Stickerei."

„Du kannst der Stickerei ansehen, dass sie von der Hand einer Christin stammt?", fragte Rachel erstaunt. Sie trocknete sich die Hände und befühlte prüfend Sarais Kleid.

„O ja ... Man kann sogar sagen, aus welches Dorf sie kam. Siehst du –" Sarai deutete auf einen üppigen Strauß Lupinen, der ihre linke Schulter umrahmte. „Hier sie schreibt von Bethlehem ..."

„So? Von Bethlehem?" Rachel betrachtete eingehend die Wirbel und Blumenarrangements und fragte sich erstaunt, woran Sarai dies nur erkennen konnte.

Sarai strich wieder liebevoll über den Stoff. „Ja. Sie liebt Geschichten von Bethlehem ... Diese ist, wie man kann lesen, die Geschichte von eine Frau, die heißt Ruth. Eine schöne Geschichte! Ich habe nie gelesen eine so schöne Geschichte. Wir durften nur lesen Koran, und Koran ist gar nicht so schön."

Rachel sah immer noch unverwandt auf die mit glitzernden Goldfäden gestickten Blüten und Weizenhalme. „Die Geschichte von Ruth?", wiederholte sie ungläubig.

„Ja!", rief das Mädchen aus und begann voller Begeisterung zu erzählen: „Ich habe sie eben gelesen und dachte, sie ist vielleicht geschrieben für mich! Hier!" Sie deutete auf Blüten, die in einem dunklen Purpurton gestickt waren. „Hier die Geschichte erzählt von der Frau Ruth.

Sie war keine Jüdin. Überhaupt nicht. Sie kam aus dem Land Moab." Sie deutete in Richtung Osten. „Moab ist da, wo heute liegt Transjordanien. Ruth war eine Araberin aus Moab, die heiratete einen Juden."

„Bitte erzähle weiter, Sarai!“, forderte Rachel sie fasziniert auf. „Wo siehst du nur all diese Dinge?“

Das Mädchen blickte Rachel an, als sei sie ein unwissendes Kind, und meinte erstaunt: „Es steht doch alles da! Siehst du nicht die Buchstaben?“

Rachel schüttelte verständnislos den Kopf. „Nein.“

„Kannst du nicht lesen?“

Nun erst gewahrte Rachel, dass es sich bei den Mustern um arabische Schriftzeichen handelte, und antwortete zögernd: „Kein Arabisch.“

„Dann werde ich dir lehren.“ Sarai nahm sie bei der Hand und führte sie zu einem Stuhl. „Setz dich!“

Rachel gehorchte immer noch gebannt. „Dann lehre mich.“

„Die Geschichte von Ruth ist geschrieben für uns, meine Feindin“, begann Sarai mit weicher Stimme. „Es ist die Geschichte von zwei Frauen ... einer Araberin und einer Jüdin ... Zuerst war ihr Leben vereint durch Leid ... und dann durch Liebe. Sie lebten zusammen in Moab, einem arabischen Land. Beide hatten verloren ihre Männer ... Möge Allah dich vor solchem Leid bewahren!“

Rachel sah, wie Sarais brauner Zeigefinger der wunderschönen Geschichte von Ruth und Naomi nachfuhr. Mit einem Gefühl der Ehrfurcht erkannte sie, dass die alte Miriam ein Kunstwerk hinterlassen hatte, das wie dazu geschaffen war, die kranke Seele dieser jungen Araberin zu heilen.

Sarai fuhr in ihrer Erzählung fort: „Und als ich habe gelesen diesen Teil von der Geschichte, Rachel, ich wusste, dass es ist *meine* Geschichte. Und auch *deine.* Hier du siehst die Worte, die beschreiben Ruths Herz, als Naomi ihr sagt, sie soll zurückgehen. Aber Ruth kann nicht zurück. Sie hat kein Ort, wo sie kann hingehen. Keine Familie. – Wie ich!“

Ihr Finger folgte den Linien eines verschnörkelten Turms, dessen Farben von Rot über Blau in tiefes Purpur übergingen, und sie las vor:

„Ruth antwortete: Dringe nicht in mich, dass ich dich verlasse und von dir weg heimkehre. Wo du hingehst, da will auch ich hingehen, und wo du bleibst, da bleibe auch ich; dein Volk ist mein Volk, und dein Gott ist mein Gott. Wo du stirbst, da sterbe auch ich, da will auch ich begraben sein. Der Herr tue mir dies und das; nur der Tod soll mich von dir scheiden."

Sarai schwieg, obwohl die Geschichte noch weiterging. „Das ist wirklich wunderschön", murmelte Rachel bewundernd, als habe sie die Worte zum ersten Mal gehört.

„Ich trage dieses Kleid heute Abend wegen diesen Worten", erklärte Sarai mit weicher, zärtlicher Stimme. „Wenn diese beiden Frauen früher konnten solche Freundinnen sein – eine Moabiterin und eine Jüdin –, dann vielleicht ist auch Hoffnung für uns." In ihren dunklen Augen glänzten Tränen der Hoffnung.

In Rachels kobaltblauen Augen spiegelte sich der gleiche Hoffnungsschimmer wider. Sie blickte Sarai zärtlich an. Dann streckte sie ihr die Arme entgegen und zog sie an sich wie ein Kind. „O ja! Ja, kleine Schwester! Lass uns hier beginnen, uns beide. Wir, die wir gelitten haben, wissen, wie nötig es ist, den Hass für immer zu begraben!"

Sarai barg ihr Gesicht an Rachels Schulter und stammelte:

„So eine schöne Geschichte. Und ein gutes Ende!"

„Und es war die Frau aus Moab, die zuerst liebte, Sarai. Du hast deine Feinde gut geliebt!" Nun weinte auch Rachel. „Schwester", sagte sie unter Schluchzen, „dies ist der Anfang."

* * *

Es war die erste Mahlzeit nach dem Fastenmonat Ramadan. Die Klänge einer Panflöte, begleitet von Trommeln und Becken, erfüllten den Raum, in dem Haj Amin im Kreise von Offizieren verbündeter Staaten auf einem dicken persischen Teppich saß. Von einem Gefühl tiefer Zufriedenheit erfüllt, reichte er einen üppig beladenen Teller an einen irakischen General weiter.

„Was für ein Zufall, General!", sagte er dabei zu dem Iraker. „Heute Abend feiere ich nicht nur den Geburtstag des Propheten, sondern auch den großen Sieg des Jihad in Palästina."

„Von was für einem Sieg sprechen Sie denn, Haj Amin?", fragte der erstaunte General.

„Meine Agenten in Europa haben die jüdischen Terroristen ausfindig gemacht, die die *Trina* versenkt haben", erwiderte Haj Amin beiläufig.

„Und wozu soll das gut sein?", brummte ein mürrischer Syrer erbittert. „Davon wird die *Trina* auch nicht wieder seetüchtig."

„Ihr könnt euch doch nicht beklagen", warf ein anderer irakischer Offizier ein, während er sich den Mund mit Reis voll stopfte. „Zumindest die Waffen sind gerettet."

„Aber die Munition ist völlig vernichtet!", entgegnete der Syrer.

Haj Amin hob heiter beschwichtigend die Hand. „Meine Herren! Brüder! Wir dürfen den Willen Allahs nicht außer Acht lassen! Den Willen dessen, der uns den Propheten und die Worte des Koran geschenkt hat."

„Es ist nicht der Wille Allahs, wenn wir blödsinnige Fehler begehen!", warf der Syrer zornig ein.

„Aber Allah, der Barmherzige, sieht alles, mein Bruder." Haj Amin brach sein Brot, tunkte es seelenruhig in die Soße und ließ die Männer still für sich spekulieren, was ihn an diesem Abend so zuversichtlich machte.

„So ist es", bestätigte der Syrer trocken.

„Er ist allwissend und weise ...", ergänzte der irakische General.

Haj Amin fügte lächelnd hinzu: „Und allmächtig."

Die Männer rutschten ungeduldig auf ihren Plätzen hin und her. Sie konnten kaum abwarten, bis Haj Amin ihnen die Neuigkeit mitgeteilt hatte, um die er ihnen offenbar voraus war.

Schließlich hielt es der irakische General nicht länger aus. Er wischte sich die Lippen mit dem Saum seiner Keffijah und wandte sich vorwurfsvoll an den Mufti: „Und was wissen Allah und Haj Amin, das wir anderen nicht wissen?"

„Diese jüdischen Terroristen", begann Haj Amin selbstsicher, „werden uns bald zum Zentrum der zionistischen Organisation in Europa führen."

Jegliches Gespräch erstarb auf der Stelle, nur die Trommeln und

Becken spielten fröhlich weiter. „Haben Sie sie denn noch nicht getötet?“, fragte schließlich einer der Männer entgeistert.

„Noch nicht“, bestätigte Haj Amin ruhig und biss herzhaft in ein Stück Lamm. „Aber das hat noch Zeit! Wir wissen schließlich, wo sie sich aufhalten, und wir haben Zeit. Wir können warten.“

Der Syrer dagegen blieb unbeeindruckt und brummte vorwurfsvoll: „Und während wir hier untätig warten, ergreift König Abdullah die Initiative und verhandelt mit den Juden um Jerusalem! Ja, um ganz Palästina! Abdullah wird nicht zu den Waffen greifen, wenn er den Kampf mit Worten gewinnen kann! Was nützt es Ihnen dann, wenn Sie das zionistische Hauptquartier in Europa ausfindig gemacht haben? Selbst wenn Sie alle zionistischen Quartiere vernichtet haben, werden Sie nur Mufti über nichts sein!“

Haj Amin machte zunächst ein ungläubiges Gesicht, bevor er den Syrer anherrschte: „Woher wollen Sie das wissen?“ Die Trommeln verstummten. Die Männer hörten auf zu kauen und starrten den Mufti und den irakischen General gebannt an. „Woher wollen Sie das wissen?“, brüllte Haj Amin noch lauter. „Antworten Sie!“

„Es lässt sich nun einmal nicht ändern, Haj Amin. König Abdullah hat uns alle hinters Licht geführt. Er wird Palästina einnehmen. Er wird sich mit den Zionisten auf guten Fuß stellen und Jerusalem an sich reißen!“

„Woher haben Sie diese Nachrichten?“ Das Gesicht des Muftis war hart und bleich vor Zorn.

„Von einem Captain der britischen Armee in Palästina. Er soll bei den morgigen Verhandlungen zugegen sein.“

„Und werden auch Vertreter anderer Länder dabei sein?“, fragte Haj Amin lauernd und sah dabei die Männer der Reihe nach an. Ihre Augen sagten ihm, dass sie alle Bescheid wussten. „Aber mit Sicherheit kein palästinensischer Araber.“ Seine Augenlider senkten sich beinahe vollständig über seine blassblauen Augen. Dann öffnete er sie zu einem Spalt, blickte zu den bebenden Musikern und sagte resigniert: „Nun spielt schon! Dies ist das Ende des Ramadan. Da sollten wir fröhlich sein.“

# 28. Hoffnung

Durch die nächtlichen Souks des christlichen Viertels von Jerusalem rannte ein jugendlicher Bote. Er hatte die dringende Anweisung, unverzüglich Friedrich Gerhardt aufzusuchen und ihm einen versiegelten Brief vom Ober-Muchtar des Arabischen Hochkomitees von Palästina zu überbringen.

Der Junge kannte den Weg trotz der Dunkelheit ganz genau. Nur einmal stolperte er auf den Stufen der Straße des Patriarchen und schlug sich dabei das Knie auf. Aber der Gedanke an die Wichtigkeit seiner Mission ließ ihn seinen Lauf in unverminderter Eile fortsetzen.

Endlich an dem Haus in der Nähe des Mauristan-Gevierts unweit der Grabeskirche angekommen, in dem Gerhardt ein kleines schäbiges Zimmer bewohnte, nahm der Junge mit letzter Kraft auch noch die unbeleuchtete Außentreppe des Hauses im Eiltempo. Dann lief er an ungestrichenen Türen und Balkongeländern vorbei, über denen tropfende Wäsche hing. Keuchend erreichte er schließlich Gerhardts Tür am Ende eines dunklen Flures. Schon hob er die Faust, um anzuklopfen, da zögerte er im letzten Moment. – Es war immerhin spät in der Nacht. Aber sofort rief er sich wieder ins Gedächtnis, wie eindringlich ihm der alte Muchtar diesen Auftrag ans Herz gelegt hatte: Die Fähigkeiten des großen Kommandeurs waren schon am nächsten Morgen in aller Frühe dringend vonnöten. So schlug er also beherzt mit der Faust gegen die schäbige Tür, von der schon die Farbe abblätterte. Doch nichts regte sich drinnen. Er klopfte noch einmal, diesmal lauter. Erst nach geraumer Zeit öffnete sich die Tür einen Spalt: Gerhardt steckte seinen Kopf heraus und musterte den Boten mit stechendem Blick.

„Was willst du?“, fragte er barsch. Offenbar war er noch wach gewesen, denn im Aschenbecher auf dem Tisch lag eine qualmende Zigarette.

„Der Muchtar –“, begann der Junge keuchend und hielt ihm den Brief hin. „Es ist eine Nachricht aus Damaskus gekommen. Eine

Botschaft für Sie. Und da Sie kein Telefon haben, hat der Muchtar mich geschickt."

Gerhardt riss ihm den Umschlag aus der Hand und schlitzte ihn hastig auf. Während er die Nachricht mit zusammengekniffenen Augen überflog, wartete der Junge mit gekreuzten Armen vor der Wohnungstür. „Du kannst sofort eine Antwort von mir mitnehmen", brummte Gerhardt schließlich.

Er kritzelte hastig ein paar Zeilen auf ein Blatt Papier, faltete es und steckte es in einen Briefumschlag, den er dem Jungen unversiegelt aushändigte. Er legte noch eine Münze dazu. „Bring den Brief dem Muchtar und richte ihm aus, dass er ihn unverzüglich an Haj Amin weiterleiten soll." Damit schob er den Jungen fort. „Du wirst von ihnen eine Belohnung dafür bekommen."

Der Junge steckte den Umschlag eilig in die Tasche, ließ geschickt die Münze verschwinden und rannte wieder die verfallene Treppe hinunter auf die Straße.

Er brauchte nicht erst den Umschlag zu öffnen und die Nachricht zu lesen, um zu wissen, dass Kommandeur Gerhardt im Jihad um Jerusalem wieder einmal zum Helden werden würde. Etwas würde geschehen, etwas Furchtbares und Wundervolles für die große Sache des heiligen Krieges, und er war es, der Gerhardt den Befehl dazu überbracht hatte! Von Stolz erfüllt, lief er die verschlungenen Gassen zurück und nahm sich vor, seinen Freunden zu raten, den Straßen der Altstadt vorläufig fernzubleiben, bis etwas – eine große Explosion – anzeigte, dass Gerhardts Mission beendet war.

* * *

Jehudit trug den großen Korb, der in der Küche des Tipat Chalev mit belegten Broten gefüllt worden war, zu der Barrikade am Ende der Straße der Treppen.

„Schabbat Schalom!", rief sie laut in die Dunkelheit hinein, nachdem die Haganahwache die Parole von ihr gefordert hatte. „Ich bin's! Jehudit. Ich bringe euch das Abendbrot."

Jehudit empfand diesen Gruß, der *Sabbatfrieden* bedeutete, als merkwürdigen Gegensatz zu den nächtlichen Hasstiraden der Araber. An diesem Abend jedoch klangen diese nur wie aus weiter Ferne herüber, nicht so, als kämen sie aus dem benachbarten muslimischen Viertel. Daher fand Jehudit sie auch nicht so furchterregend wie sonst. Da die Juden inzwischen auch kein Hehl mehr aus ihrem Waffenbesitz machten, war wohl auch die reale Gefahr eines Angriffs im Augenblick nicht ganz so groß.

„Komm her!", hörte Jehudit Dovs Stimme. „Schabbat Schalom!"

Sie schleppte den schweren Korb hinter die Sandsäcke, wo etwa ein Dutzend Männer kauerten. Es war Freitagabend nach Einbruch der Dunkelheit – also Schabbat –, eine Zeit, in der nach dem Gesetz jegliche Arbeit verboten war. Während Jehudit unter der eisernen Knute Rabbi Akivas gelebt hatte, war ihr solch ein sträfliches Vergehen nie auch nur in den Sinn gekommen. Doch nun erfüllte sie dieses Tun sogar mit einem Hochgefühl. Es entsprang nicht nur der Tatsache, dass zum ersten Mal in ihrem jungen Leben die Last der Tyrannei ihres Vaters von ihr genommen war, sondern auch dem Umstand, dass sie in den Haganahkämpfern Menschen gefunden hatte, die sie von Herzen willkommen hießen und mit denen zusammen sie, im Kampf für ein jüdisches Heimatland, ihrem Leben einen Sinn verleihen konnte. So verschüchtert und zaghaft, wie sie in Gegenwart ihres Vaters gewesen war, so mutig und beherzt zeigte sie sich in dieser wohlwollenden Umgebung. Sie hatte sogar schon erwogen, eines Tages statt eines Korbes mit Lebensmitteln ein Gewehr zu tragen.

„Du kommst aber früh", begrüßte Dov sie, während er ihr den Korb abnahm.

„Und ich dachte schon, ich hätte mich verspätet", erwiderte sie überrascht und sank atemlos auf einen der Sandsäcke. Dann deutete sie mit dem Kopf in die Richtung, aus der die Rufe des arabischen Mobs zu hören waren, und fügte spöttisch hinzu: „Dann haben die Araber ihre tägliche Routine heute Abend aber früh aufgenommen."

„Der Ramadan geht in dieser Nacht zu Ende", erklärte Dov, während er die Brote verteilte. „Sie feiern und lassen Dampf ab, damit sie nicht überkochen."

„Nicht überkochen?"

„Ja! Sie werden sich wohl bis Ostern im Zaum halten müssen. Es ist ein kurzer Waffenstillstand angekündigt ... nur so lange allerdings, bis die Christen ihre Wallfahrt beendet haben."

„Die haben schon Mut", meinte anerkennend ein junger Soldat, der kräftig auf einem Bissen Brot mit altem Käse kaute. „Die haben Mut, dass sie aus freien Stücken in die Altstadt kommen."

„Unsere randalierenden Nachbarn werden sich also eine Zeit lang im Zaum halten müssen", griff Dov noch einmal seine vorigen Worte auf und fügte anzüglich hinzu: „Vielleicht gibt uns das endlich Gelegenheit, einmal ein kleines Nickerchen zu halten." Er lächelte ironisch, und Jehudit sah seine Zähne in der Dunkelheit blitzen. Dov war bei seinen Worten sehr wohl klar, dass ein Waffenstillstand den palästinensischen Mob nicht von Gewalttätigkeiten abhalten würde, zumal Haj Amin sich dieser Vereinbarung nicht angeschlossen hatte.

„Jeden Abend frage ich mich", begann Jehudit nachdenklich und blickte zum dunklen Höcker des Felsendomes hinüber, „warum sie nicht einfach mit aller Macht angreifen und all dem ein Ende machen."

Dov deutete auf das niedrige Kuppeldach eines Hauses, auf dem die Gestalten britischer Soldaten schemenhaft sichtbar waren. „Nun, immerhin sind die Engländer noch hier. Sie sind uns zwar keine große Hilfe, aber die Araber haben wohl doch ein bisschen Manschetten davor, dass einer von ihnen versehentlich in ihre Richtung schießen könnte!"

Die Männer lachten.

„Abgesehen davon, sehen sie keinen Grund zur Eile", fuhr Dov fort, „weil sie ja genau wissen, wo sie uns finden können, wenn die Engländer abgezogen sind, nu?"

„Tja, es kann dann aber durchaus sein, dass sie eine Überraschung erleben, wenn sie schließlich kommen", meinte Jehudit und verschränkte herausfordernd die Arme vor der Brust.

„Es kann sogar sein, dass die Überraschung, die *sie* dann erleben, nicht halb so groß ist wie die *unsere!*", warf einer der anderen Soldaten warnend ein. Wieder erschallte das Lachen der Männer, diesmal untermalt vom Rattern der Maschinengewehre aus den Souks. „Vielleicht stellen sie aber auch zu ihrem Entsetzen fest, dass sie ihre ganze Munition bereits für Mohammeds Geburtstagsfeier verbraucht haben! Oj, das wäre eine böse Überraschung!"

Dov blickte in den klaren Nachthimmel. Die Sterne wirkten zum Greifen nah. „Ich stelle jedenfalls fest, dass es die Araber bisher noch nicht geschafft haben, die Sterne vom Himmel zu holen", bemerkte er trocken.

„Aber dennoch wird es Gott nicht gern sehen, dass sie jede Nacht auf seine Fenster zielen!" Wieder hallte das Rattern von Maschinengewehren durch die Nacht. „Hört ihr?"

Eine Zeit lang lauschte die Gruppe gespannt auf das Hassgeschrei aus den Souks. „Viel Lärm und nichts dahinter!", meinte Dov schließlich geringschätzig. Dann nahm er Jehudit am Arm und sagte fürsorglich:

„Du solltest jetzt zurückgehen. Die alte Schoschanna wird sich Sorgen machen, wenn du so spät kommst."

„Eben hast du noch gesagt, dass ich früh sei", protestierte Jehudit, die sich von dem Nervenkitzel des Vorpostens angenehm stimuliert fühlte.

„Das war vorhin. Inzwischen ist eine ganze Weile vergangen. Komm", meinte er, „ich bringe dich ein Stück."

„Aber beeil dich, Dov!", rief einer der Männer hinter ihm her. „Sonst isst dir Schemuel deine Schabbatmahlzeit weg!"

Dov nahm Jehudit bei der Hand und führte sie an den dunklen Häusern vorbei. „Ich bin froh, dass du gekommen bist", sagte er leise.

„Und ich bin froh, dass du froh bist", erwiderte Jehudit schlicht und drückte ihm die Hand.

„Hast du schon etwas von deinem Vater gehört?", wechselte er unvermittelt das Thema.

„Von meinem Vater?", rief sie empört aus. „Wie kann jemand,

der tot ist, von seinem Vater hören? Du kennst ihn nicht, wenn du glaubst, dass sich sein Herz erweichen lässt. Ich gehöre nun zu seinen Feinden. *Nie mehr* werde ich von ihm hören!"

„Dann tut er mir Leid", sagte Dov, „ ... einen solchen Schatz zu verwerfen."

„Dov!", wehrte sie verlegen ab und spürte, wie ihr das Blut warm in die Wangen stieg.

„Nein. Nein. Bitte ... das stimmt. Du bist ... ein Schatz. Ein gutes jüdisches Mädchen. Freundlich. Sanft. Mit einem Herz für Zion. Du bist –", er wusste nicht so recht, wie er sich ausdrücken sollte – „eine Soldatin!"

„Nun, dann." Die prickelnde Erregung über seine Nähe ließ nicht nach, und so wich auch die Wärme nicht aus ihren Wangen. „Und du bist ein guter jüdischer Mann. Bewandert im Talmud und im Gebrauch eines Maschinengewehrs –" Sie lachte verlegen. Plötzlich zog er sie unter einen Torbogen und küsste sie. Der Revolver unter seinem Mantel drückte sich hart gegen die Rippen, während sie – atemlos, einem Schwächeanfall nahe und von seliger Wärme durchströmt – ihren ersten Kuss bekam. Doch so heftig Dov sie an sich gezogen hatte, so plötzlich ließ er sie auch wieder los. Er trat verlegen zurück.

„Es tut mir Leid", stammelte er mit schuldbewusst gesenktem Kopf. „Das hätte ich nicht tun sollen."

Sie legte eine Hand auf ihr wild klopfendes Herz. „Warum denn nicht?" Ihr war, als fielen die Welt und die Sterne wirbelnd auseinander.

„Es schickt sich nicht, dass ich ... dass wir ... uns küssen. Es sei denn –"

Sie ging gespannt auf ihn zu. „Es sei denn, was?"

„Es sei denn, wir hätten unter der Chuppa gestanden ..."

„Nun und?"

„Bei wem soll ich denn um deine Hand anhalten?", fragte er hilflos.

Sie dachte einen Augenblick nach. „Vielleicht bei dem guten Rabbi Lebowitz? Er könnte uns vielleicht einen Baldachin besorgen, unter dem wir unser Gelübde ablegen können, – wenn du zehn Zeugen findest."

„Natürlich!", rief Dov überschwänglich und umarmte sie stürmisch. Dabei trat er ihr versehentlich auf den Fuß. „Oj! Entschuldigung."

Sie lachte ihn an. „Das macht nichts. Ich bin froh, dass du mir auf den Fuß getreten bist ... Ich wollte mich sowieso schon kneifen, um festzustellen, ob ich wache oder träume."

Sie hielt ihm ihr Gesicht mit geschlossenen Augen hin. Er küsste sie zunächst behutsam, dann heftig.

„Nein", flüsterte sie. „Ich träume nicht. Du liebst mich wirklich ..." „Wir müssen unbedingt Rabbi Lebowitz aufsuchen", sagte er in beinahe schmerzlichem Verlangen. „Noch heute Abend ..."

* * *

Es war kurz vor Mitternacht. Sarai hatte sich schon vor langer Zeit in ihr Zimmer zurückgezogen, aber Rachel hielt noch im Wohnzimmer Ausschau nach Mosche.

Plötzlich fuhr ein Wagen vor. Mosche stieg aus und sprang in langen Sätzen die Treppe herauf. Trotz der schlechten Lichtverhältnisse sah Rachel sofort, dass er über das ganze Gesicht strahlte. Mit bebenden Händen schloss sie die Tür auf und ließ ihn ein. Er nahm sie stumm in die Arme und drückte sie heftig an sich.

„Was ist?", fragte sie, von seiner Aufregung angesteckt. „Erzähle!"

Er zog sie ins Wohnzimmer, strich ihr kosend übers Gesicht und küsste sie lang und heftig. „Das Treffen, von dem ich dir erzählt habe", begann er schließlich flüsternd und sah sich verstohlen um, „mit Kane und König Abdullah –"

„Ja?"

„Es besteht Hoffnung, Rachel ... Hoffnung auf Frieden!" „Oh, Mosche!" Nun war es an ihr, ihn in die Arme zu schließen. Das Herz quoll ihr über vor Glück. Bilder des Friedens tauchten vor ihrem inneren Auge auf. Vielleicht wirkte ja das Wunder der Liebe Gottes auch bei anderen. „Erzähle!"

„Wo ist sie?", fragte Mosche unsicher.

„Im Bett. Sie schläft."

„Bestimmt?" Er schloss vorsichtshalber die Türen. Rachel zündete unterdessen eine Kerosinlampe an und erklärte: „Sie würde sich über diese Nachricht genauso freuen wie wir."

Mosche begann im Flüsterton zu erzählen: „Kane hat eine Unterredung mit Abdullah gehabt. Sie war ein Erfolg! Abdullah hasst den Mufti genauso wie wir, und ihm ist außerdem an einer friedlichen Lösung des Konflikts gelegen."

„Lob sei dem Ewigen!", hauchte Rachel erleichtert mit inbrünstig geschlossenen Augen.

„Morgen beginnt der Osterwaffenstillstand. Dann werden wir mit den christlichen Pilgern ins christliche Viertel der Altstadt gehen."

„Wir?", fragte sie. Das Herz stockte ihr vor Entsetzen.

„Ich und die anderen, die an den Verhandlungen teilnehmen", fügte er erklärend hinzu, bevor er hastig fortfuhr, um keine Einwände aufkommen zu lassen: „Da ich mehrere Sprachen spreche, werde ich mit Golda Meir die Agency vertreten, wenn Vertreter aus England, Jordanien, Mitglieder des Jüdischen Rates der Altstadt und Vertreter der Jewish Agency zu Gesprächen zusammentreffen. Auch Kane wird dabei sein. Und noch ein paar andere. – Rachel, dafür haben wir gebetet!" Er nahm ihre Hände fest in die seinen und strahlte sie an.

„Ist das auch nicht zu gefährlich?", fragte sie unsicher. Ihr wäre es lieber gewesen, wenn ein anderer an seiner Stelle ginge. Andererseits war sie stolz, dass Mosche an einem solch wichtigen Ereignis teilnehmen konnte.

„Bestimmt nicht!" Er strich ihr über die Wange und zog sie sanft zu Boden. „Du weißt doch, woran ich die ganze Zeit gedacht habe?"

„Woran?"

Er legte sanft die Hand auf ihren Leib. „An dies ... und an dich. An uns! Ich habe mir vorgestellt, wie es wohl wäre, wenn wir einfach nur leben könnten!"

„Genau das habe ich auch gedacht, als ich neulich in deinem Zimmer in der Universität war." Sie legte ihre Hand auf die seine und spielte mit seinen Fingern. „Es wird einmal genauso werden, wie wir es uns erträumen, Mosche! Dieser Traum ist so schön, dass er einfach Wirklichkeit werden *muss!* Es wird ein glückliches Ende für uns geben, nicht wahr?"

Er sah sie lange stumm und so glücklich an, als sei der Traum bereits in Erfüllung gegangen. „Ich werde mich krankmelden", meinte er schließlich mit einem schelmischen Blitzen in seinen dunklen Augen, „und dann bleiben wir den ganzen Tag im Bett und lieben uns." Er ließ seine Lippen sanft über die ihren gleiten.

Lachend tadelte sie ihn: „Schäm dich, Professor! Sie werden dich hinauswerfen!"

„Nein." Er fuhr mit dem Finger über ihren schlanken Hals. Dann küsste er sie wieder, diesmal inniger.

„Du kannst sie doch nicht anlügen", beharrte sie in gespielter Strenge.

„Das ist auch keine Lüge", erwiderte er mit belegter Stimme. „Hast du nicht das Hohelied Salomos gelesen?"

„Was, mein König?", fragte sie. Die Wärme seiner Berührung ließ ihren Atem stocken.

*„ ... wenn ihr meinem Freund begegnet"*, flüsterte er, *„was sollt ihr ihm sagen? – Dass ich krank bin vor Liebe."*

*„Sein Gaumen ist lauter Süße"*, fuhr sie fort und zog ihn an sich, *„und alles an ihm ist Wonne. So ist mein Geliebter, so ist mein Freund, ihr Töchter Jerusalems!"*

# 29. Gesellschaft in Kitzbühel

Der Strahl einer Taschenlampe strich durchs Zimmer und fing ein unglaubliches Durcheinander ein. Bücher und Papiere lagen kreuz und quer über den Schreibtisch verteilt, weitere Stapel von Büchern türmten sich als verdrehte Säulen auf dem Boden, Hemden und Hosen waren offenbar in Eile auf die wackeligen Stühle geschleudert worden, und überall standen Blechbüchsen herum, die vor Zigarettenasche überquollen.

„Wir sind offenbar nicht die ersten, die hierher kommen", meinte der dicke Italiener zum Engländer. „Das Zimmer ist allem Anschein nach durchsucht worden."

Der Engländer schüttelte den Kopf. „Nein, alter Knabe. Er hat sich einfach nur vergraben – wie ein Maulwurf." Er begann, einige Gegenstände behutsam freizulegen. „Wo findet man ein Versteck, das sicherer ist? Wo findet man schon ein Versteck, das sicherer ist als dieses hier?"

Der Italiener zuckte die Achseln. „Mag schon sein. Bleibt nur die Frage, wie wir hier etwas finden sollen."

Statt einer Erwiderung stieß der Engländer einen Stapel Zeitungen um. Dann zog er die Schubladen der Reihe nach aus dem Schreibtisch und kippte sie systematisch aus. Den dadurch kontinuierlich wachsenden Pegel der Unordnung beachtete er nicht weiter. Nachdem er auf diese Weise nichts Verdächtiges zutage gefördert hatte, drehte er sich langsam einmal um die eigene Achse und nahm dabei das gesamte Chaos kritisch in Augenschein. Zuletzt blieb sein Blick an einer provisorischen Konsole hängen, die mit einem Laken bedeckt war und auf der eine Lampe und eine kleine Porzellanpieta standen.

Kurz entschlossen hob er einen Zipfel des Lakens an und zog einmal kräftig, wie ein Varietékünstler, der ein Tischtuch unter einem kostbaren Porzellangegenstand wegzieht, ohne dass dieser ins Wackeln kommt. Doch anders als bei einem gelungenen Kunststück, fielen Lampe und Porzellanstatue krachend zu Boden und zersprangen in tausend Teile. Ein quadratischer Karton kam zum Vorschein. Der Italiener kniete sofort nieder und hob gespannt den Deckel ab. Im Innern des Kartons stand, dicht an dicht, ein Aktenordner neben dem anderen, jeder mit Namens- und Adressaufklebern versehen.

„Sehen Sie", brummte der Engländer befriedigt. „In einem Maulwurfsbau herrscht eben ein geordnetes Chaos!"

Plötzlich hämmerte jemand unter derben italienischen Flüchen gegen die Tür. Doch der dicke Italiener ließ sich nicht aus der Fassung bringen. Er blickte ruhig über die Schulter zur Tür und rief beschwichtigend in seiner Muttersprache: „Ruhig Blut! Er ist nur mal wieder betrunken! Ich hab ihn ins Bett gebracht!"

Es folgte ein weiterer Fluch, und es wurde noch einmal kräftig gegen die Tür gehämmert. Dann waren nur noch Schritte zu hören, die allmählich verhallten. Die beiden Männer hatten nun Zeit, ihren Fund in Ruhe zu begutachten und zu bestaunen. Der Engländer zog einen Ordner heraus, der mit dem Etikett *Jerusalem* versehen war, und blätterte darin. „Alles Namen!", rief er überrascht aus. „Sehen Sie! Sehen Sie nur, Pedro! Und es sind jetzt sechs in Jerusalem!"

„Ja", bestätigte der Dicke und kniff nachdenklich die Augen zusammen. „Und ich bin sicher, dass sie es war, die ich im Zug gesehen habe ... das musste sie einfach sein!"

„Natürlich war sie's, Sie Narr!" Der Engländer blätterte mit hochgezogenen Brauen weiter.

„Nach einem Ausflug nach Kitzbühel war ... ist ... Crabtree jetzt auf dem Weg nach Palästina. Und sehen Sie sich nur an, was er mitnimmt!"

Der Italiener richtete den Strahl der Taschenlampe auf die entsprechenden Seiten des Ordners und sagte angewidert: „Ihr Journalist pilgert also in die Heilige Stadt, um den Heiligen seine Reverenz zu erweisen. Ein schmutziges Geschäft. Einfach schmutzig!"

Der Engländer klappte den Ordner wieder zu, lehnte sich gegen einen Wäscheberg und meinte gelassen: „Na ja. Alles zum Ruhme

Allahs! – Können Sie einen ganzen Karton tragen?“, fragte er dann mit grimmiger Befriedigung.

„Ja. Wenn nötig, auch noch einen zweiten.“

„Wir brauchen aber nur diesen hier. Meine Landsleute und die Amerikaner müssen schon für den Inhalt dieses Kartons teuer genug bezahlen.“ Er schob den Ordner zurück in die Rubrik J und schloss den Karton wieder.

„Und Haj Amin? Was wird er zahlen?“, fragte der Dicke.

„Mein lieber Freund“, erwiderte der Engländer und klopfte zufrieden auf den Karton. „Dies hier ist so viel wert wie sein gesamtes Schweizer Bankkonto – ein königliches Lösegeld, Pedro! Und alles bei den Beichten eines Heiligen erfahren und in einem Maulwurfsbau vergraben.“

Als die beiden Männer das Zimmer wieder verließen, sahen sie sich noch einmal um. Das Chaos, das sie hinterließen, unterschied sich nicht allzu sehr von dem, das sie bereits vorgefunden hatten.

* * *

Der gemietete Pferdeschlitten folgte einer schmalen, von einem hohen Schneewall gesäumten Straße. Auf der einen Seite dieses Schneewalles erstreckte sich ein Schneefeld, das an einen dichten Tannenwald grenzte, dessen Zweige sich unter der weißen Last bogen.

Der Schlitten fuhr an lebensgroßen hölzernen Krippenfiguren vorbei: Maria und Josef, die sich fürsorglich über das Jesuskind beugten. Bei diesem Anblick, vor allem bei dem dicken Schnee ringsum und den klingelnden Pferdeglöckchen, musste Ellie sich wieder bewusst machen, dass es nicht etwa noch Weihnachten, sondern bereits April und Karfreitag war.

Je näher sie dem Hof kamen, desto mehr ergriff wieder ein Gefühl des Friedens von ihr Besitz, und sie bemerkte voller Dankbarkeit, dass der junge Mann, der den Schlitten lenkte, seine Aufgabe vollkommen unaufdringlich ausführte. Er sprach kein Wort und blickte sich kein einziges Mal um. So konnten sie sich ungestört unter der schweren Wolldecke aneinander kuscheln und die märchenhafte Stimmung auf sich wirken lassen.

Das Geglitzer der weißen Bergspitzen bildete einen reizvollen Kontrast zu dem Blau und Purpur der Abenddämmerung, und oben am Hang grüßte sie bereits warm und golden das Licht aus dem Wattenberger'schen Küchenfenster. Aus dem Schornstein stiegen anheimelnd Rauchwolken und verwoben sich mit den Nebelschwaden, die sich in den Zweigen der Bäume verfangen hatten. Zugleich verbreiteten sie einen angenehmen Duft nach Holzfeuer und Bratkartoffeln. Zum ersten Mal seit dem frühen Morgen verspürte Ellie Hunger.

David ging es genauso. Er legte eine Hand auf seinen Bauch und sagte: „Hoffentlich hat Frau Wattenberger das Abendessen schon fertig, obwohl wir eineinhalb Stunden früher zurückkommen als geplant." Erleichtert hörte Ellie seiner Stimme an, dass auch von ihm die Anspannung der letzten Stunden abgefallen war. Sie nickte nur zustimmend.

Und schon fuhren sie langsam auf den großen Innenhof des Bauernhauses. Im gleichen Augenblick öffnete sich die Tür, und die hagere Gestalt Herrn Wattenbergers trat auf die Schwelle. Erstaunt sah Ellie, dass plötzlich ein zweiter Mann neben ihn trat. „Wer ist denn das?", rief sie und beugte sich beunruhigt vor. Doch ehe sie Genaueres erkennen konnte, war die Tür schon wieder zu.

„Was ist denn?", fragte David erstaunt, da er gerade woanders hingesehen hatte, und ließ angestrengt seinen Blick in Ellies Blickrichtung wandern. Aber alles, was er im Dämmerlicht erkennen konnte, waren die hell erleuchteten Fenster des Hauses.

„Da war ein Mann!", erklärte Ellie beunruhigt.

„Wo?" David konnte immer noch nichts Auffälliges ausmachen.

„Da war ein anderer Mann! Herr Wattenberger guckte gerade zur Tür heraus, und dann stand da plötzlich noch jemand neben ihm."

„Wahrscheinlich Frau Wattenberger", tat David Ellies Ängste ab. In keiner Weise beunruhigt, ließ er sich wieder in den Sitz sinken. Selbst wenn ihnen jemand von Innsbruck aus gefolgt sein sollte, so wusste doch niemand von ihrem Unterschlupf und konnte daher auch nicht vor ihnen hier angelangt sein. Zudem hatten sie den ersten überhaupt möglichen Zug nach Kitzbühel genommen.

„Nein“, beharrte Ellie. „Es war ein Mann. Ich habe es genau gesehen. Er stand neben Herrn Wattenberger.“

Da wandte sich der Kutscher, dessen Wangen von der Kälte gerötet waren, zum ersten Mal zu ihnen herum und erklärte in gebrochenem Englisch: „Ja, Miss. Ich bringen Touristen heute hierher. Sie nicht wollten bleiben in *Goldenen Greif.* So ich sie bringen hier.“ Dann wandte er sich wieder nach vorn. Ellie und David starrten ihn entsetzt an. Dann betrachteten sie das Haus noch einmal, diesmal kritischer. Das Fenster ihres Zimmers war unbeleuchtet, doch in dem Zimmer daneben brannte Licht. Ellie schloss entsetzt die Augen. Der Gedanke, ihren Unterschlupf nun mit anderen Feriengästen teilen zu müssen, war ihr ein Gräuel.

„Es ist Osterwoche“, erklärte der Kutscher weiter. „Dann kommen Studenten von Universität, ja?“

„Sind es Deutsche?“, fragte David.

„Nein, Amerikaner. Wie du.“ Er lächelte. „Sie bringen mit Skier.“ David drückte beruhigend Ellies Hand, als wolle er sagen: *Es wird schon alles gut gehen ... Denk an den Sperling!* Sie lehnte sich, plötzlich erschöpft, an seine Schulter. Die Glöckchen klangen nun gar nicht mehr märchenhaft, sondern nur noch wie das Echo einer längst vergangenen Zeit. Ellie wäre am liebsten immer weitergefahren. Doch schon blieb das Pferd unerbittlich vor dem Haus stehen. Gleich darauf eilte ihnen Frau Wattenberger mit ausgebreiteten Armen entgegen. In der offenen Haustür stand ein junges Paar und sah die Begrüßung verlegen lächelnd mit an.

„Grüß Gott, Ihr seid's aber früh z'ruck, Kinder!“, begrüßte sie Frau Wattenberger erstaunt und schloss Ellie überschwänglich in die Arme. Herr Wattenberger, der inzwischen ebenfalls aus dem Haus getreten war, schüttelte David herzlich die Hand und sagte, ohne seine unerlässliche Pfeife aus dem Mund zu nehmen: „In Innsbruck is' heut wos los, no? Haben S' den Umzug g'seh'n?“ Doch bevor David antworten konnte, deutete Herr Wattenberger bereits auf das junge Paar, das immer noch eng umschlungen in der Tür stand. „Die zwoa san auch aus Amerika. Sie machen Urlaub hier heroben. Woll'n den letzten Schnee erleb'n ... Wie Sie."

„No, Vater, dann stell doch die beiden erst amal vor!", forderte ihn Frau Wattenberger resolut auf. Doch noch ehe ihr Mann ihrer Aufforderung Folge leisten konnte, führte sie Ellie bereits zu dem jungen Paar und erledigte dies selbst: „Das sind Maryanne und Ted Samson. Sie sind ganz frisch verheirat'!", erklärte sie freudestrahlend. Ellie schoss unwillkürlich die unsinnige Frage durch den Kopf, ob sie nun wohl ihr großes Ehebett für diese Nacht abtreten müssten. „Und dies sind Sue und James Madison", stellte die alte Frau anschließend Ellie und David den Neuankömmlingen vor. Ihr gingen dabei die falschen Namen mit einer Leichtigkeit von der Zunge, die die Betroffenen selbst bisher noch nicht erworben hatten.

Der junge Mann strahlte eine Frische und Wärme aus, die Ellie an ihre jüngeren Brüder erinnerte. Er hatte ein fröhliches Lächeln, rotes lockiges Haar und ein von Sommersprossen übersätes Gesicht. Auf seiner Oberlippe kämpfte ein spärlicher Bart um seine Existenz. Trotz seines jugendlichen Äußeren hatte Ellie jedoch das unbestimmte Gefühl, dass er älter war, als er aussah. Seine Frau war eine Brünette mit heller Haut und einem scheuen Lächeln. Sie schien sich regelrecht unter seinem Arm zu verkriechen. Ted war ungefähr so groß wie David, aber sein zierlicher Körperbau war eher der eines Läufers als der seines muskulösen Namensvetters Samson.

Mit Erleichterung sah Ellie den braunen Augen des jungen Mannes an, dass er weder David noch sie selbst je gesehen hatte. „Nett, Sie kennen zu lernen", sagte sie daher in aufrichtiger Herzlichkeit.

„Schön, Sie alle kenn' zu leern", erwiderte Maryanne ebenso herzlich mit schwerem texanischem Akzent. Während sie alle gemeinsam ins Warme gingen, verlor sie rasch ihre Schüchternheit und redete ununterbrochen auf Ellie ein. Und Ellie wurde bald klar, dass sie in Maryannes Gesellschaft wenig mehr zu tun brauchte, als zuzuhören und mit Ja oder Nein zu antworten. „ ... Ted hat anner Uni von Texas sein Dolmetscherdiplom gemacht ... wir sin' schon seit uns'rer Kindheit mit'nander befreundet, und ich schwör' Ihn', dass ich nie weiß, wovonner redet", sprudelte Maryanne.

„Das kenne ich", erwiderte Ellie höflich und wechselte einen viel sagenden Blick mit David, der ganz von Ted in Beschlag genommen wurde. Genau wie seine Frau hatte offenbar auch der junge Mann ein großes Mitteilungsbedürfnis, sprach allerdings im Gegensatz zu ihr gepflegter.

„James Madison!", sagte er gerade belustigt und schlug David kumpelhaft auf die Schulter. „Wer hat sich denn diesen Namen ausgedacht? Aber es ist bestimmt nicht ungünstig, den Namen eines Präsidenten zu tragen. Bei uns zu Hause gibt es zwei Mädchen, die mit Nachnamen Hogg und mit Vornamen Ima und Ura heißen!"

„Ima Hogg un' Ura Hogg!", griff Maryanne lachend Teds Bemerkung auf und erklärte: „Aba die Nam'n pass'n, das kann ich Ihn' sag'n.

Obwohl den beid'n sonst nichts passt! Die sin' so riesig wie'n Haus!

Ihr Vater brauchte immer 'n Lastwag'n, um se nach Haus zu hol'n!"

Ted und Maryanne lachten schallend.

„Na, so was!", meinte David höflich und wechselte das Thema: „Wie lange sind Sie denn schon in Europa?"

„Oh, Teddy is' schon fast drei Jahre hier. Er arbeitet g'rad' als Dolmetscher in Rom. Er kann mir in vier verschied'nen Sprach'n Komplimente mach'n, und ich hab überhaupt keine Ahnung, was es bedeutet!", erklärte Maryanne mit unüberhörbarem Stolz.

„Das stimmt. Sie weiß nich' mal, ob's überhaupt Komplimente sind."

„Dolmetscher?", fragte Ellie, etwas eigenartig berührt.

„Ja", fuhr Maryanne fort. „Er wusste auch ganz genau, wat man sag'n muss, dat man hierher kommt. Ich brauchte überhaupt nich' den Mund aufzumach'n!"

*Das muss dir aber schwer gefallen sein,* dachte Ellie anzüglich. *Seit wir uns kennen, hat er jedenfalls noch keinen Moment stillgestanden.* Obwohl sie keinen Blick mit David wechselte, wusste sie doch, dass er das Gleiche dachte. „Und wie lange sind *Sie* schon in Europa, Maryanne?", fragte sie die junge Frau.

„Drei Woch'n. Gleich nach meina Ankunft ham wa uns trau'n lass'n, von ei'm Baptistenprediger. Meine Mutti wär ja gern dabei gewes'n, aber ich hab ihr 'n Telegramm geschickt un' gesagt, dass alles ganz legal und richtig is' und mit ei'm Baptistenprediger. Dann macht's ihr nich' ganz so viel aus. Sie hat Teddy schon imma abgöttisch geliebt! Einfach alles an ihm! Vati hätt' gern 'n Eisenhandel mit ihm aufgemacht, aber Teddy hat sich's nun mal in 'n Kopf gesetzt, dat er Dolmetscher sein will, und ich hab nichts dageg'n. So krieg' ich jedenfalls wat vonner Welt zu seh'n. Wir ham auch die Vatikanstadt besichtigt. Du liebet Lottchen! Die ganz'n Statuen! Diesa Michael Angelo hat alle splitterfasernackt dargestellt! Un' sogar inne Kirche! Davon hab' ich Mutti aber nichts geschrieben. Könn'n Se sich vorstell'n, inner Kirche mitten unta Nackten zu sitzen?“ Sie musste einen Moment Atem schöpfen. „Na ja, Teddy meint, ich müsst mich 'n bisschen bild'n.“

„Ich will ihr jetzt das Ski fahren beibringen“, ergänzte Teddy, wie Ellie meinte, etwas verlegen. „Für Michelangelo hat sie keinen Sensus.“ Dann wechselte er das Thema und erkundigte sich auf Deutsch bei Frau Wattenberger, was es zum Abendessen gebe. Die alte Frau errötete etwas und antwortete mit einer leichten Verbeugung zu Ellie gewandt: „Weil heut Karfreitag is', essen wir Forelle, die der Vater frisch g'fangen hat. Möchten S' lernen, wie man sie richtig zubereit'?“ An ihrem verschmitzten Blick erkannte Ellie sofort, dass auch sie sich über die geschwätzige amerikanische Braut amüsierte.

Teddy dolmetschte rasch für Maryanne, und diese machte eine begeisterte Geste. „Forelle! Heilige Makrele! Ich hab seit vier Woch'n kein'n vernünftig'n Fisch mehr gegess'n. Ich zeig Euch, wie wir se in Texas mach'n!“

Doch nachdem Ted die Worte seiner Frau flüssig ins Deutsche übersetzt hatte, wehrte Frau Wattenberger freundlich, aber energisch ab. „Nein, meine Liebe. Wenn ich amal nach Texas komm', dann können S' mir das zeigen. Aber in Kitzbühel zeig ich Ihn'n, wie man bei uns nach der Karfreitagsliturgie Forelle isst.“

Lächelnd führte sie anschließend die beiden jungen Frauen in ihr

Allerheiligstes, die Küche. Die Männer blieben unterdessen in der Stube, rauchten Pfeife und führten politische Gespräche.

Ellie konnte ihre Stimmen bis in die Küche hören und war erleichtert, dass sich Ted und David angeregt unterhielten und von Zeit zu Zeit herzhaft lachten. Frau Wattenberger trat so überzeugend als Küchenchefin auf, dass sich Maryanne schon nach kurzer Zeit in die Rolle einer respektvollen Beobachterin eingefunden hatte.

„Heut is' ein heiliger Tag", erklärte Frau Wattenberger, „der Tag, an dem unser Herr gekreuzigt worden is'. Es is' genauso in Amerika, glaub' ich. Meine Tochter schreibt jedenfalls, dass die Messe dort fast genauso is' –"

„Wat Se nich' sag'n!", erstaunte sich Maryanne, nachdem Ellie ihr Frau Wattenbergers Worte übersetzt hatte. „Wo wohnt denn Ihre Tochter?"

„Da, wo Sie auch herkommen ... in Texas."

„Nanu, ich hab' ja ga' nich' gewusst, dat es in Texas Katholik'n gibt!" Maryanne kam aus dem Staunen nicht heraus. „Mindigens nich' so viele, dat se sogar 'ne eig'ne Kirche un' dat alles ham. Na ja, Texas is' natürlich auch 'n großer Bundesstaat – der größte!", ergänzte sie nach kurzem Überlegen mit nicht zu überhörendem Stolz und vielleicht auch etwas Heimweh.

„Ja", erwiderte Frau Wattenberger, während sie drei riesige Forellen würzte, „'s gibt ein paar Katholiken in Texas ... Nur meine Tochter sagt, dass die Forellen, die sie dort nach der Messe zubereit', viel, viel kleiner sind ... und dass es da immer in Fett gebackene Kartoffeln gibt."

Als Ellie schließlich mühsam Frau Wattenbergers Worte übersetzt hatte, zuckte Maryanne unmerklich zusammen, in dem unbestimmten Gefühl, beleidigt worden zu sein. „Na, vielleicht sollte se bessa Karpf'n mach'n. Bei uns gibt's Karpf'n mit Mäulern, die sin' so groß, dat se leicht 'ne Forelle von Ihn'n runterschluck'n könnt'n."

Frau Wattenberger nickte lächelnd und zwinkerte Ellie verstohlen zu. „Daran zweifle ich nicht ... Was meinen S', wie viel S' essen können, Maryanne?"

# 30. Das Wunder des heiligen Lichts

Tausende von Menschen hatten sich bereits lange vor Einbruch der Morgendämmerung außerhalb der Mauern Jerusalems versammelt. Unter den vielen Pilgern waren, neben Geistlichen und Laien der verschiedensten Konfessionen aus allen Teilen der Welt, auch christliche Araber aus den umliegenden Ortschaften. So wie jedes Jahr, wollten sie alle auch diesmal wieder Zeugen des Osterwunders werden. Im Vergleich zu den Menschenmassen, die in früheren Jahren zum Heiligen Fest der Lichter gekommen waren, nahm sich die diesjährige Versammlung allerdings recht bescheiden aus.

Unter der Last von Holzkreuzen und in allen Sprachen der Welt Hymnen singend, setzte sich die Prozession langsam in Richtung Löwentor und Via Dolorosa in Bewegung. Man ging über dieselben Steine, über die bereits Jesus sein Kreuz nach Golgatha getragen haben soll.

Mosche war, genau wie die anderen Mitglieder der Verhandlungsgruppe, in der Anonymität dieser Pilgermassen untergetaucht. Als die Prozession die Antonia-Festung passierte, blickte er, auf Vorsicht bedacht, zu den Hausdächern hinauf, und war überrascht, dort nur wenige Wachsoldaten britischer Nationalität zu entdecken. Weit und breit war nichts von den rot-weißkarierten Keffijahs der Arabischen Legion zu sehen. Es sah so aus, als sollten die Kampfhandlungen tatsächlich so lange eingestellt werden, wie sich die Menschen des Todes und der Auferstehung Christi erinnerten.

Mosche ging direkt hinter einer Gruppe französischer Nonnen, die mit wohlklingenden Stimmen ein Klagelied sangen. Obwohl jede Pilgergruppe ihre eigenen Lieder hatte, die in Melodie und Text von denen der anderen Gruppen abwichen, vereinten sich die dabei entstehenden Disharmonien letztlich zu einer harmonisch klingenden Hymne, die nur Gott verstand. Zum ersten Mal in seinem Leben nahm Mosche an einer Prozession zur Grabeskirche teil, und er fragte sich voller Erstaunen, warum es erst zu einem Krieg kommen musste, damit auch er einmal diesen Weg ging.

Der Himmel war in ein dunkles Violett getaucht, das dort, wo bald die Sonne aufgehen würde, mit blassrosa Streifen durchsetzt war. Plötzlich löste sich ein Schwarm weißer Tauben aus dem Schutz eines hohen Minaretts und zeichnete sich wie ein Banner der Hoffnung vor dem Himmel ab. Während Mosche den Vögeln sinnend nachblickte, fiel ihm das Lied Hatikvah ein, die Nationalhymne der zionistischen Bewegung, deren Titel Hoffnung bedeutet. In jenem Augenblick schien ihm dieses Lied aber mehr zu sein als nur ein Lied der Hoffnung des jüdischen Volkes, denn der hebräische Wortlaut bildete eine harmonische Einheit mit den Texten all der anderen Lieder. In ein Hochgefühl versetzt, sang Mosche laut und kräftig mit, um so der Hoffnung Israels in dieser Pilgergruppe zum Grabe des Messias gebührenden Nachdruck zu verleihen.

Er fragte sich, ob er wohl der einzige Jude in der Welt war, der ein Lied zum Lobe der Auferstehung Jesu anstimmte, ein Lied, in dem er Jesus als Messias, als Erlöser und Erretter des jüdischen Volkes und der ganzen Welt, anerkannte. Augenblicklich sah es so aus, als habe auch die Christenheit – wie so oft in der Geschichte – vergessen, dass Jesus als Jude in die Welt gekommen war, um die alten Prophezeiungen der jüdischen heiligen Schriften zu erfüllen.

Mosche wurde plötzlich bewusst, dass die Menschen, die Christen, zwischen denen er ging, keine Gebetsschals trugen, und er vermisste seinen Schal, der ihm dabei half, sich intensiv ins Gebet zu versenken, mit einem Mal sehr.

*Was für Gebete kann ich überhaupt an diesem Morgen sprechen, um mir bewusst zu machen, dass der Sohn Gottes als Jude in die Welt gekommen ist und das Kreuz für die Menschheit über die Via Dolorosa getragen hat?,* überlegte er. Doch die Antwort fiel ihm leicht: die Gebete des jüdischen Morgengottesdienstes! Er erinnerte sich noch genau, wie sich sein Vater, den Tallith um Kopf und Schultern geschlungen, rhythmisch vor und zurückgeneigt und dabei die Gebete aus dem Sidur gesungen hatte.

Mosche begann die uralten Worte zu rezitieren, die jeder gläubige Jude auf der ganzen Welt beim Morgengottesdienst betet: „Schaue doch, erbarme dich doch schnell über dein Volk um deines Namens willen in deinem großen Erbarmen, Ewiger, unser Gott, schone und erbarme dich und hilf der Herde deiner Weide ..." *Hat sich Jesus nicht selbst als Guten Hirten bezeichnet? War nicht Israel seine Herde?*

„Erbarme dich über uns um deines Bundes willen ..." *Dieser Bund wurde geschlossen, als Abraham Gott seinen einzigen Sohn zum Opfer darbot.* „O gnädiger und barmherziger König, gedenke und schaue auf den Bund zwischen den Stücken, sichtbar werde vor dir die Bindung des einzigen Sohnes um Israels willen ..."

Gott, Abraham hat nicht gezögert, dir seinen einzigen Sohn zu opfern, und zweitausend Jahre später hast du diesen Bund erneut besiegelt, indem du den deinen darbrachtest! Ja, ein Bund zwischen dir und deinem Volk, genau hier an dieser Stelle besiegelt! Nie werden wir ihn vergessen. Denn wir haben ja unsere heiligen Schriften.

Niemand beachtete ihn, und so sprach Mosche ungestört mitten unter den Nichtjuden aller Nationen weiter: *„Und du, Bethlehem – du kleinster unter den Gauen Judas, aus dir soll mir hervorgehen, der Herrscher in Israel sein soll; sein Ursprung ist in der Vorzeit, in unvordenklichen Tagen.* Micha 5,2!", schloss er mit einem Gefühl der Befriedigung.

Spätere Rabbiner hatten die alten Prophezeiungen zwar verworfen, aber Mosche dachte an die Rabbiner früherer Zeiten und all die Menschen, die auf den Hängen Palästinas hingerissen Jeschuahs Predigten gelauscht und ihn erlebt hatten, wenn er Menschen heilte ... Sie hatten gesehen – und geglaubt!

Andere wiederum hatten ihn gefürchtet, weil er den Menschen direkt ins Herz sah. Als die religiösen Führer ihm vorhielten, das Gesetz zu missachten, hatte er ihnen entgegengehalten, dass es wichtiger sei, sich von Liebe und Mitleid leiten zu lassen, als nur nach dem Gesetz zu leben. Er hatte Jesaja zitiert und sie als Heuchler beschimpft:

*„Dies Volk ehrt mich mit seinen Lippen, doch ihr Herz ist weit weg von mir. Vergeblich aber verehren sie mich, indem sie Lehren vortragen, welche Gebote von Menschen sind."* Und so hatte sich Jeschuah der Herzen der Menschen bemächtigt, um sie zu lehren, dass Got-

tes Liebe das oberste Gebot sei. Doch die Menschen hatten ihn gekreuzigt, genauso wie sie sich selbst schon seit Tausenden von Jahren gegenseitig gekreuzigt hatten. Und auch heute noch lechzten sie nach Blut!

Bei diesen Gedanken wurde Mosche an die junge Araberin Sarai erinnert, der er misstraut hatte, einzig und allein, weil sie Araberin war. Und in diesem Moment wusste er, dass er nicht besser war als die Heuchler, die Jeschuah schonungslos verurteilt hatte. „Ich habe dich nur mit den Lippen geehrt", flüsterte er, „aber nicht mit dem Herzen, zumindest nicht im Umgang mit dem Mädchen. Du hast den Menschen, die dich marterten, noch am Kreuz vergeben, sie sogar noch geliebt, als du unter Qualen den Tod erlittest. Ich dagegen war nicht einmal fähig, einen Menschen zu lieben, an dem nichts anderes auszusetzen war, als dass er einer anderen Kultur angehörte. Herr! Mein Herz hat nur nach Blut und Rache geschrien. Läutere mich heute!", betete Mosche inständig. „Befreie mich von meinen Fehlern, und lass mich werden, wie Jeschuah auf Erden gewesen ist! Verleihe mir heute Weisheit, und hilf uns, Frieden in unseren Herzen zu finden ..."

Obwohl er inzwischen laut und inbrünstig betete, beachtete ihn immer noch niemand.

Sein Blick glitt geistesabwesend über die Pflastersteine, und er dachte daran, dass der Messiah, gebeugt unter der Last des Kreuzes, beladen mit den Sünden der Welt – des Hasses, der Lust und der Gier – diesen Weg nach Golgatha gegangen war, um das Böse dem Tod zu übergeben. Wie es der Prophet Sacharja vorausgesagt hatte, war er für dreißig Silbermünzen verraten worden. Er hatte gelitten, wie es der Psalmist im zweiundzwanzigsten Psalm geschrieben hatte: *„... und sie warfen das Los um sein Gewand, bespuckten und verspotteten ihn.*" Und zuletzt waren die Worte aus Jesaja, Kapitel dreiundfünfzig, in Erfüllung gegangen: *„... durch seine Wunden sind wir genesen"*, rezitierte Mosche und hob seine Hände inbrünstig dem letzten Licht des Morgensterns entgegen, *„... ihn aber ließ der Herr treffen unsrer aller Schuld.*"

Ein Gefühl der Leichtigkeit erfüllte Mosche. Er wusste nun, dass er einen Weg finden würde, um sich mit Sarai auszusprechen. Sie würden, obwohl sie in grundlegenden Dingen anderer Ansicht waren, einen Weg finden, einander zu schätzen und zu achten. Dies würde ihr persönlicher kleiner Beitrag zum Frieden sein. Beglückt dachte er daran, welch ein herrliches Vermächtnis ihnen die alte Miriam mit der wunderschönen Geschichte von Ruth und Naomi hinterlassen hatte.

Wenn Ruth, eine Moabiterin, fähig gewesen war, ihre Feinde zu lieben, und als Nichtjüdin einen Ehrenplatz unter den Vorfahren Jeschuahs, des jüdischen Messiahs, erhalten hatte, dann konnte dies nur bedeuten, dass eines Tages alle Menschen vom Messiah in Frieden und Liebe vereint würden! Es war geradezu beschämend zu sehen, wie weit sich die Menschen von der einfachen Lehre Jeschuahs entfernt hatten. In jedem Winkel der Altstadt standen Kirchen unterschiedlichster Konfessionen. Aber selbst die Menschen, die beteuerten, an die Lehre Jeschuahs zu glauben, fanden keinen Frieden untereinander.

*„Ihr Herz ist weit weg von mir"*, wiederholte Mosche leise. Es war kein Wunder, dass Juden und Araber das Christentum gleichermaßen ablehnten. Denn es war zersplittert, voller Inkonsequenz, Uneinigkeit und Bitterkeit ... weit entfernt von den Lehren Jeschuahs.

Die Spitze der Prozession war nun an der Grabeskirche angelangt und drängte sich vor den schweren Eisentüren. Schon vor Stunden waren in der Kirche die Lichter gelöscht worden, um mit Dunkelheit und Stille eine Atmosphäre des Todes zu schaffen. Diese Stille griff nun um sich und legte sich wie ein Leichentuch über all die Menschen, die, mit einer Kerze in der Hand, im Schatten der riesigen Kuppel standen und darum beteten, dass das Licht des Glaubens die Dunkelheit des Todes vertreibe.

Mosche schloss die Augen und ließ sich ganz von der Atmosphäre ehrfürchtiger, hingebungsvoller Andacht durchdringen. Als er die Augen wieder aufschlug, entdeckte er zu seiner Überraschung Sarai. In einem schimmernden lavendelfarbenen Kleid stand sie in der Nähe des Kirchenportals, auf der anderen Seite eines dichten Knäuels von Pilgern, und blickte erwartungsvoll umher.

Mosche überlegte kurz, ob er ihr zuwinken und sie auf sich aufmerksam machen sollte, aber er durfte ja auf keinen Fall seine geheime Mission gefährden. Daher nahm er sogleich wieder von diesem Gedanken Abstand und begnügte sich stattdessen damit zu versuchen, sie nicht aus den Augen zu verlieren. Dieses Unterfangen war schwierig genug, da sie immer wieder von einem stattlichen griechisch-orthodoxen Priester verdeckt wurde. Der Glanz, den – wie er von Rachel wusste – die Geschichte von Ruth und Naomi auf Sarais Gesicht gezaubert hatte, war auch jetzt noch zu sehen, und zeigte ihm, dass diese Geschichte ihrem zerstörten Leben Heilung gebracht hatte. Er brauchte kein einziges Wort mit ihr zu wechseln, um zu wissen, dass sie nun von tiefem Glauben an die Auferstehung erfüllt war. Sie war offenbar gekommen, um mit eigenen Augen zu sehen und sich bewusst zu machen, dass der gekreuzigte Messiah durch seine Auferstehung den Tod überwunden hatte.

Doch dies war nicht die rechte Zeit, derlei Gedanken nachzuhängen. Seufzend arbeitete sich Mosche Stück für Stück durch die Menge zum Patriarchat vor, dem geheimen Treffpunkt für die Verhandlungen. So sehr er sich auch zu den Mysterien hingezogen fühlte, die sich bald ereignen würden, er konnte nicht länger bleiben.

In diesem Augenblick jedoch entdeckte ihn Sarai. Er sah ihr an, wie erstaunt sie war, ihn hier anzutreffen. Sie winkte ihm zaghaft zu, als sie sich von ihrer Überraschung erholt hatte. Er merkte auch, dass sie sich noch mehr als über seine Teilnahme an der Prozession darüber wunderte, dass er nicht wie die anderen Pilger der Kirche zustrebte, sondern dem Portal des Patriarchats. Mosche wich erschrocken ihrem Blick aus und gab vor, sie nicht bemerkt zu haben.

Vor ihm schob sich gerade Golda Meir durch das Portal, nicht ohne zuvor Brüstungen und Dächer kritisch gemustert zu haben. Sie schien nervös und voller Ungeduld, die Gespräche zu beginnen. Die Verhandlungspartner würden, bis der große Tumult vor der Grabeskirche einsetzte, im besten Falle zwei Stunden zur Verfügung haben, um den Grundstein eines Friedens zu legen. Diese zeitliche Begrenzung konnte eigentlich für ein solch wichtiges Anliegen nicht ausreichen. Auch Tom Kane hatte inzwischen den Treffpunkt erreicht. Er nickte Golda kurz in geheimem Einverständnis zu. Dann schlüpfte auch er unauffällig ins Gebäude.

* * *

Friedrich Gerhardt stand zusammen mit drei Palästinensern an der Brüstung des hohen Minaretts der Omarija-Moschee genau gegenüber der Grabeskirche. Von ihrem hohen Aussichtsplatz aus hatten sie einen guten Überblick über die Prozession, die ernst und schweigend durch die engen Gassen zog.

Einer der Männer deutete auf die britischen Soldaten, die über die Dächer zu beiden Seiten der Straße patrouillierten. „Eine ganze Menge Engländer."

Gerhardt zuckte unbekümmert die Achseln. „Na und? Viele oder wenige, sie können nicht verhindern, was doch geschehen soll!"

„Und was ist, wenn sie sie finden?", beharrte der Palästinenser.

Gerhardt setzte den Feldstecher an die Augen und blickte zum Kuppeldach des Patriarchats hinüber. Er war genauestens über Ort, Zeit und Umstände des geheimen Treffens informiert und hatte alle notwendigen Vorkehrungen getroffen. „Selbst ich, der ich doch weiß, in welcher Ecke ich die Bombe zu suchen habe, sehe sie nicht", erwiderte er schroff. „Und die Engländer machen nicht mal Anstalten, irgendwas zu suchen, weil sie nicht im Entferntesten daran denken, dass wir die kleine christliche Zeremonie da unten am Dunghaufen stören könnten", fuhr er geringschätzig fort. „Sie gehen ja davon aus, dass wir nur gegen die Juden Krieg führen. Also erwarten sie heute, an einem christlichen Feiertag, keinen Ärger."

„Die Christen haben es schließlich nicht anders gewollt", warf einer der anderen Männer ein, der nun ebenfalls die Menge kritisch durch einen Feldstecher in Augenschein nahm. „Sie hätten diesem Treffen nie zustimmen dürfen ... jedenfalls nicht, ohne uns einzubeziehen."

„Den Christen ist es doch egal, wer in Jerusalem herrscht, ob nun König Abdullah oder die Vereinten Nationen."

„Ich glaube aber, dass sie trotzdem den Vereinten Nationen den Vorrang geben."

„Dann werden sie aber ganz schön überrascht sein, wenn sie feststellen, dass wir es sind, die das Schicksal Jerusalems entscheiden", warf Gerhardt grimmig ein. „Ohne Zustimmung des Muftis wird es hier keinen Frieden geben, und selbst wenn er zustimmen sollte, würde es ein Frieden nach seinem eigenen Geschmack sein."

Die Bombe, die sich unter dem Dach des Patriarchats befand, war ein grausames Meisterstück Gerhardts. Eine große Menge scharfkantiger Metallstücke, die er aus einer Eisenhandlung besorgt hatte, wurde von Sprengkörpern mit gewaltiger Explosionskraft ummantelt, die die gesamte Deckenkonstruktion des Patriarchats zum Bersten bringen würde. Falls jemand also das Glück haben sollte, dem Hagel der glühenden Schrapnells zu entkommen, würde er unweigerlich dem Zusammenbruch des Gebäudes zum Opfer fallen. Die Zeituhr, die das Ganze zünden sollte, war so eingestellt, dass die Bombe einc halbe Stunde nach Beginn der Verhandlungen explodieren würde.

Die Sprengkraft der Bombe war mit der vergleichbar, die vor zwei Jahren einen Flügel des riesigen King David Hotels zerstört und über achtzig Zivilisten getötet hatte. Mit dem Gebäude war damals auch das britische Mandat in seinen Grundfesten erschüttert worden. So war dieses Ereignis mitbestimmend dafür gewesen, dass die UNO eine Teilungsabstimmung durchgeführt hatte, mit deren Hilfe man das Palästina-Problem endgültig zu lösen gedachte.

Gerhardts Ziel war es jedoch, die Hoffnung der christlichen Welt auf eine friedliche Lösung des Konflikts zunichte zu machen. Er wollte der Welt drastisch vor Augen führen, dass weder ein Waffenstillstand noch Gespräche oder gar Friedenspläne möglich waren, wenn der Mufti von Jerusalem nicht den Hebel der Macht in Händen hielt. Schließlich waren selbst kleine Gruppen von Terroristen in der Lage, Taten zu vollbringen, an denen sogar große Armeen scheiterten.

*Sollen sie doch ruhig von Frieden reden,* dachte Gerhardt grimmig. *Sie werden dennoch sterben! Sollen sie doch ihre Verträge aufsetzen.*

*Das Papier wird in Fetzen gerissen werden. Sollen sie nur beten! Ihre Gebete werden bald zu Todes- und Schmerzensschreien werden …*

„Und was ist, wenn die Engländer uns hier oben sehen?“, fragte der jüngste von Gerhardts Gefolgsleuten.

„Was soll schon sein? Ich geh sogar jede Wette ein, dass sie uns bereits gesehen haben, genauso wie die zehntausend arabischen Augenpaare, die neugierig verfolgen, wie die Christen ihren Gesalbten begrüßen.“

Trotz seiner zur Schau gestellten Sicherheit irritierte Gerhardt die Frage. Sie deutete Verletzlichkeit an, und er hielt nun einmal an der Überzeugung fest, dass er unverletzlich sei, nicht entdeckt werden, keinen Argwohn erregen oder gar in Gefangenschaft geraten könnte. Vielleicht war es gerade diese Unerschütterlichkeit seiner Überzeugung, die ihn seiner kleinen Anhängerschaft von Terroristen so unverletzlich erscheinen ließ. Er bewegte sich frei und selbstbewusst in allen Straßen und Souks, als kenne er keine Angst, als habe er keinerlei Schuldgefühle. Und es gab niemanden, der nicht seine Kühnheit fürchtete oder seine Leistungen im Jihad des Haj Amin Husseini respektierte.

Wie Spreu im Wind hatten sich nach dem Tode Ram Kadars die Ängstlichen mit ihren Frauen und Kindern verflüchtigt. Nur diejenigen waren sowohl der Sache als auch Gerhardt treu geblieben, die in ihrem tiefsten Innern von ihr überzeugt waren, harte Männer, denen die Ausmerzung der Juden so wichtig war, dass sie ihr Leben geringer achteten als einen ruhmreichen Märtyrertod. Männer dieses Naturells wurden von Gerhardt angezogen wie im Sand verstreute Metallteile von einem starken Magneten. Während der Sand der palästinensischen Araber im Wirbelwind der Angst vom Felsen Jerusalem fortgeweht worden war, blieben sie mit diesem Magneten unlösbar verbunden. Sie allein würden Palästina befreien, und sie allein würden schließlich neben ihrem Führer herrschen.

Gerhardt musterte die wogenden Köpfe der Pilgerschar und versuchte die Verhandlungsteilnehmer auszumachen, die sich im Schutze der Anonymität der Massen in das Viertel eingeschlichen hatten. Die eifrigen Gesichter der Pilger erschienen ihm durch den Feldstecher so nah wie seine eigene Hand. Mit verzücktem Lächeln harrten sie gebannt des Augenblicks, in dem sich das große Portal öffnen würde. Gleich links vom Eingang zur Grabeskirche lag der Seiteneingang des Patriarchats. Ein großer, hagerer Mann in einem grauen Zweireiher klopfte gerade zweimal und schlüpfte dann ins Gebäude. *Sicher ein Brite,* dachte Gerhardt amüsiert. Es folgten zwei Männer, die fast so aussahen wie die übrigen Pilger, und dann eine große, grobknochige Frau, zweifellos eine Jüdin. Gerhardt unterzog auch die Gesichter der anderen Menschen, die sich im Umfeld des Patriarchats befanden, einer genauen Überprüfung. Dabei fiel sein Blick auf eine junge Frau in einem lavendelfarbenen Kleid vor dem Kirchenportal. Sie schwankte in der Menge hin und her wie eine strahlende, vom Wind gezauste Blume inmitten einer dunklen Wiese.

Gerhardt richtete den Feldstecher interessiert auf ihr Gesicht. „Das ist doch ... die Schwester von –", stammelte er. Er begriff nicht, wie Jassar Tafaras Schwester zwischen die christlichen Pilger kam. Und doch, sie musste es sein! Er hatte sie zwar nur verdreckt und weinend am Morgen nach dem Massaker von Deir Jassin am Bab el Wad gesehen, aber es bestand kein Zweifel daran, dass sie es war. Er hatte angenommen, dass sie von irgendeinem Angehörigen Haj Amins stillschweigend eliminiert worden sei. Doch nun stand sie hier vor der Grabeskirche!

„Sarai", entfuhr es ihm unwillkürlich.

„Wie?"

„Sarai Tafara! Jassars Schwester! Dort unten", erwiderte Gerhardt gereizt. „Guck doch selbst! Links, zwei Meter vom Eingangsportal der Kirche entfernt. Die mit dem purpurfarbenen Kopftuch und dem lavendelfarbenen Kleid."

„Ich dachte, die wär längst tot!", meinte einer der Männer erstaunt. Auch er hatte sie nackt und zitternd auf der Straße liegen sehen. „Ich hab gehört, dass ihr Vetter Achmed auserwählt war, sie zu beseitigen."

„Und *ich* hab gehört, dass Achmed getötet worden ist. Er ist tot in Sheik Jarrah aufgefunden worden."

„Egal", meinte Gerhard ungehalten und wandte sich zum Gehen. „Sie lebt! Und zwar unter Christen, wie es scheint. Der Mufti wird wissen wollen, wie und warum."

* * *

Auf Zehenspitzen verfolgte Sarai, wie sich Mosche Sachar durch die Menge schob. Zuerst war sie nicht sicher gewesen, ob er es tatsächlich war. Doch dann hatte sie seinen Augen angesehen, dass auch er sie erkannt hatte. Merkwürdigerweise war er jedoch ihrem Blick ausgewichen. Noch merkwürdiger fand sie es allerdings, dass er sich nun sogar vom Eingang der Kirche entfernte, statt hineinzudrängen wie die anderen Pilger.

*Warum bleibt er nicht?* fragte sie sich. *Er ist doch mit all diesen Pilgern gekommen, dann will er doch sicher auch das Wunder des heiligen Lichts sehen. Warum bleibt er dann nicht?*

Mosche war noch immer ungefähr fünfzig Schritte vom Patriarchat entfernt, als der von der Menge sehnlich erwartete griechisch-orthodoxe Kirchenfürst aus dem Patriarchat trat und, umgeben von einer riesigen Schar von Priestern, auf die Kirche zuschritt. Ein Raunen ging durch die Menschenmenge, und sie teilte sich ehrfürchtig, um den bärtigen alten Mann in dem blendend weißen Gewand durchzulassen. Sarai verfolgte gebannt, wie die großen Kirchentüren aufgeschlossen und geöffnet wurden.

Seit ihrer Kindheit hatte sie hinter vorgehaltener Hand Geschichten über diese christliche Tradition gehört: das heilige Fest der Lichter. *In den frühen Morgenstunden des Karsamstags wird das Licht in der Basilika gelöscht und damit eine Grabesatmosphäre geschaffen. Dann schreitet der Patriarch zum Grab Christi, das sich an der hinteren Wand der Rotunde, im zentralen Trakt der Grabeskirche, befindet. Dort versenkt er sich ins Gebet, während Tausende von Pilgern, jeder mit einer Kerze in der Hand, vor und in der Kirche warten. Sobald sich der erste Schimmer des Morgengrauens zeigt, reicht ihm, wie es heißt, der Engel Gabriel das Himmelslicht. Anschließend strecken die Pilger dem Patriarchen unter ohrenbetäubendem Glockengeläut und*

*Freudenrufen ihre Kerzen entgegen, um am wundertätigen Licht teilzuhaben. Das Licht wird von einer Kerze zur nächsten weitergereicht, bis die ganze Kirche im Licht des Glaubens erstrahlt.*

Nun hatte Sarai das Wunder des heiligen Lichts selbst erlebt. Was es damit für eine Bewandtnis hatte, hatte sie ja zwischen den Blumen ihres Kleides erfahren, und so erstrahlte nun auch ihre Seele in der Hoffnung auf die Auferstehung wie eine helle Flamme in der Dunkelheit. Wie gern hätte sie in ihrem inneren Jubel in die Lieder der Menge mit eingestimmt! Da sie jedoch die Worte nicht kannte, sang ihr Herz einfach seine eigenen Lieder. Zwischendurch suchte sie wieder Mosches Blick und hoffte inständig, dass er endlich in ihre Richtung blicke, und sei es auch nur, damit er sah, dass sie ihn nicht mehr hasste.

Doch plötzlich spürte sie, wie sich harte Finger in ihre Schulter gruben. Sie sah sich erschrocken um und schrie entsetzt auf: „Gerhardt!“ Doch niemand beachtete ihren Aufschrei.

Er legte lächelnd die Arme um sie.

„Sarai Tafara! Dein Bruder macht sich Sorgen um dich! Wie leicht kann dir hier in diesem Gedränge etwas zustoßen!“ Er sah viel sagend um sich, und dabei fiel sein Blick zufällig auf Mosche, der sich gerade anschickte, das Patriarchat zu betreten. Einen Augenblick lang war Gerhardt wie gelähmt vor Überraschung. Dann hatte er sich wieder in der Gewalt und meinte bedeutungsvoll und mit erzwungenem Lächeln zu Sarai: „Sachar ist also auch dabei ...“

Sie trat nach ihm und versuchte sich zu befreien. Doch Gerhardt hob sie einfach hoch und trug sie, unbeachtet von der wogenden Menge, davon.

„Was hast du mit mir vor?“, schrie sie in panischer Angst.

„Dein Bruder und dein Vetter machen sich Sorgen um dich“, wiederholte er. Sie näherten sich bereits der Moschee.

„Nein!“, schrie sie und versuchte verzweifelt, sich zu befreien. Aber er hielt sie mit festem Griff und achtete darauf, dass ihre Füße nicht den Boden berührten.

„Hilfe!“

* * *

Mosche hatte sich gerade mühsam zum Seiteneingang des Patriarchats vorgearbeitet, als er sich doch noch einmal nach Sarai umsah. Entsetzt stellte er fest, dass sie schreiend und um sich schlagend fortgeschleppt wurde – von Friedrich Gerhardt! Und niemand half ihr.

„Gerhardt!“ Mosche brüllte, so laut er konnte. Aber es war, als wolle er versuchen, gegen einen Sturm anzuschreien. „Haltet ihn!“ Er versuchte, Sarai zu Hilfe zu kommen. Doch eine massive Mauer aus Hunderten von Pilgern, die unablässig zur Kirche drängten, ließ dies einfach nicht zu.

Er stieg hastig auf den Fuß einer Säule, um wenigstens zu sehen, welche Richtung Gerhardt einschlug. Dabei beobachtete er zufällig, wie Gerhardt, der das Mädchen mit eisernem Griff umschlungen hielt und mit unglaublicher Kraft durch die Menge drängte, mit spöttischem Blick zum Dach des Patriarchats emporsah. Als Mosche Gerhardts Blick mit den Augen folgte, fiel es ihm wie Schuppen von den Augen. Mit einem Schlag war ihm klar, dass sich Gerhardt nicht rein zufällig unter den christlichen Pilgern befand. Gerhardts Gegenwart hatte immer nur eines bedeutet: *Tod!* Immer nur Tod!

*Wie viel Zeit bleibt uns noch?* Gerhardt war mittlerweile schon fast außer Sichtweite! Doch Mosche hatte bereits seine Entscheidung gefällt. Mit aller Kraft kämpfte er sich wieder mit dem Strom der Pilger zum Seiteneingang des Patriarchats zurück.

„Gott!“, schrie er verzweifelt. Welch satanische Freude musste Gerhardt empfunden haben, als er plante, reales Feuer statt heiligem Licht herabzuschicken. „Gott! Hilf mir!“

Er hatte eine Wahl getroffen, die ihm das Herz zerriss. Es bestand nun so gut wie keine Hoffnung mehr, Gerhardts und des Mädchens habhaft zu werden. Aber er, Mosche Sachar, hatte im Interesse seines gepeinigten Volkes die Pflicht, die Verhandlungsgruppe zu retten. Mit aller Kraft warf er die Tür auf und stürzte in die Eingangshalle. Gefolgt vom ohrenbetäubenden Lärm, der von draußen hinter ihm herschallte, hastete er durch die marmornen Gänge in den Bürotrakt.

Atemlos erreichte er die Tür, hinter der seine Kollegen bereits ihre Plätze eingenommen hatten, und riss sie auf. Er blickte angstvoll zur Decke ...

Tom Kane sah überrascht auf. „Mosche ...?"

„Wir müssen raus!", rief Mosche deutlich, aber so ruhig es ging, um keine Panik zu verursachen. „Wir müssen –"

„Jetzt?", meinte der britische Regierungsbeamte entgeistert.

„Was ist denn los?", fragte auch Golda Meir erstaunt, doch hatte sie die Lage intuitiv erfasst und sich bereits erhoben.

„Raus", stammelte Mosche und deutete zur Decke. „Die Männer des Muftis", keuchte er. „Ich hab sie gesehen ... eine Bombe – raus!"

* * *

Rachel lag weinend in Mosches Armen. Er hatte ihr von Sarais Entführung berichtet. Von wem sie entführt worden war, hatte er allerdings verschwiegen. Das erschien ihm einfach zu grausam.

„Was wird nun aus ihr werden?", weinte sie.

„Ich glaube nicht, dass sie zu uns zurückkommen kann", sagte er behutsam. Er brachte es nicht über sich, ihr zu sagen, was er bezüglich Sarais weiteren Schicksals vermutete.

„Werden sie sie töten, Mosche?", schluchzte Rachel angstvoll.

„Ich ... vielleicht nicht. Jedenfalls noch nicht. Sie hat ja ihre Trauer überwunden. Vielleicht lassen sie sie nun in Ruhe."

Rachel schlug die Hände vors Gesicht und flüsterte: „Sie wollte zu el-Kiama gehen, zur Auferstehung."

Mosche lag seine Entscheidung, Sarai nicht zu folgen, wieder schwer auf der Seele. Aber er wusste dennoch, dass er richtig gehandelt hatte. Denn kurz nachdem die Bombe von britischen Soldaten entschärft worden war, hatte man anhand des Zeitzünders festgestellt, dass es bis zur Detonation nur noch drei Minuten gewesen wären!

Die jubelnde Menge vor der Kirche hatte nicht geahnt, dass sie nur um Haaresbreite einer Tragödie entgangen war. Nur indem er Sarai geopfert hatte, war es Mosche möglich gewesen, all die Menschen zu retten. Aber dieses Wissen konnte weder sein schmerzliches Mitgefühl mit der jungen Frau mindern noch ihm seine Schuldgefühle nehmen.

„Ihre Gegenwart hat heute vielen Menschen das Leben gerettet", versuchte er behutsam zu trösten und strich Rachel dabei übers Haar. „Wenn ich sie nicht gesehen hätte ... *ihn* nicht gesehen hätte ..."

„Weißt du denn, wer es war? Hast du den Mann erkannt, der sie entführt hat?" Rachel horchte auf.

Mosche nickte niedergeschlagen. „Es war jemand, gegen den ich schon früher gekämpft habe. Einer von den Männern des Muftis. Dass ausgerechnet er da war, konnte nur eins bedeuten. Nur eins! Aber ich hätte ihn nie gesehen, wenn ich sie nicht zuerst entdeckt hätte, Rachel."

„Sie war so glücklich. So *glücklich* ..."

„Ja. Das habe ich ihr angesehen. Ich ... weiß nicht, was ich zu all dem sagen soll. Die britischen Militärpolizisten haben alle Straßen nach ihr durchkämmt ... die Moschee abgesucht ... aber du kennst ja die Altstadt. Sie ist ein Labyrinth! Und bei diesen Menschenmassen war es erst recht unmöglich, sie zu finden. Wir können nur hoffen und beten, dass sich jemand um sie kümmert, da sie immerhin die Nichte Haj Amins ist."

„Gott –", brachte Rachel mit erstickter Stimme hervor, „er muss sich um sie kümmern ..."

## 31. Samsons Mission

Die Tage in Kitzbühel verliefen im Großen und Ganzen friedlich. So weit dies möglich war, vermieden es Ellie und David, mit den Samsons zusammenzutreffen.

Maryanne Samson erwies sich auf der Skipiste als ebenso unbegabt wie bei der Würdigung der Kunstschätze des Vatikans. Gleich am ersten Morgen stürzte sie und fühlte sich anschließend derart mitgenommen, dass sie sich ins Bett legte und bei jeder Bewegung heulte und stöhnte. Frau Wattenberger kümmerte sich mit Engelsgeduld um die unausstehliche junge Amerikanerin, bereitete ihr warme Salzbäder und brachte ihr sogar das Essen aufs Zimmer.

Ted schien nichts dagegen einzuwenden zu haben, dass seine junge Frau das Bett hütete, und nutzte seine Freiheit sogar weidlich aus. Wenn er sich nicht gerade mit David über Politik unterhielt, spannte er die Stute an und unternahm Fahrten zum *Goldenen Greifen* in Kitzbühel, wo seit neuestem ein Spieltisch eingerichtet war. Jedes Mal, wenn er zurückkehrte, wurden Ellie und David unfreiwillige Zeugen einer ehelichen Auseinandersetzung. Selbst durch die massiven Wände hindurch hörten sie Maryannes wimmernde Klagen: „Has' du dir 'n Mädchen im Dorf gesucht? Was machs' du dauernd da unten, Teddy Samson?"

Seine Antworten waren zwar immer sehr viel leiser als ihre Fragen, doch nahm die Lautstärke der Unterhaltung jedes Mal systematisch zu und endete regelmäßig in einem richtigen Wortgefecht. David schaltete dann taktvoll den amerikanischen Soldatensender ein und ließ den *Boogie-Woogie Bugle Boy of Company B* der Andrew-Sisters mit dem Gekeife im Nachbarzimmer wetteifern, denn ganz zu übertönen war es nicht.

„Ich will nach Hause! Nach Texas ...", heulte Maryanne.

David sah Ellie mit einem trockenen Lächeln an. „Ich wette, dem guten Teddy wäre nichts lieber als das!"

„Sie ist doch noch ein Kind", versuchte Ellie Maryannes Verhalten zu entschuldigen.

„Tja. Teddy ist immerhin in meinem Alter, also ein erwachsener Mann, und sogar ein ganz intelligenter Bursche. Aber das", er deutete mit dem Daumen zum Nachbarzimmer, „würde jeden zum Wahnsinn treiben."

„Also, wenn du mich fragst, verhält er sich nicht sehr viel reifer als sie. – Sich beim kleinsten Anlass immer gleich nach Kitzbühel zu verziehen –" Wie zur Bestätigung ihrer Worte, wurde knallend die Tür zum Zimmer des jungen Paares zugeschlagen, noch ehe Ellie ihren Satz beendet hatte. Und dann waren laute Schritte auf dem Flur zu hören, die allmählich verhallten. „Da hast du's. Er geht schon wieder!" Maryanne heulte nun wie ein Schlosshund. „Das ist der Grund, warum ich dich geheiratet habe", meinte David grinsend. „Du weinst wenigstens geräuscharm." Ernster fügte er hinzu: „Du solltest ihr mal ein bisschen was über Männer erzählen, sonst befindet sie sich vielleicht früher, als ihr lieb ist, auf dem Weg nach Texas, und zwar allein."

„Ich habe doch schon versucht, mit ihr zu sprechen", erwiderte Ellie achselzuckend. „Als du mit Ted Ski gefahren bist. Aber sie sagte nur, dass ich gut reden hätte –"

„So?"

„Huhuhuuu, und dass ich mich gefälligst um meine eigenen Angelegenheiten kümmern und sie ihrem Elend überlassen solle."

„Ja? Und was hast du daraufhin gesagt?"

„Ganz wie du willst. Und dann bin ich gegangen. Sie *will* es nicht anders, David. Sie hasst eben alle Menschen, außer ihrer lieben *Mutti* in Texas. Oder ist dir das noch nicht aufgefallen?"

„Tja", meinte David verunsichert, da Maryanne nun eine Mitleid erregendere Tonart angeschlagen hatte und es ihm schwerfiel, sich dieser Wirkung zu entziehen. „Ted ist eigentlich ein ganz netter Kerl", versuchte er zu erklären. „Hat sich wahrscheinlich einfach einsam in Europa gefühlt und nach einem Stück Heimat gesehnt."

„Das hat er ja nun! Aber ich frage mich, was er damit anfängt? Frau Wattenberger meinte, Maryannes Verletzung sei gar nicht so schlimm. Muskelkater kommt natürlich noch dazu. Aber doch nicht so, dass sie deswegen tagelang das Bett hüten müsste! – Mein Gott, die heult, als sollte sie vom Wolf gefressen werden."

„Unterdessen ist der Wolf aber schon wieder auf dem Weg in die Stadt." David beugte sich plötzlich vor und stellte das Radio lauter, um die Nachrichten zu hören.

*Nach einem gescheiterten Vermittlungsversuch zwischen Arabern und Juden hat sich die Lage in Jerusalem wieder verschärft. Ein jüdischer Lebensmittelkonvoi, der sich auf dem Weg zum Kibbuz Kfar Etzion befand, ist von Arabern angegriffen und völlig zerstört worden. In einem Vergeltungsakt haben die Juden daraufhin unbewaffnete Bewohner arabischer Stadtteile aus ihren Häusern vertrieben ... Der Korrespondent der europäischen Ausgabe der New York Times ist offenbar auf eine heiße Spur bezüglich der jüdischen Agenten gestoßen, die vor zwei Wochen den arabischen Waffentransporter* Trina *in die Luft gesprengt haben ...*

David beugte sich wie elektrisiert weiter vor und starrte gebannt auf das Radio, meinte jedoch dann mit einer wegwerfenden Geste: „Hunde, die bellen ..." Nur seine Stimme verriet, wie unbehaglich ihm zumute war.

*Demnach sind zwei der vier Terroristen, die den Sprengstoffanschlag verübt haben, mit dem Leben davongekommen. In der Morgenausgabe der Times schreibt Crabtree, dass es sich bei den Terroristen um amerikanische Juden handele, die in den Schweizer Alpen untergetaucht seien ...*

„In den Schweizer Alpen!", atmete David erleichtert auf. „Da hörst du's. Er hat einige hundert Kilometer danebengetroffen."

*Wo sich der Korrespondent selbst augenblicklich aufhält, ist bis zur Stunde noch unbekannt. Aber die Soldaten unserer Truppe verfolgen seine Artikel wie einen Fortsetzungsroman ...*

Anders als David, der die Nachrichten sachlicher aufnahm, war Ellie tief betroffen und rang um ihre Fassung. „David", stöhnte sie. „Mach sofort das Radio aus! Da höre ich mir lieber Maryannes Geheule an. – Das hat zumindest nichts mit uns zu tun!"

„Das da im Radio auch nicht. Der Kerl hält sich wahrscheinlich in der Schweiz auf, in Interlaken oder sonst wo, klappert alle Häuser ab und fragt jeden, ob er ein jüdisches Terroristenpaar gesehen habe. Vergiss es, Schatz. Ich werd das Ding nicht wieder anstellen. Und in ein paar Wochen sind wir sowieso Bürger eines frisch gebackenen Staates."

„Im Augenblick ist mir aber eher zumute wie Maryanne ... Ich möchte einfach nach Hause zu meiner Mutter."

* * *

Kurz nach Einbruch der Dunkelheit kam Ted Samson am *Goldenen Greifen* an. Das Wirtshausschild, auf dem ein goldener Greif – mit ausgestreckten Klauen und weit geöffnetem Schnabel – abgebildet war, lud schon seit dreihundert Jahren zum Verweilen ein, müde Reisende, abwechslungsbedürftige Bauern und andere Menschen, die aus nur ungern genannten Gründen herkamen. Dass das Lokal nicht nur bei Einheimischen beliebt war, merkte man schon daran, dass am Straßenrand mehrere Militärjeeps ungeordnet am Straßenrand geparkt waren. Aus freundlich beleuchteten Räumen fiel einladend das Licht auf den weißen Schnee. Und während Ted das Pferd an einem Geländer festmachte und sich die von der Kälte steifen Hände rieb, schlugen ihm bereits fröhliche Polka-Klänge und verführerische Essensdüfte entgegen.

Als er in den großen Speisesaal trat, benötigten seine Augen einige Zeit, um sich an die dicke Rauchschicht zu gewöhnen, die über den Köpfen der zahlreichen Gäste schwebte, die laut und fröhlich zur Musik sangen und sich mit schweren Bierkrügen zuprosteten. Über allem thronte ein Hirschkopf mit Geweih. Eine Holztreppe mit einem schweren geschnitzten Geländer führte zu den Hotelzimmern hinauf.

Ted zog seinen schweren Armeeparka aus und ging zielstrebig auf eine geschlossene Tür am anderen Ende des Saales zu. Dort war das leise Klicken der Roulettekugel zu hören, die über die rasch rotierende Scheibe jagte. Ein halbes Dutzend Männer, mit verschieden hohen Stapeln von Jetons vor sich, saßen um den hölzernen Tisch mit dem Spielfeld und verfolgten gebannt den Lauf der Kugel. Ted suchte sich einen Platz, warf zehn Dollar in die Mitte und bekam sofort zehn Jetons zugeschoben. Er betrachtete die Zahlen auf dem grünen Filz und setzte dann nach einigem Überlegen seine gesamten Jetons auf die zero.

„Gehst du mit der Bank mit?“, fragte ein müde aussehender Amerikaner.

Ein junger Mann, der offenbar der Croupier war, machte gelangweilt die Ansage.

Die Spieler setzten rasch ihre Jetons, kleinere und größere Stapel. „Nichts geht mehr!“, bemerkte der junge Mann genauso gelangweilt wie zuvor und setzte die Scheibe in Bewegung. Die kleine Kugel hüpfte wieder klickend darüber und blieb schließlich liegen.

„Nummer siebzehn rot! Siebzehn rot!“ Der Croupier harkte die Jetons zusammen. „Keine Gewinner!“

Der müde aussehende Amerikaner strich seine Jetons ein und erhob sich, während Ted noch einmal auf die Null setzte.

„Noch mal?“, fragte der Amerikaner erstaunt und schob dabei seinen Filzhut in den Nacken.

Ted gab keine Antwort, sondern verfolgte gebannt den Lauf der klickenden Kugel. Sie blieb auf der Nummer sechsundzwanzig liegen.

„Hab wohl heut kein Glück“, meinte Ted achselzuckend.

„Na, komm schon“, forderte ihn der Amerikaner auf, „ich geb dir ’n Bier aus und bring dir dabei ’n bisschen was über Glücksspiele bei.“ Ohne eine Antwort abzuwarten, verließ er das Zimmer.

Doch Ted versuchte sein Glück aufs Neue. „Zwanzig Dollar auf die Eins“, brummte er verbissen. Und schon begann die Scheibe sich wieder zu drehen.

„Nummer fünfzehn! Fünfzehn rot!“

Jetzt erhob sich Ted verärgert und ging in den überfüllten Speisesaal zurück. Dort blieb er in der Tür stehen und ließ seinen Blick so lange über die geröteten Gesichter gleiten, bis er den Amerikaner mit dem zerknitterten Hut entdeckt hatte. Er saß an einem Tisch am hinteren Ende des Speisesaales, genau unter dem großen Hirschkopf, der blicklos in den Rauch starrte.

Während sich Ted an drallen Kellnerinnen und bierseligen Gästen vorbeischob, setzte der Mann mit dem Filzhut gemächlich seinen Bierkrug an die Lippen. Als er Ted entdeckte, hob er ruhig die Hand und bedeutete einer Kellnerin schnipsend, noch einen zweiten Krug zu bringen.

„Zweimal nichts, was?", rief er Ted herablassend durch das ohrenbetäubende Humpa-Humpa der Posaunen zu. „Ist das alles, was du zuwege bringst, Stripes?"

Ted wurde zornig. Sein Scherzname kam ihm in diesem Moment sehr unpassend vor, und er ärgerte sich über sein Versagen. „Spiel dich nicht so auf, Tree!", erwiderte er dementsprechend gereizt. „Du hättest es auch nicht besser gemacht."

„Nun aber mal halblang, Stripes! Warum bist du denn so sauer? Schließlich bin ich es, der hier die Zeche zahlt, und nicht du." Er verfolgte mit lauernd zusammengekniffenen Augen, wie Ted sich an der gegenüberliegenden Seite des Tisches niederließ, und meinte dann selbstgefällig: „Darauf kannst du Gift nehmen, dass ich mehr brächte als zweimal nichts!" Er leerte seinen Krug in einem Zug und stellte ihn knallend auf den Tisch. „Auf die richtige Nummer zu setzen, das ist die ganze Kunst auch beim Journalismus!"

„Dann mach's doch selbst!", versetzte Ted patzig.

„Das würde ich auch", erwiderte Tree ungerührt. „Aber es könnte ja immerhin sein" – er wiegte bedenklich den Kopf –, „dass sie mich erkennt ... Ich weiß nicht ... Ich bin schon so lange im Metier. Und du bist für sie einfach nur ein hübsches Gesicht unter vielen."

„Tja. Um zum Thema zurückzukommen", begann Ted, „ich habe nichts weiter zu berichten, als dass die beiden keinerlei Verdacht hegen. Da bin ich absolut sicher."

„Das ist auch dein Glück, Stripes! Du hast ihnen also deinen Presseausweis noch nicht gezeigt?" Man merkte seinem etwas dümmlichen Lächeln und der nicht ganz klaren Aussprache nun doch an, dass er angeheitert war.

„Natürlich nicht", fauchte Ted. „Und abgesehen davon, ist Maryanne –"

„Wie kommst du eigentlich mit ihr zurecht?", unterbrach ihn

Crabtree und lächelte anzüglich. „Irgendwelche Fortschritte zu verzeichnen?"

Die Kellnerin brachte das Bier, und Ted stützte abwartend die Stirn in die Hand und antwortete erst, als sie wieder gegangen war. „Ich schlafe auf dem Sofa", erwiderte er ausweichend.

„Erzähl das bloß nicht den Jungs in der Agentur!"

„Nun ist's aber genug! Wir tun schließlich alles, was von uns erwartet wird. Maryanne hängt den ganzen Tag im Haus rum und horcht. Und während ich mit den beiden ausgeh', durchsucht sie ihre Kleider und Papiere. Aber nichts. Absolut nichts, sag' ich dir. Ich glaub', wir sind auf dem Holzweg."

Crabtree vollführte eine joviale Geste mit dem Bierkrug. „Der Meinung bin ich absolut nicht! Ich hab Lunte gerochen. Bleib so lange da, bis wir fündig geworden sind. Die Sieben, Stripes! Ich riech 'ne Story zehn Meilen gegen den Wind."

„Meiner Meinung nach spielt sich die Story aber im Augenblick in Palästina ab, Tree. Hast du das noch nicht mitbekommen?" Er trank missmutig sein Bier.

„Hör mal, mein Junge, meine Artikel stehen aber immer noch auf der Titelseite. Und zwar ganz oben. *Auf der Spur der jüdischen Terroristen!* Nur noch ein paar Tage, und ich hab das Zentrum der jüdischen Operationen in Europa entdeckt! Und das eine sag ich dir: Ich hab das alles nicht auf mich genommen, um zum Schluss mit leeren Händen dazustehen."

„Und was ist, wenn der Mossad Meyer ausgemustert hat? Mann, der ist doch jetzt für die nichts weiter als 'ne heiße Kartoffel. Die würden ihn wahrscheinlich lieber unter als über der Erde wissen."

Tree blickte seinen jungen Protegé spöttisch an und drohte mit erhobenem Zeigefinger: „Was denn? Was denn? Jimmy Olsen will Superman belehren?"

Dann fuhr er eindringlicher, fast beschwörend, fort: „Du musst mir vertrauen, Stripes! Diese beiden sind keine falschen Nummern. Wir haben genau auf die richtige Nummer gesetzt, mein Goldjunge. David Meyer ist ihr bester Flieger. Sie können ihn nicht in irgend so 'nem Alpennest verrotten lassen, während die Araber Tel

Aviv bombardieren! – Und sobald Meyer sich bewegt, setzen auch wir. Das ist reiner Enthüllungsjournalismus! – Und in der Zwischenzeit könnt ihr beide, du und deine kleine texanische Zuckerpuppe ...“

„Du hättest besser Ellen für diesen Job gewählt. Diese Maryanne treibt mich noch in den Wahnsinn!“, brauste Ted auf.

„Ellen muss sich ums Büro kümmern“, wehrte Tree lächelnd ab. „Unterschätze Maryanne nicht, mein Junge. Das haben schon ganz andere Männer getan und es hinterher bitter bereut. Was sie da abzieht, ist einfach eine hervorragende Show. Nicht mehr und nicht weniger. Trotz ihres labberigen texanischen Akzents hat sie es so faustdick hinter den Ohren, dass sie dir den Hals umgedreht hat, noch bevor du es merkst. Aber dass du sie nicht ausstehen kannst, finde ich ganz natürlich ... du bist ja schließlich verheiratet.“

„Tja, sie macht alles hundertfünfzigprozentig“, entgegnete Ted resigniert und trank einen großen Schluck, als wolle er alle unangenehmen Erinnerungen mit dem Bier hinunterspülen.

„Außerdem ist sie ganz schön neugierig“, ergänzte Crabtree überzeugt. „ ... und clever genug, um unseren Plan geschickt durchzuführen. Bleib nur bei der Stange, mein Junge! Du wirst schon sehen, dass dieser alte Hase hier genau weiß, wovon er redet. Der jüdische Mossad wird sich schon irgendwie melden, und dann sind wir mittendrin.“ Crabtree schlug Ted so kräftig auf die Schulter, dass sein Bier überschwappte. „Du wirst schon sehen, Stripes. Es is ’n bisschen wie beim Roulette. Man braucht einfach Geduld ...“

* * *

Der Hochzeitsbaldachin für Jehudit und Dov wurde von vier Gewehren gehalten. Rabbi Lebowitz hatte die Zeremonie geleitet, und Rabbi Vultch hob nun das Glas und sprach den Segensspruch darüber. Ehud stand hinter Dov, und Schoschanna und Hannah standen zu Jehudits Linken. Jakov hörte verlegen mit an, wie Dov das Gelübde abgab, für Jehudit zu sorgen, sie zu lieben und zu achten, und errötete, als Dov zum Schluss den Schleier lüftete und seine Braut küsste.

Die kleine Gruppe der Hochzeitsgäste, die sich im Tipat Chalev versammelt hatte, brach unterdessen in Jubelrufe aus. Nun nahm Dov aus der Hand des Großvaters ein Glas entgegen und zertrat es traditionsgemäß mit dem Fuß.

„Massel Tov!"

Danach wurde Cognac gereicht, in fast homöopathischen Dosen.

Zum Abschluss brachte man dem jungen Paar den Trinkspruch *L'Chaim* dar. Die Weingläser, die erhoben wurden, waren zwar mit Wasser gefüllt, da es keinen Wein mehr gab, aber in diesen Tagen war Wasser mindestens ebenso wertvoll wie Wein geworden und nun das Symbol des Lebens wie früher die Weinrebe.

Zur Musik eines Plattenspielers wurde nun fröhlich getanzt, obwohl die Brautzeugen schon wieder zur Wachablösung an die Barrikaden mussten. In den brodelnden Tiefen des Hexenkessels triumphierten immer noch die Liebe und das Leben, auch wenn der Schatten des Todes drohend über dem Viertel schwebte.

Die fröhlichen Geräusche drangen bis zu den Soldaten König Abdullahs vor. Sie unterbrachen verwundert ihre Gespräche und horchten auf die Lieder der Todgeweihten. *Sollen sie nur singen,* dachten sie geringschätzig. *Ihr Ende ist nicht mehr abwendbar. Es ist nur noch eine Frage der Zeit.*

Unterdessen war Captain Stewart, die Drohungen und Beschuldigungen Rabbi Akivas noch frisch im Gedächtnis, auf dem Weg zum Tipat Chalev. Dort angekommen, bedeutete er seinem Sergeant und der übrigen Begleitmannschaft, hinter ihm stehen zu bleiben, und stieß dann mit dem Fuß energisch die Tür auf. Die Musik verstummte augenblicklich, und erschrockene Augenpaare starrten den Soldaten entgegen. Einen Moment lang standen sich die beiden Parteien stumm gegenüber, Jehudit und Dov hinter einer Reihe schwarz gekleideter Chassidim verborgen. Jakov ballte angriffslustig die Fäuste.

Stewart verbarg seine Unsicherheit hinter einer strammen Haltung und begann steif: „Eine Hochzeit ist normalerweise nicht der rechte Ort für eine Polizeiaktion."

„Wenigstens ist er nicht so dumm, wie er aussieht", flüsterte Jakov auf Jiddisch, und die Umstehenden mussten trotz der prekären Situation unwillkürlich lachen.

Stewarts mühsam aufgebaute Fassade der Autorität geriet sofort ins Wanken. Zornesröte stieg ihm ins Gesicht, er schwieg verwirrt, und es dauerte eine Zeit lang, bis er sich wieder etwas gefasst hatte. Dann fuhr er fort: „... Das Mädchen ist aber noch minderjährig." Wie er Akiva dafür hasste, dass er ihn gezwungen hatte, hierher zu kommen!

„Sie ist aber inzwischen eine verheiratete Frau, Captain Stewart", erwiderte Rabbi Vultch mit Nachdruck. „Und Sie haben kein Recht –"

„*Sie* haben kein Recht!", fiel ihm Stewart ins Wort. „Wie mir von den Zivilbehörden mitgeteilt worden ist, hat das Mädchen weder die Volljährigkeit erlangt noch von ihrem Vater die Erlaubnis erhalten –" Er hatte Mühe, sich über das aufgeregte Getuschel der Umstehenden hinweg verständlich zu machen.

„Ihr Vater, möge Gott auch ihm gnädig sein", ergriff der Großvater plötzlich das Wort und ging auf Stewart zu, „hat erklärt, dass sie für ihn gestorben ist. Er hat sie für tot erklärt –"

„Nun, sie ist, wie ich sehe, im Gegenteil noch sehr lebendig" – Stewart spürte, wie ihm die Schweißperlen auf die Stirn traten, als er sah, dass Dov den Arm in einer Weise um Jehudit gelegt hatte, die kundtat, dass er nicht bereit war, sie freiwillig aufzugeben –, „und Rabbi Akiva ist nach dem Gesetz, dem Gesetz der Mandatsregierung, ihr Vater! Er hegt, wie unserem Hauptquartier angezeigt wurde, den Verdacht, dass das Mädchen entführt wurde, und ich habe Befehl, sie zurückzubringen."

„Entführt!", rief Ehud aus, entgeistert über eine solch bodenlose Verdrehung der Tatsachen. „Etwa so, wie in der Nacht zum Pessach?"

„Sie hat noch nicht die Volljährigkeit erlangt", wiederholte Stewart stereotyp. „Und als Vertreter der Regierung, der auch Sie unterstehen, habe ich den Auftrag, das Mädchen zurückzubringen. Jeder,

der dies zu verhindern sucht, wird verhaftet. Und jeder, der verhaftet wird, wird aus der Altstadt entfernt. Jeder, der in irgendeiner Weise Widerstand leistet, wird erschossen."

Lähmendes Entsetzen legte sich über die eben noch so fröhlichen Menschen. Gegen diese Übermacht hatten sie als vollkommen Unbewaffnete keine Chance. Nicht einmal die vier Gewehre, mit denen der Hochzeitsbaldachin gehalten wurde, waren geladen. Die Sicherungen der britischen Gewehre klickten drohend, und jeder dachte unwillkürlich an die Nacht, in der der Captain Chaim und Schimon verhaftet hatte. Von Stewarts Leuten aus der Altstadt entfernt zu werden, konnte bedeuten, dass man das gleiche Schicksal erleiden würde wie sie. Selbst Ehud hielt es unter diesen Umständen für besser zu schweigen.

„Ja! Ja! Er hat Recht!", durchbrach eine hohe, dünne Stimme aus dem hinteren Teil des Raumes die Stille. „Ich bin wirklich noch nicht volljährig. Wenn mein Vater sagt, dass ich zurück muss ..."

„Nein, Jehudit!", protestierte zwar einer der Hochzeitsgäste. „Nein! Das kannst du doch nicht tun!", doch Stewart war bereits die Erleichterung über diese Wendung der Dinge anzusehen. Vielleicht konnte er sich dieser verhassten Pflicht ja doch noch ohne Komplikationen entledigen. Eine Tür fiel knallend ins Schloss. Stewart blickte sich verwirrt um.

„Er hat Recht. Ich bin noch nicht volljährig", meldete sich abermals die Stimme und lenkte Stewarts Aufmerksamkeit wieder in diese Richtung. „So sagt jedenfalls mein Vater." Wieder herrschte eine bedrückende Stille im Raum. Unterdessen teilte sich die Mauer aus schwarz gekleideten Menschen, und die alte Schoschanna trat unerschrocken vor. „Ja. Bringen Sie mich zu meinem Vater!"

Die eben noch beklommen dreinblickenden Juden lachten befreit auf. Stewart dagegen starrte erbost auf die Anwesenden und erstickte das Lachen mit einem gebrüllten „Genug!". Er blickte die runzlige Alte, die immer noch rief: „Noch nicht volljährig! Nein! Bringen Sie mich zurück!", mit geschwollenen Zornesadern an.

Die Szene wirkte so komisch, dass sogar einige der Soldaten ein Lachen kaum unterdrücken konnten.

Entschlossen trat Rabbi Lebowitz neben Schoschanna. „Dann muss ich wohl mein kleines *Kichel* hergeben, wenn ihr Vater es verlangt", sagte er und gab Schoschanna einen Kuss auf die runzlige Wange. Wieder lachten alle Juden. Die Situation hatte sich durch das Hinzutreten Rabbi Lebowitzens derart zugespitzt, dass es Stewart diesmal nicht wagte, dazwischenzufahren. Als das Gelächter schließlich von selbst erstarb, trat der alte Rabbiner, nach einem unerschrockenen Blick auf die Waffen der Soldaten, dicht an Stewart heran, so dicht, dass sie sich fast berührten. Stewart beugte sich zwar nach hinten, um der Berührung zu entgehen, wich jedoch nicht vom Fleck. „Sie bekommen das Mädchen nur über meine Leiche", zischte der alte Rabbiner drohend.

Stewart straffte sich und erwiderte: „Was gibt Ihnen Anlass zu glauben, dass mich das hindern könnte, Alter?"

„Weil" – der Großvater blickte ihn mit einem freundlichen, aber mitleidigen Lächeln an – „ich aus Fleisch und Blut und Seele bestehe. Genau wie Sie ... mit anderen Worten, ein Mensch bin."

„Was hat das denn mit dieser Angelegenheit hier zu tun?", fragte Stewart scharf. „Ich muss einen Befehl ausführen. – Und den werde ich auch ausführen!"

Ohne im Geringsten zurückzuweichen, gab der Großvater den anderen hinter ihm mit seiner knochigen Hand ein Zeichen, damit sie sich neben ihn stellten. Jakov gab sich als erster einen Ruck, und langsam bildete sich eine schwarze Reihe – Männer, Frauen und Kinder –, die mit dem harten Metall der britischen Gewehrläufe auf Tuchfühlung gingen.

Dann fragte der Alte ruhig: „Wollen Sie uns nun alle töten?"

Stewart straffte sich noch weiter und hielt dem entschlossenen Blick des Alten stand. Nach einem stummen Zweikampf, der nur Sekunden währte, doch wie eine Ewigkeit erschien, trat er abrupt einen Schritt zurück, drehte sich auf dem Absatz um und gab das Kommando:

„Keeehrt Marsch!"

Jehudit und Dov, schon längst über die Kellertreppe entkommen und im Labyrinth der unterirdischen Tunnel entschwunden, hatten sich unterdessen in ein kleines Zimmer zurückgezogen, das Ehud und Rabbi Vultch für sie vorbereitet hatten. Wenn auch im Schatten des Todes, feierten sie an diesem geheimen Ort in stiller Zweisamkeit dennoch *L'Chaim.*

# Teil 3

## Das Opfer

*„Größere Liebe hat niemand als die, dass einer sein Leben hingibt für seine Freunde.“*

*Johannes 15, 13*

# 32. Sarais Verbindung

An den Wänden von Trumans Arbeitszimmer türmten sich ganze Stapel von Kisten, die alle schon für den Umzug nach Blair House bereitstanden. Präsident Harry Truman saß in seinem großen Ledersessel und hatte die Hände gefaltet vor sich auf den Schreibtisch gelegt. „Entschuldigen Sie bitte die Unordnung, Mr. Kane“, begann er die Unterredung und ging dann ohne Umschweife auf das Thema ihres Treffens ein. „Sieht ganz so aus, als ob der Osterhase in diesem Jahr nicht nur Eier nach Jerusalem gebracht hätte.“

Kane wusste nicht so recht, wie er auf die Worte des Präsidenten reagieren sollte, denn trotz seiner humorvollen Worte war Truman todernst, und Kane spürte, dass er über die jüngsten Ereignisse in Palästina recht unglücklich war. „Ja, Sir. Es ist alles nicht so gelaufen, wie wir gehofft hatten.“

Truman schlug ärgerlich mit der flachen Hand auf den Schreibtisch, drehte sich schwungvoll mit seinem Sessel um, und betrachtete kopfschüttelnd den großen Globus, der zwischen den Bücherkisten neben seinem Schreibtisch hervorsah, bevor er deprimiert sagte: „Die Welt ändert sich so schnell, Kane. Ich werde den Kongress darum bitten müssen, mir einen neuen Globus zu bewilligen. Wenn ich nämlich eine rote Nadel an all die Stellen stecke, an denen sich zur Zeit ein Unruheherd befindet, dann habe ich hier das größte Nadelkissen in der Geschichte der Menschheit. Um nur einige Punkte zu nennen: die Tschechoslowakei haben wir an die Kommunisten verloren, und Moskau hat Berlin seine Pelzmütze aufgestülpt. Selbst in unserem Land haben wir größte Schwierigkeiten mit den Kommunisten. Da kommt einem das Problem einer jüdischen Heimstätte vollkommen nebensächlich vor ...“ Eine Antwort erwartend, wandte er sich wieder zu Kane um. „Was meinen Sie dazu?“

Kane räusperte sich und sagte mit bedeutungsvollem Unterton: „Nicht, wenn Sie bedenken, dass ein jüdischer Staat der einzige demokratische Staat im gesamten Nahen Osten wäre.“

Truman gestand Kane nach einigem Zögern zu: „Das ist richtig,

Mr. Kane. Aber Mister Marshall hegt immer noch die Sorge, dass die Russen das Gebiet einnehmen könnten –"

„Darum dürfen wir bei unserer Unterstützung der Juden auch auf keinen Fall schwankend werden!"

Truman nahm einen Ordner zur Hand, der vor Zeitungsausschnitten überquoll, und fragte: „Haben Sie die Berichte gelesen, Kane?" Er schlug den Ordner auf. „Insbesondere die von diesem Lawrence Crabtree?" Er las vor: *„An der Vielzahl der Waffengeschäfte, die zur Zeit in den von Kommunisten beherrschten Ländern Osteuropas getätigt werden, wird deutlich, wie stark sich die Kommunisten für die Sache der Zionisten engagieren ..."*

„Klingt ziemlich düster, zugegeben", räumte Kane ein. „Aber soweit ich orientiert bin, sind zum Beispiel in der Tschechoslowakei bereits vor der Machtübernahme durch die Kommunisten Waffengeschäfte abgewickelt worden. Die Waffen, die ich gesehen habe – die wenigen, die die Juden überhaupt besitzen –, stammen alle aus deutschen Armeebeständen."

„Hier ist noch ein Artikel, der sich aus einem anderen Blickwinkel mit diesem Thema beschäftigt", fuhr Truman fort und hielt den Zeitungsausschnitt ins Licht. *„An der Versenkung des arabischen Waffentransporters ist ein aus Bulgarien stammender jüdischer Kommunist namens Michail Gregowski beteiligt gewesen –"* Er blickte mit hoch gezogenen Brauen auf.

„Schon wieder so ein Crabtree-Artikel", meinte Kane mit gleichmütigem Achselzucken und lächelte. „Der Mann hat offenbar eine Vorliebe für Dramatisches und Düsteres."

„Sie sind der Nahost-Experte, Mr. Kane", gestand Truman zu, während er schon wieder in den Zeitungsausschnitten blätterte. „Wollen Sie damit sagen, dass Ihrer Expertenmeinung nach die Verbindung zwischen Juden und Kommunisten überbewertet wird?"

„Ich weiß zwar nicht, von wem dieser Crabtree bezahlt wird, Herr Präsident, aber für die Juden kommt die größte Finanzhilfe zweifellos von den Amerikanern."

„Hmmm. Nun ja ... fünfzig Millionen Dollar von privaten Spendern, um genau zu sein", räumte Truman ein. „Golda Meir – wirklich eine bemerkenswerte Frau. Ich wünschte, es fiele mir genauso leicht, Geld vom Kongress bewilligt zu bekommen, Mister Kane."

„Es ist aber nicht nur das amerikanische *Geld,* es sind auch die amerikanischen *Freiwilligen,* womit den Juden geholfen wird. Bei meinem ersten Besuch im jüdischen Viertel der Altstadt von Jerusalem habe ich hauptsächlich Amerikaner aus Brooklyn getroffen. Natürlich sind dort auch noch ein Dutzend andere Nationalitäten vertreten, aber die meisten Männer kommen tatsächlich aus den Staaten." Mit verlegenem Lächeln fügte er hinzu: „Diese Männer haben mich übrigens gebeten, Sie daran zu erinnern, dass dies ein Wahljahr ist."

„Das sollen Sie *mir* sagen?" Truman lehnte sich kopfschüttelnd zurück. „Ist das alles, was Sie mir ausrichten sollen?"

„Nein, Sir ..."

„Nun?"

„Da war noch ein alter Rabbiner, der mich gebeten hat, Sie an die Alamo zu erinnern."

Truman lachte verkrampft und machte dabei ein todernstes Gesicht. Schließlich wiederholte er verunsichert: „So, an die Alamo ..."

„Er sagte noch", fuhr Kane fort, „mehr wisse er nicht von der amerikanischen Geschichte."

„Nun, das reicht auch, Mr. Kane! Es gab in letzter Zeit mehrere Augenblicke, in denen auch ich ziemlich pessimistisch war. Roosevelt hat mir wahrlich keinen Gefallen getan, als er mir dieses Amt überlassen hat." Er schüttelte nachdenklich den Kopf und wechselte dann das Thema: „Nun gut, Herr Experte, und was gibt es über die Araber zu berichten? Über diesen Abdullah von Jordanien zum Beispiel?"

„Bei den Arabern gibt es ein altes Sprichwort", begann Kane: *‚Ich gegen meinen Bruder ... mein Bruder und ich gegen meinen Vetter ... mein Vetter, mein Bruder und ich gegen die Ungläubigen* ...'" Er öffnete seine Aktentasche, holte einen dicken Ordner heraus und reichte ihn Truman. „Dieses Sprichwort spiegelt genau die Stimmung wider, die im Augenblick in der Arabischen Liga herrscht.

Der Mufti und König Abdullah sind zwar Todfeinde, aber wenn es um die Juden geht, sind sich offenbar alle Araber darüber einig, dass die Juden die Ungläubigen sind, wenn Sie verstehen, was ich meine."

„Dann ist König Abdullah also nicht an einer friedlichen Lösung des Konflikts interessiert?"

„Das habe ich damit nicht gesagt. Aber mehr als an der Lösung des Konflikts ist er daran interessiert, Jerusalem zur Hauptstadt seines Reiches zu machen. Die Juden dagegen hoffen darauf, dass Jerusalem zur internationalen Zone erklärt wird. Sie wollen Abdullah unter keinen Umständen die Herrschaft über ihre Heilige Stadt überlassen."

„Fassen Sie sich bitte kurz, Mr. Kane!", unterbrach Truman und trommelte ungeduldig mit den Fingern auf dem umfangreichen Bericht.

„Kurz und gut, es geht um Jerusalem", fuhr Kane fort. „Abdullah möchte sich gern die arabischen Gebiete Palästinas einverleiben, und das möglichst kampflos. Um dies zu erreichen, ist er sogar bereit, den Juden einen eigenen kleinen Winkel in Palästina zu garantieren. Aber er wird nie und nimmer seine Zustimmung dazu geben, dass Jerusalem der Kontrolle der Vereinten Nationen unterstellt wird. Die Juden wiederum werden niemals und unter keinen Umständen zulassen – schon gar nicht kampflos –, dass Jerusalem Jordanien einverleibt wird."

„Mit anderen Worten: Ein möglicher Krieg würde also primär um Jerusalem geführt werden?"

„So ist es. Und damit ist auch schon das ganze Problem umrissen. Falls Abdullah bei seiner Einstellung bleibt, wird er vermutlich versuchen, sein Vorhaben durch geschicktes Taktieren durchzusetzen: Während er sich mit seiner Armee auf Jerusalem konzentriert, werden seine Verbündeten die übrigen jüdischen Siedlungen einnehmen."

„Und wie wird das Ganze Ihrer Meinung nach ausgehen? Und wie sollen wir uns nach Ihrer Einschätzung verhalten?"

„Während die Briten weiterhin Transjordanien aus ihren Armeebeständen unterstützen, haben wir über den gesamten Nahen Osten ein Waffenembargo verhängt", erwiderte Kane ausweichend. „Abgesehen von ihrer Waffenhilfe für Jordanien, schwächen die Briten außerdem die Position der Juden, indem sie nichts gegen die Belagerung des jüdischen Teils der Altstadt von Jerusalem durch die Araber unternehmen. Dadurch bleibt die Stadt ohne Lebensmittelzufuhr und wird somit buchstäblich ausgehungert."

„Das also meinte der alte Rabbiner mit der Erwähnung der Alamo!"

„Genau!"

„Vielleicht könnten wir die Situation dadurch etwas entschärfen", überlegte Truman, „dass wir diplomatischen Druck auf Großbritannien ausüben. Die Briten zählen schließlich beim Aufbau ihres Landes auf unsere finanzielle Hilfe."

„Mit anderen Worten, den Zionisten auf indirekte Weise Hilfe leisten, ohne das von uns vertretene Waffenembargo aufheben zu müssen. – Eine ausgezeichnete Idee, Herr Präsident!", pflichtete Kane begeistert bei.

„Alle arabischen Brüder und Vettern haben sich also gegen den Einen verbündet", wiederholte Truman noch einmal nachdenklich und wandte sich dann einem weiteren Aspekt zu: „Welche Chancen haben wir überhaupt, Abdullah zu bewegen, einer internationalen Kontrolle Jerusalems zuzustimmen?"

„Das hängt davon ab, welchem Druck von seinen Brüdern und Vettern, die ihn ständig bedrängen, er widerstehen kann. Wenn er sich als starker, unabhängiger Herrscher zeigt, vermag er möglicherweise einen Krieg zu verhindern. Aber wenn er dem arabischen Druck erliegt, und auch für ihn nur ein toter Jude ein guter Jude ist, dann ist der Krieg unausweichlich. – Was wir jedoch auf jeden Fall versuchen müssen, ist, Zeit zu gewinnen."

„Und wie passt das in unser Konzept?"

Während Kane noch mit seiner Antwort zögerte und abermals in seiner Tasche zu kramen begann, erhob sich Präsident Truman und trat ans Fenster. „Nun, Sir", meinte Kane schließlich, als er einen bestimmten Zeitungsausschnitt aus der *Washington Post* gefunden hatte, „haben Sie zufälligerweise schon den Brief Howard Monigers gelesen, den er wenige Tage vor seinem Tod geschrieben hat?"

„Das ist doch dieser amerikanische Archäologieprofessor, nicht wahr?", vergewisserte sich Truman und nahm den Zeitungsausschnitt entgegen.

„Ja. Meiner Meinung nach beschreibt er diese fast ausweglos erscheinende Situation, in der wir uns momentan befinden, sehr deutlich und sehr treffend." Truman blieb am Fenster stehen und las den Brief zunehmend gebannt und mit wachsender Beunruhigung, die sich schließlich so weit steigerte, dass er nicht mehr schweigend lesen konnte, sondern die ihn besonders betroffen machenden Stellen laut vorlas:

*„Jeder Schritt, der unternommen würde, die Teilung rückgängig zu machen, hätte einen empfindlichen Prestigeverlust für die Vereinten Nationen zur Folge, denn damit würde sich Gewalt als Mittel der Politik durchsetzen. Als direkte Folge würden die feindlichen Gewalttätigkeiten nicht ab-, sondern im Gegenteil sogar noch zunehmen. Diese Situation könnte für Stalin der Anlass sein, sich auf die Seite des ehemaligen Großmuftis zu schlagen und zu versuchen, die gesamte arabische Welt gegen die Juden unter ihrer Führung zu vereinen. Das hätte nicht nur für die 800.000 Juden auf arabischem Gebiet, sondern auch für die Vereinigten Staaten sowie für die Vereinten Nationen verheerende Folgen."* Truman rückte gebannt seine Brille zurecht und las weiter: *„Da die in Palästina lebenden Araber mit britischen Waffen versorgt werden, leiden die Zionisten doppelt unter dem von den USA verhängten Waffenembargo ..."* Truman legte den Brief fein säuberlich zu den anderen Zeitungsausschnitten in einen dicken Ordner, sank abgespannt in seinen Sessel und blickte gedankenverloren vor sich hin. Schließlich sah er Kane forschend an. „Der Mann war doch Archäologe und kein Politikwissenschaftler. – Was halten Sie von seinen Ansichten? Kommt die kommunistische Bedrohung tatsächlich im Grunde genommen von der arabischen Seite?"

„Wenn der Großmufti in Palästina an der Macht ist, hege ich keinerlei Zweifel daran, dass Genosse Stalin dort mitregieren wird. Denn Howard Moniger hatte Recht: Die Russen haben nicht für eine jüdische Heimstätte gestimmt, weil sie ein Herz für die Juden haben, sondern weil sie hoffen, ihren militärischen Einflussbereich im Konfliktfall vergrößern zu können."

„Also nur, um ihre eigenen Interessen zu verfolgen."

„Wir wollen uns nichts vormachen: Es ist für die Kommunisten viel einfacher, einen absolutistischen König zu stürzen als eine Demokratie zu zerstören."

„Sie wollen also sagen, dass unser einziger Stützpunkt im Nahen Osten ein starker, demokratischer Nationalstaat der Juden wäre?"

„Das ist meine Meinung, Herr Präsident!"

Truman blickte wieder beunruhigt auf den Globus. „Die Kommunisten haben nicht nur die Tschechoslowakei in Besitz genommen und einen Sektor von Wien besetzt, sondern sind inzwischen sogar dabei, eine Blockade über Berlin zu verhängen. Wenn sie jetzt auch noch im Nahen Osten Fuß fassen –"

„Sie wissen doch, dass auch Stalin das Problem der Einflusssicherung mit Sorge betrachtet, nur unter umgekehrtem Vorzeichen", warf Kane ein. „Die Russen haben für die Teilung gestimmt, weil sie nicht an eine Überlebenschance für einen jüdischen Staat glaubten."

„Dann müssen wir eben für die andere Seite Partei ergreifen, Mr. Kane," sagte Truman entschlossen, fügte aber nach einigem Überlegen nachdenklich hinzu: „Glauben die Juden eigentlich selbst, dass sie eine Überlebenschance haben?"

„Ich glaube, sie würden auf jeden Fall ein Wort der Ermutigung aus unserer Richtung zu schätzen wissen, Herr Präsident."

Plötzlich klatschte Truman laut in die Hände, als habe er gerade eine große Entscheidung getroffen. „Eine Art Absichtserklärung, ist es das, was Sie meinen, Kane?" Er nickte zufrieden und nahm ohne Kanes Antwort abzuwarten einen Füller zur Hand. „Ich habe da einen hervorragenden Einfall", erklärte er und begann hastig, einen persönlichen Brief an David Ben-Gurion zu schreiben.

* * *

Die Ereignisse der letzten Wochen hatten sich für Haj Ami Husseini positiv ausgewirkt. Gerhardts Aktivitäten in der Altstadt hatten den arabischen Nationen wieder einmal deutlich gezeigt, dass der Mufti – zumindest in den Hinterhöfen Jerusalems und in den kleinen Dörfern Palästinas – immer noch eine bedeutende Macht besaß. Außerdem hatte sich gezeigt, dass schon eine kleine Gruppe von Palästinensern, soweit sie nicht nur über Wagemut, sondern auch über Sprengstoff verfügte, durch Verbreitung von Terror und Angst mehr erreichen konnte als die Liga mit Verhandlungen und Artilleriegeschützen.

Terror war imstande, den Willen und das Vertrauen der Terrorisierten zu zermürben. Seit seiner SS-Zeit hatte Friedrich Gerhardt immer erfolgreich nach dieser Maxime gehandelt, da die Menschen sich ja seit jenen schrecklichen Tagen nicht grundlegend geändert hatten. Die Bombe unter dem Dach des griechischen Patriarchats war zwar noch rechtzeitig entdeckt und entschärft worden, aber inzwischen waren ein halbes Dutzend anderer Bomben erfolgreich in der Altstadt zur Explosion gebracht worden. Haj Amin und Gerhardt hatten ihrer Stimme Gehör verschafft, und das mit wirklich großem Erfolg. Die Herrscher der Arabischen Liga mussten Haj Amin nun gezwungenermaßen wieder bei ihren Plänen berücksichtigen. Dafür war aber König Abdullah jetzt die Zielscheibe ihres Zorns.

„Du hast uns gute Dienste geleistet, Gerhardt", lobte Haj Amin anerkennend und warf ihm die neueste Ausgabe der Tageszeitung über den Schreibtisch hinweg zu.

„Unsere Brüder haben jetzt wohl begriffen", bemerkte Gerhardt nicht ohne Stolz, „dass es eine Anmaßung von König Abdullah war, das ihnen zustehende Gebiet an sich reißen zu wollen." Er rieb sich zufrieden das Kinn und fuhr dann fort: „Diese Erkenntnis wird sich für unsere Pläne noch sehr vorteilhaft auswirken, denn sie schiebt Abdullahs Machtstreben ein und für alle Mal einen Riegel vor, egal, wie viele Gespräche er mit den Juden führt und wie oft er mit ihnen verhandelt! Und wenn irgendetwas geschieht, das nicht unseren Wünschen entspricht, wird Terror das Leben der Zionisten regieren. Schon jetzt sehen sie alle in panischer Angst erst einmal unter ihre Betten, bevor sie sich abends schlafen legen."

„Aber dennoch hegen die Zionisten immer noch die Hoffnung, dass König Abdullah und die Arabische Legion nach dem Abzug der Engländer doch nicht zu den Waffen greifen werden", dämpfte der Mufti Gerhardts Überschwang.

„In diesem Fall wird Abdullah wohl mehr von den arabischen Nationen zu befürchten haben als im anderen Fall von den Zionisten", erwiderte Gerhardt selbstbewusst und reckte sich in stolzer Zufriedenheit hoch auf. „Wir haben unseren Brüdern immerhin bewiesen, dass wir wirkungsvoller zu kämpfen vermögen als die Elitearmee Abdullahs. *In Blut und Feuer,* sagen die Juden, *wird Zion wieder erstehen.*" Er lachte. „*Ihr* Blut und *mein* Feuer, nicht wahr?"

Haj Amin überdachte mit einem zufriedenen Seufzer den Wandel seines Glücks und sagte dann anerkennend zu Gerhardt: „Ja. Du hast dich wahrlich in deinem Metier bewährt! Und obendrein hast du dich auch noch als guter Nachwuchsförderer erwiesen." Er musterte Gerhardt mit neuem Respekt. Dieser Verrückte hatte seinen Hass in eine konstruktive und durchdachte Kampagne nicht nur gegen die Juden, sondern auch gegen Abdullahs Arabische Legion kanalisiert. Dabei hatte er geschickt das gegenseitige Misstrauen der beiden Lager geschürt, indem er sowohl die Reihen der Arabischen Legion als auch die der jüdischen Vorposten durch mehrere Sprengstoffanschläge gelichtet hatte; mit dem Ergebnis, dass nun Abdullahs Leute ihre Verluste den Juden anlasteten, während die Juden behaupteten, Abdullahs Gespräche mit ihnen hätten nur den einen Sinn, sie zu täuschen und so lange in falscher Sicherheit zu wiegen, bis die Briten abgezogen waren. Welche der beiden Seiten auch immer die weiße Flagge hisste, immer wurde sie mit Blut befleckt.

Terror war der Keil, den Haj Amin zwischen die Haganah und die Arabische Legion getrieben hatte. Er war überzeugt, dass König Abdullahs Pläne nun zum Scheitern verurteilt waren.

„Wir werden Palästina befreien!", stellte Gerhardt siegessicher fest. „Und danach müsste ich der Kommandeur Ihrer Armee sein."

Haj Amin schwieg zunächst nachdenklich. Bis dahin war es noch ein weiter Weg. „Bis es so weit ist“, ergriff er schließlich lächelnd das Wort, „können wir dich vielleicht schon mal mit einer anderen kleinen Belohnung bedenken, was meinst du?“

Gerhardt zuckte gelangweilt die Achseln. „Meinen Sie etwa das Mädchen, die Schwester von Jassar Tafara ...“

„Sie ist doch immerhin unsere Kusine.“ Haj Amin gebrauchte die königliche Mehrzahl, um Gerhardt in seine Schranken zu weisen.

„Aber sie gehört mir doch schon“, wehrte Gerhardt ab.

„Und? Macht sie dir Freude?“

„Sie spricht nicht. Aber sie gehorcht immerhin. Sie tut alles, was ich ihr sage.“

„Du siehst also, dass sie eine gute Frau ist –“ Haj Amin tippte nervös die Fingerspitzen aneinander. Die Kunde, dass Sarai Tafara jetzt als Gerhardts Hure ihr Leben fristete, war nicht nur weit über die Grenzen Jerusalems hinaus bis nach Damaskus gedrungen, sondern auch an die Ohren ihrer Eltern, die jetzt in Beirut lebten und davon ausgegangen waren, dass die Schande ihrer Tochter durch den Tod getilgt worden war. Nun hatte sich der erzürnte Vater an Haj Amin gewandt und darauf gedrungen, dass die Angelegenheit umgehend erledigt werde. Keine Frau aus dem Hause Husseini durfte unverheiratet mit einem Mann zusammenleben, und Haj Amin würde die Sache irgendwie zu einem Ende bringen müssen.

„Möchtest du sie heiraten?“, fragte Haj Amin Gerhardt rundheraus und doch fast wie nebenbei.

„Heiraten?“, fuhr Gerhardt entrüstet auf. „Warum sollte ich sie denn heiraten, wenn sie mir bereits zu Willen ist?“

Haj Ami zwang sich, sein heiteres Lächeln zu bewahren, während er mit einer Stimme, die keinen Widerspruch duldete, befahl: „Du *musst* sie heiraten, weil sie eine Husseini ist!“

„... und von einem Dutzend Juden vergewaltigt!“, fügte Gerhardt geringschätzig hinzu. „Sie taugt nicht mehr für die Ehe, nur noch zum Dienen.“

„Sie ist immerhin die Witwe eines Märtyrers des Jihad, Gerhardt!“, entgegnete Haj Amin streng und straffte sich Ehrfurcht gebietend. Wie er diese armseligen Familienangelegenheiten hasste!

„Sie ist eine Hure!"

„Macht sie dir Freude, ja oder nein?", fragte Haj Amin noch einmal, mit noch größerer Schärfe.

„Sie ist ... ganz amüsant", räumte Gerhardt widerstrebend ein, fuhr aber fort: „Ich ... habe allerdings auch schon daran gedacht, sie an meine Leute weiterzugeben, wenn ich mit ihr fertig bin."

„Das wirst du *nicht* tun!", warnte Haj Amin mit schneidender Stimme, die Augen gefährlich zu Schlitzen verengt. „Du *wirst* sie heiraten!", fuhr er dann ruhig, aber bestimmt fort. „Der Koran erlaubt dir vier Frauen, und in deiner Stellung ziemt es sich, dass du eine Verbindung mit dem Hause Husseini eingehst. Wenn du erst einmal mit ihr verheiratet bist, kannst du ja mit ihr machen, was du willst. Du kannst dir zum Beispiel noch drei weitere Frauen nehmen und Jassars Schwester als Dienerin für die drei anderen verwenden ... Aber es ist mein unumstößlicher Wille, dass ihre Schande aus der Welt geschafft wird. Sie wird nicht als Hure weiterleben. In diesem Fall wird ihrem Leben ein Ende gesetzt!"

Gerhardt vermied es, Haj Amin anzusehen. Ihm war es letztlich egal, ob sie tot oder lebendig war. Sie langweilte ihn ohnehin mit ihren stummen Tränen, den verächtlichen Blicken und den kalten, zitternden Gliedern. Selbst wenn er sie schlug, leistete sie keinen Widerstand und schrie nicht einmal auf. Aber ihre Existenz hatte tatsächlich einen interessanten Aspekt: Sie gehörte zur Familie *Husseini!*

„Ihr Vater soll mich dafür entschädigen, dass ich sie zur Frau nehme. Sechshundert Pfund hat der junge Basil für sie gezahlt. Aber damals war sie Jungfrau und den Preis noch wert. Aber nun ist sie wertlos", begann Gerhardt zu handeln.

Haj Amin nickte zustimmend und erwiderte rasch: „Ich selbst werde dich auszahlen. Dann kann ich ihrem Vater berichten, dass sie mit dem Kommandeur meiner Armee verheiratet worden ist."

Gerhardt lächelte befriedigt. *„Kommandeur* ... Ja. Das ist Bezahlung genug, selbst für beschädigte Ware."

„Dann ist es also abgemacht?“

„Ich werde Jassars Bruder sein!“, bestätigte Gerhardt lachend. „Ich frage mich, was er wohl zu dieser ... *Verbindung* sagen wird!“, spottete er.

„Jassar wird nichts dagegen haben. Er ist uns ein ergebener Diener.“

„Ein Stümper!“

„Ein Patriot!“

„Wo hält sich denn *mein Bruder* zur Zeit auf?“

„Immer noch in Europa.“ Haj Amin tippte auf einen Aktenordner. „Er leistet uns dort gute Dienste.“

„Bringt er immer noch Priester mit heruntergelassenen Hosen um?“, fragte Gerhardt mit spöttischem Lächeln.

Statt einer Antwort blätterte Haj Amin in Zeitungsausschnitten und reichte Gerhardt schließlich einen von ihnen: „Da siehst du es. Es ist inzwischen bestätigt worden, dass sie Mitglieder des jüdischen Mossad waren. Wie gesagt, Jassar hat uns gute Dienste geleistet. Er hat unseren zionistischen Feinden eine empfindliche Lehre erteilt.“

Gerhardt überflog den Artikel und meinte dann lakonisch: „Es heißt hier, dass noch zwei andere Juden an dieser Aktion beteiligt waren. Wird *mein Bruder* auch sie in einer Toilette zur Strecke bringen?“ Er gab den Ausschnitt mit verächtlicher Miene zurück. „Er sollte lieber gut auf sein grobschlächtiges Nomadengesicht aufpassen.“

Die Augen des Muftis blitzten amüsiert, als er ergänzte: „... das so ganz anders ist als unsere Gesichter, nicht wahr, Gerhardt? Wir mit unserem Kreuzfahrerblut in den Adern –“

„Dicke Lippen und eine stumpfe Nase. Wenn er den Saboteuren zu nahe kommt, wird er sich verdächtig machen und vom Mossad einkassiert werden. Diese ... Priester zu finden war reine Glückssache! Jetzt aber spielt er mit dem Feuer des europäischen Mossad. Die werden sich nicht mit heruntergelassenen Hosen ertappen lassen.“

„Du machst dir unnötige Sorgen, Gerhardt. Dein Schwager hat

bereits jemanden angeheuert, der uns die Jagd abnimmt. Er hat ihn gut bezahlt, und du wirst sehen, dass wir diese Juden auch in Europa erledigen. Sie tun zwar so, als ob sie Macht besäßen, aber wir wissen es besser ... Die Juden verfügen über nichts als Schaumschläger."

Haj Amin legte den Zeitungsausschnitt wieder in den Ordner zurück. „Die Hunde bellen zwar schon, aber die dummen kleinen Füchse wiegen sich noch immer in dem Glauben, dass sie in ihrem Bau außer Gefahr sind. Es ist nur noch eine Frage der Zeit, sage ich, dann wird es für Jassar nichts mehr zu tun geben, als den Rest unserer Söldner auszuzahlen. In der Zwischenzeit jedoch wappnen wir uns mit Geduld und vertrauen darauf, dass das Ende nicht mehr lange auf sich warten lässt. Nicht mehr lange!"

Die Mitteilung verfehlte bei Gerhardt jedoch ihre Wirkung. Das Einzige, was ihn interessierte, war, im Schatten der Jerusalemer Gassen zu wirken und die Feinde Haj Amins zu eliminieren, ob sie nun Juden oder Araber waren ... Blut und Feuer waren die Butter auf seinem Brot und das Fleisch, das ihm Kraft verlieh. Er erhob sich in dem Gefühl, ans Ende der Besprechung gekommen zu sein, und fügte mit beißendem Spott hinzu: „Sollte er, entgegen meinen Erwartungen, diese Juden doch noch erwischen, dann übermitteln Sie ihm bitte meine herzlichsten Glückwünsche ... und richten ihm auch aus, dass seine geliebte Schwester lebt ... durch meine Gnade und unter meinem Schutz."

Haj Amin beschloss, Jassar lediglich mitzuteilen, dass Sarai einen Helden der Befreiung Palästinas geheiratet hatte.

# 33. Die Botschaft des Mossad

Den Rücken mit Kissen abgestützt und die fest schlafende Ellie neben sich, saß David bei Kerzenlicht im großen Ehebett und ging zum ungezählten Male den Inhalt seiner Brieftasche durch. Mit wachsender Unruhe und Verzweiflung untersuchte er, wie schon so oft, jeden einzelnen Gegenstand genauestens nach irgendeinem versteckten Hinweis, der ihnen Aufschluss darüber geben könnte, an wen sie sich wenden sollten. Voller Verzweiflung dachte er auch daran, dass die von Michael und ihm selbst angeheuerten Kampfpiloten inzwischen sicher schon in Europa waren. Aber wo in Europa? Und wie sollten sie überhaupt an die Kampfflugzeuge herankommen, da sich die tschechische Regierung inzwischen fest in der Hand der Kommunisten befand?

David harte nur noch eine einzige Hoffnung: Die Sowjets hatten immerhin für den Teilungsplan und für einen jüdischen Staat gestimmt. Zweifellos hatten sie dies zwar nur getan, um einen Keil zwischen die Vereinigten Staaten und Großbritannien zu treiben, aber solange die Alliierten keine Einigung über die Teilung erzielten, würden sie sicherlich zu ihrer Entscheidung stehen. Mit viel Glück würde diese Haltung zur Teilung vielleicht noch so lange anhalten, bis die Briten abgezogen und die Piloten an den ME 109 ausgebildet waren und nach Prag fliegen konnten.

Unglückseligerweise war es jedoch Ellie und ihm mit ihren amerikanischen Pässen nicht möglich, in die Tschechoslowakei zu reisen. Was die anderen Piloten anbetraf, so hatte Avriel sicherlich mit der kommunistischen Regierung inoffiziell eine Vereinbarung treffen können, damit sie einreisen konnten. Nachdem Golda Meir ihre Spendenreise in den USA unternommen hatte, würde es der Jewish Agency sicherlich nicht mehr an Bargeld für ein paar gezielte Bestechungen mangeln.

Die Männer, die David angeheuert hatte – alle Amerikaner –, waren zwar gute Piloten, aber keiner von ihnen hatte je eine deutsche ME 109 geflogen. Ohne Einweisung würden sie daher die schwer zu handhabenden Flugzeuge einfach in den Boden rammen. Niemand wusste das besser als David. Schließlich hatte er selbst alles, was man in einem Messerschmitt-Cockpit wissen musste, von einem deutschen Piloten gelernt, den er über Italien abgeschossen und gefangen genommen hatte.

*„Diese kleine 109 ist wie eine junge Frau, Mr. Meyer. Wenn man sie zu scharf anfasst, dann rebelliert sie ... Aber wenn Sie sie nicht fest genug im Griff haben, geht sie Ihnen durch. Wenn Sie dagegen das richtige Gefühl für sie haben, ist sie feurig und von atemberaubender Rasanz.“*

Die ganze Kunst im Umgang mit diesem Flugzeug bestand ganz einfach darin, lange genug am Leben zu bleiben, bis man es kannte. David war einer der ganz wenigen amerikanischen Piloten, die diesen Versuch überhaupt unternommen hatten. Und er war mit Sicherheit der einzig verfügbare, der sein Wissen an die anderen weitergeben konnte. Als er mit seinen Gedanken so weit gekommen war, drehte sich Ellie seufzend herum, schlug die Augen auf und blickte lange verschlafen Davids riesigen Schatten an, den die flackernde Kerze an die Wand warf. Seine trübe Stimmung wirkte dadurch noch bedrückender auf sie.

„Was machst du da, David?“, fragte sie flüsternd.

David begutachtete beim Schein der Kerze gerade wieder einmal die kleine Fotografie von dem jungen Mädchen. „Mir dieses Zeug hier ansehen“, knurrte er mürrisch, ohne sie eines Blickes zu würdigen. „Sie *müssen* doch hier irgendwo eine Botschaft versteckt haben ... irgendwo ...“ Er warf das Foto ärgerlich auf die Bettdecke und nahm die Wäschereimarken in die Hand.

Ellie setzte sich auf. „Vielleicht ist es doch irgendetwas in der Wäscherei. Etwas, was uns zur nächsten Etappe weiterführt, so wie bei einer Schatzsuche.“

„Tja.“ David warf die Marken missmutig zu dem Foto. „Tja, die Wäscherei befindet sich nur leider in Rom. Und dort werden bekanntlich in den Toiletten Priester umgebracht. Erinnerst du dich? Ich habe immer noch Alpträume wegen dieses Kerls im Zug. Nach Rom fahre ich jedenfalls nicht zurück.“ Aber noch während er dies behauptete, dachte er resigniert, dass er unter Umständen keine andere Wahl haben würde, als gerade dies zu tun. Wenn alle Straßen in eine Sackgasse führten, konnte er vielleicht Ellie hier lassen und versuchen, sich allein zum Flughafen in Rom durchzuschlagen.

„Ich werde dich beizeiten an deine Worte erinnern", entgegnete Ellie gähnend. „David, wir haben dieses Zeug doch schon tausendmal durchsucht." Geistesabwesend ergriff sie das Bild der hübschen jungen Frau. „Hier ist nichts. Absolut nichts." Sie betrachtete das lächelnde Gesicht, das lange blonde Haar und den blühenden Busch hinter der schlanken Gestalt. Sie hielt das Bild nahe an die Kerzenflamme und suchte, wie schon so oft, nach winzigen Buchstaben, die vielleicht irgendwo verborgen waren. Aber es war einfach nichts dergleichen zu entdecken. „Das kannst du wegschmeißen", meinte sie schließlich mit einem gezwungenen Lächeln. „Es sei denn, du findest sie so hübsch, dass du sie noch etwas in deiner Brieftasche tragen möchtest."

„Ich weiß nicht", entgegnete David abgespannt. „Weißt du, ich habe immer gedacht, dass sie vielleicht eine Kontaktperson ist, jemand, den wir unterwegs irgendwo treffen würden."

„Hmmm", machte Ellie nachdenklich und fügte dann mit verschmitztem Lächeln hinzu: „Sieht nicht schlecht aus. Glaubst du, du würdest sie wieder erkennen, wenn sie dich auf der Straße mit einem Kuss begrüßen würde?"

Sie drehte das Bild geistesabwesend um und starrte enttäuscht auf die Rückseite. „Wie frustrierend! Sie haben nicht mal ihre Telefonnummer hinten drauf geschrieben."

Doch David war nicht zu Scherzen aufgelegt. Er riss ihr zornig das Bild aus der Hand und hielt es spontan in die Kerzenflamme. „So viel zu hübschen Blondinen", brummte er aufgebracht, „– und zu vermeintlichen Kontaktpersonen." Eine Ecke des Bildes hatte bereits Feuer gefangen. Sie wurde braun, wellte sich und färbte sich schließlich schwarz. David hielt Ellie provozierend das brennende Bild vor Augen.

„Pass auf, dass das Bett kein Feuer fängt!", rief sie erschrocken, musste jedoch auch etwas über Davids Zorn schmunzeln. Ihr Blick wurde plötzlich von dem Foto gefesselt. Wo zuvor nichts Auffälliges zu sehen war, nahm nun eine dünne Schrift vor ihren Augen Konturen an. „Schnell, das Feuer aus!", rief sie. „David! Mach das Feuer aus!"

David, von düsteren Gedanken beseelt, bemerkte nichts von all dem und hielt das Bild in verzweifeltem Triumph in die Höhe. „Nichts da ...", wehrte er ab. Doch plötzlich entdeckte auch er die Schrift! Die Flammen hatten bereits das erste Wort weggeleckt und machten nun, gierig züngelnd, bereits Übergriffe auf das zweite. David blies erschrocken das Feuer aus und fragte hastig: „Hast du gesehen, was da stand?" Er legte das angekohlte Foto vorsichtig aufs Kopfkissen. „Wie hieß das erste Wort?"

„Salzburg ... glaube ich ..." Ellie hatte sich hingekniet und beugte sich über das Foto, um besser sehen zu können. „Ich glaube, Salzburg", wiederholte sie, nun etwas sicherer. Mühsam entzifferte sie die übrigen Worte: *„Gasthof zur Post, 3. Mai.* – Oh, David!" Sie flüsterte erregt. „Genau das haben wir gesucht! Und Salzburg ist doch gar nicht so weit weg, oder?"

„Nein ... Nein, ich glaube nicht!" Er studierte zweifelnd das angesengte Wort. „Meinst du wirklich, dass es Salzburg heißen soll?"

„Salz... *irgendwas.* Sieh doch." Sie fuhr mit der Fingerspitze am unteren Ende der noch verbliebenen Buchstaben entlang. „S – A, und das könnte ein L und ein Z sein. Der Rest ist weg. Du hast das Feuer eben nicht rechtzeitig ausgeblasen! Aber –" Sie schloss die Augen, um das Bild der verbrannten Buchstaben noch einmal vor ihrem geistigen Auge erscheinen zu lassen. „Ja. Ich bin mir sicher, es hieß *Salzburg.*"

„Die ganze Zeit haben wir danach gesucht, und dabei war die Lösung so nah", sagte David erschöpft, aber erleichtert. „Die ganze Zeit über hatten wir es bei uns!" Er sah Ellie fragend an. „Wie war doch gleich das Datum?"

„Dritter Mai. ... In zwei Tagen! Wir haben noch zwei Tage, David! Es ist noch nicht zu spät!", jubelte sie. „Salzburg! Eine Tagesreise mit dem Zug!"

In diesem Augenblick klopfte es heftig an der Tür, und sie hörten Teds angstvolle Stimme: „Heh, aufwachen! Bei euch riecht's nach Rauch!"

Herr Wattenberger stimmte besorgt mit ein: „Des riacht no Rauch. San S' mit Ihra Pfeif'n eing'schlofen, Mr. Meddissen?"

David reagierte inzwischen fast schon spontan auf seinen falschen Namen, und erwiderte rasch: „Nein, Herr Wattenberger." Mit einem Satz war er aus dem Bett gesprungen, während Ellie blitzschnell das Bild verbarg, und öffnete die Tür einen Spaltbreit. Er steckte seinen Kopf hinaus. Vor der Tür standen Ted und Herr Wattenberger, Ted noch angezogen, Herr Wattenberger in Nachthemd und Nachtmütze.

„Wos is 'n do los bei Ihna?", fragte der alte Bauer entsetzt, als er die dunkle Rauchwolke über dem Bett erblickte. Nichts war gefährlicher als ein Brand in einem jahrhundertealten Bauernhaus. „Des riacht io dohier no Rauch, und plötzlich stand auch Mr. Semssen vor der Tür." David überlegte erschrocken, ob der junge Amerikaner möglicherweise ihre Worte mit angehört hatte, und stammelte verlegen: „Entschuldigen Sie. Entschuldigen Sie, Herr Wattenberger. Mein Frau hat gerade gefunden eine alte Foto ... in meine Brieftasche ... eine alte Freundin ... es war nichts ... wirklich. Wir wollten nicht einjagen Ihnen Schrecken."

Der Alte räusperte sich vernehmlich, um nachdrücklich seine Missbilligung zum Ausdruck zu bringen, und wies David ungehalten zurecht: „Dafür gibt's oan Ofen." Damit wandte er sich um und schlurfte über den Flur zurück in sein Schlafzimmer.

Ted jedoch blieb noch stehen, ein spöttisches Lächeln um die Mundwinkel. „Eine Freundin also?", wiederholte er, mit einem triumphierenden Unterton in der Stimme. „Freut mich zu hören, dass ich nicht der Einzige bin, der eine eifersüchtige Frau hat."

Dann ging auch er auf sein Zimmer, lächelnd und mit beschwingten Schritten. Schwungvoll riss er die Tür auf, trat ein und lehnte sich erleichtert gegen den Türrahmen.

„Wo bist du schon wieder gewesen, Teddy?", keifte Maryanne sofort los. „Du bis' immer gleich auf un' davon, und ich weiß nie, wo du dich rumtreibs'! Lässt mich die ganze Zeit allein in dies'n gottverdammt'n ..."

„Spar dir die Komödie, Liebling", flüsterte Ted lächelnd und knallte die Tür hinter sich zu.

Maryannes Gesicht und Stimmlage veränderten sich unverzüglich. „Was hast du erfahren?", flüsterte sie, ohne die Spur eines Akzents. „Sie haben eine Botschaft gefunden. Und" – er lächelte triumphierend –„ich hab alles mitbekommen! Durch die Tür. Warte hier, bis ich's Tree gesagt habe!"

„Tree!", stieß Maryanne giftig hervor. „Was geht mich der an! David Meyer ist es, hinter dem ich her bin. Was er getan hat –" Sie verstummte. Dann setzte sie sich wieder mit gekreuzten Beinen aufs Bett und keifte sofort wieder mit lauter Stimme und in perfektem Texanisch: „Wo gehse jetz' schon wieda hin?", laut genug, dass Ellie und David sie durch die Wand hören konnten. „Gehse wieda zu diesen Spielkasino?" Sie brach in hemmungsloses Schluchzen aus. Ted schüttelte grinsend den Kopf und zog sich rasch den Mantel über. „Du spielst deine Rolle wirklich hervorragend", flüsterte er, nun voller Bewunderung, und fügte noch hinzu: „Ich geb eben Tree Bescheid." Er war schon im Begriff, die Tür zu öffnen, als ihm plötzlich ihre Worte bewusst wurden. Er hielt abrupt inne und fragte verwundert:

„Aber was hast du denn mit Meyer? Was hat er dir getan?"

„Mach dir deswegen keine Kopfschmerzen, Teddy, Liebling", flüsterte Maryanne, die inzwischen auf dem Bett lag und zur Decke starrte. „Eine reine Familienangelegenheit und nichts von Bedeutung."

* * *

„Die Nummer sieben, Franz, die bringt mir heute Glück", sagte Ted zu dem Croupier und warf seine Jetons auf den Spieltisch.

„Heute kein Zero, Herr Samson?", fragte dieser erstaunt und drehte die Roulettescheibe schwungvoll, so dass die kleine Kugel hüpfend und klickend über die Zahlen tanzte.

„Heute nicht“, erwiderte Ted und blickte sich verstohlen um. Crabtree war nicht unter den Spielern, die sich hier regelmäßig einfanden.

Als die Kugel schließlich zum Stillstand kam, stöhnten die Spieler enttäuscht auf. „Zero!“, rief der Croupier. „Ach, Herr Samson! Ausg'rechnet heut' haben S' Ihre Zahl geändert! Des is' a Schand'!“ Er harkte die Jetons zusammen. Ted zuckte gleichmütig die Achseln und wandte sich ab, um Tree zu suchen.

Von einem Hochgefühl erfüllt, eilte er, immer zwei Stufen auf einmal nehmend, zu dessen Zimmer hinauf. Endlich hatte sich das Warten ausgezahlt! Genau wie von Tree vorausgesagt, hatte das Schicksal schließlich doch noch die Nummer David Meyer auf dem Roulettetisch des Lebens ausgewählt. Dies würde sie endlich ins Herz der zionistischen Operationen führen, und Ted konnte seine Aufregung darüber nicht verhehlen, dass er Teil einer solch unglaublichen, geheimen Aktion war. Es war wirklich wie beim Roulette gewesen: Ted hatte, wie beim starren System, auf eine konstante Nummer gesetzt, und nun konnte er den großen Gewinn einstreichen.

Als Ted vor der schweren Holztür von Crabs Zimmer ankam, vermeinte er drinnen Gemurmel zu hören. Er stutzte, doch dann fasste er sich ein Herz und klopfte leise an. Das Gemurmel verstummte.

„Ja?“, hörte er Crabtrees Stimme.

„Tree“, flüsterte Ted. „Ich bin's, Stripes!“

Es dauerte geraume Zeit, bis die Tür aufging und sich Crabtrees Gesicht zeigte. Er sah krank aus ... oder betrunken.

Er winkte Ted herein. Als dieser das Zimmer betrat, stellte er erschrocken fest, dass Crabtrees linkes Auge völlig geschwollen war und er es kaum aufbekam. Die Tischlampe war zu Boden gestürzt, und Crabtrees Unterlagen waren über den ganzen Boden verstreut. „Tree!“, rief Ted entsetzt aus. „Wa...“

Crabtree starrte jedoch nur verbissen zu Boden und schwieg, auch dann noch, als ein Hüne von Mann in der Tür des winzigen Badezimmers erschien und fast die gesamte Türöffnung ausfüllte. Er richtete stumm eine Walther-Pistole auf Ted, während gleichzeitig ein zweiter Mann von hinten auf den jungen Mann zutrat.

„Sie sind vermutlich Ted Samson, was?“, fragte er, eine Pfeife mit den Zähnen im Mundwinkel festhaltend. Er sprach mit britischem Akzent, trug eine Tweedjacke englischer Schnittart und hatte ein rotes, in Leder gebundenes Adressbuch in der Hand.

„Was soll denn das heißen?“, fuhr Ted auf und ging herausfordernd auf den Engländer zu. Doch als sich die auf ihn gerichtete Pistole des Riesen unmerklich hob, blieb er erschrocken stehen. „Tree ...? Wer sind diese Leute?“

Ohne den Blick vom Boden zu heben, befühlte Crabtree statt einer Antwort nur vorsichtig sein geschwollenes Auge.

Der Riese ergriff nun mit drohend zusammengekniffenen Augen das Wort. „Sie haben sich da auf ein gefährliches Spiel eingelassen, junger Mann!“ Trotz seiner Aufregung stellte Ted fest, dass zwar Kleidung und Erscheinung des Mannes italienisch wirkten, sein Akzent jedoch unmissverständlich amerikanisch war. „Sie beide haben sich wirklich auf ein gefährliches Spiel eingelassen“, wiederholte der Riese noch einmal mit Nachdruck. Er fügte mit einem spöttischen Seitenblick auf Crabtree hinzu: „Den anderen zeigen wollen, wo's langgeht, was? Der Welt die geheimen Operationen des Mossad aufdecken, wie?“

„Tree?“ Ted wurde von bangen Ahnungen erfüllt. „Was soll das heißen? Wer –“

„Halten Sie den Mund!“, schnitt ihm der Engländer seelenruhig das Wort ab, und Ted gehorchte eingeschüchtert. „Dieser junge Mann“, wandte sich der Engländer nun an Crabtree, „wohnt also mit den beiden im selben Haus? Und die Frau ist zurückgeblieben, wie immer. Hat wohl Angst vor uns?“

„Ja“, nickte Crabtree und fügte trotz seiner prekären Situation ironisch hinzu: „Wie eine Schlange vor einer Maus. – Sie ist kein ängstlicher Typ!“

Der Engländer musterte Ted kritisch, während er Crabtree weiter befragte: „Stripes nennen Sie ihn also?“ Ohne eine Antwort abzuwarten, fügte er seinerseits mit ironischem Unterton zu Ted gewandt hinzu: „Nun, Stripes, was haben Sie denn für Neuigkeiten von der Front mitgebracht? Wo halten sich David und Ellie Meyer denn zur Zeit auf?“ Mit einem spöttischen Lächeln fügte er hinzu: „Was hat Maryanne Ihnen berichtet?“

Der Koloss kam drohend auf Ted zu, und dieser wich eingeschüchtert einen Schritt zurück. „Dasselbe wie immer“, stammelte er. „Nichts. Sie halten sich bedeckt. Gehen nirgendwohin –“

„Versuch nicht, uns anzulügen“, unterbrach ihn der Engländer, während er sich in aller Ruhe seine Pfeife anzündete.

„Wir haben euch schon zu lange verfolgt und sind nicht umsonst so weit gekommen. – Jetzt werdet ihr beiden für uns arbeiten.“

Ted nahm all seinen Mut zusammen und antwortete angriffslustig:

„Wer sind Sie eigentlich? Sehen Sie sich vor! Sie haben es immerhin mit der amerikanischen Presse zu tun!“ Der Koloss machte einen weiteren Schritt vorwärts und schwenkte drohend die Pistole.

„Und was glauben Sie, mit wem Sie es zu tun haben, Mr. Samson?“, fragte der Engländer zurück und musste lächeln, als er sah, dass erneut Angst über Teds Gesicht huschte. Der junge Mann blickte Hilfe suchend zu Crabtree, als könne der ihm irgendwie Aufschluss über die Identität dieser feindlichen Eindringlinge geben. Doch Crabtree schien sich mit allem abgefunden zu haben. Er schwieg resigniert.

„Was wollen Sie von uns?“, entschloss sich Ted zu fragen, ohne auf die Frage des Engländers einzugehen.

„Sie haben beim Aufspüren eines äußerst wichtigen Mitglieds der jüdischen Untergrundbewegung ausgezeichnete Arbeit geleistet. Und die ganze Welt fiebert nun Ihrer nächsten Enthüllung entgegen, *Stripes*“, antwortete der Engländer spöttisch. „Wir möchten Sie einfach auf Ihrer weiteren Reise begleiten ... jede Phase der Geschichte hautnah miterleben. Sorgen Sie also einfach dafür, dass die Story aufregend wird.“

„Und wenn Sie schön brav sind“, fügte der Hüne gönnerhaft hinzu, „entlassen wir Sie vielleicht auch wieder aus unserer Obhut. Wenn Sie allerdings Ärger machen, haben Sie Ihr Leben verspielt!“

Stripes blickte den Koloss ungläubig an und versuchte einen schwachen Protest: „Wir sind ... wir sind doch von der Presse. Wir *lassen* doch nichts geschehen. Wir schreiben doch nur über Dinge, die bereits geschehen *sind.*"

Der Engländer zündete ein weiteres Streichholz an, hielt es an die Pfeife und sog bedächtig an ihr. „An diesem Punkt muss ich Sie leider korrigieren, mein Freund", sagte er gleichmütig, während er dicke Rauchwolken ausstieß. „Sie *haben* früher einmal über Dinge geschrieben, die bereits geschehen waren, aber Ihre neueste Entdeckung bezeugt eindeutig, dass Sie Ihre Fachrichtung geändert haben. Und deshalb haben wir da eine kleine Aufgabe für Sie ..."

* * *

Es klopfte leise, und dann wurde behutsam die Tür geöffnet. David fuhr erschrocken aus dem Schlaf und sah sich plötzlich Herrn Wattenberger gegenüber.

„Herr Wattenberger?", stammelte er schlaftrunken und verwirrt und warf schnell einen angstvollen Blick auf Ellie, die nichts ahnend neben ihm schlief.

Der alte Mann legte beschwichtigend einen Finger an seine Lippen und flüsterte mit besorgter Miene: „Wecken S' rasch Ihre Frau, und kommen S' dann leise nunter!"

„Waaas?", murmelte David entgeistert. Aber der Alte legte abermals warnend den Finger an die Lippen und war gleich darauf so leise, wie er gekommen war, wieder verschwunden.

Fünf Minuten später kamen David und Ellie, verschlafen und zerzaust, in die Küche, wo Frau Wattenberger schon mit den Vorbereitungen fürs Frühstück beschäftigt war. Zum ersten Mal wurden sie aber nicht mit einem fröhlichen *Guten Morgen* begrüßt. Die Bäuerin blickte nur mit düsterem Gesicht auf und deutete dann schweigend mit dem Kopf zur Stalltür, während sie gleichzeitig mit einem besorgten Blick zu Teds und Maryannes Zimmer ihren Finger an die Lippen legte. Ellie spürte, wie ihr das Blut aus den Wangen wich. Irgendetwas Schreckliches war geschehen ... oder würde noch geschehen. Stumm leistete sie Frau Wattenbergers Aufforderung Folge und schlüpfte in den dämmrigen Stall, wo sie bereits von Herrn Wattenberger erwartet wurden. Er streichelte unablässig eine sanfte braune Milchkuh, die sich dies wohlgefällig gefallen ließ. Auch er hatte ein düsteres, von Sorgenfalten zerfurchtes Gesicht. Der Schlitten und die Haflingerstute waren nicht da.

„Herr Wattenberger", begann David verwirrt, nachdem er die Tür hinter sich geschlossen hatte. „Was ist ...?" Er verstummte erschrocken, als hinter dem Bauern plötzlich ein Mann aus dem Halbdunkel trat. Der Mann trug die gleiche Arbeitskleidung wie Herr Wattenberger und hatte eine grüne Jägermütze auf. Sein Gesichtsausdruck war ernst, ja, er erschien David richtig böse. Er war ungefähr im gleichen Alter wie David, aber fast einen halben Kopf größer.

„Sie san David Meyer", stellte der Fremde langsam zu David gewandt fest.

„David!" Ellie hatte entsetzt aufgeschrien und klammerte sich nun erschrocken an seinen Arm.

David schob sie schützend hinter sich und trat herausfordernd auf den Mann zu: „Was soll das heißen?" Er ballte unwillkürlich die Fäuste. Herr Wattenberger hörte nicht auf, die Kuh zu streicheln, und sagte traurig, ohne David anzusehen: „Sie müssen geh'n, Devid und Ellie Meyer. Zu Ihrer eig'nen Sicherheit, müssen S' jetz' geh'n. Heut Morgen noch. Sofort!"

„Was soll denn das?", fragte David und sah verwirrt zwischen den beiden Männern hin und her. „Wer ist dieser Mann, Herr Wattenberger?"

Der Fremde schwieg, ohne seinen Blick von David abzuwenden, und ließ Herrn Wattenberger antworten: „Des is' Wilhelm Grieg. A Freund."

Ohne eine Miene zu verziehen, wiederholte nun Wilhelm Grieg: „S' müssen hier weg!"

„Sog's du ihna, wos du g'seh'n host, Wilhelm", forderte der alte Bauer den Fremden auf.

Dieser nickte und begann dann zu erzählen. „Dieser Semssen is' ins Dorf kommen und hat sich dort oft mit ei'm Amerikaner 'troff 'n –"

„Samson?", horchte David auf, fragte aber sofort argwöhnisch: „Woher Sie wissen überhaupt unsere Namen?"

„Des wiss' mer scho' a Zeit long", erwiderte Grieg seelenruhig. „Und bis gestern auf d'Nacht ham mer 'dacht, dass S' hier heroben sicher wär'n. Aber dann hat dieser Amerikaner, der wo im *Goldenen Greifen* wohnt, letzte Nacht Besuch 'kriegt. Mer ham g'schaut und g'wart', aber sie san nit aussikommen."

Herr Wattenberger sagte beschwörend zu David: „Devid Meyer, Sie müss'n jetz' geh'n! Ted Semssen is' in der Früh zur Stadt 'fahr'n. Sei Frau, die Maryanne, is' hier 'blieben, um Sie zu beobachta, glaub' i ..."

„Aber Ted hat doch das Pferd", war das Einzige, was David noch hervorbrachte. *Wie lang hatten die Bauersleute wohl schon Bescheid gewusst? Aber warum hatten sie sie nicht verraten?*

„Wilhelm wird S' bringa", antwortete Herr Wattenberger. „Er hot die Glock'n von soi'm Schlitt'n abg'macht. Des Zimmer von den Semssens is' auf der ander'n Seite vom Haus. Da könn S' nit g'seh'n werda."

„Aber unsere Sachen", wandte Ellie hilflos ein. Sie befand sich immer noch in einer Art Schockzustand. „Meine Kleider ..."

Da ging wie aufs Stichwort quietschend die Tür auf, und Frau Wattenberger erschien schweigend mit den beiden kleinen Reisetaschen. Sie stellte sie im Stroh ab und nahm Ellie in die Arme. „Mein Liabes", sagte sie gerührt und drückte sie in einer heftigen Gefühlsaufwallung an die Brust. Tränen rollten ihr übers Gesicht. „B'hüt di' Gott!"

Wilhelm Grieg hatte bereits die Tür nach draußen geöffnet und winkte Ellie und David heran. „Ma dürf'n nit nach Kitzbühel. Ma fahr'n nach St. Johann. Un' von dort nehmen S' dann den Zug."

# 34. „... blase in das große Schofar“

Der Großvater legte Tallith und Gebetsriemen an und wandte sich zusammen mit Jakov in Richtung der Klagemauer, die den Juden jetzt schon seit vielen Monaten nicht mehr zugänglich war.

„Das Morgengebet, Jakov“, sagte er dabei zu dem Jungen, „ist in dieser Zeit besonders wichtig, nu?“

„Ja, Großvater.“

„Betest du auch mit ganzem Herzen und mit ganzer Neschome? – Nun, mein kleines *Kichel?*“

Jakov stieß verlegen mit der Spitze seines abgetragenen Schuhs auf den Fußboden und antwortete zögernd: „... Ja, Großvater. Aber ich würde noch besser beten, wenn du mich nicht immer dein kleines *Plätzchen* nennen würdest.“ Er legte schmachtend die Hand auf den Bauch. „Dann muss ich nämlich immer ans Essen denken ... Und ich *bin* doch auch so schon sehr hungrig, Großvater!“

„Oj“, sagte der Alte. Er schob dem Jungen scherzhaft die Jarmulke in den Nacken und sagte mit einem Anflug von Wehmut in der Stimme: „Ja, es ist schon gut, dass wir Gott nicht mit vollem Magen lieben müssen, denn die Menschen in der Altstadt haben schon lange nichts mehr im Magen.“ Er seufzte schwer. Doch schon hatte er sich wieder in der Gewalt. „So. Dann beten wir also jetzt um ein Frühstück. Außerdem werde ich dich nicht länger mein *Kichel* nennen, sonst streut Rabbi Akiva vielleicht noch Zucker über dich und verzehrt dich zum Nachmittagskaffee.“

Der Junge nickte ernsthaft und rückte seine Jarmulke wieder zurecht. Dann schnipste er mit den Fingern und rief Schaul herbei. „Oj, Großvater. Jede Nacht träume ich, dass Schaul sich ins arabische Viertel schleicht und für uns ein Hühnchen stiehlt.“

„Dann werden wir also heute Morgen um ein Hühnchen beten.“

„Nein, Großvater! Ein einziges Hühnchen wäre ja nicht genug. Denn wir müssten es ja mit all unseren Freunden teilen. – Ich wäre schon mit einem Stück Nierenfett für Schaul zufrieden.“ Er strich mit sorgenvoller Miene über die knochigen Flanken des Hundes. „Er wird so dünn, Großvater. – Ich glaube, selbst die Araber haben Mitleid mit ihm. Gestern war sogar ein Fetzchen Fleisch an dem Fett, das er mitbrachte."

„Schick ihn jetzt fort, Junge", forderte ihn der Großvater zärtlich auf.

Jakov lehnte seinen Kopf an den des großen, dürren Tieres und befahl: „Geh, Schaul! Fleischer!" Er schnipste auffordernd mit den Fingern, öffnete die Tür, und Schaul galoppierte gehorsam in Richtung Barrikade. Der Junge sah ihm noch eine Weile nach, dann schloss er die Tür und sagte bedrückt: „Ehud hat mich gefragt, was ich am liebsten wäre, wenn ich mir wünschen könnte, was ich sein möchte. Und ich habe geantwortet, ich wäre gern ein Hund."

„Ein Hund!", rief der Großvater erstaunt aus. „Warum denn das, Jakov?"

„Weil die Araber nett zu Hunden sind."

Jakovs Worte versetzten dem alten Mann einen Stich. Ja, der Junge hatte Recht. Oft waren Menschen freundlicher zu Tieren als zu ihren Brüdern. Er tadelte den Jungen daher nicht wegen seiner ehrlichen Worte. „Aber Hunde können nicht beten, Jakov. Menschen dagegen können sogar noch in Not und Angst mit Gott sprechen."

„Glaubst du", fragte Jakov unsicher, „dass Gott uns hört, Großvater?"

„Komm", unterband der alte Mann weitere Fragen und hüllte Jakov mit in seinen Gebetsschal ein, „schlag den Sidur auf, und dann beten wir." Während Jakov vorlas, dachte der Rabbiner darüber nach, dass nun überall von der Heiligen Stadt Jerusalem die Gebete gen Himmel stiegen und dass schon seit zweitausend Jahren Millionen von Menschen über Generationen hinweg dieses schlichte Bittgebet regelmäßig gesprochen und nie eine Antwort gehört hatten. Doch er war fest davon überzeugt, dass Gott die Bitten dennoch gehört hatte. Er schloss die Augen und sprach die Worte, die auch er selbst schon unzählige Male gesprochen hatte, auswendig und aus tiefster Seele:

„Unser Gott und Gott unserer Väter, blase in das große Schofar zu unserer Freiheit und erhebe dein Panier, unsere Verbannten zu sammeln, bringe nahe unsere Zerstreuten aus der Mitte der Völker, und unsere Zersprengten sammle von den Enden der Erde, bringe uns in deine Stadt Zion mit Jubel und nach Jerusalem, der Stätte deines Heiligtums, in ewiger Freude."

Jung und Alt betete dieses alte Gebet aus dem jüdischen Gebetbuch wie aus einem Munde. Und zum ersten Mal in seinem Leben hatte der alte Rabbiner das Gefühl, dass er vielleicht doch noch erleben würde, wie dieses Gebet in Erfüllung ging.

* * *

Es war ein glühend heißer Tag, und die Sonne brannte sengend auf die Straßen der Altstadt nieder. Gerhardt hatte sein Werkzeug genommen und war in die Stadt gegangen. Wie immer, wenn er Sarai allein zurückließ, hatte er sie in seinem winzigen Zimmer eingeschlossen.

Von den Balken der Läden im Erdgeschoss hingen Lammrümpfe und verbreiteten nicht nur einen entsetzlichen Gestank, sondern waren auch der Sammelpunkt für Millionen von Fliegen. *Wie passend,* dachte Sarai voller Verachtung, *dass Friedrich Gerhardt an einem solchen Ort wohnt.* Sie legte sich auf das schmale Bett und bedeckte sich mit einem dünnen Schleier, um die Fliegen abzuhalten. Obwohl sie bei dieser furchtbaren Hitze in einem winzigen, stickigen Zimmer eingeschlossen war, empfand sie ein Gefühl der Dankbarkeit – Dankbarkeit darüber, allein sein zu dürfen und zumindest für einige wenige Stunden von der Brutalität dieses Mannes verschont zu bleiben. Der Held des Jihad war ausgegangen, um einen weiteren Anschlag auf die Zionisten zu verüben. Auch am nächsten und übernächsten Tag würde er sich wieder zu einem tödlichen Unterfangen in die Stadt begeben. Und während seiner Abwesenheit würde Sarai jedes Mal in ihrem Gefängnis unter ihrem Leichentuch liegen, dankbar, dass er seine Grausamkeit nicht nur an ihr ausließ.

Jassar hatte ihr einmal erzählt, wie Gerhardt den Wagen hergerichtet hatte, mit dem Basil zur amerikanischen Botschaft gefahren war. Damals hatte sie der Name dieses Mannes noch mit Ehrfurcht erfüllt.

Im Laufe des Nachmittags würde irgendwo in der Stadt die Erde erbeben, und die Explosion eines seiner Spielzeuge würde die Luft zerreißen lassen. Frauen und Männer würden dabei umkommen. Für Sarai waren sie längst nicht mehr Juden oder Araber, sondern einfach Menschen wie sie selbst.

Sie lag mit geschlossenen Augen auf dem Bett, von Dunkelheit und Fliegengesumm umgeben, und dachte an ihre Mutter, ihre Schwestern und die fröhlichen Gesichter ihrer Neffen und Nichten. Waren sie in Sicherheit? Waren sie glücklich? Dachten sie noch manchmal daran, wie strahlend und schön sie in ihrem Hochzeitskleid ausgesehen hatte? Obwohl es ihr so vorkam, als stünde die ganze Welt am Rande des Grabes, hoffte sie dennoch, dass es ihren Angehörigen gut ging, und betete darum, dass ihre Familie sich, falls sie überhaupt noch an sie dachte, ihrer so erinnerte, wie sie gewesen war, als noch Frohsinn und Gelächter bei ihnen zu Hause geherrscht hatten.

Sie setzte sich auf, ohne den Schleier abzunehmen. Dort drüben, zwischen den Kleidern des Mannes, der den Beinamen *Der Tod* hatte, hing ihr wunderschönes lavendelfarbenes Kleid. Es war der einzige Farbtupfer in dieser trostlosen Umgebung. Gerhardt hatte es am ersten Abend in seiner blinden Gier an der Schulter aufgerissen, aber Sarai hatte es mit einer Behutsamkeit repariert, als pflege sie einen kranken Freund. Wie schon so oft, holte sie es auch jetzt vorsichtig herbei und legte es auf die zerlumpte Bettdecke, um noch einmal die Geschichte zu lesen, die sie und Rachel mit solcher Hoffnung erfüllt hatte.

*„Wo du stirbst, da sterbe auch ich ...“*, las sie unter Tränen. Sie barg ihr Gesicht im Kleid und flüsterte, von Weinkrämpfen geschüttelt:

„El-Kiama! In jener Nacht neben dem Grab habe ich deine Stimme gehört! Auch habe ich deine Geschichte in dem gestickten Garten gelesen! Du musst mir helfen! Du musst mir Mut geben zu glauben! El-Kiama! Wo du gestorben bist, da muss auch ich sterben!“

Sie wusste nicht, wie lange sie so gesessen hatte, als sie in der Ferne eine Explosion hörte. Sie hob desinteressiert den Kopf und blickte durch die Gitterstäbe ihres Fensters hinaus. Durch diese Stäbe wurde sie immer wieder daran erinnert, dass sie sich in einem Gefängnis befand. Eine dünne Rauchspirale stieg jetzt in der Nähe des Zion-Tores zum Himmel. – Bald würde Gerhardt wieder nach Hause kommen.

* * *

Merkwürdigerweise war diesmal der Tankwagen mit dem Wasser Ziel eines Bombenanschlags geworden. Nun bedeckte der Wagen nur noch als Haufen verbogenen, rauchenden Metalls die Jaffa Road in der Nähe des Zion-Platzes.

Rachel war gerade auf dem Weg dorthin gewesen, als sie von der Explosion überrascht wurde. Sie hatte einen ohrenbetäubenden Knall gehört und aus der Ferne mit angesehen, wie Dutzende von Frauen und Kindern, die schon um Wasser angestanden hatten, von der Explosion erfasst und weggeschleudert wurden. Dann hatten sie weinend und stöhnend umhergelegen. Glücklicherweise waren keine Menschenleben zu beklagen gewesen. Vielleicht lag es an den großen Wassermengen, die sich noch im Wagen befunden hatten.

Wegen Tikvah hatte sich Rachel nicht an den Rettungsarbeiten beteiligen können und war mit leerem Eimer gleich wieder nach Hause gegangen.

Dort hatte sie die Kleine im vorderen Zimmer auf eine Decke gelegt, wo sie nun, am Fäustchen saugend und fröhlich gurgelnd, ihre Mutter mit großen blauen Augen anstrahlte, ohne zu ahnen, welchen Schmerz diese empfand und wie erschöpft sie war. Für Rachel waren, zumal in ihrem Zustand, nicht nur die Aufregung, sondern auch die Hitze zu groß gewesen. Von einer plötzlichen Schwäche übermannt, sank sie neben Tikvah auf den Boden, und Tikvah, durch die mütterliche Nähe beruhigt, schlief bald friedlich ein.

So fand Mosche die beiden auch vor, als er die Wohnungstür

aufschloss und ins Zimmer trat. Einen Schrei auf den Lippen, stürzte er zu Rachel hin und kniete bei ihr nieder. Seine Stimme drang wie aus weiter Ferne an ihr Ohr, und sie schlug benommen die Augen auf.

„Was fehlt dir?“, fragte er erregt und nahm sie in die Arme.

Sie griff sich verwirrt an die Stirn. Sie konnte sich nicht erinnern, wieso sie neben Tikvah lag. „Nichts“, antwortete sie schließlich mit matter Stimme. Sie empfand tatsächlich keine Schmerzen. „Mir fehlt nichts.“ Sie nahm sich zusammen. „Ich ... mir fehlt überhaupt nichts.“

Sie versuchte sich aufzusetzen.

„Ich dachte schon, du wärst –“ Er konnte das Entsetzliche nicht aussprechen und verstummte, immer noch von banger Sorge erfüllt. „Ich hörte, dass der Wasserwagen explodiert ist“, begann er dann zu erzählen, „und da bin ich gleich nach Hause gerannt.“

„Richtig“, stieß Rachel matt hervor. „Der Tankwagen mit dem Wasser.“ Sie sah ihn fragend an, als könne er ihr erklären, warum das passiert war.

„Ich wollte es nicht glauben“, sagte Mosche zornig. „Ein Anschlag auf Menschen, die um *Wasser* anstehen! Wir wissen immer noch nicht, wie die Bombe überhaupt implantiert worden ist. Oder wer es getan hat. Aber es ist, Gott sei Dank, niemand umgekommen. Ich hatte solche Angst, dass du dabei wärst.“ Er sah zum leeren Wassereimer hinüber.

„Nein.“ Sie folgte seinem Blick mit ihren Augen. „Wir haben die Explosion nur von weitem gesehen. Es war so unwirklich: zuerst der Blitz, dann fielen die Menschen um, und das Wasser schoss in alle Richtungen.“ Ein schwerer Seufzer entrang sich ihrer Brust, dann sagte sie beschämt: „Ich habe nicht einmal den Versuch gemacht zu helfen, Mosche. Ich hatte Tikvah bei mir. Und außerdem hatte ich Angst um unser Kind. Als ich wieder zu Hause war, wurde mir plötzlich schwindelig. Ich muss mich wohl einfach hier hingelegt haben.“

Die Beule auf ihrer Stirn bezeugte allerdings das Gegenteil. Mosche befühlte sie behutsam und machte ein bedenkliches Gesicht. „Der

Arzt im Hadassah-Krankenhaus hatte Recht. Jerusalem ist nicht der rechte Ort für eine schwangere Frau. Ich möchte, dass du ... Nein", korrigierte er sich dann entschlossen, „ich werde es so einrichten, dass du nach Tel Aviv gehst. Dort ist es nicht so gefährlich wie hier. Zumindest wirst du dort gutes Essen und Wasser haben."

„Nein!", widersprach sie heftig und richtete sich auf. „Ich bin so oft in meinem Leben geflohen! Ich kann jetzt nicht gehen. Es sind auch noch andere Frauen hier, die –"

„Willst du denn, dass ich meine Tage damit verbringe, mir Sorgen um dich zu machen?", unterbrach er sie ungehalten.

Sie legte eine Hand beschwichtigend auf seinen Arm und drehte seine Frage um: „Möchtest du denn, dass *ich* mir ständig Sorgen um *dich* mache? Mosche! Liebster! Bitte ... Ich kann nicht woanders leben als du!"

Er fühlte sich hin- und hergerissen und setzte sich seufzend mit gekreuzten Beinen nieder. Da wurde Tikvah wach, und Rachel nahm sie auf den Arm. „Ich ... wir ... wissen nicht", versuchte Mosche stockend zu erklären, „was hier in Jerusalem passieren wird. Wenn die Verhandlungen erfolgreich sind, dann brauchen wir uns keine Sorgen zu machen. Aber im Augenblick haben wir leider allen Grund zur Sorge, Rachel. Und ich möchte nur eins: dich in Sicherheit wissen. Dich und Tikvah und ... das Kind."

„Mosche", wechselte Rachel das Thema, „ was ist mit Sarai? Hast du etwas von ihr gehört?"

Er schüttelte niedergeschlagen den Kopf. „Ich frage immer wieder. Ich höre einfach nicht auf zu fragen, aber –"

„Und ich höre nicht auf zu beten, dass sie wieder zurückkommt. Dass sie irgendwie wieder zu uns zurückfindet." Sie dachte an den Morgen, an dem Sarai die Ziege mitgebracht hatte, und musste lächeln. „So wie neulich – mit einem Herzen voller Geschenke und mit der *Gewissheit* ...!"

„An jenem Tag herrschte Waffenstillstand, Rachel. Jetzt wäre das nicht mehr so einfach möglich! Und, noch etwas, Rachel –" Er war wieder kurz davor, ihr zu sagen, wer Sarai entführt hatte, aber dann sagte er sich abermals, dass er ihr damit nur unnötig wehtäte. Die

Erinnerung an Gerhardts Brutalität war auch bei Rachel noch zu frisch. Er vermutete außerdem, dass Gerhardt oder seine Gefolgsleute bei der Explosion des Wasserwagens beteiligt gewesen waren, weil sie Freude daran hatten, immer wieder neue Wunden aufzureißen. „Ich glaube einfach nicht, dass sie zurückkommt", fuhr er daher ausweichend fort. „Du kannst dich jedenfalls nicht von solch einer vagen Hoffnung dazu verleiten lassen, hier zu bleiben."

„Das ist auch nicht der einzige Grund, warum ich hier bleiben möchte, mein Gemahl", erwiderte sie und suchte seinen Blick. „Ich bleibe aus Freude an deiner Nähe hier." Plötzlich flackerten Zweifel in ihren Augen auf. „... Oder bist du mich schon leid geworden?"

„Dich und leid geworden!", fuhr Mosche auf. Er zog sie heftig an sich und lachte schallend. Anschließend zeigte er ihr seine kaputten Schuhsohlen. „Ich habe gerade erst ein Paar Sohlen durchgelaufen, weil ich sicher sein wollte, dass es dir gut geht!"

„Aber du musst es mir sagen, wenn ..."

Mosche legte ihr einen Finger auf die Lippen und unterband jeden weiteren Einwand, indem er ihr streng das Wort abschnitt: „Sprich nicht weiter! Denn das ist meschugge, nu?"

Sie küsste als Antwort erst seine Finger, dann seine Handfläche und legte schließlich ihre Wange in seine starke, schwielige Hand. „Dann darfst du aber niemals mehr daran denken, mich wegzuschicken, denn ohne dich würde ich bestimmt sterben."

# 35. Der große Salzberg

Stripes stand mit Herrn Wattenberger vor der Stalltür und erkundigte sich nach Sue und James Madison. Der dicke Italiener hielt sich unauffällig im Hintergrund und sorgte dafür, dass sich der junge Mann auch verabredungsgemäß verhielt. Die Pistole, die er auf ihn gerichtet hatte, hielt er dazu allerdings zweckmäßigerweise in seiner Manteltasche verborgen.

„Weggefahren?", wiederholte Stripes gerade entgeistert. „Aber wohin denn? Wann sind sie denn gefahren?" Obwohl er sich bemühte, ruhig zu bleiben, machte Stripes ein Gesicht, als habe er ein Gespenst gesehen.

„Sie san zur Stadt fahr'n", erwiderte Herr Wattenberger treuherzig und fügte lauernd hinzu: „Nachdem S' ganga san." Dann wandte er sich an den ernsten, massigen Italiener, der Stripes um einiges überragte, und erklärte: „Die zwoa san in G'schäften unterwegs. Sie san mit oana neu'n Fluggesellschoft hier in Europa."

Eine lange, nachdenkliche Stille folgte. Aber schließlich nickte der Italiener kurz. „Ich weiß. Wir zwei sind Geschäftspartner."

„Vielleicht könn S' die beiden noch in Kitzbühel erreich'n", schlug Herr Wattenberger hilfsbereit vor und fügte noch hinzu: „Des is' aba schod', dass S' den ganz'n Weg umasonst kimma san. Vielleicht möchten S' aba auch hier bleib'n. Ma ham noch a Zimma frei." Er schob die Unterlippe vor und kratzte sich nachdenklich am Kopf. In diesem Augenblick kam Maryanne mit ihrer großen Handtasche aus dem Haus. Sie musterte die Gruppe zunächst verwirrt, fing sich jedoch schnell und ging lächelnd auf sie zu.

Auch der Italiener stutzte kurz. Dann aber stieß er Stripes an und sagte zu ihm: „Das ist sicher Ihre Frau, Ted. Ich begleiche eben Ihre Rechnung. Vielleicht treffen wir James ja noch in der Stadt." – „Ausgezeichnete Idee!"

„Erlauben Sie mir, Ihnen behilflich zu sein, gnädige Frau", sagte er galant zu Maryanne und nahm ihr höflich die Tasche ab. Und zu Herrn Wattenberger gewandt, plauderte er in fließendem Deutsch:

„Dieses herrliche Fleckchen Erde eignet sich wirklich hervorragend als Kulisse für geschäftliche Angelegenheiten." Er zählte ein Dutzend Banknoten ab. „Unsere Gesellschaft wird sich bestimmt bei Gelegenheit daran erinnern, wenn es darum geht, einen Ort für eine geschäftliche Zusammenkunft auszusuchen."

„Verbindlichsten Dank", erwiderte Herr Wattenberger förmlich.

„Aber unser *Gepäck,* Teddy ...", protestierte Maryanne. „Ich mach kein' Schritt ohne mein' *Koffer!*"

„Herr Wattenberger wird Ihre Habseligkeiten so lange in Verwahrung nehmen, Madame", antwortete der Italiener an Teds Stelle und machte eine leichte Verbeugung vor ihr.

Dabei entdeckte Maryanne voller Entsetzen den Pistolenlauf, der sich dabei unter dem Stoff seiner Manteltasche abzeichnete.

„Wir sind leider auf die Fähigkeiten Ihres Mannes als Übersetzer angewiesen, Madame", fügte der Italiener mit einem Unterton hinzu, bei dem man nicht recht wusste, ob er als Bedauern oder als Drohung aufzufassen war.

Maryanne wurde einer Entscheidung enthoben, da Ted sie bereits am Arm ergriffen hatte und sehr nachdrücklich mit starkem texanischem Akzent zustimmte. „Wir müss'n James und Sue such'n, Süße. Also komm!" Er zog sie mit sich fort. „Vergiss dein Texanertum", zischte er ihr schnell zu, „und halt die Augen offen und den Mund geschlossen!" Im Stillen verfluchte er jedoch L. C. Crabtree und sein journalistisches Gespür.

* * *

Den Nachmittagszug nach Salzburg hatten sie trotz der Eile verpasst, und so gingen sie zum *Goldenen Greifen.*

„Sind Sie auch ganz sicher, dass die beiden Salzburg erwähnt haben?", fragte der Italiener drohend, immer noch zornig über diesen Misserfolg. Maryanne reagierte nicht. Seitdem sie mit dem kalten Stahl der Walther-Pistole konfrontiert worden war, machte sie den Mund nicht mehr auf.

Sie gingen unbemerkt durch mehrere Gruppen von Wintersportlern, die mit ihren Skiern in der Eingangshalle des Hotels standen. Während sie die breite Treppe zu Crabtrees Zimmer hinaufstiegen, spürte Ted zweimal mahnend den harten Pistolenlauf in seinem Rücken.

Im schummerigen Licht des Flurs erschien Maryannes ohnehin blasse Haut von gespenstischer Bleichheit. Genau wie bei Teds letztem Besuch, war Crabtrees Zimmertür auch diesmal leicht geöffnet, und sie blieben überrascht stehen. Aber ungerührt stieß der Italiener Stripes den Pistolenlauf in die Rippen und befahl mit heiserer Stimme:

„Öffnen Sie!"

Maryanne stand neben Ted, als dieser die Tür aufstieß. Ihre Augen weiteten sich vor Entsetzen, als sie in das Zimmer blickte. Sie hielt sich krampfhaft den Mund zu, als wolle sie schreien. Doch sie blieb stumm.

Der Ausdruck ihres Gesichts entsprach dem des Engländers, der mitten im Zimmer in seinem Blut lag und mit weit geöffneten, blicklosen Augen zur offenen Balkontür starrte.

Der Wind blähte die Vorhänge und spielte mit den lose herumliegenden Schreibmaschinenseiten wie mit welkem Laub. Stripes war fassungslos. „Weg", brachte er schließlich hervor und wiederholte unablässig: „Weg. Crabtree. Tree. Er ist weg!"

* * *

„Warte hier", sagte David zu Ellie, als er das Bahnhofsgebäude verließ und in den Salzburger Schnürlregen hinaustrat. Er schlug schützend den Mantelkragen hoch und ging, jeweils einen Bogen um die Pfützen machend, über das Kopfsteinpflaster auf eine Pferdekutsche zu, um sich nach dem Weg zu ihrem Treffpunkt zu erkundigen.

Ellie nickte in Gedanken, als er schon längst fort war, und hielt prüfend ihre Hand in den Regen. Dieser konnte allerdings der Schönheit Salzburgs keinerlei Abbruch tun. Über einem Wald von Kirchtürmen, zwiebelförmig oder spitz zulaufend, thronte herrschaftlich und trutzig die Festung Hohensalzburg.

Ellie verfolgte mit aufgeregt und hoffnungsvoll klopfendem Herzen, wie David einem Kutscher winkte, und schickte ein Stoßgebet zum grauen Himmel empor: *So nah. Endlich so nah unseren eigenen Leuten. Bitte, Gott ...* Plötzlich fiel ihr wieder der Beobachter in Innsbruck ein, und sie blickte sich hektisch um. Doch es war nichts zu sehen, außer dass der Zug stampfend abfuhr. Während David unter Zuhilfenahme seines Zettels, auf den sie die Adresse geschrieben hatten, mit dem Kutscher verhandelte, spannten die Menschen auf dem Bahnsteig ihre Schirme auf und verteilten sich in den Straßen der Stadt.

Schließlich verabschiedete sich David von dem Kutscher. Er war von dem feinen, aber durchdringenden Regen völlig durchnässt und blickte unmutig auf den durchweichten Zettel in seiner Hand. Der Kutscher knallte ungerührt mit seiner Peitsche, und schon setzte sich das magere Pferd in Bewegung, während David etwas verloren im Regen stehend zurückblieb. Als er sich umwandte, sah Ellie sein enttäuschtes Gesicht und erschauerte in düsterer Vorahnung. „Was ist?“, rief sie ihm schon von fern aufgeregt entgegen. „Ist was nicht in Ordnung?“ Die Kutsche entschwand unterdessen in der nächsten Kurve.

David stieg niedergeschlagen die Treppe herauf. Nasse Haarsträhnen hingen ihm in die Stirn. „Der falsche Ort“, sagte er einsilbig. Ellie war wie vom Blitz getroffen.

„Was meinst du denn damit?“, fragte sie atemlos. *„Der falsche Ort?“*

Seine sonst so fröhlich blitzenden Augen sprühten vor Zorn, und er schnappte aufgebracht: „Du hast doch gehört, was ich gesagt habe!“ Er steckte den Zettel wieder in die Tasche. „Wir sind hier *falsch!“*

„Nun ...“ Sie blickte verunsichert zum Ortsschild empor. *Salzburg.* „Tja, wohin –“

Er nahm sie ohne weitere Erklärungen am Arm, zog sie auf die nasse Straße und blaffte sie nur zornig an: „Komm schon!“ Sie fühlte sich plötzlich wieder unglaublich verletzlich. „Denk jetzt mal nach!“, befahl er rau. „Guck dir das Schild genau an, Els!“

Sie blickte sich um und betrachtete noch einmal verwirrt das Schild. „Was ist damit?“

„Buchstabiere!“

„S-A-L-Z-B-U-R-G“, buchstabierte sie gehorsam.

„Richtig. Salzburg mit einem U. So. Und erinnerst du dich noch, was du auf dem Foto gesehen hast?“

„Du meinst, bevor du es verbrannt hast?“, gab sie patzig zurück.

„Denk gefälligst nach!“, brüllte er sie an.

Ellie versuchte angestrengt, das Bild des brennenden Fotos zu rekonstruieren: die brennenden Ecken, die sich um die zierlichen Buchstaben wellten und sie verschlangen, gleich nachdem sie erschienen waren. Sie griff sich an die Stirn, als könne sie ihre Gedanken festhalten. Langsam schälten sich in ihrer Erinnerung die Buchstaben aus den Flammen heraus: S-a-l-z-b-e-r-g. Die Entdeckung verschlug ihr fast den Atem. „David, das Wort wurde mit E und nicht mit U geschrieben!“

„Richtig“, bestätigte er trocken und bog in eine menschenleere Straße mit pastellfarbenen Häusern ein. Er blickte sie an und wiederholte: „Richtig!“ Dieses Mal klang seine Stimme allerdings eher entschuldigend. „Nicht die Stadt ist gemeint“, erklärte er, „sondern“ – er senkte seine Stimme, ruhiger geworden, zu einem bedeutungsvollen Flüstern – „das Salzbergwerk. In den Bergen oberhalb der kleinen Stadt Hallstatt.“

„Dann ist also nicht Salzburg, sondern Hallstatt der Ort, wo wir uns treffen?“

Er nickte, nahm sie bei der Hand und führte sie eine steil bergauf führende Straße hinauf. Dann fügte er niedergeschlagen hinzu: „Aber vor morgen früh fährt kein Zug mehr dorthin.“

„Und was ist mit den anderen Worten auf dem Foto – zum Beispiel mit dem *Gasthof zur Post?*“

„Das ist so eine Art Hotel. Eine kleine Absteige.“

„Wie weit ist denn bloß dieses ... *Salzbergwerk* von hier etwa entfernt?“

„Ein Katzensprung, gemessen an amerikanischen Verhältnissen. Diese ganze Region hier ist überhaupt erst durch das Salz erschlossen worden. Ungefähr sechzig Kilometer. Aber es fährt eben kein Zug mehr."

„Und Taxis?"

„Alles nur Pferdekutschen, leider. Wegen der Benzinknappheit."

„Könnten wir nicht per Anhalter fahren? Irgendjemand wird doch wohl heute noch dorthin fahren? – Hallstatt", wiederholte sie nachdenklich. „Du weißt doch, wie viel Armeejeeps hier herumfahren. Vielleicht könnte uns einer mitnehmen. Wir müssen doch unbedingt morgen da sein, David!" Ihre Stimme hatte einen beschwörenden Tonfall angenommen. Sie waren inzwischen auf einem Platz angelangt, in dessen Mitte sich ein riesiger Brunnen mit Wasser speienden Rossen und hoch aufschießenden Fontänen befand. Davor stand eine Reihe von Pferdekutschen mit dösenden Pferden.

„Ich bin dafür, dass wir die Nacht über hier bleiben. Ich möchte nicht Gefahr laufen, erkannt zu werden. Wir nehmen uns ein Zimmer und fahren dann morgen früh mit dem Zug nach Hallstatt."

Ellie lief ein Schauer über den Rücken, jedoch nicht wegen des Regens. Plötzlich erschien ihr wieder jedes Gesicht unfreundlich, jeder Passant schien ihr ein möglicher Feind. Ein kleiner, untersetzter Mann in einem braunen Mantel eilte durch den Regen über den Platz, ein alter Kutscher mit einem dicken Schnauzbart, der gerade sein Pferd mit Hafer fütterte, schielte merkwürdig zu ihnen herüber, und ein junges Paar strebte, ebenfalls eilig, dem Dom zu.

Ellie dachte an Michail und Bernie, an den dicken Italiener im Zug, an den geheimnisvollen Beobachter und an die Artikel, die die Zeitungen Europas überflutet hatten. Die Wärme und Sicherheit des Wattenberger'schen Bauernhauses schien ein ganzes Leben entfernt zu sein. Es gab kein Vor und kein Zurück, nur diesen grauen, verhangenen Himmel, der schwer auf der nun drohend wirkenden Festung lastete. In der Ferne verlor sich der Gipfel des Salzberges in den Wolken.

„Also zum Salzberg", sagte David resigniert. „Nicht in die Stadt, sondern zum Berg."

* * *

David zog seine Stiefel aus und legte sich seufzend auf das klapperige Bett, das unter seinem Gewicht ächzte. Er schloss die Augen, um die schäbigen Möbel des kleinen Zimmers nicht sehen zu müssen, das sie sich für die Nacht genommen hatten. Ellie dachte wehmütig an ihr warmes, weiches Federbett im Wattenberger'schen Bauernhaus und trat ans Fenster, um auf andere Gedanken zu kommen. Sie zog die Spitzenvorhänge zurück und blickte durch die Butzenscheiben hinunter in die Getreidegasse, in der Mozart geboren war. An einem frisch gestrichenen, vierstöckigen Haus auf der gegenüberliegenden Straßenseite hing eine riesige österreichische Fahne, die das Geburtshaus des berühmten Komponisten markierte. Ein paar Touristen standen davor und warteten auf eine Führung. *Briten,* nahm Ellie wegen der Tweedmäntel und Schirme an.

Direkt unter ihrem Zimmer befand sich ein kleines Café, in dem der junge Mozart der Legende nach beim Wein zu seinen Kompositionen inspiriert worden sein sollte. Zusammen mit dem Duft von Kaffee und Apfelstrudel drang leise Kammermusik durch den hölzernen Fußboden. Zu jeder anderen Zeit wäre sich Ellie in solch einer Umgebung wie im siebten Himmel vorgekommen, aber nun hatte sie vor Angst feuchte Hände, und ihr Herzklopfen wurde durch die Musik noch gesteigert.

„Hast du Hunger?", schreckte David sie plötzlich aus ihren Gedanken auf.

„Nein", erwiderte sie ablehnend, ohne den Blick vom Wald der grünen kupfergedeckten Kirchtürme zu wenden.

„Ich schon." Er hob genüsslich schnuppernd die Nase. Draußen trug gerade ein junger Mann einen Rucksack voller Brotlaibe vorbei, und Ellies vernehmlich knurrender Magen strafte ihre Aussage Lügen. „Na ja", räumte sie schließlich widerstrebend ein, „vielleicht habe ich doch Hunger. – Aber ich traue mich nicht, das Zimmer zu verlassen ... ich *traue* mich einfach nicht, David!"

„Willst du nicht doch besser wieder nach Kitzbühel fahren?", überlegte er ernsthaft. „Bei den Wattenbergers droht dir bestimmt keine Gefahr."

„Wieso soll ich mich der Gefahr entziehen", erwiderte sie aufgebracht, „während du dich in Gefahr begibst, um dich mit Avriel und deinen Piloten zu treffen?"

„Aber darum bin ich doch hier! Glaubst du, es war Zufall, dass wir den Treffpunkt herausgefunden haben? Stell dir vor, wir säßen jetzt noch dort in der friedlichen Abgeschiedenheit, fernab vom Geschehen ..."

„Na ja, friedliche Abgeschiedenheit ist etwas übertrieben, mit Ted und Maryanne nebenan", meinte Ellie und verdrehte viel sagend die Augen.

„Nun, du weißt schon, was ich meine. Wir kennen jetzt endlich unseren Treffpunkt und befinden uns sogar ganz in der Nähe, noch dazu fast am richtigen Tag, stimmt's?"

Ellie nickte zögernd. „Aber das falsche *Salz-wie-immer-es-heißen soll.*"

„...berg", ergänzte David trocken. „Dies hier ist die Stadt, und morgen fahren wir zum Berg", fügte er schulmeisterlich hinzu. „Sieh mal, als wir da oben auf unserem Bauernhof festsaßen, habe ich mit meinem Schicksal gehadert, aber wenn ich jetzt so darüber nachdenke, dann meine ich, dass wir nicht mehr von Zufällen sprechen dürfen. Ich weiß zwar nicht, warum wir hier und nicht gleich an der richtigen Stelle gelandet sind, aber vielleicht brauchen wir das auch gar nicht zu wissen. Verstehst du? Lass uns also etwas entspannen und uns an der Musik freuen. Es ist zwar nicht Benny Goodman, aber zur Not tut sie's auch. Außerdem rieche ich echten Bohnenkaffee und Strudel. Und du könntest dich ans Fenster stellen und ein paar Fotos machen."

Sie blickte unschlüssig zu ihrer Kamera hinüber, die verloren auf dem wackeligen Tisch lag. Dann sah sie wieder zu David, der sie breit angrinste, und meinte in vorwurfsvollem Ton: „Du lässt mich noch nicht einmal deprimiert sein!" Sie versuchte einen Schmollmund aufzusetzen, musste aber dann doch lachen. „Ich hatte eigentlich vor, mich meiner niedergeschlagenen Stimmung ganz hinzugeben!"

„Habe ich nun Recht oder nicht?", beharrte er und blickte sie unschuldsvoll an. „Aber wenn du unbedingt niedergeschlagen sein willst, wenn es dich sozusagen glücklich macht, dann nur zu! Ich für meinen Teil lege mich jetzt jedenfalls für eine halbe Stunde aufs Ohr. Und anschließend geh ich runter und esse was. Wenn du willst, kannst du ja mitkommen."

„Ich sage dir dann schon Bescheid", erwiderte sie immer noch wenig begeistert und zog wieder die Gardine vor.

„Tu, was du willst." Er legte sich hin. „Aber weck mich um fünf, ja?" Innerhalb weniger Minuten war David fest eingeschlafen, und sein Schnarchen bildete einen merkwürdigen Kontrast zu den sanften Klängen des Streichquartetts. Ellie saß lange untätig am Fenster. Aber als die Nachmittagssonne durch die Wolken brach und sich farbenprächtig auf den nassen Dächern der Stadt spiegelte, holte sie schließlich doch ihre Leica herbei und öffnete das Fenster, um ihre Eindrücke im Bild festzuhalten. Dabei vergaß sie ihre Anspannung und lachte sogar übermütig in sich hinein, als David plötzlich begann, im Takt mit der Musik zu schnarchen.

Als sich unter Pferdegetrappel eine Pferdekutsche auf dem Kopfsteinpflaster näherte, machte sie rasch ein Bild von dem Kutscher, der zusammengekauert und eingemummelt auf dem Bock saß. Doch als die Droschke vorbeigefahren war, verschlug es ihr den Atem. Blitzschnell trat sie vom Fenster zurück. Auf der gegenüberliegenden Straßenseite stand eine einzelne Gestalt. Mantel, brauner Filzhut, und das Gesicht hinter einer Kamera verborgen, die auf ihr Fenster gerichtet war!

* * *

„Wahrscheinlich hat er nur ein Bild von dem Café gemacht", meinte David gereizt, als ihn Ellie aus dem Schlaf gerissen und ihm aufgeregt von dem Mann mit der Kamera berichtet hatte. „Im Augenblick ist mir auch danach, ein Foto von einem Café zu machen oder lieber noch von irgendetwas Essbarem. Komm, Els, du bildest dir was ein!"

Seine Worte hatten aber keine beruhigende Wirkung auf sie gehabt. Und so hatte er ihr seine Pistole dagelassen, als er sich die

Treppe hinunterstahl, um etwas zu essen zu bestellen und es auf einem Tablett aufs Zimmer zu tragen.

In dieser Nacht lag Ellie noch lange wach, nachdem die Klänge der Mozart'schen Kammermusik längst verhallt waren, und horchte ängstlich auf Schritte vor ihrer Tür. Und als sie schließlich doch noch einschlief, wurde sie von Alpträumen gequält.

Der Beobachter aus Innsbruck war da und der dicke Italiener aus dem Zug. Der eiserne Torbogen eines Bahnhofs ragte drohend über ihr auf wie das Skelett eines riesigen Monsters. Während gespenstische Stimmen Bahnstationen ausriefen und ständig Lichtreflexe im Skelett irrlichterten, irrte sie, auf der verzweifelten Suche nach David, nach zu Hause, durch eine gesichtslose Menge. Und immer hörte sie dicht hinter sich das drohende Echo von Schritten, lauter selbst als die schrillen Pfiffe der Züge, lauter als ihr eigener Schrei, den sie ausstieß, als sie sah, wie David vor die Räder einer Lokomotive gestoßen wurde ...

Schweißnass, von Weinkrämpfen geschüttelt und wild seinen Namen rufend, erwachte Ellie in Davids Armen.

„Sch ...", meinte er beruhigend. „Sch, Ellie. Es war nur ein Traum. Nur ein Traum." Seine Stimme drang wie aus weiter Ferne zu ihr, und sie hatte Mühe, Traum und Wirklichkeit voneinander zu trennen.

Erst als sie eine Zeit lang, den Kopf an seine Brust gelehnt, auf den beruhigenden Schlag seines Herzens gehorcht hatte, konnte sie sich das Entsetzliche von der Seele reden. „Ach, David!", schluchzte sie. „Es war, als wären wir von einem Monster verschlungen worden und irrten hilflos in seinem Innern umher, und es waren nur Züge da, die vorbeibrausten, und wir mussten unbedingt einen Zug bekommen ... *irgendeinen* Zug! Dann verlor ich dich, und ein Mann kam hinter mir her."

Er strich ihr beruhigend über den Rücken und wiegte sie in den Armen. „Nur ein Traum. Ein Alptraum. Du bist in Sicherheit. Ich bin doch bei dir. Sch ..."

Sie kniff angestrengt ihre Augen zusammen, um das letzte schreckliche Bild, wie David unter die Räder der Lokomotive gestoßen wurde, zu verdrängen. Doch immer wieder sah sie diese entsetzliche Szene vor sich. „Ich hatte solche Angst", schluchzte sie erschöpft.

„Schon gut", flüsterte er und strich ihr das Haar aus dem tränenüberströmten Gesicht. „Du durchlebst im Traum einfach noch einmal all das, was wir durchgemacht haben. Erinnerst du dich an die Stazione Termini, den Bahnhof in Rom, mit den eisernen Bögen, die aussehen wir riesige Rippen, und wo ich sagte, ich käme mir vor, als sei ich von Jonas Wal verschluckt worden? Aber wir sind nun in Salzburg, sind in Sicherheit. In einem kleinen Hotel in der Getreidegasse, gegenüber von Mozarts Geburtshaus."

Er sah auf die Uhr und unterdrückte ein Gähnen. Dann meinte er neckend: „Aber wenn du weiter so schreist, werden sie uns wahrscheinlich gleich hinauswerfen." Sie stieß ihn scherzhaft weg und trocknete sich die Tränen. „In drei Stunden sitzen wir endlich im Zug zum Salzberg ... *berg* ... Dann haben wir eine ganze Herde von Menschen um uns herum, und du kannst wie ein kleiner Büffel ungehindert im Schutze der Herde schlafen." Er hob ihr Kinn und küsste sie zärtlich. „Alles wieder in Ordnung?"

Sie nickte dankbar. „Ich bin froh, dass ich wach bin."

„Ich auch." Er küsste sie noch einmal und zog sie an sich. „Und wir haben noch drei Stunden, bis der Zug abfährt."

Sie hielt ihm ihr Gesicht entgegen und entspannte sich in seiner zärtlichen Umarmung. „Nun?", lächelte sie, als er sie unter dem lauten Ächzen der Bettfedern aufs Bett legte. „Noch drei Stunden, David ...", wiederholte sie und legte ihm verführerisch die Arme um den Hals.

# 36. Crabtrees Geist

Als sich zum zweiten Mal innerhalb einer Woche ein Lebensmittel-Konvoi unter britischer Eskorte zum Zion-Tor hinaufwand, ließ Colonel Halloway Tom Kane zu sich bitten und empfing ihn mit den bissigen Worten: „Meinen herzlichsten Dank für Ihren Einsatz, Mr. Kane!“ Nach einer bedeutungsschweren Pause fuhr er aufgebracht fort: „Ich dachte, Sie hätten inzwischen unsere hiesige Situation begriffen! Begriffen, dass es das oberste Gebot unserer Politik ist, britisches Leben unter allen Umständen zu bewahren!“

„Ich habe meiner Regierung nur darüber Bericht erstattet, was ich auf meiner letzten Palästinareise gesehen habe, Colonel. Nichts weiter“, erwiderte Kane, ohne sich beeindruckt zu zeigen.

„Und nun habe ich einen Schrieb von *meiner* Regierung erhalten“, erregte sich Halloway, „in dem steht, dass die Vereinigten Staaten den Marshallplan für Großbritannien außer Kraft setzen wollen, und das zu einem Zeitpunkt, da unser Land gerade anfängt, sich allmählich von den Auswirkungen des Krieges zu erholen.“

„Das ist fast richtig, Colonel. Ich habe eine entsprechende Mitteilung in meiner Aktentasche. Um jedoch genau zu sein, hängt die Entscheidung, den Marshallplan wieder wirksam werden zu lassen, letztlich davon ab, ob Großbritannien weiterhin Militärhilfe für das arabische Palästina leistet ...“

„Niemals haben wir den palästinensischen Arabern militärische Hilfe geleistet!“, fiel ihm der Colonel aufgebracht ins Wort und wandte sich abrupt zum Fenster um.

„Nun, wir wollen uns doch nichts vormachen, Colonel. Ich hatte auf meiner Reise nach Jordanien das Glück, einen Blick auf das Waffenarsenal werfen zu können, das sich gleich hinter der Grenze befindet. Hunderte von Lastwagen, Panzern, Jeeps und – natürlich Spitfire-Flugzeugen standen dort. Die Hoheitszeichen Großbritanniens waren noch nicht entfernt worden.“

„Jordanien ist ein souveräner Staat!“

Kane senkte lächelnd den Blick. „Ja. Das stimmt natürlich, Colonel. – Gehe ich übrigens recht in der Annahme, dass Sie in letzter Zeit zufällig im muslimischen Viertel der Altstadt gewesen sind?"

Der britische Offizier wand sich verlegen. Er wusste natürlich, dass sich dort zur Zeit Tausende von Soldaten der Arabischen Legion aufhielten und im Felsendom für einen schnellen Sieg über die Altstadtjuden und ganz Palästina beteten. „Was hat denn die Altstadt damit zu tun?", schnappte er ärgerlich.

„Ach, kommen Sie!", wehrte Kane gereizt ab und erlaubte sich, in einem gönnerhaften Ton fortzufahren: „Wahr muss wahr bleiben, Colonel. Es ist doch bekannt, dass König Abdullah danach strebt, sich Jerusalem einzuverleiben und dass die Briten mit ihm sympathisieren. Schließlich waren sie es ja, die ihn als König eingesetzt und seine Armee so hervorragend ausgerüstet und ausgebildet haben."

„Ihre Regierung verlangt also" – der Colonel hatte inzwischen seine Fassung wieder erlangt und verschränkte in einer selbstbewussten Geste die Hände hinter dem Rücken –, „dass wir in den letzten Tagen unserer Besatzungszeit mit einem Mal anfangen sollen, die Juden zu unterstützen?"

„Sie brauchen nichts weiter zu tun, als dafür zu sorgen, dass die Juden Nachschub erhalten können!"

„Und wenn wir das nicht tun, halten die Vereinigten Staaten also die Wiederaufbauhilfe für Großbritannien zurück?"

„So ungefähr."

„Ich nehme an, dass die Russen angesichts dieser Situation mit Genugtuung erfüllt sein werden", gab der Colonel vorwurfsvoll zu bedenken.

„Zweifellos." An dieser Feststellung gab es nichts zu deuteln, denn die Alliierten waren in Bezug auf die Unterstützung der Juden zerstritten. „Aber vielleicht erleben die Russen trotzdem eine Überraschung, Colonel Halloway. Denn es gibt viele anständige Männer in Ihrer Regierung – die vielleicht nicht gerade die Mehrheit bilden, die aber fest zu dem britischen Schwur stehen, sich für die

Errichtung einer jüdischen Heimstätte in Palästina einzusetzen. Erinnern Sie sich, Colonel?"

Der Offizier wandte sich brüsk ab, als seien die letzten Worte eine Beleidigung. „Das war 1917", sagte er in einem wegwerfenden Ton, als habe die Balfour-Erklärung im Laufe der Jahre an Wert verloren.

„Hmmm. Das stimmt. Es ist jetzt dreißig Jahre her, dass dieses Versprechen gegeben wurde, nicht wahr? Nach dem Dafürhalten meiner Regierung und der meisten anderen Nationen der UN hat es schon dreißig Jahre zu lang gedauert, bis an eine Einlösung gedacht wurde. Aber nun stehen wir endlich kurz davor."

„Und was ist mit Jerusalem?", fragte Halloway, weniger kämpferisch als zuvor und ganz offensichtlich entnervt.

„Wenn König Abdullah sich damit einverstanden erklärt, dass die Stadt zur internationalen Zone wird, das heißt, unter der Kontrolle der Vereinten Nationen steht, können wir einen Krieg vermeiden."

„Und wenn er es nicht tut?"

Kane zögerte einen Moment, bevor er antwortete: „Die Zionisten werden nie zulassen, dass sie von Jordanien aus regiert werden. Niemals. Wenn Abdullah also eine internationale Verwaltung Jerusalems ablehnt, ist ein Krieg unausweichlich."

„Wegen Jerusalem?", stieß Halloway mit einem geringschätzigen Lächeln hervor und fügte voller Genugtuung hinzu: „Er wird natürlich nicht zustimmen! Aber ich werde jedenfalls das Massaker unter den Juden nicht mehr miterleben, weil ich dann schon in der Heimat bin." Er neigte den Kopf gedankenverloren zur Seite, als hätte er die grünen Hügel seiner Heimat bereits vor Augen. „Ja. Und vielleicht habe ich dann noch nicht einmal mehr Lust dazu, etwas darüber in der Zeitung zu lesen."

Kane nahm seinen Hut, glättete den Kniff, ließ ihn spielerisch durch seine Hände gleiten und kam wieder zum Ausgangspunkt ihrer Unterredung zurück: „Nun, wenn ich Sie aber recht verstanden habe, Colonel, haben Sie von Ihrer Regierung eine Weisung erhalten, wie Sie sich in der Zwischenzeit zu verhalten haben."

„Das ist doch wohl Erpressung!", brauste Halloway auf. „Wofür sollen wir jetzt noch britisches Leben aufs Spiel setzen – wofür denn nur?"

„Für die amerikanische Finanzhilfe, Colonel", erwiderte Kane eisig. Er erhob sich und tippte flüchtig an seine Hutkrempe. Man verabschiedete sich nicht mehr wie vordem mit Handschlag. – Der Teilungsplan hatte mehr als nur ein Land geteilt.

* * *

Captain Stewart verfolgte mit Genugtuung, wie der magere Nachschub, der für das jüdische Viertel bestimmt war, durchsucht wurde. Er hatte sich vorgenommen, der Altstadthaganah nicht eine einzige Kugel zu gönnen. Und so ging kein einziger Sack Bohnen und keine einzige Büchse Salz ungeöffnet an ihm vorbei.

Er las auf einem Fass die Aufschrift *Kerosin* und rief sofort einen Fahrer der Jewish Agency herbei, der beim Ausladen half: „Heh, du da! Jude! Komm her! Und zwar sofort!"

Ärgerlich über die despektierliche Anrede, blickte der Fahrer auf, wischte sich den Schweiß von der Stirn und fragte erstaunt auf sich deutend: „Ich?"

„Ja, du. Komm hierher!"

Da die Nachmittagssonne gnadenlos auf das Mauerwerk des Zion-Tores brannte, ergriffen einige von den anderen Männern der Jewish Agency gern die Gelegenheit, ihre Arbeit zu unterbrechen, um die Auseinandersetzung des britischen Captains mit einem ihrer Kollegen zu verfolgen.

„In Or'nung, Capt'n!", fügte sich der Angesprochene ergeben und ging zu Stewart. Der typische Cockney-Akzent wies ihn sofort als waschechten Londoner aus.

„Öffnen Sie das Fass!", befahl der Offizier knapp, trat zurück und verschränkte in gespannter Erwartung die Hände hinter dem Rücken.

Der Mann sah ihn in gut gespielter Entgeisterung an und fragte, als ob die Aufforderung das Absurdeste sei, was man sich vorstehen konnte: „Warum?" Tatsächlich wusste er jedoch nur zu gut, dass sich im Innern des Fasses kein Kerosin zum Kochen befand, sondern, so eng wie möglich gepackt, eine nicht zu knapp bemessene Menge an Munition für Handfeuerwaffen. In die Mitte des Fasses hatte man etwas Wasser gefüllt und etwas Kerosin darüber geschüttet, damit das Fass die richtigen Geräusche machte und das richtige Aroma hatte.

„Öffnen, sagte ich!", wiederholte Stewart barsch. Er wippte auf den Fersen und schlug sich ungeduldig mit der Peitsche auf den Oberschenkel.

Der Jude schraubte betont gleichmütig den Deckel ab und händigte ihn Stewart aus. Der roch zunächst prüfend daran und steckte dann zur Sicherheit noch die Peitsche ins Fass. Zu seiner Überraschung konnte er sie bis unten hineinstecken, und als er sie wieder herauszog, war sie sogar nass und tropfte auf das kochend heiße Pflaster. Doch im Unterschied zu Kerosin, das ölige Flecke auf den Steinen hinterlassen hätte, war die Flüssigkeit, die von der Peitsche tropfte, auf den kochend heißen Pflastersteinen sofort verdunstet. Stewart machte ein erstauntes Gesicht und kniete nieder, um der Sache auf den Grund zu gehen. In diesem Augenblick trat jedoch ein kleiner, gewissenhaft aussehender Mann, der viel zu zerbrechlich für die schwere Arbeit eines Stauers aussah, auf Stewart zu und sagte selbstbewusst: „Captain Stewart, ich habe eine Nachricht für Sie." Er händigte ihm einen gelben Zettel aus und war gleich darauf wieder im Führerhaus seines Lastwagens verschwunden.

Stewart richtete sich auf und faltete den Zettel auseinander. Darauf stand: *A. SAINT 34b Halisal Kairo.*

Zunächst starrte Stewart verdattert auf die Hieroglyphen. Dann wollte er den kleinen Juden, der ihm den Zettel überreicht hatte, zur Rede stellen. Doch der Mann schien sich in Luft aufgelöst zu haben, so wie kurz zuvor das Wasser auf den Pflastersteinen. Den nicht mehr vorhandenen Fleck hatte Stewart darüber vollkommen vergessen. Er faltete das Papier hilflos noch einmal auseinander und anschließend wieder zusammen. Dann ließ er das Fass ohne weitere Einwände passieren.

* * *

Der Frühzug ins Salzkammergut schlängelte sich in Richtung Norden, mitten durch eine Bilderbuchlandschaft. Ein Flickenteppich von frisch bestellten Feldern und üppigen Weiden wurde immer wieder durch große blaue Seen unterbrochen, deren Ufer von kleinen Dörfern gesäumt wurden. Wie Saphire glänzten die Seen in der Sonne und über das Wasser glitten flinke Segelboote mit geblähten Segeln.

Als die Schienen schließlich einen Bogen nach Osten machten, wurde das Ackerland von dichten Kiefernwäldern abgelöst, die bis zur Schneegrenze der hohen Berge reichten. Die Strecke, die auf Davids Landkarte mit ihren sechzig Kilometern wie ein Katzensprung ausgesehen hatte, dehnte sich unter dem kurvenreichen Verlauf der Schienen zu mehr als hundert Kilometern. Obendrein fuhr der Zug nur im Bummeltempo.

Sie kamen an dem von Bergen umschlossenen, ruhig daliegenden blauen Traunsee vorbei, in dessen Mitte sich auf einer Insel ein regelrechtes Märchenschloss erhob.

Um sich die Zeit etwas zu verkürzen, hatte Ellie ein Gespräch mit dem Schaffner begonnen und sich bei ihm nach dem Hallstätter Salzberg erkundigt. Unter dem Salzberg hatte sie sich bisher immer einen aus großen Salzhaufen bestehenden Berg vorgestellt, aber der Schaffner erklärte ihr geduldig, dass das Salzkammergut seine alten Schätze *im Innern* barg, tief unter den Wäldern.

An die Berghänge schmiegten sich hölzerne Heustadel und Bauernhäuser mit verschindelten Wetterseiten, und Ellie kam es wieder einmal vor, als sei die Zeit dort stehen geblieben oder als seien sie in ein anderes Jahrhundert versetzt worden. Friedliche Ochsen zogen voll beladene Karren, und Kinder in Lederhosen spielten neben der Traun, auf der einst Salzschiffe von Hallstatt aus die kostbare Fracht des Salzberges zur Donau transportiert hatten.

In ihrer Begeisterung schoss Ellie ein Bild nach dem anderen. Sie hatte ihren Alptraum vergessen, und auch das Gefühl, verfolgt zu werden, hatte sich verflüchtigt. Die meisten Passagiere stiegen in

Bad Ischl aus, wo Kaiser Franz Joseph seine Sommerresidenz gehabt hatte. Hier, so erklärte ihr der mitteilsame Schaffner, war dem Kaiser das Ultimatum an Serbien zur Unterschrift vorgelegt worden, und hier hatte er auch die Kriegserklärung unterschreiben müssen, die den Ersten Weltkrieg bedeutet hatte. Ellie erschien es kaum vorstellbar, wie man an einem solch herrlichen Ort an Krieg denken konnte. Dabei vergaß sie aber ganz, dass sie ja nur in diese friedliche Landschaft reisten, um sich einer Hand voll ausgewählter Soldaten anzuschließen, die bald über dem weit entfernten Palästina einen Luftkrieg führen sollten.

„Wie lange dauert es noch?", fragte Ellie den Schaffner, als sich die Mittagssonne in der Traun spiegelte.

„Nicht mehr lang, Gnädigste", erwiderte dieser und verbeugte sich mit österreichischer Galanterie. „Dort drüben ist es schon." Er zeigte auf gezackte Felswände, die unglaublich hoch in den Himmel ragten. „Am Fuß dieser Berge dort liegt der Hallstätter See. Wenn wir um den See herumg'fahr'n sind, sind wir in Obertraun, und dann steigen S' schon aus. Von dort fahr'n S' übern See nach Hallstatt."

„Danke", lächelte Ellie zufrieden.

„Bitt'schön." Er verneigte sich abermals und verschwand.

„Das klingt ja, als seien wir am Ende der Welt", flüsterte Ellie David zu. Erst jetzt sah sie sich genauer im Abteil um und musterte die letzten Fahrgäste, die noch im Zug verblieben waren. Es waren alles Männer, und alle trugen österreichische Kleidung: Trachtenjacken mit Hornknöpfen, Jägermützen und Trachtenhosen. Sie blickten Ellie mit unverhohlener Neugier an.

Als schließlich der See in Sicht kam, erhob sich ein älterer Mann und kam auf sie zu. Er tippte an seinen Hut und fragte höflich in überraschend gutem Englisch: „Fahren Sie auch zu dem Treffen?" Er setzte sich leutselig auf den leeren Sitz hinter ihnen.

„Treffen?", wiederholte David verwirrt, weil er mit dieser Frage nichts anfangen konnte.

„Ja. Ich erkenne immer sofort, ob einer Amerikaner ist oder nicht." Seine Augen blitzten freundlich. „Sind Sie auch zum Treffen der

101. Luftlandetruppe gekommen? Nicht wahr, Sie und Ihre Kameraden haben doch die Kunstschätze gerettet, die die Nazis im Salzberg versteckt hatten", redete er weiter.

„Natürlich", sagte David, „wollen wir zum Treffen."

„Erstaunlich, dass die Nazis ihre Schätze erst versteckt und dann Bomben in diese Schächte gelegt haben, nicht wahr?" Er schüttelte empört den Kopf. „Was waren das für Menschen! Wenn sie die Kunstschätze Europas schon nicht für sich selbst haben konnten, sollte auch niemand anderes sie haben." Er seufzte. „Und nun dieses Treffen hier. Sie gehören sicherlich zu den anderen, die die großen Meisterwerke gerettet haben."

David schob unschlüssig die Unterlippe vor und nickte nachdenklich. „Natürlich. Das war schon was."

„Dann übernachten Sie auch im *Gasthof zur Post,* nicht wahr?"

David starrte den Mann entgeistert an. Es war ganz offensichtlich, dass hier endlich der Kontakt geschaffen werden sollte, auf den er all die Wochen gewartet hatte. Ellie hatte denselben Gedanken und hätte den Mann am liebsten umarmt und ihn vor Erleichterung geherzt und geküsst. David dagegen fragte mit verhaltener Stimme: „Ist Avriel auch dort?"

Der Mann war verwirrt. „Avriel?"

„Wie viele von unseren Leuten haben es hierher geschafft?"

Der Mann zuckte hilflos die Achseln. „Das weiß ich nicht. Wir haben nur gehört, dass hier ein Treffen stattfinden soll und dass die Amerikaner noch einmal zum Salzberg kommen. Ich selbst bin nicht aus Hallstatt, aber Neuigkeiten machen hier in den Bergen schnell die Runde. Toll, dass ihr Burschen den Salzberg und die Salzminen gerettet habt. Ich bin übrigens aus Goisern, das ist die nächste Station, an der wir halten." Er lächelte sie freundlich an und schüttelte ihnen zum Abschied die Hände. „Ich wünsche Ihnen alles Gute."

David spürte, wie ihm vor Verlegenheit über seine Fehlinterpretation des Gesprächs das Blut ins Gesicht schoss. Doch da hielt der Zug glücklicherweise bereits quietschend an der Bahnstation, und der Mann stieg aus. Ein anderer Fahrgast, offenbar ein Bauer, folgte ihm. So waren schließlich nur noch David, Ellie und ein Österreicher im Abteil. Er hatte seinen Hut übers Gesicht gezogen, die Arme vor der Brust verschränkt und schlief an die Fensterscheibe gelehnt. Aus seiner Jackentasche sah ein geschnitzter Pfeifenkopf hervor.

Sein heimischer Anblick wirkte ungemein beruhigend auf Ellie und erfüllte sie mit Erleichterung. Endlich waren sie allein, und kein Feind hatte sich gezeigt. Avriel hatte die amerikanischen Piloten unter dem Vorwand eines amerikanischen Soldatentreffens hier in diesen verlassenen Winkel Österreichs beordert. Dieser Plan war einfach brillant in seiner Schlichtheit. Es konnte keinen besseren Grund geben, Hallstatt zu besichtigen. Jeder Fremde wäre in dem kleinen Dorf sofort aufgefallen. Hier würden sie vor unliebsamen Fremdlingen sicher sein.

Während der Zug langsam um den Hallstätter See herumfuhr, nutzte David die Gelegenheit, noch einen letzten Blick auf seine alte Landkarte dieses Gebiets zu werfen. Dann hielt der Zug in Obertraun.

Aufmerksam kam der Schaffner zurück und sagte zu Ellie und David: „Hier müssen S' aussteig'n." Dann wandte er sich an den schlafenden Mann und klopfte ihm sanft auf die Schulter. „Herr Tannenbaum", rief er ihn leise an. Der Mann schreckte verschlafen hoch. Seine Pfeife fiel klappernd zu Boden.

„Ja?" Er sah blinzelnd auf die im Sonnenlicht glänzende Scheibe des Sees. „Obertraun?"

„Jawohl."

„Danke, Franz", sagte er verschlafen und rieb sich die Augen. Dann nahm er die kleine Tasche, die neben ihm lag, und folgte David und Ellie auf den Bahnsteig.

„Das Schiff Sie finden dort", sagte er mit freundlichem Lächeln und in gebrochenem Englisch zu David und deutete zur anderen Straßenseite hinüber, wo sich eine kleine Bootsanlegestelle mit einem halben Dutzend kleinen, auf dem Wasser schaukelnden Segelbooten befand. Gerade trat der Bootsmann auf den Kai und ihr Mitreisender erbot sich leise: „Ich Ihnen werde verhandeln guten Preis." Er hielt drei Finger in die Höhe. „Drei sind billiger."

David trat zur Seite, um den kleinen, muskulösen Mann mit dem Bootsvermieter verhandeln zu lassen. Ellie betrachtete unterdessen seine kräftigen Arme und das ungebräunte Bulldoggengesicht. *Er ist sicher Bergmann,* schloss sie und kam sich ein wenig wie Sherlock Holmes vor. Dann dankte sie dem Himmel noch einmal, dass ihnen niemand gefolgt war und sich alle Einheimischen als freundlich und hilfsbereit erwiesen hatten.

„In zwanzig Minuten sind wir in Sicherheit", flüsterte David Ellie zu, während ihr Mitreisender offenbar gerade dabei war, seinen Handel abzuschließen. Jetzt konnte auch er die Landschaft genießen.

Auf der gegenüberliegenden Seite des kristallklaren Sees schmiegte sich das kleine Hallstatt mit seinem schlanken weißen Kirchturm an den Fuß des beherrschenden Salzberges mit seinen grünen Hängen.

„Einfach großartig", begeisterte sich David. „Wirklich großartig!" Der untersetzte Mann deutete mit schräg geneigtem Kopf auf den Bug eines kleinen Segelbootes.

„Ein amerikanischer Dollar für jeden", berichtete er. „Heute ist teuer wegen Treffen."

„Ja, das Treffen", wiederholte Ellie gedankenverloren, während sie ins Boot stieg.

„Sind Sie auch hier wegen Treffen?", wandte sich der Mann an Ellie und setzte sich neben sie.

„Ja", erwiderte sie und sah Hilfe suchend zu David hinüber. Doch der achtete nicht auf sie, sondern verfolgte, vergnügt vor sich hinlächelnd, wie sich das Boot immer weiter vom Kai entfernte, der Wind knatternd das Segel aufblähte und das Boot in Richtung Hallstatt trieb.

„Sie sind Bergmann?", lenkte Ellie ab und bemühte sich, deutlich zu sprechen.

„Sozusagen", erwiderte dieser. „Ich bin auch gekommen zu Treffen. Nur zwei Jahre vorher haben wir diesen großen Schatz in den Stollen des Salzbergs gefunden."

„Sie waren auch dabei?", fragte Ellie fasziniert.

„Ja. Das war ein Ereignis! Die größten Schätze Europas! Michelangelo, Uzfizi, Pollaiuolo, Raphael ...“ Er blickte sie lächelnd an. „Zu sehen, wie solche Dinge gerettet werden –“

„Dann sind Sie also kein Bergmann?“, hakte Ellie nach. „Wie man es nimmt“, erwiderte der Mann abermals ausweichend. „Das Salz in den Stollen hat erhalten die Gemälde und Gobelins. Man sollte besuchen alle Museen in Europa, um sehen, was in diesen Schächten hat gelegen, Fräulein.“

„Sie waren tatsächlich dabei?“, fragte Ellie staunend. Sie stieß David an und machte ihn auf diesen erstaunlichen Zufall aufmerksam:

„David, er war tatsächlich dabei, als all diese Kunstschätze aus den Stollen geborgen wurden. Stell dir das nur vor! Was für eine Geschichte!“

David schwieg. Seine Gesichtszüge hatten sich plötzlich drastisch verändert. Er saß da wie ein Seekranker, mit grimmigem Gesicht und angespannten Wangenmuskeln. Er blickte den Fremden starr an.

„David, was ist mit dir, geht es dir nicht gut?“, fragte Ellie besorgt. Doch David blieb stumm. Er hatte die Zähne zusammengebissen und blickte starr geradeaus. „Tannenbaum“, sagte er dann unvermittelt.

„Ja?“, antwortete der Fremde.

„Das heißt doch soviel wie Weihnachtsbaum, nicht wahr?“

„Ja.“

„Tja. Das habe ich mir schon gedacht. In meiner Kindheit habe ich nämlich immer das Lied vom Tannenbaum gesungen. – Und Sie sind auch wegen des Treffens hier?“

Das Gesicht des Mannes zuckte leicht. „Genau wie Sie. – Und wie heißen *Sie* bitte?“

Das Boot hatte inzwischen die kurze Überfahrt fast hinter sich gebracht und näherte sich bereits der Küste, und Davids Blick fiel zufällig auf die nicht mehr weit entfernte Anlegestelle. In diesem Augenblick sah er erschrocken den dicken Italiener aus dem Bootshaus treten, eine Walther-Pistole in der Hand. Blitzschnell riss David seinen eigenen Revolver aus dem Hosenbund und richtete ihn entschlossen auf den Fremden in ihrem Boot. „Kommen Sie, Weihnachtsbaum“, stieß er hervor, die Augen zornig zu Schlitzen zusammengekniffen. „Sie kennen meinen Namen doch nur zu gut.“

Das Lächeln des Mannes verzerrte sich zu einer Grimasse. „Ja, ich kenne Ihren Namen tatsächlich.“ Er folgte Davids Blick und fluchte, als auch er den Italiener entdeckte.

„Warten Sie ...“, rief Ellie erregt, einer inneren Eingebung folgend:

„Es gibt hier gar kein *wirkliches* Treffen, nicht wahr?“

„Intelligentes Mädchen“, versetzte der Mann, nun in völlig akzentfreiem Amerikanisch, und schob seinen Hut in den Nacken.

„Dann ... Wer sind Sie denn dann?“, stammelte Ellie. Das Boot legte unterdessen am Kai an, und schon ergriff der Italiener mit seinen Pranken das Seil, vertäute das Boot mit wenigen Handgriffen und richtete, noch ehe die Bootsinsassen es sich recht versahen, seine Pistole auf sie. Ellie presste sich entsetzt die Hand vor den Mund und stieß einen erstickten Schrei aus.

„L. C. Crabtree ist sein Name“, beantwortete der Italiener statt seiner Ellies Frage in perfektem Englisch, packte Crabtree am Kragen, zerrte ihn aus dem Boot und stieß ihm drohend den Pistolenlauf in die Rippen. „Er schreibt jetzt seine Artikel für uns.“

„Aber ... wer sind dann Sie?“ Ellie war noch verwirrter und klammerte sich an David, der seine Pistole immer noch auf Crabtree gerichtet hielt.

„Fragen Sie nur Ihren Mann, Mrs. Ellie Meyer“, versetzte der Italiener lachend. „Er hat, denke ich, inzwischen längst begriffen, wer ich bin.“ Er stieß Crabtree grob vor sich her über den Kai und rief David über die Schulter zu: „Nun komm schon, Blechmann, du bist spät dran.“

* * *

Der *Gasthof zur Post* war das einzige Gasthaus in Hallstatt. Er war vor mehreren hundert Jahren erbaut worden, um die Beamten der habsburgischen Monarchie zu beherbergen, die regelmäßig das große Salzbergwerk oberhalb des Dorfes inspizierten.

Nun saßen Ellie und David mit Bobby Milkin und Avriel in einem kleinen Zimmer, und Avriel erzählte ihnen, wie verzweifelt der Mossad nach ihnen gefahndet hatte, nachdem sie aus dem Zug geflüchtet waren. „Und so hat euch“, sagte Avriel gerade und schüttete Ellie Tee ein, „unser Mann völlig aus den Augen verloren, als ihr den Zug in St. Michel verlassen habt. Er hätte natürlich nach St. Michel zurückkehren können, um von dort aus eure Spur aufzunehmen. Aber da ihr von einem arabischen Agenten beschattet wurdet, hielt er es für sinnvoller, euch untertauchen zu lassen und die Zeit zu nutzen, um den Araber auf eine falsche Fährte zu locken.“

„Dann war also der Italiener“, sagte David bedächtig und rieb sich nachdenklich sein bärtiges Kinn, „kein feindlicher Agent, sondern unser Kontaktmann?“

„Korrekt“, bestätigte Avriel. „Aber der ganze Zug wimmelte von Polizisten, die nach den Leuten fahndeten, die den Anschlag im Hafen von Bari verübt hatten. Und jedes Mal, wenn er einen Versuch machte, Kontakt mit euch aufzunehmen, funkte ihm irgendjemand dazwischen ... Erst sehr viel später fiel ihm auf, dass diese Frau sich ausgesprochen seltsam benommen hatte ...“

„Du meinst Maryanne?“, fragte Ellie. Sie konnte nicht glauben, dass dieses naive Häschen auch nur im Mindesten gefährlich sein konnte.

„Sie war auch im Zug, und zwar in Begleitung eines verwahrlosten Kerls mit wulstigen Lippen“, erklärte Avriel. „Er sah irgendwie türkisch aus, vielleicht ist er aber auch Araber ... Wie dem auch sei, die beiden hatten jedenfalls im selben Waggon wie ihr ein Abteil, obwohl sie überhaupt nicht zusammenpassten. Er ließ sich ansonsten während der ganzen Fahrt nicht blicken. – Wir vermuten, aus Angst, von David erkannt zu werden. – Sie dagegen kam ein Dutzend Mal aus dem Abteil und suchte eine Gelegenheit –“

„Eine Gelegenheit wofür?“, fragte Ellie und hielt in banger Ahnung den Atem an.

Avriel griff unter seinen Stuhl und zog mit viel sagender Miene eine große Handtasche hervor. Ellie erkannte sofort, dass sie Maryatnne gehörte. Avriel stellte sie aufs Bett und holte demonstrativ eine deutsche Lugger-Pistole heraus. „– eine Gelegenheit, dies hier zu benutzen."

„Maryanne?", rief Ellie ungläubig.

„Ja", bestätigte Milkin. „Und sie hätte das Ding tatsächlich auch benutzt, wenn der Italiener nich' andauernd um euch herumscharwenzelt wär."

David stützte nachdenklich den Kopf in die Hand. Die Sache war ihm noch ganz und gar nicht klar. „Moment mal! Augenblick! Wie kommt es denn dann, dass sie uns nicht auf dem Bauernhof beseitigt hat?"

„Sie hat offenbar auf eine günstige Gelegenheit gewartet. Zudem hat sich wohl jemand überlegt, dass du den Arabern lebend von viel größerem Nutzen bist als tot. Schließlich" – Avriel umfasste mit einer ausholenden Geste das Zimmer – „hast du sie hierher geführt."

Bobby Milkin bearbeitete seine Zigarre heftig und stieß vor Aufregung und Begeisterung dicke Rauchwolken aus. „Crabtree is' von ihr ang'heuert word'n", erzählte er nun weiter. „Un' die Kerle ham sich einfach von ihr führ'n lass'n. Maryanne hatte gestern tatsächlich vor, dich umzuniet'n. Aber da warste zum Glück schon aus Kitzbühel verduftet, Blechmann – kapiert?"

Ellie hatte Schwierigkeiten, diesen salopp dahingeworfenen Erklärungen zu folgen. *„Die Kerle?* Von welchen Kerlen sprichst du denn? Wer denn noch außer ihr?"

„Du meinst sicher Ted Samson?", warf David ein.

„Nee", erwiderte Milkin ungeduldig. „Ted Samson, der kann doch nich' eins un' eins zusamm'zähl'n. Der is' nur der Schlepper."

Avriel fand Milkins Einmischung ziemlich unpassend und verdrehte schon die ganze Zeit ungeduldig die Augen. Jetzt warf er ihm sogar einen ärgerlichen Blick zu. „Bitte, Bobby! – Also, wie ich schon sagte", nahm er seinen Faden wieder auf, *„sie* hat Crabtree angeheuert, und nicht umgekehrt. Und wir wissen jetzt auch, dass er sich nicht zu schade war, Enthüllungsjournalismus zu betreiben – für denjenigen, der ihm am meisten dafür bot. Unser Italiener hatte Maryanne gleich am ersten Tag ihres Aufenthaltes in Kitzbühel aufgespürt. Ich nehme an, das war der Grund, dass sie sich danach nicht mehr zeigte. Sie und Crabtree haben Ted Samson nur als Verbindungsmann benutzt."

„Der Ärmste!", warf David voller Mitleid ein.

„Richtig!", stimmte Milkin zu.

„Was L. C. Crabtree anbetrifft, so war er sozusagen der Pressesprecher des Muftis. Er hat großen Einfluss und hat es geschafft, der Weltöffentlichkeit vorzugaukeln, dass die Juden dunkle Komplotte in Europa schmieden, die er aufzudecken versprach."

„Und woher wussten unsere Leute, wann sie eingreifen mussten?", fragte David fasziniert.

„Ted Samson hat beim Roulette immer auf eine ganz bestimmte Nummer gesetzt. Eines Tages durchbrach er das gewohnte System, er wurde unvorsichtig. – Aber es gibt noch etwas, das ihr wissen solltet." Avriel ließ sich nicht noch einmal den Faden rauben. „Wir haben Crabtrees Wohnung in Rom durchsucht und –", er hielt ein kleines, in rotes Leder gebundenes Adressbuch in die Höhe, „– unter anderem, dies hier gefunden." Er hielt David das Buch hin und deutete mit dem Finger auf eine bestimmte Stelle.

Dort stand in krakeliger Handschrift: *A. SAINT 34b Halisal Kairo.* David blickte einen Augenblick verwirrt auf die rätselhafte Buchstaben- und Zahlenfolge. Dann begriff er plötzlich und fragte fassungslos:

„Du meinst also, er kannte sie ..."

„Wen denn? Wen?" Ellie verstand gar nichts.

„Angela St. Martain", erklärte Avriel ruhig, „die arabische Agentin, die Michael Cohen ermordet hat – und die auch David fast noch auf dem Gewissen gehabt hätte."

David starrte wie vor den Kopf geschlagen auf seine Hände. Eine Verbindung zwischen Crabtree und Angela – Montgomery – ... Das war fast mehr, als er verkraften konnte.

„Es ist zwar denkbar, dass Crabtree Angela aus rein beruflichen

Gründen kannte", räumte Avriel ein, „aber es war immerhin erst durch die Verbindung zwischen den beiden möglich, dass Maryanne auf ihn aufmerksam wurde. Schließlich war sie ... sie und Angela kannten sich ziemlich gut."

Ellie dachte angestrengt nach. „Ich erinnere mich nicht, Maryanne je an der Uni gesehen zu haben."

„Die Bekanntschaft datiert noch weiter zurück." Avriel lächelte trocken. Er griff abermals in die Handtasche und holte einen Pass heraus, den er Ellie aushändigte. „Sie hat sich als Maryanne Samson ausgegeben, um nicht ihren wahren Namen preisgeben zu müssen. Aber lies selbst –"

Ellie starrte fassungslos auf das Bild und die Unterschrift.

„Maryanne St. Martain!", brachte sie schließlich mit erstickter Stimme hervor.

„Sie sind miteinander verwandt", erklärte Milkin. „Nicht wahr, Avriel?"

„Ja. Schwestern, um genau zu sein. Ziemlich berüchtigte Schwestern, möchte ich hinzufügen. Die beiden haben während des Krieges Informationen über britische Offiziere gesammelt, die in Kairo stationiert waren, um sie anschließend zu erpressen ... Mehrere dieser Offiziere befinden sich noch immer in Palästina. Diese Verbindung hat sich für Haj Amin wirklich ausgezahlt –"

David wischte sich den Schweiß von der Stirn. Ihm wurde noch nachträglich schwummerig bei dem Gedanken, dass er neben der Schwester Angela St. Martains geschlafen hatte. „Schwestern", murmelte er immer wieder und fragte schließlich: „Gibt es noch mehr von ihnen?"

„Nein. Zumindest ist uns nichts dergleichen bekannt", erwiderte Avriel.

„Und was habt ihr jetzt mit ihr vor?", fragte Ellie.

„Sie ist uns sehr gelegen gekommen", führte Avriel voller Genugtuung aus. „Als wir Crabtrees Wohnung in Rom durchstöbert haben, sind wir fast aller Unterlagen habhaft geworden, mit denen sie diese Erpressungen durchführte. Und jetzt haben wir nicht nur ihre Akten, sondern auch sie selbst!"

„Und noch dazu an einem wirklich sicheren Ort“, lachte Bobby. „Außerdem haben wir unsere Entdeckungen den Briten, genauer gesagt, einem in Jerusalem stationierten britischen Offizier mittleren Dienstgrades, mitgeteilt. Er wird der Haganah dafür heute Abend ein Kettenfahrzeug übergeben.“

„Tja!“, meinte Milkin und rieb sich zufrieden die Hände. „Den Geschützturm voll gestopft mit Munition und leichten Maschinengewehren.“

„Jeder hat so seinen Preis, scheint es“, sagte Avriel trocken und goss sich eine weitere Tasse Tee ein.

„Und Ted Samson?“, fragte David. „Schließlich wusste er ja nicht, worauf er sich da einließ.“

„Das haben wir berücksichtigt“, nickte Avriel. „Er ist auf dem Weg nach Afghanistan.“

„Nach Afghanistan?“, wiederholte Ellie entgeistert und fixierte ihn scharf, als könne sie in seinem Innern den Grund für diese merkwürdige Entscheidung lesen.

„Tja“, meinte Bobby gedehnt. „Ich war es, der das Ziel ausgesucht hat. Er kennt die Landessprache nich’, un’ dort gibt’s auch keine amerikanische Botschaft. Wir setz’n ihn also einfach dort aus.“

David nickte zufrieden. „Perfekt! Nur du, Milkin –“

„Und was ist mit Crabtree?“, unterbrach ihn Ellie ernst. Einen Augenblick schwiegen sowohl Avriel als auch Milkin. Dann kaute Avriel auf seiner Unterlippe und blickte Ellie über den Rand seiner Brille hinweg ernst an. „Er hat den Partner des Italieners ermordet“, war das Einzige, was er schließlich hervorbrachte.

„Ermordet?“

„Ihn getötet, ja“, erklärte Avriel einsilbig. „In Kitzbühel.“ Ellie sah einen nach dem anderen fragend an. „Und?“ Bobby straffte sich. Dann vollführte er mit seiner aufgeweichten Zigarre die Geste des Halsabschneidens und meinte gedehnt: „Diesen hier!“

„Du meinst ... er ist ... tot?“, stammelte Ellie fassungslos. „Ganz recht“, bestätigte Avriel und klopfte sich imaginären Staub von den Händen.

Dann wechselte er das Thema: „Falls es noch andere arabische

Agenten in Kitzbühel gegeben haben sollte, dann habt ihr sie durch euren kleinen Umweg über Salzburg abgeschüttelt. Wirklich ziemlich clever", schloss er bewundernd. „Sonst noch irgendwelche Fragen?"

„Ungefähr eine Million", meinte David, immer noch fassungslos. Und dass ihr Ausflug nach Salzburg vollkommen ungeplant gewesen war, ließ er lieber unerwähnt.

„Und was ist mit dem Bootsmann?", erkundigte sich Ellie unsicher. „Hat er nicht die Pistolen gesehen? Wird er nicht zumindest argwöhnisch werden?"

„Der war einer von uns", erklärte Bobby trocken, „und hatte sein Gewehr während der Überfahrt fast die ganze Zeit auf Crabtree gerichtet."

„Crabtree ist doch ein Journalist von internationalem Rang ... ihr könnt ihn doch nicht einfach ...", wandte Ellie mit bebender Stimme ein.

„Oh, wir haben vor, Crabtree noch eine ganze Zeit lang weiter schreiben zu lassen", antwortete Avriel mit einem freundlich lächelnden Blick auf Ellie. „Mr. Crabtree wird dem Zionismus von nun an große Dienste erweisen ..."

„Wie meinst du das?", fragte sie schließlich nach einer Pause, als Avriel keine Anstalten machte, seine orakelhaften Worte zu erklären.

„Crabtree hat doch in seinen Artikeln immer wieder über die schlimmen jüdischen Operationen in Europa berichtet ... Wenn man es genau nimmt, hat er uns damit sogar einen Gefallen getan. Um der Dramatik und der journalistischen Übertreibung willen hat er uns nämlich als wesentlich gefährlicher dargestellt, als wir in Wirklichkeit sind." Er gluckste zufrieden. „Die Wirkung seiner Artikel auf politische und militärische Kreise bei den Arabern ist so durchschlagend gewesen, dass ihre Moral, trotz gegenteiliger offizieller Aussagen, stark gesunken ist. Da man zum Beispiel nach dem Abzug der Engländer Überfälle durch jüdische Partisanen befürchtet, sind die arabischen Zivilisten in Palästina sogar aufgefordert worden, das Land zu verlassen!"

„Ja, aber die Araber sind doch kräftig dabei, ihre Streitkräfte aufzurüsten, um sich mit dieser eingebildeten Armee messen zu können", wandte David skeptisch ein.

„Das schon", gab Avriel zu und blickte dann auffordernd zu Bobby. Diesmal hatte er nichts dagegen, dass der das Wort ergriff.

Bobby sog kraftvoll an seiner Zigarre und erklärte dann salopp: „Klar. Die Tuchköpfe mach'n alle möglich'n Schwierigkeit'n. Aber se ham Angst – mindest'ns die Zivilisten. Un' so konnt'n wir bisher schon jede Menge Orte besetz'n, die se verlass'n ham, kapiert?"

„Und jetzt kommt die beste Nachricht von allen", fügte Avriel hinzu und senkte bedeutungsvoll die Stimme: „Es gibt endlich gewisse Führer bei den Arabern, die jetzt bereit sind zu verhandeln. Solange es so schien, als könnten sie uns kampflos überrumpeln, waren sie selbstsicher und entschlossen, uns auszumerzen. Nun jedoch kommen ihnen Bedenken: Sollten wir Juden tatsächlich über solche Massen an Soldaten und Nachschub verfügen, die nur darauf warten, von geheimen europäischen Flugbasen aus über eine Luftbrücke nach Palästina gebracht zu werden? Sollten wir in der Tat über so enorme Zahlen an Kampfflugzeugen und Bombern verfügen?"

„Das tun wir aber doch nicht", fiel ihm Ellie protestierend ins Wort. „Das ist doch das Schöne daran, Ellie!", entgegnete Avriel begeistert und spreizte gut gelaunt die Hände. „Wenn die Araber diese Ammenmärchen glauben, dann ist das so wie damals, als Gideon mit dreihundert Mann auf dem Berg stand, nur mit Tonkrügen in der Hand! Erinnerst du dich an die Geschichte? Sie zündeten ihre Lampen an, zerbrachen ihre Krüge und schrien so laut sie konnten, und der Feind – Tausende von Soldaten – gab Fersengeld! Was immer L. C. Crabtree beabsichtigt haben mag, er hat es uns abgenommen, Tonkrüge zerschlagen und in die Posaunen blasen zu müssen. Die Araber sind auch so schon in großer Sorge und verwirrt und, was das Wichtigste ist, bereit zu verhandeln."

„Und was hat das mit Crabtree zu tun?", fragte Ellie, die immer noch nicht begriff.

„Er soll weiter seine Artikel schreiben!"

„... Artikel schreiben ...?“

„Du wirst von nun an seine Berichte einreichen.“ Avriel strahlte, als ein Funken von Verständnis über ihr Gesicht leuchtete.

„Viel Schall und Rauch, sozusagen“, fasste sie lächelnd zusammen.

„Nicht sozusagen“, lachte Avriel, „sondern ziemlich genau!“

David blickte stirnrunzelnd in seine Tasse. „Ich möchte zwar kein Miesmacher sein, aber was passiert, wenn das nicht klappt?“

„Darüber zerbrechen wir uns jetzt noch nicht den Kopf“, tat Avriel den Einwand ab.

„Nun gut. Aber wir brauchen doch etwas mehr als nur Show“, meinte David warnend.

„Aber klar doch, Blechmann“, erwiderte Bobby und schlug David freundschaftlich so kräftig auf den Rücken, dass der Tee überschwappte. „Darum bist *du* doch schließlich hier – hier am Hallstätter Salzberg, Kumpel!“

„Ja, aber wo ist denn der Rest unserer Jungs?“ David beschrieb entgeistert mit dem Arm einen Bogen, der das leere Zimmer umfassen sollte. „Haben es denn die Piloten, die wir in den Staaten angeheuert haben, überhaupt geschafft, hierher zu kommen? Und wie sollen wir von hier in die Tschechoslowakei kommen, um sie in den ME 109 auszubilden?“

Avriel und Milkin wechselten triumphierende Blicke. „Das ist nur Feinarbeit, Blechmann“, lachte Milkin. „Und du warst schon immer der Mann für die Feinarbeit ...“

# 37. In den Salzminen

Bereits am frühen Nachmittag, gegen vier Uhr, lag ganz Hallstatt im Schatten. Die Berge, die den kleinen Ort einkesselten, waren so hoch, dass er in den Wintermonaten sogar fast überhaupt kein Sonnenlicht abbekam. Die einzige Straße schlängelte sich am Fuß des Ortes entlang, dessen kleine spitzgiebelige Häuser sich dicht übereinander an den Salzberg schmiegten und nur durch ein Netzwerk von hölzernen Stufen miteinander verbunden waren.

Ellie und David folgten Avriel und Bobby eine der Treppen hinauf zu einer kleinen Kabinenbahn, wo sie auf einer hölzernen Plattform von einem ältlichen Angestellten erwartet wurden. Er stattete sie mit Karbidlampen aus, schloss die Tür des schwankenden Käfigs hinter ihnen, und schon schwebten sie langsam über die Wipfel der Fichten hinweg auf den Gipfel des Salzberges zu, der sich tausend Meter über ihnen erhob.

Der See tief unter ihnen im Tal lag noch im Sonnenlicht und glänzte wie eine metallene Scheibe, und Hallstatt wirkte daneben wie ein Spielzeugdorf. Die Luft war kalt, und Ellie war dankbar für den Daunenparka und die dicke Wollhose, die Avriel ihr gegeben hatte. Ein Paar lederner Wanderschuhe waren schon Tage vor ihrer Ankunft für sie besorgt worden.

Ellie hatte nun ausreichend Gelegenheit, Avriel einmal genauer zu betrachten. Während der Wind mit seinem grauen Haar spielte und ihm die blassen Wangen rötete, blickte er ständig mit interessierten Augen um sich. Neben dem grobschlächtigen, kräftigen Bobby Milkin wirkte er klein und zerbrechlich, und Ellie wurde des Staunens nicht müde, dass dieser schmächtige Mann, der mit seinem schmalen, blassen Gesicht und der Nickelbrille eher wie ein Gelehrter aussah, der Hauptakteur der gesamten jüdischen Logistik war. Seinen Fähigkeiten und seiner Ausdauer hatten es die Juden zu verdanken, dass alle benötigten Waffen nur noch verschifft werden mussten. Und nicht zuletzt war es auch seinem ruhigen, unerschütterlichen Auftreten zuzuschreiben, dass Ellie Vertrauen zu dem Plan gefasst hatte, den er ihnen im *Gasthof zur Post* auseinander gesetzt hatte.

Sie schloss für einen Moment die Augen und horchte auf das Rauschen des Windes und das Ächzen des Dieselmotors, der die Kabine in die Höhe zog. Als sie die Augen wieder öffnete, schwebte über ihren Köpfen majestätisch ein Adler dahin. Bei seinem Anblick fiel Ellie jene Stelle aus Jesaja ein, die Onkel Howard so oft zitiert hatte: „... *aber die auf den Herrn warten, empfangen immer neue Kraft, dass ihnen Schwingen wachsen wie Adlern, dass sie laufen und nicht ermatten*", oder so ähnlich, dachte sie und nahm sich vor, so bald wie möglich den richtigen Wortlaut herauszusuchen und ihn sich zu merken.

Sie stellte in ihrer Kamera die ausgebreiteten Schwingen des Adlers scharf ein. Er segelte, scheinbar schwerelos, durch die Luft. *Breite deine Schwingen aus und vertraue darauf, dass dich der Wind trägt!*, dachte sie. *Vertraue ... und warte! Vertraue, und Gott wird deine Kraft erneuern und dich mit Hoffnung erfüllen, damit du einen Flügelschlag nach dem anderen tun und fliegen kannst, ohne müde zu werden oder zumindest ohne zu stürzen.*

Ellie blickte zu David. *Mein Adler! Stark und voller Vertrauen. Breitet eure Schwingen aus, du und deine Piloten! Es bläst ein mächtiger Wind für Israel, und er wird euch tragen. Wer hätte noch vor wenigen Monaten gedacht, dass er je so stark sein würde!*

David fing ihren Blick auf und erwiderte stumm: *Ich liebe dich. Wir werden es schaffen!* Dann schaute er zum Gipfel des Berges empor, wo eine kleine Öffnung den Eingang in den Berg anzeigte.

„Seht mal", rief ihnen Avriel zu und deutete auf das Loch. „Das ist nur *ein* Schacht. Aber hier sind Dutzende und Aberdutzende von Wegen, die hinein- und herausführen. Ein perfekter Ort für unsere Zwecke. Die Nazis waren, glaube ich, die Ersten, die auf diesen Gedanken kamen. Und ich finde es sogar ganz passend, dass eine der Schlüsseloperationen des jüdischen Mossad an einem Ort stattfindet, der eine so große Bedeutung für die Spitzenpersönlichkeiten des Dritten Reiches hatte, meint ihr nicht auch?" Er blickte zufrieden mit sich und der Welt in die Runde.

„Wie bist du denn auf die Idee gekommen?“, fragte Ellie interessiert.

Avriel lachte übermütig. „Ich war doch hier, als die Schätze geborgen wurden!“

„Aber du bist doch gar kein Amerikaner“, entgegnete Ellie erstaunt. „Gehörtest du denn trotzdem zur 101. Luftlandedivision?“

Avriel lachte wieder. Dann meinte er amüsiert: „Du bist wirklich eine süße Unschuld vom Lande. Nein. Natürlich gehörte ich nicht zu den amerikanischen Streitkräften.“ Er schwieg, da es ihm offensichtlich Freude bereitete, sie noch ein wenig schmoren zu lassen.

„Aber wieso hattest du dann mit dieser geheimen Operation zu tun?“, bohrte Ellie weiter. „Oder hattest du die Aufgabe, die Kunstschätze wieder in die entsprechenden Museen zurückzubringen?“ Sie tappte völlig im Dunkeln.

Er schüttelte verneinend den Kopf. „Nein, nein, meine Liebe. Meine Rolle in diesem Schauspiel kann man vielleicht besser mit der eines Kunstliebhabers ... und Diebes umschreiben. Elf der großen Meisterwerke sind nämlich auf den Listen als fehlend eingetragen ... elf Stück! Und ich allein weiß, wo jedes dieser elf eine neue Heimat gefunden hat.“

Ellie war nun vollkommen verwirrt. Sie blickte Hilfe suchend zu David, um sich zu vergewissern, dass Avriel keine Scherze mache. Doch David zuckte nur die Achseln, als sei nichts Außergewöhnliches an dieser Geschichte, und nickte bestätigend. Avriel hatte die Wahrheit gesagt.

„Du meinst, du hast sie also tatsächlich gestohlen?“, vergewisserte sich Ellie trotzdem zweifelnd.

„So kann man es wohl nennen“, erwiderte Avriel gleichmütig. „Den Nazis gestohlen und sie dann an private Sammler verkauft. Das war eine ausgezeichnete Vorübung für spätere Geschäfte. Außerdem habe ich es durch diesen Handel geschafft, einigen Tausend Juden das Leben zu retten. Aber das ist eine andere Geschichte ... In der Zwischenzeit habe ich Verbindungen geknüpft, die sich für unsere Zwecke als sehr nützlich erweisen werden.“ Er deutete mit dem Kopf zur Bergstation. „Ihr werdet gleich sehen, was ich meine.“

Sie wählten jedoch nicht den am nächsten gelegenen Eingang in den Berg, als die Gondel angekommen und sie ausgestiegen waren, sondern wanderten weiter, jeder einen Rucksack mit Vorräten auf dem Rücken, zu einem anderen, verdeckteren Eingang. Nach einiger Zeit blieb Ellie an einem kleinen Bach stehen, um sich zu erfrischen. Genüsslich schöpfte sie das eiskalte Wasser in der hohlen Hand und ließ es sich über das erhitzte Gesicht laufen.

„Probier doch mal!", forderte Avriel sie auf.

Sie zögerte zunächst unschlüssig, doch dann träufelte sie sich vorsichtig einen Tropfen auf die Zunge, kostete, und spürte einen starken Salzgeschmack. „Salzig", stellte sie fest und verzog angewidert das Gesicht.

„Richtig. Und von jetzt an wird uns der Bach führen." Avriel schulterte wieder sein Gepäck, das er während der kurzen Rast abgelegt hatte, und folgte dem Bachlauf noch einige Zeit durch den Fichtenwald, bis sie schließlich an einer verbretterten Öffnung ankamen, aus der das Wasser strömte. Im Morast des Bachlaufes waren Fußtritte zu sehen. „Sie haben vergessen, ihre Spuren zu beseitigen", bemerkte Avriel ärgerlich. Er öffnete den Eingang, indem er ein Brett entfernte, und trat zur Seite, um Ellie und David den Vortritt zu lassen. Anschließend beseitigte er alle Spuren und betrat ebenfalls den Stollen.

Nachdem Bobby Milkin die Karbidlampen mit dem glimmenden Ende seiner Zigarre angezündet hatte, hielt David neugierig sein Licht in die Höhe, um sich umzusehen, aber der Schein durchdrang die bedrückende Dunkelheit nur wenige Schritte weit. Ja, durch das schwache, flackernde Licht wirkte die sie umgebende Dunkelheit nur umso schwärzer. Er konnte nur sehen, dass ihnen in der Mitte eines leicht ansteigenden Pfades der Bach entgegensprudelte. Die Luft war kühl und feucht. Dennoch schien es im Berg wärmer als draußen, da sich kein Lüftchen regte. Ellie bekam Beklemmungen bei dem Gedanken, welch ein Tonnengewicht über ihnen lastete. Avriel jedoch ging zielstrebig und mit der Sicherheit eines Mannes voran, der sich in vertrauter Umgebung befindet. Als Ellie ihr Licht auf den Boden richtete, entdeckte sie zu ihrer Beruhigung im dicken Matsch die Spuren von ungefähr einem Dutzend verschiedener Schuhsohlen.

„Weißt du auch bestimmt, wohin wir müssen?“, vergewisserte sich David heiser, da er kein sonderlich gutes Gefühl in dieser Umgebung hatte. Der unheimliche Hall seiner Worte unterstrich noch sein Missbehagen.

„Wir sind doch erst zehn Minuten unterwegs“, lachte Avriel unbekümmert, „und noch nicht einmal einen halben Kilometer gegangen. In ein paar Stunden kannst du mich ja noch mal fragen, ob ich mich noch auskenne.“

„In ein paar Stunden!“, Ellie war entsetzt. Allein bei dem Gedanken brach ihr der kalte Schweiß aus. Sie fühlte sich schon jetzt reif für eine ordentliche Dosis Tageslicht. „Wie weit müssen wir denn noch laufen?“

„Die Stollen“, erklärte Avriel nüchtern, „sind fünfundzwanzig Kilometer lang. Es gibt viele miteinander verbundene Kammern ... und zwölf verschiedene Ebenen auf einer Höhe von sechshundert Metern. Wir haben also noch viel zu laufen. Zuerst geht's bergauf, später wieder bergab. Wir müssen nur aufpassen, dass wir nicht zu nah an die Abbaukammern herankommen, die noch in Betrieb sind. Das dürfte jedoch nicht allzu schwierig sein, denn diese Stollen hier sind seit Jahren unbenutzt, und wir sind mehr als drei Kilometer von den Stollen entfernt, in denen zur Zeit Salz abgebaut wird.“

„Aber wie sollen wir von einem Stollen in den nächsten kommen?“, fragte Ellie zaghaft. Ihr war ganz mulmig zumute bei der Vorstellung, in welch einem Labyrinth sie sich befanden.

„Das wird der Teil unserer Wanderung sein, der Spaß macht“, erwiderte Avriel leichthin, während er seine Lampe prüfend auf die Pfosten richtete, die die Decke abstützten. „Nummer siebenunddreißig“, sagte er mit hallender Stimme, als sich die Decke plötzlich zu einem hohen Gewölbe erweiterte. „Aha, hier ist es.“ Er bückte sich leicht und richtete sein Licht auf eine der Felswände, aus deren undurchdringlichem Dunkel sich jetzt zwei Stangen herausschälten, die jeweils an zwei Seilen hingen, die ins schwarze Nichts eines senkrechten Schachtes führten. „Ihre Fahrgelegenheit steht schon für Sie bereit, Madame", kommentierte Avriel zu Ellie gewandt und ergriff sie am Arm, um sie hinzuführen.

„Was wird denn geschehen?", fragte sie ängstlich und folgte nur zögernd.

„Es gibt hier, wie ich schon sagte, zwölf Ebenen", erklärte Avriel. „Alle sind durch solche Stangen und durch Leitern miteinander verbunden. Ich werde mich als Erster darauf setzen, so –" Er zog ein Paar dicke Lederhandschuhe an und setzte sich rittlings auf die eine Stange. „Du, Ellie, setzt dich hinter mich, David hinter dich, und Bobby bildet den Schluss."

Ellie tat zwar gehorsam, was Avriel sie geheißen hatte, aber ihr Herzschlag dröhnte ihr dabei in den Ohren. David und Bobby folgten ihr stumm. „Und was nun?", fragte Ellie in banger Vorahnung.

„Und nun ... das." Avriel ergriff die dicken Taue auf beiden Seiten der Stange und gab Schwung. Und dann rasten sie wie Trapezkünstler in die Tiefe und in die Dunkelheit hinein. Ellie schrie laut auf. Doch ehe sie recht zur Besinnung kam, war die Höllenfahrt bereits zu Ende:

Avriel bremste mit den Händen an den seitlichen Tauen, und dann plumpsten sie auf den Boden.

Avriel war sofort wieder auf den Füßen. Er hielt grinsend seine Lampe in die Höhe und betrachtete seine Kumpane, die japsend auf dem Kies unter der Stange lagen. Als sich David hustend mit der Hand gegen die Brust schlug, meinte er spöttisch: „Das war doch noch gar nichts!"

„Noch gar nichts?", wiederholte David fassungslos und aufgebracht. „Wie ein Sprung aus tausend Metern Höhe in ein schwarzes Meer!"

„Nie wieder", stöhnte Ellie und rappelte sich mühsam auf.

„Es sind, wie ich bereits erwähnte, zwölf Ebenen", wiederholte Avriel ungerührt und half ihr auf. „Ihr werdet euch schon noch dran gewöhnen."

„Ich hab meine Zigarre verloren", beklagte sich Bobby und klopfte ungehalten seine Kleider ab. Für die nächste Zeit, während Avriel sie durch weitere schmale Gänge und zu weiteren Schächten führte, in denen sie die wilde Reise in die Dunkelheit wiederholten, verharrte er in eisigem Schweigen.

Als sie wieder einmal eine Fahrt überstanden hatten und durch einen breiten, hohen Gang wanderten, erzählte ihnen Avriel einiges über die Geschichte des Salzkammergutes. „Dieses Gebiet hier war früher einmal kaiserliches Kernland, das direkt der Hofkammer, der kaiserlichen Finanzverwaltung, unterstand. Lange Zeit war es streng abgeschlossen, und Fremde durften es nur mit einem Pass vom Salzamt betreten. Ansonsten durften hier nur Personen leben, die entweder hier geboren waren oder die zur Arbeit für die Salzkammer herangezogen wurden. Dadurch sollte Schmuggel weitgehend unmöglich gemacht werden."

„Soll das heißen, dass die Menschen tatsächlich einmal Salz schmuggelten?", fragte Ellie erstaunt. „Warum setzen wir uns nicht einfach alle ein bisschen hin, und du erzählst uns noch mehr darüber?" Ihr geschichtliches Interesse war zwar echt, aber im Augenblick wäre ihr auch jeder andere Vorwand recht gewesen, um ihren schmerzenden Füßen ein wenig Erholung zu verschaffen.

Avriel kam Ellies Bitte nur insoweit entgegen, als er ihnen zwar noch einiges aus seinem Wissensschatz zum Besten gab, ohne jedoch den Marsch zu unterbrechen. „Salz", nahm er seinen Faden wieder auf, „war damals eines der wertvollsten Handelsgüter überhaupt und wurde mit Gold aufgewogen. Es gab nämlich, außer Rauch, kein anderes Mittel, mit dem man Lebensmittel haltbar machen konnte. Es sind sogar Kriege um Salz geführt worden. Einer der habsburgischen Fürsten sagte einmal, dass diese Salzbergwerke Leckerbissen seien, nach denen alle beheimateten Hunde Europas schnappten. Und das taten sie wahrhaftig. Nach dem Ende der habsburgischen Monarchie kamen dann einige Zeit später auch Hitler und seine beheimateten Hunde. Als ich diese Stollen zum ersten Mal betrat, waren in ihnen Möbel, Wandteppiche und Kunstwerke in solchen Mengen gelagert, wie sie die Welt an einem einzigen Ort bestimmt noch nicht gesehen hat."

„Und du hast dann die Gemälde gestohlen", wiederholte Ellie mit einer Mischung aus Bewunderung und Entrüstung.

„Ich hätte den Nazis gern noch mehr entwendet", gestand Avriel bedauernd. Er beleuchtete einen plötzlich auftauchenden Geröllhaufen, der einen Tunnel blockierte, und sagte mit Trauer in der Stimme: „Dort unten liegen gute Menschen begraben. Freunde von mir ..."

* * *

Mosche verharrte im Schatten einer Zypresse auf der Straße der Propheten, um nicht von dem gepanzerten Wagen gesehen zu werden, der gerade langsam um die Kurve bog. Ein vertrautes Schaudern überlief ihn, und er wünschte nichts sehnlicher, als dass er von dieser Pflicht befreit worden wäre. Den Briefumschlag fest an sich gepresst, durchlebte er noch einmal, wie es dazu gekommen war, dass er nun an dieser Stelle stand.

„Warum ich?", hatte er gegenüber seinen Kameraden aufbegehrt, die ihn für diesen Gang vorgeschlagen hatten.

„Du kennst ihn schließlich."

„Ja! Und er kennt mich! Er kennt mich nur zu gut!", hatte er protestiert. „Na, dann kennt ihr euch ja beide", war die unerbittliche Antwort gewesen. „Sollte er versuchen, krumme Touren zu drehen, dann weißt du, dass du Deckung durch einen Mann aus dem Hinterhalt hast, der die ganze Zeit über seinen Kopf im Visier haben wird."

„Und wenn auch er eine heimliche Leibwache zur Sicherung mitbringt?", hatte er noch zu bedenken gegeben, aber bereits den Umschlag an sich genommen, da er merkte, dass alle Einwände zwecklos waren.

„Er weiß, dass du ihm heute Abend erst die Hälfte bringst ..., die erste Hälfte. Er wird niemanden töten wollen, bevor er nicht auch die zweite Hälfte hat. Und nach dem heutigen Abend wird er ohnehin alles daransetzen müssen, dass niemand erfährt, was er getan hat."

„Außerdem", hatte Schimon ruhig hinzugefügt, „hättest du mal sein Gesicht sehen sollen, als er den Zettel las. Es ist ... es ist einfach

... ausgleichende Gerechtigkeit, Mosche! ... sich vorzustellen, dass ausgerechnet du derjenige bist, der sich mit ihm trifft ... Schließlich hast du seinetwegen einige Wochen in der Todeszelle verbracht!"

* * *

Als der gepanzerte Wagen langsam am verabredeten Treffpunkt vorfuhr, stellte sich Mosche abermals die bange Frage, ob er sich mit seinem Vorhaben nicht erneut in Todesgefahr begab. Doch Schimon hatte Recht. Es lag wirklich eine gewisse Befriedigung darin, Captain Stewart unter solchen Umständen wieder zu begegnen. Schließlich kannte Mosche nun den Inhalt des gesamten Aktenordners.

Captain Stewart und sein Bruder waren zwar nur zwei kleine Rädchen im Getriebe der Martain-Schwestern gewesen, aber sie hatten trotzdem den beiden Frauen so viele Informationen liefern können, dass dadurch im Laufe nur eines einzigen Jahres Tausende von Menschen den Tod gefunden hatten. Möglicherweise hatte Stewart niemals richtig begriffen, in was er da hineingeraten war. Er war gezwungen gewesen, wie seine Erpresser klar vorausgesehen hatten, ihr Schweigen mit Gefälligkeiten zu bezahlen – mit Gefälligkeiten für die Sache Haj Amins!

So langsam wurden Mosche nun alle Zusammenhänge klar, und er konnte nicht anders, er musste Stewart einfach bemitleiden. Denn er war hoffnungslos und unwiderruflich zwischen die Mühlsteine zweier Mächte geraten.

Schimon und die anderen Mitglieder des Mossad hatten es als herrliche Ironie des Schicksals betrachtet, Stewart gerade mit Mosche zusammentreffen zu lassen. Sie wollten diese Gelegenheit des Triumphes unbedingt ausgekostet wissen. Aber Mosche war sich darüber im Klaren, dass er an diesem Abend nicht nur einen persönlichen Triumph, sondern möglicherweise auch die letzte Phase von Stewarts moralischem Bankrott erleben würde. Und er fragte sich, ob in dem britischen Captain wohl noch ein Funken von Reue oder Menschlichkeit zu finden war.

Der gepanzerte Wagen hielt vor Frau Betts dunkler Bäckerei. Die Scheinwerfer leuchteten noch einmal hell auf und erloschen dann. Einen Augenblick später stieg Stewart aus dem Fahrzeug und stellte sich, wie vereinbart, neben den rechten vorderen Kotflügel. Mosche sah die bloßen Hände und das gequälte Gesicht im fahlen Mondlicht schimmern und trat langsam aus dem Schatten der Bäume. Stewart, dessen Augen sich noch nicht an die Dunkelheit gewöhnt hatten, blickte suchend umher und überquerte unsicheren Schrittes die Straße. Da entdeckte er im Dunkeln eine Gestalt, zögerte, erkannte mit einem Mal Mosche und schnappte zornig: „Man hat mich nicht darüber informiert, dass ich mit *Ihnen* zusammentreffen würde!"

„Aber mich", erwiderte Mosche gelassen und in dem beruhigenden Bewusstsein, dass er eine Rückendeckung hatte. „Und zwar über alles!"

„Na und? Terry und ich konnten ja nicht ahnen, wer sie waren! Wir hatten ja keine Ahnung. Ich dachte, sie wären einfach irgendwelche ... Mädchen."

„Ach, nun tun Sie nicht so unschuldig, Stewart", versetzte Mosche herablassend. „Weder Richter noch Schöffen würden Ihnen das abnehmen."

Bebend vor Zorn streckte Stewart die Hand nach dem Umschlag aus und bellte: „Nun geben Sie mir schon, was Sie mir mitgebracht haben!"

„Ihr Bruder Terry", fuhr Mosche fort, ohne auf Stewarts Worte einzugehen – hielt aber vorsichtshalber den Umschlag so, dass Stewart ihn nicht erreichen konnte –, „der bei der Explosion der King David umkam –"

„Nun geben Sie her!"

„Er hat es ganz bewusst getan, nicht wahr, Stewart? Sie sind nur naiv dem Beispiel Ihres älteren Bruders gefolgt, oder?"

„Hören Sie endlich auf und geben Sie her!", bat Stewart nun mit flehender Stimme. „Ich habe meinen Teil der Abmachung doch auch eingehalten."

„Und die ganze Zeit über haben Sie sich aufgeführt, als würden

Sie in Gottes Namen Rache üben", fuhr Mosche ungerührt fort. „Ich habe die Akte gelesen, Stewart. Sie haben Ihr Land verraten! Wenn Terry noch lebte, würde er vor ein Kriegsgericht gestellt und gehängt. Und Sie ... na vielleicht kämen Sie noch mit einer Gefängnisstrafe davon."

„Halten Sie den Mund!" Stewart machte Anstalten, sich auf ihn zu stürzen, wagte es jedoch nicht, handgreiflich zu werden, und brüllte noch einmal verzweifelt: „Halten Sie den Mund!" Mosche roch seine penetrante Whiskyfahne.

„Es war nicht Ihre Heimat, für die Sie gehandelt haben, nicht wahr, Stewart? Sie hatten nur kein Geld. Und das ist auch der Grund, warum Sie wieder in Jerusalem sind. Nachdem Ihr Bruder umgekommen war, wurden Sie wieder hierher versetzt –, nicht um Großbritannien, sondern um ... anderen zu dienen."

„Was wollen Sie denn noch von mir?", fragte Stewart, nun vor erschöpfter Verzweiflung weinend.

Mosche warf einen zwiespältigen Blick auf diese armselige Kreatur und sagte, indem er auf den gepanzerten Wagen deutete: „Dies da reicht für den Anfang, obwohl wir doch abgemacht hatten, dass Sie ein Halbkettenfahrzeug bringen sollten."

Plötzlich wurde sich Stewart wieder seiner augenblicklichen Lage bewusst, und ihm wurde angst und bange. Er blickte sich gehetzt um und ergriff hastig den Umschlag, den Mosche ihm nun hinhielt. „Sie werden gleich hier sein! Wissen Sie denn nicht? Die Streife ... ich ... ich konnte kein Halbkettenfahrzeug bekommen. Dies ist ... mein ... Fahrzeug. Mehr konnte ich so schnell nicht bekommen!"

„Und was ist mit den Waffen? Mit der Munition?"

„Ja! Ja! Alles da! Aber ich muss ihnen sagen, dass alles gestohlen worden ist", sprudelte es nun aus Stewart heraus. „Dass die Juden mir meinen Wagen gestohlen haben und –"

Mosche unterbrach ihn und hielt mahnend einen Finger in die Höhe: „Nein, Stewart! Diesmal nicht! Dieses Mal waren es die Araber, die den Wagen gestohlen haben."

Man hörte von Norden einen Wagenmotor näher kommen. „Ja,

natürlich, richtig." Stewart fasste Mosche beschwörend am Kragen. „Was immer jetzt ... bitte –"

Da erklangen Schritte hinter Mosche. Ein junger Haganahsoldat mit markanten Gesichtszügen trat aus dem Dunkel und sagte: „Komm, Mosche, lass uns gehen!"

„Ist das auch wirklich alles?", fragte Stewart von einer plötzlichen Ahnung ergriffen und presste den Umschlag an sich.

„Nur die Hälfte", erwiderte Mosche und gab bereits dem Mann, der ihm Deckung gegeben hatte, mit einem leichten Kopfnicken ein Zeichen. Daraufhin hob dieser schnell sein Gewehr und stieß Stewart in einer einzigen kurzen Bewegung den Kolben ins Gesicht.

Stewart sackte mit einem Aufschrei zusammen, wand sich auf dem Boden und fasste sich stöhnend an seine blutige, gebrochene Nase.

„Der Schlag war gerade hart genug", bemerkte der Soldat, als sie in Stewarts Fahrzeug davonbrausten, „dass die Streife keinen Verdacht schöpfen wird."

Mosche nickte stumm. Dann atmete er gequält aus und sagte müde:

„Lass mich an der Ecke nach Rehavia aussteigen!"

* * *

Die Wanderung in den Tiefen des Salzberges wollte kein Ende nehmen. Die Strecken zwischen den verschiedenen Stollen und Schächten dehnten sich Ellie zu Ewigkeiten, und sie verlor in der völligen Dunkelheit schon bald jegliches Zeitgefühl. Während sie sich mühsam vorwärts bewegten, hing Avriel schweigend seinen Erinnerungen nach. Um Ellie etwas zu entlasten, schulterte David schließlich auch noch ihren Rucksack. Nach der fünften Höllenfahrt blieb Avriel endlich neben dem Eingang zu einer riesigen Höhle stehen, deren weiße Kristallwände im Licht ihrer Karbidlampen glitzerten und strahlten.

„Hier machen wir Rast", sagte er und nahm seinen Rucksack ab.

„Das ist einer meiner Lieblingsplätze. – Die Abendbrotzeit ist schon lange vorbei, und ihr seid doch sicher hungrig?"

Ellie hatte sich bereits neben einem Felsbrocken fallen lassen und stöhnend ihre Schuhe ausgezogen. „An diese Wanderung werde ich morgen noch denken", jammerte sie.

„Wenn wir hier aber länger Rast machen, wirst du es vielleicht dein Leben lang bereuen", erwiderte Avriel ungerührt.

David setzte sich neben Ellie und nahm einen frischen Laib Brot und Käse aus dem Rucksack, und Avriel ließ einen Weinschlauch mit Apfelmost kreisen. Dann machten sie sich heißhungrig über ihre Mahlzeit her.

* * *

Avriel leuchtete seine Uhr an und sagte im Kommandoton: „Zeit zum Aufbruch! Schuhe anziehen!"

„Wie lange müss'n wir denn noch?", fragte Milkin und zündete sich eine Zigarre an, die erste, seitdem sie die aufregenden Sturzflüge in die Tiefe kennen gelernt hatten.

„Vor dem Morgengrauen sind wir da", meinte Avriel aufmunternd. Er war bereits wieder auf den Beinen und blickte prüfend in eine Stollenöffnung mit einer besonders niedrigen Decke.

„Es kann aber gut sein, dass wir ohne unsere Füße ankommen", wandte Ellie stöhnend ein, während es ihr nur mit großer Mühe gelang, sich ihre Schuhe wieder über die geschwollenen Füße zu streifen.

„Augenblick", antwortete Avriel freundlich. „Warum hast du nicht schon früher gesagt, dass dir deine Füße wehtun?" Und zu David gewandt, meinte er auffordernd: „Zieh sie ihr wieder aus! In fünf Minuten sind sie wieder in Ordnung." Er leuchtete mit seiner Lampe umher, bis der Schein auf einen kleinen, flachen Teich fiel.

„Diese Sole speist die Bäder im Solbad. Tauch deine Füße hinein! Und in fünf Minuten fühlst du dich wie neugeboren ... du wirst wie durch einen Zauber die ganze Nacht laufen können."

Ellie mochte zwar nicht so recht an Avriels Versprechungen glauben, aber fünf Minuten waren immerhin fünf Minuten. Und so zog sie die Socken wieder aus und tauchte ihre schmerzenden Füße in das kühle Nass. Unter tiefen Seufzern des Behagens und der Erleichterung folgten David und Bobby ihrem Beispiel. Und bald fühlten sie sich nicht nur von ihrer Mahlzeit angenehm gesättigt, sondern von der belebenden Sole auch herrlich erfrischt. Avriel war sichtlich stolz auf seine Kenntnisse, gestand ihnen jedoch nicht mehr als die angekündigten fünf Minuten zu, und befahl ihnen nach Ablauf dieser Frist unerbittlich, die Füße aus dem Wasser zu nehmen und Socken und Schuhe anzuziehen.

In der nächsten Stunde waren Ellies Füße tatsächlich angenehm belebt, und sie stapfte forsch hinter David her. Doch nachdem sie zwei weitere Fahrten hinter sich gebracht hatten, begann sie begehrliche Blicke auf jede Pfütze zu werfen, die sich auf dem Boden des Hauptschachtes gebildet hatte.

„Nur fünf Minuten!“, flehte sie Avriel immer öfter an.

Plötzlich hörten sie in der Ferne ein Rumpeln, das wie Donnergrollen klang. Avriel beschleunigte seine Schritte und bog eilig in einen feuchten, tropfenden Schacht, dessen Stützen von einer uralten Salzkruste überzogen waren. „Hierher!“, befahl er mit gedämpfter Stimme. „Hier ist seit vielen Jahren kein Mensch mehr gewesen.“

Wieder grollte es im Berg, diesmal deutlicher. „Was ist das?“, flüsterte Milkin beunruhigt, aber selbst sein Flüstern erschien ihnen in Anbetracht der bedrohlichen Geräusche wie Donnerhall.

„Wir dürfen jetzt nicht reden“, warnte Avriel und legte mahnend einen Finger an die Lippen. „Zumindest für eine Weile nicht. Wir sind zu dicht an einen Stollen herangekommen, der noch in Betrieb ist. Das habe ich nicht gewusst. Wenn wir sprechen, trägt der Schall unsere Stimmen bis an die Ohren der Bergleute.“

So wanderten sie also die nächste Stunde in völligem Schweigen, bis das Rumpeln und Grollen immer schwächer wurde. Schließlich bog Avriel in eine weite Höhle ein, von der in jede Richtung Stollen abzweigten – wie die Speichen von einer Radnabe.

In der Mitte dieser Höhle lag ein glasklarer See, in den von der

Decke hallend Tropfen fielen. „So", sagte Avriel und putzte sich die feucht gewordene Brille, „wieder fünf Minuten."

Er setzte sich an den Rand des Sees, krempelte sich die Hosen hoch, ließ seine Beine bis zu den Knien im kalten Wasser baumeln und vertiefte sich in seine Karte, die auf eine Ölhaut gezeichnet war. So vergingen nicht nur fünf Minuten, sondern noch weitere fünf, und noch immer mahnte Avriel entgegen seiner sonstigen Gewohnheit nicht zum Aufbruch. Ellie begrüßte dankbar die verlängerte Ruhephase und wollte den Grund gar nicht erst wissen. Doch als Avriel so gar keine Anstalten machte, weiterzugehen, wurde David unruhig: „Sollten wir nicht langsam weitergehen? Wir rasten doch schon zwanzig Minuten."

Avriel nickte und nagte mit bedenklicher Miene an seiner Unterlippe, ohne das Studium der Karte zu unterbrechen. „Ein regelrechtes Labyrinth", meinte er schließlich mit einem leisen Seufzer.

Etwas im Klang seiner Stimme ließ Ellie aufhorchen. „Du weißt doch noch, wo wir sind ... nicht wahr?"

„So halbwegs", gestand Avriel lächelnd, faltete die Karte zusammen und steckte sie in seine Tasche. „Aber ich habe mich in dieser Gegend schon einmal verlaufen."

„Mach keine Witze!", brummte Milkin drohend und zog sich, von bösen Vorahnungen getrieben, seine Schuhe auch ohne Aufforderung wieder an.

Ellie suchte hoffnungsvoll den Boden der Höhle in der Nähe des Rinnsals nach den Fußspuren der Männer ab, die schon vor ihnen diese Wanderschaft unternommen hatten. Doch es waren keine zu sehen. „Wie lange ist es denn her, dass du zuletzt hier warst?", fragte sie argwöhnisch.

„Hier? Hier war ich noch nie! An dieser Stelle war ich noch nie." Milkin fluchte. „Das is' ja wie bei Tom Sawyer: Indianer Joes Höhle oder so ähnlich." Er schickte noch einen Fluch hinterher. „Willst du damit etwa sagen, dass du nicht weißt, wo wir sind?"

Avriel amüsierte sich über Bobbys Zorn. „Das habe ich nicht gesagt, wir haben nur einen kleinen Umweg gemacht. – So, habt ihr euch alle erfrischt? Es gibt doch nichts, was einem Solebad gleichkommt! Ellie, pass auf, du wirst unsere Wanderung nun gar nicht mehr so schlimm finden."

„Hör auf, dumm rumzureden, Avriel!", bellte Bobby ungehalten. „Ich brauch dringend was zu trinken und 'n gutes Bett. Und auch frische Luft. Sag jetzt klar und deutlich: *Wie lang dauert's noch?*"

David hatte sich unterdessen ruhig in die Mitte der Höhle gestellt und blickte, die Hände auf die Hüften gestützt, von dort aus in jeden Stollen, der aus der Höhle hinausführte. Schließlich zündete er ein Streichholz an und hielt es prüfend in die Höhe. Es flackerte im Luftzug. Als Avriel das sah, lachte er anerkennend. David blickte sich mit verschmitztem Lächeln um und deutete dann fragend auf einen der Gänge: „Da entlang?"

Avriel nickte zustimmend. „Ungefähr hundert Meter, würde ich sagen. Dann kommen wir sogar rund eine Stunde früher an als geplant. Vielleicht einen Kilometer über dem Lager."

Das brauchte man Bobby Milkin nicht zweimal zu sagen. Mit neuer Energie lief er sogar vor den dreien her und tauchte als Erster aus den Tiefen des Salzbergwerks auf. Er begrüßte das Tageslicht mit einem mächtigen Jubelschrei, der im ganzen Stollen nachhallte.

Sie waren hoch über einem abgelegenen Tal herausgekommen. Und was David dort in der Morgendämmerung sah, war einfach überwältigend: *Eine Startbahn. Zwei Schuppen, Baracken und ein kleiner Hangar.* Avriel trat neben ihn und sagte leise: „Ich kenne diesen Ort seit vielen Jahren. Göring hat diese Bahn benutzt, um seine geraubten Schätze ins Salzkammergut zu bringen. Und natürlich waren hier auch deutsche Kampfflugzeuge stationiert." Er erklärte David, dass diese Baracken einst einer kleinen Schar von Luftwaffenpiloten gedient hatten, die Deutschland vor dem Angriff alliierter Bomber schützen sollten. Es war eine Ironie des Schicksals, dass diese Baracken nun jüdische Piloten beherbergten, die dafür kämpfen sollten, die Unterdrückung endgültig zu beenden, die Hitler zu einem solchen Exzess getrieben hatte.

„Mein Gott", brachte David schließlich überwältigt hervor. „Wir sind diese Route viele Male geflogen, um den B 17 Deckung zu geben, und jedes Mal tauchten dann die ME 109 wie aus dem Nichts auf. Aber das hier hätten wir uns nie träumen lassen."

„Die Alpen sind voll von solchen Geheimnissen, dessen bin ich mir ganz sicher", warf Avriel ein, während er zusah, wie Milkin zum Ziel ihrer Wanderung hinunterkletterte. „Dieses Geheimnis hier habe ich mir für einen solchen Tag aufgehoben. Ein paar von den Hallstätter Bergleuten wissen zwar Bescheid, aber sie haben kein Interesse an dieser Einrichtung, und es kommt niemand hierher. Absolut niemand!" Er deutete auf den Hangar. „Dort drinnen ist unser größter Schatz." Er sah David erwartungsvoll an. „Zwei ME 109, Captain Meyer, – zwei Stück! Ich nehme an, das genügt fürs Erste, um unsere Piloten anzulernen, bis wir sie in die Tschechoslowakei bringen können, wo sie dann ihre eigenen Flugzeuge übernehmen können."

David nickte stumm, immer noch überwältigt. Er blickte in den klaren Morgenhimmel, wo die letzten Sterne allmählich in der heraufziehenden Dämmerung verblassten. „Ja", meinte er, fassungslos. „Das dürfte wohl für den Anfang reichen. Eine Woche hier, und dann sind wir bereit."

# 38. Die Posaunen Gideons

Es verging kein Tag, an dem sich Mosche nicht nach Sarai Tafaras Schicksal erkundigte. Aber er erhielt immer dieselbe Antwort: Schulterzucken und Kopfschütteln. Man war zu sehr mit der Notlage der einhunderttausend Juden beschäftigt, als dass man Zeit gehabt hätte, sich über ein junges Mädchen den Kopf zu zerbrechen ... noch dazu ein arabisches, gar eine Husseini.

Die Briten hatten sich von Ramasa am Eingang des Bab el Wad zurückgezogen, und die Araber hatten sofort die Gelegenheit genutzt, massiv vorzurücken und den Pass wieder für die Durchfahrt jüdischer Konvois zu sperren. Der letzte Lebensmittelkonvoi, der den isolierten Kibbuz Kfar Etzion am südlichen Rand von Jerusalem beliefern sollte, war vollkommen vernichtet worden. Alle Konvoibegleiter hatten dabei den Tod gefunden. Nun war die kleine jüdische Siedlung von der arabischen Legion eingeschlossen und konnte nur noch aus der Luft versorgt werden. Die lebensnotwendigen Güter fielen jedoch nur zu oft auf feindliches Gebiet.

Im jüdischen Gebiet Jerusalems waren Bombenattentate inzwischen derart häufig, dass es kaum noch eine Familie gab, die davon nicht betroffen war. Wenn es jedoch eine Familie gab, die von Tod oder Verwundung verschont geblieben war, so war doch zumindest ein Freund oder der Verwandte eines Freundes betroffen. In diesen letzten Tagen des britischen Mandats steigerte sich das Ausmaß der Gewalttätigkeiten in einer Weise, die ahnen ließ, wie die Situation unmittelbar nach dem Rückzug der Briten sein würde.

Aber auch auf anderem Gebiet war die Lage nicht dazu angetan, optimistische Gefühle zu erwecken. Das arabische Viertel Sheik Jarrah, das die Haganah hatte unblutig erobern können, musste auf Befehl der Briten wieder geräumt werden.

„Da Sheik Jarrah direkt auf unserem Rückzugsweg liegt", war der Haganah in lakonischer Kürze mitgeteilt worden, „sind Ihre Leute innerhalb der nächsten sechs Stunden abzuziehen. Andernfalls werden sie von unserer Artillerie unter Beschuss genommen!"

Die Juden hatten fünfeinhalb Stunden abgewartet. Doch dann hatten die Briten ihre Feldgeschütze in Stellung gebracht und schussfertig gemacht. Und so war der kleinen Gruppe von Haganah- und Palmachsoldaten nichts anderes übrig geblieben, als den blutgetränkten, heiß umkämpften Boden unterhalb des Skopusberges und des Hadassah-Krankenhauses wieder aufzugeben, da die jüdischen Offiziere sich nur zu bewusst waren, dass sie der britischen Artillerie nicht würden standhalten können. Zum Ausgleich hatten sie auf dem Skopusberg ihre Linien verstärkt, um sich dort gegen einen eventuellen Angriff der Araber zu wappnen. Den Rückzug aus Sheik Jarrah allerdings betrachteten sie nur als vorläufig – bis zum vierzehnten Mai, an dem sie, vom Skopusberg kommend, die von Osten anrückende jordanische Armee zurückschlagen würden. Dennoch wussten alle – auch wenn sie fest damit rechneten, Sheik Jarrah wieder einzunehmen –, dass dies nur unter vielen Opfern möglich sein würde.

Über all diese Hoffnungen und Zweifel dachte Mosche auf seinem Nachhauseweg niedergeschlagen nach und empfand sie wie eine schwere Bürde. Was ihn jedoch am meisten belastete, war der Gedanke, dass er Rachel sagen musste: *Sarai ist für uns verloren. Verloren in der furchtbaren Ungewissheit dieser Tage. Sie ist über der täglichen Tragödie, die Tausende von Menschen ... Tausende ... betrifft, untergegangen! Was ist ein einzelnes Menschenleben in all diesem Elend schon wert? Wir müssen sie vergessen, Rachel, und versuchen, unseren eigenen Überlebenskampf zu bestehen!*

Er fand Rachel im schattigen Hof damit beschäftigt, die kleine Ziege Naomi zu melken, wie sie es von Sarai gelernt hatte. Als Mosche ihr seine deprimierende Mitteilung gemacht hatte, weinte Rachel still um ihre verlorene Schwester, und er legte ihr mitfühlend die Hand auf die Schulter. Schließlich nahm sie sich jedoch wieder zusammen und setzte tapfer ihre Tätigkeit fort.

„Aber ich werde nicht aufhören, für sie zu beten", sagte sie, als sie sich wieder so weit gefasst hatte, dass sie sprechen konnte.

„Es tut mir so unsagbar Leid", sagte Mosche tief betrübt und blickte versonnen nach Osten, zur Altstadt, wo es von Soldaten wimmelte. „Wir können wirklich nichts tun. Nichts! Es ist leichter, nach Paris zu telefonieren als vom westlichen in den östlichen, von den Arabern beherrschten Teil Jerusalems. Wir leben nun in zwei verschiedenen Welten."

Sie nickte. Es war keine Bitterkeit in ihr, nur abgrundtiefe Trauer. „Gibt es denn wenigstens irgendwelche Nachrichten über die internationale Kontrolle der Stadt?", fragte sie in der Hoffnung, dass es zumindest auf dem Gebiet der Politik positive Nachrichten gäbe. „Werden die Vereinten Nationen endlich die Kontrolle übernehmen und diesem unerträglichen Zustand ein Ende machen?" Sie deutete zur Altstadt hinüber.

Er ließ sich schwerfällig auf einem Felsbrocken nieder, der unter dem Feigenbaum lag, und lehnte sich müde gegen den Stamm. „Tja. Hoffnung gibt es wohl. Ben-Gurion, ja wir alle, waren einhellig der Meinung, dass die Kontrolle der Stadt durch die Vereinten Nationen die vernünftigste Lösung, vielleicht sogar die einzige Lösung für den Jischuv ist. Denn wenn die Araber nach dem Abzug der Briten Jerusalem mit ihrer militärischen Überlegenheit einnehmen, wird dies auch allen übrigen jüdischen Siedlungen in Palästina das Rückgrat brechen. Im Augenblick erscheint uns deshalb eine internationale Kontrolle Jerusalems als die einzige vernünftige Lösung." Er lachte kurz und bitter auf. „Das Problem dabei sind nur die Araber. Sie sind nicht an friedlichen Lösungen interessiert. Sie wissen genau, auf was für wackligen Beinen wir hier stehen, und weigern sich, eine solche Lösung zu akzeptieren."

„Und was meint Tom Kane dazu?"

„Er ... er glaubt immer noch daran, dass wir unsere Hoffnung auf die Verhandlungen mit König Abdullah setzen sollen. Nur, bis wir uns mit ihm geeinigt haben, haben uns die Araber vielleicht schon vernichtet." Er hob verzweifelt die Hände: „Schließlich verfügt die Arabische Legion König Abdullahs über die Schlagkraft, über ausreichend Waffen und Soldaten, um ganz Palästina einnehmen zu können. Wir dagegen haben letztlich nichts anderes vorzuweisen als unsere Vernebelungstaktik –"

Rachel dachte an Ellies Artikel in den ausländischen Zeitungen, die der Welt vortäuschten, dass die Juden an verschiedenen geheimen Orten in Europa eine große Armee aufstellten. „Aber du hast mir doch erzählt, dass die Araber durch Ellies Artikel stark verunsichert sind."

„Uns bleibt zumindest nichts anderes übrig, als zu hoffen, dass sie so stark verunsichert werden, ... dass sie zumindest zögern und dass vielleicht sogar ihre Verhandlungsbereitschaft durch diese Verunsicherung wächst. Was sie jedoch bisher verlautbart haben, waren nichts als wüste Drohungen, mit denen sie um sich geworfen haben wie mit Schleudersteinen und in denen sie behaupten, dass es für sie nur eine Sache von wenigen Tagen sei, ganz Palästina zu überrennen." Er beugte sich mit inbrünstig gefalteten Händen vor und sagte fast beschwörend: „Rachel! Wenn wir uns am ersten Tag nur lange genug halten können, dass sie glauben, wir hätten für jede Granate, die wir werfen, noch tausend weitere, dann ... Verstehst du?"

Sie nickte. „Ja. Selbst wenn wir die letzte Granate geworfen haben, sollen sie glauben, dass noch viele weitere folgen werden."

„Genau das ist es! Wenn sie nur zögern! Nur einen Tag ... oder zwei Tage ... bis wir unsere Leute aus den Lagern auf Zypern geholt und ihnen Gewehre in die Hand gedrückt haben. David ist ja im Augenblick dabei, die Jagdpiloten auszubilden. Es sind sechzehn. Wir können sechzehn wie hundert erscheinen lassen, wenn wir sie nur zur rechten Zeit hierher bekommen! Die aus den USA besorgten Frachtflugzeuge sind schon alle zusammengesetzt und stehen bereit, Soldaten und Ausrüstung herzubringen. Aber wir brauchen noch etwas Zeit – das heißt, das Zögern der Araber! Wir müssen es schaffen, sie an einer Hecke aufzuhalten, indem wir ihnen vortäuschen, dass sich hinter dieser Hecke eine Panzerkolonne befindet!"

„Selbst wenn wir nicht einmal einen einzigen Panzer haben!"

„Genau!" Sein Gesicht strahlte Idealismus und Kampfgeist aus. „Wir sind Gideon, Rachel! Gideon im Kampf gegen die große Armee der Midianiter! Wir versetzen unsere Feinde in Angst und Schrecken, indem wir Potemkin'sche Dörfer aufbauen! Und Ellies Artikel sind dabei von unschätzbarem Wert. Sie klingen, als verfügten wir über die Kampfkraft der Alliierten! Wenn ich nur an ihre Reportage über die Jagdpiloten denke ... Als ich sie las, habe ich fast selbst geglaubt, was dort steht, obwohl ich doch die Wahrheit kenne!“

Rachel lachte befreit auf und dachte voller Dankbarkeit daran, mit welcher Begeisterung sich die lebhafte rothaarige Schickse für die Sache der Juden einsetzte. „Sehr schön fand ich auch das Bild, das David auf der Tragfläche eines Flugzeugs zeigt.“

„Ach ja! Das, auf dem der Blechmann auf die Tragfläche gemalt ist, nicht wahr?“

„Ja! Der Blechmann mit einem Davidstern auf der Brust! Das ist –“

„Das ist typisch Ellie.“ Mosche schüttelte lächelnd den Kopf. Seine momentane Anwandlung der Hoffnungslosigkeit war endgültig verschwunden. „Wir haben gehört, dass dieses Bild sogar in den Staaten veröffentlicht worden ist. Daraufhin sind Dutzende von Piloten, die sich uns gerne anschließen möchten, mit dem Mossad in Verbindung getreten. Durch geheime Kanäle haben wir außerdem erfahren, dass die Araber durch solche Nachrichten bereits das Fürchten lernen! Sie haben zum Beispiel schon Verdunkelungen und Luftalarmübungen für Kairo und Damaskus angeordnet!“

Rachel zog den Milcheimer unter Naomi hervor und band sie los, damit sie frei im Garten grasen konnte. „Aber die Welt hält auf Dauer nicht zu den Schwachen, Mosche“, dämpfte sie seinen Überschwang, während sie in die Küche gingen. „Nein, das haben wir nur zu gut unter Hitler gelernt. Und deshalb werden wir nie wieder jemandem zeigen, dass wir schwach sind. Ich finde David als Blechmann einfach herrlich, nu? Er zeigt sich der Welt als Draufgänger und lässt sich nicht einschüchtern!“

Mosche nahm sie übermütig in die Arme und drückte sie impulsiv gegen die Anrichte. Sie lächelte und sah seinem Blick an, wie begehrenswert er sie fand. „Und wie geht es unserem kleinen *Pitsele* heute?“, fragte er.

„Es geht ihm gut“, erwiderte sie und gab sich seinem Kuss hin. „Wer sagt denn, dass es ein Er wird? Ich möchte noch ein süßes kleines Mädchen", flüsterte er zärtlich. Alle Sorgen und Ängste lösten sich in nichts auf. „Noch ein ... hübsches ...", fuhr Mosche fort, „wie zwei Buchstützen: Die eine rechts und die andere links. Und dann möchte ich alle Zeit der Welt haben, um die in der Mitte zu studieren."

„Du hast mich doch schon ausgiebig studiert!" Sie küsste ihn auf die Handfläche. „Und du kennst mich Zeile für Zeile."

„Seufzer für Seufzer." Er berührte zärtlich ihre Wange. „Aber die Worte sind so schön, dass ich sie wieder und wieder lesen möchte."

* * *

Captain Stewart stand auf dem arabischen Markt und musterte kritisch den Mann in der gelb-schwarz gestreiften Keffijah, der gerade lärmend mit einem koptischen Priester feilschte. Der Geistliche hatte dem Händler gesagt, dass seine Tomaten nichts taugten und sowieso zu teuer seien, woraufhin der arabische Händler dem Priester mit einem nicht enden wollenden Wortschwall sowie durch Gestik und Mimik zu verstehen gegeben hatte, dass er an dem Handel nicht mehr interessiert sei. Dennoch hatte er seine Preisvorstellung um den Teil gesenkt, um den der Priester heraufgegangen war. Und so einigten sich die beiden schließlich in der Mitte, und der Mönch schritt sehr zufrieden und in dem Bewusstsein von dannen, dass er die besten Tomaten auf dem Markt zu einem günstigen Preis gekauft hatte.

Stewart blickte noch einmal prüfend auf seinen Zettel. *Gelbe Keffijah. Tomaten. Ja. Das muss der Mann sein.* Er ging auf den unrasierten, schmutzigen Gemüsehändler zu.

„Ah, Captain, gelobt sei Allah, er schickt uns heute die schönsten Tomaten auf den Markt. Wollen Sie kaufen?", sprudelte er, ohne Atem zu holen.

„Sie sind Halidi?", fragte Stewart unbeirrt.

„Ah, Captain. Gelobt sei Allah. Sie haben von Halidis Tomaten gehört, die er, Dank sei Allah, in den Souks verkauft."

„Ja", erwiderte Stewart knapp. „Ich habe von ihnen gehört."

Er reichte dem Mann den Zettel und beobachtete, wie der sich daraufhin zunächst verstohlen umsah, seinen Burnus aus einem kleinen Fach seines Standes zog und aufbrach.

„Kommen Sie mit Halidi, Captain, Allah ist gnädig, Sie zu schicken. Wir wussten, dass Sie kommen würden." Er legte, zur Verschwiegenheit gemahnend, einen rissigen, schmutzigen Finger auf seine Lippen. „Der große Kommandeur erwartet Sie. Hierher. Bitte folgen."

Stewart folgte dem Händler durch die Hintergassen des moslemischen Viertels, bis er schließlich vor dem Eingang eines verfallenen Hauses stand, das aussah, als hausten darin zweimal mehr Menschen, als Raum vorhanden war. Der Händler deutete auf den zweiten Stock.

„Er ist dort mit seiner neuen Braut. Gelobt sei Allah. Sie ist eine Husseini." Geheimnisvoll zischend fügte er hinzu: „Eine merkwürdige junge Frau. Allah ist gnädig. Es gehen Gerüchte um." Er streckte Stewart erwartungsvoll eine lederne Hand entgegen.

Der starrte den Händler einen Moment lang verständnislos an, dann ließ er eine Münze in dessen Handfläche gleiten und schob sich an dem sich überschwänglich bedankenden Mann vorbei ins Haus.

Er ging, vorsichtig seine Füße setzend, auf der schiefen Treppe nach oben, an Abfallhaufen und ausrangierten Möbeln vorbei, bis zu einer Tür, von der die Farbe abgeblättert war. Er klopfte zweimal und wartete. Es dauerte einige Zeit, bis sich der Türgriff bewegte und sich das verstörte Gesicht einer jungen, unverschleierten Araberin in dem Spalt zeigte. Sie war sehr blass, und mit den dunklen Ringen unter den Augen hätte sie alt gewirkt, wenn nicht ihr Gesicht völlig faltenlos und ihre Haut sehr zart gewesen wäre. „Sie sind bestimmt Mrs. Gerhardt?", fragte Stewart anstelle einer Grußformel.

Die junge Frau senkte den Blick und ließ Stewart stumm eintreten. Das Zimmer war sauber und ordentlich, doch ärmlich eingerichtet. An einem einfachen metallenen Haken am Fußende eines eisernen Bettes waren die Kleider aufgehängt. Zwischen wenigen

Männerkleidern hing auffällig ein reich geblümtes Kleid von einer zarten, doch leuchtenden Lavendelfarbe.

An einem Holztisch, dessen Tischplatte ramponiert und abgesplittert war, saß Friedrich Gerhardt. Den kräftigen Kiefer zu einer Art Lächeln vorgeschoben, blickte er seinem Besucher mit ungenierter Neugier entgegen. Die junge Frau setzte sich sogleich auf die Bettkante und legte verschüchtert die Hände in den Schoß. Stewart merkte, dass sie zitterte. Er blickte eine Weile unschlüssig zwischen ihr und Gerhardt hin und her, bis Gerhardt schließlich eine Pistole unter dem Tisch hervorholte und mit tonloser Stimme sagte: „Sie sind Stewart."

„Ja, Gerhardt", erwiderte Stewart. „Ich habe von Ihnen gehört." Gerhardt legte die Pistole auf den Tisch und deutete auf den einzigen noch freien Stuhl. „Setzen Sie sich. Das Mädchen wird Ihnen Tee machen." Er drehte sich heftig um und ließ auf das Mädchen einen zornigen Wortschwall niederprasseln. Sie blickte ihn erschrocken an, legte hastig ihren Schleier um und machte sich daran, den Tee zu bereiten.

„Sie haben sich eine neue Frau genommen", begann Stewart und fuhr sich nervös mit der Zunge über die Lippen. Gerhardts Zornesausbruch und die verschreckte Reaktion des Mädchens beunruhigten ihn.

„Aus Bequemlichkeit. Aber sie ist dumm und langsam", erwiderte Gerhardt gleichgültig und warf einen verächtlichen Blick hinter ihr her, als sie an seinem Stuhl vorbeiging.

Stewart betrachtete gedankenverloren das schwarze Gewand des Mädchens und fragte dann: „Kann ich in ihrer Gegenwart frei sprechen?"

„Sie kann kein Englisch, kaum dass sie ihre eigene Sprache kennt. Ich habe schon daran gedacht, ihr die Zunge herauszuschneiden, da sie ja doch zu nichts nütze ist. So könnte ich sie wenigstens als Schmuckstück benutzen!" Er lachte derb, und Stewart war sich nicht sicher, ob das ein schlechter Witz sein sollte. „Ein Mann, der sich mit der Zunge seiner Frau schmückt. – So etwas würde sicher bewundert werden."

Stewart räusperte sich, um nicht die Beherrschung zu verlieren, und versuchte, auf Gerhardts Bemerkung möglichst neutral zu reagieren, indem er mit gleichmütigem Achselzucken erwiderte: „Da sie ohnehin so wenig spricht, erscheint mir das ziemlich unsinnig. Es gibt Frauen, denen solch eine Tat besser bekäme, und bei denen sie ein Segen für die Welt wäre. Aber wenn eine Frau sowieso nicht spricht –"

Gerhardt wurde ernst. „Sicher." Er trommelte nervös mit den Fingern auf dem Pistolengriff. „Man hat mir angekündigt, dass Sie kommen würden, und gesagt, dass wir beide gemeinsame Interessen hätten. Sie hätten Ihren Hass auf die Juden ebenfalls bereits bewiesen. Also –"

„Ich weiß, dass Sie – sagen wir, eine gewisse Geschicklichkeit in manchen Dingen haben, Gerhardt", kam Stewart ohne Umschweife zum Thema. „Ich bin bereit, Ihnen wichtige Informationen zu liefern, wenn Sie mir dafür einen kleinen Dienst erweisen."

„Gefeilscht wird nur in den Souks! Was wollen Sie von mir?"

„Den Tod eines Mannes. Eines Zionisten. Aber er ist nicht nur mein Feind, sondern auch der Ihre ..."

Gerhardt unterdrückte sichtlich ein Gähnen und lächelte gelangweilt. „So? Ich habe viele Feinde."

„Was würden Sie sagen, wenn ich Ihnen einen Mann ausliefern würde, den Sie mehr als alles andere hassen?"

„Dann würde ich Sie zunächst fragen, wieso Sie zu wissen glauben, wen ich hasse."

„Man hat mir nicht nur zugetragen, dass uns der Hass auf einen bestimmten Menschen verbindet, ... sondern auch, dass Sie sogar bereit sind, teuer für das Leben dieses Menschen zu zahlen ... für das Leben Mosche Sachars."

Unter lautem Klirren zerbrach hinter ihnen eine Tasse auf dem Boden. Entsetzt über ihr Missgeschick, schreckte das Mädchen zusammen. Normalerweise hätte ihr Gerhardt dieses mit Schlägen vergolten, diesmal jedoch schien er die Scherben auf den groben Holzdielen nicht einmal zu bemerken.

Er blickte Stewart überrascht an. „Sie haben ihn doch selbst verhaftet – auf Befehl des Muftis, wie ich hörte. Genauso, wie Sie bereits viele andere Dinge für den Jihad getan haben – natürlich auch für Ihre eigenen Interessen. Und auch den beiden St. Martains haben Sie viel geholfen, Stewart. Das ist alles bekannt. Wieso genügt Ihnen das noch nicht?"

„Nun, erstens ist es Sachar gelungen, sich zu befreien, und zweitens ist er im Besitz des *Ordners* mit dem Beweismaterial. Aber ich weiß einen Weg, wie man den Mann beseitigen kann, wenn Sie so gut sein wollen, mir für einen Augenblick Gehör zu schenken."

* * *

Das Mädchen deckte unterdessen den Tisch und goss bedächtig den dampfenden Tee in die Tassen. Dass ihre Hände dabei zitterten, nahmen die beiden Männer gar nicht wahr, da sie mit anderen Dingen beschäftigt waren. Zum Abschluss tranken sie gut gelaunt auf das Ende ihrer Feinde!

* * *

David stand neben einer der beiden ME 109 und beobachtete, wie Bobby Milkin in der zweiten Maschine zunächst dicht über den Berg flog, dann hinunterglitt und zum Abschluss einer perfekten Leistung eine saubere Landung auf der kleinen Rollbahn vollführte. Er wurde jubelnd von den anderen Piloten begrüßt, die inzwischen ebenfalls alle einige Übungsstunden in der Maschine absolviert hatten.

David wischte sich den Schweiß von der Stirn und wandte sich dann zufrieden an Ellie: „Crabtree wird wohl einiges dazu zu sagen haben, nicht wahr?"

Sie lachte, obwohl sie ihn bei dem Dröhnen des Motors und dem Tosen des Propellers kaum verstehen konnte. Bobby ließ das Flugzeug ausrollen, öffnete das Cockpit und stellte sich auf, mit triumphierend in die Höhe gestreckter Faust und der unerlässlichen Zigarre zwischen den Lippen. Ellie schoss ein Bild von ihm. „Crabtree wird eines Tages noch für seine Fotos berühmt werden", rief sie David lachend zu. „Für seine Dokumentation der Geburt der jüdischen Luftwaffe."

„Erzähl bloß niemandem, dass diese Jungs da erst acht Flugstunden in diesen kleinen Hüpfern hinter sich haben", warnte David und tätschelte den gemalten Blechmann auf der Tragfläche.

Da trat Avriel aus einer der Baracken heraus und winkte David mit ernster Miene zu sich heran. Er schien die Ausgelassenheit der Piloten, die Bobby aus dem Cockpit hoben, gar nicht wahrzunehmen.

Im Innern des spärlich eingerichteten Raumes goss er David zunächst einmal einen Becher heißen Kaffee ein. Dann deutete er auf das Radio und sagte: „Deine C 47 sind von Panama abgeflogen." Seine Stimme verriet jedoch keine Begeisterung.

„Toll!", freute sich David, während er gleichzeitig überlegte, ob Avriel müde oder krank sei. Es war sonst gar nicht seine Art, gute Nachrichten mit einer solch düsteren Miene weiterzugeben. „Martin Feinsteinel und Konsorten?", erkundigte er sich etwas verunsichert. „Ja." Avriel druckste sichtlich etwas herum, bevor er schließlich gepresst hervorbrachte: „Aber wir haben eine Maschine beim Start verloren. – Vier Besatzungsmitglieder ... sind umgekommen."

David starrte benommen auf die schwarze Flüssigkeit in seinem Becher. Vor seinem geistigen Auge spielten sich gleichzeitig mehrere andere Unglücke ab, bei denen Kriegskameraden ihr Leben eingebüßt hatten. „Wer?", fragte er tonlos.

„Ich weiß es nicht. Die Botschaft war sehr kurz. Es hieß nur, dass die Fracht verrutscht sei ... und ... nun ja, die Flugzeuge entsprechen eben immer noch nicht den Sicherheitsstandards."

David ballte in einem Gefühl der Ohnmacht die Fäuste. Siedend heiß wurde ihm wieder bewusst, dass Angela St. Martain eine ganz wesentliche Rolle bei der Anheuerung der Mechaniker und der Besatzungen gespielt hatte. Hatte Feinsteinel die Nachricht von ihrer Agententätigkeit noch rechtzeitig erhalten, um eventuelle Saboteure auszuschalten? „Das war doch keine –" Es kostete ihn Überwindung, den Gedanken auszusprechen, und er musste noch einmal ansetzen. „Vermutet man, dass jemand dieses Unglück bewusst herbeigeführt hat? – Du weißt schon, was ich meine, Avriel."

„Die Fracht ist verrutscht", wiederholte Avriel tonlos. „Bei der letzten Überprüfung hatte sie noch fest gesessen, und trotzdem ist sie verrutscht. Feinsteinel ist sich nicht sicher, ob die Seile gerissen sind oder ob sie jemand durchgeschnitten hat. Das Flugzeug hat sich jedenfalls beim Start überschlagen. Kippte nach hinten über und –"

David trat ans Fenster und sah durch die schmierigen Scheiben zu den Männern, die gerade die beiden Messerschmitt-Jäger zum Hangar schoben. Er konnte und wollte nicht mehr darüber nachdenken. Es war Krieg, und bald würden solche Tragödien ihr tägliches Brot sein. „Tja, traurig", war das Einzige, was er mühsam hervorbrachte. Dann atmete er tief durch und wandte sich den aktuellen, drängenden Fragen zu: „Wie dem auch sei, wann machen wir hier eigentlich unsern Abflug?"

„Ich weiß noch nicht so recht", erwiderte Avriel ausweichend. Sein Gesichtsausdruck wurde noch düsterer.

„Die Tschechoslowakei ist doch nur ungefähr hundert Kilometer Luftlinie von hier entfernt. Ein paar Minuten Flug, und wir können die anderen Jäger einkassieren."

„Das ist genau der Punkt." Avriel setzte seinen Becher ab. Dann beugte er sich vertraulich zu David vor und sagte mit bedeutungsvollem Unterton: „Das Ganze ist einfach eine Frage des richtigen Zeitpunkts, musst du wissen."

„Wovon sprichst du denn? Was für eine Frage? Was für ein Zeitpunkt?"

„Die Welt ist eben voller Fragen."

„Avriel!", lachte David verwirrt. Avriel redete selten um den heißen Brei herum. „Wir können uns jetzt nicht mit philosophischen Fragen abgeben. Wir haben bereits den zehnten Mai, Kumpel! Noch vier Tage, und dann sind die Briten weg! Und die Ägypter verfügen über Spitfire-Jagdflugzeuge, die von ehemaligen Nazi-Piloten geflogen werden –"

„Ich kenne den Bericht", unterbrach ihn Avriel ruhig. Schließlich war der widersinnig erscheinende Sachverhalt, dass amerikanische Piloten in deutschen Flugzeugen gegen deutsche Soldaten in Flugzeugen der Alliierten kämpfen sollten, schon mehrfach Gegenstand hitziger Diskussionen beim Abendbrot gewesen. Der Sachverhalt war auch so schon verwickelt genug, um einen schwindelig werden zu lassen. „Die Sache ist nur die ... nun ... es ist denkbar, dass das alles“ – er machte eine Bewegung zu den Flugzeugen hin – „... unter Umständen gar nicht benötigt wird.“

„Schön und gut“, erwiderte David. „Das ist uns allen ja eigentlich auch das Liebste. Aber das ist es doch nicht, was du mir sagen willst, nicht wahr, Avriel? Womit hältst du hinterm Berg?“

Avriel griff in seine Tasche und zog einen Zettel heraus, auf dem eine dekodierte Funknachricht stand, und reichte ihn David. „Dies hier habe ich gerade erhalten.“

David überflog die Zeilen und rief entgeistert aus: „Was? Die Proklamation des Staates verzögern?“ Er las die Botschaft immer wieder durch.

„Nur für kurze Zeit. Die Verhandlungen laufen noch. Selbst wenn wir über diese Flugzeuge hier und auch die anderen in der Tschechoslowakei frei verfügen können, wird unsere Kampfkraft möglicherweise nicht ausreichen. Deshalb denkt man darüber nach, die Proklamation vielleicht noch um einige Wochen zu verzögern –“

„Und was hältst du davon?“

„Nun“, Avriel breitete hilflos die Arme aus, „ich ... ich weiß es auch nicht. Aber es ist jedenfalls eine Frage, die für unsere kleine Luftwaffe tödlich enden könnte. Denn wenn die Flugzeuge in Palästina landen, bevor der israelische Staat ausgerufen ist, werden sie sehr wahrscheinlich konfisziert werden. Und wenn ihr ins Land fliegt, obwohl durch die Verhandlungen eine friedliche Lösung des Konflikts in Aussicht gestellt wird, könnt ihr alles kaputtmachen. Verstehst du nun?“

David kratzte sich nachdenklich am Kopf. „Klar. Das sieht ja ’n Blinder mit ’nem Krückstock.“ Er gab Avriel den Zettel zurück. „Wir sitzen also in der Klemme, wie immer wir es auch handhaben.“

„Genau. Und wir erfahren die Entscheidung der Provisorischen Regierung vielleicht erst wenige Stunden vor dem offiziellen Abzug der Briten."

„Aber wenn die Verhandlungen fehlschlagen, sind wir andererseits von Europa aus nicht schnell genug in Palästina, um die ägyptische Luftwaffe an der Bombardierung Tel Avivs zu hindern."

„Genau. Ich möchte diese Flugzeuge, die wir unter so vielen Mühen beschafft und hergerichtet haben, auf keinen Fall verlieren, Blechmann", sagte Avriel ernst. „Denn nur die Angst vor einer schlagkräftigen jüdischen Luftwaffe hat die Araber dazu bewogen, eine friedliche Lösung überhaupt in Betracht zu ziehen." Er lächelte spöttisch. „Unser lieber *Crabtree* hat wirklich hervorragend geblufft. Wenn unsere Feinde die Wahrheit wüssten, was?"

„Tja." David schlug sich nachdenklich immer wieder mit der Faust in die Handfläche und sagte schließlich geistesabwesend: „Nun gut, Avriel. Du willst die Flugzeuge also nicht verlieren?"

Avriel nickte und hoffte inständig, David habe eine Lösung des Dilemmas gefunden. „Wir verfügen leider nicht über die Schlagkraft der Alliierten bei ihren Bombenangriffen auf Deutschland", sagte er trocken. „Wenn unsere Flugzeuge zerstört würden, hätte das für uns fatale Folgen."

„Wir verfügen doch über sechzehn Piloten, außer mir und Bobby, stimmt's?", warf David ein.

„Sechzehn kompetente Piloten, und fünfundzwanzig Maschinen, die in der Tschechoslowakei nur darauf warten, abgeholt zu werden. Es war ja geplant, die meisten der Jäger aus der Tschechoslowakei mit den C-47-Transportern aus Panama zerlegt nach Palästina zu transportieren, um sie dort wieder zusammenzusetzen."

„Und Martin Feinsteinel kommt mit einer der C 47 hierher und bringt unsere Piloten in die Tschechoslowakei, wo sie die übrigen Jäger abholen." David brauchte einige Zeit, um sich den Ablauf der verschiedenen Operationen klarzumachen, die nötig waren, bis man in Palästina über eine einsatzbereite Luftwaffe verfügte. „Nun gut", sagte er nach einigem Überlegen. „Wie wär's mit folgender Vorgehensweise? Du legst die sechzehn Piloten in Prag so lange auf Eis, bis wir sehen, ob die Proklamation des Staates termingerecht erfolgt oder ob sie verzögert wird. Und wenn das geklärt ist –"

„Falls es geklärt wird –"

„Schon gut. Aber mal angenommen, es ist geklärt, dann können alle sechzehn Piloten ihre Flugzeuge doch direkt nach Palästina bringen, während die restlichen Maschinen mit dem Schiff transportiert werden."

„Natürlich. Das haben wir doch, bis auf den Schiffstransport, schon die ganze Zeit vorgehabt."

„Aber dann bleiben noch zwei Flugzeuge übrig, Avriel, nämlich diese beiden Messerschmitt, die wir hier haben." Er ging zum Fenster und blickte nachdenklich zu den beiden Flugzeugen hinüber, die vor dem Hangar standen. Auf dem einen prangte der Blechmann, das andere zierte ein Porträt der Vogelscheuche. „Ich glaube, die Vogelscheuche würde gerne das erste jüdische Jagdflugzeug über Tel Aviv sein", sagte er sentimental.

„Soll das heißen, dass du die Vorhut bilden willst? Und dass der Rest des Geschwaders nachkommen soll?"

„Richtig. Bobby und ich, wir könnten den Kerlen schon vortäuschen, dass sie in ein Hornissennest gestochen haben, verstehst du? Falls wir mit den Gesprächen nicht weiterkommen, Avriel, werden unsere Leute auf jeden Fall etwas Luftunterstützung zu schätzen wissen."

„Selbst wenn es nur zwei Flugzeuge sind?"

„Selbst, wenn es nur zwei Flugzeuge sind. Ja." David dachte weiter nach. „Wir könnten versuchen, sie etwas hinzuhalten – das heißt, natürlich nur, wenn es nicht zu lange dauert, bis die übrigen Piloten in Palästina ankommen. Und wenn die zwei Flugzeuge dabei verloren gehen, ist das auch kein Weltuntergang. Dann habt ihr immer noch sechzehn prima Piloten und fünfundzwanzig Messerschmitt."

David ging nicht darauf ein, dass zwei verlorene Flugzeuge aller Wahrscheinlichkeit nach auch den Verlust Bobbys und seines Lebens bedeuten würden.

„Ja", sagte Avriel schließlich. „Ich verstehe, was du meinst." Er putzte bedächtig seine Brille mit dem Zipfel seines Hemdes und stellte sich neben David. „Der rechte Zeitpunkt. Das ist das A und O. Sie loszuschicken, bevor der Staat proklamiert ist, würde bedeuten, dass alle Flugzeuge verloren sind. Aber wenn wir nur zwei schicken ... Wenn ihr zu früh ankommt, dürfte es für euch zwei nicht schwierig sein, euch in Beit Darras, unserem kleinen Flugplatz bei Tel Aviv, zu verbergen, bis die Sache entschieden ist. Wenn dagegen dem Jischuv doch der Krieg erklärt wird, dann stehen uns zumindest zwei –"

„Du hast es erfasst!" David schlug Avriel zufrieden auf den Rücken. „Aber tu mir bitte einen Gefallen, ja?"

„Alles, was du willst."

David antwortete nicht gleich, sondern sah lange zu, wie Ellie in der Nähe des Hangars mit einer Gruppe von Fliegern sprach. Der Wind wehte ihr ins Gesicht und ließ ihr rötliches Haar flattern, so dass es prächtig in der Sonne schillerte. David wurde das Herz schwer bei dem Gedanken, dass er sie vielleicht für immer zurücklassen musste. „Erzähl es bitte nicht Ellie!"

„Aber etwas muss sie doch wissen."

„Du hast Recht", murmelte David niedergeschlagen. Ihm war gar nicht wohl bei dem Gedanken. „Ich werde es ihr wohl doch vorsichtig beibringen müssen."

## 39. Das letzte Abendmahl

Am folgenden Nachmittag, am elften Mai, hatte Bobby mit zwei anderen Piloten die Wälder des Salzkammergutes durchstreift und dabei ein paar Forellen gefangen sowie einen Hirsch erlegt, denn man wollte mit einem festlichen Abendessen Abschied feiern. Unter den Piloten des *Oos-Geschwaders,* wie sie sich getauft hatten, herrschte allgemein eine gespannte Erwartungshaltung, da ihnen mitgeteilt worden war, dass Martin Feinsteinel im Laufe des nächsten Vormittags landen würde, um sie in Richtung Norden, nach Prag, zu bringen. Dort sollten sie warten, bis sie den Befehl erhielten, sich unverzüglich in die dort für sie bereitstehenden Flugzeuge zu schwingen und nach Palästina zu fliegen.

Während die Luft erfüllt war von Gelächter und dem köstlichen Duft des „Letzten Abendmahles", wie sie diese Mahlzeit genannt hatten, band David Ellie plötzlich ein Tuch vor die Augen und führte sie über die Rollbahn zum Hangar.

„Was ist? Was soll das?", kicherte sie verwirrt, als er sie in den kalten Schuppen hineinbugsierte.

Sie wollte die Binde abnehmen, doch er wehrte lachend ab:

„Moment, Moment!" Er ließ sie einen Augenblick stehen, und sie hörte das Zischen eines Streichholzes. Dann grölte das ganze Oos-Geschwader los:

*„You must remember this*
*a kiss is still a kiss,*
*a sigh is still a sigh ..."*

„Oh, David!", rief Ellie entzückt aus. „Nein, so was!"

*„The fundamental things apply*
*as time goes by-y-y-y-!"*

„Tja!", meinte David und lächelte stolz. „Jetzt darfst du die Binde abnehmen." Sie tat, wie er sie geheißen hatte, und war überwältigt: Von zwei etwas verbogenen Kerzen beleuchtet, standen auf einer Holzkiste zwei Zinnteller, auf denen jeweils eine appetitlich angerichtete Portion Wild mit Kartoffeln lag. Von der Tragfläche des daneben stehenden Flugzeugs hing ein großes Banner mit der Aufschrift:

HOCHZEITSSUITE KING DAVID HOTEL!!!

Und unter der Tragfläche hatte David mit Decken, die über eine Matratze aus Fichtennadeln gebreitet waren, ein weiches Lager bereitet. Er nahm Ellie in die Arme und tanzte mit ihr im Kreis.

*„…and when two lovers woo, they still say …"*

*„I love you-u-u …"*, sang David, wie schon im Keller der Jewish Agency, vollkommen unmelodisch mit.

„Du weißt doch", neckte ihn Ellie, genau wie damals, und legte ihren Kopf zärtlich an seine Brust, „dass Humphrey Bogart gar nicht erst versucht hat, Ingrid Bergmann dieses Lied vorzusingen."

David blickte lächelnd zu ihr hinunter und hob ihr Kinn. „Bist du jetzt enttäuscht? Ich weiß, ich habe dir damals versprochen, beim nächsten Mal einen Klavierspieler zu engagieren."

„Nein, nein! Dies hier ist viel beeindruckender!", beruhigte sie ihn. Dann blickte sie zum Fenster hinüber und sagte lachend: „Besonders, da Bobby selbst beim Singen seine Zigarre nicht aus dem Mund nimmt!"

Milkins unrühmlicher Bariton schwankte, dann hustete er.

„So ist's schon besser, Milkin!", rief ihm David zu, als Bobbys Stimme nach dem Husten etwas an Klarheit gewonnen hatte, und tanzte weiter.

Nach einiger Zeit meinte Ellie mit einem Seitenblick auf das Bett. „Ist das nicht so, als ob du dein Geld im Angesicht eines Armen zähltest?"

„Wie? Du meinst doch wohl nicht, dass die da stehen bleiben? Nein, die bleiben nicht länger hier. Ich habe sie nur für ein Lied bezahlt!"

*„... the fundamental things apply*
*as time goes by ..."*

„Schon die zweite Hochzeitsnacht", flüsterte Ellie, versonnen lächelnd. „Das ist süß von dir, Blechmann, wirklich süß!"

„Nun", antwortete er stockend und räusperte sich verlegen, „du hast hier alles so prima mitgemacht." Es war ihm sichtlich unangenehm, dass sich das Lied dem Ende zuneigte und sich die Sänger, lachend und unter guten Wünschen, einer nach dem anderen verabschiedeten:

„Nacht, Blechmann."

„Träum was Schönes, Blechmann!"

„Schlaf gut, Blechmann!"

„Kommt nicht zu spät zum Frühstück, ihr zwei!"

Das Gelächter und die Schritte wurden immer leiser, und schließlich standen David und Ellie, von Stille umgeben, allein beim Schein der Kerzen.

„Wirklich süß!", sagte Ellie noch einmal und gab ihm einen flüchtigen Kuss.

Er sah sein Spiegelbild in ihren strahlenden Augen und strich ihr das Haar aus dem Gesicht. „Ja. Weil *du* süß bist!"

„Als wir unsere erste kleine Feier hatten, mussten wir uns anschließend trennen, erinnerst du dich?" Sie küsste ihn noch einmal und wollte sich dann aus seiner Umarmung lösen. Doch er hielt sie fest.

„Was soll das, David?", fragte sie verwundert. „Das Essen wird doch kalt."

„Warte noch!", bat er leise. „Dieser Augenblick ist so schön! Ich möchte ihn noch etwas festhalten."

Sie lehnte wieder ihren Kopf an seine Brust und horchte mit geschlossenen Augen auf den regelmäßigen Schlag seines Herzens.

„Nun gut", seufzte sie friedfertig. „Wir haben ja schließlich keine Eile." Als sie die Augen wieder aufschlug, betrachtete sie versonnen Davids silbrig glänzendes Flugzeug und lächelte den schlaksigen Blechmann an, der fröhlich und stolz den blauen Davidstern zur Schau trug.

Doch mit einem Mal wurde ihr siedend heiß bewusst, dass David in diesem kleinen Flugzeug bald am Himmel Palästinas fliegen würde. Die Maschinengewehre waren echt – und auch die Kugeln, die der ME 109 die Haut durchbohren würden ... „David?", fragte sie, plötzlich von banger Ahnung erfüllt. „Das ist doch hier ... kein Abschied, nicht wahr?"

Er führte sie zu dem provisorischen Tisch und sagte seufzend, in bester Bogart-Manier: „Aus all den Ecken in der Welt musste sie ausgerechnet in meine kommen ... Dein Essen wird kalt, Liebling."

„Das soll doch kein Lebewohl sein, nicht wahr?", bohrte sie weiter und blickte ihn forschend an.

„Du fliegst mit Martin und den Jungs nach Prag", antwortete er ausweichend. „Bobby und ich fliegen nur voraus, das ist alles."

„Voraus? Wohin? Treffen wir uns denn dann in Prag?" Sie ergriff angstvoll seine Hände. „Sag mir bitte die Wahrheit! Ich will die Wahrheit wissen!"

Er überlegte kurz, und dann sagte er: „Ich sage dir die Wahrheit unter einer Bedingung: dass du aufhörst, dir Sorgen zu machen. Einverstanden? – Ja, man trifft sich also in Prag."

„In Prag?", wiederholte sie zweifelnd. Ihre Bedenken waren noch immer nicht ganz ausgeräumt. „Sag mir ganz klar: ‚*Wir treffen uns in Prag.*' Sag es!"

Er blickte sie starr an und gab sich geschlagen. „Wir treffen uns ...", sagte er leise, „ ... im King David Hotel."

Sie biss sich auf die Unterlippe und schwieg zunächst betroffen. Dann sagte sie ernüchtert: „Du fliegst also voraus, vor den anderen! O David, warum denn nur?"

„Wir können es nicht riskieren, gleich das ganze Geschwader nach Palästina zu bringen", versuchte er ihr zu erklären, „weil wir noch gar nicht wissen, ob der Staat überhaupt ausgerufen wird. Das erfahren wir vielleicht erst am vierzehnten Mai. Aber irgendjemand muss doch da sein, für den Fall, dass er doch ausgerufen wird und die Angriffe der Araber beginnen."

Sie starrte auf das Flugzeug, und im Geiste hörte sie bereits das sonore Brummen von einem Dutzend ägyptischer Spitfire-Flugzeuge, die sich drohend vor der Sonne abzeichneten. „Du ... du musst mir aber versprechen ..." Sie sank vernichtet auf die Decke neben der Kiste.

„Alles", sagte er innig und kniete sich neben sie.

„... dass du in dieser Blechbüchse auf dich aufpasst, David, und dass du wieder zu mir nach Hause ..."

Er küsste sie auf die Wange und flüsterte beruhigend: „Ich habe nichts anderes vor, Schatz."

* * *

Am nächsten Morgen in aller Frühe – die Sonne hatte noch nicht einmal den Bergkamm erklommen – war David bereits dabei, die Flugzeuge aus dem Hangar zu schieben. Doch zuvor hatten er und seine Kameraden bereits die Flugroute besprochen.

„Wir müssen auf jeden Fall zwei Zwischenlandungen machen, um aufzutanken", hatte David ihre Befürchtungen in Worte gefasst. „Selbst mit den Zusatztanks können wir unsere Reichweite auf nicht viel mehr als tausend Kilometer ausdehnen."

„Nun gut, also zwei Zwischenaufenthalte", bestätigte Bobby mit bedenklicher Miene. „Aber wo soll'n wir bloß runtergeh'n, wenn wir nich' gleich im Knast land'n woll'n?"

„Zunächst in Jugoslawien", schlug Avriel vor. „Und dann in der Türkei."

„Die Briten haben doch fast jedem Land am Mittelmeer ihren Stempel aufgedrückt. Ich möchte unser Erlebnis auf Zypern nicht noch einmal wiederholen und bin deshalb gegen die Türkei", wandte David skeptisch ein.

„Athen", schlug Avriel als Nächstes vor, obwohl er mit dieser

Lösung nicht ganz glücklich war. „Dort gibt es wenigstens nur ein kleines Kontingent von Briten."

„Gut." David hatte den Ort mit einer Entschiedenheit markiert, die jede weitere Diskussion unterband. Und damit war die Sache beschlossen gewesen.

Ellie hatte von ihm auf der Rollbahn noch einen letzten Kuss bekommen, dann war sie die felsigen Hänge des Salzkammergutes hinaufgestiegen. Sie hatte mit David verabredet, dass sie weder zusehen würde, wie er und Bobby in ihre engen Cockpits stiegen, noch ihnen nachwinken würde.

„Avriel!", rief David, während bereits die Motoren tuckernd ansprangen und dann röhrend warm liefen. Ihm war plötzlich ein letztes Problem bewusst geworden. „Wir haben zwar drei 20mm-Kanonen und zwei Maschinengewehre in diesen Schätzchen. Aber die werden uns nichts mehr nützen, wenn wir erst einmal keine Munition mehr haben", rief er ihm durch den Motorenlärm zu.

Avriel nickte und hob bestätigend die Hand. „Richtig!", brüllte er zurück. „Aber ich habe bereits geplant, euch eine C 47 mit Munition nach Palästina nachzuschicken! Ziel: *Beit Darras!*"

David winkte ihm zufrieden zu und musste unwillkürlich grinsen. Beit Darras war der Flugplatz, auf dem er vor zwei Monaten seine Bruchlandung gemacht hatte. Hoffentlich würde er diesmal besser herunterkommen! „Pass auf mein Mädchen auf!", rief er Avriel noch zu und deutete mit dem Daumen in die Richtung, in die Ellie davongegangen war. „Morgen in Jerusalem!" Dann schloss er die Kanzel und war allein mit sich, abgeschlossen von der Welt und nur noch vom Röhren der Motoren umgeben.

Er fühlte sich mit einem Mal ganz klein, und für einen kurzen Augenblick kamen ihm Bedenken, ob er der Schwere seines Auftrags wohl gewachsen sein würde. Doch er verdrängte das bekannte Gefühl und rief entschlossen: „Nun gut, Herr! Du und ich!" Er gab Gas, und die Maschine rumpelte schwerfällig, Fahrt aufnehmend über die kurze Rollbahn.

Er zog den Steuerknüppel heran, und das Bugrad löste sich vom Erdboden, die Schubkraft drückte ihn in den Sitz, und dann hob das Flugzeug leicht und sicher ab. Ein Gefühl der Schwerelosigkeit und des Getragenseins erfüllte David, und ohne dass es ihm recht bewusst wurde, kamen ihm die Psalmworte über die Lippen:

„Nähme ich Flügel der Morgenröte und bliebe am äußersten Meer, so würde mich doch deine Hand daselbst führen und deine Rechte mich halten ...“

Tief unter ihm, auf einem Felsvorsprung, stand eine kleine Gestalt mit erhobenen Armen. Das Morgenlicht spiegelte sich in einer glänzenden, letzten Umarmung in ihrem roten Haar. *Schalom!*

* * *

Wie aus Alabaster geschnitzt, hob sich die Akropolis vom Blau der Ägäis und vom Grün der umliegenden Hügel ab. Ihre zerstörten Tempel leuchteten weithin ins Land.

David blickte zu Bobby hinüber, der, mit der unerlässlichen Zigarre im Mund, nur eine Tragflächenspanne von ihm entfernt flog. Bobby deutete auf seine Tankanzeige, und David gab ihm per Handzeichen zu verstehen, dass er verstanden hatte, drehte scharf ab und flog den kleinen Athener Flughafen an. Das Auftanken in Jugoslawien war völlig reibungslos vonstatten gegangen, und David hoffte, dass sie auch Athen bald hinter sich lassen konnten.

Die Landeerlaubnis wurde schnell erteilt, und schon nach kurzer Zeit fuhren David und Bobby über die im gleißenden Sonnenlicht liegende Rollbahn bis neben einen riesigen Tanklastwagen.

Als David die Kanzel öffnete, traf ihn die Hitze wie ein Hammerschlag. Seine Ohren dröhnten noch von dem stundenlangen monotonen Motorengeräusch. Bobby war zwar bereits aus dem Cockpit gesprungen, war aber auch benommen und schüttelte den Kopf, um wieder klar zu werden.

Ein kleiner, dürrer, schäbig angezogener Grieche schlenderte gemächlich aus einem Hangar. Er wischte sich die öligen Hände an einem schmierigen Lappen ab. „Trreibstoff?“, rief er ihnen mit unverkennbarem Akzent zu.

„Genau! Füllen Sie bitte auch die Zusatztanks. Wir haben noch einen weiten Weg vor uns."

„Oo-kee! Wollen auch Cook? Gehen rrein sitzen." Der Mann deutete mit dem Daumen in Richtung Hangar. „Wirr chaben echt amerrikanisch Cook!"

Bobby, der, halb taub, damit beschäftigt war, mit dem Finger in einem Ohr herumzustochern, hatte das Gespräch überhaupt nicht mitbekommen. David nahm ihn daher am Arm und führte ihn zu der bezeichneten Wellblechbaracke, die früher vielleicht auch einmal ein Geschwader von deutschen Messerschmitt-Jägern beherbergt hatte.

David war von der langen verkrampften Haltung ganz zittrig und daher dankbar, dass er sich etwas die Beine vertreten konnte. Das Wort *Coke* klang ihm zudem wie Musik in den Ohren.

„Wohin geh'n wir?", fragte Bobby erstaunt.

„Willst du was trinken?", brüllte ihm David ins Ohr.

„Na klar!", schrie Bobby zurück. „Und mal auf'n Pott!"

Sie betraten den düsteren Hangar und hatten zunächst Mühe, ihre Augen auf die veränderten Lichtverhältnisse einzustellen. Dann fielen hinter ihnen krachend die Türen zu, und es wurde noch dunkler um sie herum.

Bobby kniff erstaunt die Augen zusammen und rief überrascht: „Was zum ..."

Weiter kam er nicht.

David fuhr erschrocken herum, gerade noch rechtzeitig, um zu sehen, wie ein Dutzend dunkler Gestalten aus den Ecken des Raumes auf sie zusprangen. Er griff zwar noch nach seinem Revolver, aber schon hatten starke Hände ihn und Bobby ergriffen und zu Boden geworfen.

## 40. Dunkelheit

Während Jassar Tafara niedergeschlagen auf einen Messingsamowar starrte, schritt Haj Amin erregt die gesamte Länge seiner Suite auf und ab. Nur mit seiner kugelsicheren Weste und der Pluderhose bekleidet, wirkte er überraschend dürr und gebrechlich.

„Die ganze Zeit hat sich dieser ... dieser ... Schmierfink gut bezahlen lassen! Und wofür, frage ich? Er schreibt, dass die jüdische Luftwaffe bereits so stark sei wie die des Deutschen Reichs! Er behauptet, dass sie Kairo in einem Blitzangriff dem Erdboden gleichmachen könnte! Und genauso Damaskus! – Sieh dich nur um!“, brüllte er und wies auf die heruntergelassenen Sonnenrollos. „Die Stadt ist bereits verdunkelt!“ Er fuhr herum und blitzte Jassar zornig an. „Und dabei bist du extra nach Europa geschickt worden, um diese Zionisten zu vernichten!“

Jassar rang verzweifelt die Hände. „Crabtree ist immerhin von Maryanne St. Martain gekauft worden“, sagte er, den fremdländischen Namen sehr bedächtig artikulierend. „Die beiden Saint Martains haben ihre Agenten immer sehr sorgfältig ausgewählt. Mein Vetter, ich schwöre Ihnen, ich habe nichts mit diesem Kerl zu tun! Sie hat ihn dafür bezahlt, dass er diese Zionisten ausfindig macht – was er ja auch geschafft hat –“

„Und die Zionisten haben ihn dann für ihre eigenen Zwecke offenbar noch besser bezahlt!“, brüllte der Mufti unversöhnlich dazwischen. „Und die Saint Martain ist ebenfalls zur anderen Seite übergewechselt. Der Führer hat völlig Recht gehabt, als er über den Opportunismus der Menschen räsonierte. Er war plötzlich allein, als die Alliierten mit Kanonen, Panzern und einer endlosen Zahl von Soldaten anrückten. Hinter allem stecken natürlich die Amerikaner, und nun führt unser Bundesgenosse König Abdullah sogar allen Ernstes Friedensverhandlungen.“ Er zerschmetterte eine Vase an der Wand. Jassar fuhr erschrocken zusammen. „Und alles nur, weil diese Amerikaner –“

„Aber der Krieg gegen das Deutsche Reich ist doch nach Ihren eigenen Worten noch nicht beendet", versuchte Jassar ihn zu beschwichtigen. „Sie sind schließlich der einzig rechtmäßige Herrscher über Palästina und Jerusalem."

„Aber Abdullah wird an meiner Stelle herrschen. Und er gibt sich offensichtlich damit zufrieden, nur den Teil Palästinas zu besetzen, den die Vereinten Nationen den Arabern zugestanden haben." Er blieb vor seinem Schreibtisch stehen und riss aus der Unordnung, die sich darauf türmte, eine Zeitung heraus. „Zweihundert Kampfflugzeuge haben die Juden und auch die dazugehörigen Söldner, die sie fliegen."

„Auch wir haben viele Piloten angeheuert, und zwar aus Deutschland –"

„So werden die Deutschen und die Amerikaner also wieder gegeneinander kämpfen." Er grinste hämisch. „Und es wird endlich Krieg geben! O ja, Jassar! Es wird Krieg geben. Dafür wenigstens haben wir gesorgt! Nur wird es leider kein Palästina für uns geben, wenn er vorbei ist. ... Zwar auch keinen Staat Israel ... aber dafür ein Land, das Abdullah sich einverleibt hat."

„Vielleicht können wir doch noch Allah loben", warf Jassar, wieder mutiger geworden, ein. „Denn Abdullah und die anderen Verbündeten der Liga werden dabei auf jeden Fall die Juden vernichten."

Doch Haj Amin begehrte erneut zornig auf: „Was soll mir das Ganze, wenn ich dabei nicht zu meinem eigenen Reich komme? Wenn ich nicht in Jerusalem herrschen kann wie einst Suleiman!", brüllte er. „Was soll mir das dann?"

Jassar dachte einen Moment nach und meinte schließlich: „Dann werden wir den Krieg einfach für noch nicht beendigt erklären. – Möge er niemals enden, bis das Haus Husseini in Jerusalem herrscht!"

Haj Amin hielt sich abgespannt den Kopf und setzte sich in den großen Brokatsessel vor seinem Schreibtisch. „Ja. Du hast Recht", sagte er etwas gefasster. „Dein Bruder Gerhardt arbeitet ja immer noch an diesem Ziel."

„Mein *Bruder!*", versetzte Jassar verächtlich.

„Ja. Dein Bruder", betonte Haj Amin drohend. „Heute Abend wird er den Verhandlungen zwischen den Juden und Abdullah ein Ende machen."

Jassar hob erstaunt die Brauen. „So? Wie kann er denn das?"

„Er hat Informationen über die Fahrtroute der Verhandlungspartner erhalten, und über die Verhandlungszeit. Heute Abend wird er ihnen den Garaus machen! Für die Zionisten wird es allerdings so aussehen, als sei dies eine von König Abdullah gestellte Falle. Das sollte den Friedensgesprächen wohl endgültig ein Ende machen."

„Wie ist er nur an diese Informationen herangekommen?"

„Durch einen Engländer ... einen britischen Offizier, der die Juden genauso hasst wie wir. Er und Gerhardt wollen bei dieser Gelegenheit auch ihren persönlichen Hass auf einen bestimmten Juden befriedigen. Daher hat dein Bruder vor, diese Sache selbst auszuführen ..."

* * *

Sarai saß still auf der Bettkante, während Captain Stewart Gerhardt die Fahrtroute der Verhandlungspartner auf einer Landkarte zeigte. Gerhardt lächelte. Dies war eins der wenigen Male, die Sarai ihn hatte lächeln sehen.

„Gut!", lobte Gerhardt, als Stewart geendet hatte. „Sie haben Ihre Sache gut gemacht! Die beiden werden also ohne Eskorte fahren, sagen Sie?"

„Wir haben einen von Abdullahs Leuten gedungen, der sie bis über die jordanisch-palästinensische Grenze bringen soll", erläuterte Stewart und deutete auf die Karte. „Er wird sie aber etwas zu früh absetzen, und sie werden genau hier stehen." Er tippte auf eine andere Stelle. „Zwei Fliegen mit einer Klappe, wie wir sagen."

„Aber zur Rechenschaft gezogen wird dafür natürlich König Abdullah", grinste Gerhardt voller Genugtuung. „Haj Amin wird zufrieden sein." Er stand auf und reckte sich genüsslich. Drei Stunden lang hatten die beiden Männer über den Plänen gebrütet. Nun war es an Gerhardt, Stewart die Mordwaffe vorzuführen. Er holte eine unscheinbare Holzkiste unter dem Tisch hervor, in der sich eine kleine selbst gebastelte Bombe befand, die in ihrer Einfachheit fast lächerlich wirkte. Aber Stewart lachte nicht. Die tödliche Kraft einer solchen Waffe war ihm wohl bekannt, und Gerhardts Geschicklichkeit bei der Zusammenstellung solcher Todesboten schon fast legendär.

„Eine Splitterbombe?“, erkundigte sich Stewart interessiert.

„Mehr als das“, erwiderte Gerhardt mit unverhohlenem Stolz. „Eine Tretmine! Wenn Sie auch nur kleine Stücke von jemandem finden, der sie berührt hat, haben Sie Glück. Und hier, sehen Sie ... Schon bei dem geringsten Versuch, sie zu entschärfen, ist das Ergebnis ebenso tödlich, als wenn Sie drauf treten. Selbst, wenn man nur an irgendeinem dieser Drähte zieht, führt dies bereits zum Tode. Darüber hinaus wird das Schrapnell jeden in Stücke reißen, der sich innerhalb eines Abstandes von sechzig Metern befindet.“

„Wie viele werden Sie legen?“

„Vier.“ Gerhardt deutete auf den Weg, den Mosche nehmen würde. „Verbunden durch ein Drahtgitter, das dicht unter der Oberfläche der Straße liegt. Wenn das Gitter durch einen Fußtritt bewegt wird, explodieren sie sofort.“

„Brillant!“

Gerhardt hatte nicht oft solch unverhohlene Bewunderung durch einen Europäer erlebt. Er fühlte sich entsprechend geschmeichelt und fragte daher: „Möchten Sie vielleicht mitkommen und zusehen?“

„Das ist mir leider nicht möglich, Kommandeur. Ich muss noch packen. Wir werden nämlich Jerusalem morgen planmäßig verlassen ...

Vorher findet nur noch eine letzte Parade durch die Altstadtviertel statt.“

Gerhardt schien enttäuscht. „Sie werden ein großartiges Schauspiel verpassen.“

Da beugte sich Sarai vor. Sie räusperte sich verlegen und begann stockend: „Mein Gemahl –“

Dies war das erste Mal seit Tagen, dass sie sprach, und das erste

Mal, dass sie überhaupt ein Wort der Vertrautheit an Gerhardt richtete.

Er wandte sich überrascht zu ihr um und bellte: „Was ist?"

„Du bist so geschickt, mein Gemahl. Aber du lässt mich immer zurück, wenn du Rache an meinen Feinden nimmst. Darf ich nicht mit dir kommen? Darf ich nicht mit eigenen Augen die Geschicklichkeit deiner Hände sehen?"

Gerhardt lachte und sah Stewart leicht verlegen an. Dann spottete er: „Die Frau hat tatsächlich eine Stimme!"

„Und sogar Worte der Bewunderung für ihren Mann", fügte Stewart hinzu. „Eine solche Zunge würde ich an Ihrer Stelle nicht herausschneiden."

„So!", rief Gerhardt und stellte sich vor sie hin. Sie senkte erschrocken den Blick. „Du willst dich also unserer Kampagne anschließen?"

Sie nickte bebend.

„Das kann meiner Meinung nach nicht schaden", versuchte Stewart zu vermitteln. „Da der Ort des Anschlages in Transjordanien liegt, werden Sie nicht von jüdischen Wachen behelligt werden. Außerdem, zwei Juden allein in der Dunkelheit. Ich sehe nirgends eine Gefahr. Ich an Ihrer Stelle würde sie mitnehmen. In Begleitung einer Frau werden Sie außerdem viel weniger auffallen."

Gerhardt strich immer noch unschlüssig über die Kugeln an seinem Patronengurt. Dann hob er Sarais Kinn. „Und wie wirst du deinen tapferen Jihad-Moqhaden dafür belohnen, Frau?", fragte er lüstern. Sie lächelte verzerrt und wich seinem Blick aus, da sie fürchtete, er könne die Angst in ihren Augen sehen.

„Was du verlangst, mein Gemahl", antwortete sie leise, mit scheinbar verschämt abgewandtem Gesicht.

Gerhard brach zufrieden in lautes Gelächter aus und sagte zu Stewart: „Sehen Sie! Sehen Sie nur, Stewart! Selbst die Frauen hassen die Juden!"

Stewart blickte jedoch nur stumm auf die tödliche Waffe vor ihm auf dem Tisch, bevor er bedenklich meinte: „Sehen Sie nur zu, dass Sie rechtzeitig weit genug weg sind!"

„Aber immer! Aber immer! Ich mag keinen Dreck."

* * *

Die gesamte Tschechoslowakei lag im Schatten von Hammer und Sichel. In Prag herrschte Schmutz, Melancholie und Hunger, als die kleine Gruppe der Piloten dort ankam und in dem einstmals prachtvollen, riesigen Flora-Hotel Quartier nahm.

Ellie blickte aus dem Fenster ihres Hotelzimmers auf den abfallübersäten Wenzelsplatz, wo erst zwei Monate zuvor der kommunistische Staatspräsident Gottwald in einer russischen Limousine vorgefahren war und sich als Sieger des kommunistischen Staatsstreiches präsentiert hatte. Nun wimmelte es überall von russischen Soldaten, und die Gerüste, die vor den im Krieg beschädigten Gebäuden standen, trugen dazu bei, der Stadt auch das Aussehen eines Gefängnisses zu verleihen. Überall prangten riesige rote Banner, und in der Hotelhalle hingen neben den übergroßen Porträts von Stalin die des Genossen Gottwald. Den amerikanischen Piloten wurde noch unbehaglicher zumute, als aus den Lautsprechern ständig Phrasen plärrten, in denen die Gegner des Kommunismus als „Agenten der ausländischen Reaktion" bezeichnet wurden. Schon bald hatten sie nur noch den einen Wunsch: sich in ihre Flugzeuge zu setzen und abzufliegen.

„Was sollen denn diese ganzen Anschuldigungen?", hatte Martin Feinsteinel Avriel gefragt.

Der hatte, zur Vorsicht mahnend, einen Finger auf die Lippen gelegt und erwidert, dass die Russen immerhin für den Teilungsplan gestimmt hätten und sie auf keinen Fall ein Wort der Kritik äußern dürften. „Hier haben selbst die Wände Ohren", hatte er flüsternd gewarnt.

Längst waren erste Säuberungsaktionen im Gange, und die Oppositionsführer verhaftet. Und Avriel konnte nur noch hoffen, dass die Abmachungen über die Waffenkäufe, die er vor der kommunistischen Machtübernahme abgeschlossen hatte, auch noch in den

Augen der neuen, diktatorischen Regierung ihre Gültigkeit behielten.

Ellie blickte sich resigniert in dem verwahrlosten Zimmer um und dachte seufzend: *David ist jetzt sicher schon zu Hause.* Sie musste lächeln, als ihr bewusst wurde, dass sie Palästina nun schon als ihr *Zuhause* bezeichnete!

Avriel hatte ihr dringend geraten, ihre Kamera versteckt zu halten und in ihren Artikeln, die immer noch unter dem Namen Crabtree erschienen, nichts von der erschreckenden Lage in der Tschechoslowakei zu schreiben. Sie mussten unbedingt versuchen, mit der Obrigkeit so lange auf gutem Fuß zu stehen, bis ihre gesamten militärischen Güter außer Landes geschafft waren. Und das konnte noch Wochen dauern! Bis dahin würden sie lächeln, nicken und bestechen.

Allein der Gedanke erschien Ellie bereits abstoßend, und langsam beschlich sie das Gefühl, hinter die feindlichen Linien geraten und von allem abgeschnitten zu sein. Sie setzte sich schaudernd auf das ächzende Bett. Wie Dorothy im *Zauberer von Oos,* hätte auch sie am liebsten die Absätze der silbernen Schuhe aneinander geschlagen, um endlich nach Hause zu kommen, nach Hause zu David und Ben-Gurion, zu Mosche und Rachel und nicht zuletzt zu „Onkel Howard und Miriam“, ergänzte sie flüsternd. „Lieber Gott, ich habe solches Heimweh ...“

Sie widerstand jedoch dem Drang, sich ihrem Kummer hinzugeben, und nahm sich zusammen. „Ich komme mir zwar an diesem schrecklichen Ort furchtbar verlassen vor, aber das stimmt ja nicht, nicht wahr?“

Wie auf ein Stichwort hin vernahm sie leises Klopfen, und eine Stimme flüsterte: „Ellie, wir sind's, Martin und Avriel. Dürfen wir reinkommen?“

Sie öffnete rasch die Tür und stellte erstaunt fest, dass die beiden genauso besorgt und niedergeschlagen aussahen wie sie selbst. „Was ist los?“, fragte sie beunruhigt.

Avriel legte einen Finger auf die Lippen, und die beiden gingen wortlos und leise ins Badezimmer. Ellie folgte ihnen in den winzigen Raum. Dort drehte Avriel zunächst einmal die Wasserhähne auf und ließ geräuschvoll die Badewanne voll laufen. „Da man uns diese Zimmer hier zugewiesen hat", begann er, „sind hier möglicherweise irgendwo Mikrofone versteckt. Wir können also nicht vorsichtig genug sein."

„Wie geht es David?", fragte Ellie beunruhigt.

„Das werden wir eine ganze Zeit lang nicht wissen", erwiderte Avriel. „Die einzige Nachricht, die wir bekommen haben, ist die, dass unsere Leute in Palästina immer noch nicht ... nicht einmal zu dieser späten Stunde ... Bescheid wissen, wie die Verhandlungen ausgehen."

„Aber sie fürchten natürlich, dass die arabischen Armeen bereits in voller Stärke vor den Grenzen aufmarschiert sind", fügte Martin hinzu.

„Und wir ... wenn wir Pech haben, hängen wir hier wochenlang fest", ergänzte Avriel düster. „Wochen an einem solchen Ort –" Er blickte zu der von Wasserflecken übersäten Decke empor. „Nun ja, aber wir haben zumindest zwei Kampfflugzeuge in Palästina, und wie David gewünscht hat, bringt bereits das erste Transportflugzeug Munition und Ersatzteile für die ME 109 nach Tel Aviv."

„Ich fliege noch heute Nacht!", sagte Martin bestimmt, aber so leise, dass seine Worte beim Rauschen des Wassers kaum zu verstehen waren. „Die C 47 kann gut zweitausend Kilometer nonstop fliegen. Ich bin dann morgen früh da. Die Jungs haben gemeint ... wir dachten –", druckste er und sah unsicher zu Avriel.

„Palästina ist wahrscheinlich ein viel sicherer Ort für eine amerikanische Journalistin als Prag", half Avriel ihm mit einem besorgten Blick auf Ellie.

Ellie sah, dass seine Brillengläser von den heißen Dämpfen beschlagen waren, und musste trotz der ernsten Situation über diese merkwürdige Konferenz lachen. Dann begriff sie plötzlich Martins und Avriels Gestammel. „Ihr meint ... ich ... kann vielleicht ein ... Ersatzteil sein?" Das Gefühl der Erleichterung, das sie dabei empfand, war einfach unbeschreiblich.

„Ganz genau, du bist also ein Ersatzteil!", bestätigte Avriel. Er nahm seine Brille ab und grinste. „Der Alte wird schon genug für dich zu tun haben, wenn erst einmal die ersten Schüsse fallen!“

* * *

Die C 47 konnte jedoch nicht zur geplanten Zeit von Prag abfliegen. Voll beladen mit Munition, Ersatzteilen und zusätzlich noch mit Ellie, hatte sie kaum den Start geschafft. Und als eine Maschine bereits nach wenigen Minuten zu stottern begann, war Martin gezwungen gewesen, sofort wieder zum Flughafen zurückzukehren.

Die Mechaniker hatten lange mit der Maschine zu tun, und erst zwölf Stunden nach dem ersten Abflug rollte sie erneut zur Rollbahn. Nun warteten Martin und Ellie darauf, dass sie endlich zum Start freigegeben wurde.

„Moment noch, Service Airways“, ertönte über Funk die Stimme eines Fluglotsen aus dem Tower, während die Propeller bereits in vollendeter Harmonie summten.

Es war jedoch nirgendwo ein anderes Flugzeug zu sehen. Martin schnaubte verärgert und brummte zu Ellie gewandt: „Wie lange sollen wir hier denn noch warten?“

Sie zuckte hilflos die Achseln. „Bis zum nächsten Krieg wahrscheinlich.“

Wieder erklang knackend eine Stimme aus dem Funkgerät: „Tutt mirr leid firr Störrung, Serrvice Airrways. Wirr missen priefen Papierre von Passagierre –“

Martin schnitt eine Grimasse und meinte ungehalten: „Das ist doch wohl nicht sein Ernst!“ Kurz entschlossen begann er ins Mikrofon zu sprechen, wobei er jedoch das Gerät ständig aus- und einschaltete:

Prag Tower ... Service ... C sieben ... startbe... Over.“ Dann rollte er einfach los und hob, zum Glück ohne Schwierigkeiten, ab, während aus dem Funkgerät kreischendes Protestgeschrei erklang.

„Das war auch nicht sein Ernst“, stellte Martin anschließend gelassen fest, während er das Funkgerät einfach ganz abstellte. „Denn wenn sie wirklich die Papiere hätten überprüfen wollen, wären wir jetzt schon abgeschossen. Das ist eine der grundlegenden Regeln.“ Einige Minuten später überquerten sie bereits die österreichische Grenze, und Ellie gab sich süßen Erinnerungen hin, die ihr inzwischen jedoch schon reichlich unwirklich vorkamen.

* * *

Mosche half Rachel beim Packen.

„Wir treffen Golda Meir auf der palästinensischen Seite beim Kraftwerk. Dort wirst du dann mit den Leuten von der Haganah auf mich warten, während wir beide über die Grenze gehen und mit Abdullah verhandeln.“

Rachel wusste natürlich, dass sie Mosche nicht bei diesem letzten verzweifelten Versuch, den Krieg zu verhindern, begleiten konnte. Aber sie hatte auch Angst, allein in Jerusalem zurückzubleiben, während er diese gefährliche Mission ausführte. So war sie froh, dass er sie wenigstens bis zur Grenze mitgehen ließ, und nickte ergeben. „Tikvah und ich werden für euch beten, solange ihr weg seid.“

„Selbst wenn ihr nur bis zum Kraftwerk mitgeht, ist das nicht ungefährlich –“, gab er besorgt zu bedenken. „Aber da wir von dort aus umgehend nach Tel Aviv zum Alten fahren werden, um ihm Abdullahs Entscheidung zu übermitteln, und es die letzte Nacht ist, bevor die Briten abziehen, will ich dich nicht allein in Jerusalem zurücklassen. In der Stadt toben ohnehin schon die ersten Kämpfe.“

Während Rachel sorgfältig Tikvahs wenige Kleidungsstücke faltete, meinte sie mit einem verschmitzten Blitzen in den Augen: „Du hast doch schon immer gesagt, dass du mich lieber in Tel Aviv wüsstest. Dies ist nun wirklich ein perfekt ausgeklügelter Plan, um mich dorthin zu bringen.“

„Leider ausgeklügelter als mir lieb ist.“ Mosche war nicht zum Spaßen zumute. „Dich in deinem jetzigen Zustand einer solchen Gefahr aussetzen zu müssen ... Sieh dich doch an: Schwanger ... und dabei so mager. Andererseits bin ich froh, dass sich überhaupt noch eine Möglichkeit bietet und du vielleicht auf diese Weise doch noch etwas auf die Rippen bekommst, nu?“

Wieder von Sorge ergriffen, flehte Rachel: „Mosche! Bitte sei vorsichtig! Bitte! Ich hatte schon neulich große Angst, als du in die Altstadt gingst. Und nun willst du sogar über die Grenze, nach Amman –“

„Abdullah ist ein Mann von Ehre ... von der Art Ehre, wie sie den Beduinen eigen ist. Als seine Gäste unterstehen wir seinem Schutz. Außerdem hat der Kampf noch nicht begonnen, und solange wir zwar verfeindet sind, aber noch miteinander reden, hält sich die Gefahr in Grenzen. Wenn morgen allerdings das Mandat endet, ohne dass wir ein Verhandlungsergebnis erzielt haben, wird sich auch diese Situation grundlegend ändern.“ Er schwieg einen Augenblick und fügte dann hinzu: „Darum möchte ich, dass du dann möglichst weit von Jerusalem entfernt bist.“

„Aber was soll aus Großvater und Jakov werden?“, fragte Rachel mit bebender Stimme. „Sie sind doch mitten im Brennpunkt des Geschehens und können noch dazu nicht heraus.“

„Dank Captain Stewart, der ein Auge zudrücken musste, haben wir kleine Waffen in die Altstadt schmuggeln können, so dass die Altstadtbewohner die Legion einige Zeit auf Distanz halten können. Und das ist es, was wir brauchen: Zeit! Zeit dafür, dass auch der Rest des Jischuvs gut bewaffnet werden kann, damit –“

„Aber was ist mit meinem Großvater? Und mit meinem Bruder?“, unterbrach Rachel ihn beharrlich und mit fast flehender Stimme.

Mosche legte ihr beruhigend die Hände auf die Schultern und sagte eindringlich: „Du hast doch die unterirdischen Gänge gesehen, nicht wahr? Dazu die Unterstände. – Dov und seine Soldaten werden die Legion schon abhalten. Aber die Rabbiner und Kinder werden nur beten, tief unter der Erdoberfläche, außerhalb der Reichweite der Kugeln und Granaten. Dort wird dein Großvater beten, bis wir von draußen durch das Zion-Tor hereinbrechen!“

Er blickte sie aufmunternd an und sagte eindringlich: „Rachel, auch du musst beten! Dein Großvater ist wieder in die Altstadt gegangen, obwohl – ja, ich muss eigentlich sagen, *weil* er genau wusste, wie das Ende aussehen würde. Er ist gegangen, weil er weiß, dass die Altstadt Jerusalems das *geistige Erbe unseres Volkes* symbolisiert. Er ist gegangen, weil er sich mit jeder Faser seines Wesens bewusst ist, dass wir alle, ob Alt oder Jung, Mann oder Frau, und mit welchen Fähigkeiten auch immer begabt, alles daransetzen müssen, die Altstadt zu halten, um uns und zukünftigen Generationen den Zugang zu den heiligen Stätten zu bewahren ... Er ist gegangen, um Zeit zu gewinnen ... kostbare Zeit! Und vielleicht gelingt uns ja sogar die Rettung der Altstadt durch diesen Aufschub, den uns der Mut und die Aufopferungsbereitschaft derer schafft, die dort ausharren!"

Sie sah gedankenvoll auf ihren kleinen Koffer, ohne noch etwas wahrzunehmen, und nickte nur ergeben.

„Werden wir denn irgendwann wieder nach Jerusalem zurückkehren können, Mosche?", fragte sie nach geraumer Zeit. „Werden wir irgendwann wieder nach Hause können?"

Mosche nahm sie in die Arme und sprach ihr beruhigend zu: „Wenn sich Abdullah damit einverstanden erklärt, dass Jerusalem von den Vereinten Nationen verwaltet wird, und es keinen Krieg gibt, dann werde ich dich gleich nach der Proklamation des Staates zurückbringen. Morgen, oder spätestens nach dem Schabbat."

„Und wenn nicht?"

„Darüber können wir uns erst Gedanken machen, wenn die Umstände danach sind."

* * *

Gerhardt war kurz aus dem Zimmer gegangen, weil er noch eine Zündschnur und eine weitere Sprengkapsel benötigte.

Sarai nutzte die Gelegenheit, um ein letztes Mal das Bild der Stadt in sich aufzunehmen, und trat ans Fenster. Die Abenddämmerung hatte sich wie ein Leichentuch über die Stadt gelegt. Während die Glocken der Grabeskirche die Stunden der Dunkelheit einläuteten, schwebten über ihrer großen Kuppel nur noch ein paar vereinzelte Tauben wie Federn in der Luft. *Nun werden die Tore geschlossen,* dachte Sarai, *aber unser Grab ist immer noch offen und leer, nicht wahr, el-Kiama? An diese Hoffnung werde ich mich klammern. Wie du es mir in jener Nacht in deinem Garten zugeflüstert hast. Ich will daran denken, wie du gestorben bist: unschuldig, und auch für mich, und wie du mich von Golgatha aus gesehen hast. Ich werde dir folgen! El-Kiama, Auferstehen! Ja, es ist richtig, dass ich dir folge!*

Sie wusch sich sorgfältig und zog das leuchtende lavendelfarbene Kleid an, den Blumengarten, der in Liebe gestickt war. Und bevor Gerhardt zurückkehrte und sie verspotten konnte und tobte, fuhr sie schnell noch einmal den Blumenbouquets mit ihren Fingerspitzen nach. Wie sehnte sie sich danach, die Frau kennen zu lernen, die solch einen Garten geschaffen hatte. Wie schmerzlich sehnte sie sich danach, sich mit ihr in ihrer eigenen Sprache zu unterhalten und die Worte der Liebe und der Freude zu wiederholen, die sie beide mit ihrem Retter verbanden.

„Vielleicht werde ich ihr ja begegnen", sagte sie laut vor sich hin. Dann bedeckte sie den Blumengarten schweren Herzens mit einem langen schwarzen Gewand, damit man sie in der Nacht nicht sah.

# 41. Für den Frieden ist kein Risiko zu groß

Unterdessen brüteten Ehud, Dov und Rabbi Vultch über einer Generalstabskarte von Jerusalem, die sie sich von Captain Stewart hatten besorgen lassen. Sie gab nicht nur die genaue Position der letzten, am Stadtrand gelegenen britischen Vorposten in allen Einzelheiten an, sondern auch die genauen Zeiten des geplanten Rückzugs der jeweiligen Posten. Zur großen Freude der drei waren sogar zusätzlich in Rot sowohl Stärke als auch Position der arabischen Vorposten markiert. Da die Zeit des Rückzugs nicht offiziell bekannt gegeben worden war, hatte diese Karte für die Soldaten der Altstadthaganah einen unschätzbaren Wert, ermöglichte sie ihnen doch, die Vorposten der Briten zu besetzen, sobald diese verlassen wurden.

Obwohl viele Menschen immer noch darauf vertrauten, dass die Stadt durch die Intervention der Vereinten Nationen vor der Besetzung durch die Soldaten der Arabischen Liga bewahrt würde, wollten sich die Männer im Kellerhauptquartier der Altstadthaganah nicht auf solch vage Hoffnungen verlassen.

„Wenn Stewart abzieht, besetzen wir sofort diesen Posten hier", sagte Dov und fuhr mit dem Finger eine Reihe von Hausdächern entlang bis zu dem erwähnten Vorposten. „Vier Männer schicken wir hierhin!"

„Nur vier, Dov?", fragte Ehud entgeistert und schob bedenklich die Unterlippe vor.

„Es gibt nun mal Dutzende von britischen Vorposten", antwortete Dov und tippte nacheinander auf jeden Einzelnen. „Doch der wichtigste ist das Zion-Tor. Wenn es uns gelingt, das armenische Viertel zu besetzen und das Zion-Tor zu halten, dann sind wir in der Lage, von unseren in der Neustadt stationierten Truppen Verstärkung zu beziehen."

„Ja, natürlich", rief Ehud erfreut und klatschte optimistisch in die Hände. „Welch eine Fügung! Dann könnten wir vielleicht eine Zeit lang überleben! Oj!" Er blickte dankbar gen Himmel.

Rabbi Vultch blieb jedoch skeptisch und äußerte Bedenken: „Aber was machen wir, wenn wir das Zion-Tor doch nicht halten können?"

„Dann knallen uns die Araber ab wie bei einer Entenjagd", sagte Ehud mit einer stoischen Gelassenheit, die im Angesicht ihrer Lage nur bewundernswert genannt werden konnte.

„Und deshalb müssen wir eben alles daransetzen, das Tor zu halten, nu?", griff Dov seinen Faden wieder auf und fuhr mit dem Finger die Grenzen der Altstadt entlang. „Unsere Hauptschlagkraft muss dazu dienen, es offen zu halten!"

„Wie viele werden sie uns wohl auf den Hals schicken?", fragte Rabbi Vultch verunsichert und blickte mit bedenklicher Miene auf die arabischen Befestigungsanlagen.

„So viele sie haben, Rabbi Vultch!", erwiderte Ehud mit an Sadismus grenzender Nüchternheit. „Genauso viele werden sie uns auch schicken!"

„Das Zion-Tor –", wiederholte Vultch stockend mit einem nachdenklichen Blick auf die Lage des Tores. Es kam ihm so vor, als sei es kilometerweit vom jüdischen Viertel entfernt. „Ihr meint also ... wir haben eine kleine Chance, wenn wir das Tor offen halten können", fasste er, gleichsam um sich Mut zu machen, stockend den bisherigen Verlauf des Gesprächs zusammen. Nun würden also die britischen Streitkräfte, die so lange die Funktion eines Puffers zwischen Juden und Arabern gehabt hatten, abziehen. Was die Männer der Altstadthaganah in ihren Tunneln geplant, wofür sie gelebt, und nicht zuletzt, wovor sie sich gefürchtet hatten, sollte nun bald geschehen!

„Mehr als nur eine kleine Chance", meinte Dov aufmunternd. „Denn unsere Freunde in der Neustadt werden uns nicht im Stich lassen!"

Da kam Dov ein entsetzlicher Gedanke: „Und was machen wir, wenn die Briten das Tor beim Verlassen der Altstadt abschließen? Was machen wir, wenn unsere Kameraden ausgesperrt bleiben und dann –"

„Dann bleibt uns eben nichts anderes übrig, als es aufzusprengen“, schnitt ihm Ehud entschlossen, aber mit düsterer Miene das Wort ab. Der Gedanke an solch eine Aktion behagte ihm gar nicht, denn sie würde mit Sicherheit wertvolle Menschenleben kosten.

„Zumindest verfügen wir jetzt über sehr viel mehr Sprengkörper und Munition als noch vor zwei Wochen“, rief Dov seinen Kameraden beruhigend ins Gedächtnis und ging automatisch im Geiste noch einmal die Liste der Waffen und Munition durch, die mit den letzten Konvois in die Altstadt gelangt waren. „Die letzten vier Lieferungen hat Stewart gar nicht mehr überprüft.“

„Grund genug, darüber nachzudenken, ob in den Patronen überhaupt Schießpulver ist, wenn ihr mich fragt“, meinte Ehud skeptisch.

„Mach bloß keine Witze!“, rief Vultch entsetzt.

„Oj! Ich und Witze?“ Ehud tippte sich entrüstet an die Brust. „Niemals, Rabbi!“

„Er macht sehr wohl Witze“, musste Dov abermals den erschrockenen Rabbiner beruhigen, „und wir verfügen inzwischen sogar über so viel Munition, dass wir den Arabern eine ganze Woche lang standhalten können. Das sollte uns genügend Zeit geben für –“

„Wofür?“, riefen Ehud und Vultch aufgeregt wie aus einem Munde.

„Nun, ihnen eben ... standzuhalten. Dafür!“

„Ich Meschuggener!“, rief Ehud aus und schlug sich in gespieltem Erstaunen mit der flachen Hand vor die Stirn. „Das hätte ich mir eigentlich denken können!“

„Die Sache mit dieser Alamo, von der Rabbi Lebowitz gesprochen hat ...“, griff Vultch unvermittelt noch einmal die alte Geschichte auf und kratzte sich unbehaglich am Kopf. – Er konnte den künftigen Ereignissen noch immer nicht mit ganzer Entschlossenheit entgegensehen. – „Hat er eigentlich mal erzählt, was aus den Männern geworden ist, die dort gekämpft haben?“

„O ja“, erwiderte Dov lächelnd. „Sie haben das Tor offen gehalten! Und dann sind ihre Kameraden zu Pferde gekommen und haben sie gerettet.“

„Wirklich?“ Vultch war erleichtert.

„Klar", grinste Dov breit. „Und wenn du mir nicht glaubst, frag doch einfach die Amerikaner!" *Wozu soll er denn den wirklichen Ausgang der Geschichte wissen?*, dachte Dov. *Eine Lüge – eine gnädige Lüge –, um die strapazierten Nerven des guten Rabbiners zu beruhigen. Was kann die schon schaden?*

Später nahm er dann die amerikanischen Freiwilligen einen nach dem anderen beiseite und bat sie, den Kampf der Angloamerikaner gegen die Mexikaner mit einem glücklicheren Ende zu versehen. Solche Illusionen würden in Kürze bitter nötig sein.

* * *

Sarai blickte mit großen Augen um sich, als sie mit Gerhardt von Jerusalem aus nach Osten in die Berge von Moab fuhr, die sich hoch über dem Toten Meer erhoben. Das kleine Jericho, mit seinen braunen Hausdächern und den kleinen Steinhäusern, hallte bereits wider vom Röhren der Panzer und der übrigen gepanzerten Fahrzeuge der Arabischen Legion, die sich alle unerbittlich in Richtung Westen, in Richtung Jerusalem, vorwärts bewegten. Direkt hinter der Ortschaft begannen bereits die militärischen Kontrollpunkte der Legion, die Gerhardt jedoch alle problemlos passieren konnte. Dann fuhren sie ins Wadi Schuieb, wo die Allenby-Brücke den Jordan überquerte und den Übergang nach Transjordanien darstellte.

Inzwischen war es schwarze Nacht geworden, und man bedeutete ihnen, dass sie am Westufer des Flusses warten sollten, bis zwei Panzer, die sich quietschend und röhrend der Brücke näherten, diese passiert hätten. Gerhardt fluchte, drohte und hupte jedoch so lange, bis die Panzer angehalten wurden und man Gerhardt und Sarai zuerst passieren ließ.

*Zu spät. Es ist alles zu spät,* dachte Sarai verzweifelt beim Anblick der Panzer. Wenn König Abdullah Mosche wirklich noch einen Gesprächstermin eingeräumt hatte, dann war das eine sinnlose Geste, die Mosche mit jedem Kilometer der Katastrophe näher brachte.

Sarai blickte verstohlen zu Gerhardt hinüber, der seinen zornigen Blick verbissen auf die ausgefahrene Straße geheftet hielt. *Er ist kein*

*Mensch mehr,* dachte sie. *Er ist so sehr von seinem Hass besessen, dass er nur noch aus Hass besteht.* Ja, er war wirklich wie besessen! Dieser Gedanke erfüllte sie mit neuer Furcht. *Wenn er meine Gedanken lesen kann!* Sie schauderte und versuchte, an ihre Mutter und ihre Schwestern zu denken und an den schattigen Hof ihres Elternhauses in Sheik Jarrah. Wie angenehm war ihr Leben damals verlaufen! Eine herrliche, sonnendurchflutete Zeit, die nun schwarzer Nacht gewichen war.

Sie starrte aus dem Fenster. Sie sah ein dürres Land, ein Land von Skorpionen und Vipern. Es war wirklich kein Wunder, dass König Abdullah Jerusalem begehrte!

Sarai schloss die Augen und dachte an den Duft von Blumen in sommerlicher Luft. In ihrem Elternhaus hatte es keine vergitterten Fenster gegeben und keine Angst in ihrem Herzen. Sie rief sich das Gesicht ihrer Mutter ins Gedächtnis und stellte es zwischen sich und Gerhardt. *Wenn er meine Gedanken erraten kann, dann wird er nur das Bild meiner Mutter sehen. Er wird mich nicht dafür töten wollen, dass ich an meine Mutter denke.* Sie lehnte den Kopf zurück und stellte sich schlafend, während der Wagen weiter durch die Dunkelheit jagte.

* * *

Es war kurz vor sieben Uhr, als sich plötzlich der Wind drehte und aus Westen über den Pass nach Jerusalem wehte. Er war so stark, dass Mosche mit einer Hand seinen Hut festhalten musste, während er Rachel dabei half, in die Piper einzusteigen. Das kleine Flugzeug schüttelte sich und bebte, als wolle es sich weigern, in einem solchen Sturm zu fliegen.

Der Pilot, ein junger Mann aus Tel Aviv, war, wie er ihnen voller Sorge eingestand, von David Meyer nur einige wenige Stunden angelernt worden und bisher noch nie bei solchen Windverhältnissen geflogen.

Mosche erwiderte ernst: „Wir müssen Frau Meir um neun Uhr

am Kraftwerk treffen. Sie kann nicht ohne mich nach Amman fahren! Und nach Amman müssen wir."

„Wenn wir bei einem solchen Wetter fliegen, kann es auch sein, dass wir ganz woanders ankommen", meinte der junge Pilot mit einem bedenklichen Blick auf das bebende Flugzeug.

Doch Mosche ließ nicht mit sich diskutieren und rief dem Piloten durch das Tosen des Windes zu: „Ich würde durch die Hölle gehen, wenn ich damit einigen Juden das Leben retten könnte!"

Unter Tikvahs lautem Protestgeschrei erhob sich die Piper gegen den Widerstand des Windes widerstrebend und stotternd in die Luft.

Sie flogen nach Norden in Richtung Galiläa. Das Land unter ihnen war größtenteils von Arabern bewohnt. Ramallah, Nablus, und Jenin. Der Pilot hakte auf seiner Karte gefühlsmäßig die Namen der Orte ab, die er meinte überflogen zu haben, denn sehen konnten sie in der rabenschwarzen Nacht fast nichts.

„Die Araber fürchten sich vor unserer Luftwaffe!", lachte der junge Pilot, der nun etwas mehr Vertrauen in seine Fähigkeiten bekommen zu haben schien, obwohl die Maschine immer noch stotterte und spuckte. „Dieser Crabtree hat es erreicht, dass sie sich alle schon erschrocken ducken, wenn nur ein Vogel über sie hinwegfliegt. Ein toller Kerl! Wenn sie jetzt unser Flugzeug hören, hocken sie sicher alle verängstigt in ihren Hütten!"

So erzählte und lachte er den meisten Teil der Strecke, als sei er dankbar dafür, nicht allein fliegen zu müssen. Rachel dagegen, erfüllt von bangen Vorahnungen, war froh, dass der Pilot von ihr keine Antworten erwartete.

Als er ihnen schließlich mitteilte, dass sie nur noch „eine Viertelstunde" von der Landung trennte, war Rachel den Tränen wirklich nahe.

*In einer Vviertelstunde müssen wir Abschied nehmen.* Sie versuchte sich abzulenken und dachte an Ellie, die unter Crabtrees Namen ihre reißerischen Artikel schrieb. Doch auch solche Gedanken konnten ihre Ängste nicht vertreiben. Die Minuten vergingen unerbittlich, und schließlich winkte ihnen ein einzelnes Licht vom Boden aus zu. Augenblicke später beleuchtete dann eine ganze Reihe von

Scheinwerfern die Landebahn, und schon setzte das Flugzeug zur Landung an.

* * *

Wie beim Einsteigen, half Mosche Rachel nun auch wieder beim Aussteigen. Die Schwärze der Nacht wurde nur durch das sternenübersäte Firmament, das sich über ihnen wölbte, ein wenig gemildert. Sie ließen sich einen Moment von diesem Anblick gefangen nehmen, dann wandten sie sich dem Rauschen und Dröhnen zu, das sich wie der Herzschlag eines Mammuts anhörte und ihnen anzeigte, wo sich das Kraftwerk befand.

„Die Turbinen", erklärte Mosche. „Das Kraftwerk."

Sie nahmen flüsternde Gestalten in der Dunkelheit wahr, die sich aus den umgebenden Feldern lösten und sie näher zu dem pulsierenden Summen führten.

„Sie ist bereits eingetroffen, Professor Sachar –"

Der Wind wehte ihnen nur Fetzen dessen zu, was sie ihnen berichteten.

„... ist vor einer Stunde mit dem Wagen aus Haifa gekommen."

„... ungeduldig, abzufahren."

Rachel hielt das Kind fest im Arm, während sie einen Hügel hinaufstiegen und dann auf das dunkle Gebäude blickten, das neben dem Jordan, dicht neben dem See Genezareth, stand. Das Kraftwerk befand sich zur Zeit in jüdischer Hand und belieferte sowohl Jordanien als auch Palästina mit Elektrizität. Es würde im Falle einer kriegerischen Auseinandersetzung zweifellos das Zentrum heißer Kämpfe sein. Deshalb standen an diesem Abend überall Haganahsoldaten in den umliegenden Schluchten und Wadis.

Das Hauptgebäude lag am westlichen Ufer des Jordans, offiziell also auf palästinensischem Boden. Während sie auf einem schmalen Weg auf der anderen Seite des Hügels zu dem dreistöckigen Kraftwerk hinabstiegen, wurde das Rauschen des Wassers immer lauter. Das Gebäude war mit Wellblech verkleidet und vibrierte vom Summen der Turbinen. Starkstromleitungen führten von imposanten Transformatoren zu hohen Strommasten, von denen die Kabel bis nach Amman, der Hauptstadt Transjordaniens, führten.

„Auch heute Abend wird König Abdullahs Palast mit Hilfe dieses Elektrizitätswerkes beleuchtet“, hörten sie einen gesichtslosen Soldaten sagen. „Wenn Sie dort sind, müssen Sie an uns, die wir hier am Westufer Wache halten, denken ... Und auch wir werden mit unseren Gebeten bei Ihnen sein.“

Mosche nickte. Aber bevor er etwas erwidern konnte, trat die in schwarze arabische Gewänder gekleidete Gestalt einer Frau aus dem Dunkel. Es war Golda Meir, die sich nach traditioneller arabischer Sitte gekleidet und verschleiert hatte.

„Schalom!“, begrüßte Mosche sie respektvoll. Und schon reichte ihm jemand eine Keffijah und einen weißen Schub, die er sich über seine Kleider zog. Als auch er angekleidet war, sahen die beiden aus wie ein Beduinenscheich mit seiner Frau.

„Nun, wie sehe ich aus?“, wandte sich Mosche in verkrampfter Heiterkeit an Rachel.

„Überzeugend“, erwiderte sie tapfer und gab ihm einen Kuss. „Pass gut auf dich auf!“

Er nickte.

Da mahnte Golda Meir mit ihrer tiefen Stimme: „Abdullah hat einen vertrauenswürdigen Diener geschickt, um uns abzuholen. Er wird schon auf uns warten.“ Sie wies auf das östliche Ufer des Flusses und fügte hinzu: „Der König hat uns wissen lassen, dass wir ihm unseren Besuch auf eigene Gefahr abstatten und er niemanden aus der Legion über unser Kommen informiert hat. Deswegen dürfen wir den Chauffeur nicht zu lange warten lassen, denn es gibt für uns keine andere Möglichkeit, zu ihm zu gelangen.“

Die Zeit drängte. Rachel wollte Mosche festhalten, ihn daran hindern zu gehen ... oder mit ihm gehen. Doch sie ließ es regungslos geschehen, dass er sie zu einem flüchtigen Lebewohl kurz in den Arm nahm. „Denk an die Hand, die mich führt!“, vermochte er ihr gerade noch hastig ins Ohr zu flüstern. Dann ging er, wie eine Geistererscheinung, in seinem wehenden Gewand von dannen und war im Nu in der Dunkelheit verschwunden. In Rachels Herz schrie es: *Komm bitte zurück! Verlass mich nicht!* Aber ihr Mund blieb stumm.

„Das Risiko ist zwar groß", sagte einer der Soldaten neben ihr, „aber wenn sie Frieden bringen ..." In seinen Worten lagen die Hoffnungen und die Gebete, die an diesem Abend den gesamten Jischuv erfüllten.

Rachel schluckte schwer und streichelte das Gesicht ihres schlafenden Kindes. *Er geht für dich, Tikvah, und für das Kind unserer Liebe.* „Ja", erwiderte sie laut, während ihre Augen immer noch die Dunkelheit des östlichen Ufers zu durchdringen suchten. „Ja. Für den Frieden ist kein Risiko zu groß!"

* * *

Der schwarze Sedan, den König Abdullah geschickt hatte, wartete an einem ungeteerten Feldweg. Als der Fahrer ihre Schritte hörte, stieg er aus und erwartete seine Fahrgäste neben dem Fahrzeug stehend.

„Salaam", begrüßte ihn Mosche und verbeugte sich nach arabischer Sitte. Dann fügte er hinzu: „Zurbati!"

„Salaam, Professor Sachar, Salaam Frau Meir", erwiderte der Fahrer flüsternd und öffnete den hinteren Wagenschlag. Der Chauffeur war irakischer Herkunft und König Abdullahs vertrautester Diener. „Steigen Sie bitte ein! Wir müssen uns beeilen, wir sind schon spät dran."

Mosche hoffte, dass es noch nicht *zu spät* war – noch nicht zu spät, um das weitere Vorrücken der Streitkräfte zu verhindern, die bereits in der Wüste von Transjordanien aufmarschierten. Vor ihnen zeigte sich bald der erste der vielen militärischen Kontrollpunkte auf der langen, von Schlaglöchern übersäten Straße nach Amman.

Rot-weiß karierte Keffijahs leuchteten im Licht der Scheinwerferkegel auf. Ein Panzer stand am Straßenrand, das Geschützrohr nach Palästina gerichtet. „Gehören denn diese irakischen Soldaten auch zur Legion?", wunderte sich Mosche, als er irakische Uniformen zwischen den jordanischen entdeckte.

„Ja", erwiderte der Fahrer nach kurzem Zögern, peinlich berührt. Es war, als ob niemand mehr an einen positiven Ausgang der Verhandlungen glaubte. „Aber Sie dürfen jetzt nicht mehr sprechen!", zischte er ihnen zu, als sie sich der Straßensperre näherten.

Der Wächter leuchtete den Fahrgästen kurz mit einer Taschenlampe ins Gesicht. Dann wechselten er und der Fahrer Blicke des Einverständnisses, und zum Schluss wurde das Wort „Zurbati" gemurmelt. Schließlich hoben sich die Maschinenpistolen, die bisher im Anschlag gewesen waren, und der Wagen wurde vorbeigewinkt.

Der gegenseitige Hass zwischen dem Mufti und König Abdullah war seit den frühen Tagen des britischen Mandats stetig gewachsen. Abdullah pflegte gern zu seinen Gefolgsleuten zu sagen: „Mein Vater hat mich immer schon vor Predigern gewarnt." *Doch der Konflikt zwischen Abdullah und dem Mufti hat nichts mit dem Heiligen Krieg zu tun,* dachte Mosche, während sie durch das schwarze, öde Land fuhren, *und ist nur eine Sache der persönlichen Machtinteressen.*

Einmal hatte auch dieses öde Land zu Palästina gehört. Doch Winston Churchill hatte es Abdullah zum Ausgleich dafür zugestanden, dass dem saudischen Herrschergeschlecht Saudi-Arabien und den Franzosen der Irak zugesprochen worden war, Gebiete, auf die auch die Familie Abdullahs Ansprüche erhoben hatte. Das kleine Land war, wie sich Churchill brüstete, an einem Sonntagnachmittag in Kairo mit einem Federstrich geschaffen worden. Dies hatte jedoch eine deutliche Verkleinerung des Gebietes zur Folge, um das sich Juden und Palästinenser zur Schaffung von eigenständigen Staaten stritten. Am Ende hatten alle Beteiligten das Gefühl, betrogen worden zu sein.

Nun bestand jedoch zumindest wieder etwas Hoffnung, da Abdullah bereit schien, auf Jerusalem und die jüdischen Gebiete Palästinas zu verzichten. Als Gegenleistung für die Anerkennung der Kontrolle der Vereinten Nationen über die Stadt schien er mit einigen Gebieten Palästinas zufrieden zu sein. Daran knüpften die Zionisten ihre schwache Hoffnung auf Frieden. Dies galt jedoch nur für den Fall, dass Abdullah nicht insgeheim doch danach trachtete, sich noch zusätzliche jüdische Gebiete einzuverleiben. Der wunde Punkt war jedoch, ob es gelingen würde, Abdullah davon zu überzeugen, dass er auf Jerusalem als Hauptstadt seines Reiches verzichten musste.

Als sie sich einem weiteren militärischen Kontrollpunkt näherten, kam ihnen eine lange Schlange von Militärfahrzeugen entgegen. Golda Meir saß unbewegt da und sprach kein Wort, doch Mosche wusste, dass sie das Gleiche dachte wie er: *Es sind so viele! Wie sollen wir jemals mit einer solchen Streitmacht fertig werden? Wie nur?*

Wieder wurden sie von Taschenlampenlicht geblendet, und der Fahrer flüsterte abermals „Zurbati". Wieder wurden sie vorbeigewinkt.

Golda Meir stieß einen tiefen Seufzer der Erleichterung aus.

Mosche zwang sich, seinen Gedanken eine andere Richtung zu geben, sich von der bedrückenden Wirklichkeit um sie herum abzulenken. Er richtete seine Gedanken auf den Ablauf der Ereignisse von dem Augenblick an, wenn sie bei Abdullah ankamen. „Wenn wir ankommen, gibt es sicherlich zunächst ein kleines Begrüßungszeremoniell", sagte er zu Golda Meir, „bei dem wir mit Kaffee bewirtet werden. Danach folgt ein üppiges Festessen. Bitte denk daran, dass du gut zugreifen musst."

„Ich kann jetzt nicht an Essen denken."

„Aber du musst essen! Sonst fühlen sie sich in ihrer Gastfreundschaft zurückgewiesen."

Sie nickte, nur um das Thema zu beenden. Dann betrachtete sie voller Entsetzen einen in Richtung Grenze fahrenden Lastwagen, auf dessen Ladefläche sich irakische Soldaten drängten. „Gott helfe uns", murmelte sie.

Mosche zwang sich, einen klaren Kopf zu behalten. „Iss unbedingt mit deiner rechten Hand", fuhr er ungerührt fort und versuchte mit seinen Worten das angstvolle Klopfen seines Herzens zu übertönen. Auch er konnte in Wahrheit nicht an Essen denken.

Seine Gedanken wanderten wieder zurück zu Rachel, die mit dem Kind am Elektrizitätswerk auf ihn wartete – wartete und auf ein Wunder hoffte.

# 42. Warten und Hoffen

Gerhardt hörte noch vor Sarai das Singen des Elektrizitätswerks und stellte den Wagen mehrere Kilometer von ihrem Ziel entfernt ab. Er hob schnüffelnd die Nase wie ein Hund, der die Witterung seiner Beute aufnimmt.

„Sie sind hier", sagte er. „Komm!"

Er schulterte einen schweren Sack und ging los, ohne Rücksicht auf die junge Frau, die Mühe hatte, mit ihm Schritt zu halten. Während Gerhardt und Sarai den Rand einer Schlucht hochkletterten und sich dabei durch einen dichten Buschbestand zwängten, wurden die Geräusche des Elektrizitätswerkes kontinuierlich lauter.

In der Ferne erkannte Sarai vor der Kulisse des sternenübersäten Firmaments die Silhouetten von Hochspannungsmasten.

„Sie werden da langgehen", erklärte Gerhardt. „Der Fahrer wird sie etwas zu früh am Straßenrand absetzen, und dann werden sie, den Stromleitungen folgend, zur Fußgängerbrücke gehen müssen."

Sarai blieb stumm. Sie hatte Seitenstiche und war kurzatmig von der ungewohnten körperlichen Anstrengung. Ihr war, als müsste ihr die Lunge platzen. Doch kein Laut der Klage kam über ihre Lippen, aus Angst, Gerhardt könne sie zurücklassen und seine Mission ohne sie ausführen. Sie gab sich trotz ihrer Erschöpfung größte Mühe, ihr kostbares Kleid vor den Dornen zu schützen. Da sie es bis zu den Knien hochgehoben hatte, schlugen ihr nun die spitzen Zweige des Unterholzes ungehindert gegen die nackten Beine, bis ihr das warme Blut in die Schuhe lief.

Noch zweimal blieb Gerhardt stehen und nahm schnuppernd wie ein Wolf die Fährte seiner Beute auf. Wie er da so stand, noch dazu mit dem Sack auf dem Rücken, wirkte er buckelig und missgestaltet wie ein Dämon. Erneut brannten Sarai Tränen der Angst in den Augen. *Er darf meine Gedanken nicht erraten. El-Kiama! Hilf mir! Er ist der Schatten des Todes!* Diesmal beschwor sie das Bild ihres Vaters, wie er sie mitleidig angesehen hatte, wenn er sie in Tagen der Krankheit gestreichelt und getröstet hatte. *Bald spürst du keine Schmerzen mehr, Sarai. Weine nicht, kleine Sarai. Hab keine Angst!*

Gerhardt stieg eilig vor ihr her einen Hügel hinauf und blickte angestrengt über das Land. Er schien Sarai, die nur langsam in großem Abstand hinter ihm herkam, völlig vergessen zu haben. Und auch, als sie schließlich hinter ihn trat, reagierte er lange nicht.

„Dort ist sie", sagte er und deutete auf einen dunklen Strich, der über den glänzenden Jordan führte, „die Fußgängerbrücke. Darüber werden sie gehen müssen, wenn sie nach Palästina zurückkehren. Es gibt keinen anderen Weg. Natürlich wird es nur bei diesem Vorhaben bleiben."

* * *

Nachdem sie insgesamt zehn Straßensperren passiert hatten, erreichten sie endlich die Vororte von Amman. Der Fahrer bog ab und fuhr eine lange, kurvenreiche Straße hinauf zu einem reich verzierten Haus auf dem Gipfel des Berges.

„Das Treffen findet nicht im Palast statt", erklärte er, „sondern hier, weil es im Palast zu gefährlich wäre."

Golda Meir und Mosche wurden in einen grünen, kreisförmigen Raum geführt, der von einem riesigen, mit schwarzen Steinen ausgelegten Kamin beherrscht wurde. Eine freundliche Türkin bot ihnen als Willkommensgruß Tee an. Dann saßen sie schweigend da und warteten.

Es vergingen vielleicht zwanzig Minuten – sie hatten den Tee trotz aller guten Vorsätze vor Aufregung kaum angerührt –, da erschien plötzlich oben auf dem Treppenabsatz der kleine, zierliche Mann, um dessentwillen sie gekommen waren. Mosche bemerkte verwirrt die Trauer auf dem Gesicht des Monarchen. Während dieser bedächtigen Schrittes die Treppe herunterstieg, erhoben sie sich.

„Salaam", begrüßte Abdullah seine Gäste leise.

„Schalom!", erwiderten Mosche und Golda Meir.

Beide Worte bedeuteten nichts anderes als *Frieden,* und Mosche fiel plötzlich auf, wie ähnlich doch die beiden Grußformeln waren.

Sie wurden in einen kleineren Raum geführt, wo sie Kaffee serviert bekamen, und Mosche bemerkte, wie blass und überanstrengt Abdullah im schonungslosen Kunstlicht wirkte.

„Es ist lange her, dass ich Sie zuletzt gesehen habe, Habibi, mein Freund", wandte sich Abdullah höflich an Mosche. „Es war, als wir gemeinsam gegen die Deutschen kämpften, nicht wahr?"

Der Austausch von Höflichkeiten war ein wichtiger Teil des arabischen Begrüßungszeremoniells, und Mosche entgegnete genauso höflich und in perfektem Arabisch: „Amman hat sich seit meinem letzten Besuch gut entwickelt." Golda Meir hingegen, die der arabischen Sprache nicht mächtig war, stand während der nun folgenden informellen Unterhaltung nur lächelnd dabei.

Schließlich jedoch kam der Augenblick, in dem der König ohne weitere Umschweife auf den Grund ihres Besuchs einging und, während Mosche seine Worte simultan übersetzte, zu Golda Meir gewandt sagte: „Sie sind unter großer Lebensgefahr hierher gekommen."

„Haben Sie denn das Versprechen, das Sie uns einmal gegeben haben, nun tatsächlich doch vergessen?", fragte sie noch direkter zurück.

„Als ich dieses Versprechen gab, in der Hoffnung, damit Frieden schaffen zu können, hielt ich mein Schicksal noch selbst in Händen und konnte tun, was *ich* für richtig hielt", erwiderte der Monarch, nüchtern seine augenblickliche Situation darlegend. „Seitdem hat sich die Lage jedoch grundlegend verändert. Früher war ich es allein, der entscheiden konnte. Nun bin ich einer von fünfen."

„Aber Sie sind immerhin Herrscher über den mächtigsten Staat der Arabischen Liga."

„Die Liga ist ein Sack, in den fünf verschiedene Köpfe gesteckt worden sind", erwiderte Abdullah ruhig. „Und ich bin nur einer davon."

„Begreifen Sie denn nicht, dass wir Ihre einzigen verlässlichen Verbündeten in dieser Region sein könnten?"

„Dann lassen Sie uns doch auch als Verbündete handeln", erwiderte der König. „Warum haben Sie denn solche Eile, Ihren Staat auszurufen? Vielleicht ist ja doch noch ein Frieden möglich. Warum sind Sie nur so ungeduldig?"

„Wir warten bereits seit fast zweitausend Jahren. Das kann man schwerlich als Ungeduld bezeichnen."

Abdullah hörte sich die von Mosche übersetzten Worte ruhig an. Dann nickte er. „Ja. Ich verstehe das wohl. Es hängt jedoch nicht nur von mir ab, ob Sie einen Staat bekommen oder nicht."

„Aber Sie könnten sich doch darauf beschränken, nur den arabischen Teil Palästinas zu annektieren, und darin einwilligen, dass Jerusalem zu keinem unserer beiden Staaten gehört. Dann könnte der Krieg abgewendet werden."

Abdullah nahm diese Bemerkung lächelnd zur Kenntnis und antwortete klar und bestimmt: „Jerusalem ist der Ort, an dem der Kalif Suleiman geherrscht hat. Und auch in meinen Adern fließt das Blut des Propheten. Es ist nicht recht, dass Jerusalem von den Ungläubigen regiert wird."

Golda Meirs Gesicht verdüsterte sich bei dieser Bemerkung. Es war nun klar, dass Abdullah entschlossen war, Jerusalem seinem Land einzuverleiben. Sie musste nun eine härtere Phase der Verhandlungen einleiten. „Sie wissen, dass wir kämpfen werden, wenn uns ein Krieg aufgezwungen wird, und dass wir als Sieger daraus hervorgehen werden", warnte sie unverblümt.

Er seufzte. „Ich weiß, dass es Ihre Pflicht ist zu kämpfen. Aber warum warten Sie nicht noch ein paar Jahre? Verzichten Sie auf Ihre Forderung nach uneingeschränkter Einwanderungserlaubnis. Ich werde das ganze Land übernehmen, aber Sie werden in meinem Parlament vertreten sein. Ich werde Sie gut behandeln, und es wird keinen Krieg geben."

„Das ist unmöglich", ließ ihm Golda Meir durch Mosche entschieden ausrichten. „Sie wissen, unter welchen Opfern wir uns für einen eigenen Staat eingesetzt und was wir alles zur Erreichung dieses Ziels auf uns genommen haben. Glauben Sie allen Ernstes, dass all dies geschehen ist, damit wir als Minderheit in einem fremden Parlament vertreten sind?"

„Dann hören Sie doch, was die jungen Männer in den Souks

schreien! Sie schreien nach Krieg! Und kann ich ihnen den Krieg verwehren, wenn Sie nicht bereit sind, mich zu unterstützen?"

„Sie wissen doch, wer wir sind und was wir wollen. Sie wissen, was wir seit zweitausend Jahren angestrebt haben. Wir können unser Herz nicht länger verleugnen. Wenn Sie uns nichts weiter anbieten können als das, was Sie gerade gesagt haben, dann wird es zu einem Krieg kommen. – Aber wir werden ihn gewinnen!"

„Sie haben doch heute Abend unsere Panzer gesehen ...", wandte Abdullah selbstbewusst, aber mit müder Stimme ein.

Bis zu diesem Zeitpunkt hatte sich Mosche darauf beschränkt, nur die Worte der beiden Führer zu übersetzen. Nun konnte er sich nicht enthalten, aus eigener Überzeugung zu sprechen: „Sie vertrauen zu sehr auf Ihre Panzer. Aber Sie haben keine wirklichen Freunde in der arabischen Welt –, und Ihre Panzer werden wir mit unserer Luftwaffe zerstören!" Dies waren mutige Worte, wenn man den wahren Zustand der jüdischen Streitkräfte bedachte, aber Mosche war sicher, dass Crabtrees Artikel auch den kleinen König beunruhigt hatten, hatte er doch bemerkt, dass auch hier die Fenster gut verdunkelt worden waren.

Abdullah nahm Mosches Worte mit ernstem, unglücklichem Gesicht auf. Nach einigem Überlegen erwiderte er, gleichsam zur Beendigung des Gesprächs: „Sie müssen wohl Ihre Pflicht tun, so wie ich die meine. Die morgigen Ereignisse liegen in den Händen Allahs, des Barmherzigen. Wir alle werden eines Tages wissen, welches Schicksal er für uns bereithält!"

Sie hatten einen gefährlichen Spießrutenlauf hinter sich und waren nun in einer Sackgasse angelangt. Was immer Mosche auch über die jüdische Kampfkraft gesagt hatte, die Panzer der Arabischen Legion waren nun einmal nicht wegzudiskutieren.

Sie griffen zwar beim Essen gut zu, aber weder Mosche noch Golda Meir brachten mehr als ein paar Bissen herunter. Ihnen tat das Herz weh bei dem Gedanken, mit welchen Nachrichten sie nach Hause fahren mussten. Die Reise, die vor ihnen lag, war lang und gefährlich, und es gab nun keine Hoffnung mehr auf Frieden, die sie ihnen hätten erträglicher machen können. Es war unwiderruflich:

Es würde Krieg geben, und König Abdullah hatte Jerusalem zu seiner Hauptstadt erkoren.

* * *

Zwischen den Ersatzteilen im hinteren Teil von Martins C 47 eingequetscht und völlig durchgeschüttelt von dem neunstündigen Nonstop-Flug, kam Ellie erschöpft in Palästina an. Die Strapazen des Fluges waren jedoch nichts im Vergleich zu der Nachricht, die ihr Sam gleich nach ihrer Ankunft noch auf dem Flugplatz überbrachte: Weder David noch Bobby waren angekommen!

„Aber sie hätten doch schon gestern hier sein müssen!", rief Martin entgeistert aus. „Habt ihr schon Nachforschungen angestellt? Wann hat man sie denn zuletzt gesehen?"

„Sie haben mit Sicherheit in Jugoslawien aufgetankt. Danach – tja, wir haben danach einfach nichts mehr von ihnen gehört – oder von irgendjemandem, der etwas über sie wissen könnte."

Ellie wurde es übel, und sie war benommen vor Sorge und Aufregung. Sie griff sich fassungslos an den Kopf und murmelte nur immer wieder: „Einfach nicht hier. David nicht hier ..."

Martin tupfte sich die verschwitzte Stirn. Dann legte er mitfühlend seinen Arm um Ellies gebeugte Schultern und tröstete: „Es ist sehr unwahrscheinlich, dass beide gleichzeitig einen Maschinenschaden hatten. Ich will damit sagen, dass es nicht sehr wahrscheinlich ist, dass sie beide irgendwo über dem Meer abgestürzt sind oder irgendetwas ähnlich Fürchterliches passiert ist –"

„Es sind auch keine Nachrichten über Flugzeugabstürze eingegangen, Ellie", ergänzte Sam, der sich nun Vorwürfe machte, sie vielleicht in unnötige Sorge versetzt zu haben. „Wir vermuten, dass sie sich irgendwo aufhalten."

„Natürlich halten sie sich irgendwo auf", fauchte sie. Sie war zu erschöpft, um sich noch in der Gewalt zu haben. Sie schlug die Hände vors Gesicht und senkte in tiefer Niedergeschlagenheit den Kopf. „Er ist nicht hier. Oh, David. Blechmann! Warum bist du nicht hier?"

Sam stand verlegen daneben. Dann betrachtete er das riesige Flugzeug und schüttelte ebenso verzweifelt den Kopf. „Da haben wir nun eine Flugzeugladung mit Ersatzteilen und Munition, aber keine Flugzeuge dafür."

„So kann man es wohl auch nennen", bemerkte Martin grimmig. „Was ist das nur für eine Art, in einen Krieg hineinzuschlittern", schloss Sam kopfschüttelnd. – „Kommt, ihr zwei." Er führte sie zu einem bereitstehenden Fahrzeug. „Der Alte möchte euch in Tel Aviv sehen."

* * *

In Ben-Gurions Arbeitszimmer, dem deutlich die Spuren von Arbeit und Hektik anzusehen waren, saßen Ellie und Martin dem Alten gegenüber und hörten sich seine Ausführungen über die Lage an.

„David und Bobby leben, aber sie sind verhaftet worden", begann er das Gespräch.

Ellie fiel ein Stein vom Herzen. Sie musste sich auf die Lippe beißen, um nicht laut loszujubeln. David war *nur* in eine Athener Gefängniszelle gesperrt und nicht unter den Trümmern seines Flugzeugs begraben, wie sie es sich noch vor wenigen Stunden in ihren schlimmsten Befürchtungen ausgemalt hatte.

„Aber darf man denn das so einfach?", fragte sie erstaunt. „Können die Briten ihn denn einfach so festnehmen?"

„Er wird in einem Dutzend verschiedener Länder steckbrieflich gesucht", erklärte der Alte. „Genau wie Sie!" Dann wandte er sich an Martin: „Es war gut, dass Sie sie mitgebracht haben. In einer Nachricht von Avriel heißt es, dass die tschechische Geheimpolizei ihr Zimmer kurz nach ihrer Abreise völlig auseinander genommen hat."

Ellie konnte es nicht glauben. Sie hatte in keiner Weise das Gefühl, eine international gesuchte Verbrecherin zu sein. „Was werden sie nur mit David machen?", fragte sie besorgt.

„Die USA haben sich für die beiden verwandt, sich mit den Italienern in Verbindung gesetzt und um Begnadigung gebeten, aber man kann keine Wunder erwarten. Sie sind nun mal in der Schusslinie." Er massierte sich müde die Stirn. „Das amerikanische Außenministerium wird tun, was es kann. Ein Mann namens Tom Kane scheint einen Narren an Ihrem Mann gefressen zu haben." Dann richtete er seinen Blick ernst auf Martin. „Sie müssen leider gleich wieder zurück. Wir haben Ihr Flugzeug bereits entladen. Sind Sie in der Lage, gleich wieder zu fliegen?"

„Noch heute Abend?"

„Ich kann Ihnen kaum beschreiben, wie wichtig es ist, dass die Flüge unverzüglich beginnen, sobald wir Ihnen den Befehl dazu geben. Wir brauchen Sie deshalb direkt vor Ort in der Tschechei. Die Flugzeuge müssen voll beladen und Sie in Hab-Acht-Stellung sein. Es tut mir nur Leid, dass die Fracht, die Sie uns gebracht haben, uns im Augenblick wenig nützt, das heißt natürlich, mit Ausnahme von Ellie."

„Die meisten Transportflugzeuge stehen schon in Europa bereit", beruhigte Martin und ergriff bereitwillig seine Mütze.

„David Meyer hat für solch einen Fall Sie beauftragt, sein Kommando zu übernehmen, und das reicht mir als Empfehlung!" Ben-Gurion streckte Martin in stiller Verbundenheit die Hand zum Abschied entgegen. Die beiden Männer schüttelten sich die Hände. „Schalom", schloss Ben-Gurion.

„Schalom", erwiderte Martin. Dann warf er Ellie noch einen aufmunternden Blick zu und meinte beruhigend: „Ich würde mir nicht zu viel Sorgen um ihn machen. Wenn sich schon das amerikanische Außenministerium um ihn kümmert –"

Doch Ellie war nicht zu beruhigen. Wie hatte sie gehofft, David hier anzutreffen! Es gelang ihr jedoch, sich zu beherrschen und dem jungen Piloten für seinen neunstündigen Flug alles Gute zu wünschen. Ellie wusste von Sam, dass der Alte seit Tagen kaum geschlafen hatte. Sie merkte, wie sein Blick vor Erschöpfung einen Moment glasig wurde. Dann hatte er sich wieder in der Gewalt. „Es ist noch so viel zu tun", sagte er. „Und heute Nacht kommt das Schwerste: das Warten!"

* * *

Gerhardt wartete im Schatten neben der Straße. Er hatte Zeit, viel Zeit, und daher keine besondere Eile, sein tödliches Netz auszubreiten. Es war dafür gesorgt worden, dass die beiden spät zurückkamen.

Er blickte zu den schwarzen Fenstern des Elektrizitätswerks empor. Er wusste, dass dort Wachtposten standen, die mit Argusaugen die Dunkelheit zu durchdringen suchten. Aber die Dunkelheit war seine Heimat. Er, Gerhardt, war schon lange zu einem Schatten geworden. Und so bewegte er sich mit unglaublicher Leichtigkeit direkt vor der Nase seiner Feinde.

Die Maschinen des Elektrizitätswerks verursachten einen monotonen, dumpfen Klang wie die Kriegstrommeln vergangener Zeiten. Gerhardt ließ sich von dem Klang in die richtige Stimmung versetzen. Sarai beobachtete ihn dabei mit zunehmender Furcht.

Gerhardt legte seinen Sack neben sie und robbte dann, geschützt von seiner schwarzen Kleidung, fort. Sarai blickte ihm nach, doch schon nach wenigen Metern war er mit der Dunkelheit verschmolzen. Er bewegte sich wie die alten Dämonen ihrer beduinischen Ahnen, und ihr Atem ging stoßweise vor Entsetzen. *El-Kiama,* betete sie stumm, *sieh mich hier in meiner Not und hilf mir! El-Kiama!*

Nur wenige Meter von der Fußgängerbrücke entfernt war die Straße abgesackt und bildete eine flache Mulde, in die Gerhardt untertauchte. *Er wird wohl dort das Gitter auslegen,* dachte Sarai, verzweifelt darüber, dass die Tragödie unausweichlich ihren Fortgang nahm, während sie hier stand und den unscheinbaren kleinen Hügel anstarrte, der gerade hoch genug war, dass er Gerhardt bei der Arbeit verdeckte. *Er weiß genau, wo sie gehen werden, und genau dort wird er das Gitter ausbreiten und die Minen legen. Und sie werden in das Dunkel treten und sich in nichts auflösen! Oh, Gott!*

Erneut ergriff sie die panische Angst, Gerhardt könne mit seinen dämonischen Fähigkeiten ihre Gedanken erraten, und sie flehte in ihrer Hilflosigkeit und Verzweiflung zu Gott, das Rauschen des Wassers möge ihre Gedanken übertönen. Ihr Blick glitt wie von selbst auf den Sack, und sie dachte an das, was Gerhardt über die Minen gesagt hatte: *Sie können nicht entschärft werden.* Und sie sah auch Mosches Gesicht vor sich, wie er seinen Arm um Rachel legte, wie er das Kind in den Armen hielt.

„Sie werden mich nicht hören", bemerkte Gerhardt. Sarai zuckte erschrocken zusammen. Er bewegte sich so lautlos und sicher in der Dunkelheit, dass sie ihn nicht hatte kommen hören. „Was ist? Hast du etwa Angst?", fragte er verächtlich. „Du hast wohl noch keinen zerfetzten Juden gesehen, was?", spottete er und zog den Sack zu sich heran.

Sie versuchte ihrer Stimme einen ganz natürlichen Klang zu geben, obwohl ihr die Kehle wie zugeschnürt war. „Werden wir hier bleiben, um es mit anzusehen?"

„Hast du denn Lust dazu?"

Sie sah, wie er seine Zähne zu einem dämonischen Grinsen bleckte, und beschwor wieder das Bild ihrer Mutter, aber diesmal so intensiv, dass sie nicht antworten konnte. Nur ihn um Gottes willen nicht ihre Gedanken merken lassen! Nicht das Kind oder die Ziege – oder gar die Stimme im Garten, die sie mit solcher Freude erfüllt hatte!

„Deine Rache für Deir Jassin?", fragte er mit einem Hauch von Verständnis.

*Jüdische Terroristen. Zerren. Verletzen. Töten. Ja! Ich werde mich heute an das Böse von Deir Jassin erinnern. Denn das ist es, was ich heute Nacht mit ansehen muss. Der Tod der Unschuldigen. Ob Araber, Juden. Unschuldig! Und das Böse liegt immer auf der Lauer und wartet darauf, die Unschuldigen zu töten!* „Ja, Friedrich Gerhardt", erwiderte sie schließlich mit fester Stimme, „heute Nacht will ich die Rache für Deir Jassin sehen."

* * *

Die Uhr auf dem Schreibtisch im Büro des Aufsehers zeigte ein Uhr sieben. Tikvah schlief zufrieden bei dem monotonen Geräusch der Maschinen, während Rachel, inmitten einer Gruppe junger

Haganahsoldaten aus dem nahe gelegenen Naharijim, wie auf Kohlen saß.

Die Männer unterhielten sich flüsternd darüber, was ihnen bevorstand, wenn die Mission der heutigen Nacht fehlschlüge. Rachel konnte jedoch nur an Mosche denken. Ihre ganze Welt schien an diesem einen Leben zu hängen.

„Moddy, geh du rauf, ja? Sieh mal nach, ob du irgendjemanden da draußen ausmachen kannst!"

„Ich bin doch gerade erst heruntergekommen! Ich sage euch: Da draußen ist nichts, nicht einmal eine Spinne."

Rachel raffte sich auf und fragte: „Darf ich denn gehen? Ich bin ... ich möchte gerne einmal nachsehen, bitte!"

„Da gibt's eigentlich nichts zu sehen", erwiderte der junge Mann, der Moddy genannt worden war. „Aber lassen Sie mich eben meinen Kaffee austrinken, dann gehe ich mit Ihnen rauf."

Rauf bedeutete, eine Reihe von Metallleitern bis ins dritte Stockwerk hinaufzuklettern, wo sich über den heulenden Turbinen ein schmaler Umlauf befand, der von einer Fensterreihe gesäumt wurde. Von diesem luftigen Posten aus hatten die wachhabenden Männer eine hervorragende Aussicht.

Moddy warf noch einen skeptischen Blick auf Rachels langes, gesticktes arabisches Gewand und meinte dann missbilligend: „Das ist aber nicht das Richtige, um eine Leiter hochzusteigen."

Doch sie ließ sich nicht beirren und erwiderte nur: „Wenn es Ihnen lieber ist, gehe ich allein hinauf."

Er zuckte gleichmütig die Achseln und bemerkte nur grinsend: „Es wird eng da oben werden." Dann begann der Aufstieg. Rachel hob ihr langes Gewand bis zu den Knien hoch und folgte Moddy entschlossen. Sie erklommen ein Stockwerk nach dem anderen, bis sie schließlich den Schwindel erregenden Umlauf des dritten Stockwerks erreichten. Drückende Hitze empfing sie dort oben, obwohl alle Fenster geöffnet waren, um die Wärme hinauszulassen. Der Betonboden lag in Schwindel erregender Tiefe unter ihnen, und Rachel, die etwas Höhenangst hatte, klammerte sich krampfhaft an dem dünnen Geländer fest, während sie in die rabenschwarze Nacht hinausblickte. Kein einziger Lichtstrahl spiegelte sich auf der Wasseroberfläche des Flusses. Nichts regte sich in dem menschenleeren Gebiet dahinter. Die Nacht hatte alles mit einem undurchdringlichen Leichentuch bedeckt. Rachel fragte sich, wie die Wachen überhaupt etwas sehen konnten. Moddy war unterdessen lässig über den schmalen Umlauf gegangen und bot Rachel mit einer einladenden Bewegung einen schweren Feldstecher an. „Damit Sie überhaupt etwas sehen können", grinste er. „Eine Kleinigkeit, die ich beim britischen Geheimdienst mitgenommen habe. Nun machen Sie doch schon! Sehen Sie mal durch! Es funktioniert bestimmt ganz prima!"

Rachel hielt den Feldstecher vor die Augen und blickte wieder in Richtung Jordan. „Nein, so etwas!", rief sie begeistert aus. Wo zuvor nichts als schwarze Nacht gewesen war, konnte sie nun plötzlich etwas erkennen.

„Sehen Sie zu den Hochspannungsleitungen hinüber!", wies Moddy sie an. „Dort werden sie nämlich herkommen. Sobald wir sie sehen, macht Paul das Flutlicht an –"

Rachel konnte ihren Blick nicht von der steinigen Straße wenden, die neben den Hochspannungsleitungen verlief. *Diesen Weg werden sie kommen ... Sie müssen diesen Weg kommen!* Während sich die anderen Wachen, die sich ebenfalls auf dem Umlauf befanden, trotz der lauten Maschinengeräusche unterhielten, blieb Rachel stumm und suchte wie gebannt die Gegend ab und hatte dabei das beruhigende Gefühl, etwas Nützliches zu tun. Sie wusste zwar genau, dass Mosche der Gedanke, dass sie dort oben stand, gar nicht lieb gewesen wäre, aber sie hatte das untätige Warten einfach nicht länger ertragen können. Und wenn die Kraft der Hoffnung und der Liebe vielleicht ein wenig dazu beitragen konnte, Mosche und Golda Meir der Sicherheit etwas näher zu bringen, dann wollte Rachel hier stehen und warten.

Sie wusste nicht, wie lange sie so gestanden hatte, als Moddy sich den Feldstecher wieder erbat. Bis zu diesem Zeitpunkt hatte sich ihr jedoch bereits jeder Stein und jede Fahrrinne auf der Straße eingeprägt. Mit Bedauern gab sie den Feldstecher zurück, blieb aber, trotz Hitze und Lärm, noch stehen, obwohl Moddy sich erbot, sie wieder hinunterzugeleiten.

„Nein, danke", erwiderte sie mit lauter Stimme über das Tosen hinweg.

„Aber wenn Sie wieder hinunter möchten", schrie Moddy zurück, „sagen Sie es bitte Paul oder Jonathan." Er deutete in die Richtung, in der die anderen Wachtposten standen. „Es ist sehr heiß hier oben, Frau Sachar", warnte er. „Sie werden mir doch hoffentlich nicht ohnmächtig werden?" Er hatte plötzlich Zweifel, ob er es überhaupt verantworten konnte, sie allein zu lassen, da Mosche ihm seine Frau schließlich anvertraut hatte.

Rachel überlegte kurz. Ohne den Feldstecher war es im Grunde sinnlos zu bleiben. Außerdem war sie tatsächlich etwas verunsichert, wenn sie an den Schwindel dachte, der sie befallen hatte, nachdem der Wasserwagen explodiert war. Zudem hatte sie sich in der Höhe immer unsicher gefühlt. „Vielleicht gehe ich doch hinunter", schrie sie also und ließ sich von ihm auf die Leiter helfen.

Mit jeder Sprosse wurde es angenehm kühler. Doch hatte sie beim Hinaufgehen und auf dem heißen Umlauf so sehr geschwitzt, dass ihr das Haar am Hals klebte, und als sie unten angekommen war, zitterten ihr von der Anstrengung derart die Beine, dass sie sich noch einen Moment an der Leiter festhalten musste.

Sie hatte nur noch das Bedürfnis, sich kühlen Wind um die Nase wehen zu lassen. „Kann ich bitte etwas hinausgehen?", fragte sie den besorgten Haganahwächter.

Er sah sie wieder zweifelnd an. „Es ist sicher besser, wenn Sie hier warten." Er stellte mit Sorge fest, wie blass sie war. „Geht es Ihnen nicht gut?"

*Doch,* dachte sie, *ich bin nur schwanger.* Aber das sagte sie natürlich nicht, sondern antwortete nur: „Ich möchte etwas frische Luft schnappen. Bitte!"

Er nickte zögernd und führte sie dann zum Seitenausgang, der zum Fluss und zur Fußgängerbrücke führte. Dort wehte ihr sofort eine kühle Brise ins Gesicht. Sie warf erleichtert den Kopf zurück und blickte zu den Sternen empor. Moddy hatte sie hinausbegleitet, aber nun wehrte sie ab: „Ich möchte gerne einen Moment allein sein."

„Wir sind hier nicht in einem Ferienlager, Frau Sachar", warnte Moddy. „Und ich habe den Auftrag, auf Sie Acht zu geben. Gehen Sie also bitte nirgendwo hin!" Mit diesen Worten verschwand er dann doch wieder in dem dröhnenden Gebäude.

Nur wenige Schritte von ihr entfernt befand sich ein Felsblock, von dem aus man die Brücke und den Fluss übersehen konnte. Rachel ging vorsichtig dorthin. Überall waren die mit Sandsäcken befestigten Posten der vordersten Linie der galiläischen Haganah. Rachel setzte sich nieder, lehnte sich an den schweren Stein und zog die Knie an. Die Luft umschmeichelte angenehm ihre feuchte Haut, und sie hörte die Stimmen der Nachtvögel aus dem Unterholz am Flussufer. Zur Ruhe gekommen, neigte sie den Kopf und betete, dass Mosches spätes Kommen eine gute Bedeutung für die Menschen, die mit ihr hier warteten, haben möge: Frieden für den Jischuv!

## 43. Licht in der Dunkelheit

Als das Essen bei König Abdullah beendet war, wurden Mosche und Golda Meir von einem anderen Chauffeur wieder nach Westen in Richtung Jordan gebracht. Nicht nur das Gefühl, versagt zu haben, und die Enttäuschung über den Verlauf des Gesprächs drückten sie nieder, sondern vor allem auch die Tatsache, dass sie ohnmächtig mit ansehen mussten, wie die irakischen Streitkräfte im Camp Mafraq aufmarschierten.

„Im günstigsten Falle", flüsterte Mosche Golda Meir zu, „das heißt, wenn wir in dem Krieg siegen, der morgen beginnen wird, verlieren wir vielleicht nur zehntausend Männer und Frauen. Im ungünstigsten Fall können es sogar fünfzigtausend sein."

„Bitte! Sprich nicht weiter!", wehrte Golda Meir verzweifelt ab. Also verbrachten sie den Rest der Fahrt schweigend, jeder seinem eigenen Entsetzen nachsinnend.

Je näher sie dem Ende ihrer Fahrt kamen, desto merkwürdiger benahm sich allerdings der Fahrer. Er nannte die Parole nur noch mit bebender Stimme und antwortete nicht, als Mosche ihn fragte, wie weit sie noch von ihrem Ziel entfernt seien. Und als sie schließlich den zehnten und letzten Kontrollpunkt hinter sich hatten, fuhr er unvermittelt an den Straßenrand, wandte sich abrupt zu ihnen nach hinten und befahl mit vorgehaltener Pistole: „Aussteigen!"

Golda Meir brauchte nicht lange, um sich von dem Schrecken und der Überraschung zu erholen. Sie fixierte den Mann scharf und fragte nüchtern und herausfordernd zugleich: „Wozu die Umstände? Erschießen Sie uns doch gleich hier und bringen Sie's hinter sich! Die Grenze ist von hier aus doch ohnehin zu weit entfernt, dass wir sie gefahrlos passieren könnten."

„Aussteigen!", diesmal brüllte der Fahrer. „Ich werde nicht fürs Schießen, sondern fürs Fahren bezahlt. Aber ich werde nur dafür bezahlt, dass ich bis hierher fahre! Sie müssen also allein dort drüben hin!" Er deutete mit der Pistole in Richtung Grenze. „Aber wenn Sie sich weigern auszusteigen, bleibt mir doch nichts anderes übrig, als Sie noch zu erschießen!“

Mosche überlegte fieberhaft, ob König Abdullah sie betrogen hatte. Doch das konnte er nicht glauben, da ihnen der transjordanische Monarch eine Botschaft an den Jischuv mitgegeben hatte. Nein, dies war nicht sein Werk! „Wovor haben Sie denn Angst?“, versuchte Mosche den Fahrer in ein Gespräch zu verwickeln. „Wir sind doch noch mehr als einen Kilometer vom Grenzfluss entfernt! Wenn Sie uns wirklich nicht umbringen wollen, können Sie uns hier nicht herauslassen.“

„Aussteigen!“, wiederholte der Araber bebend, als seien dies die einzigen Worte, deren er mächtig war.

Mosche merkte, dass es keinen Sinn hatte, sich weiter zu widersetzen. Also öffnete er resigniert die Tür und half Golda Meir beim Aussteigen. Kaum war dies geschehen, stob der Wagen, eine dicke Staubwolke hinter sich lassend, auch schon davon.

„Wir hätten vorhin beim König doch mehr essen sollen“, machte Golda Meir den Versuch, die Situation von der humorvollen Seite zu nehmen. Doch sie konnte trotz ihrer äußeren Gefasstheit das Zittern in ihrer Stimme nicht verbergen.

Mosche musste lachen, obwohl ihre Lage höchst prekär war. Auch wenn sie die letzte feindliche Straßensperre hinter sich hatten, lag immer noch ein langer, gefährlicher Fußmarsch durch feindliches Gebiet vor ihnen. Ganz abgesehen davon, dass die Soldaten, die im Elektrizitätswerk Wache hielten, sicher schon nervös waren, da das Unternehmen ohnehin schon eine Stunde länger gedauert hatte als geplant. Das Schlimmste von allem war jedoch, dass Rachel vor Sorge um ihn inzwischen sicher nicht mehr ein noch aus wusste.

Er musste einfach zurückkehren, was immer auch geschah! Also sagte er beherzt zu Golda Meir: „Wenn wir den Hochspannungsleitungen folgen und kräftig ausschreiten“, er deutete auf die beruhigend summenden Drähte, „sind wir bald da.“ Insgeheim wünschte er sich nur, dass er eine Pistole dabeihätte.

Als sich der Staub, den der Wagen aufgewirbelt hatte, wieder gelegt hatte, machten sie sich entschlossen auf den Weg. Das Knirschen der Steine unter ihren Füßen kam ihnen dabei unglaublich laut vor, und die nächtliche Stille der Wüste hatte eine bedrückende, unheilvolle Wirkung auf sie. In Mosches Vorstellung kristallisierte sich zudem immer mehr heraus, welche Bedeutung die ihnen bis zum Morgengrauen noch verbleibende Zeit für die Existenz des Jischuvs hatte und dass auf dieser Straße schon sehr bald der Tod aus dem Osten heranrollen würde. Unwillkürlich beschleunigte er seine Schritte.

Er blickte zum sternenübersäten Himmel empor. Aber seine Seele konnte sich weder an dessen Frieden noch an dessen Schönheit erfreuen. Abdullah hatte gesagt, dass sie alle einmal wissen würden, welch ein Schicksal ihnen beschieden sein würde ...

* * *

Gerhardt lag bäuchlings auf der Erde und legte mit geschickten Fingern das Gitter aus, das ungefähr dreieinhalb Meter im Quadrat maß. Man konnte also nicht darüber hinweggehen, ohne darauf zu treten, und die Drähte waren so eng gespannt, dass ein einziger Fußtritt genügte, um die Minen auszulösen. Er hatte Sarai unterdessen zu seiner Gehilfin gemacht und zischte ihr immer wieder zu, ihm dies oder jenes aus dem Sack zu reichen. Er hatte keine Angst, von den Wache schiebenden Juden im Elektrizitätswerk entdeckt zu werden, denn er wusste, dass sie trotz der räumlichen Nähe wegen der Turbinengeräusche nichts hören konnten.

„Wie schwer muss man eigentlich sein, um die Minen auszulösen?“, erkundigte sich Sarai flüsternd.

Er blickte einen Augenblick nachdenklich auf und erwiderte dann unbestimmt: „Nicht schwer.“

„So schwer wie ein Hase oder wie eine Maus?“

„Der Draht ist zwar so dünn wie Nähgarn. Aber das Gewicht eines Hundes müsste es schon sein.“ Er ließ sich selbst durch die Unterhaltung nicht beim Verknoten und Abschneiden des empfindlichen Drahtes stören. „So etwas hier werde ich deinem Bruder auch noch beibringen", fügte er in ungewohnter Gesprächigkeit hinzu.

„Der arme Jassar", seufzte Sarai.

„Wie?" Er war verwirrt.

„Der arme Jassar", wiederholte sie und ergänzte stockend: „... Er ist leider nicht so klug wie du ..."

„Du hast ja deine Zunge wieder gefunden, Mädchen, und bist plötzlich eine würdige Nichte Haj Amins geworden!", meinte Gerhardt halb spöttisch, halb bewundernd.

Sie freute sich, dass es ihr gelang, ihn über ihre wahren Gedanken zu täuschen, und fuhr schmeichelnd fort: „Vielleicht machst du ja noch eine Kriegern aus mir!" Dabei strich sie über den Saum ihres lavendelfarbenen Kleides, das völlig unter dem schwarzen Übergewand verborgen war, und dachte versonnen: *Licht und Farbe. Weder Dunkelheit noch Schatten.*

„Heute Nacht hast du ausreichend Gelegenheit zu lernen, ein Jihad-Moqhade zu sein", sagte er nach kurzer Pause, plötzlich gereizt, dass sie nicht weitersprach.

„Eine heilige Kriegerin", antwortete sie versonnen, und nach einem weiteren Augenblick des Schweigens fügte sie hinzu: „Ja! Heute Nacht werde ich lernen."

„Und außerdem wirst du sehen, wie dein größter Feind vernichtet wird."

„Ja", bestätigte sie dumpf. „Der Schetan von Deir Jassin."

Er wurde plötzlich stutzig. „Was? Was redest du da, Mädchen? Was ist los mit dir?" Er kroch beunruhigt auf sie zu.

Sie wich erschrocken zurück. „Ich ... es war plötzlich alles wieder da ... und ... ich hatte wieder Angst."

Ihre Antwort befriedigte ihn, und er wandte sich wieder seiner Arbeit zu. „Dann freu dich, wenn sie in Stücke gerissen werden!"

„Wie lange denn noch?", fragte sie erneut und hatte das Gefühl, das Warten nicht mehr lange ertragen zu können. „Wie lange dauert es denn noch, bis du fertig bist?"

„Eine Viertelstunde", erwiderte er geistesabwesend und verlangte einen neuen Draht.

* * *

Als Moddy nach einiger Zeit vor die Tür trat, um nach Rachel zu sehen, war sie zu seiner Überraschung nicht dort, wo er sie verlassen hatte. Er rief besorgt nach ihr.

„Hier bin ich", meldete sie sich, stand sofort auf und klopfte sich den Staub vom Gewand.

Er ging mit raschen Schritten auf sie zu und sagte ungehalten: „Sie sollten jetzt besser wieder hereinkommen!" Die Sorge um den Professor und Golda Meir lastete schon schwer genug auf ihm, da wollte er sich nicht auch noch die Sorge um die Frau des Professors aufbürden, nur weil sie sich, in falscher Einschätzung der Situation, allzu unbekümmert auf dem Gelände des Kraftwerks bewegte.

„Ist die Kleine wach?", fragte sie ihn leise, in der Annahme, er habe einen konkreten Anlass, sie zu rufen.

„Die Kleine?", fragte er irritiert. Das Kind war nun wirklich das Letzte, wonach ihm der Sinn stand. „Nein. Das nicht. Sie schläft wie ... nun, eben wie ein Kind." Er kam sich ziemlich dumm in dieser Situation vor. „Nein, ich glaube einfach, dass es drinnen für Sie sicherer ist, und ich –"

Mit einem verstehenden Lächeln über die Sorgen des jungen Mannes legte ihm Rachel beruhigend eine Hand auf den Arm und meinte mit entwaffnender Offenheit: „Ich habe nur dort drüben gesessen und gebetet."

„Oh", sagte er überrascht.

„Und es ist doch viel schöner, hier unter dem Sternenhimmel zu beten als dort ... drinnen. Finden Sie nicht auch?"

„Sicher."

„Außerdem möchte ich auch lieber hier draußen, in der Nähe der Fußgängerbrücke, warten, um meinen Mann gleich mit einem Kuss begrüßen zu können, wenn er kommt."

Moddy hatte weder gegen das eine noch gegen das andere Bedürfnis ein entkräftendes Argument anzuführen. „Nun –", war alles, was er hervorbrachte.

„Gehen Sie jetzt wieder auf Ihren Posten zurück?", erkundigte sich Rachel leise.

„Ja. Ich bin gerade auf dem Weg dorthin. Um genau zu sein, gehe ich jetzt wieder hinauf. Aber ... Sie sollten jetzt wirklich besser hineingehen!", fügte er mahnend und trotz seines Mangels an Argumenten immer noch beunruhigt hinzu.

„Dann werde ich Gott hier unten um Schutz für die beiden anflehen" entgegnete Rachel mit einer Ruhe, die irgendwie ansteckend auf ihn wirkte, „während Sie dort oben dafür sorgen, dass sie gefahrlos wieder zu uns zurückkommen. Und wenn Sie sie entdecken, machen Sie bitte, wie verabredet, gleich das Flutlicht an, ja?"

Er seufzte resigniert und blickte zu den Myriaden von Sternen empor, die glitzernd am Himmel standen. „Aber Sie müssen mir versprechen, dass Sie nirgendwohin gehen!", versuchte er sie wenigstens zur Vorsicht anzuhalten. „Denn es könnte sonst sein, dass Sie sogar von unseren eigenen Leuten erschossen werden. Wir sind alle sehr nervös, müssen Sie wissen."

„Ich verspreche es Ihnen, Moddy! Ich werde hier am Felsen bleiben. Ganz nah an der Brücke und am Fluss."

„Nu", gab er sich grollend geschlagen und blickte mit düsterer Miene in Richtung Amman.

Schließlich sah ihn Rachel in der Dunkelheit verschwinden und ließ sich wieder neben dem Felsen nieder. Und während sie versonnen in das unendliche Firmament blickte, zogen die Stationen ihres schweren Lebens noch einmal an ihr vorbei. *Das Warschauer Ghetto, Auschwitz, die Hände der Feinde. Grausame Tage der Erniedrigung und der Angst. Das Ende des Krieges und der Beginn ihrer Wanderschaft. Heimatlosigkeit inmitten von Millionen Heimatlosen. „Und dann, Gott, ein Wunder!"*, flüsterte sie ehrfürchtig. *„Du hast mich über das Meer hierher gebracht in das Land deiner Verheißung und der Freiheit! Höre mich, oh, Allmächtiger, Gott meines Stammvaters Abraham!"* Sie hob ihre Hände inständig zum Himmel. *„Wir sind deine Braut Israel, und du hast uns in die Heimat gebracht! Verlass uns nicht in den schweren Zeiten, die noch vor uns liegen! Und habe nicht nur mit uns, sondern auch mit deinen anderen Kindern Mitleid* – sie dachte mit Sorge an Sarai –, *die auch von Abraham abstammen. Vereine unsere Herzen in Liebe, Herr, und lass uns Schritt für Schritt lernen, uns zu lieben, und gib uns Frieden!*"

Plötzlich sah sie eine solche Fülle von Bildern vor sich, dass sie glaubte, zerspringen zu müssen. *Jerusalem. Großvater und Jakov! Ellie und David! Sarai! Und ihre eigene, geliebte Familie ... Mosche und Tikvah und das Kind, das sie unter dem Herzen trug.*

Sie war nicht mehr die, die vor sechs Monaten todtraurig an der unfreundlichen Küste Palästinas gestrandet war! Ihr Herz und ihre Hoffnung waren wieder geboren worden. Sie war auferstanden vom Tod zum Leben durch Gottes große Liebe zu ihr. Sie wusste nun, dass Er sie sogar in Auschwitz geliebt hatte, wie auch all die anderen Menschen, die dort den Tod gefunden hatten. Und morgen würde mit seiner Hilfe auch Israel, genau wie zuvor Rachel, wieder geboren werden. So, wie Jeschuah aus dem Grabe auferstanden war, so würde auch diese kleine Nation wieder neuen Lebensodem eingehaucht bekommen, wie Gott es einst verheißen hatte.

„Und ich", sagte Rachel zwar zu sich selbst, aber mit lauter Stimme, während sie sich, einem Impuls folgend, erhob, um auf die Straße ans jenseitige Ufer des Flusses zu gehen, „ich werde es mit seiner Hilfe erleben, wie seine Verheißung in Erfüllung geht!"

* * *

„Friedrich, glaubst du an el-Kiama?", fragte Sarai, während Gerhardt fieberhaft dabei war, sein Werk zu vollenden.

„An die Auferstehung?", wiederholte er geringschätzig. „Nein. Ich glaube an el-Kamama, den Dunghaufen. An die Rückkehr zum Dunghaufen."

„Ist das alles, woran du glaubst?", hauchte Sarai dumpf.

„Woran denn sonst?" Er dachte gereizt daran, dass es eigentlich doch angenehmer gewesen war, als sie nicht gesprochen hatte. „Ich schicke die Juden nach el-Kamama. Daran glaube ich!"

„Wie lange dauert es denn noch?", fragte sie wieder leise.

„Es ist alles bereit, jederzeit loszugehen", sagte er aus dem Dunkel heraus und stellte sich mit Genugtuung vor, welch eine Verwüstung die Explosion anrichten würde.

„Aber ich glaube an el-Kiama“, gestand Sarai überraschend. Verdutzt blickte Gerhardt auf. „Was tust du da?“, schrie er entsetzt auf. Sie stand ihm genau gegenüber und hielt ihr ausgestrecktes Bein dicht über das tödliche Geflecht.

„Keine Bewegung!“, warnte sie. „Sonst findest du dich selbst auf dem Dunghaufen wieder.“

Erst jetzt nahm er wahr, dass sie in der Zwischenzeit ihr schwarzes Übergewand ausgezogen hatte und nun in ihrem leuchtend bunten Kleid dastand. Er fluchte unbeherrscht und schrie sie sinnlos an: „Die Juden werden dich noch sehen!“ Er steigerte seine Flüche, doch sie ließ sich nicht beirren und drohte weiterhin nachdrücklich: „Keine Bewegung, sonst ist es aus mit dir! Du hast gesagt, dass eine Maus nicht ausreicht, um die Minen auszulösen, wohl aber ein Hund. – Wie oft hast du mich eine Hündin genannt und mich auch geschlagen wie eine Hündin!“

Er lag vor Entsetzen starr im Schmutz der Straße und blickte mit weit aufgerissenen Augen auf den zierlichen Fuß, der vom blütenumrankten Saum ihres Gewandes umspielt wurde und nur wenige Zentimeter über dem todbringenden Geflecht schwebte. Sie hatte ihn beobachtet. Sie hatte seine Geheimnisse aus ihm herausgelockt, und er war so dumm gewesen, ihr alles zu verraten! „Närrin!“, brüllte er. „Du bist verrückt geworden! Nimm den Fuß da weg!“

„Keine Bewegung!“ wiederholte sie ruhig und rief unerschrocken: „El-Kiama hat mir Mut verliehen! Ich habe keine Angst, selbst nicht vor dem Tod!“ Dann füllte sie kräftig ihre Lungen und rief in dem schrillen, modulierenden Singsang der Araber ihren Sieg hinaus in die Welt: „El-Kiama! Sechzig Meter im Umkreis, hast du gesagt! Jeder, der sich der Mine in einem Umkreis von sechzig Metern nähert, wird in Stücke gerissen! Sieh dich an, Friedrich Gerhardt! Vier Minen, und eine nicht mal einen halben Meter von deinem Kopf entfernt!“

* * *

Rachel hörte den arabischen Ruf im selben Moment wie die Wachtposten, die am Rande des Elektrizitätswerks patrouillierten. Schon wenige Augenblicke später hatte Moddy auf der Straße in der Nähe der Fußgängerbrücke eine Frau in einem leuchtenden lavendelfarbenen Gewand entdeckt. Sie stand merkwürdig verrenkt einem am Boden liegenden Mann gegenüber. Im Nu strahlte das Flutlicht auf, wurden Gewehre entsichert und legten sich Soldaten hinter die schützenden Sandsäcke in Bereitschaft.

„Es ist eine Frau!", rief jemand, während Sarai abermals ihren Beduinenruf ausstieß.

Das Flutlicht, das ein Feld von der Größe eines Fußballplatzes hell erleuchtete, ließ außerdem in der Ferne zwei wandernde Gestalten erkennen, die sich aus Richtung Jordanien näherten.

„Seht nur!", rief einer der Wächter. „Frau Meir und der Professor!"

„Nicht schießen!"

„Haltet die Gewehre aber im Anschlag!"

Rachel wusste nicht, wohin sie zuerst blicken sollte, zu Mosche, der immer schneller auf das Kraftwerk zuschritt, oder zu der lavendelfarbenen Blume, die schwankend in der Mitte der Straße stand. „Sarai!", rief sie überrascht, als sie das Kleid erkannte. Hastig und entsetzt schrie sie den anderen zu: „Nicht schießen! Sie ist in guter Absicht hier!"

Gleich darauf war Sarais Stimme erneut zu hören: „Kommen Sie nicht näher, Herr Professor! Er hat die Straße vermint! Nicht näher kommen!"

Gerhardt erging sich weiterhin in Flüchen, lauerte jedoch unablässig darauf, ob Sarai ihn einen Moment aus den Augen ließ, damit er seinen Revolver ziehen und sie erschießen konnte. Aufgrund ihrer Haltung musste sie, wie er kalt berechnete, nach hinten fallen, ohne die Minen auszulösen, so dass er ungehindert entkommen konnte. Seinen Feinden dagegen würde es nicht gelingen, ihn zu verfolgen, ohne den Minen zum Opfer zu fallen.

„Du hast dein Volk verraten!", versuchte er Sarai zu verunsichern. Doch sie ließ sich nicht einschüchtern, sondern schwenkte weiter drohend den Fuß über seinem tödlichen Geflecht und schleuderte dem Monster, das da hilflos vor ihr auf der Erde lag, mit glühendem Gesicht ihre Antwort entgegen: „Wer ist denn mein Volk? Bist *du* etwa mein Volk, Gerhardt? *Du?* Männer wie *du*?"

Unterdessen näherte sich Rachel vorsichtig der Brücke und sprach auf die junge Frau ein: „Sarai! Sarai, meine geliebte Feindin! Sarai!"

Mosche geriet nun in höchste Sorge um Rachel und schrie verzweifelt: „Geh zurück! Geh nicht näher, Rachel!"

Bei der Erwähnung von Rachels Namen sah sich Sarai für einen Augenblick um. Darauf hatte Gerhardt gewartet, er zog seinen Revolver und schoss.

Rachel schrie auf. Der lavendelfarbene Blumengarten schwebte einen Augenblick in der Luft, dann sackte er langsam in sich zusammen. Gerhardt rannte so schnell er konnte davon. Doch schon entstand dort, wo eben noch der Blumengarten gewesen war, unter ohrenbetäubendem Knall eine Sonne. Und im letzten Augenblick ihres Lebens sah Sarai, wie sich die dunkle Gestalt des Bösen in unbeschreiblicher Helligkeit auflöste.

## 44. Das Tor zu einer neuen Nation

Der Morgen des vierzehnten Mai 1948 brach an. Es war der letzte Tag des britischen Mandats und zugleich auch der Tag, an dem der Staat Israel ausgerufen werden sollte.

Die letzten britischen Truppentransporter wurden mit den Gepäckbündeln der Soldaten beladen, und am Tel Aviver Kai stand ein Musik-Corps und gab dem Ganzen den Rahmen einer Zirkusparade.

Im Verwaltungstrakt des King David Hotels in Jerusalem nahmen unterdessen die britischen Beamten von ihren Bürokräften Abschied, die immer noch damit beschäftigt waren, Dokumente zu verbrennen und die Büros leer zu räumen.

Bilder von Churchill, Bevin und Allenby waren von den Wänden genommen worden und hinterließen nicht nur leere Nägel, sondern auch weiße Flecken mit schmuddeligen Rändern an den Wänden. Ein Sinnbild dafür, dass das Mandat, das Großbritannien mit großen Hoffnungen überantwortet worden war, nun endgültig und unwiderruflich zu einem unrühmlichen Ende mit fraglicher Zukunft gekommen war: Die Zukunft Jerusalems, wie auch die Palästinas, für die durch eine ordnende Hand ein solides Fundament hätte geschaffen werden müssen, würde nun durch einen Krieg entschieden werden.

Aus diesem Grunde hatten sich Tom Kane, Ben-Gurion, Golda Meir und ein halbes Dutzend anderer Mitglieder der Jewish Agency noch einmal zu einem Treffen in Tel Aviv eingefunden, um die letzten Fragen zu erörtern, die sowohl den bevorstehenden Krieg als auch die Einzelheiten der Proklamation des Staates betrafen.

Mosche war wieder in seiner Funktion als Übersetzer dabei, jederzeit bereit, einzuspringen, wenn es sprachliche Schwierigkeiten geben sollte. Er stand rechts neben dem amerikanischen Diplomaten Kane, und Mosche fand lächelnd, dass er fast schon wie ein jüdischer Zionist aussah. Er trug ein weißes, am Kragen offen stehendes Hemd, und sein hageres Gesicht war genau wie das der anderen Mitglieder der Versammlung durch seinen wochenlangen Aufenthalt in Palästina sonnengebräunt. Er war den Zionisten eine große Hilfe gewesen, und das war allen, die sich in dem engen kleinen Raum versammelt hatten, sehr wohl bewusst. Aber das deprimierende Gefühl, dass alle Anstrengungen nicht ausgereicht hatten, um eine friedliche Lösung zu erreichen, verdichtete sich immer mehr.

Eine Frage vor allen Dingen war es, die die Teilnehmer ganz besonders in Anspruch nahm. Das amerikanische Volk hatte zwar bereits einer zukünftigen jüdischen Nation seine Unterstützung bewiesen, aber wie stand es mit der amerikanischen Regierung? Immer wieder trafen gegensätzliche Verlautbarungen in Palästina ein und sorgten für beträchtliche Verwirrung unter den Zionisten.

„Überall“, stellte Ben-Gurion ernst fest, „drängt man uns zu warten. Immer nur warten! Warten! Den Staat später ausrufen! Als wäre das eine Garantie dafür, dass uns die Araber nicht angreifen und auslöschen!“

„Natürlich nicht“, stimmte Golda Meir zu und zündete sich trotz der frühen Morgenstunde bereits ihre fünfte Zigarette an. „Sie greifen doch sofort an, wenn sich die Briten zurückgezogen haben. Das Einzige, was einen Krieg hätte verhindern können, wäre ein Kompromiss zwischen Abdullah und uns sowie sein Rückzug aus der Arabischen Liga gewesen. Aber bei unserem Besuch in der letzten Nacht hat sich ja ganz deutlich gezeigt, dass wir uns in diesem Punkt vergeblich Hoffnungen gemacht haben. ... Es ist einfach tragisch, wenn man daran denkt, dass er vermutlich selbst das nächste Opfer seiner arabischen Freunde sein wird.“ Sie dachte schaudernd an die letzte Nacht.

Tom Kane räusperte sich und nickte bestätigend: „Hinzu kommt, dass Sie bei einer kriegerischen Auseinandersetzung mit den Arabern eine Überlebens-Chance von höchstens fünfzig Prozent haben!“

„Aber da wir uns nun mal entschieden haben, diese Chance zu nutzen“, meldete sich jemand aus dem hinteren Teil des Raumes zu Wort, „stellt sich die Frage, ob die Vereinten Nationen auf unserer

Seite stehen werden, oder ob sie wieder schwankend herumreden wie im letzten November."

Bei diesem Stichwort öffnete Kane seine Aktentasche und holte behutsam ein zylinderförmiges Gefäß heraus, das ungefähr die Größe einer zusammengerollten Zeitung hatte. Er legte den Gegenstand vorsichtig auf den Tisch und sah Mosche, der bei dessen Anblick große Augen machte, auffordernd an: „Nun, Professor Sachar?"

Mosche trat vor. Schweißperlen der Erregung standen ihm auf der Stirn. „Ich habe bisher nur die Fotos gesehen", brachte er mühsam hervor, während er behutsam die äußere Hülle aus Öltuch entfernte. „Und ein paar Fragmente." Es folgten mehrere Lagen Zeitungspapier, bis schließlich das goldbraune Leder der Schriftrolle Jesajas zum Vorschein kam. Die Umstehenden bildeten fasziniert einen engen Kreis um Mosche. Aufgeregtes Murmeln erfüllte den Raum.

„Was hat das zu bedeuten?", fragte Mosche den amerikanischen Diplomaten erstaunt.

„Der Präsident hatte die Rolle als zusätzliche Sicherheit für die Lieferung der Flugzeuge für eine israelische Luftwaffe akzeptiert", erwiderte Kane ruhig, während er Ben-Gurion einen Brief überreichte. „Er hat mich gebeten, Ihnen dies zu übergeben, falls die Verhandlungen mit Abdullah scheitern sollten. Er bittet Sie, die Rolle als Unterpfand seiner Treue zurückzunehmen."

Auf dem Kopf des weißen Briefes stand schlicht: *Harry S. Truman.* Darunter stand eine einfache Botschaft, die Ben-Gurion rasch und mit zunehmendem Staunen durchlas. „Er schreibt", teilte er dann den gespannt Wartenden mit, *„,Lesen Sie Jesaja, Kapitel einundvierzig! Mit freundlichen Grüßen Harry Truman.'"* Ben-Gurion sah Mosche fragend an. „Würden Sie uns die Textstelle bitte vorlesen?"

„Einen Augenblick, bitte", antwortete Mosche und rollte die alte Schriftrolle behutsam aus, bis das einundvierzigste Kapitel zum Vorschein kam. „Hier", sagte er ehrfürchtig und überlegte kurz, wo er mit dem Vorlesen beginnen sollte. „Sehen Sie", sagte er dann, „hier hat ein Tropfen – vielleicht eine Träne – die Tinte verwischt.

Hier will ich beginnen.“ Er deutete auf einen kleinen Fleck und las vor:

> *„Du aber, Israel, mein Knecht, Jakob, mein Auserwählter, du Spross Abrahams, meines Freundes, du, den ich geholt von den Enden der Erde, von ihren Säumen berufen habe, zu dem ich sprach: Mein Knecht bist du; ich habe dich erwählt, dich nicht verschmäht – fürchte dich nicht, denn ich bin mit dir! Blicke nicht ängstlich, denn ich bin dein Gott! Ich halte dich mit meiner sieghaften Rechten. Siehe, zu Spott und Schanden werden alle, die wider dich entbrannt sind; es werden zunichte und gehen zugrunde die Männer, die mit dir hadern. Du wirst sie suchen und nicht mehr finden, die Männer, die mit dir zanken; es werden zunichte und vergehen die Männer, die wider dich streiten. Denn ich, der Herr, bin dein Gott, der deine Rechte fasst, der zu dir spricht: Fürchte dich nicht; ich helfe dir. Fürchte dich nicht, du Würmlein Jakob, du winzige Made Israel; ich helfe dir, spricht der Herr, und dein Erlöser ist der Heilige Israels.“*

Hier hörte Mosche auf zu lesen und blickte in die ehrfürchtigen Gesichter seiner Zuhörer. Er hatte aus einer Schriftrolle vorgelesen, die vor zweitausend Jahren abgeschrieben wurde, zu der Zeit, als Israel von römischen Legionen zerschlagen worden war. Nun erschien die Verheißung wieder, die zweitausend Jahre lang in der Erde geruht hatte. Klar und sicher waren die gestochen scharfen, regelmäßigen Schriftzüge auf dem Leder zu lesen. Es war, als habe eine machtvolle Stimme zu ihnen gesprochen, und allen war, als hätten diese Worte erst jetzt, zu diesem Zeitpunkt, ihre volle Bedeutung erlangt.

„Es ist noch ein Postskriptum angefügt“, sagte Ben-Gurion nach geraumer Zeit des ergriffenen Schweigens. „Truman schreibt:

„‚US-Außenpolitik – in der Schrift bereits beschrieben.‘“

* * *

Kurz nach Sonnenaufgang stand der Großvater mit Jakov und einer kleinen Delegation von Rabbinern auf den Stufen der Hurva-Synagoge, während der trauervolle, nasale Klang von Dudelsäcken gespenstisch durch das Labyrinth der Altstadtgassen hallte und verkündete, dass die Briten ihre letzte Parade durch Jerusalem abhielten.

Während Rabbi Lebowitz zu den Kuppeldächern emporblickte, auf denen Dov und Ehud ihre Männer bereits zu den verlassenen britischen Vorposten führten, stand Jakov vor den Männern der Haganah stramm. Dann blickte er auf die zerfetzten Reste der Flagge, die immer noch über der Kuppel der Synagoge im Winde wehte, und grüßte auch sie.

Unterdessen marschierten die Soldaten des Suffolk-Regiments über die Straße der Juden, vorbei an den Jeschivaschulen und den heiligen Stätten der Gelehrsamkeit. Die Herrschaft der Briten in Palästina war unruhig und nur von kurzer Dauer gewesen. Und nun reihten sich auch diese Soldaten in die lange Kette derer ein, die hier als Besatzungstruppen gewesen waren, das Land aber schließlich wieder verlassen hatten: Soldaten aus Babylonien, Assyrien, Parthien, Griechenland, Rom, Arabien, Frankreich und der Türkei.

*Wo sind sie alle geblieben?*, sinnierte der Großvater, als die britischen Soldaten, angeführt von Colonel Halloway und gefolgt von Captain Stewart, um die Ecke bogen. *Wo sind sie jetzt alle? Fort! Aber wir Juden sind noch immer hier und warten auf die Rückkehr des Heiligen!* Als ob ein unsichtbares Signal gegeben worden wäre, küssten die bärtigen alten Gelehrten die Säume ihrer Tallisim und bedeckten ihre Köpfe mit dem altehrwürdigen Kleidungsstück, das über tausend Jahre das Zeichen ihrer Treue gewesen war. *„Höre, o Israel, der Herr unser Gott ist Einer ...“*

Jakov sprach die Worte des Schemas zusammen mit den alten Männern. Doch plötzlich blickte er den alten Rabbiner erstaunt an und sagte aufgeregt: „Sie kommen, Großvater! Sie kommen ja zu uns!“

Die Soldaten des Suffolk-Regiments marschierten bis an die Stufen der Hurva-Synagoge und blieben dort auf Befehl des Colonels stehen. Die Dudelsäcke verstummten, und die Soldaten schulterten unter den überraschten Blicken der alten Rabbiner die Gewehre.

Colonel Halloway salutierte zackig und schlug die Hacken zusammen. Dann streckte er auffordernd seine Hand zur Seite. Captain Stewart trat neben ihn, legte ihm einen rostigen Eisenschlüssel in die Hand und trat wieder zurück.

Jakov verfolgte mit erstaunten Augen, wie der Colonel die Treppe heraufstieg und sich vor Rabbi Lebowitz aufbaute. Dann nickte er dem alten Mann freundlich zu und reichte ihm den Schlüssel. Jakov wollte seinen Augen nicht trauen. Es war der Schlüssel zu einem der sieben Tore der Altstadt von Jerusalem. Es war der Schlüssel zum Zion-Tor!

Der Colonel räusperte sich verlegen, als sich die Augen des alten Rabbiners mit Freudentränen füllten. Der Alte ergriff den Schlüssel mit beiden Händen und verbeugte sich in spontaner Dankbarkeit.

„Vom Jahr siebzig anno Domini bis zu diesem Augenblick", sagte der Colonel, „ist niemals wieder ein Schlüssel zu den Toren Jerusalems in jüdischen Händen gewesen. Dies ist das erste Mal seit neunzehnhundert Jahren, dass Ihrem Volk dieses Privileg zuteil wird." Der Colonel nahm Haltung an und salutierte.

„Gelobt seist du, Ewiger, unser Gott, König der Welt, der du uns hast Leben und Erhaltung gegeben und uns hast diese Zeit erreichen lassen", sagte der Großvater überwältigt. Dann wandte er sich an den Colonel und sagte förmlich: „Ich nehme den Schlüssel im Namen meines Volkes entgegen."

Der Engländer wandte sich zackig um, bellte einen Befehl, und dann marschierten seine Leute zum letzten Mal an den Mauern Jerusalems vorbei.

* * *

In den dunklen Tiefen des kleinen britischen Militärgefängnisses in Athen hörten David und Bobby die Nachricht vom Abzug der britischen Truppen aus Palästina.

David saß trübsinnig auf seiner schmalen Pritsche und hörte aus dem Radio die Ansprache David Ben-Gurions, die er in einem kleinen Tel Aviver Museum hielt.

*„In tiefem Vertrauen auf den Felsen Israel heben wir unsere Hände als Zeugen dieser Proklamation zum Schwur ...“*

Während der fünfzehn Minuten seiner Ansprache wurde es David immer wehmütiger ums Herz. Er malte sich aus, wie sich Mosche und Rachel unter den Zeugen dieser Rede befanden. Und wenn Martin Feinsteinel seine Ladung mit Ersatzteilen sicher nach Palästina gebracht hatte, war auch seine geliebte Ellie dabei. Aber auf jeden Fall hörten sie alle sich die Rede an! Sie hörten die Erfüllung eines Traumes ... die Erfüllung einer Prophezeiung: ... *du, den ich geholt von den Enden der Erde, von ihren Säumen berufen habe* ... Er war erfüllt von der Bedeutung dieses Augenblicks – und gleichzeitig auch verzweifelt. *Sie werden uns brauchen. Sie werden uns kleine Krieger nun brauchen.*

Ben-Gurions Tonfall wurde nachdrücklicher, als er zum Ende seiner Erklärung kam: *„Dementsprechend haben wir uns, die Mitglieder des Nationalrates, der das jüdische Volk im Land Israel und die zionistische Bewegung repräsentiert, am Tage der Beendigung des britischen Palästina-Mandats versammelt und rufen kraft unseres natürlichen und historischen Rechts sowie der Resolution der Vereinten Nationen hiermit die Schaffung eines jüdischen Staates im Land Israel aus – den Staat Israel!“*

Die Stimme des Alten schwankte verdächtig, als er hinzufügte: *„Der Staat Israel wird für alle jüdischen Einwanderer zur Sammlung der im Exil Lebenden offen sein!“* Die Menge brach in solch lauten Jubel aus, dass selbst die Gefängnisflure davon widerhallten.

„Der Staat Israel!“, meinte Bobby ehrfürchtig. „Was de nich' sags'!“

„Die werden heute alle tanzen!“, meinte David und lächelte wehmütig.

„Und morgen schieß'n!“, fügte Bobby nüchterner hinzu.

Da hörte man auf dem Korridor das Schlüsselklirren des Gefängniswärters. Es war ein liebenswürdiger britischer Offizier, der sich mit seinen Pflichten nicht so wichtig tat und David und Bobby sogar aus eigenem Antrieb das Radio zur Verfügung gestellt hatte, damit sie die Nachrichten hören konnten. David sah durch das vergitterte Fenster, wie er schwungvoll auf ihre Zelle zuging. Sein Schnurrbart war wie immer in einem freundlichen Lächeln nach oben gerichtet. Aber diesmal hatte David den Eindruck, als strahle er noch mehr als sonst.

„Massel Tov, Leute!“, rief er ihnen fröhlich schon von weitem entgegen. „Warum so trübsinnig? Habt doch schließlich jetzt einen eigenen Staat, und all unsere Jungs sind auf ’m Weg nach Hause, wie es heißt!“

„Danke, Captain Culpepper“, erwiderte David die Glückwünsche des jungen britischen Offiziers etwas gezwungen.

„Na, kommt schon, Leute! Immer lächeln, Jungs!“, meinte Captain Culpepper aufmunternd. „Der befehlshabende Offizier möchte mit euch reden!“ Als die Zellentür aufging, stellte David beunruhigt fest, dass hinter dem Captain eine bewaffnete Eskorte von einem Dutzend Soldaten auf dem Korridor wartete. „Kommt schon! Alles klar! Keine Zicken mehr!“, sprach der Captain fröhlich weiter.

Im Hintergrund hörte David im Gehen noch Ben-Gurions Worte:

*„Selbst inmitten der Angriffe, die in den vergangenen Monaten auf uns verübt worden sind, fordern wir die Söhne des arabischen Volkes, die in Israel leben, dazu auf, Frieden zu halten und ihren Teil zum Aufbau des neuen Staates beizutragen ... Wir reichen allen Staaten um uns herum die Hand zu guter Nachbarschaft ... in Frieden ...“*

„Massel Tov, Leute!“, beglückwünschte sie auch der Gefängnisdirektor, verabschiedete sie und geleitete sie dann zu einem Wagen der Militärpolizei.

„Was glaubst du, wohin wir gebracht werden?“, raunte Bobby David mit düsterer Miene zu, während sie durch das Straßengewirr Athens gefahren wurden. „Ich fühl mich, als sollten wir exekutiert werd’n.“ „Dann hätten sie uns vorhin was gesagt“, erwiderte David zornig. Und wieder musste er daran denken, wie sich Mosche, Rachel und Ellie jetzt wahrscheinlich jubelnd in den Armen lagen. Wie gern wäre auch er dabei gewesen!

„Ich könnt jetz' wirklich 'ne gute Zigarre gebrauch'n", beklagte sich Milkin erneut –, in seinem Katzenjammer für logische Argumente nicht zugänglich. „Meinst du, sie erfüllen uns noch 'n letzt'n Wunsch? 'ne Zigarre vielleicht?"

„Hör auf mit dem Quatsch", schimpfte David drohend. Er war nicht in der Stimmung, sich noch weiter solche Reden anzuhören. Dann hielt der Wagen endlich, und David und Bobby hörten erregte Männerstimmen. Sie horchten angestrengt. Doch die Worte drangen nur gedämpft und undeutlich zu ihnen herein.

„... wir haben wohl keine andere Wahl ..."

Während David noch über die Bedeutung dieser rätselhaften Worte nachdachte, wurden die Türen geräuschvoll geöffnet, und gleißendes Sonnenlicht fiel in den Wagen. Sie mussten die Augen zusammenkneifen. Über sich hörten sie die Motoren eines Flugzeugs. Schließlich konnten sie zwei Offiziere erkennen, die vor dem Wagen warteten.

„Na, nun kommen Sie schon", forderte sie ein Oberst mit irischem Akzent auf. „Steigen Sie aus!"

David und Bobby leisteten der Aufforderung wortlos Folge und schirmten ihre Augen gegen die ungewohnte Helligkeit ab. „Wohin bringen Sie uns denn?", fragte David den irischen Oberst.

„Bringen?", entgegnete der belustigt. „Nun, es tut mir Leid, aber Sie müssen sich schon selbst bringen, oder wollen Sie etwa nicht?"

„Wie?" Bobby war verwirrt. Da erst entdeckte er, sprachlos vor Staunen, wo sie waren, und sah auch schon ihre beiden ME 109 Tragfläche an Tragfläche nebeneinander stehen.

„Ihre ist die mit dem Blechmann, nicht wahr?", wandte sich der Oberst an David. „Ich habe Gelegenheit gehabt, Ihre Flüge zu bewundern ... Sie haben einmal für meine Einheit eine deutsche Panzerdivision unter Beschuss genommen, als ich in Nordafrika gegen Rommel im Feld lag. Und Sie haben auch ein paar von ihren Vögeln vom Himmel geholt."

David ging fassungslos einen Schritt auf ihn zu. „Sie meinen ..."

„Das war, als Sie bei der neunten amerikanischen Luftflotte waren. In Bengazi, glaube ich." Er zupfte sich unschlüssig am Ohrläppchen.

„Kostet Sie das nicht Ihren Kopf?" David nahm in seinem Erstaunen an, dass der Colonel dieses Manöver auf eigene Faust unternahm.

„Nein! Sie wurden gefangen genommen, bevor Israel ein souveräner Staat war. Nun sind Sie, wie man uns mitgeteilt hat, Offizier der israelischen Luftwaffe. Sie zu verhaften und festzuhalten würde daher einen kriegerischen Akt gegen den jungen Staat Israel darstellen."

David lachte schallend auf und schlug Bobby überschwänglich auf den Rücken. „Wir sind frei!", rief er und lachte von neuem.

Der Colonel nahm Haltung an und sagte bewundernd zu David: „Sie müssen hochrangige Freunde haben, Captain Meyer!" Er salutierte. „Es heißt, die Vereinigten Staaten hätten angedroht, für den Fall, dass Sie nicht freigelassen würden, die Wiederaufbauhilfe für Großbritannien zu streichen. Ich hoffe nur, dass unsere Freunde in Nordirland nicht vorhaben, Sie für ihre Sache zu gewinnen!", schloss er ironisch. Doch David und Bobby bekamen seine letzten Worte schon gar nicht mehr mit. Sie kletterten bereits in die Cockpits ihrer Kampfflugzeuge und machten sich startbereit. Die Motoren spuckten kurz und sprangen dann mit machtvollem Röhren an.

Der irische Colonel blieb salutierend an der Rollbahn stehen, bis sie abgehoben hatten, und der Davidstern vom glänzenden Blechmann blinkte ihm zum Abschied stolz zu. „Massel Tov ... Israelis", sagte der Colonel leise.

# Epilog

Innerhalb weniger Stunden befand sich der neugeborene israelische Staat im Krieg mit fünf arabischen Nationen. Der Himmel über Tel Aviv wurde zunächst nur von zwei jüdischen Kampffliegern in deutschen Flugzeugen verteidigt, aber ihr Einsatz machte es möglich, dass der militärische Nachschub, insbesondere in Form von zusätzlichen Flugzeugen, gesichert war.

Die Altstadt hielt eine Woche lang heroisch dem Ansturm der Arabischen Legion stand, ehe sie vor deren Übermacht kapitulierte. Auf diese Weise wurde aber Zeit gewonnen, die es dem Jischuv ermöglichte, sich zu bewaffnen und seine übrigen Positionen zu festigen. Die gesamte Altstadt mit den heiligen Stätten, einschließlich der verehrten Westmauer des Tempels, wurde jedoch vom Jischuv abgetrennt. Jerusalem war eine geteilte Stadt, deren einer, neuer, Teil zu Israel und deren anderer zu Jordanien gehörte.

Die Stimme der Mäßigung unter den Arabern, König Abdullah von Jordanien, wurde bereits 1951 von den Gefolgsleuten des Muftis ermordet. Im Laufe der Zeit ging die Führung der palästinensischen Araber in die Kontrolle von Haj Amins zerstrittenen Nachfolgern über, unter anderem in die seines Vetters, des PLO-Führers Jasir Arafat.

Im Jahre 1967 gelang es Israel im legendären „Sechstagekrieg“, die Altstadt von Jerusalem wieder zu erobern. Dabei wurde der israelische Kommandant einer Panzerbrigade, Jakov Lubetkin, schwer verwundet und von zwei jungen Offizieren seines Kommandos vom Schlachtfeld gerettet: Ehud Luke Sachar und Michael Howard Meyer.

# Anmerkungen der Autorin
# Jom Kippur, 1988

Heute vor drei Jahren reisten mein Mann Brock und ich nach Montreal, um die dortige Ausstellung *Kinder des Holocaust* zu besuchen. Während wir uns auf einer Parkbank ausruhten, fanden sich Mitglieder der jüdischen Gemeinde ein, um den heiligen Tag Jom Kippur in einem Gottesdienst zu begehen. Einige der jüngeren Männer hatten bereits ihre Tallisim umgetan, die sich im Winde bauschten, die älteren standen in Gruppen beieinander und unterhielten sich leise. Eine Frau von vielleicht sechzig Jahren setzte sich zu uns. Sie hatte ein sympathisches Gesicht und trug ein gut geschnittenes, burgunderfarbenes Kostüm und einen hübschen Hut auf ihrem grauen, zu einem Knoten zusammengebundenen Haar. Sie grüßte uns mit einem weichen Akzent, und wir kamen ins Gespräch, zuerst über das Wetter, dann über andere Dinge. Sie stammte aus Polen und erzählte uns ihre Lebensgeschichte, völlig ohne Bitterkeit und beseelt von einem inneren Frieden. Sie wurde getragen von dem Glauben, dass es Gottes Hand gewesen war, die ihr Leben bewahrt und die die Kinder Israels wieder in ihre Heimat zurückgeführt hatte. Nun lebte sie bei ihren Kindern in Kanada und war zur Synagoge gekommen, um der Vergangenheit zu gedenken ... Als sie mit ihrer Geschichte zu Ende war, hatte ich das Gefühl, mit einer Freundin gesprochen zu haben. Genauso schlicht, wie sie sich zu uns gesellt hatte, verabschiedete sie sich auch, um noch rechtzeitig zum Gottesdienst zu kommen, und war verschwunden, noch ehe ich zu meinem Bedauern feststellte, dass weder ich ihren Namen noch sie den meinen wusste. Aber sie hatte mir ihre Geschichte erzählt, und vielleicht war das schon genug.

Die Forschungsarbeiten für die Verfassung der Zion-Chronik haben während der gesamten Serie nicht aufgehört. Hunderte von Männern und Frauen haben sich erboten, mir ihre Geschichte und ihre eigenen Ansichten über die Ereignisse während des Wunders der Staatswerdung Israels zu erzählen. Doch ebenso wenig, wie ich den Namen der Frau im Park zu nennen vermag, kann ich all die anderen Menschen namentlich anführen. Einige leben noch, andere haben ihre Geschichten nur in den Zeitungsartikeln in den Nationalarchiven hinterlassen.

George Orwell hat einmal gesagt, dass Zeitschriften und Zeitungen wie eine Zeitmaschine seien. Dies hat sich auch in diesem Fall bewahrheitet. Drei Jahre lang habe ich im Jahre 1948 gelebt, mit Hilfe von Zeitungsartikeln und persönlichen Zeugnissen. Ich bin allen dankbar, die sich die Zeit genommen haben, ihre Berichte für die abzufassen, die zu der Zeit, von der der Roman handelt, noch nicht geboren waren. Ihre Berichte erzählen mehr von der Wahrheit, als dies irgendein Geschichtsbuch vermag.

Ganz persönlich möchte ich mich noch bei den Menschen bedanken, die mich während der Arbeit an dieser langen Serie begleitet haben. Meine Eltern haben nicht nur ihre Erinnerungen aus der damaligen Zeit eingebracht, sondern meine Mutter war auch ständig auf der Suche nach Kopien von alten Zeitschriften, die in irgendeiner Weise mit den Ereignissen in Verbindung standen, von denen in der Zion-Chronik berichtet wird. Mein Bruder, meine Schwestern und meine ganze Familie haben mich tatkräftig unterstützt und mir geduldig und voller Liebe zugehört, wenn es in endlosen Gesprächen darum ging, Handlungsstränge zu knüpfen und historische Ereignisse aufzuzeigen. Meine Liebe gilt euch allen! Dieser Dank schließt auch meine liebe Familie Glennville ein, die uns so bereitwillig geholfen hat. Gott hätte uns keinen herrlicheren Ort als Heimat geben können. Nicht zu vergessen Margaret Tait und ihr Cello ... Ihre Musik und die meiner Freunde beim Symphonieorchester in San Francisco haben jedem Kapitel den richtigen Hintergrund verliehen und mich selbst dann inspiriert, wenn es mit dem Schreiben nicht so recht vorangehen wollte. Massel Tov und alle guten Wünsche!

Es gibt zu viele Freunde und Kollegen im Verlag, als dass ich versuchen könnte, sie alle namentlich zu nennen. Ihre berufliche Sorge, es „richtig“ zu machen, hat mir vieles erleichtert. Die persönliche Unterstützung, die ich von ihnen erhalten habe, ist für mich die beeindruckendste Erfahrung beim Schreiben gewesen. An dieser Stelle kann ich nicht umhin, Penelope Stokes zu danken, die Wochen damit verbracht hat, meine Rechtschreibfehler zu korrigieren!

An erster Stelle im Verlag ist jedoch Carol Johnson zu nennen, meine Redakteurin und gute Freundin. Dass sich unser berufliches Verhältnis zu einer echten Freundschaft entwickelt hat, betrachte ich als einen Segen Gottes. Meinen Dank und meine Liebe an Carol für ihr berufliches Können und ihre persönliche Unterstützung bei dieser Serie!

Mein wichtigstes Anliegen ist, dass meine Kinder – Rachel, Jakob, Luke und Ellie – die Anerkennung erhalten, die ihnen nach diesen drei Jahren gebührt. Ganz selbstverständlich haben sie es akzeptiert, dass sich ihre Eltern durch Berge von Forschungsliteratur arbeiteten und die Schreibmaschine oft monatelang nicht stillstand. Das Ergebnis ihrer Geduld sind fünf Romane und beinahe dreitausend Manuskriptseiten in sechsunddreißig Monaten. Ich bin stolz darauf und danke Gott für solche Liebe und Unterstützung!

Die wichtigste Person in dieser Liste ist jedoch ihr Vater. Er ist jeden Charakter und jede Seite mit mir durchgegangen und lässt es dennoch nicht zu, als Mitautor dieser Serie genannt zu werden. Vom Zeitpunkt unseres Besuchs in Montreal an jenem Jom-Kippur-Tag bis zum Epilog des fünften Buches ist er mit der Nacherzählung der wunderbaren Heimkehr Zions aufs Innigste verwoben. Sein Herz ist mit mir jede Phase dieses Weges gegangen. Aber es ist ja kein Geheimnis, dass wir ein Herz und eine Seele sind.

So danke ich euch allen, meine Lieben! Denen, die mir als Namenlose ihre Geschichte überlassen haben, und denen, deren Namen mir so vertraut sind wie mein eigener ... Ich lobe euch alle vor *dem einen Gott, dem Gott Israels,* der uns alle gemacht hat!

Es gibt noch hundert Geschichten, die danach verlangen, erzählt zu werden, und so ist auch meine Arbeit noch nicht zu Ende ... Schalom!

*Bodie Thoene*
*21. September 1988*

# Erläuterungen und ergänzende Informationen

**Abdullah von Jordanien:** Großbritanniens ungesicherte Position während der Mandatszeit machte die handstreichartige Besetzung Ammans durch Emir *Abdullah ibn Hussein* (s. a. *Haschemiten)* im November 1922 möglich. Weder konnten noch wollten die Briten sich gegen den Einmarsch in den östlichen Landesteil des Mandatsgebietes zur Wehr setzen. Deshalb traten sie mit A. in Verhandlungen ein, lösten Transjordanien aus dem Mandat heraus und stimmten der Forderung des Emirs nach Unabhängigkeit zu, sicherten sich aber durch Zahlungen hoher Hilfsgelder einen erheblichen Einfluss auf seine Politik (s. auch *Transjordanien). Transjordanien* umfasste 92.000 km$^2$, während sich das Mandatsgebiet nur noch über 26.000 km$^2$ erstreckte. Die Entscheidung, mit der der jüdischen Kolonisation der östliche Landesteil verloren ging, ist von der zionistischen Seite heftig kritisiert worden.

**Alamo:** die Missionsstation von San Antonio (Texas), Symbol des texan. Unabhängigkeitskampfes der Angloamerikaner gegen Mexiko. Alle (rund 190) Verteidiger starben nach Belagerung (23.2. bis 6.3.1836) und Eroberung durch eine Übermacht von Mexikanern unter Santa Ana.

**Achsenmächte:** Bezeichnung für Deutschland und Italien nach dem im Oktober 1936 geschlossenen Bündnis („Achse Berlin - Rom").

*Arabische Legion:* militär. Verband, gegründet 1921 in Transjordanien als „Wüstenpatrouille", wurde von Glubb Pascha (s. *Glubb* und *Transjordanien)* zu einer jordanischen Elitetruppe geformt.

**Arabische Liga:** die Vereinigung aller unabhängigen arab. Staaten, gegründet 1945 von Ägypten, Irak, Jemen, Transjordanien, Libanon, Saudi-Arabien und Syrien, mit dem Ziel der kulturellen, pol., militär. und wirtschaftl. Zusammenarbeit aller arab. Staaten. Oberstes Beschlussorgan ist der Rat, in den jedes Mitglied einen Vertreter entsendet. Der Rat kann kein Mitglied gegen dessen Willen an einen Beschluss binden.

**Balfour-Erklärung/Balfour-Deklaration:** Schon im Herbst 1916 hatte Chaim Weizmann der britischen Regierung den Vorschlag unterbreitet, Palästina zum britischen Protektorat zu erklären, damit unter dessen Schutz sich allmählich ein jüdischer Staat entwickeln könnte (s. a. *Britisches Mandat). Lord Balfour,* der englische Außenminister, begünstigte dieses Projekt. Allerdings sollten die Rechte der nichtjüdischen Bevölkerung Palästinas nicht beeinträchtigt werden. Die britische Regierung erklärte, dass sie für die Juden die Schaffung einer „nationalen Heimstätte in Palästina" befürworte und alle Anstrengungen unternehmen werde, die „Erreichung des Zieles zu erleichtern". Diese „Sympathieerklärung", wie sich die *B-D* selbst nennt, war ohne Zustimmung der Betroffenen zustande gekommen. Für die jüdische Seite bedeutete die B-D einen großen Erfolg, wenngleich zwei einschränkende Bedingungen deutlich zutage traten: Die Rechte der ansässigen nichtjüdischen Gemeinschaften dürften nicht beeinträchtigt werden, und „in Palästina" bedeutete nicht „ganz Palästina". Die Araber hatten sich nach der jahrhundertelangen Unterdrückung durch die Türkenherrschaft einen unabhängigen arabischen Staat erhofft, zumal der britische Hochkommissar dem Haschemiten Hussein schon im Oktober/November 1915 in einem Schriftwechsel seine territorialen Pläne zwischen dem Roten Meer im Westen und der persischen Grenze im Osten sowie die „Anerkennung und Unterstützung der Unabhängigkeit der Araber" bestätigt hatte. Auch wenn die britischen Hilfeversprechen vage waren, erklärte Hussein den Türken den Krieg und half damit den Engländern bei der Beseitigung der Türkenherrschaft.

**Britisches Mandat:** Als die Balfour-Erklärung 1920 in den Friedensvertrag mit der Türkei aufgenommen wurde und der Oberste Rat der Alliierten Großbritannien das *Mandat über Palästina und*

*Mesopotamien (Irak)* übergab, waren die Engländer verantwortlich für die Erfüllung des in der *Balfour-Erklärung* gegebenen Versprechens den Juden gegenüber. In der Präambel der Mandatssatzung wurde der Text der *Balfour-Erklärung* wiederholt und erhielt so den Charakter eines völkerrechtlichen Vertrages. Das Mandatsgebiet erstreckte sich auf beiden Ufern des Jordans. Um den immer stärker werdenden Ansprüchen des Zionismus und des arabischen Nationalismus zu entgehen, teilten die Engländer ein paar Monate später das Gebiet in *Palästina* und in ein unabhängiges arabisches Emirat ein, das sich *Transjordanien* (s. d.) nannte und den Grundstein für das heutige Königreich Jordanien bildete. Diese Maßnahme vermochte jedoch keinen Ausgleich zwischen den jüdischen und arabischen Interessen zu erreichen. Selbst die Bemühungen des britischen Hochkommissars, *Sir Herbert Samuel,* der selber Jude war und versuchte, den Führer der nationalistischen Araber, Amin El Husseini, in seine Politik einzubinden, indem er ihn zum Mufti von Jerusalem wählen ließ, scheiterten völlig.

**Campbell,** Colin: 1792-1863, brit. Feldmarschall, entschied im Krimkrieg 1854 die Schlachten an der Alma und bei Baklava; 1857/58 warf er den großen indischen Aufstand nieder.

**Chuppa,** die: Ein von vier Stangen getragener Baldachin, unter dem die Trauung stattfindet, ein Symbol für das Heim des Ehepaares, das es als Heiligtum betrachten soll. Trauhimmel für die Hochzeitszeremonie. Das Aufstellen der Ch. unter freiem Himmel ist ein alter Brauch in Israel als Symbol für das Versprechen des Herrn an Abraham, den Erzvater: „Sieh doch zum Himmel hinauf, und zähl die Sterne ... So zahlreich werden deine Nachkommen sein" (Gen 15,5).

**Evian-Konferenz:** Konferenz amerikanischer, australischer und europäischer Staaten in Evian-les-Bains am Genfer See im Juli 1938 über das Flüchtlingsproblem, zustande gekommen durch die Initiative Roosevelts. Wenig konkrete Ergebnisse, doch Einrichtung eines *Inter-Governmental Committee on Refugees,* das die Flucht von Juden aus Deutschland organisieren sollte (bestand bis 1947).

**Gebetsmantel:** Zum Morgengebet wird ein mit Schaufäden versehener großer Gebetsmantel (Einzahl: Tallith; Mehrzahl: Tallisim) getragen, und zwar über der Oberbekleidung. Beim Anlegen spricht man im Stehen eine Lobpreisung und schlägt, das Gesicht verhüllend, den rechten Flügel des Mantels mit den zugehörigen Schaufäden um die linke Schulter, was an die Geborgenheit in Gott erinnern soll. Das Gebot, Schaufäden zu tragen, findet man in 4. Mose 15, 37-39 (s. auch *Gebetskapseln).*

**Gebetskapseln:** Nach dem Tallith werden Gebetsriemen mit Kapseln, in denen Sprüche der Torah aufbewahrt werden, um den Kopf und den linken Arm gebunden. Diese Vorschrift geht zurück auf 5. Mose 6,8.

**Gihon-Quelle:** Die Quelle lag außerhalb der westlichen Stadtmauer von Jerusalem; beim Nähern der assyrischen Armee Sanheribs ließ König *Hiskia* (s. d.) um 700 v. Chr. in Eile eine Wasserleitung von dort in die Stadt legen, die über kein eigenes Wasser verfügte. Dieser begehbare Tunnel ist 535 Meter lang und leitet das Wasser in den Teich Siloah.

**Glubb,** Sir (1956) John Bagot: 1897-1986, engl. Offizier; im 1. Weltkrieg in Arabien, dann engl. Agent im Orient, organisierte seit 1931 die Desert Patrol („Wüstenpatrouille"; s. *Arab. Legion)* in Transjordanien, 1939-56 Kommandeur der *„Arabischen Legion"* (s. d.), spielte als militär. Berater der Araber (genannt Glubb Pascha) und als Treuhänder der britischen Interessen im Nahen Osten eine wichtige Rolle. 1941 warf er den Aufstand im Irak nieder und kämpfte 1948/49 im israel.arab. Krieg auf der Seite Jordaniens um Palästina. 1956 wurde er von König Hussein von Jordanien (s. *Transjordanien)* entlassen.

**Gottwald**, Klement: 1896-1953; tschechoslowak. Politiker. 1926-1953 Mitglied des Präsidiums, 1929-1945 Generalsekretär, 1945-1953 Vorsitzender der KP, gründete im sowj. Exil die kommunistisch gelenkte „Nationale Front", die 1945 die Regierung der Tschechoslowakei übernahm. G. war 1946-1948 Ministerpräsident und nach dem von ihm geführten Staatsstreich (Februar 1948) Staatspräsident. Innerparteiliche Gegner, die seiner eng an Moskau angelehnten Linie kritisch gegenüberstanden, schaltete er aus.

**Grabeskirche:** ist das bedeutendste Bauwerk im christlichen Viertel Jerusalems. Sie gilt als heiligste Stätte der Christenheit und wurde dort erbaut, wo sich nach christlicher Überlieferung das Grab Christi und die Kreuzigungsstätte Golgatha befunden haben sollen. Ausgrabungen haben inzwischen bestätigt, dass hier Jesus tatsächlich starb und begraben wurde. Dieser Ort lag zur Zeit Jesu außerhalb der Stadt.

**Haschemiten:** arabisches Geschlecht im Irak und in Jordanien. Es führt seinen Ursprung auf Haschim (gest. um 540) zurück, der als Urgroßvater Mohammeds gilt. Die Nachfahren der jüngsten Tochter Mohammeds waren die scherifischen Emire von Mekka. Hussein, seit 1907 Scherif von Mekka, erklärte sich 1917 zum König von Arabien. Er wurde 1924 von dem Wahabiten Ibn Saud von der arabischen Halbinsel verjagt. Sein Sohn Feisal erklärte sich 1920 selbst zum König von Syrien, wurde aber, nachdem die Franzosen vom Obersten Rat der Alliierten das nördliche Syrien als Mandatsgebiet zugesprochen bekamen, von ihnen verjagt. Er wurde daraufhin 1921 mit dem Irak abgefunden. Sein Sohn *Abdullah* wurde, nachdem er in Amman einmarschiert war, 1921 zunächst Emir, später König von Transjordanien (s. a. *Britisches Mandat* u. *Transjordanien).* Die H. regieren bis heute in Jordanien.

**Hatikvah** (hebr.: Hoffnung): Nationallied der zionist. Bewegung seit 1907, Nationalhymne Israels seit der Staatsgründung 1948, nach einer Dichtung von N. H. Imber (1856-1909) und einer aus alt-

und neuhebräischen Volksliedelementen zusammengesetzten Weise.

**Jischuv** (hebr.), der: Bezeichnung für die jüdische Bevölkerung in Palästina.

**Jom Kippur:** Versöhnungstag. Der heiligste Tag des jüdischen religiösen Jahres, am 10. Tischri (Sept. - Okt.). Der ernste, weihevolle Abschluss der zehn Bußtage, die mit dem Gericht Gottes am Neujahrstag (Rosch Haschana) beginnen. Der *JK.* ist für die Erneuerung des religiös-sittlichen Lebens bestimmt. Er soll durch die aufrichtige Reue und Läuterung des Menschen die Verzeihung und die Versöhnung mit Gott, aber auch mit den Menschen bewirken. Nach religiöser Vorschrift wird vom Sonnenuntergang des vorhergehenden Tages bis nach Sonnenuntergang des Versöhnungstages gefastet.

**Klagemauer:** Überrest des westlichen Teils einer Stützmauer, die Herodes 20 v. Chr. erbauen ließ und die die Esplanade des Tempels umgab. Er ist die heiligste Stätte des Judentums. An dieser Mauer beklagen die Juden die Zerstörung ihres Tempels durch die Römer (70 n. Chr.). Der Zugang war den Juden allerdings häufig verwehrt, so in der Zeit nach dem Bar-Kochba-Aufstand (135 n. Chr.), im Mittelalter und schließlich von 1948 bis 1967, als Ostjerusalem in den Händen der Jordanier war. Von früh bis spät werden an der K. Gebete verrichtet. Die Gläubigen schreiben ihre Gebete und Anliegen auf kleine Zettel, die sie in die Mauerritzen stecken.

**Koran** (wörtlich: „Lesung"): ist die kanonische Schrift des *Islam,* in der unter dem Kalifen Othman (644-656) die Offenbarungen Gottes an den Propheten Mohammed gesammelt sind. Die Sammlung ist in 114 Kapitel (Suren) gegliedert. Dazu kamen später eine Sammlung lehrender Aussprüche (Hadith: „Überlieferung") und eine Sammlung überkommener Vorschriften (Sunna: „Brauch").

**Lawrence von Arabien:** eigentlich T(homas) E(dward) L., 1888-1935. Engl. Schriftsteller, Archäologe und polit. Agent, organisierte 1916-1918 als Vertrauensmann Emir Faisals den Aufstand der arabischen Beduinenstämme gegen die Türken und trug entscheidend zur Niederlage der türk-dt. Orientarmee bei. Erinnerungen: „Die Sieben Säulen der Weisheit", (1926).

**Marshall,** George Catlett: 1880-1959, amerikan. General und Politiker, leitete als Generalstabschef (1939) den Aufbau der Armee. Als Sonderbotschafter in China (1945-46) suchte er erfolglos zwischen Tschiang Kai-scheck und den Kommunisten zu vermitteln. Als Außenminister (1947-49) leitete er mit G. F. Kennan die Politik der „Eindämmung" des Ostblocks durch Stärkung der Widerstandskraft der europ. Staaten (s. *Marshallplan).* 1950-51 Verteidigungsminister. Er erhielt den Friedensnobelpreis (1953, mit A. Schweitzer) und den Karlspreis der Stadt Aachen.

**Marshallplan.** Bez. für die am 5.6.1947 an der Havard-Universität vom damaligen am. Außenminister George C. *Marshall* (s. d.) unterbreiteten, auf der Truman-Doktrin fußenden Vorschläge, die für die europ. Länder, die sich damit einverstanden erklärten, Kredite zum Wiederaufbau, zur wirtschaftlichen Entwicklung und damit zum Schutz gegen eine Aggression aus dem Osten vorsahen.

**Meir** (früher Meierson), Golda: 1898 (Kiew) – 1978 (Jerusalem), seit 1906 in den USA, seit 1921 in Palästina und wurde dort Mitglied der Mapai (Arbeiterpartei) und der Gewerkschaftsorganisation Histradut. 1946-1948 Vorsitzende der polit. Abteilung der *Jewish Agency for Palestine.* 1948 gehörte sie zu den Unterzeichnern der Proklamation über die Gründung des Staates Israel. 1948 israel. Gesandtin in Moskau, 1949-56 Ministerin für Arbeit und soziale Sicherheit, 1956-65 Außenministerin, 1966-68 Generalsekretärin der Mapai, 1969-74 Ministerpräsidentin.

**Midrasch,** der (hebr.: Begriff): Der M. ist primär die auf die jeweilige Gegenwart bezogene Auslegung der Schrift. Im technischen Sinne bedeutet M. sowohl den konkreten Vollzug des Auslegens als auch eine ganz bestimmte Auslegung.

**Mossad:** jüdischer Geheimdienst.

**Muchtar:** arabischer Dorfvorsteher.

**Neschome** (jidd.): Seele.

**Ramadan,** der (arab.): Der vom Koran vorgeschriebene 30-tägige Fastenmonat (9. Monat des muslimischen Mondjahres von 354 Tagen, daher abwechselnd in verschiedene Jahreszeiten fallend).

**Roosevelt,** Franklin Delano: 1882-1945, 32. Präsident der USA. Bekämpfte erfolgreich die Wirtschaftsdepression durch den *New Deal.* Außenpolitisch stellte er die USA als den Schutz und Rückhalt der freien Welt gegen die Kriegs- und Unterdrückungspolitik der Agressoren heraus (Friedensappelle 1933, 1938 und 1939). Angesichts des in den USA vorherrschenden Neutralismus bereitete R. die Zusammenarbeit mit den Westmächten gegen den Aufstieg aggressiver, totalitärer Staaten Schritt für Schritt vor (1939 Freigabe der Ausfuhr von Kriegsmaterial, Einbeziehung der Sowjetunion in das Pacht- und Leihgesetz). Überzeugt von der Notwendigkeit einer Parteinahme der USA gegen die Achsenmächte, verkündete R. mit W. Churchill die *Atlantik-Charta* (1941; Erklärung der Grundlagen einer künftigen Weltordnung: Verzicht auf Annexionen und Gewalt, Anerkennung des Selbstbestimmungsrechts der Völker ... Bekenntnis zu einer Weltsicherheitsorganisation, s. *Vereinte Nationen).* Nach Eintritt in den zweiten Weltkrieg wurde R. durch wirkungsvolle Mobilisierung des gewaltigen Kriegspotenzials der USA und in der Koordination der militärischen Planungen und Operationen sowie in seiner persönlichen Diplomatie (viele Konferenzen) die Seele des Bündnisses gegen die Achsenmächte, das er in

Richtung auf die *Vereinten Nationen* zu internationalisieren trachtete.

**Saladin** (arab.: Salah ad-Din): 1138(?)-1193, Sultan von Ägypten und Syrien, kam 1169 als Truppenführer *Nur ad-Dins* nach Ägypten, wo er die Fatimiden stürzte (1171). Nach dem Tod Nur ad-Dins besetzte er 1174 Damaskus und Mittelsyrien. Bei Hattin (nordwestlich Tiberias) schlug er 1187 ein großes Kreuzfahrerheer, eroberte dann Akkon sowie u. a. Jerusalem. S. genoss bei Freund und Feind hohe Achtung.

**Sherman,** William Tecumseh: US-am. General, 1820-1891, Truppenführer im Sezessionskrieg, marschierte mit seiner Armee 1864/65 durch Georgia nach Savannah.

**Schickse** (jidd.): Mädchen, das sich nicht zur jüdischen Religion bekennt; im Deutschen fälschlicherweise verächtliche Bezeichnung für ein jüdisches Mädchen.

**Sidur,** der: jüdisches Gebetbuch. Es ist Gottesdienstordnung, Gebet- und Gesangbuch in einem und enthält für Gemeinde, Kantor und Rabbiner die gleichen Texte, meist mit paralleler Übersetzung in der Landessprache.

**Suleiman:** 1494(?)-1566, Sultan (1520-1566) des Osman. Reichs. Einziger Sohn Selims I., in Europa „der Prächtige“ oder „der Große“, bei den Türken der „Gesetzgeber“ genannt. Erweiterte das Reich (Eroberungen von Belgrad, Rhodos, Ungarn, Bagdad), ließ 1529 Wien vergeblich belagern, beherrschte durch seine Flotte das Mittelmeer und das Rote Meer, organisierte das Heer neu, regelte Grundbesitz und Strafrecht und entfaltete eine reiche Bautätigkeit. Er unterzeichnete mit Franz I. von Frankreich ein Abkommen, das die katholischen Rechte auf die heiligen Stätten festlegte.

**Teilungsplan der Vereinten Nationen.** Am 15. Mai 1947 schlug der Sonderausschuss der UN-Vollversammlung vor, Palästina in einen jüdischen und einen arabischen Staat zu teilen und Jerusalem unter internationale Kontrolle zu stellen. Dieser Plan, der am 29. Nov. 1947 verabschiedet wurde, war der letzte von vielen Versuchen, den arabischen und jüdischen Ansprüchen gerecht zu werden. Im Zentrum aller Pläne stand die für beide Völker bedeutsame Stadt Jerusalem, die Ursache vieler Kontroversen war. Da die Gebiete, die jeweils zu den beiden Staaten gehören sollten, jedoch nicht zusammenhingen, zudem beide Staatsteile in einer Wirtschaftsunion verbunden bleiben sollten, trug diese Lösung schon den Keim weiterer Auseinandersetzungen in sich. Großbritannien sollte sein Mandat innerhalb von sechs Monaten beenden und das Gebiet den *Vereinten Nationen* übergeben. Vom jüdischen Standpunkt bot der Plan gewisse Vorteile: In ihm fand der Gedanke eines jüdischen Staates eine erste internationale Anerkennung, und er gestand ihnen 55 Prozent des Landes zu, das allerdings größtenteils Wüstengebiete umfasste und zur Hälfte von Arabern besiedelt war. Die Engländer hielten den Plan für undurchführbar, weil er nicht von beiden beteiligten Parteien angenommen worden war. Sie weigerten sich dementsprechend, mit den Vereinten Nationen zusammenzuarbeiten, so dass es zu keiner geordneten Räumung und Übergabe kam.

**Transjordanien:** das Land war bis 1918 Teil des Osman. Reiches. Nach dessen Zusammenbruch (s. *Brit. Mandat)* kam das Ostjordanland mit Palästina unter brit. Verwaltung und wurde 1923 als künstl. Neuschöpfung Großbritanniens unter dem Namen *Transjordanien* Emir *Abdullah ibn Hussein* (s. d) zugesprochen. Das Gebiet wurde eine der Hauptstützen der brit. Nahost-Politik, die militär. Führung lag seit 1931 in der Hand des brit. Generals Glubb Pascha (s. *Glubb).* 1939-45 nahm es am Krieg gegen die Achsenmächte teil. Am 22.3.1946 gewährte Großbritannien formell die Unabhängigkeit (Annahme des Königstitels). Im arab.-israel. Krieg (1948) stand T. auf Seiten der arab. Staaten und eroberte die Altstadt von Jerusalem, das mit Arabisch-Palästina am 24.4.1950 Jordanien, wie es seit 1948 hieß, einverleibt wurde. Nach der Ermordung Abdullahs (20.7.1951) brachen um den Nachfolger Talal Thronwirren aus. Nach T.s Absetzung (1952) wurde sein Sohn Hussein II. König. Unter dem Druck nationalist. Offiziere entließ er 1956 Glubb Pascha und kündigte den Freundschaftsvertrag mit Großbritannien, das daraufhin die Luftstützpunkte in Amman und Matrak räumen musste (April 1957).

**Vereinte Nationen:** Vereinigung von Staaten zur Sicherung des Weltfriedens und zur Förderung der internationalen Zusammenarbeit, die 1945 an Stelle des Völkerbundes trat (s.a. *Truman; Roosevelt).*

# Verzeichnis religiöser Zitate:

Schaue doch, erbarme dich doch schnell über dein Volk um deines Namens willen in deinem großen Erbarmen, Ewiger, unser Gott, schone und erbarme dich und hilf der Herde deiner Weide, dass der Grimm nicht über uns herrsche, denn zu dir sind unsere Augen erhoben, hilf um deines Namens willen. Erbarme dich über uns um deines Bundes willen ... O gnädiger und barmherziger König, gedenke und schaue auf den Bund zwischen den Stücken, sichtbar werde vor dir die Bindung des einzigen Sohnes um Israels willen *(Sidur Sefat Emet,* S. 51).

Unser Gott und Gott unserer Väter, blase in das große Schofar zu unserer Freiheit und erhebe dein Panier, unsere Verbannten zu sammeln, bringe nahe unsere Zerstreuten aus der Mitte der Völker, und unsere Zersprengten sammle von den Enden der Erde, bringe uns in deine Stadt Zion mit Jubel und nach Jeruschalaim, der Stätte deines Heiligtums, in ewiger Freude *(ebenda,* S. 247).

Gelobt seist du, Ewiger, unser Gott, König der Welt, der du uns hast Leben und Erhaltung gegeben und uns hast diese Zeit erreichen lassen *(ebenda,* S. 276).

Wo du hingehst, da will auch ich hingehen, und wo du bleibst, da bleibe auch ich; dein Volk ist mein Volk, und dein Gott ist mein Gott. Wo du stirbst, da sterbe auch ich; da will auch ich begraben sein. Der Herr tue mir dies und das: nur der Tod soll mich von dir scheiden *(Ruth* 1, 16-17)!

Ich beschwöre euch, ihr Töchter Jerusalems: wenn ihr meinem Geliebten begegnet, was sollt ihr ihm sagen? – Dass ich krank bin vor Liebe ... *(Hoheslied* 5,8).

Sein Gaumen ist lauter Süße, und alles an ihm ist Wonne. So ist mein Geliebter, so ist mein Freund, ihr Töchter Jerusalems *(Hoheslied 5,* 16).

Mein Gott, mein Gott, warum hast du mich verlassen, bleibst ferne meiner Rettung und den Worten meiner Klage? Mein Gott, ich rufe bei Tage, und du antwortest nicht – des Nachts, und finde nicht Ruhe *(Psalm 22,* 1-2).

Wie könnten wir des Herrn Lied singen auf fremder Erde? Vergesse ich deiner, Jerusalem, so müsse meine Rechte verdorren! Die Zunge müsse mir am Gaumen kleben, wenn ich dein nicht gedenke, wenn ich nicht Jerusalem setze über meine höchste Freude *(Psalm 137,* 4-6).

Nähme ich Flügel der Morgenröte und bliebe am äußersten Meer, so würde mich doch deine Hand daselbst führen und deine Rechte mich halten *(Psalm 139,* 9-10).

Und es wird zu deiner Zeit Glaube sein, Reichtum an Heil, Weisheit und Klugheit; die Furcht des Herrn, die wird sein Schatz sein *(Jesaja* 33, 6).

... aber die auf den Herrn warten, empfangen immer neue Kraft, dass ihnen Schwingen wachsen wie Adlern, dass sie laufen und nicht ermatten, dass sie wandeln und nicht müde werden *(ebenda* 40, 31).

Du aber, Israel, mein Knecht, Jakob, mein Auserwählter, du Spross Abrahams, meines Freundes, du, den ich geholt von den Enden der Erde, von ihren Säumen berufen habe, zu dem ich sprach: Mein Knecht bist du; ich habe dich erwählt, dich nicht verschmäht – fürchte dich nicht, denn ich bin mit dir! Blicke nicht ängstlich, denn ich bin dein Gott! Ich halte dich mit meiner sieghaften Rechten. Siehe, zu Spott und Schanden werden alle, die wider dich entbrannt sind; es werden zunichte und gehen zugrunde die Männer, die mit dir hadern. Du wirst sie suchen und nicht mehr finden, die Männer, die mit dir zanken; es werden zunichte und vergehen die Männer, die wider dich streiten. Denn ich, der Herr, bin dein Gott, der deine Rechte fasst, der zu dir spricht: Fürchte dich nicht; ich helfe dir. Fürchte dich nicht, du Würmlein Jakob, du winzige Made Israel; ich helfe dir, spricht der Herr, und dein Erlöser ist der Heilige Israels (ebenda 41,8 - 14).

Und er ist um unsrer Missetat willen verwundet und um unsrer Sünde willen zerschlagen. Die Strafe liegt auf ihm, auf dass wir Frieden hätten, und durch seine Wunden sind wir geheilt *(ebenda* 53, 5-6).

Und du, Bethlehem-Ephrata, du kleinster unter den Gauen Judas, aus dir soll mir hervorgehen, der Herrscher in Israel werden soll; sein Ursprung ist in der Vorzeit, in unvordenklichen Tagen *(Micha* 5,1).

Dies Volk ehrt mich mit seinen Lippen, aber ihr Herz ist ferne von mir; vergeblich dienen sie mir, weil sie lehren solche Lehren, die nichts als Menschengebote sind *(Matth.* 15, 8 - 9).

Euch aber, die ihr zuhört, sage ich: Liebet eure Feinde; tut Gutes denen, die euch hassen ... *(Lukas* 6, 27).

Und wenn ihr die liebt, die euch lieben, was für Dank habt ihr? Denn auch die Sünder lieben die, welche *sie* lieben *(Lukas* 6, 32).

Ich bin der gute Hirte. Der gute Hirte lässt sein Leben für die Schafe *(Joh.* 10, 11).

Größere Liebe hat niemand als die, dass einer sein Leben hingibt für seine Freunde *(Joh.* 15, 13).

Und indem er sein Kreuz selber trug, kam er hinaus auf den Platz, welcher „Schädel" genannt wird, was auf hebräisch Golgatha heißt. Und dort kreuzigten sie ihn und zwei andre mit ihm zu beiden Seiten, Jesus aber in der Mitte *(Joh.* 19, 17-18).

Und die Soldaten flochten aus Dornen eine Krone, legten sie ihm aufs Haupt, warfen ihm einen Purpurmantel um, gingen auf ihn zu und sagten: Heil dir, König der Juden! und gaben ihm Schläge ins Gesicht *(Joh.* 19, 2).

Es war aber an dem Ort, wo man ihn gekreuzigt hatte, ein Garten und in dem Garten eine neue Gruft, in die noch nie jemand gelegt worden war. Dahin legten sie nun Jesus wegen des Rüsttages der Juden, weil die Gruft nahe war *(Joh.* 19, 41-42).

Lob sei Allah, dem Weltenherrn, dem Erbarmer, dem Barmherzigen, dem König am Tag des Gerichts! Dir dienen wir und zu dir rufen um Hilfe wir. Leite uns den rechten Pfad, den Pfad derer, denen du gnädig bist, nicht derer, denen du zürnst, und nicht der Irrenden *(Koran,* Erste Sure).

# Die Geschichte geht weiter:

Auf **Zion-Passion** und **Zion-Chroniken** folgen **Zions-Erben**

Band 1 der neuen Reihe:
Bodie & Brock Thoene, **Wächter über Jerusalem**
Bestell-Nr. 330 483

Was Generationen von Juden herbeigesehnt hatten, wird endlich wahr: Am 14. Mai 1948 schlägt die Geburtsstunde des Staates Israel, die britische Mandatsherrschaft endet.
Der Kommandant der abziehenden Briten übergibt den Schlüssel zum Zion-Tor in Jerusalem und macht den Blick frei auf eine Bühne, die dramatischer nicht sein kann. Atemlos verfolgt die Welt einen entscheidenden Akt der Geschichte: Juden und Moselms im blutigen Ringen um die heiligste aller Städte.
Die Krönung des monumentalen Zion-Epos von Bodie und Brock Thoene. Nach den „Zion Chroniken" und der „Zion-Passion" vollenden nun „Zions Erben" die Saga um den Überlebenskampf der jungen jüdischen Nation.
Begleiten Sie Mosche Sachar und seine Frau Rachel auch durch diese dramatischen Zeiten, lassen Sie sich fesseln von einem atemberaubenden Romanzyklus und erleben Sie einen abenteuerlichen Wendepunkt der Heilsgeschichte hautnah mit!

**Leseprobe:**

Der grüne 1937er Dodge raste durch die stillen Straßen von Tel Aviv. Sein Ziel war eine abgelegene Landebahn, auf der eine einmotorige Piper mit laufenden Motoren auf den Abflug wartete. Mosche Sachar und seine Frau Rachel lauschten – wie wohl der ganze Nahe Osten – gespannt dem Sprecher im Autoradio. Kaum eine Meile entfernt sollte sich etwas ereignen, was wie eine Bombe einschlagen würde.

Es war der Nachmittag des 14. Mai 1948. Die Einwohner Tel Avivs versammelten sich auf dem Rothschild Boulevard, dem Herzen der Stadt, und standen vor dem kleinen Museum, in dem Ausstellungsstücke die 3000jährige jüdische Geschichte umspannten. Zu den erst kürzlich erworbenen Stücken gehörte die 2000 Jahre alte Jesaja-Rolle, die am 29. November 1947 in Jerusalem aufgetaucht war – genau an jenem Tag, da die Vereinten Nationen für die Gründung einer jüdischen Heimat in Palästina gestimmt hatten.

Für Mosche und Rachel Sachar hatte das Auftauchen der Jesaja-Rolle gerade zu diesem Zeitpunkt und der dazu passende Inhalt jenes biblischen Buches eine Aussagekraft von ewiger Bedeutung. Die uralte Prophezeihung würde sich nun vor aller Augen erfüllen.

Sechs Monate voller Bangen und Hoffen waren vergangen, seit die Vereinten Nationen das Ende des britischen Mandats in Palästina und die Teilung des Landes in zwei Nationen – die jüdische und die arabische erklärt hatten. Hunderte von Juden und Arabern waren schon in den Kämpfen gestorben, die überall im Land tobten ...

Heute Nachmittag hieß es für Rachel, Abschied von Mosche zu nehmen – vielleicht sogar für immer. Er sollte Richtung Jerusalem fliegen und dort versuchen, ins jüdische Viertel der Altstadt vorzudringen. Sie aber würde ihren fünf Monate alten Säugling, den sie adoptiert hatten, in einem Luftschutzbunker der Jewish Agency abgeben müssen, in dem Kinder von Mitarbeitern durch Fachkräfte betreut wurden. Anschließend war geplant, dass Rachel am Hafen half, die ankommenden Flüchtlinge in ihrer neuen Heimat zu begrüßen und zu betreuen.

Der Doge bog von der Hauptstraße in einen holprigen Nebenweg ein, der durch einen Orangenhain führte. Das Zischen, Krächzen und Knarren im Radio wurde immer schlimmer.

„Mach mal lauter“, sagte Mosche, der angstrengt lauchte, während sie sich immer weiter vom Stadtzentrum entfernten.

„David Ben Gurion“, raunte Rachel ehrfürchtig den Namen des künftigen Präsidenten ins Ohr ihrer kleinen Tochter „Horch, Tikvah – zum ersten Mal seit 2000 Jahren.“

Mosche und Rachel schwiegen und lauschten gebannt, während der Säugling nach der Brust der Mutter suchte. Und dann war plötzlich Ben Gurions sonore Stimme zu hören, der seine Rede ohne einleitende Worte begann:

*„Im Land Israel stand die Wiege des jüdischen Volkes ...*